PATRICK LYNCH
GROUND ZERO

PATRICK LYNCH

GROUND ZERO

Roman

Aus dem Englischen
von Hedda Pänke

Limes

Für David, Pam
und Sylvie

Sondern was thöricht ist vor der Welt,
das hat Gott erwählet, daß er die Weisen
zu Schanden machte; und was schwach ist
vor der Welt, das hat Gott erwählet, daß er
zu Schanden machte, was stark ist;
und das Unedle vor der Welt und das
Verachtete hat Gott erwählt, und das da
nichts ist, daß er zunichte machte,
was etwas ist, auf daß sich vor ihm
kein Fleisch rühme.

Apostel Paulus

Die furchterregende Möglichkeit, daß subtile Veränderungen an Genen von Organismen niedriger Virulenz diese mit neuen, verheerend bösartigen Eigenschaften ausstatten könnten, wird mit großer Wahrscheinlichkeit die allgemeine Erklärung für das Auftauchen von Epidemien neuer Krankheiten sein.

Professor Michael Levin
Darwin-Vortrag vor der
British Association for the
Advancement of Science, 1993

Prolog

CHACRA MESA, NEW MEXICO, VOR SECHS JAHREN

»Erbrochenes«, sagte Jansen, »jede Art von flüssigem Dreck – Blut, Exkremente und so weiter –, wird sehr wahrscheinlich getrocknet sein. Nebelt es einfach ein.«

Die Jungs mit Bürstenschnitt, vermutlich von derselben Einheit, tauschten Blicke aus.

»Nehmt die Papiere zum Säubern. Tütet es dreifach ein, wascht die äußere Tüte mit Chlor und steckt sie in eine Hutschachtel.«

Er tippte auf die trommelförmige Schachtel zwischen seinen Knien. Sie war schwarz und zeigte einen roten »Biotoxisch«-Aufkleber.

Alle waren klatschnaß. Alle sechs Mann in dem Fahrzeug. Ein schwarzer Typ aus Detroit. Fünfunddreißig Grad, und die Klimaanlage hinterließ eine Tropfspur, die wie Stahldraht zum Eichpunkt zurückführte. Corporal Robert Kinnel schob sein Gesicht in den kühleren Luftzug, der von vorn durchgepumpt wurde. In den Anzügen würde es noch heißer werden, falls sie die anziehen mußten. Kinnel schloß die Augen. Vielleicht gab man ihnen aber auch nur Overalls und Schutzmasken. Immer positiv denken.

»Was werden wir anziehen, Sir?« fragte er und sah in Jansens junges Gesicht.

Jansen wischte den Schweiß von der Stirn in sein weißblondes Haar.

»Volle Montur, Corporal.«

Na großartig. Blaue Anzüge. Mit einem Schlauch durch den Hintern, damit man überhaupt atmen konnte.

Kinnel sah die anderen Jungs an. Keinen von ihnen hatte er je zuvor gesehen. Er war nicht einmal sicher, ob sie regulär zur Armee gehörten. Abgesehen von dem kleinen Schwarzen hielten sie alle den Mund. Kinnel hätte gern ein paar Fragen gestellt. Er wollte wissen, ob sie wie er hier eingeflogen worden waren. Er fragte sich, ob einer von ihnen wußte, was das Ganze eigentlich zu bedeuten hatte. Mit Sicherheit ging es um irgend etwas Dreckiges. Irgend etwas war entwichen, ausgeflossen oder in die Luft gegangen. Aber das Center for Biological Warfare befand sich im RIID-Hauptquartier in Frederick, Maryland, mehr als dreitausend Kilometer entfernt. Vielleicht hatten sie überall irgendwelche Niederlassungen. Trotz der Hitze erschauerte Kinnel.

»Wir nebeln ein, wir räuchern aus, wir riegeln ab, und wir machen, daß wir hier wegkommen«, sagte Jansen.

Auf dem Gelände standen drei Hauptgebäude. Das größte war ein fensterloser Betonflachbau. Vor ihm parkte ein weiterer Lastwagen. Zwei uniformierte Techniker stapelten verpackte Schutzanzüge auf einen Karren. Aber es waren nicht die blauen Chemturion-Anzüge, wie Kinnel vermutet hatte. Es waren orangefarbene Racal-Raumanzüge, Überdruckanzüge mit batteriebetriebener Luftversorgung. Kinnel war in einem Unterdruck-Labor gewesen, wo sie BL-4-Kampfstoffe aufbewahrten – kitzlige Kampfstoffe wie Marburg und Ebola, die einen zum Platzen brachten, die einen in wenigen Tagen in Mus verwandelten. Die Luft wurde durch Rohrleitungen hereingepumpt. Man schloß seinen Schlauch einfach an den nächsten Verteiler an und stöpselte sich wieder ab, wenn man weitermußte. Aber wenn sie Racal-Anzüge benutzten – absolut unabhängig, mit einem autonomen Atmungsgerät –, konnte es sich nicht um diese Art von Labor handeln. Doch wenn es nicht ein solches Labor war, was könnte dann diese Säuberungsaktion verursacht haben?

»Sieht so aus, als müßten wir tiefseetauchen«, sagte der kleine Schwarze und präsentierte ihnen sein Lächeln.

Und wenn es ein Labor war, in dem man sich mit kitzligen Kampfstoffen befaßte, müßte es ein Desinfektionssystem geben. Ein Druck auf den Alarmknopf, und die Dusche rauschte los. Setzte genügend Desinfektionsmittel frei, um alles, was aus dem Reagenzglas gekrochen sein mochte, am Weiterkrauchen zu hindern. Warum hatten sie ein solches System hier nicht? Vielleicht hatten sie es. Vielleicht funktionierte es nur nicht.

Kinnel folgte Jansen in eine Kabine, die vor etwas, was wie eine Brandschutztür wirkte, aufgestellt worden war. Jansen erläuterte die Funktion der Anzüge, obwohl die Jungs ganz so aussahen, als würden sie die Ausrüstung längst kennen.

»Sie werden unter Überdruck gesetzt. Wenn einem von Ihnen der Anzug platzen sollte, entweicht die Luft, anstatt einzudringen. Aber Sie müssen das Loch sofort verschließen oder verkleben, sonst fällt der Druck ab. Ihre Batterie versorgt Sie sechs Stunden lang mit Luft, aber lassen Sie sich genügend Zeit zum Entgiften. Die Techniker haben in der Luftschleuse eine Dekontaminierungsdusche eingerichtet.«

»Es gibt eine Luftschleuse?« Kinnel schüttelte verdutzt den Kopf.

»Keine eigentliche Luftschleuse, aber es gibt da eine Ausgleichszone. Auf der anderen Seite des Einstiegs.«

Einstieg? Kinnel biß sich auf die Lippe und betrachtete die Mienen der anderen Jungs. Jansen fing an, ihm mit seinen dummen Sprüchen auf die Nerven zu gehen.

»Wenn Sie sich verletzen oder Ihr Anzug platzt, gehen Sie unter die Dusche. Sie kommen erst wieder heraus, wenn Sie sich gründlich gereinigt haben. Verstanden?«

Die Jungs nickten und schlüpften bereits in die aseptischen Anzüge, die unter den Racals getragen wurden. Kinnel konnte sehen, daß sie nur aus Respekt vor Jansens Rang zuhörten, welcher der auch immer war. Diese Art von Operation war nicht neu für sie.

»Und halten Sie sich steril. Ich möchte, daß Sie zu zweit agieren und den Anzug des jeweiligen Partners genau im Auge behalten. Sobald Sie sich mit Blut – meinetwegen auch mit Scheiße oder Suppe – bekleckern, reinigen Sie sich. Mit verschmutztem Anzug oder verdreckten Handschuhen kommen Sie mir nicht wieder raus.«

Als sie alle in dem aseptischen Unterzeug steckten, klopfte Jansen an die Tür.

Dahinter standen zwei Burschen in Overalls neben einem Stapel Racals. Mit der Hilfe eines der Techniker zwängte sich Kinnel in seinen Anzug. Er schob seinen Kopf in die weiche Plastikkugel des Schutzhelms. Dann zog er Gummihandschuhe an und streckte die Arme aus, damit ein Techniker die Handschuhe mit den Ärmeln verkleben konnte. Es war entschieden zu heiß. Fast sofort beschlug Kinnels Plastikkugel. Der Techniker schaltete die Batterien ein, und gefilterte Luft drang in den Anzug und blähte ihn auf. Er konnte wieder sehen. Dann riß der Techniker vier Klebestreifen von der Wand und drückte sie auf Kinnels rechten Unterarm. Die Klebestreifen sollten im Notfall dazu dienen, mögliche Defekte abzudichten, aber Kinnel kam das Ganze eher wie eine großspurige Geste vor. Der Bursche wollte ihn vermutlich beruhigen. Und das machte ihn nervös.

Er stand da, lauschte auf das stetige Rauschen der

Luftzufuhr und spürte, daß sich sein Herzschlag beschleunigte. Es gefiel ihm nicht, daß er nicht wußte, was sich in dem Gebäude abspielte. Er hatte jede Menge Leichen gesehen, aber noch nie Menschen, die durch chemische oder biologische Waffen ums Leben gekommen waren. Ganz aufgebläht und verkrümmt. Jansen öffnete eine weitere Tür, und sie betraten die Luftschleuse, in der sich zwei bereits voll eingekleidete Männer befanden. Einer von ihnen trug eine Sprühapparatur mit einem Vier-Liter-Tank. Es war dunkler hier und trotz des Zustroms kühler Luft sehr warm. Es gab da ein Dekontaminierungsmodul, das nicht allzuviel Bewegungsfreiheit ließ. Kinnel spürte den Druck auf seinen Ohren.

»Wir haben eine Anlage installiert, die in dem Gebäude Unterdruck erzeugt«, rief Jansen über seine Schulter.

Sie schlurften vorwärts, bis sich alle in der Luftschleuse befanden. Die Tür ging zu. Kinnel versuchte, die Gesichter der anderen Männer unter ihren Helmen zu erkennen, aber die Düsternis war umfassend und das Licht spärlich, es erstreckte sich wie eine dünne Haut in die Dunkelheit, eine fragile Membran, die sie dabei waren zu durchdringen.

Kinnel spähte in den Treppenschacht und lauschte auf das erfolglose Gefummel von Detroit an den Lichtschaltern hinter ihnen. Seine dünne Stimme übertönte das Rauschen in Kinnels Helm: »Welcher verdammte Trottel hat die Leitung besprüht?«

Er starrte ins Dunkel und konnte lediglich zwei Flure ausmachen, die nach links und rechts abzweigten. Wohin führten sie? Wie viele Räume gab es hier? Wie viele Etagen? Darüber hatte man ihnen nichts gesagt. Zumindest hatte man es *ihm* nicht gesagt. Die Art und Weise, mit der die Kurzhaarigen alle Dokumente im Erdgeschoß vernichteten, brachte ihn auf den Verdacht, daß sie unter Umständen mehr wußten als er.

Detroit drehte sich um und blickte den Weg zurück, den sie gekommen waren. Einer der anderen Männer kippte eine Trommel Clorox oben auf der Treppe aus und entfernte sich. Licht oder nicht – die Operation kam voran. Detroit wedelte mit den Armen: »He! Was zum Teufel! He ...«

Der andere Soldat drehte sich nicht um.

»Okay«, sagte Detroit. »Bleib hier.«

Er schwankte ins Erdgeschoß zurück und schlurfte auf die Ausgleichszone zu.

In der Dunkelheit allein gelassen, klammerte sich Kinnel ans Geländer und bemühte sich, seine Atmung unter Kontrolle zu bekommen. Sein Kopf brummte, und in seinem Mund verspürte er einen trockenen, metallischen Geschmack. Er wollte weiter, wollte die Sprühapparatur von seinem Rücken loswerden und raus aus diesem Plastiksack-Anzug. Vor allem wollte er hier weg. Schweiß rann ihm in die Augen.

Er war gerade dabei, sich zu setzen, als in einem der Flure unter ihm eine einzelne Leuchtstoffröhre aufflackerte.

Jansen klatschte Detroit hart auf die Schulter und zeigte in den Raum neben ihm.

»Besprühen Sie Decke und Boden, Mann, dann bereiten Sie alles aufs Ausräuchern vor!«

Es war ein kleines Büro: Schreibtisch, Topfpflanzen, ein Kunststoffmodell der Doppelhelix; im Marmoraschenbecher lag eine Pfeife. Der Inhalt von Schreibtisch und Aktenschrank war von den anderen dreifach eingetütet und fortgeschafft worden. Die Schubladen standen offen.

»Sir, ich habe Kinnel im ...«

»Was ist?«

Jansen schob seinen Helm dicht an ihn heran. Sein Gesicht war vor Ungeduld und dem Bemühen, etwas zu verstehen, hochrot und verzerrt.

»Sir, mein Partner befindet sich im Untergeschoß!« schrie Detroit und zeigte ins Zentrum des Gebäudes zurück.

»Decke und Fußboden, dann räuchern Sie den Scheißladen aus!«

Am Ende des Korridors gab es dunkelrote Türen, die x-förmig mit Warnklebestreifen bepflastert waren. Kinnel sah den Flur entlang. Er wurde das Gefühl nicht los, daß hinter ihm jemand war, ihn verfolgte. Er meinte, durch die rauschende Luft Schritte zu hören. Aber er war noch immer allein. Die einsame Leuchtstoffröhre warf flackernd Schatten auf seinen Weg.

Die Türen waren nicht verschlossen. An einer hing ein offenes Vorhängeschloß über einem Riegel. Es gab keinen Schlüssel. Kinnel griff zu, schob die Tür auf und bemerkte Fragmente von zerbrochenem Glas zu seinen Füßen.

Jansen paßte das alles nicht. Die meisten Räume im Erdgeschoß waren inzwischen zwar besprüht, aber da gab es noch andere Geschosse, und langsam wurde die Zeit knapp. In weniger als einer Stunde mußten sie hier weg und sich der Dekontaminierungsprozedur unterziehen, weil ihre Batterien den Geist aufgaben. Selbst wenn die Männer die Anzüge wechselten und direkt wieder an die Arbeit gingen – ein eindeutiger Verstoß gegen die Bestimmungen –, würde das die Operation um mindestens zwei

Stunden verlängern, und das hieße Nachtarbeit, was Jansen nicht wollte. Jansens Anordnungen lauteten, es hinter sich zu bringen und wieder zu verschwinden. Schnell lief er von Raum zu Raum und überprüfte den Fortgang der Arbeiten, paßte auf, daß sie keine Fehler begingen. Sie hätten ihm ein größeres Team geben sollen. Sie hätten ihm mehr Unterstützung geben müssen. Sie hätten ihm von allem mehr geben müssen.

»He, Sie«, sagte er, als Detroit an ihm vorbeiging. »Wo zum Teufel ist Kinnel?«

Sie hatten hier eine behelfsmäßge Krankenstation eingerichtet. Zwei Betten, zwei Infusionsständer mit Kochsalzlösung, einer davon umgekippt, Radioelektrokardiographen, Becken voller benutzter Spritzen und alter Verbände, keine Fenster, kein Ausgang. Die nackten Leichtbetonwände neben jedem Bett waren mit dunklem Blut bespritzt, als wären die Patienten, wer immer sie auch gewesen sein mochten, mit Schrotflinten erledigt worden. Die Decken lagen noch immer auf den Betten, zerknüllt und in dunkles Purpur getaucht. Die Blutung mußte ungeheuer stark gewesen sein, unkontrollierbar. Der Heftigkeit der Krämpfe nach zu urteilen, hatte sie sehr schnell das Gehirn erreicht und vor dem Tod zum Delirium geführt.

Kinnel holte tief Luft und betrat den Raum. Überall lag zerbrochenes Glas. Wenigstens einem der Patienten war es gelungen, das Bett zu verlassen, bevor er neben der Tür zusammengebrochen war. Kinnel erkannte seinen Weg anhand der dunklen Flecken, die er auf dem Zementboden hinterlassen hatte. War die Tür verschlossen gewesen? Kinnel sah auf seine Füße hinunter. War dies die Stelle, wo der Patient gestorben war? Wo er darum gefleht hatte, herausgelassen zu werden, wo er um Gehör gebettelt hatte? Aber warum waren die Patienten nicht in ein Krankenhaus gebracht worden? Warum hatte man sie hier unten weggeschlossen?

Kinnel regulierte die Düse seines Envirochem-Sprühgeräts und trat vor die Spülbecken. Hier sollte er beginnen, dann mußte alles Bewegliche zum Verbrennen eingetütet und der Raum mit Formaldehyd eingenebelt werden. Wenn sie nicht in einer Stunde fertig waren, müßten sie wiederkommen. Und Kinnel wollte nicht wiederkommen.

TEIL EINS

LEICHENLILIE

1

MANHATTAN, AM 16. JULI IN DREI JAHREN

Sie lag nackt auf dem Rücken, mitten auf dem Fußboden, und ihre Fersen berührten den Rand des türkischen Kelims. Hier oben im zwanzigsten Stockwerk war es kühler als unten auf der Straße. Ein leichter Luftzug raschelte in den Papieren, die in der Nähe ihres Kopfes verstreut waren.

»Holly?«

Sie bewegte sich, beschattete ihr Gesicht mit einem Arm. Richard Meyers lief durch den Raum und legte seinen Aktenkoffer auf das Sofa. Auf dem Tisch stand ein Karton Orangensaft. Er trank einen Schluck und betrachtete sie einen Moment lang. Bei der Aufstellung irgendeiner Liste hatte sie sich die linke Brust mit grünem Markierungsstift beschmiert, direkt unter der Brustwarze, und ein weiterer Farbfleck saß neben ihren Lippen. Er lächelte. Es war ein angenehmer Anblick nach der Fahrt durch den Berufsverkehr. Es weckte in ihm Lust, sich auch auszuziehen.

Für eine Frau von sechsunddreißig war Holly Becker hervorragend in Form. Die Zwillinge Emma und Lucy waren jetzt zwölf Jahre alt, und weitere Kinder hatte sie nicht. Das mußte einer der Gründe dafür sein. Und ein weiterer war vermutlich, daß sie dauernd im Park Rollschuh lief. Erst wenn man ihr genau ins Gesicht sah, bemerkte man den Unterschied. Um ihre Augen saßen winzige Fältchen und auch um ihren Mund, wenn sie lächelte. Und in ihrem dichten schwarzen Haar gab es eine oder zwei silberne Strähnen. Richard streifte die Krawatte ab und hängte sie über eine Stuhllehne. Er hatte Hollys alte Hochzeitsfotos gesehen; sie waren vor dreizehn Jahren aufgenommen worden, doch jetzt wirkte sie fast noch schöner. An ihr war eine Vollkommenheit, eine ganz eigene Identität, die dem Mädchen auf den Fotos fehlte, das mit bemalten Lippen und sorgsam toupiertem Haar lieb in die Kamera lächelte. Er hatte zwar fast die Hälfte ihres Lebens versäumt, war aber irgendwie der Meinung, daß das Beste noch vor ihnen lag.

»Holly?«

Sie schürzte die Lippen und holte tief Atem. Sie schlief sehr fest. Richard beugte sich über sie und hob das halbleere Glas mit dem halb geschmolzenen Eiswürfel auf, das nur wenige Zentimeter neben ihrer rechten Hand stand. Dann bemerkte er das Polaroidfoto.

Auf dem Bild waren sechs Leute zu sehen: drei Kinder, unter ihnen Emma und Lucy, und hinter ihnen drei Erwachsene. Sie standen auf einer bewachsenen Veranda, umgeben von üppigem Grün. Richard erkannte Hollys Exmann Jonathan Rhodes, und die Frau neben ihm mußte Christina sein, seine neueste Freundin. Neben ihnen stand eine lächelnde Indonesierin in langem gelbem Kleid mit Blumenmuster. Nach moslemischer Gepflogenheit trug sie einen weißen Schal um den Kopf. Das andere Kind war vermutlich ihre Tochter. Sie stand direkt vor ihrer Mutter und trug ein grünes T-Shirt und bauschige, knielange Hosen. Sie sah aus, als wäre sie ungefähr zwölf Jahre alt. Alle auf dem Bild lächelten. Spätnachmittagssonne tauchte ihre Gesichter in einen goldenen Schein.

Das Foto mußte auf der Forschungsstation auf Sumatra entstanden sein, auf der Rhodes tätig war. Er war Botaniker und hatte die meiste Zeit seines Erwachsenenlebens in irgendeinem tropischen Land zugebracht, um die ungeheure Vielfalt von Pflanzen aufzulisten, die in zunehmendem Maße von der Vernichtung durch Siedler, Viehzüchter oder Abholzungsunternehmen bedroht waren. Irgendwo unter den Tausenden noch nicht entdeckter Spezies lagen reele Chancen für neue lebensrettende Medikamente, eine Tatsache, die den Pharmaunternehmen sehr wohl bewußt war, die ihn engagierten oder seine Forschungen unterstützten. Es war eine wichtige Arbeit – ein Rennen gegen die Zeit, hatte Holly betont –, der sich Jonathan uneingeschränkt widmete. Alles andere hatte sich ihr unterzuordnen.

Inzwischen war Holly darüber gelassener geworden, aber hinter ihr lagen mit Sicherheit ein paar sehr schwere Jahre, besonders als Emma und Lucy noch klein waren. Stets stand sie vor der Wahl, mit ihnen entweder in ein abgelegenes und womöglich sogar gefährliches Land zu ziehen oder endlose Monate in Washington zu verbringen und darauf zu warten, daß ihr Ehemann endlich zurückkam. Unnötig zu sagen, daß ihre eigene – erfolgversprechende – Karriere als Journalistin dabei ins Hintertreffen geriet. Jonathans neue Freundin Christina war zehn Jahre jünger als er und gleichfalls Botanikerin. Vielleicht würde sie es leichter haben.

»Richard?«

Holly blinzelte zu ihm auf, ihre dunklen Augen schienen alles Sonnenlicht zu absorbieren.

»Hallo.«

Sie zog die Beine an.

»Die Klimaanlage hat den Geist aufgegeben.«

»Und da dachtest du, du könntest dich splitternackt ausziehen?«

Lächelnd schob sie die Zungenspitze zwischen die kräftigen weißen Zähne.

»Ich schufte bis zur Besinnungslosigkeit, und du lungerst hier im Evaskostüm herum und läßt dich bräunen. Ich kann nur hoffen, daß da draußen niemand ein Fernglas besitzt.«

Sie nahm ihm das Foto ab.

»Siehst du die Kleine da? Sie heißt Indah. Ihre Mutter ist die Haushälterin. Sie ist genauso alt wie Emma und Lucy. Also haben sie endlich jemanden zum Spielen. Sie spricht ganz gut englisch, sagt Jonathan.«

Richard setzte sich. Seine Anzughosen spannten sich an den Oberschenkeln. Er deutete auf das Bild.

»Was hält Lucy da in der Hand?«

Holly betrachtete die fußballgroße Frucht zwischen Lucys Fingern.

»Das ist eine Durian, eine einheimische Frucht. Offenbar absolut widerlich – wie Eis mit Zwiebelgeschmack, sagt Jonathan. Und der Geruch ist sogar noch schlimmer. Man darf sie nicht in öffentlichen Verkehrsmitteln mitnehmen, weil sie so stinken.«

»Eis mit Zwiebelgeschmack?«

»Lucy hat ein ausgesprochenes Faible für die Dinger. Ist das zu glauben? Sie kann gar nicht genug davon bekommen. Aber sie darf sie nur draußen auf der Veranda essen.«

»Das überrascht mich nicht. Wann ist die Post gekommen?«

Holly rollte herum und bündelte die Seiten des Briefes.

»Heute vormittag. War nur eine Woche unterwegs. Offenbar amüsieren sich alle prächtig. Jonathan schreibt, er holt uns vom Flughafen ab, wenn wir hinfahren.«

Richard nickte und trank noch einen Schluck Orangensaft. Irgendwann hatte sich der Satz »Falls wir hinfahren« in »Wenn wir hinfahren« verwandelt. Zunächst, bevor die Zwillinge abgereist waren, war Holly diesem Vorhaben gegenüber ebenso skeptisch eingestellt gewesen wie er selbst. Aber zwei Wochen ohne ihre Kinder hatten das verändert. Sie fehlten ihr, und sie machte sich Sorgen um sie. Ihre vorsichtigen Pläne für einen Urlaub zu zweit waren längst zu den Akten gelegt. Jetzt gab es nur noch Sumatra oder einen handfesten Krach.

Natürlich war alles Jonathans Idee gewesen. Schon seit geraumer Zeit versuchte er, seine Exfrau dazu zu bewegen, die Zwillinge einen Monat oder zwei bei ihm verbringen zu lassen. Bisher hatte er sie nur gesehen, wenn er in die Staaten kam, aber da die beiden inzwischen fast Teenager und begierig aufs Reisen waren, wollte und konnte sich Holly ihnen nicht in den Weg stellen. Abgesehen davon könne es den Kindern nur guttun, andere Kulturen und Lebensweisen kennenzulernen, hatte Jonathan in einem seiner geschickt formulierten Briefe betont. Im Hinblick auf einige der Gestalten, mit denen sich Lucy und Emma neuerdings umgaben, mußte Holly zustimmen. Und so wurde beschlossen, daß die Zwillinge sechs Wochen bei ihrem Vater und Christina auf Sumatra verbrachten. Und Jonathan hatte es sogar geschafft, die Flugkosten von seinem großzügigen Forschungsbudget von Westway Pharmaceuticals abzuzweigen.

Richard war die Vorstellung, sechs Wochen allein mit Holly zusammensein zu können, wie ein unglaublicher Luxus erschienen. Es war durchaus nicht so, daß er sich mit den Zwillingen nicht verstand, aber sie waren alt genug, um zu spüren, daß er in keiner Weise ihr Vater war. Zwischen ihnen bestand noch immer eine respektvolle Distanz, die sie davon abhielt, zu einer wirklichen Familie zusammenzuwachsen, obwohl sie allesamt unter einem Dach lebten.

Erst nachdem der Abflugtermin der Zwillinge feststand, war Jonathan mit dem Vorschlag herausgerückt, daß Richard und Holly ein wenig später folgen sollten. Und wieder wurde alles damit begründet, was gut für die Mädchen war. Die Welt sei voll von verkorksten Kindern, deren Mütter und Väter einander haßten – behauptete er –, und da wäre es nur positiv für Emma und Lucy, sich durch eigene Anschauung davon zu überzeugen, daß ihre Eltern immer noch miteinander auskamen.

Es hörte sich selbstverständlich sehr logisch an – alles, was Jonathan tat, sei logisch, betonte Holly –, aber Richard konnte ein gewisses Unbehagen nicht unterdrükken. Wie würde Holly da drüben reagieren? Sie äußerte sich mitunter sehr vernichtend über ihren Exmann, aber Richard spürte, daß sie doch noch etwas für Jonathan empfand, einen Restbestand tiefer Gefühle hegte, die mehr waren als nur Nostalgie oder Wertschätzung.

Es war nicht leicht, Rhodes' Nachfolger zu sein. Seine Tätigkeit war so verdammt bewundernswert und die Art und Weise, wie er ihr nachging – ob in Peru, in Kamerun oder in Indonesien –, ungeheuer kenntnisreich und energiegeladen. Auf seinem Gebiet war Dr. Jonathan Rhodes das Idol aller. Er mochte ein lausiger Ehemann und nachlässiger Vater gewesen sein, aber er war dabei, den Planeten vor dem Untergang zu bewahren, und saß nicht in einem Wolkenkratzer in Manhattan herum, um elektronisch Geld von einem Konto aufs andere zu verschieben.

»Bist du auch ganz sicher, daß du mich dabeihaben willst?« fragte Richard unwillkürlich.

Holly blickte auf. »Selbstverständlich. Willst du denn nicht mitkommen?«

»Doch, doch. Aber ich weiß nicht recht. Ich dachte

nur, wenn du und der Mann der Tat vielleicht etwas wieder kitten wollt, wäre es dir womöglich lieber, wenn ...«

Holly griff sich ein Handtuch vom Sessel und hüllte sich hastig darin ein.

»Wir haben doch nicht die Absicht, irgend etwas zu kitten, Richard. Mach dich doch nicht lächerlich. Das alles ist längst Geschichte. Natürlich möchte ich, daß du mitkommst.«

»Okay, okay, ich dachte ja nur...«

»Denk lieber nicht.«

Sie seufzte. Einen Moment lang sahen sie einander an. Dann kam sie zu ihm, kniete sich neben ihn auf die Couch und fuhr ihm mit den Fingern durch das schüttere braune Haar.

»Und wann willst du fliegen?« erkundigte er sich.

»Ich habe bei Malaysian Airlines angerufen. Am vierten August gibt es einen Flug nach Singapur mit direktem Anschluß nach Padang.«

Richard runzelte die Stirn.

»Am Vierten? Das ist in zwei Wochen. Vor dem Zehnten komme ich auf keinen Fall weg.«

Holly legte ihm die Hände auf die Schultern.

»Aber das ist doch kein Problem, oder? Dann hätte ich ein bißchen Zeit, im Camp alles zu klären.«

Richard blickte ihr in die dunklen Augen. Was wollte sie da klären? Es wäre ohne ihn sehr viel einfacher, falls sie tatsächlich vorhatte, die Beziehung zu Jonathan einzurenken.

»Ein wundervoller Name«, begeisterte sie sich. »Rafflesia Camp. Jonathan hat es nach einer Blume benannt, die dort in den Wäldern wächst und ihren Namen wiederum von einem berühmten Entdecker erhalten hat, von Sir Thomas Raffles. Man nennt sie auch die Leichenlilie. Es ist die größte Blume der Welt. Sie ist wirklich riesig, immerhin hat sie einen Durchmesser von knapp einem Meter. Kannst du dir das vorstellen? Wir könnten Spaziergänge in den Wäldern unternehmen. Fotografieren. Es gibt da eine Senke, in der man schwimmen kann, und eine herrliche Veranda. Stell dir vor, wenn wir bei Sonnenuntergang dort sitzen.«

»Ich dachte, du hättest dich von Jonathan scheiden lassen, um dem allem zu entkommen. Insekten, Malaria, Typhus.«

Holly zögerte einen Augenblick.

»Ich habe mich von Jonathan scheiden lassen, um *ihm* zu entkommen.«

Richard trat an den Kühlschrank und holte zwei Bier. Er reichte Holly ein Budweiser.

»Du solltest dir etwas anziehen«, sagte er.

»Was ist los, Richard?«

»Nichts«, entgegnete er. »Jedenfalls nichts Rationales.«

»Was dann?« hakte sie nach. »Erzähl's mir.«

»Ich bin nur nicht gerade begeistert über die Vorstellung, daß du und er...«

»Und Christina. Vergiß sie nicht.«

»Ich sagte ja, es sei nicht rational.«

»Dir paßt es nicht, daß wir für eine gewisse Zeit zusammen sind?«

Richard hob die Schultern.

»Vermutlich nicht. Ich meine, vielleicht will er es noch einmal versuchen. Vielleicht ist diese Christina gar nichts Ernstes. Hast du dir das schon einmal überlegt?«

Holly setzte sich Richard gegenüber und sah ihn an. Er wirkte erschöpft. Er arbeitete in letzter Zeit zuviel. Das hatte sie ihm immer wieder gesagt. Erfolglos: Er war entschlossen, dafür zu sorgen, daß es ihr und ihren Kindern an nichts fehlte.

»Um ganz ehrlich zu sein – ja, das habe ich mir überlegt. Bei Jonathan kann man nie sicher sein. Er muß alles, was er tut, rational begründen und erklären, selbst wenn er sich nur einen Hamburger kaufen will. Aber diesmal bin ich davon überzeugt, daß es ihm ernst ist. Vor einiger Zeit habe ich ihm von Emma und Lucy erzählt, ich meine, von ihren Schwierigkeiten in der Schule.«

»Du meine Güte! Sie sind doch nicht die ersten Kinder auf der Welt, die den Unterricht geschwänzt haben.«

Holly streckte die Hand aus und berührte seinen Arm.

»Ich weiß. Und das ist alles längst ausgestanden, was nicht zuletzt dein Verdienst ist. Das habe ich dir mehr als einmal gesagt. Aber ich glaube, es hat Jonathan zum Nachdenken gebracht. Ich bin davon überzeugt, daß er ihnen etwas Gutes tun will. Er glaubt, sie brauchen die Gewißheit, daß er für sie da ist.«

»Und was ist, wenn er etwas ganz anderes vorhat?«

Holly blickte auf ihre Knie.

»Dann verschwendet er nur seine Zeit. Sieben Jahre mit ihm waren genug.« Sie sah wieder auf, und er registrierte die Intensität ihres Blickes mit Freude. »Aber es ist die Sache doch wert, oder? Ich meine, wenn es positiv für Emma und Lucy ist, sollte es doch den Versuch wert sein.«

Lächelnd sah Richard sie an.

»Sicher, sicher. Hör einfach nicht auf mich. Ich leide unter Verfolgungswahn. Bringt der Job mit sich.«

Es entstand ein längeres Schweigen, in dem sie sich nur ansahen. *Wenn du mich heiraten würdest ...* wollte er fast schon sagen. Aber nein, es war der falsche Augenblick. Sie würde ihm nur wieder erklären, daß sie dazu noch nicht bereit sei, wie sie es ihm schon vor zwei Monaten und weiteren zwei Monaten davor gesagt hatte. Und dann würde er sich den ganzen Abend über wieder so hundsmiserabel fühlen wie beidemal zuvor. Natürlich hatten sie immer wieder über dieses Thema diskutiert. Aber das Komische war, daß sich eigentlich nichts geändert hatte. Das ist nun mal das Problem, wenn das Vokabular geistvoller und ausgefeilter ist als die Gefühle. Da kann man von Ersatzhandlungen, Druck und Sublimierungen reden, soviel man will, aber Worte sind keine Zaubersprüche. Sie haben nicht die magische Kraft, die alten Dämonen der Eifersucht und der Angst abzuwehren. Alles, was Holly sagte, klang absolut sinnvoll – genau wie Jonathans Vorschläge –, aber Richards Empfindungen blieben die gleichen. Er wußte nur, daß die Kinder der Schlüssel waren. Für Holly waren sie das schon immer gewesen. Sie hatte gewisse Probleme gehabt, Kinder zu bekommen, medizinische Probleme, die die Geburt von Emma und Lucy vor zwölf Jahren zu einem kleinen Wunder gemacht hatten.

Richard duschte und ging dann ins Schlafzimmer, um sich etwas anderes anzuziehen. Nach dem Ausfall der Klimaanlage war die Luft stickig. Er schlüpfte in einen Baumwollhausmantel, den ihm Holly gekauft hatte, setzte sich hin und starrte die Wand an.

Prompt meldete sich sein aktuelles Geschäftsvorhaben zurück. Sobald er sich ein wenig entspannte, leuchteten alle Zahlen, alle Probleme in seinem Kopf auf wie auf der Anzeigetafel in der Börse. Er war gerade damit beschäftigt, ein Software-Unternehmen auf dem Aktienmarkt einzuführen, das von einer Handvoll Computer-

Wunderknaben geleitet wurde – netten Jungs, aber ein bißchen ausgeflippt. Er sah überhaupt keine Möglichkeit, dieses Geschäft bis zum 4. August unter Dach und Fach zu bringen. Und er wußte, daß Holly nicht warten würde. Wenn es um die Mädchen ging, reagierte sie wie eine liebeskranke Rakete. Es war ihre Liebe, die sie suchte, nicht seine. Und dann gab es da Dr. Jonathan Rhodes, der noch immer die Macht besaß, sich um die halbe Welt herum in ihr Leben einzumischen.

Richard betrachtete das Muster seines Hausmantels. Unwillkürlich wünschte er sich, es würde weder die Mädchen geben noch ihren Vater. Er wünschte, es hätte sie nie gegeben.

2

PROVINZ JAMBI, SUMATRA, 24. JULI

Lieutenant Amir Salim wäre von seiner ersten Patrouille ins Landesinnere wohlbehalten zurückgekehrt, wenn er auf Sergeant Sidharta gehört hätte.

»Wir sind hier in Jambi«, sagte Sidharta und legte einen tabakbraunen Zeigefinger mitten auf die Karte. »In einer fremden Provinz.«

Lieutenant Salim wischte sich den Schweiß von den Lidern und blickte blinzelnd auf den Weg zurück, den sie gekommen waren. Die rote Erde des Pfades war unter stachligen Grasbüscheln und rasiermesserscharfem Unkraut fast nicht zu sehen. Hohe Gummibäume neigten sich von beiden Seiten über die schmale Schneise, als wollten sie eine Wunde verschließen. Die Narben an ihren Stämmen waren etliche Jahre alt, stellte er fest. Die Kautschuksammler waren seit langem fort.

»Und?«

»Es ist nicht *unsere* Provinz, Sir. Fällt nicht in unseren Verantwortungsbereich.«

Der Jeep hinter ihnen stoppte. Einer der Männer sprang herunter, um zu pinkeln. Der Rest blieb sitzen, spähte ins Dschungeldunkel und hielt die Gewehre fest umklammert. Zum erstenmal machten sie auf Lieutenant Salim trotz der Hitze und der Luftfeuchtigkeit einen hellwachen Eindruck.

»Unsere Basis ist die nächste«, sagte er und griff nach der Karte.

»Aber wir sollten dem Oberkommando in Jambi Bericht erstatten«, entgegnete Sidharta. »Es ist ihre Provinz, also ist es auch ihr Problem.«

Salim antwortete nicht. Seit fast zwei Monaten hielt er sich auf Sumatra auf, aber es war das erste Mal, daß er sich mehr als acht Kilometer von der Kaserne entfernt hatte. Jedenfalls war er erstmals mit einem Jeep auf Patrouille. Er hatte nicht die Absicht, nur wegen einer Pünktchenlinie auf einer veralteten Karte umzudrehen, schon gar nicht, weil mit Sergeant Sidharta offenbar die Phantasie durchging. Da sähe er doch mehr als dumm aus.

Salim verfolgte ihre Route vom Trans-Sumatran Highway und versuchte, sie mit den Instruktionen in Einklang zu bringen, die er von der Polizei in Padang erhalten hatte. Die Karte war vor vierzehn Jahren erschienen, und der Verlauf kleinerer Wege und Pfade hatte sich in der Zwischenzeit mit Sicherheit verändert. In Padang hatte er die Polizei gebeten, sie zu begleiten, um nicht in die Irre zu fahren, aber sie hatten sich mit Arbeitsüberlastung in der Stadt entschuldigt. Zunächst hatte er angenommen, daß sie nur faul waren wie die meisten der Einheimischen, doch nun kam es ihm so vor, als hätten sie auch ein wenig Angst. Er hatte zwar nie viel auf die Gerüchte gegeben, aber vielleicht sahen sie das anders. Doch das war jetzt unerheblich. Wenn die ihm genannte Position stimmte, konnte das Camp nicht weiter als ein paar Kilometer entfernt sein. Falls sich der Pfad in die falsche Richtung weiterschlängelte, mußten sie eben umkehren und nach einem anderen suchen. Und wenn sie keinen fanden, konnten sie immer noch querfeldein marschieren. Ihnen blieben noch ein paar Stunden Tageslicht.

Alles hatte mit einem Funker im Hauptpostamt an der Aziz Chan Street begonnen, einem drahtigen kleinen

Mann namens Djamil. Alle paar Tage nahm Djamil jeweils um ein Uhr mittags Kontakt zum Rafflesia Camp auf und sprach in seinem gebrochenen Englisch mit dem Leiter des Projekts, Dr. Jonathan Rhodes. Falls nötig, konnte Djamil eine Verbindung zwischen Rafflesia und Washington herstellen, aber üblicherweise gab er nur Nachrichten weiter oder informierte über den Inhalt des Camp-Postfachs.

Vor zwei Tagen war es ihm nicht gelungen, Kontakt zum Rafflesia Camp zu erhalten. Djamil hatte es auf allen Frequenzen versucht, aber nur ein seltsam leises Rauschen auf dem Hauptband gehört. Es war nicht das erste Mal, daß er Probleme mit der Verbindung hatte. Zwischen der Küste und dem Camp lag das Hochland von Minang, und wenn die atmosphärischen Bedingungen schlecht waren, konnte sich das Funksignal anhören, als würde es durch einen Schlauch gepustet. Also beschloß Djamil, erst einmal gar nichts zu tun und es am nächsten Tag noch einmal zu versuchen.

Am nächsten Vormittag um elf Uhr war er in der Bank Dagang Negara aufgetaucht und wollte dringend mit dem Direktor sprechen, einem Mann mit guten Englischkenntnissen. Djamil zufolge hatte sich ein Mann – er konnte nicht sagen, ob es Dr. Rhodes war oder nicht – auf englisch aus dem Rafflesia Camp gemeldet, aber auf eine Art, in einem Tonfall, den Djamil nicht verstand. Djamil hatte sich bemüht, mit ein paar gebrochenen Sätzen zu antworten, aber es war zu keiner vernünftigen Verständigung gekommen. Zögernd verließ der Direktor seinen Schreibtisch und begleitete Djamil ins Postamt zurück. Als sie dort ankamen, war die Verbindung zum Rafflesia Camp wieder unterbrochen. Daraufhin wurde die Polizei informiert und über sie Salims Einheit in der Bayur-Kaserne.

Zu diesem Zeitpunkt hatte sich Salim zwar gefragt, ob er nicht übertrieb, aber dennoch sieben Mann zusammengetrommelt und zwei M38, um sie zu transportieren. Von seinem durch Ruhr ans Bett gefesselten Vorgesetzten Colonel Azwar war ihm lediglich der Auftrag erteilt worden, nach dem Rechten zu sehen. Er schien nicht anzunehmen, daß es sich um etwas Ernstes handelte. Aber als sie am folgenden Morgen durch das Hochland fuhren, vorbei an schäbigen Gehöften, errichtet auf willkürlich aus den Wäldern geschlagenen Schneisen, war Salim ins Grübeln gekommen.

Diese Art von planloser Neubesiedlung hatte er schon einmal gesehen, auf Timor, wo sein Vater als Colonel stationiert gewesen war. Sobald ein Wettstreit um Land und Lebensunterhalt entstand, kamen früher oder später Menschen zu Schaden.

Für die Regierung in Jakarta waren die Wälder auf den abseits gelegenen Inseln nichts weiter als Wildnis, jungfräuliches Land, auf dem sie den Bevölkerungsüberschuß von Java abladen konnte. Tausende von Menschen wurden aus den Slums und Barackensiedlungen gelockt und mit Hilfe eines offiziellen Dokuments in Bauern verwandelt. Das Problem war nur, daß sie die ihnen versprochenen Werkzeuge und Darlehen nie erhielten. So blieb ihnen nichts anderes übrig, als dem kargen Boden einen mehr als bescheidenen Ertrag abzuringen. Und während sie immer weiter ins Innere vordrangen, sich um die wenigen Straßen ausbreiteten wie eine Infektion um eine Wunde, gerieten sie mit den Menschen aneinander, für die der Dschungel Heimat war.

Die Regierung hatte versucht, das Problem durch Projekte zur »Integration der Waldvölker« zu umgehen und die Kubu auf herkömmlichen Farmen seßhaft zu machen, doch das war ein Fehlschlag. Die Kubu hatten sich alle offiziellen Vorträge über die Vorzüge der modernen Lebensweise zwar höflich angehört, dann aber ihre Jagdspeere ergriffen und das Weite gesucht. Inzwischen wurden die im Zusammenhang mit diesen Projekten errichteten Betonhäuser von weiteren javanischen Immigranten bewohnt. Und inzwischen machten in den Bars von Padang Geschichten von Angriffen auf die Siedler die Runde, von vergifteten Pfeilen, von über Nacht verschwundenen Menschen – und natürlich Hexerei. Sie glaubten noch immer an diesen Mumpitz, diese Leute, auch wenn sie es nicht laut sagten.

Sergeant Sidharta schaltete knirschend in den nächsten Gang, als sich der Jeep seinen Weg durch jungen Bambus bahnte. Ein riesiger fliegender Käfer prallte gegen die Windschutzscheibe, sein Körper wurde von den Scheibenwischern zermalmt. Sie schienen sich wieder nach Süden zu bewegen – in die korrekte Richtung, nahm Salim an –, obwohl es nicht einfach war, bei diesem Gerüttel den Kompaß am Armaturenbrett zu lesen. Der Pfad wurde dunkler und wand sich zwischen den Stämmen aufstrebender Harthölzer hindurch, die bis zu siebzig Meter hoch über ihren Köpfen einen Baldachin formten. Salim wollte dem Sergeant gerade sagen, er solle langsamer fahren, als sie sich auf einer Lichtung unter blauem Himmel wiederfanden. Sie hatten einen weiteren Pfad erreicht, einen breiteren, ordentlich gerodeten. Reifenspuren zeichneten sich auf dem Erdboden ab. Es war die Route, auf die sie von der Straße nach Muaratebo aus einbiegen wollten. Sie waren zu voreilig gewesen.

Nach sechs weiteren Kilometern trafen sie auf das Rafflesia Camp. Der Name stand auf einem an einen Torpfosten genagelten Schild.

Das Gelände war vor zwei oder mehr Jahren bebaut worden, hatte die Polizei gesagt, aber Salim stellte überrascht fest, wie sauber und ordentlich alles wirkte. Die Gebäude waren um eine Rasenfläche gruppiert, in deren Mitte ein hoher, mit Netzen verhüllter und von einem Banyanbaum umwucherter Mangobaum stand. Die Häuser waren aus Holz, einige weiß, andere schlicht grau gestrichen. Sie ruhten auf Pfählen, und einige von ihnen hatten Veranden. Zwischen ihnen wuchsen blühende Sträucher. Das Ganze erinnerte Salim an den Garten des Gouverneurspalastes in Padang, in den er nach seiner Versetzung zu einem Cocktailempfang eingeladen worden war. Das war Zivilisation – sehr gepflegt und alles an seinem Platz.

Bis auf den Lieferwagen. Er stand neben der Einfahrt, gleich hinter dem Tor, und die Kühlerhaube steckte in dem niedrigen Maschendrahtzaun, der das Gelände umgab. Die Fahrertür war offen. Nirgendwo ein Anzeichen von Blut.

»Absitzen!« rief Sidharta, ohne auf Salims Anordnungen zu warten.

Die Soldaten sprangen vom Jeep, die Gewehre im Anschlag. Salim griff zu seiner Automatic, verließ gleichfalls sein Fahrzeug und achtete auf irgendwelche Bewegungen. Ohne das Motorengeräusch war alles sehr still. Ganz so, als hielte der Dschungel den Atem an und wartete auf sie.

Salim lief zum Lieferwagen hinüber. Darin befand sich nichts außer einem Stahlkabel und ein paar Benzinkanistern. Der Fahrer war von der Fahrbahn abgekommen und gegen den Zaun geprallt, aber es war unerklärlich, warum. Es gab keine Anzeichen von Beschädigungen, und die Reifen waren intakt. Vielleicht war er gewaltsam von der Straße gebracht worden. Salim beugte sich erneut in die Fahrerkabine und suchte aufmerksam nach Einschüssen. Er fand nichts außer einem undeutlichen braunen Fleck auf der Windschutzscheibe, knapp einen halben Meter über dem Steuerrad. In dem Fleck entdeckte er feine Sprenkel, wie zerkaute Kaffeebohnen.

Ungeduldig winkte er Segeant Sidharta auf die Gebäude zu und bückte sich, um ein kleines rosafarbenes Trainingsanzugoberteil aufzuheben, das ein paar Meter entfernt auf dem Boden lag. Er untersuchte es. Er fand keine Rißspuren, keinen Hinweis auf einen Kampf. Das Oberteil war sauber und roch schwach nach Citrusfrüchten. Von der Polizei wußte er, daß auch Kinder hier wohnten, zwei, eventuell drei. Da waren sie sich nicht ganz sicher gewesen.

Sidharta ging keinerlei Risiken ein. Er schickte einen Mann auf die Rückseite des nächsten Hauses und zwei weitere, um die Grenzen des Geländes zu erkunden. Die beiden sahen geradezu lächerlich aus, wie sie unbeholfen über das Gelände stolperten und ihre Waffen auf Sträucher und Schatten richteten. Sie wirkten wie die nutzlosen, halbausgebildeten Wehrpflichtigen, die sie auch waren. Salim steckte seine Automatic wieder ins Holster und marschierte auf das größte Gebäude zu.

Zunächst hielt er, was er hörte, für Musik, ein veränderliches Summen, das aus einem Radio kommen konnte. Auf der Veranda blieb er stehen, um zu lauschen, aber der Klang schien abzunehmen. Er spürte, wie sich etwas in ihm zusammenzog. Er blickte über die Schulter. Einer der Männer stand am Zaun und starrte zu ihm herüber.

Er trat an die Tür und klopfte zweimal. Keine Reaktion. Dr. Rhodes und sein Team waren nicht zu Hause. Hatten sie das Gelände verlassen, oder waren sie verschleppt worden? Salim drehte den Knauf und betrat das Haus.

Fliegen umschwärmten ihn, stießen gegen sein Gesicht, als wollten sie ihn wieder hinaustreiben. Er schlug nach ihnen, spuckte, wischte sie von seinen zusammengepreßten Lippen, während er sich weiter ins unangenehm riechende Hausinnere bewegte. Er sah einfache Möbel, einen Tisch mit leeren Gläsern, gefärbte Wandbehänge aus Sumba, Bücher in einem Regal. In der gegenüberliegenden Wand gab es einen schmalen Durchgang zu einem Flur mit Türen an beiden Seiten. Ein Geviert Sonnenlicht leuchtete eine entfernte Ecke aus. Als er sich ihr näherte, hörte er ein wimmerndes Geräusch, das das Insektengesumm durchdrang, und dann eine Stimme – Bruchstücke eines Satzes.

»Hallo? Ist da ...?«

Wieder ertönte die Stimme. Sie war verzerrt, verformt und hallte über ein Kurzwellenfunksignal aus der Ionosphäre wider. Irgend jemand wollte Funkkontakt aufnehmen. Vielleicht war es Padang oder Dr. Rhodes selbst. Salim schob die nächste Tür auf und suchte nach dem Gerät. In dem Raum standen zwei Betten, Feldbetten, die Moskitonetze hingen unordentlich von den vier parallelen Schnüren. Aber neben einem Bett lagen zwei Kinderhausschuhe. Sie sahen aus wie Riesenmäuse mit Ohren und Schnurrhaaren. Er eilte ins nächste Zimmer.

Und dann schlug er die Hand vor den Mund und starrte sie an: Es waren Frauen. Das sah er an den langen Haaren, die unter den Bettdecken hervorquollen, Bettdecken, die über ihre Leichen gezogen worden waren, um sie zu verbergen, um all das Blut aufzusaugen. Eine der Frauen war blond, eine Nordamerikanerin oder Europäerin. An den Wänden klebte Blut, und auch auf dem

Boden befand sich eine Blutlache und etwas, was aussah wie Fleischstücke. Hinter einer der Toten sah er Blutspritzer an der Wand, als wäre eine Jagdflinte eingesetzt worden. Das Gesumm der Fliegen schien sich zu vervielfältigen. Von draußen rief jemand. Sidharta rief seinen Namen. Und an seiner Stimme erkannte Salim, daß in den anderen Häusern weitere Tote lagen. Da gab es zwei Kinder.

Langsam ging er auf das nächststehende Bett zu, lief um die umgestürzten Stühle. Seine Stiefel knirschten über zerbrochenes Glas. Dann ergriff er den Zipfel der Bettdecke und hob sie hoch.

3

PROVINZ JAMBI, 25. JULI

Der Sturz hatte ihm das Genick gebrochen, so viel war sicher. Fluchend spuckte Ahmad einen Tabakkrümel aus. Ganz gleich, wie schnell man war und wie hoch die Dosis, die man benutzte, mitunter gelang es ihnen, in die oberen Äste zu entkommen, bevor das Gift wirkte. Dann krachten sie durch die Zweige und landeten als Bündel von Fell und zerbrochenen Knochen auf dem Boden. Er sah auf den Körper hinunter und drehte ihn mit dem Fuß um. Nur für den Fall, daß das Tier doch noch lebte. Ein Schweinsaffe, ein voll ausgewachsenes Makakenweibchen mit glattem rehbraunem Fell. Tot.

Er kniete sich nieder und suchte nach dem Pfeil. Bei einem Preis von zweitausend Rupien pro Stück konnte er es sich nicht leisten, einen zu verschwenden. So wie das Tier den Kopf zurückgeworfen hatte, war Ahmad sicher, es an der Halsseite getroffen zu haben. Es war kreischend vor Angst herumgewirbelt, bevor es den Stamm hinaufgehetzt war. Aber da war jetzt kein Pfeil mehr. Entweder war er bei dem Sturz herausgerutscht, oder das Tier hatte ihn selbst herausgezogen. Ahmad fluchte erneut. Da hatte er zwei Stunden lang in einem ameisenverseuchten Loch gehockt, aber nichts anderes vorzuweisen als einen Verlust von zweitausend Rupien.

Er ergriff den Affen bei den Füßen und trug ihn davon. Immerhin bestand die Chance, daß er das Fell verkaufen konnte, wenn in dieser Woche die richtigen Händler in der Stadt waren. Doch dorthin mußte er erst einmal kommen, bevor sich die Fliegen über das Tier hermachten. Er steckte den Körper in einen Sack und trug ihn zusammen mit dem leeren Käfig zu seinem Boot.

Es war später Nachmittag, und er begann zu glauben, daß ihn sein Glück verlassen hatte. Er drehte sich eine Zigarette und blickte über den Fluß zu den dunklen bewaldeten Hügeln hinüber. Die lehmigen, gekräuselten Wellen des Hari glitten an ihm vorüber auf ihrem Weg nach Muaratebo, wohin auch er bald fahren würde. Bis heute war es nicht schlecht gelaufen: neun Makaken und ein Bilou, ein geschmeidiger schwarzer Gibbon, dessen Morgenruf einen Menschen zu Tränen rühren konnte, wie es hieß.

Vielleicht lag es an dem Bilou. Vielleicht war es das, was den Dschungel bewogen hatte, sich von ihm abzuwenden. Normalerweise stellte Ahmad ihnen auch nicht nach. Sie gehörten zu den Tieren, die man nicht kistenweise verkaufen konnte, sondern nur Stück für Stück, wenn irgendein Geldsack in Jakarta oder Medan ein Geburtstagsgeschenk für seine Kinder haben wollte. Die großen Händler in Singapur waren an Bilous nicht interessiert – jedenfalls hatte ihm Bacelius Habibie, sein Abnehmer in Muaratebo, das so gesagt –, und darüber hinaus war es illegal, sie zu jagen. Doch darüber machte sich Ahmad keine Sorgen. Für ihn war es mehr eine Frage des Glücks.

Den einheimischen Kubu zufolge waren die Bilous und die Menschen einst ein und dasselbe Geschöpf gewesen. Erst als die Bäume zu überfüllt wurden, trennten sich ihre Wege: Die Bilous des Bodens wurden Menschen. Deshalb wurden die Bilous nie gejagt. Sie waren Vettern. Sie konnten aufrecht gehen. Wenn man kaltblütig einen von ihnen tötete, dann war das so, als würde man einen Menschen töten. Der Geist des Bilous kehrte zurück, um einen heimzusuchen.

Ahmad spuckte in den Fluß. Normalerweise achtete er nicht auf Völker wie die Kubu. Die meisten Kubu, die er kannte, waren Schnorrer, die durch die Straßen von Muaratebo schlichen, gefälschte Glücksbringer verkauften und sich betranken, sobald sie es sich leisten konnten. Aber es gab andere, die ihr Leben noch immer so führten, wie es ihre Vorfahren seit Anbeginn der Welt getan hatten. Sie mochten stur und gottlos sein, aber sie kannten den Dschungel. Er hatte natürlich nie eine Möglichkeit gehabt, sich mit ihnen zusammenzusetzen und darüber zu reden. Selbst im Hochland sah er sie nur selten. Doch andererseits bewies genau das, wie gut sie sich auskannten. Denn sie waren selbstverständlich da.

Während der ganzen Rückfahrt flußaufwärts ging Ahmad der Bilou nicht mehr aus dem Kopf. Er versuchte an Muaratebo zu denken, an die Gastfreundschaft, die er bald bei Madam Kim genießen würde, doch immer wieder schob sich der Bilou in seine Überlegungen, wie einer der Walddämonen, die einem ins Ohr kriechen konnten.

»Aber ich habe ihn nicht getötet – nur gefangen«, sagte er. Seine Stimme hörte sich verzagt an, töricht. Zu beiden Seiten des Bootes trieb der lauschende Dschungel vorbei.

Es dunkelte bereits, als er um die letzte Biegung des Flusses fuhr. Da sah er es: ein Boot, das ein wenig unterhalb des kleinen Anlegestegs lag, den er sich aus abgestorbenen Ästen und Stricken zusammengebaut hatte. Der Bilou war noch nicht fertig mit ihm.

Er schaltete den Motor aus und steuerte das Boot ganz dicht ans Ufer, damit ihn die überhängenden Bäume verbargen. In den vergangenen drei Monaten waren Diebe – Kubu oder vielleicht auch nur hungrige Bauern – in seinem Unterschlupf aufgetaucht, hatten Lebensmittelkonserven gestohlen und sogar das Dach beschädigt. Diesmal würde er sie schnappen, ihnen sein kostbares Remington-Jagdgewehr unter die Nase halten, das ihn stets in den Wald begleitete für den Fall, daß er etwas Größeres als einen Affen zur Räson bringen mußte. Er würde ihnen zeigen, daß er ein Mann war, mit dem man rechnen mußte. Er griff zu seinem Paddel und manövrierte das Boot so behutsam, daß keine Welle gegen den Bug schlug. Bald darauf kam die Schutzhütte in sein Blickfeld, doch niemand war zu sehen. Aber er konnte sie hören. Es klang, als würden sie seine Habseligkeiten durchwühlen.

Er zwängte das Boot zwischen die Äste eines umgestürzten Baumes und trat ans Ufer. Ein Fuß klatschte ins Wasser. Ahmad blieb einen Moment lang stehen und lauschte. Aber sie waren zu intensiv damit beschäftigt, seine Sachen zu durchstöbern. Die Affen in den Käfigen hinter der Hütte begannen unruhig zu werden. Hatten die Eindringlinge vor, sich an seinen Tieren zu vergreifen? Er griff zu seinem Gewehr.

Er schlich zu der hohen Palme, an der er üblicherweise sein Boot festmachte. Der Boden war schlüpfrig, aber die Deckung gut, und er konnte eine Ecke der Hütte beobachten. Sobald sie auftauchten, würde er schießen. In die Baumkronen feuern. Dann würde er sich zeigen. Er trat einen weiteren Schritt vorwärts. Ihm schoß durch den Kopf, daß sie ebenfalls bewaffnet sein könnten.

Er nahm die Hütte gerade ins Visier, als es drinnen plötzlich hell wurde. Sie hatten seine Taschenlampe gefunden. Der Lichtkegel schwenkte nach links, nach rechts und richtete sich dann auf den Boden. Eine blasse Gestalt tauchte auf, und Ahmad zielte. Der Lichtkegel tanzte auf und ab, warf Schatten auf den festgetretenen Boden.

Gerade als sich sein Finger um den Abzug spannte, hörte er hinter der Hütte einen durchdringenden Schrei. Es entstand ein kurzer Tumult, ein dunkler Schatten stürzte auf ihn zu und hastete einen Baumstamm hinauf. Er stürzte rückwärts, sein Fuß glitt im Schlamm aus, während der Makak – einer seiner Makaken – im Dunkel des Waldes verschwand.

Fluchend hob Ahmad wieder das Gewehr und stellte fest, daß er dem Dieb direkt ins Gesicht blickte. Zunächst wollte er seinen Augen nicht trauen. Der Dieb sah ihn und starrte zurück. Aber es war gar kein Dieb.

Zum erstenmal an diesem Tag lächelte Ahmad.

4

RAFFLESIA CAMP, SUMATRA, 26. JULI

Die Jeep-Geräusche brachten Salim auf die Beine. Er knöpfte seine Hosen zu, zwängte sich durch das dichte Dornengestrüpp am Umgrenzungszaun und joggte auf die grauen Zelte zu, die sie im Schatten eines Banyanbaumes errichtet hatten. Es war kurz nach ein Uhr.

Seit zwei Tagen saßen sie auf dem Gelände fest und warteten auf die Ankunft der »Experten« aus Jakarta. Nachdem Salim festgestellt hatte, was von den Körpern übriggeblieben war, hatte er Funkkontakt zur Bayur-Kaserne aufgenommen und um Anweisungen gebeten. Die Männer waren von dem Anblick völlig durcheinander, und das zweistündige Warten auf eine Antwort kam ihnen vor wie eine Ewigkeit. Aber schließlich hatte sich das Funkgerät geräuspert. »Die Leichen nicht berühren«, lautete die Anordnung von Colonel Azwar. Aber die Männer sollten das Gelände absichern und ein Lager errichten. Es würde ein Expertenteam eingeflogen werden.

»Wie lange wird das dauern?« hatte Salim gefragt. »Wir haben nur für drei Tage Verpflegung und Wasser.«

»Es wird so lange dauern, wie es dauert«, erhielt er zur Antwort.

Niemand schien etwas dagegen zu haben, daß er mit seiner Einheit in die Provinz Jambi eingedrungen war, dennoch fühlte sich Salim exponiert. »Experten« aus Jakarta! Die Vorstellung, daß sie allein auf seine Meldung hin Flugzeuge, Hubschrauber, ein Spezialistenteam – und Gott weiß was noch alles – auf Trab gebracht hatten, verursachte ihm Unbehagen. Soweit er wußte, war das Camp von den Einheimischen überfallen worden. Jedenfalls wurde diese Meinung von den meisten Männern der Einheit geteilt, einschließlich Sergeant Sidharta. Zwar waren die Leichen in einem so schlimmen Zustand, daß man keine zweifelsfreien Rückschlüsse ziehen konnte, aber die Menge des über Wände und Fußboden verspritzten Blutes schien auf einen wie auch immer gearteten Angriff hinzuweisen. Wenn es sich herausstellte, daß sie mit irgendwelchen einheimischen Stammesangehörigen aneinandergeraten waren, würde er sehr dumm aussehen.

Unter Sidhartas Aufsicht hatten die Männer am Eingangstor Position bezogen. Eine derartige Darstellung militärischer Effizienz war ungewöhnlich, aber Salim sah, wie erleichtert sie waren. Zwei Tage mit Reis, Nudeln und Nichtstun hatten ihnen zugesetzt. Sollen die Experten doch hier das Kommando übernehmen, dachten sie. Bloß raus aus dem Dschungel. Zurück in die relative Behaglichkeit der Kaserne.

Die Aufschrift auf dem Jeep besagte, daß er aus der Bayur-Kaserne kam, aber die vier Insassen waren Fremde. Salim blinzelte in das grelle Sonnenlicht und sah sich den Anführer der kleinen Gruppe an, einen Mann mit kurzgeschnittenem schwarzem Haar. Er hatte den blassen Teint und die herablassende Miene eines Städters aus der Oberklasse. Als der Mann aus dem Jeep stieg, brachte Salim seine staubigen Stiefelfersen mit einem dumpfen Knall zusammen und salutierte.

»Salim?«

Die Stimme des Fremden hörte sich sanft und informell an. Salim salutierte wieder.

»Lieutenant Amir Salim, Sir. Zu Ihrer Verfügung, Sir.«

»Doktor William Angarrayasa. Stehen Sie bequem, Lieutenant. Und lassen Sie Ihre Männer wegtreten.«

Die Männer setzten sich in Bewegung. Einige von ihnen kehrten in den Schatten eines Baumes zurück, um weiter ihre Ausrüstung zu putzen, und zwei widmeten sich wieder der Reparatur eines Zaunstücks, das von einer umgestürzten Palme beschädigt worden war. Der Doktor bot Salim eine Flasche Wasser an. Er trug keinerlei Rangabzeichen. Er war ein »Experte«, und er war aus Jakarta. Das reichte offenbar.

Nachdem er einen Schluck getrunken hatte, reichte Salim die Flasche zurück. Aber der Doktor schüttelte den Kopf und behielt seine zarten Hände in den Taschen. Er musterte Salims Gesicht.

»Behalten Sie sie. Wir haben für Sie und Ihre Männer Proviant mitgebracht.«

Proviant. Salim runzelte die Stirn, aber für Fragen war keine Zeit.

»Wann sind Sie hier eingetroffen?« fragte der Doktor und zog ein blütenweißes Taschentuch hervor.

»Vor zwei Tagen, Sir.«

»Uns wurde gesagt, daß ein Funker in Padang den Alarm ausgelöst hat.«

»So ist es, Sir.«

»Wann war das?«

»Am selben Tag, an dem wir aufgebrochen sind, Sir.«

»Und wie fühlen Sie sich, Lieutenant?«

Salim zögerte. Sein Blick schweifte zu den anderen Männern, die Gerätschaften vom Jeep abluden. Zwei von ihnen wirkten eher wie Soldaten als Wissenschaftler. Vermutlich eine Eskorte.

»Sir?«

»Wie fühlen Sie sich? Sie sehen eigentlich ganz wohl aus.«

»Sehr gut, Sir. Danke der Nachfrage, Sir.«

»Hatten Sie irgendwelche Probleme?«

»Nein, Sir.«

Meinte er Probleme mit den Eingeborenen? Vielleicht hatten die Männer doch recht.

»Es hat hier keine Probleme gegeben, Sir.«

»Keine Tiere? Affen? Ratten möglicherweise?«

Wieder runzelte Salim die Brauen.

»Ich habe keine Affen gesehen, Sir, und auch keine Ratten. Aber da gab es jede Menge Fliegen, Sir.«

Der Doktor schien einen Moment nachzudenken.

»Irgendwelche Probleme mit den Fliegen? Wurde jemand gebissen oder gestochen?«

»Keiner der Männer hat darüber Meldung gemacht, Sir.«

Der Doktor lächelte.

»Gut. Und jetzt möchte ich die Leichen sehen.«

»Selbstverständlich, Sir.«

Salim setzte sich in Bewegung, aber der Doktor machte keine Anstalten, ihm zu folgen.

»Ich bin überzeugt davon, daß wir sie allein finden können, Lieutenant. Die Toten sind dort, wo Sie sie gefunden haben, richtig? Sie haben sie nicht bewegt? Sie nicht berührt?«

»Wir hatten Anweisung, sie nicht anzutasten, Sir.«

»Sehr richtig.«

Und dann sah Salim zu seiner Verblüffung, daß einer der Männer dem Doktor eine Atemschutzmaske reichte. Der Mann und der Doktor zogen sich die Masken über. Sie tauschten ein paar Worte miteinander. Daraufhin schützten sie ihre Hände mit etwas, was verdächtig nach

Operationshandschuhen aussah, liefen auf die Gebäude zu und ließen die anderen Männer beim Jeep zurück. Zum erstenmal bemerkte Salim, daß diese Männer Sturmgewehre trugen.

Als er den maskierten Wissenschaftlern nachsah, ihren harten Schatten mit den Blicken folgte, bekam Salim das Gefühl, daß irgend etwas nicht stimmte.

Ein Streifen Sonnenlicht fiel durch das Fenster auf einen Wandbehang. Sehr ruhig atmend nahm Angarrayasa alle Einzelheiten in sich auf, formulierte in Gedanken bereits seinen Bericht. Jetzt gab es hier nicht mehr allzu viele Fliegen. War das wichtig oder nicht? Er durfte sich nicht zu übereilten Schlüssen verleiten lassen. Er mußte wahrnehmen, deuten. Vor allem mußte er die Situation unter Kontrolle behalten. Dieser Salim machte einen ordentlichen Eindruck, aber bei den anderen war er sich durchaus nicht sicher. Er würde sehr bedacht vorgehen müssen. Das Ganze konnte höchst unangenehm werden.

Sudradjat Ruru betrat hinter ihm den Raum. Er hatte einen Mikrokassettenrecorder bei sich.

»Keinerlei Anzeichen von äußerlicher Beschädigung des Gebäudes. Wenn es ein Überfall war, dann muß er überraschend erfolgt sein.«

Angarrayasa durchquerte den Raum und betrat einen schmalen Korridor, von dem zu beiden Seiten Türen abgingen. Schlafzimmer, nahm Angarrayasa an. Ruru folgte ihm. Angarrayasa öffnete die erste Tür. Zwei Feldbetten, Moskitonetze, Schnickschnack-Hausschuhe eines Kindes. Wo waren die Kinder?

»William?«

Rurus Stimme drang durch die Wand zum Nebenraum.

Blut an den Wänden. Auf dem Fußboden. Neben dem Bett etwas, was aussah wie schwärzliche Fäkalien. Das einzige Geräusch war das zischende Atmen unter den Masken.

»Frauen«, sagte Ruru. Er trat vor und zog langsam die blutgetränkten Decken fort. Eine Handvoll Fliegen stob von den Körpern auf. Seine Atmung beschleunigte sich, er rang um Beherrschung. Angarrayasa sah ihn erstaunt an, als Ruru auf den Aufnahmeknopf drückte und zu sprechen begann.

»Zwei Objekte, äh ... Frauen. Eine Weiße, eine Indonesierin, würde ich sagen. Nennen wir sie A und B. Zwischen dreißig und vierzig. Schwer ... schwer zu bestimmen. Fliegen ... und ... Fliegen und Maden erschweren die ... äh ... Umfangreicher petechienartiger Ausschlag und Bläschen. Ich glaube ...« Von etwas auf dem Brustbein der weißen Frau angezogen, trat er noch näher und bemühte sich, ein guter Wissenschaftler zu sein, möglichst genau hinzusehen. »Mein Gott, es ist ... Das sind ... Blutungen aus den Augen, den Ohren. Blutungen aus Mund und Nase, obwohl schwer zu sagen ist ...« Jetzt sah er es deutlicher und wollte seinen Augen nicht trauen. »Die Zunge ... Objekt A fehlt die Haut der Zunge. Die Zungenhaut scheint ... nun ja ... erbrochen worden zu sein. Vollständig. Auf ihr Brustbein ... Äh, Blutungen aus der, äh ... der Brust ... Korrektur. Korrektur. Blutungen aus den Brustwarzen. Keine Anzeichen von Verletzungen, keine größeren Wunden. Korrektur. Korrektur. Der linken Hand von Objekt A fehlen zwei Finger. Sehr viel Blut. Schwer zu sagen, was ... Es sieht aus wie ... Ist das ...?« Ruru zeigte auf kleine Fleischstreifen zwischen den Beinen der weißen Frau.

»Plazenta?« meinte Angarrayasa. Aber Ruru schüttelte den Kopf und ging in die Hocke, um die blutigen Überreste genauer in Augenschein zu nehmen. Die Worte kamen jetzt noch langsamer über seine Lippen.

»Objekt A ... scheint ... die Innenhaut des Darmes ... defäkiert zu haben.«

Angarrayasa berührte Rurus Arm. Er sah ihn durch die Maske an. Mit starren, entsetzten Augen.

»Wir werden Proben entnehmen«, sagte Angarrayasa. »So wie wir jetzt vorgehen, können wir ohnehin nicht alles klären. Ich glaube nicht, daß wir sie obduzieren sollten.«

Er verhüllte die Frau mit der Bettdecke und wandte sich ab.

Salim stand im Schatten des Banyanbaumes und sah die Männer aus dem Haus kommen. Sie gingen zu ihrem Jeep und holten weiße Plastiksäcke heraus. Niemand sagte ein Wort. Sie legten die Masken nicht ab. Die beiden Männer mit den Gewehren sahen gleichgültig zu. Salim fragte sich, warum sie mit ihrer eigenen Eskorte gekommen waren, anstatt lokale Soldaten einzusetzen. War das eine Sache des Vertrauens?

In dem Raum mit den beiden Frauen und den umherschwirrenden Fliegen präparierte Ruru die Mikroskop-Objektträger mit den Blutproben, während sich Angarrayasa auf die Suche nach den anderen Toten machte. Ruhig und gelassen arbeitend, konzentrierte er sich ganz auf seine behandschuhten Finger. Er wußte, daß ihn von diesem schrecklichen Tod nur eine dünne Latexhaut trennte, falls die Leichen noch immer ansteckend waren. Ruru fixierte die Proben fünfzehn Minuten lang in Formalinlösung, dann spülte er sie dreimal in Wasser mit einem pH-Wert von 7,0. Schließlich färbte er sie an.

Er deponierte sie gerade in hermetisch verschließbaren Behältern, als Angarrayasa wieder hereinkam.

»Zwei Leichen im gleichen Zustand. Ein Mann und ein Junge um die Zwanzig, Indonesier, nehme ich an. Aber keine Spur von den Kindern. Die Polizei in Padang sagte doch, daß hier Kinder gewohnt haben.«

»Haben Sie die Hausschuhe gesehen?«

Angarrayasa nickte nachdenklich.

»Und dann ist da dieser Lieferwagen neben dem Tor«, sagte Ruru. »Könnten sie versucht haben, damit zu entkommen? Vielleicht sind sie danach zu Fuß in den Dschungel gelaufen?«

»Ich glaube nicht, daß sie dafür groß genug waren. Und wenn doch, dann sind sie inzwischen mit Sicherheit tot.«

Er blickte den Korridor entlang zum Eingang.

»Wir müssen den Dschungel absuchen.«

Salim verließ den Schatten des Banyanbaumes und ging auf die beiden maskierten Männer zu, doch die ignorierten ihn und liefen zum Jeep. Salim sah, daß sie die Kleidung abstreiften und sich splitternackt auszogen. Mit ihren behandschuhten Händen warfen sie die Kleidungsstücke auf einen Haufen. Einer der Soldaten spritzte Feuerzeugbenzin darüber und zündete es an. Die Atemschutzmasken steckten sie in einen Plastiksack, den sie sorgsam verschlossen.

Die nackten Männer übergossen sich mit einer rosafarbenen Flüssigkeit aus einem Kanister und wuschen sich gründlich. Es roch stark nach Desinfektionsmitteln.

Als er wieder bekleidet war, kam Angarrayasa auf Salim zu.

»Lieutenant, ich brauche Ihre Männer, um den Wald

zu durchsuchen. Ich möchte, daß sie in einem Umkreis von anderthalb Kilometer um das Camp alles durchkämmen.«

Salim schluckte.

»Wie ich hörte, haben sich hier Kinder aufgehalten«, fuhr Angarrayasa fort. »Sie könnten das Gelände zu Fuß verlassen haben. Ich glaube nicht, daß sie sehr weit gekommen sind.«

»Vielleicht haben die Kubu sie entführt, Sir.«

Angarrayasa sah Salim, der heftig schwitzte, an – die flache Nase, den vorstehenden Unterkiefer –, und ihm kam der Verdacht, daß er Salims Intelligenz unterschätzt haben könnte. Der Mann versuchte, ihn dazu zu bringen, ihm etwas über die Ereignisse zu sagen, indem er sich absichtlich dumm stellte. Beide Männer schwiegen kurze Zeit.

»Vielleicht«, sagte Angarrayasa mit völlig ausdrucksloser Miene. »Leiten Sie die Suche auf die Ihnen geeignet erscheinende Weise ein. Sie können sofort damit beginnen.«

»Das wird mindestens einen Tag in Anspruch nehmen, Sir. Der Dschungel hier ist ...«

»Es ist mir gleichgültig, wie lange es dauert, Lieutenant. Beginnen Sie unverzüglich mit der Durchsuchung. Es wird erst in zwei Stunden dunkel. Sie könnten zumindest einen Anfang machen.«

Nachdem Salim mit seinen Männern verschwunden war, forderte Angarrayasa die beiden Soldaten auf, ein Essen aus Huhn und Reis zuzubereiten. Er wies sie an, neben dem Jeep ein Zelt aufzuschlagen. Dann wandte er sich Ruru zu.

»Wie ist Ihre Meinung, Doktor?«

Ruru zupfte nachdenklich an seiner Unterlippe.

»Nun, es sieht nach einer hämorrhagischen Krankheit aus.«

»Sie glauben also nicht, daß sie überfallen wurden?«

»Es weist absolut nichts auf einen Überfall hin. Ich nehme eher an, daß sie sich hier draußen irgend etwas eingefangen haben. Weiß der Himmel, was.«

»Und was wäre der Infektionsüberträger?«

»Affen vielleicht. Salim sagte, sie hätten bei ihrer Ankunft hier Affen gesehen. Ebola hat man bei Makaken isoliert, die Ende der achtziger Jahre von den Philippinen in die Vereinigten Staaten eingeführt wurden. Das Ebolavirus ist die überwiegende Infektionsursache bei südostasiatischen Makaken. Also ...«

»Das Labor wird in der Lage sein, das auf die eine oder andere Weise zu bestätigen«, unterbrach Angarrayasa. »Wie erfolgt die Ansteckung?«

»Üblicherweise – vorausgesetzt, es geht wirklich um eine Art Virus – erfolgt die Übertragung durch Kontakt mit Blut und pharyngalen Absonderungen. Eine Tröpfcheninfektion ist wohl auszuschließen, wenn sie bereits tot waren, als die Männer hier eintrafen.«

»Salim sagte, sie hätten die Toten nicht berührt. Und es sieht auch nicht so aus, als wären sie bewegt worden.«

»Aber etwas ist dennoch besorgniserregend.«

»Was?«

»Jemand hat dieser weißen Frau die Finger abgeschnitten.«

»Warum sollte man so etwas tun?«

Ruru zuckte mit den Schultern.

»Keine Ahnung. Wegen eines Ringes? Vielleicht hat die Frau Ringe getragen.«

»Salim?«

»Vielleicht. Vielleicht einer der anderen Männer. Steht

nachts auf, um zu pinkeln. Geht in das Haus und will den Ring stehlen. Aber der Körper ist geschwollen. Er bekommt den Ring nicht vom Finger. Da schneidet er ihn ab. Wirft die Finger in ein Gebüsch und behält den Ring. Denkt unter Umständen sogar daran, ihn abzuwaschen. Aber inzwischen hatte er längst mehr als ausreichend Kontakt. Ich meine, wenn es sich um etwas wirklich Gefährliches handelt.«

»Vielleicht hat er den Finger auch behalten.«

Ruru begann zu glucksen, stieß einen hohen, fast weiblichen Laut aus.

»Versuchen wir, optimistisch zu sein«, sagte er.

»Keiner von ihnen sieht krank aus.«

»Falls sie erkranken, kann das von morgen an geschehen. Die übliche Inkubationsperiode für Kontrollzwecke umfaßt drei bis einundzwanzig Tage. Sie würden mit Fieber erwachen. Sie hätten Kopfschmerzen, allgemeines Unwohlsein, Magenbeschwerden, Übelkeit, Erbrechen, vielleicht auch Durchfall.«

»Und dann?«

»Ein paar Tage später bricht der Ausschlag aus. Bei dem Marburg- und dem Ebolavirus kommt es zu Entzündungen von Hals und Bindehaut, und es gibt durchsichtige Läsionen, wie Tapiokakörnchen, auf dem weichen Gaumen. Dann setzen Blutungen ein, eine paradoxe Mischung aus Blutgerinnseln und akuter Blutung. Die Gerinnsel lagern sich im Gehirn, in der Leber und in der Milz ab, und die Blutungen nehmen zu, bis alle Körperhohlräume mit Blut gefüllt sind. Sechs bis sieben Tage nach den ersten Symptomen tritt der Tod ein, entweder durch einen massiven Schlaganfall oder durch Schock.«

Angarrayasa sah zu Boden. Ihm war nicht mehr nach Scherzen zumute. Nach einer Weile blickte er wieder auf.

»Also, was sollen wir tun?«

»Nun, das ist kompliziert. Diese Viren sind Killer. Sie töten in mehr als achtzig Prozent der Fälle, selbst bei Behandlung im Krankenhaus. Wir müssen die Männer auf diesem Gelände zurückhalten«, erwiderte Ruru. »Wir können nicht riskieren, daß einer von ihnen entwischt. Wenn bei ihnen Symptome auftreten, müssen wir beobachten und abwarten. Die Kranken vielleicht isolieren. Wir könnten ihnen sagen, daß eine Ansteckung nur durch Kontakt mit Körperflüssigkeit möglich ist. Ihnen klarmachen, daß sie gesund bleiben werden, wenn sie keinen der Toten berührt haben.«

»Aber es sind sieben Mann.«

Angarrayasa blickte zu dem Zelt unter dem Banyanbaum hinüber. Er rief seine Soldaten, die gerade ihr eigenes Zelt aufgebaut hatten.

»Sobald die Patrouille zurückkehrt, nehmen Sie denen Waffen und Munition ab«, sagte er. »Und zwar schnell.«

»Was ist das?« fragte Salim und drängte sich zwischen die Männer, die sich um einen dunklen Gegenstand am Boden geschart hatten. Im Wald herrschte die Düsternis der einsetzenden Dämmerung. Salim knipste seine Taschenlampe an. Einer der Männer taumelte rückwärts. Der Mann schien zu knien, das Hemd eng über den Rücken gezogen. Es war ein Westler, groß und kräftig. Salim bemerkte das schwarze Rinnsal aus seinem rechten Ohr. Er stieß den Mann mit dem Stiefel an, und das, was von Dr. Jonathan Rhodes übrig war, rollte zur Seite. Einen Moment lang regte sich niemand.

»Er sieht genauso aus wie die anderen«, bemerkte Sidharta.

In einiger Entfernung schrie ein Vogel. Salim blickte zum Himmel empor. Die Wolken färbten sich rosa und golden. Den Männern blieben rund zwanzig Minuten, um vor Einbruch der Dunkelheit wieder im Camp zu sein.

»Niemand rührt den Toten an«, sagte Salim und blickte noch immer nach oben. »Wir werden morgen wiederkommen und ihn begraben.«

»Wann kehren wir in die Kaserne zurück?« wollte einer der Männer wissen.

»Wenn wir den Befehl dazu erhalten«, entgegnete Salim. Seine Stimme wurde hart. Er sah in ihre Gesichter. Sie alle wirkten verängstigt. »Und nun laßt uns zum Camp zurückkehren.«

Sie beeilten sich, gingen fast im Laufschritt die Route entlang, die sie sich durch den Dschungel geschlagen hatten. Salim versuchte sich auszumalen, was als nächstes passieren würde. Als sie das Camp erreichten, waren sie klatschnaß.

Angarrayasa stand mit einem der Soldaten neben dem Jeep, beide Männer hielten ihre Waffen im Anschlag. Salim fiel auf, daß die Soldaten seinen Blick erwiderten. Bisher hatten sie es vermieden, ihn anzusehen. Plötzlich war er zum Objekt ihres Interesses geworden. Vor dem kleinen Experten blieb er stehen.

»Wir haben einen Toten gefunden, Sir. Es ist Doktor Rhodes, nehme ich an. Er hat das Camp geleitet.«

»Gute Arbeit, Lieutenant«, sagte der Doktor. Er streckte die Hand aus. »Und nun möchte ich, daß Sie mir Ihre Pistole geben.«

5

MANHATTAN, 27. JULI

Zur Mittagszeit war das Lisboa proppenvoll mit Bankern, die über ihren Tellern mit dampfendem Tintenfisch oder – die Spezialität des Hauses – Stockfisch in dicker Olivenölsauce fachsimpelten. Erfreut nahm Holly zur Kenntnis, daß trotz dieser kalorienbewußten Zeiten manche der Banker ihre Sakkos abgelegt hatten, um sich mit hochgerollten Ärmeln richtig ins Zeug zu legen und ihr deftiges Mahl zu genießen. Richard allerdings wirkte ein bißchen nervös, und Holly empfand leichte Gewissensbisse darüber, ihn aus dem Büro gelockt zu haben. Normalerweise aß er zu Mittag nur ein Sandwich an seinem Schreibtisch – ungeachtet der Tatsache, daß er bei Barnes-Winthrop für Börseneinführungen das höchste Tier war.

»Großer Gott, Richard. Dir zittern ja die Hände.«

Er blickte auf die Speisekarte in seinen Fingern. Sie flatterte heftig. Er bemühte sich, seine rechte Hand ruhigzuhalten. Dennoch blieb ein deutliches Beben.

»Ich habe wohl meinen Koffeinkonsum übertrieben«, erklärte er schulterzuckend. »Wir haben diese tolle Espressomaschine – nur Chrom und Hebel. Peter Brassens – der Partner, dem ich zugeteilt bin – mahlt pausenlos Kaffeebohnen.«

»Im Büro?«

»In seiner Teeküche. Er ist ein unverbesserlicher Kaffeenarr. Sobald du sein Büro betrittst, steigt dir dieser Geruch in die Nase. Er hortet Dutzende von Packungen.«

Er gab dem Kellner ein Zeichen, und sie bestellten zwei große Meeresfrüchtesalate. Mit Rücksicht auf seine Taille verzichtete Richard sogar auf Brot, stellte Holly fest. Sie vermutete, daß ihn die Aussicht auf das Zusammentreffen mit Jonathan so kalorienbewußt gemacht hatte.

»Und wie sieht dein großartiger Einfall nun aus?« wollte er wissen.

Holly sah einen Moment lang auf ihren Teller.

»Ich habe heute einen weiteren Brief von Jonathan bekommen«, begann sie.

Richard hörte eine Sekunde lang auf zu kauen und schaufelte sich dann eine Riesengarnele in den Mund, um nicht sofort reagieren zu müssen. Holly lächelte ihn an. Wie eifersüchtig er doch war. Sie mochte es nicht, wenn er so beunruhigt war, bezog aus seiner Verstimmung aber dennoch eine gewisse Genugtuung. Seine Reaktion bewies die Intensität seiner Gefühle für sie.

»Er bestätigte die Arrangements für den vierten August«, fuhr sie fort. »Und dann äußerte er sich darüber, wie schön der Dschungel sei, und meinte, ich solle unbedingt meine alte Nikon mitbringen, da es so viel zu fotografieren gäbe. Und da kam mir die Idee.«

Richard lächelte. »Nun, ich wußte, daß du irgendwann schließlich doch darauf kommen würdest.«

»Worauf?«

»Auf deinen prachtvollen Einfall, auf den Grund, aus dem ich zum Mittagessen heruntergekommen bin. Nicht, daß ich etwas dagegen hätte, mit einer schönen Frau den Lunch einzunehmen ...«

»Brillant ausgedrückt.« Holly streckte den Arm aus und streichelte Richards Handrücken. »Der Einfall ist, meine Kamera mitzunehmen.«

Einen Moment lang wirkte Richard enttäuscht. Er betupfte sich die Lippen mit der Serviette und musterte sie.

»Nun, davon ging ich ohnehin aus.«

»Warte. Ich werde meine Nikon mitnehmen und ein paar wirklich gute Fotos schießen. Das ist die Idee. Und dann werde ich über Jonathans Projekt eine Reportage schreiben.«

»Eine Reportage? Wozu?«

»Um sie zu veröffentlichen, Dummchen. Es ist genau das Thema, um das sich die großen Reisezeitschriften reißen.«

»Nun, sehr gut. Mach das.« Richard lächelte über Hollys Begeisterung. »Solange ich auf keinem der Fotos auftauche.«

»Niemand. Keiner von uns. Nur der Regenwald und das Camp. Unter Umständen ein paar Aufnahmen von Doktor Jonathan Rhodes und dieser Blume, von der ich dir erzählt habe, dieser Rafflesia.«

Sie hatte Jonathans Namen zwar betont ironisch ausgesprochen, aber ihr Interesse an Rhodes, ihr Engagement waren für Richard nicht zu übersehen. Im Moment konnte er nur essen.

»Gott, es wird dort drüben bestimmt wundervoll werden«, sagte Holly.

Sie aßen eine Zeitlang schweigend. Dann erkundigte sich Holly nach dem Geschäft mit den Software-Anbietern. Richards Antwort fiel einsilbig aus. Der Kaffee wurde serviert, und Holly konnte sehen, wie sehr es ihn drängte, ins Büro zurückzukommen, um Geld zu verdienen. Mitunter störte es sie, daß er nicht einmal für wenige Minuten abschalten konnte.

»Eins der Kinder ist krank«, sagte sie.

Immerhin erregte das seine Aufmerksamkeit.

»Aber es ist nichts Ernstes. Wahrscheinlich eine Erkältung, schreibt Jonathan. Lucy hat sich mit Kopfschmerzen und Husten hingelegt. Aber das war schon vor einer Woche. Inzwischen geht es ihr bestimmt wieder gut. Kannst du dir vorstellen, daß man sich in einem so warmen Klima eine Erkältung holt?«

6

MUARATEBO, SUMATRA, 27. JULI

Bacelius Habibie schlug mit einer feisten Hand nach den Moskitos, die unter der Dachtraufe des großen Hauses Schutz vor dem Regen suchten. Sie stachen Habibie nie – irgend etwas an ihm, vielleicht sein eigenartiger Zitronengeruch, hielt sie ab –, aber ihr Summen war mehr, als er in dieser Hitze und Luftfeuchtigkeit ertragen konnte. Seit dem Vormittag schüttete es. Der Regen fiel so dicht, daß er die Jasmin- und Hibiskussträucher im Garten verbarg, aber er brachte weder Erfrischung noch Abkühlung. Lange Zeit stand Habibie da und blickte hinaus, eine Hand schützend gegen die tanzenden Moskitos erhoben, die Füße in brüchigen Leinenschuhen. Sein gewaltiger Bauch hob und senkte sich unter einem langen weißen Hemd, das seinen blauen Sarong fast verbarg.

Dann ließ der Regen langsam nach und hörte schließlich auf. Habibie seufzte. Wasser gurgelte in den Furchen, die es in den roten Erdboden rings ums Haus gegraben hatte. Es lief an der Veranda vorbei und strömte vom Grasdach herab, tropfte, spritzte. Habibies feiste Hände tauchten unter das Hemd und strichen lockernd über seinen Bauch. Endlich war er zufrieden. Er stieß einen tiefen, hallenden Rülpser aus und rief: »Wayan!«

Keine Antwort. Er holte tief Luft.

»Verdammt noch mal! Wayan!«

Ein Junge mit flachem Gesicht und beinahe ostasiatischen Zügen kam um die Hausecke geflitzt.

»Tuan?«

»Meinen Schirm, Junge. Schnell!«

Wayan verschwand im Haus und kehrte fast sofort mit einem Frauenschirm mit grüner Krücke wieder zurück. Er bemühte sich, ihn zu öffnen, war aber nicht schnell genug, und Habibies überraschend kräftige Hand schlug so hart gegen sein Ohr, daß ihm der Kopf brummte.

»Au!«

»Gib mir das Ding!«

In der Hand von Wayans Herrn, die heute mit einem Verband umwickelt war, öffnete sich der Schirm mit einem gebieterischen Knall, und eine Spinne fiel auf die blank geputzte Veranda. Habibie betrachtete die Spinne einen Augenblick lang und watschelte dann die Stufen hinunter in seinen Garten.

Dann und wann fielen noch Regentropfen. Wie nasse Watteballe klatschten sie auf die gespannte Seide des Schirms. Habibie duckte sich unter den Jasminsträuchern und ging in den hinteren Teil des Gartens. Wenn da nicht der Schirm gewesen wäre, hätte er sich die Hände gerieben.

Habibies Speicher war eine eindrucksvolle Konstruktion mit Betonträgern, auf denen ein Zinkdach auflag. Darunter stand ein großer Lastwagen, und unter einer Plane in einer Ecke befanden sich die Früchte seiner letzten Transaktion.

Die Affen hockten in ihren neuen Stahlbehältern. Die Übersiedlung aus den selbstgebastelten Holzkäfigen des Jägers nahm lediglich eine halbe Stunde in Anspruch, aber sofort wirkte die Handelsware wertvoller. Was sie ja auch war. Auf dem Flughafen Jambi wurden die Tiere dann wiederum in Kisten der Fluggesellschaft umgeladen. Die Affen verhielten sich still, kauerten im hinteren Bereich ihrer Käfige. Die roten Farbmarkierungen des Jägers leuchteten schwach in der feuchten Luft.

Ein großes Männchen beobachtete ihn aus dem Schatten heraus. Habibie streckte ihm seine bandagierte Hand entgegen.

»Siehst du, was du getan hast?« fragte er. Der Affe kratzte sich am Hals. Jetzt wirkte er ausgesprochen teilnahmslos, aber als Habibie und Ahmad ihn in den größeren Käfig heben wollten, hatte er sie beide gebissen. Schnapp-schnapp! Blitzschnell. Wayan war losgelaufen, um ein Desinfektionsmittel zum Reinigen der Wunden zu holen, und Habibie hatte sich fast die ganze Flasche über seine Hand geschüttet. Mit Tieren, die aus dem Wald kamen, konnte man gar nicht vorsichtig genug sein.

Versonnen betrachtete Habibie den großen Affen und kalkulierte seinen Profit. Ahmad, der Jäger, war vielleicht schmuddelig und hatte mit Sicherheit die Moral eines balinesischen Hundes, aber man konnte sich darauf verlassen, daß er regelmäßig auftauchte, daß seine Ware selten beschädigt und er selbst sehr billig war. Zwanzig Dollar pro Tier, das Habibie dann für mindestens einhundertfünfzig weiterverkaufen konnte, weil er Freunde auf dem Flughafen hatte, die Freunde bei einem Unternehmen in Nordamerika hatten, die wiederum ... Für Habibie waren Freunde alles. Wenn er betrunken oder in anderer Weise übersättigt war – Wayan, der eine nelkenparfümierte Zigarette rauchte, neben sich im Bett –, ließ er sich gern über den Wert von Freundschaft aus. »Ein reicher Mann ohne Freunde ist arm dran, Wayan, mein Junge«, flüsterte er und zog ihn eng an sich. »Ein sehr armer Mann, in der Tat.«

Die Affen wurden zu Experimentierzwecken verkauft – gehörten zu den sechzehntausend, die alljährlich in die Vereinigten Staaten exportiert wurden –, auch wenn

Habibie keine Ahnung hatte, worum es bei diesen Experimenten eigentlich ging. Und das war gut so. Denn bei all seiner Härte war Habibie ein sentimentaler Mann, und wenn er die Tumore und Verletzungen gesehen hätte, mit denen sich die Affen für den Rest ihres Lebens herumplagen mußten, wäre er vermutlich in Tränen ausgebrochen.

»Verhaltet euch ruhig, meine kleinen Freunde«, sagte er und winkte den stummen Tieren zu. »Ich statte nur einem Bekannten von euch einen Besuch ab.«

Er schob die regenschweren Blütenköpfe zur Seite und lief zu seinem Mercedes am Vordereingang.

Die Straße nach Muaratebo führte, den Windungen des Flusses folgend, hügelabwärts. Die Häuser standen weit zurückgesetzt von der Straße, und erst wenn man sich dem Zentrum näherte, sah man, wie groß der Ort eigentlich war. Vierzigtausend Menschen. Auf der Hauptstraße verkehrte ein endloser Strom lärmender Motorroller, auf denen oft genug ganze Familien saßen, und Minibusse, die als Transportmittel zwischen den weit verstreuten Ortschaften der Küstenebene im Osten und dem Trans-Sumatran Highway in den Bergen sowie den Städten an der zerklüfteten Westküste dienten.

Laut hupend bahnte sich Habibie langsam seinen Weg auf eine Ansammlung von Gebäuden in der Nähe des Flusses zu, direkt über dem Stadtzentrum und der Fähre. Er suchte nach einem flachen Haus aus geschwärzten Holzbalken und mit einem verrosteten Eisendach. Es war ein Gebäude, das er gut kannte, aber bei Tageslicht hatte er es bisher nur selten gesehen. Wenn er ganz ehrlich war, deprimierte es ihn, es zu dieser Tageszeit aufzusuchen.

Bei Nacht war das Innere des wenig anziehenden Gebäudes nahezu prunkvoll. Das samtene Dunkel mit seinem Geruch nach Fleisch und Holzrauch, das hier und da von farbigen Spirituslampen ausgeleuchtet wurde, schien einen wie ein Handschuh zu umfangen. Und es gab ein paar bunte, fröhliche Lichter in einer Girlande über der Bar, hinter der Jon, der junge indonesische Barmann, ihm die Bananen-Daiquiris zubereitete, die er so schätzte.

Aber zu dieser Tageszeit sahen die Mädchen mit ihren bemalten Lippen und in ihren Fummeln geradezu erbärmlich aus, und die älteren Frauen – manchen von ihnen fehlten tatsächlich Zähne! – wagte man nicht einmal anzusehen. Wie ein Mann unter diesen Bedingungen amouröse Gefühle bekommen sollte, überstieg Habibies Fassungsvermögen. Und was die »Dame« betraf, die dieses Etablissement leitete ...

Er parkte das Auto im Schatten einer Kokospalme und öffnete die Tür. Nach den Wohltaten der Klimaanlage war es, als beträte man einen Brennofen.

Es war Ahmad gewesen, der darauf bestanden hatte, daß Habibie zu einer so unmöglichen Stunde hier erschien. Ahmad war natürlich die Art Mann, die sich hier zu jeder Tageszeit wohl fühlte. Habibie war das Unglück zuteil geworden, Ahmad nach einem seiner langen Jagdzüge durch den Dschungel zu erleben. Daß ein Mann Verlangen verspürte, war etwas, was Habibie durchaus verstand, aber die Zügellosigkeit von Ahmad, die Art und Weise, mit der er über die jüngsten Mädchen herfiel, von denen einige noch nicht einmal dem Kindesalter entwachsen waren, war erschreckend. Er tat ihnen weh, schien sogar Freude daran zu haben, ihnen weh zu tun. Und wenn er zuschlug, sturzbetrunken und in eins seiner entsetzlichen Seidenhemden gehüllt – nun, das war schon ein abstoßender Anblick.

Und warum hatte er auf dem frühen Nachmittag bestanden? Weil das der einzige Zeitpunkt war, zu dem er halbwegs nüchtern war, die kurze Phase, in der er gerade begann, sich von den Ausschweifungen der vergangenen Nacht zu erholen, und noch nicht bereit war für den ersten Drink des heraufziehenden Abends. Es war die einzige Zeit, in der man mit Ahmad über Geschäfte sprechen konnte. »Was für Geschäfte?« hatte Habibie gefragt, als er die Dollars für das Kontingent Affen abzählte, das er am Morgen erhalten hatte, aber Ahmad war nicht bereit gewesen, sein Geheimnis zu lüften. Er hatte nur spöttisch gegrinst und Habibie mit dem Anblick der tabakbraunen Zahnstummel in seinem schmalen Mund beglückt.

Die Sonne brach bereits wieder durch die Wolken, aber im Bordell herrschte eine Art Dauerzwielicht. Ahmad zog an einer mentholparfümierten Zigarette, blies Rauch gegen das Fenster und beobachtete, wie Habibie zwischen Licht und Schatten hin und her watschelte. Was für ein Anblick mit seinem Schirm! Was für ein Faß von Mensch. Ahmad verlagerte sein Gewicht erst auf ein, dann auf das andere Bein. Ihm war bewußt, daß er seinen Verstand beisammenhalten mußte, aber die Flasche Rum, die er angebrochen hatte, machte ihn ein wenig leichtsinnig. Er wußte, daß in diesem Fleischberg ein flinker Geist steckte, war aber auch davon überzeugt, daß das, was er ihm anzubieten hatte, so ungewöhnlich war, so außerordentlich, daß es den großen Tuan Habibie dazu bringen konnte, den Verstand dieses eine Mal beiseite zu lassen. Für Dinge, die Habibie wirklich gefielen, beispielsweise sein kleiner Schoßhund Wayan, war er bereit, klasse Dollars zu zahlen. Das wußte jedermann in der Stadt.

7

MARSHALLTON, DELAWARE, 31. JULI

»Raus da, Marty! Was machen Sie denn?«

Larry Spalding hob entschuldigend die Schultern, als der Fahrer aus seiner Lkw-Kabine vorwurfsvoll auf ihn herabblickte. Die Käfige waren alle verladen, und es war Zeit zum Aufbruch: Sechzig *Cercopithecus aethiops* für ein Testlabor in Massachusetts, via Dulles Airport.

»Marty? Der Mann will los.«

Eine der hinteren Türen des Lasters schwang auf und Martin Watts erschien. Sein makellos weißer Laborkittel strahlte in der Vormittagssonne.

»Mußten Sie sich noch verabschieden? Himmel! Kommen Sie endlich zur Sache.«

Aber Watts rührte sich nicht.

»Ich ... äh ... ich glaube, es gibt da ein Problem«, sagte er. Seine Schultern waren so vorgeschoben, als hätte er noch immer Angst, sich den Kopf zu stoßen. »Die Klimaanlage ...«

»Was?«

»Sie funktioniert nicht.«

Der Fahrer versetzte dem Gaspedal ein paar Tritte. Abgasschwaden erfüllten die Laderampe.

»Marty, kommen Sie runter und schließen Sie die Türen, okay?«

»Ohne Klimaanlage wird es da drinnen so heiß wie in einem Backofen. Und es gibt keine anständige Ventilation. Die Bundesvorschriften besagen, daß die Temperaturen nicht über ...«

»Ich weiß, was in den Vorschriften steht, Marty«, unterbrach Spalding und bemühte sich um einen gelassenen Tonfall. »Aber das ist nicht unser Problem, weil es nicht unser Laster ist.«

Watts rückte sich die Brille zurecht.

»Aber als Absender sind wir verpflichtet, die Transportbedingungen zu überprüfen. Wenn diese Tiere ...«

»Wenn diese Tiere nicht bald hier weg sind, wo bleiben wir dann mit dem nächsten Schub? Haben Sie darüber schon mal nachgedacht?«

Watts blickte auf sein Klemmbrett. Das stimmte. Am Nachmittag brauchten sie Raum D für achtundvierzig *Macaca nemestrina,* die vom John-F.-Kennedy-Airport eintreffen würden.

»Aber wenn Sie Doktor Aldiss erklären wollen, wie wir einen wichtigen Kunden verloren und alle Termine zum Platzen gebracht haben – nur zu.«

Erneut röhrte der Motor auf.

»Gleich soweit!« überschrie Spalding den Lärm und zeigte dem Fahrer eine ölverschmierte Handfläche.

Watts steckte sein Klemmbrett unter den Arm.

»Schätze, es sind nur wenige Stunden«, sagte er. »So schlimm kann es wohl nicht werden.«

Er sprang vom Lastwagen und sah zu, wie Spalding die Türen zuschlug und sie von außen mit Riegeln sicherte. Einer der Affen stieß einen einsamen Schrei aus. Dann rollte der Laster von der Laderampe und auf die Interstate 95 zu. Als er die Tore passierte, zischten seine hydraulischen Bremsen.

»Richtig, Pulverkaffeezeit«, verkündete Spalding nach einem Blick auf seine Uhr. »Dieses volle, reiche Aroma, das von Qualität zeugt.«

»Ich hoffe, daß es sich wirklich nur um wenige Stunden handelt«, sagte Watts. »Sonst müßten wir mit jemandem reden. Meinen Sie nicht auch?«

Spalding drehte sich wieder zu der Laderampe um.

»Ja, Marty, reden Sie mit jemandem.«

Ohne ein weiteres Wort folgte ihm Watts ins Innere des Gebäudes. Daß Spalding einen seiner Scherze losgelassen hatte (Watts wußte nie, ob es sich um echte Werbesprüche handelte), bedeutete, daß er unter keinen Umständen über die Arbeit sprechen wollte. Nach drei Monaten bei Farrell Research Supplies hätte Watts wissen müssen, daß er sich den Versuch sparen konnte. Die meisten der Kollegen hielten ihn ohnehin für steif, weil er sich über ihre Witze nicht vor Lachen krümmte. Und wenn er versuchte, zum falschen Zeitpunkt ernst zu sein, schüttelten sie nur den Kopf, verdrehten die Augen und stöhnten: »Mein Gott, Marty.« Anfangs machte ihm das zu schaffen, tat es sogar dann und wann immer noch, aber es blieb nun einmal eine Tatsache, daß niemand in der Quarantänestation für Primaten aus Tierliebe arbeitete. Sie war sogar von Nachteil. Selbst jene, die wie er Veterinärmedizin studiert hatten, wollten nichts anderes, als soviel wie möglich zu verdienen und dann zu verschwinden. Ein Neuer machte sich nicht dadurch beliebt, daß er eine Menge Fragen nach Vorgehen und Bestimmungen stellte, selbst wenn er nur neugierig war.

Dabei folgte die Institution selbst durchaus den Normen. Erst fünf Jahre zuvor auf dem Gelände einer alten Teppichfabrik errichtet, trug sie allen einschlägigen Erkenntnissen Rechnung und brüstete sich mit teuren Apparaturen. Voll ausgelastet konnte sie mehr als fünfhundert Primaten aufnehmen, jeden in einem eigenen Nylondrahtkäfig. Es gab zehn Quarantäneräume unterschiedlicher Größe, von denen der größte bis zu hundert

Tiere beherbergen konnte. Jeder Raum verfügte über ein unabhängiges Luftfiltersystem, um das Infektionsrisiko zu vermindern. Temperatur und Luftfeuchtigkeit waren computergesteuert. Das doppelschichtige Glasdach garantierte natürliche Beleuchtung, denn tierpsychologische Studien hatten bewiesen, daß einige Primaten zunehmend unter Streß litten, wenn sie längere Zeit künstlichem Licht ausgesetzt wurden, selbst wenn man bemüht war, den Tag-Nacht-Rhythmus zu simulieren. Vorbei war die Zeit, in der die Tiere in rostfreien Stahlkäfigen in fensterlosen Bunkern gehalten wurden. Abgesehen von den Quarantäneräumen war die Institution mit einem Autopsie-OP ausgestattet, einem diagnostischen Labor sowie einer Personalkantine, in der Bert Levy, stellvertretender Inspektor, dreißig Pfund übergewichtig und stark behaart, gerade vor einer extragroßen Plastiktasse mit herzhafter Instant-Rindersuppe saß.

»Kopf hoch, Marty«, sagte er, als Watts hereinschlenderte. »Für Sie ist im Meerkatzenhimmel immer ein Platz frei.«

Braune Flüssigkeit klebte an seiner Oberlippe. Marty trat an den Getränkeautomaten, warf ein paar Münzen ein und drückte die Coca-Cola-Taste.

»Wir wissen, wie das ist«, sagte Spalding und setzte sich Levy gegenüber. »Gerade wenn man glaubt, die kleinen Biester wirklich gut zu kennen, verschwinden sie wieder. Das schmerzt beim erstenmal, Junge, aber man gewöhnt sich daran.«

Levys Lachen klang wie das Bellen eines Seehunds. Marty drückte erneut auf die Coca-Cola-Taste. Blinkende grüne Lettern rieten ihm, eine andere Wahl zu treffen. Er wählte Eistee, schob sich durch die Schwingtür und überließ es Spalding, die Geschichte von Anfänger Watts und der kaputten Klimaanlage so pointenreich wie möglich zu schildern.

Die Quarantäneräume gingen zu beiden Seiten eines Korridors ab, der die gesamte Länge des Gebäudes durchlief. Seine Schritte hallten laut auf dem gestrichenen Zementboden, als er auf Raum D zulief. Er hörte das Geschnatter der Affen und ihre langgezogenen, keuchenden Rufe. Wegen der Leichtbetonwände klang es so, als wären die Tiere weit entfernt. Fast wie im Dschungel, dachte Watts gern: Geräusche der Wildnis. Doch er wußte, daß das nicht stimmte. Eine derart dichte Population würde in der Wildnis nie vorkommen. Sie war so unnatürlich wie die Schreie der Tiere, die damit auf Bedingungen reagierten, auf die sie die Evolution nicht vorbereitet hatte. Dennoch wurde Watts das Gefühl nicht los, daß es etwas Besonderes war, ein Hauch von Exotik, etwas, worauf man im Großraum Washington normalerweise nicht stieß, etwas, wofür im Fernsehen nicht geworben wurde. »Dieses volle, reiche Aroma, das von Qualität zeugt.« Es war etwas Echtes.

Im Raum D war es heiß und feucht. Die leeren Käfige waren bereits ausgespritzt, die Heizung hochgedreht, damit sie trockneten. Der Tiergeruch war streng. Er blickte wieder auf sein Klemmbrett. Achtundvierzig *Macaca nemestrina* – Schweinsaffen, wenn er sich nicht irrte – trafen um 13.30 Uhr mit dem Frachtflug TW 1077 der TWA via JFK ein. Herkunftsland? Er drehte das Blatt um. Sumatra, Indonesien.

Der Zubringer aus Jambi landete um neun Uhr Ortszeit in Changi, nur neunzig Minuten vor dem Start des Fluges TW 1077. Die Frachtkisten wurden von Gabelstaplern abgeladen und in einem Transithangar am südlichen

Rand des Flugplatzes aufgereiht, wo sie von einem Exporthändler aus Singapur namens Kedar Rajaratnam in Empfang genommen wurden. Im Lauf der Jahre hatte Rajaratnam schon häuig für Farrell Research Supplies gearbeitet, und er war mit der Komplexität von Tierfrachten vertraut. Mit der für ihn typischen Effizienz hatte er den notwendigen Papierkram bereits Tage im voraus erledigt und sogar schon für Quarantänemöglichkeiten gesorgt, falls es zu irgendwelchen Verzögerungen kommen sollte. Zollbeamte, hatte er gelernt, waren höchst unberechenbare Leute, die über eine unumschränkte Macht verfügten, um die sie jeder Diktator beneidet hätte. Die wichtigste Aufgabe eines Exporthändlers bestand darin, sich mit ihnen vertraut zu machen. Doch dafür blieb nicht viel Zeit. Während er auf Lieutenant Kim San wartete, ließ er sich zu dem ungewöhnlichen Schritt hinreißen, die Fluggesellschaft anzurufen und mitzuteilen, daß die Fracht in zwanzig Minuten zum Verladen bereit sei.

Er rauchte gerade draußen eine Zigarette, als der Jeep vorfuhr. Kim San befand sich nicht an Bord. An seiner Stelle betrat ein Sergeant, den er noch nie zu Gesicht bekommen hatte, das Hangarvorfeld. Er war ein kleiner, muskulöser Mann mit einem runden, pockennarbigen Gesicht. In dem Moment, in dem er ihn erblickte, beschlich Rajaratnam eine böse Vorahnung.

Eine landende 747 übertönte ihre Höflichkeitsfloskeln. Der Sergeant hieß Nyak Lin, aber das verriet das Namensschild über seiner linken Brusttasche. Er war zu alt, um gerade erst zur Truppe gestoßen zu sein, und das bedeutete, daß er von den Docks hierher versetzt worden sein mußte. Die Beamten, die an den Docks Dienst taten, waren samt und sonders Scheißkerle, besonders wenn es darum ging, mit Einheimischen wie Rajaratnam umzugehen.

»Haben Sie eine Artenbeglaubigung?« erkundigte sich Sergeant Lin und lockerte die Verschlußkette an einer der Frachtkisten.

»Ist auf der Veterinärbescheinigung«, erwiderte Rajaratnam und zog ein Bündel Papiere aus einer Dokumententasche.

»Auf was für einer Bescheinigung?«

»Sie benötigen eine Bescheinigung, bevor sie Indonesien verlassen können. Ich habe eine Kopie.«

Sergeant Lin schnaubte höhnisch, als wären indonesische Zertifikate das Papier nicht wert, auf das sie geschrieben waren. »Ich rede von hier ausgestellten Artenbescheinigungen.«

Was Lin erzählte, war zwar Quatsch, aber die erste Regel für einen Exporthändler lautete, daß man einen Zollbeamten nie dumm erscheinen lassen durfte.

»Nun, diese Makaken gehen in die Vereinigten Staaten, Sergeant. Da drüben haben sie ziemlich strenge Kontrollen. Es wäre etwas anderes, wenn sie in irgendein Land der dritten Welt exportiert werden würden. Und da es sich hier lediglich um einen Transitaufenthalt handelt ...«

Eine Seitenwand der Frachtkiste löste sich und landete krachend auf dem Boden. Das Tier im vordersten Käfig sprang erschreckt hoch und zog sich in die hinterste Ecke zurück. Seine braunen Augen blinzelten ins Licht.

Sergeant Lin ging in die Hocke, um einen näheren Blick auf den Affen zu werfen, und verzog das Gesicht über den penetranten Uringeruch.

»Das Tier blutet ja«, sagte er.

Rajaratnam trat näher. Auf der Flanke des Affen war ein runder roter Fleck zu sehen.

»Das ist Farbe, Sergeant«, sagte er. »Damit markieren die Jäger die von ihnen gefangenen Tiere, so daß sie später nicht verwechselt werden.«

Lin wirkte nicht überzeugt. Er schob das Gesicht an den Draht und musterte das Tier.

Rajaratnam wurde unruhig. Er mußte seine Fracht innerhalb der nächsten halben Stunde verladen lassen, sonst bestand die Gefahr, daß der Pilot des Fluges TW 1077 sie zurückwies. Und das würde stundenlanges Herumtelefonieren bei den Fluggesellschaften bedeuten, um woanders freien Frachtraum zu ergattern, was so kurzfristig gar nicht einfach war. Er konnte nur hoffen, daß Sergeant Lin nicht auf dieser örtlichen Bescheinigung beharrte. Genaugenommen konnte er es nicht, aber »genaugenommen« hatte im Zollgeschäft nicht allzuviel zu sagen.

Inzwischen starrte der Sergeant weiter das Tier an. Es war ihm völlig unbewußt, daß er damit in einer Weise gegen die Affen-Etikette verstieß, die nicht ungeahndet bleiben konnte.

»Sergeant«, begann Rajaratnam, »ich will Sie ja nicht drängen, aber ...«

»Was zum ...!«

Sergeant Lin sprang unvermittelt hoch, seine Hände fuhren zu seinem Gesicht.

»Igitt! Scheiße!«

Er rutschte aus und landete unsanft auf dem Hinterteil.

Kra, kra! Kra, kra!

Kreischend schleuderte das Tier eine weitere Handvoll frische Fäkalien von sich. Entsetzt beobachtete Rajaratnam, daß sich ein Klumpen von der Größe eines Zuckerwürfels an den Aufschlag von Sergeant Lins tadellos gebügelter Hose heftete.

Es war Viertel neun, und die meisten Angestellten waren bereits nach Hause gegangen. Watts saß in der Kantine vor einer Tasse kaltem Kaffee und blätterte langsam die Seiten des *Time*-Magazins um. Am Nachmittag hatte die Zentrale telefonisch mitgeteilt, daß die Makaken in Singapur aufgehalten worden seien und fünf Stunden später mit einem anderen Flug eintreffen würden. Vorbereitungen für Überstunden waren getroffen worden, und Watts hatte sich bereitwillig zur Verfügung gestellt. Er hatte für den Abend nichts vor und war – obwohl er das niemandem eingestand – neugierig auf die Tiere. Es war eine Art, die er noch nicht kannte. Die meisten Makaken in der Quarantänestation stammten von den Philippinen, und die lagen knapp zweitausendfünfhundert Kilometer weiter östlich.

Zehn Minuten nach neun traf der Lastwagen schließlich ein. Watts und Spalding mußten die Käfige per Hand abladen, weil keine Gabelstaplerfahrer mehr da waren. Es dauerte fast eine Stunde, alle Tiere in Raum D zu bringen; vor allem, weil Spalding ständig auf seine Uhr blickte und betonte, dafür werde er nicht bezahlt. Schließlich, gegen zehn Uhr, waren sie soweit, die Makaken in die hauseigenen Käfige zu verfrachten.

»Das wär's. Ich bin draußen.«

Spalding knüllte seinen Laborkittel bereits zwischen den Händen zusammen.

Watts kämpfte gerade mit seinen Schutzhandschuhen. Er blickte auf.

»Aber wir müssen die Affen noch umquartieren.«

Spalding wandte sich zum Gehen.

»Du meine Güte! Das kann auch morgen früh jemand erledigen!«

»Sie stecken seit vierundzwanzig Stunden in diesen Kisten. Wir müssen sie da herausholen! Sie können doch nicht ...«

Spalding lief weiter. Seine Stimme hallte durch den Korridor zurück.

»In den Kisten sind Löcher. Geben Sie ihnen einfach einen Schluck Wasser, und das wär's.«

Watts sah Spalding nach, bis er am anderen Ende des Flurs verschwand. Ein paar Sekunden später hörte er etwas, was wie »Gute Nacht, Marty« klang.

Er trat in Raum D zurück und schloß die Tür hinter sich. Es war untersagt, sich allein mit den Tieren zu befassen. Man konnte gebissen werden und Hilfe benötigen. Doch über diese Vorschrift würde Watts sich eben hinwegsetzen müssen. Er kniete sich vor den nächststehenden Käfig und spähte hinein. Ein noch nicht ganz ausgewachsenes Tier – das Geschlecht konnte er nicht erkennen – lag zusammengekrümmt in einer Ecke, reglos wie die meisten anderen, benommen. Er tippte leicht mit dem Zeigefinger gegen den Draht. Der Affe rührte sich.

»Keine Bange, Kleiner«, sagte er. »Das Schlimmste ist überstanden.«

8

MUARATEBO, 31. JULI

Sami kniete auf dem Bett, den Kopf in die Hände gestützt, und starrte auf den Fernseher auf der Kommode. Sie zuckte zusammen, als Ahmad in sie eindrang. Der Dorn seiner Gürtelschnalle drückte schmerzhaft in ihren Oberschenkel.

»He!« sagte sie, aber Ahmad reagierte nicht. Frohgemut machte er weiter und grinste Segma an, die sich in einer Ecke des Zimmers die Nägel lackierte. Sie nickte ihm mit einem anerkennenden Lächeln zu. Ihr grellrosa Lippenstift betonte das stumpfe Gelb ihrer Zähne.

Nach einigen Stößen hielt Ahmad inne, um Luft zu holen. Über seinem Kopf umkreiste ein großer Nachtfalter die nackte 40-Watt-Birne. Auf dem flimmernden 26er-Bildschirm zerfleischte ein Rudel Hyänen einen Wasserbüffel und riß ihm in großen Streifen das Fleisch von den Flanken. Aber das Tier war nicht tot. Es brüllte und stieß hilflos mit den Hufen in die Luft. »Die Hyänen müssen sich beeilen. Die Nachricht von einer Beute verbreitet sich schnell.« Die Stimme des Kommentators klang jung und eifrig – irgendein Stadtbengel aus Kuala Lumpur. Ahmad rümpfte die Nase. Das war jedenfalls keiner von diesen japanischen Pornos, mit denen Madam Kim geprahlt hatte. Sami schreckte zusammen, als der Nachtfalter gegen die Mattscheibe stieß und dort blieb.

Plötzlich wollte Ahmad seinen Spaß mit Sami zu Ende bringen. Er packte sie fest bei den Hüften und beschleunigte den Rhythmus derart, daß das Eisenbett in Schwingung geriet, die Bewegungen aufnahm und steigerte. Das Bettgestell schepperte gegen die Sperrholzwände. Als er Sami schließlich von sich schob und auf den Rücken sank, fühlte er sich leicht schwindlig.

Segma stellte die Nagellackflasche beiseite und kam zu ihm. Sie gehörte nicht gerade zu Madam Kims Hauptattraktionen. Sie war mehr als doppelt so alt wie viele der Mädchen und knochig, aber Ahmad ließ sie bei seinen monatlichen Orgien nie aus. Sie war aufmerksamer als die meisten anderen, und ihre Art, die Männer zu behandeln, als wären sie kleine Jungen und auf ihren ersten Fick aus, tat mitunter sehr gut.

Sami griff nach ihrem limonengrünen Unterhöschen und zog es sich schnell unter ihr Cocktailkleid. Sie hatte es eilig. Es war Zahltag auf den meisten Kokosplantagen, und die Nachfrage würde rege sein. Sie schaffte zehn Nummern am Abend, wenn sie sich beim Whisky zurückhielt, unter Umständen mehr. Sie war sechzehn Jahre alt und gefragt, trotz ihrer Stupsnase und der häßlichen Pickel am Kinn.

»Bis später«, sagte sie und ließ das Gummiband gegen die Taille schnellen. Ahmad hielt sie nicht zurück. Er wollte sie ohnehin nicht mehr. Er war sich nicht sicher, ob er überhaupt noch eine wollte – jedenfalls nicht, bevor die Decke aufhörte, sich über ihm zu drehen. Mit einem Knall fiel die Tür hinter Sami ins Schloß.

Segma zog ihm langsam die Hosen herunter, die sich an seinen Schenkeln verfangen hatten. Sie griff zu Papiertüchern und ging leise summend zu Werke, als würde sie Geschirr spülen oder den Boden aufwischen. Von unten drang das Dröhnen westlicher Musik herauf, gefolgt von Geschrei. Die ersten Plantagenarbeiter waren eingetroffen. Ahmad seufzte tief auf. Er bevorzugte Ruhe, eine gelassene Atmosphäre, in der er seine Wahl treffen und sich Zeit lassen konnte. Das gab ihm etwas, worüber er nachdenken konnte, wenn er wochenlang da draußen im Dschungel aufgehalten wurde. Es war der Unterschied zwischen einem guten Essen und etwas, was man sich in Zeitungspapier gewickelt vom Markt holte.

Plötzlich spürte er, daß Segmas knochige Finger nach ihm griffen. Er hievte sich auf die Ellbogen, das schmutzige Bettlaken klebte ihm am Rücken. Segma lächelte ihn an.

»Ich wußte doch, daß du noch längst nicht fertig bist«, sagte sie und behielt ihn mit einer Hand weiterhin fest im Griff, während sie sich mit der anderen das Kleid aufknöpfte. »Du doch nicht.«

Als ihre dürren Brüste entblößt waren, kletterte sie auf ihn und raffte ihren Rock in der Taille zusammen. Es war heiß im Zimmer, drückend heiß, und das Dröhnen von unten schien immer lauter zu werden. Es vibrierte in seinen Eingeweiden. Er spürte, daß ihm Schweiß über die Schläfen rann.

»Ich muß etwas trinken«, sagte er mit kaum verständlicher Stimme. »Geh von mir runter.«

Er schob sie von sich. Sie fiel vom Bett und landete auf der Seite. Zwei leere Bierflaschen rollten über den Fußboden.

»Ahmad«, klagte sie mit hoher, dünner Stimme. »Wohin willst du?«

Er verließ das Zimmer und lief den Korridor hinunter. Die Wände schienen auf ihn zuzukommen. Ihm war noch immer leicht schwindlig. Aber jetzt hatte er auch noch Kopfschmerzen. Ganz plötzlich waren sie gekommen, doch nun pochten sie in seinen Schläfen und drückten von innen heftig gegen die Augäpfel.

9

PROVINZ RIAU, 2. AUGUST

Fast lautlos bewegten sich die großen Männchen durch die Morgendämmerung, lauschten auf die Geräusche der Umgebung, achteten auf Raubtiere oder Rivalen. Die kleineren Weibchen mit ihrem kürzlich geborenen Nachwuchs – zwölf Junge hatten die ersten Monate überlebt – und ein oder zwei jüngere Männchen tauchten in Grüppchen aus einem dunklen, schlüssellochförmigen Eingang auf, der zu einer Höhle im vulkanischen Felsgestein führte. Der Zugang war nahezu ganz von den knorrigen Wurzeln eines Wacholders verborgen.

Aber so schnell, wie sie aufgetaucht waren, verschwanden sie auch wieder, hinauf ins Hochland, um zu fressen, bis sie in der Abenddämmerung zurückkehrten. Schon bald waren nur noch die Klänge des Dschungels zu vernehmen, das Knistern und Rascheln der Vegetation in der Hitze, das unaufhörliche Gesumm der Insekten, die Rufe der Vögel hoch oben im Baldachin des Waldes.

Im Laufe des Vormittags bewegte sich der Schatten eines riesigen Ketapangbaumes wie eine Sonnenuhr, bis er direkt auf den Höhleneingang fiel. Und als er sich weiterbewegte, war es so, als würde sich etwas von dem Schatten in den Wacholderwurzeln einnisten, um dort für den Rest des Tages zu verweilen. Die Temperatur stieg.

Doch gleich hinter dem Eingang wurde es kühl in der Höhle. Nach wenigen Metern war es stockdunkel, und die Luft roch scharf nach den Mineralsalzen, die den Fels durchdrungen hatten. Sobald die Paviane fort waren, würden mutigere Tiere kommen, um an den kühlen, salzigen Wänden zu lecken. Aber die Eindringlinge bewegten sich nur selten tiefer in die Höhle hinein. Es war zu dunkel, und es roch zu unangenehm. Selbst die Paviane, die sich hier gut auskannten, wagten sich kaum allzu tief ins Innere. Aber ein Mensch mit einer Taschenlampe, der sich die Mühe machte, sich durch den langen Gang zu drängen und auch eine gelegentliche Verletzung durch die in den Fels eingebetteten scharfen Kristalle nicht scheute, hätte festgestellt, daß die Höhle eigentlich ein Höhlensystem war, das sich unter den Dschungel erstreckte.

Er hätte entdeckt, daß sich die Höhle nach rund zwanzig Metern erweiterte und die Luft von den Flügelschlägen insekten- und obstfressender Fledermäuse schwirrte, die hier ihre Schlafplätze hatten und Kolonien von Stechfliegen, Zecken und Milben ernährten. Fäkalien und Urin machten die Luft unerträglich. Und inmitten all dieses Gestanks sprudelte wie durch Zauber das klare Wasser eines unterirdischen Baches, der einen kurzen Bogen beschrieb, bevor er wieder in den Felsen verschwand.

Es war der mit all den anderen Aromen vermischte Geruch des Wassers, der den Schweinsaffen an diesem Nachmittag zum Höhleneingang zog. Schon tagelang irrte er, halb verhungert und verdurstet, durch unbekanntes Waldgelände. Am Eingang blieb er stehen, hob witternd die Nase – verwirrt durch die Kombination von Tieraromen, Salzgeruch und dem Duft frischen Wassers. Er machte einen Schritt vorwärts und lauschte intensiv. An der Schnauze und im Nacken trug er Narben von den Bissen anderer Primaten. An einem Hinterlauf war ein großer roter Fleck zu sehen, der sich, wäre es ein Biß gewesen, mit Sicherheit als tödlich erwiesen hätte. Aber es war keine Bißwunde. Es war Farbe, ein Kennzeichen der Eignerschaft.

10

MUARATEBO, 3. AUGUST

»Schicken Sie ihn weg!«

Sami knallte ihren Teller so heftig auf den Tisch, daß Erdnußsauce auf das blanke Holz spritzte.

Sehr schweigsam kaute Madam Kim auf ihrer Unterlippe. Unter dem Tisch ballte Sami die Fäuste und bereitete sich auf einen Sprung zur Tür vor. Aber Madam Kim überraschte sie. Sie setzte sich ihr gegenüber und sagte mit mühsam beherrschter Stimme: »Bevor er nicht aufstehen kann, kann ich ihn kaum wegschicken, oder?«

Sami musterte sie einen Moment lang und versuchte herauszubekommen, warum sie so kontrolliert war. Konnte es sein, daß sie Angst hatte?

»Warum rufen Sie keinen Arzt?« fragte Sami. »Er gehört in ein Krankenhaus.«

»Und wer soll das bezahlen?« Madam Kim gelang ein Lächeln.

Sami schwieg. Ahmad war ein guter Kunde gewesen, hatte mehr als genug Geld in Madam Kims Tasche gezahlt. Eigentlich hätte er eine bessere Behandlung verdient. Das dachte Sami, aber hätte sie es ausgesprochen, hätte sie damit nur einen von Madam Kims flinken Katzenköpfen riskiert – womöglich mit der flachen Hand, so daß einem noch Stunden später der Schädel brummte. Und bei den Kopfschmerzen, die sie ohnehin schon hatte, konnte Sami darauf gern verzichten.

Sie sah zu, wie Madam Kim mit ihrem schmutzigen Finger Erdnußsauce vom Tisch aufnahm und sie ableckte. Es war nicht nur eine Frage des Geldes. Das wußte

Sami auch. Madam Kim hatte eine Heidenangst vor Beamten. Schon der Gedanke an Behördenvertreter – selbst wenn es nur Krankenhausangestellte waren – erfüllte sie mit Schrecken. Und mit Recht. Wenn die den Zustand der Mädchen sahen, würden sie das Etablissement schneller schließen, als man HIV sagen konnte.

Madam Kim leckte noch immer an ihrem Finger und musterte das Mädchen vor ihr nachdenklich. Es gefiel ihr gar nicht, Sami so aufmüpfig zu sehen. Übrigens auch keine andere Angehörige ihres »Personals«. Lächelnd enthüllte sie die Lücke zwischen ihren Vorderzähnen.

»Sa-mi«, sagte sie in ihrem gedehnten Singsang. »Sami. Du bist hier doch immer so glücklich gewesen. Ich habe dich behandelt wie meine eigene Tochter. Du brauchst dich doch nur noch ein paar Tage um ihn zu kümmern. Ich bin ganz sicher, daß es ihm bald wieder bessergeht. Bald wird er wieder ganz der alte unbeschwerte Ahmad sein, den wir kennen. Und dann wird er gehen. Dann kannst du dir Urlaub nehmen.«

Eine Stunde später stand Sami vor Ahmads Zimmer. Sie stellte den Wasserkrug ab und lehnte sich gegen die Wand. Es kam ihr sehr ungerecht vor, daß sie die ganze Drecksarbeit machen mußte, nur weil sie die Jüngste war. Und dabei war sie genaugenommen gar nicht mehr die Jüngste im Haus. Seit Ahmad krank geworden war, weigerte sich Madam Kim, auch nur in die Nähe seines Zimmers zu kommen, und so blieb es Sami überlassen, ihm Wasser zu bringen.

Zwei Tage lang war er im Bett geblieben, wollte nicht essen, immer nur trinken, und sein Gesicht glühte vor Fieber. Dann war er dazu übergegangen, sie anzuschreien und zu behaupten, er hätte sich bei ihr geholt, was auch immer er hatte. Wenn sein Geschrei wirklich schlimm wurde, drehte Madam Kim unten die Musik lauter. Er hatte sogar versucht, Sami zu schlagen. Aber diese gewalttätige Phase hielt nicht lange an. Sehr schnell versank er in Schweigen oder begann zu jammern und sich über die Krümel in seinem Bett zu beschweren. Dabei waren da gar keine Krümel. Das Laken über der schmutzigen Schaumstoffmatratze war gewechselt worden, nachdem er es total eingesaut hatte. Aber selbst mit dem neuen Laken war er nicht zufrieden. Er arbeitete sich mühsam zum Rand des Bettes vor und tat so, als wolle er Krümel entfernen. Sami war überzeugt davon, daß es am Trinken lag. Madam Kims Arrak hatte seinen Verstand zerstört.

Den ganzen Tag hatte er sich ruhig verhalten. Am Nachmittag war Sami mit einigen der Männer beschäftigt gewesen, die in der Nähe des Ortes einen Brunnen aushoben. Sie waren sehr nett. Im Vergleich zu den Plantagenarbeitern waren sie sauber, und einer von ihnen – er roch nach Rasierwasser wie einer aus dem Westen – hatte ihr ein besonders großes Trinkgeld gegeben. Wären da nicht diese Kopfschmerzen gewesen, die sie neuerdings ständig plagten, hätte sie es fast genossen. Und nun bekam sie auch noch Fieber. Sie preßte den Handrücken gegen die Stirn.

Segma kam mit einem Freier den Flur entlang.

»Na, reinigst du das Schwein?« fragte sie im Vorbeigehen.

Sami schnaubte. Segma hatte gut scherzen. Sie brauchte ja nicht da hineinzugehen und Ahmad gegenüberzutreten. Sie brauchte den Gestank nicht zu ertragen. Und wenn jemand Ahmad eine Krankheit angedreht hatte, dann Segma. Sie wusch sich nie davor und auch nicht danach. Es war ein Wunder, daß sie sich noch nichts geholt hatte.

Sami sah Segma nach, bis sie in einem der Zimmer verschwand. Dann drückte sie sich von der Wand ab.

»Au!«

Ihre Hände umklammerten ihren Kopf, während ein namenloser Schmerz von innen gegen ihre Augen preßte. Nie zuvor hatte sie etwas Ähnliches empfunden.

Im Zimmer rührte sich Ahmad. Hatte da jemand geschrien? Der Raum war fast dunkel. Ahmad starrte zur Decke und zum Ventilator empor und zwinkerte mit den Augen, die sich anfühlten, als wären sie voll Sand. Er wollte sich bewegen, konnte sich aber nur mit äußerster Anstrengung auf einen Ellbogen stützen. Mit Mühe rutschte er an den Bettrand und begann die Krümel fortzuwischen, die sich dort immer wieder anzusammeln schienen, ganz egal wie oft er sie entfernte.

Das Licht ging an.

»Autsch!«

Er bedeckte das Gesicht mit den Händen. Er schrie dem Mädchen zu, die Lampe wieder auszuschalten, aber Sami stand nur da und starrte ihn an.

»Säuberst du das Bett, Ahmad?«

Ahmad fiel zurück und schlug die Arme vor die Augen. Es war erstickend heiß. Er wollte aufstehen. Auf dem nackten Holzfußboden wäre es besser. Dort gäbe es keine Krümel. Und es wäre kühler. Er rollte von Sami fort, fort vom Licht und stürzte in einem Knäuel von Bettzeug auf der anderen Seite aus dem Bett.

Samis Hand flog an ihre Lippen.

Es war das erste Mal, daß sie es sah. Sie ging zum Fußende des Bettes, um besser sehen zu können. Ahmads Rücken war mit einem fleckigen purpurfarbenen Ausschlag bedeckt. Da war etwas, was aussah wie Blutergüsse, und jetzt, wo sie es genauer betrachten konnte – sie trat einen Schritt vor, entsetzt, aber auch fasziniert –, sah es aus wie kleine Perlen, kleine weiße Körner wie Tapioka – überall auf seiner Haut. Ihr Fuß stieß gegen den Eimer, der als Nachtgeschirr diente. Er war halb voll mit wäßrigen, blutigen Fäkalien.

Sami spürte, daß ihr Erbrochenes in den Mund schoß, als sie aus dem Zimmer rannte.

Kurz nach zwei Uhr morgens betrat Madam Kim mit einem Taschentuch über dem Mund das Zimmer, gefolgt von Sami, Segma und zwei weiteren Mädchen. Die letzten Kunden waren gegangen, das Haus war ruhig und still. Der Generator wurde nach Mitternacht abgestellt, und die Mädchen trugen Öllampen, die streifige Schatten auf die geflochtenen Bambusmatten warfen. Madam Kim trug ihre große Taschenlampe wie ein Baby im Arm, aber sie war nicht eingeschaltet. Sie wollte keine Batterien für Ahmad vergeuden, wenn sie nicht unbedingt mußte.

Ahmad lag noch genau dort, wohin er gefallen war. Sami hatte versucht, ihn hochzuheben, aber für sie allein war er zu schwer gewesen, außerdem lag er irgendwie verklemmt hinter dem Bett, und Madam Kim hatte es abgelehnt, die anderen Mädchen von ihrer Arbeit abzuziehen, nur um einen Trunkenbold wieder in sein Bett zu schaffen. Als Sami erklärte, er könne immerhin erstikken, meinte Madam Kim lediglich, das wäre für alle Betroffenen das Beste. Das war vor sechs Stunden gewesen. Sami hatte sich geweigert, allein in das Zimmer zurückzugehen. Inzwischen fieberte sie selbst stärker und sah blaß aus; den beginnenden Ausschlag am Ansatz ihres

Rückgrats hatte sie noch nicht bemerkt. Madam Kim hatte kein Erbarmen gezeigt und sie gezwungen, den ganzen Abend zu arbeiten – als Strafe dafür, daß sie ein so widerspenstiges Mädchen war. Glücklicherweise waren die Männer entweder zu betrunken oder zu dumm gewesen; jedenfalls hatten sie nicht mitbekommen, daß sie eine Kranke bumsten. Sie hatten sie hemmungslos gevögelt, und der Rhythmus ihrer Stöße befand sich im Einklang mit dem der Kopfschmerzen, die sich anfühlten, als würden sie ihr den Schädel sprengen.

Es war heiß im Raum. Sie lauschten, ob Ahmad noch atmete. Die Flammen ihrer Lampen stiegen in dem übelriechenden Raum steil in die Höhe.

»Ist er tot?« fragte Segma. Ihre dunklen Augen starrten in die Ecke. Alles, was die Frauen sehen konnten, war Ahmads Rücken. Im Schein der Lampen waren die kleinen Körner deutlich sichtbar und darunter der fleckige Ausschlag.

Sie hörten ein dumpfes Geräusch, als versuche Ahmad zu schlucken.

»Bitte.«

»Er bittet uns, ihm zu helfen«, sagte Sami.

»Was ist das da auf seinem Rücken?« fragte Madam Kim und blickte in Samis verängstigtes Gesicht.

»Das weiß ich nicht. Er sagt, es fühle sich an, als wären Brotkrümel in seinem Bett. Ich glaube, das ist es, was er spürt.«

Angewidert deutete sie auf die vielen seltsamen weißen Punkte.

»Aber es sieht so aus, als wäre er verprügelt worden«, sagte Madam Kim.

Sami zuckte mit den Schultern.

»Bitte ...«

Ahmads Stimme klang dumpf, weit entfernt. Sie ließ Sami erschauern.

»Nun, wir sollten versuchen, ihn wieder ins Bett zu bekommen«, sagte Madam Kim und bemühte sich um Sachlichkeit, obwohl sie mehr als verstört über das war, was sie sah.

Sie lauschten noch einen Moment lang auf Ahmads eigentümliche Schluckgeräusche. Dann trat Madam Kim an das Fußende des Bettes. Sie blickte auf Ahmads Beine hinunter. Er bewegte seine Füße, als liefe er im Traum.

»Sami! Du steigst auf das Bett. Du auch, Segma. Wir werden versuchen, ihn gemeinsam hochzuziehen.«

»Ich fasse ihn nicht an«, sagte Sami und wich zur Tür zurück.

Madam Kim fuhr zu ihr herum.

»Du tust, was man dir sagt!«

Ihre Stimme dröhnte durch das kleine Zimmer. Die Flammen der Lampen zuckten und flackerten.

»Ich kleide dich, ich gebe dir zu essen, einen Platz zum Schlafen, und was bekomme ich dafür?« Sami duckte sich an die Wand, als Madam Kim mit erhobener Hand auf sie zukam. Sie schlug auf Samis abwehrend erhobene Arme, ihre Schultern, ihren Kopf.

»Du wirst tun, was ich dir sage!« kreischte Madam Kim gleichzeitig mit ihren Schlägen, bis Sami schluchzend zu Boden stürzte. Die anderen Mädchen sahen entsetzt zu.

»Bitte, bit...«, erscholl Ahmads schwache Stimme.

Madam Kims Hand krallte sich in den Rücken von Samis Kleid und zerrte sie auf die Füße.

»Also. Du und Segma, ihr steigt aufs Bett und zieht ihn hoch. Ich werde ihn bei den Füßen packen. Ihr beide« – sie drehte sich zu den beiden anderen Mädchen um, die zitternd neben der Tür verharrten –, »ihr haltet die Lampen so, daß wir etwas sehen können.«

Sami und Segma gaben ihre Lampen den anderen und stiegen auf das Bett. Sami bemühte sich, das verschmutzte Bettzeug nicht mit den Händen zu berühren. Auf den Knien rutschte sie auf den Spalt zwischen Bett und Wand zu, in dem Ahmad lag.

»Ein bißchen mehr Licht. Wie sollen wir ...«

Madam Kim knipste ihre Taschenlampe an und richtete sie in das Dunkel. Ahmads Rücken war mit Pusteln und blutunterlaufenen Flecken übersät. Trotz des stinkenden Bettes und des kranken Mannes mußte Sami an Himbeereis denken.

»Ergreift seinen Arm.«

Sami und Segma zögerten, dann griffen sie beide nach seinem rechten Arm und zogen. Ahmad drehte sich ein wenig, so daß sie seine behaarte Achselhöhle sehen konnten. Er fühlte sich heiß und trocken an.

Plötzlich verlor Madam Kim die Beherrschung.

»Dreckiger, dreckiger Kerl!« kreischte sie, streckte den Arm aus und zog heftig an Ahmads knochigem Bein. Aber er war wirklich zwischen Bett und Wand eingeklemmt. Die Wucht ihres Zerrens ließ sie das Gleichgewicht verlieren. Ihre Beine rutschten unter ihr weg, und sie schlug schwer auf dem Boden auf. Trotz ihrer bohrenden Kopfschmerzen mußte Sami lachen. Der Lichtkegel der Taschenlampe zuckte unter dem Bett hin und her.

»Mädchen, ihr Mädchen ...« Madam Kim rang nach Atem. »Ihr Mädchen, helft Sami und Segma.«

Irgendwie machte das Gelächter die Situation weniger beängstigend. Madam Kim kämpfte sich auf die Beine, und die anderen Mädchen stellten ihre Lampen auf dem Boden ab. Dann kletterten auch sie auf das Bett und rutschten an den Rand, so daß sie direkt auf den furchterregenden Rücken von Ahmad blickten. Er trug schmutzige Baumwollshorts. Eins der Mädchen streckte die Hand aus und griff nach dem Hosenbund. Das andere beugte sich hinunter, bis sein Kopf fast den Boden berührte, und legte beide Hände um Ahmads rechtes Bein.

»Bit...te.« Ahmad begann zu husten. Es klang, als würde er würgen oder sich erbrechen. Irgend etwas klatschte auf den Fußboden. Der Geruch war fürchterlich.

»Also los«, sagte Madam Kim mit erhobener Stimme, um die widerlichen Geräusche des Mannes zu übertönen, und griff erneut nach Ahmads Fußknöchel. »Ich zähle bis drei. Eins. Zwei. Drei!«

Mit vereinten Kräften befreiten die Mädchen Ahmad aus seiner Zwangslage, zogen ihn aufs Bett und legten ihn auf den Rücken. Sami verfing sich irgendwie unter ihm, und der schreckliche Ausschlag geriet mit ihrem weit aufgerissenen Mund in Berührung. Auch Madam Kim schrie, als sie sah, daß Ahmad blind war, weil seine Augen voller Blut standen, daß ihm Blut aus Mund und Nase drang, sogar aus seinen Brustwarzen. Kreischend schlug sie die Hände vor das Gesicht, so daß sich der Lichtstrahl der Taschenlampe gegen die Decke richtete. Und in dem ganzen Durcheinander aus Licht und Schatten, als die Mädchen schreiend das Weite suchten, krümmte sich Ahmad zusammen und erbrach schwarze Flüssigkeit quer über das Bett.

Als der Morgen dämmerte, waren nur noch Madam Kim und Sami im Zimmer. Die anderen Mädchen waren zu Bett gegangen, nachdem sie sich im *mandi* im hinteren Bereich des Hauses gewaschen hatten. Ahmad war mit Erbrochenem und Blut bedeckt, aber er lebte noch. Im Lampenlicht wirkte sein Gesicht wie eine hölzerne Maske. Seine blutgefüllten Augen starrten die gegenüberliegende Wand an, während er um Atem rang. Innerlich starb er bereits, fokale Nekrose punktierte seine Leber und Nieren wie Nägel die Torpfosten zum Totenreich. Als die Sonne aufging, versagten die Nieren. Um sieben Uhr erlitt er einen massiven Schlaganfall, und als sein Schließmuskel aufriß und sich die Innenhaut seiner Gedärme auf die blutgetränkten Laken ergoß, war er bereits tot.

11

JOHN-F.-KENNEDY-AIRPORT, NEW YORK, 4. AUGUST

»Und wenn sie nun doch nicht da sind?« fragte Richard und sah zu, wie Hollys Koffer hinter der schweren Plastikklappe verschwand. Holly packte ihn am Revers.

»Sie werden dasein, Schatz. Das hat Jonathan geschrieben. Er fährt mit den Kindern zum Flughafen in Padang, um mich abzuholen.«

»Aber er schrieb auch, daß er das noch einmal telefonisch bestätigen würde.«

»Es stand alles in seinem Brief. Es war überflüssig, die Bestätigung auch noch zu bestätigen.«

»Aber er sagte, er würde nochmals anrufen.«

Holly sah ihm in die Augen, die von einem weiteren Tag unter Leuchtstoffröhren gerötet waren. Seine Besorgnis war ansteckend. Jonathan hatte tatsächlich versprochen, noch einmal anzurufen. Dadurch, daß er es nicht getan hatte, wirkte auch alles andere merkwürdig unsicher. Schließlich war sie dabei, rund um den Globus zu fliegen. Es wäre schön gewesen zu wissen, daß sie dort jemand erwartete.

»Ja, aber du weißt doch, wie es da draußen ist. Er schrieb, es gäbe Zeiten, in denen er nicht einmal mit Padang Kontakt aufnehmen könne. Vermutlich haben sie einen Leguan oder so was in ihrem Funkgerät.«

Richard versuchte zu lächeln, und Holly mußte ihn unbedingt küssen. Er wollte so unendlich gern beruhigt sein, wollte nicht, daß sie sich Sorgen machte, war aber nicht dazu fähig, seine eigenen Sorgen abzuschütteln.

»Vermutlich.«

»Wahrscheinlich hat er inzwischen angerufen. Wenn du nach Hause kommst, findest du bestimmt eine Nachricht auf dem Anrufbeantworter vor.«

Er trat einen Schritt zurück und blickte auf die herumwuselnden Menschenmengen.

»Himmel. Vielleicht hätten wir doch lieber nach Antigua fliegen sollen.«

Holly spürte, daß Ärger in ihr aufstieg.

»Nun, wenn du nicht nachkommen willst, kannst du jederzeit ...«

»War doch nur ein Scherz.« Er nahm sie in die Arme, sein Atem roch nach Kaffee. »Natürlich komme ich nach – wann doch gleich?«

»Am Zwölften. Und du solltest lieber erscheinen, Mister.«

Einen Moment lang hielten sie einander eng umschlungen.

12

MARSHALLTON, DELAWARE, 4. AUGUST

Martin Watts stand vor dem leeren Käfig und bemühte sich, das Gefühl zu verdrängen, daß in Raum D etwas Übles geschah. Der Tod eines Affen in Quarantäne, in diesem Fall des *Macacus nemestrinus* 014, war kein unübliches Ereignis. Wenn man ein Tier von einem Teil der Welt in einen anderen expedierte, setzte man es unausweichlich einer neuen mikrobiologischen Umgebung aus, der sein Immunsystem nicht angepaßt war. Auch bei den ersten Zusammentreffen zwischen Europäern und amerikanischen Ureinwohnern war es häufig zu Epidemien gekommen. Bakterien oder Viren, die bei einem Maya nur eine Kehlkopfentzündung auslösten, konnten einen Spanier umbringen – und umgekehrt. Das war eben der Witz bei Ökosystemen. Und doch war da etwas an der Tatsache, daß insgesamt acht Affen zur gleichen Zeit erkrankt waren, im Abstand von wenigen Stunden, und auch am Aussehen des toten Tieres, das ihm – es war nicht leicht, das richtige Wort zu finden – »unnatürlich« vorkam.

Andererseits war die Gesamtsituation einer Quarantänestation unnatürlich. Was hatte er denn erwartet? Seine Sorge um das Wohl der Tiere, die nach Ansicht seiner Kollegen ans Unprofessionelle grenzte, wuchs sich langsam zu einer Abneigung gegen Quarantänemaßnahmen im allgemeinen aus, gegen die gesamte Organisation. Und nun ließ Watts sich von dieser Einstellung bereits in seiner Arbeit beeinflussen. Die Ereignisse in Raum D waren klar und eindeutig, die Vorschriften zu ihrer Bewältigung logisch und wohlbegründet. Was er empfand, war nicht von Belang. Profis setzten ihren Verstand ein. Profis, so rief er sich in Erinnerung, hatten Studiendarlehen abzuzahlen. Er schlug die Käfigtür mit einem Knall zu und klebte ein »Freihalten«-Schild über das Schloß.

Vor drei Tagen begannen die Dinge schiefzulaufen. Die indonesischen Makaken hatten sich relativ gut eingelebt. Schon wenige Stunden nach der Ankunft waren sie physisch aktiv geworden, hüpften in ihren Käfigen herum, schnatterten aufgeregt, wenn Futter in Sicht war, und verputzten ihre Rationen restlos. Doch dann verweigerten acht von ihnen plötzlich die Nahrung. Die Stapel von Affenkeksen, die normalerweise als erstes vertilgt wurden, blieben unangetastet. Watts hielt diese Beobachtung in seinem Protokoll fest, aber damit beließ er es auch. Denn wie für ihre menschlichen Vettern gehörten Magenverstimmungen auch für Affen zu den üblichen Reisebegleiterscheinungen. Die gutartigen Bakterien in den Eingeweiden – die Darmflora – brauchten eben ein paar Tage der Anpassung. Danach würden sie wieder damit beginnen, all das zu verdauen, was die Enzyme des Wirts nicht schafften, und eindringende Mikroben vernichten.

Erst am nächsten Tag begann Watts, sich ernsthaft Sorgen zu machen. Dieselben acht Tiere zeigten erste Symptome einer Bronchialinfektion, sie husteten und keuchten. Das älteste der Männchen – 014 – wirkte immobil, fast wie gelähmt. Auch eine leichte Form von Ruhr setzte an diesem Tag ein. Watts sorgte dafür, daß ausreichend Wasser bereitstand, um das Risiko der Dehydrierung zu verringern, und säuberte die Käfige alle paar Stunden. Viel Unterstützung bekam er bei seiner Arbeit nicht, weil der größte Teil des Hilfspersonals Urlaub hatte. Seine Aufgabe wurde zudem durch die Tatsache erschwert, daß einige Affen aggressiv auf Störungen reagierten. Eines der Weibchen biß so kräftig in den Gummihandschuh von Bert Levy, daß er fast blutete.

Und dann, am Nachmittag des vergangenen Tages, einem Sonntag, fiel 014 in einen Schockzustand und starb wenige Stunden später. Heute morgen hatte ihn Watts gefunden – hingelümmelt wie ein Betrunkener, den Kopf an die Rückwand gelehnt. Das Tier schien von der Kletterstange des Käfigs gestürzt zu sein, an Schnauze und Nase fanden sich Blutspuren. Doch am meisten verblüffte Watts der verspannte, fast starre Gesichtsausdruck mit den weit geöffneten, aber tief in den Schädel gesunkenen Augen und den halbentblößten Zähnen. So etwas hatte Watts noch nie gesehen, zumindest nicht in der veterinärmedizinischen Fakultät.

Watts wartete nicht auf Bert Levys Erscheinen. Er griff sich sein Klemmbrett, lief langsam durch den Raum und überprüfte jeden Käfig. Den meisten Makaken schien es ausgezeichnet zu gehen – sogar besser als vielen der Primaten, die gleich nach der Gefangennahme in der Wildnis in die Quarantänestation gebracht wurden. Jedenfalls schienen sie eine Menge abdominales und subkutanes Fett gespeichert zu haben, und das war immer ein gutes Zeichen. Noch waren lediglich sieben Tiere krank, und bei ihnen war keine sichtbare Verschlechterung festzustellen. Drei von ihnen hatten wieder zu fressen begonnen, und alle nahmen Wasser zu sich. Womit sie sich auch infiziert haben mochten – die Alten packte es zuerst.

Watts war nahezu fertig, als er draußen Levys schwere Schritte hörte. Als er eintrat, begannen einige Affen wild zu kreischen und sprangen in den Käfigen umher. Vielleicht drang Levy der Geruch der ungeheuren Essensmengen, die er vertilgte, aus den Poren. Vielleicht dachten die Affen, nun seien sie an der Reihe.

»Wie steht's, Marty?« dröhnte Levys Stimme durch den Raum.

Alle Affen sprangen erschreckt in die Höhe. Etliche von ihnen stießen Angstrufe aus, und einen Moment später befand sich der gesamte Raum in Aufruhr. Watts verabscheute es, wenn Menschen so taten, als wären die Tiere gar nicht da, als wären sie nur eine Reihe von Gegenständen, Handelsware.

»Alles überprüft?«

Watts drehte sich um. »Sie sollten nicht ohne Mundschutz hier hereinkommen. Hier gibt es kranke Tiere.«

»Aber das Zeug stinkt. Das ist nun mal Tatsache.«

»Holen Sie sich eine Maske.«

Watts war über die Härte seiner eigenen Stimme überrascht. Aber er war im Recht. Die Sicherheitsvorschriften waren schließlich kein Jux.

»Mein Gott, Marty«, seufzte Levy. »Affen kriegen manchmal die Scheißerei. Na und?«

»Einer ist gestorben.«

»Einer stirbt immer. Mindestens einer. Sie müssen aufhören, das persönlich zu nehmen.«

Levy patschte ihm auf die Schulter. Watts ignorierte es.

»Wir sollten keinerlei Risiko eingehen, bevor wir das Autopsieergebnis kennen und wissen, womit wir es zu tun haben.«

»Autopsie?« Levy lächelte ungläubig. »Wer hat etwas von einer Autopsie gesagt?«

Watts widmete sich wieder seiner Arbeit. 036, ein junges Weibchen. Offenbar gesund.

Levy musterte ihn einen Augenblick lang. Dann richtete sich sein Blick auf das Tier im Käfig.

»Okay, okay.« Er begann in seiner Kitteltasche zu fummeln. »Ich habe den Mundschutz dabei. Soll ich Ihnen nun helfen oder nicht?«

Er befestigte das grüne Stoffrechteck über seiner mächtigen Kinnlade. Es sah aus, als wäre es zu klein.

»Ich bin fast durch«, sagte Watts. »Muß nur noch sechs überprüfen.«

Levy griff nach dem Klemmbrett.

»Wollen Sie mich etwa überflüssig machen? Na, was haben wir denn hier?«

Watts wartete ab, bis Levy die Protokolldaten studiert hatte. Der Mann verbrachte so viel Zeit in der Kantine, daß man leicht vergaß, daß er an der Montana State University seinen Doktor in Affendiätetik gemacht hatte und über eine fast zehnjährige Berufserfahrung mit Primaten verfügte. Die Tätigkeit bei Farrell Research Supplies hatte ihm eindeutig den wissenschaftlichen Schneid abgekauft. Vielleicht bekam er gutes Geld, aber es ging um Geschäfte, nur um Geschäfte. Watts begann zu begreifen.

»Sie glauben also, ein bestimmtes Schema zu erkennen?« fragte Levy nach einer Weile.

»Nun, es gibt immerhin weitgehend ähnliche Symptome und einen sehr übereinstimmenden Zeitablauf.«

»Wie kommen Sie darauf?«

»Nun, an einem Tag haben sie gefressen, am nächsten nicht.«

»Yeah. Aber was ist, wenn heute ein anderer die Nahrung verweigert oder morgen?«

»Nun, dann nehme ich an ...«

Lächelnd zog Levy sich den grünen Mundschutz fest über die Lippen.

»Dann haben sie uneinheitliche Symptome, stimmt's? Hier drinnen sind achtundvierzig Tiere.«

»Siebenundvierzig.«

Levy schüttelte den Kopf.

»Stimmt, Marty. Eins ist gestorben. Und Sie sagten, diese Symptome seien einheitlich?«

»Null-Vierzehn war ziemlich alt«, wandte Watts ein. »Einer der ältesten dieses Kontingents.«

»*Der* älteste?«

»Nun, ich ... Ich bin mir nicht sicher.«

»Dem Protokoll zufolge gibt es hier mindestens drei Tiere, die so alt wie Null-Vierzehn sein müssen. Und denen geht es gut.«

Watts seufzte. Immerhin unterhielten sie sich zur Abwechslung mal wie Veterinärmediziner.

»Sie nehmen also an, daß es nichts Ernsthaftes ist? Lediglich streßbezogene Symptome und ein Fall von Erkältung?«

Levy warf einen Blick auf das Klemmbrett und reichte es zurück.

»Was nehmen Sie denn an?«

»Ich habe bisher angenommen, daß es sich um eine bakterielle oder Virus-Infektion handelt und daß sie ansteckend ist.«

»Und deshalb wollen Sie Null-Vierzehn sezieren?«

»Ich dachte, es könnte ganz gut sein, die Todesursache zu erfahren. Ich weiß nicht, ich habe nur das Gefühl ...«

Watts bremste sich. Da war es wieder: Gefühl ...

Levy ging langsam die Käfigreihen entlang. Nach ein paar Metern blieb er stehen.

»Ist das einer von den Kranken? Null-Neunundzwanzig?«

Watts konnte sich den Blick auf das Protokoll ersparen.

»Ja, ein Männchen, ungefähr zwei Jahre alt. Um ihn

mache ich mir besonders Sorgen. Leidet noch immer unter Dysenterie, und seine Wasseraufnahme ist mangelhaft.«

Levy spähte in den Käfig und hielt vorsichtig Abstand vom Draht. Das Tier hockte in einer hinteren Ecke, mit zuckender Schnauze und halb gefletschten Zähnen. Einen Moment lang kniff Levy die Augen zusammen. Er stand ganz reglos, so, als versuche er, sich an etwas zu erinnern.

»Ihnen ist bewußt«, sagte er leise, wie zu sich selbst, »daß wir eine Armee von Chirurgen brauchten, wenn wir jeden Affen sezieren wollten, der in unserer Obhut stirbt?«

»Wir haben Doktor Maynard.«

Levy streckte sich und ging langsam weiter.

»Wir haben auch August. Und im August fährt Maynard in Urlaub. In die Catskills. Mit Mrs. Maynard und allen kleinen Maynards.«

»Und Doktor Aldiss?«

»Doktor Aldiss hat seit Jahren kein Skalpell mehr benutzt, zumindest nicht an etwas Totem. Neuerdings befindet sich Doktor Aldiss auf dem Führungskräfte-Karrierepfad. Auf der Farrell-Überholspur.«

Watts trat auf den anderen Mann zu. »Aber wenn wir hier ein Virus haben, etwas Ansteckendes ...«

Levy blieb wieder stehen. »Und der hier? Null-Zweiundzwanzig?«

»Ja, das ist ein krankes Tier. Ein dreijähriges Weibchen.«

Levy überlegte. Watts konnte es spüren.

»Ich kann Ihnen sagen, was Aldiss sagen wird. Er wird auf die Anordnung der Käfige verweisen. Am Ende des Raums ist ein Tier krank, sieben Käfige weiter ein anderes, ein drittes auf der anderen Seite des Ganges, aber alle anderen dazwischen sind gesund.«

»Und?«

»Wenn die Tiere einander infiziert hätten, müßte man doch davon ausgehen, daß sich die Krankheit von Käfig zu Käfig ausbreitet. Aber hier ist das Auftreten der Erkrankungen von der Lage des Käfigs völlig unabhängig. Das weist darauf hin, daß die Gesundheit oder Krankheit eines Tieres etwas Individuelles ist und nicht auf einem äußerlichen Wirkstoff beruht.«

Daran hatte Watts auch schon gedacht. »Es sei denn, die acht Tiere haben sich bereits vor der Ankunft hier infiziert und zeigen die Symptome vor den anderen.«

Levy schüttelte den Kopf. »Aber in diesem Fall müßten wir erst einmal abwarten, ob die anderen auch erkranken, oder? Dafür ist die Quarantäne schließlich da, wenn man es genau nimmt.«

Watts schwieg. Er wußte, daß Levy aus Erfahrung sprach und recht hatte. Quarantänezentren waren keine Krankenhäuser. Ihre Aufgabe bestand darin, die Tiere so lange zu beobachten, bis man sicher war, daß sie gesund waren, um sie wieder zu entlassen. Und wenn sie erkrankten, ließ man dem Leiden eben seinen Lauf.

»Also nehmen Sie an, daß Doktor Aldiss einer Autopsie nicht zustimmen wird?« fragte er.

»Ja, zumindest bis Maynards Rückkehr.«

»Aber bis dahin vergehen Wochen.«

»Es sei denn, es gibt handfeste Beweise für etwas, was diese acht Makaken miteinander verbindet und von den anderen unterscheidet. Ich kann nicht sehen, warum er sich die Mühe machen sollte. So etwas kostet Geld.«

Watts dachte nach. Er mußte sich eingestehen, daß

sein Hauptgrund für eine Autopsie Neugierde war. Er wollte wissen. Andererseits war Wissensdrang nicht gerade das Hauptmotiv für die Arbeit von Farrell Research Supplies, einer Tochter der Lancing Corporation.

»Und wenn die anderen sieben auch sterben?«

Levy antwortete nicht. Mit zusammengekniffenen Augen starrte er 022 an. Ein Schweißtropfen rann ihm über die Schläfe.

»Werden wir ...«

»Moment mal.« Levy starrte weiter.

»Bert?«

»Einen Moment, einen Moment. Wo ist das nächste? Das nächste kranke Tier?«

»Das ... das ist ...« Hastig konsultierte Watts sein Klemmbrett. Irgend etwas schien Levy immens zu erregen. »Das ist Null-Zwanzig, zwei Käfige weiter.«

Innerhalb einer Sekunde stand Levy davor.

»Bert, was ist?«

»Und das da?«

»Äh ... Null-Neunzehn. Gesund. Was ...?«

»Himmel, das ist es. Eindeutig.« Levys Stimme war sehr leise.

»Was? Worum geht es?«

»Marty, mein Freund.« Levy drehte sich zu ihm um. Noch nie hatte Watts ihn so ernst gesehen. »Ich glaube, Sie bekommen Ihre Autopsie.«

Dr. Stephen Aldiss zog ein Kleenex aus der Schachtel, die stets auf seinem Schreibtisch parat stand, und wischte die Fingerabdrücke von seinen Brillengläsern. Er war am Nachmittag von einer Konferenz in New Jersey zurückgekehrt und sah müde aus. Watts und Levy saßen ihm gegenüber.

»Sind Sie ganz sicher, daß es sich um Farbe handelt, Bert?«

»Absolut. Ich habe so etwas schon gesehen oder zumindest etwas sehr Ähnliches. Die Jäger benutzen die Farbe, um die Tiere zu kennzeichnen, die sie in der Wildnis gefangen haben. Erspart Auseinandersetzungen auf dem Markt.«

»Und alle kranken Tiere tragen diese Markierung, diese rote Markierung?«

»Ausnahmslos.«

»Und Null-Vierzehn gleichfalls«, fügte Watts hinzu.

»Null-Vierzehn?«

»Das tote Tier. Ich habe es überprüft.«

»Sie nehmen also an, daß diese acht Tiere sich gegenseitig mit etwas infiziert haben, bevor sie mit den anderen zusammengekommen sind?«

»Sieht so aus«, erwiderte Levy. »Und die Infektionsrate von hundert Prozent macht mir Sorgen.«

Aldiss nickte nachdenklich.

»Okay. Sie haben sich die Tiere angesehen. Was ist Ihre Meinung, Bert?«

Levy schürzte die Lippen und betrachtete seine Knie. Dann sah er wieder auf.

»Ich glaube, wir haben es mit einem Virus zu tun. Möglicherweise mit SHF oder einer indonesischen Abart.«

Watts erstarrte. Hämorrhagisches Fieber bei Affen – kurz SHF – wäre nahezu eine Katastrophe. Es war in höchstem Maße ansteckend und konnte eine ganze Primatenkolonie innerhalb von Wochen dahinraffen. Ein Gegenmittel gab es nicht. Die Affen starben an einer Kombination aus Lungenentzündung und inneren Blutungen; sie niesten und spuckten Blut. Und dann erinnerte er sich: 014 war mit Blutspuren an Schnauze und Nase gefunden worden. Das mußte Levy gesehen haben. Und da war noch etwas. Die Krankheit beschädigte auch die Blutgefäße im Gehirn, und das führte zu Verhaltensveränderungen. Levy mußte sich an den Biß des infizierten Weibchens erinnert haben. Und doch hatte er bis jetzt nichts über SHF verlauten lassen.

Einen Moment lang hielt Aldiss mit dem Brilleputzen inne.

»Bert, einer der Gründe, warum unsere Kunden von *Macaca fascicularis* zu *Macaca nemestrina* übergegangen sind, ist die geringere Weiterverbreitung von SHF. *Nemestrina* sind keine Sumpfbewohner.«

»Ich weiß«, sagte Levy. »Ihre Heimat ist vor allem der Regenwald. Und es könnte sich herausstellen, daß es sich um eine mildere Form dieser Krankheit oder sogar um etwas ganz anderes handelt. Bisher ist es lediglich zu einem Todesfall gekommen.«

Aldiss seufzte. In seinem leichten hellgrauen Anzug war er das Bild einer geplagten fünfundvierzigjährigen Führungskraft – doch er war Wissenschaftler und erst achtunddreißig.

»Wir können kein Risiko eingehen. Falls Sie recht haben, sollten wir das besser genau wissen. Verdammt! Warum muß so etwas ausgerechnet im August passieren? Ich habe seit Jahren kein Skalpell mehr in der Hand gehabt.«

»Sie könnten jemanden von außen hinzuziehen«, schlug Levy vor.

Aldiss schüttelte den Kopf.

»Nein, danke. Wenn wir das ganze Kontingent abschlachten müssen, möchte ich das nicht in der Zeitung lesen. Die Lage ist ohnehin schlimm genug. Mehr als schlimm.«

Watts und Levy tauschten Blicke aus. Es hatte Gerüchte gegeben, daß sich die Einstellung der Lancing Corporation gegenüber dem Handel mit Labortieren ändern könnte, zumindest, was die Primaten betraf. Der neue Hauptgeschäftsführer war im Hinblick auf Presseverlautbarungen offenbar sehr empfindlich. Vielleicht war es bei Aldiss' Konferenz in New Jersey sogar darum gegangen.

»Ich werde das diagnostische Personal informieren«, sagte Levy. »Wann wollen Sie sezieren?«

Aldiss stand auf und lockerte seine Krawatte.

»Sobald Sie ein Skalpell für mich finden, nehme ich an.«

13

MUARATEBO, 4. AUGUST

Wayan saß an der Bambusbar und strahlte. Er trug eine Westernjacke, die ihm Tuan Habibie an einem besäuselten Nachmittag an einem Marktstand gekauft hatte, und im Reversknopfloch steckte eine cremefarbene, sternförmige Jasminblüte. Als Madam Kim den Raum betrat, lächelte er breit. Sie wußte sofort, daß er in Geschäften gekommen war, in den Geschäften seines Herrn. Und das bedeutete Geld.

»Nun, Wayan«, zirpte sie. »Das ist aber eine freudige Überraschung. Ich hoffe, Sie nehmen es uns nicht übel, daß wir nicht sofort heruntergekommen sind, um Sie zu begrüßen. Wir waren ... sehr beschäftigt.«

Wayan neigte gnädig den Kopf.

»Zweifellos hat Sie Ihr Lieblingskunde bis in die frühen Morgenstunden in Anspruch genommen«, sagte er mit einem wissenden Grinsen, das Madam Kim mehr als nur ein wenig unverschämt fand. »Bei dem Verlangen, das dieser Mann hat.«

Lieblingskunde. Wen anders konnte er meinen als Ahmad? Und wie er sie ansah! Mit diesem kecken Grübchenlächeln auf den glatten, bronzefarbenen Wangen. Er spielte mit ihr. Wußten er oder sein Herr, was geschehen war? Wie konnten sie es erfahren haben? Es sei denn, Sami oder Segma ... Es sei denn, eines der Mädchen hatte geplaudert.

»Jaja, Ahmad«, brachte sie über die Lippen. »Großes Verlangen, ganz wie Sie sagen.«

Wayan betrachtete seine lächerliche Reversblume, berührte die Blütenblätter mit den Fingern.

»Ist es ... Glauben Sie, es ist zu früh, ihn zu wecken?«

Madam Kim spürte, wie ihr das Blut in die fahlen Wangen schoß. Aber sie weigerte sich, irgend etwas zuzugeben. Vor allem nicht Habibies Jungen gegenüber. Was sich im Dancing Agung abspielte, ging ihn nichts an. Wenn er etwas zu sagen hatte, dann würde er es eben sagen müssen. Sie war bereit, sein Spielchen mitzuspielen. Sie freute sich jetzt schon auf Wayans Miene, wenn er Ahmads blutiges Lächeln zu Gesicht bekam.

»Überhaupt nicht. Keineswegs. Bedauerlicherweise schlafen meine Mädchen noch. Wir werden ihn selbst wecken müssen.«

Wie gefiel ihm das? Offenbar nicht besonders, denn er schluckte und rutschte auf seinem Hocker herum.

»Ich bitte Sie, Madam. Ich glaube, wir wissen beide, daß es heute sehr schwer sein wird, ihn zu wecken.«

Also wußte er es! Madam Kim lachte kurz und trokken auf. Sie wollte gerade etwas sagen, als er fortfuhr: »Auf dem Weg hierher kam ich an den Docks vorbei. Mir fiel auf, daß Ahmads Boot fort ist. Und vermutlich er mit ihm.«

Madam Kim trat hinter den Tresen und goß sich einen großen Scotch ein. Während sie ihn trank, behielt sie den Jungen in seinem albernen Westernaufzug fest im Blick. Womit würde er als nächstes herausrücken?

»Warum kommen Sie dann her und fragen nach einem Mann, der längst gegangen ist?«

Wayan wand sich förmlich auf seinem Hocker.

»Sie müssen mir verzeihen, Madam Kim. Nur ein kleiner Scherz. Und ich war nicht ganz sicher ... Immerhin könnte es sich irgendein Dummkopf in den Kopf gesetzt haben, Ahmads Boot zu stehlen. Obwohl ich mir nicht vorstellen kann, warum das jemand tun sollte.«

»Aber Sie brauchten doch nur zu fragen.«

Wayan hob die Hand. Er fing tatsächlich an, die Flausen seines fetten Herrn zu kopieren, stellte Madam Kim fest. Allerdings fehlte ihm der dazugehörige Verstand.

»Madam, Madam. Ob Ahmad nun hier ist oder nicht, tut nichts zur Sache. Der Grund, aus dem ich gekommen bin ... Der Grund, weshalb ich mit Ihnen sprechen möchte ... Nun, der betrifft eine Transaktion, die Ahmad vor einigen Tagen Tuan Habibie vorgeschlagen hat.«

Madam Kims Augen glitzerten über dem verschmierten Rand ihres Glases.

»Er hat über die ... äh, Ware nachgedacht und meinte, er hätte vielleicht übereilt abgelehnt. Er hält sich zur Zeit in Jambi auf, um seine Affen zu verkaufen, aber heute morgen hat er angerufen und mich gebeten, herzukommen. Als ich sah, daß das Boot fort war, dachte ich, es wäre vielleicht zu spät. Ist es so?«

Plötzlich sah Wayan nicht mehr so selbstsicher aus. Und das war kaum verwunderlich. Er hatte zuviel preisgegeben. Madam Kim unterdrückte ein Lächeln. Also hatte Habibie in Jambi einen Käufer gefunden. Er hatte sich die Mühe gemacht, heute früh anzurufen und Wayan in seiner besten Jacke in die Stadt zu schicken, um die Verhandlungen wiederaufzunehmen. Sie ließ sich Zeit mit den letzten Schlucken ihres Scotchs. Ahmads Beseitigung würde zwar ein paar Probleme machen, aber vielleicht kam sein Tod doch nicht gänzlich ungelegen – wenn sie nebenbei einen kleinen Profit daraus schlagen konnte.

»Nein, Wayan. Es ist nicht zu spät. Bevor Ahmad ging, hat er mir aufgetragen, alle nötigen Arrangements zu treffen. Die ... die Ware, wie Sie es so reizend ausdrückten, die ließ er bei mir.«

Wayan stieß einen fast komischen Seufzer der Erleichterung aus.

»Tuan Habibie beauftragte ... bat mich, einen Blick darauf zu werfen. Vor einer Anzahlung, meine ich.«

Wayan folgte Madam Kim die Treppe hinauf und drückte sich sein Taschentuch gegen Mund und Nase. Der Gestank in diesem Haus war schlimmer, als er ihn in Erinnerung hatte. Es war ein schwerer Geruch, ein Gestank der Verwesung. Kaum zu glauben, daß ein Hurenhaus derart stinken konnte. Der Geruch der Sünde, dachte er, als sie auf dem Treppenabsatz angekommen waren.

Sie bogen in einen Korridor ein, der auf eine einsame Tür zuführte. Im Vorbeigehen klopfte Madam Kim an die seitlichen Türen und schrie die Mädchen dahinter an.

»Wacht auf, ihr faulen Schlampen! Ihr dreckigen Luder! An die Arbeit!«

Sie lächelte Wayan über die Schulter hinweg an.

»Sie verbringen die meiste Zeit im Bett und schaffen es trotzdem nicht, morgens aufzustehen.«

Sie erreichten die Tür, und Madam Kim suchte nach dem Schlüssel.

»Früher mal haben wir hier drinnen die Wäsche gemacht. Aber heute benutze ich das Zimmer als Abstellkammer.«

Sie fand, was sie suchte, und schob den Schlüssel ins Schloß. Wayan konnte kaum atmen. Der Geruch der Frau war unerträglich, und er fühlte sich von seiner Jacke eingezwängt. Es war keine gute Idee gewesen. Andererseits hatte er einen guten Eindruck machen wollen. Sein Herz klopfte, und hinter seinem Rücken verkrampften sich seine schlanken, braunen Finger.

Madam Kim wollte den Schlüssel umdrehen. Sie hielt

inne und blickte Wayan ins schweißnasse Gesicht. Sie würde den Preis sehr hoch ansetzen.

»Aber nur einen Blick, okay?«

Wayan nickte, und die Tür ging auf. Wayan sah zwei Emailleschüsseln und breite Bretter, auf denen Fetzen von Bettzeug lagen. Madam Kim holte tief und scharf Luft. Die Ware war fort.

14

PADANG, SUMATRA, 4. AUGUST

Siebzehn Stunden in der Touristenklasse, und doch fand sie plötzlich die Energie, nervös zu sein. Als sich das Flugzeug in die Kurve legte und ihr einen Blick auf die in graue Wolken gehüllten Bukit-Barisan-Berge gewährte, spürte Holly, daß sich ihr Magen zusammenkrampfte. Mehr als dreitausend Meter unter ihr warteten ihre Kinder auf sie.

Sie betrachtete eines der Polaroidfotos, die Jonathan ihr geschickt hatte. Die Mädchen hatten ihren Vater in die Mitte genommen, hielten Angeln in den Händen und lächelten in die Kamera. Lächelten sie ihretwegen, wie sie zunächst angenommen hatte? Was hatte Jonathan gesagt, um sie zum Lächeln zu bringen? Sie suchte auf ihren Gesichtern nach Anzeichen von Vortäuschung, von Verstellung. Aber statt dessen begann sie zum erstenmal die Gesichter der Frauen zu sehen, die Lucy und Emma eines Tages sein würden. Anstelle von Offenheit und Neugier entdeckte Holly ein bestimmtes Wissen, eine gewisse Vorstellung von der Welt, Überzeugungen. Es dämmerte ihr, daß die kurzen Jahre ihrer Kindheit bald vorüber sein würden.

Sie schob das Foto wieder in ihre Handtasche zurück, schloß die Augen und versuchte, nicht mehr daran zu denken, versuchte auch, jeden Gedanken an Christina zu verdrängen, Jonathans neue Partnerin. Unter ihr wurde polternd das Fahrwerk ausgefahren. Sie setzten zur Landungsschlange an. Tief unten dehnten sich unordentliche Flächen von Feldern und Wäldern aus, manche im Sonnenlicht, manche im Schatten. Straßen führten in die Ferne, Eisenbahngleise, Hochspannungsleitungen, Ansammlungen einstöckiger Häuser mit verrosteten Metalldächern und, am Horizont, das blaugrüne Meer. Holly nahm alles in sich auf, ihr Blick eilte von Detail zu Detail: Wäsche hing auf der Leine in einem Garten, eine Herde Rinder wurde einen Pfad entlanggetrieben, ein Mann entzündete ein Feuer. Es war eine neue Welt, eine fruchtbare, blühende. Holly spürte, daß sie sich wieder entspannte. Und als die Räder auf die Landebahn aufsetzten, begann eine Handvoll Passagiere zu applaudieren.

Die winzige Ankunftshalle war mit Menschen und Gepäck vollgestopft. Holly blieb einen Moment stehen und suchte in der Menge nach einem vertrauten Gesicht. Eine riesige Frau im Sarong drängte sich an ihr vorbei. Sie schleppte zwei Einkaufstüten und einen kolossalen, mit Stricken zusammengehaltenen Koffer. Holly geriet ins Stolpern und hätte fast ihr eigenes Gepäck fallen lassen.

»Taxi? Taxi, Lady?«

Ein dünner junger Mann in bedrucktem T-Shirt hielt den Griff ihres Koffers bereits in der Hand.

»Nein, danke«, sagte Holly. Sie mußte ihm den Koffer entreißen.

»Taxi dreißig Dollar.«

Holly ignorierte ihn und schob sich weiter durch die Menge. Wie weit war es in die Stadt? Davon hatte Jonathan in seinem Brief nichts geschrieben. Aber das war im Grunde egal. Wahrscheinlich würden er und die Kinder draußen auf sie warten.

Neben der Tür stand ein anderer Taxifahrer, ein kleiner, stämmiger Mann in den Vierzigern, die Hände in den Taschen.

»Taxi?« murmelte er mürrisch.

Holly schüttelte den Kopf und schob eine der Türen auf.

Die Hitze und die Feuchtigkeit trafen sie wie eine Brandungswoge. Obwohl der Himmel fast durchgehend bewölkt war, spürte sie, daß ihr Schweiß auf Rücken und Schultern trat. Ihre Baumwollbluse fühlte sich klamm an. Sie setzte den Koffer ab und sah sich um. Gegenüber dem Terminal befand sich ein kleiner Parkplatz mit zwei schattenspendenden hölzernen Unterständen. Dahinter ragten Reklametafeln, Straßenlaternen, Stromleitungen und struppige Palmen auf. Neben ihr wartete eine Reihe Taxis am Straßenrand. Der Fahrer des ersten Wagens erwiderte ihren Blick und warf eine Zigarettenkippe auf die Straße.

Holly sah auf ihre Uhr. Sie hatte sich vielleicht um zwanzig Minuten verspätet, mehr nicht. Die Zeitzonen konnte sie nicht durcheinandergebracht haben, davon war sie überzeugt. Falls ihn irgend etwas daran hindere, rechtzeitig in Padang zu sein, sollte sie direkt ins Pangeran Beach Hotel gehen, hatte Jonathan geschrieben. Es läge in der Nähe des Flughafens und sei das modernste der Stadt. Bei heftigen Regenfällen, hatte in seinem Brief gestanden, konnten einige der Straßen auf der anderen Seite des Hochlands nahezu unpassierbar werden. Außerdem sei nie auszuschließen, daß alle Fahrzeuge gebraucht würden, besonders wenn einer seiner Vorgesetzten aus dem Pharmaunternehmen auftauchte. Aber beides war eher unwahrscheinlich – jedenfalls hatte sie diesen Eindruck gewonnen.

Holly ging wieder in den Terminal und stellte ihren Koffer neben der Tür ab. Es war unsinnig, sich Sorgen zu machen. Sie würde eine Weile warten und dann ins Hotel gehen. Die große Frau im Sarong machte mitten in der Halle eine Szene. Eine ihrer Tragetüten war geplatzt, und die Vorbeikommenden traten auf den Inhalt. Draußen fuhr ein Lastwagen voller Soldaten vorbei.

Der dünne junge Mann trat erneut auf Holly zu. LUKY BAR stand in ausgeblichenen rosa Lettern auf seinem T-Shirt.

»Taxi, Lady?« fragte er und reckte zwei Finger. »Zwanzig Dollar.«

Die Reservierung fand sich ein, aber sie war drei Wochen alt und nicht bestätigt worden. Nachdem sie sich etliche Minuten über ihren Computer geärgert hatte, verlangte die Frau am Empfang zunächst eine Kreditkarte, bevor sie Holly das Plastikkärtchen gab, das die Tür zu ihrem Zimmer öffnete. Nachrichten waren nicht da.

Eine Stunde später saß Holly, in ein feuchtes Handtuch gehüllt, auf dem Rand des Doppelbetts und blickte durch die doppelverglasten Patio-Türen auf das palmengesäumte Meer. Der kalte Luftstrom aus der Klimaanlage hoch oben an der Wand ließ sie frösteln. Sie griff zum Telefon und wählte, Gesprächsfetzen waren zu hören, erst laut, dann leiser, dann rauschte es, schließlich das vertraute US-amerikanische Rufzeichen. Sie versuchte, sich das andere Telefon auf dem Nachttisch vorzustellen.

»Hallo?«

Richard klang krächzend, gereizt.

»Richard, ich bin's.«

Sie glaubte, ihn gähnen zu hören. Oder war das ein Seufzer. Durch den Hall in der Verbindung war das schwer zu entscheiden.

»Oh, hi. Hi, Schatz. Wie geht es dir?«

»Gut. Gut.«

»Wie war der Flug?«

»Gut. Keinerlei Probleme. Wie spät ist es bei dir?«

Sie hörte ihn wieder schnaufen.

»Zehn vor fünf.«

»Entschuldige. Ich wollte nur unbedingt anrufen, solange ich noch in Padang bin. Vom Camp aus ist das nicht so leicht.«

»Kein Problem. Fährst du sofort dorthin?«

Holly zögerte. Ein Chinese in purpurn bedrucktem Hemd und Badelatschen lief draußen vorbei. Er hatte eine zusammengerollte Badematte unter dem Arm, in der anderen Hand einen Begrüßungscocktail.

»Nein, nicht sofort. Aber bald.«

»Oh. Und wie ist es da so?«

»Heiß und feucht. Aber nicht in meinem Hotelzimmer. Hier ist es wie in einer Tiefkühltruhe.«

»Klingt angenehm.«

Er gähnte laut.

»Aber es ist herrlich. Wenigstens das, was ich vom Flugzeug aus sehen konnte.«

»Ich kann es kaum erwarten. Also hat dich Jonathan abgeholt?«

Holly bemühte sich, nicht nervös zu klingen. Es hatte keinen Sinn, Richard in Unruhe zu versetzen, wenn er doch nichts ändern konnte.

»Nein, aber sie sind sicher unterwegs. Ich glaube, es hat geregnet. Also werden die Straßen da draußen ... Jonathan meinte, das könnte passieren.«

»Sicher. In deinem Führer steht, daß die Berge oberhalb von Padang jährlich bis zu fünf Metern abbekommen. Du hättest einen Schirm mitnehmen sollen.«

Holly zeichnete den Umriß einer großen Blüte auf ihrer Bettdecke nach.

»Also ist alles in Ordnung? Keine Schlangen und Spinnen?«

»Nein. Aber ich habe festgestellt, daß in der Badezimmerdecke ein Gecko lebt.«

»Hübsch. Er wird mit den Kakerlaken aufräumen.«

»Er ist acht Zentimeter lang und hellbraun. Sitzt über dem Luftschacht.«

Wieder gähnte Richard, versuchte aber diesmal, es zu verbergen.

»Aber du solltest dich wieder hinlegen und schlafen. Ich werde versuchen, dich aus dem Camp anzurufen.«

»Okay. Nein, warte. Ruf mich an, bevor du Padang verläßt. Damit ich weiß, daß du auf dem Weg bist. Jederzeit, okay?«

»Okay. Werde ich tun. Mach dir keine Sorgen.«

»Ich mache mir keine Sorgen«, sagte er. »Alles wird gut werden. Das weiß ich.«

Sie lächelte. Er meinte nicht nur die Reise. Er meinte die Kinder, sie und ihn. Er mußte nachgedacht haben, während sie in der Luft war.

»Ich hoffe, du hast recht«, sagte sie.

»Sicher habe ich recht. Wie gesagt: Ich weiß es.«

TEIL ZWEI

Der dritte Bereich

1

ASPEN HILL, MARYLAND, 7. AUGUST

Lieutenant Colonel Carmen Travis warf einen schnellen Blick in den Spiegel, als sie nach den Schlüsseln zum Kombi griff.

»Vergeßt eure Mützen nicht«, rief sie. »Ich möchte nicht, daß ihr zuviel Sonne abbekommt.«

Im Nacken hatten sich ein paar braune Strähnen gelöst. Hastig öffnete sie die Haarspange und steckte sie wieder zurück, aber es sah immer noch nicht gut aus. Vor drei Tagen hatte sie sich entschlossen, sich die Haare schneiden zu lassen, da sie die letzten Zentimeter einer nicht geglückten Dauerwelle loswerden wollte, doch der neue Schnitt gab ihr etwas Biederes. Sie wirkte genauso alt wie sie war – neununddreißig Jahre – und »soldatischer«, als es ihr im Grunde gefiel. Sie zog die Wangen ein und betrachtete kritisch die Fältchen um ihre blauen Augen.

Joey kam aus der Küche gerannt, der Schirm seiner Baseballmütze war in den Nacken geschoben.

Carmen trat vom Spiegel zurück und drehte sich um.

»Schirm nach vorn, junger Mann«, sagte sie und zog ihn in die Stirn. »Andersherum kannst du sie tragen, wenn es kein Ozonloch mehr gibt.«

Einen Moment später tauchte Oliver auf und gähnte theatralisch.

»Kann ich nicht später mit dem Rad hinfahren, Mom? Ich bin noch müde.«

Carmen öffnete die Tür.

»Darüber haben wir bereits diskutiert, Ollie. Wenn Joey alt genug ist, um mit dir ...«

»Ich kann fahren!« protestierte Joey.

»... ohne Stützräder zu fahren, dann könnt ihr das auch tun. Aber bis dahin bringe ich euch mit dem Auto zu den Ryans, okay?«

»Okay«, maulte Oliver und verließ mit schleppenden Schritten das Haus.

Es waren knapp zehn Minuten Fahrt zum eleganten zweigeschossigen Haus der Ryans mit einem riesigen Rasen und Rosen rund um die Veranda. Andy Ryan war ein alter Studienfreund von Carmens Mann Tom und arbeitete in einer Anwaltssozietät in Washington. Julia Ryan widmete sich halbtags gemeinnützigen Aufgaben. Das Ehepaar hatte ebenfalls zwei kleine Kinder, und in den Schulferien ließ Carmen Oliver und Joey oft bei ihnen. Julia betonte, es mache ihr überhaupt nichts aus, und Carmen wie Tom sahen darauf, daß sie die Gefälligkeiten erwiderten, sobald die Ryans irgend etwas ohne ihre Kinder vorhatten. Das einzige Problem bestand darin, daß Carmen ihre Kinder vor neun Uhr abliefern mußte, wenn sie rechtzeitig zum Dienst in Fort Detrick erscheinen wollte, und mit Ausnahme von Andy waren die Ryans keine Frühaufsteher. Carmen fürchtete sich davor, in ihr Frühstück zu platzen.

Am heutigen Morgen wirkte das Haus so ruhig wie immer. Carmen verließ den Kombi und lief mit Joey und Oliver im Schlepp auf die Haustür zu. Ihre Uniform vermittelte ihr ein Gefühl der Befangenheit. Sie war nicht gerade unattraktiv, aber Armeehosen wirkten nicht besonders schmeichelhaft, der schlichte Schnitt ließ ihre Hüften übertrieben breit erscheinen. Abgesehen davon wirkte jede Art von Uniform an einem so behaglichen Ort wie diesem wie ein Eindringen aus einer schrofferen Welt.

Carmen wollte gerade auf die Klingel drücken, als Julia Ryan die Tür öffnete.

»Hi, da seid ihr ja! Kommt herein.«

Julia faßte ihr üppiges braunes Haar mit einem glänzenden blauen Band zusammen. Sie trug einen weißen Rollkragenpullover, einen langen schwarzgrünen Rock und eine wundervoll bestickte Weste. Carmen nahm die Sonnenbrille ab und lächelte sie an.

»Ich hoffe, wir sind nicht zu früh, Julia«, sagte sie und schob Oliver und Joey ins Haus. »Es ist nur so, daß ich ...«

»Selbstverständlich nicht, Scott wird in einer Minute angezogen sein, und ...« Sie blickte die Treppe hinauf. »Michelle? Stehst du auf?«

Von oben erklang weinerlicher Protest. Julia verdrehte gespielt verzweifelt die Augen.

»Ein bißchen mehr militärische Disziplin würde uns hier mit Sicherheit guttun«, erklärte sie und lächelte Carmen an. »Hast du noch Zeit für einen Kaffee? Er ist bereits fertig. Schwarz und stark.«

Sie gingen in Julias neu renovierte Küche und plauderten eine Weile miteinander, während Oliver und Joey im Garten lustlos einen Fußball hin und her kickten. Scott Ryan war nicht unbedingt Olivers allerbester Freund in der dritten Klasse und Michelle dem Krabbelalter kaum entwachsen, dennoch waren sie für die Jungen eine wesentlich bessere Gesellschaft als ein Babysitter. Die Armee verfügte zwar über Kindergartenplätze – in Containerbauten mitten auf einem nicht mehr benutzten Paradeplatz –, aber den Jungen gefiel es dort nicht. Also blieben nur die Ryans. Und Julia war sehr nett und verständnisvoll. Ihr Vater war längere Zeit beim Militär gewesen, und sie hatte einen Teil ihrer Kindheit auf einem

Militärstützpunkt in Deutschland verbracht. Dennoch fragte sich Carmen, ob sie durch ihre Tätigkeit in Fort Detrick nicht doch etwas verpaßte, solange die Kinder noch so klein waren. Alle Welt redete ihr gut zu – Tom, Freunde, die Kollegen im Institut. Die einzigen, die nie gefragt wurden, waren Oliver und Joey, denn was wußten sie schon von erwachsenen Dingen wie Berufstätigkeit?

»Tom wird sie gegen sechs abholen«, sagte Carmen, als sie wieder die Diele durchquerten. »Das heißt, wenn es dir recht ist.«

»Aber natürlich«, erwiderte Julia mit einem strahlenden Lächeln. »Wir haben nichts vor.«

Fünf Minuten vor neun saß Carmen wieder im Kombi und fuhr auf die östlichen Hänge der Appalachen zu. Ihre Route führte sie durch hügeliges Farmland und Eichenwälder, über den Monocary River und dann weiter nach Frederick, wo Fort Detrick lag. Es war eine wenig befahrene Straße, aber dennoch mit einem tadellosen Belag versehen und hervorragend markiert. Carmen empfand häufig so etwas wie ein schuldbewußtes Vergnügen, wenn sie morgens über diesen glatten Asphalt glitt, die Milchkühe hinter ihren adretten Holzgattern beobachtete und die gelbe Sonne über den Hügeln betrachtete. Sie hatte das Gefühl, das alles mit jemandem teilen zu müssen.

Fort Detrick war eine Sicherheitszone von rund fünfundzwanzig Morgen Fläche, mit Stacheldraht umzäumt und von Hunden bewacht. In ihrer Mitte lag ein riesiger fensterloser Block, um den sich eine Handvoll kleinerer Gebäude gruppierte. Der Block war die Zentrale des United States Army Medical Research Institute for Infectious Diseases (USAMRIID), dessen pathologische Abteilung Carmen leitete. Für Militärangehörige war es »das RIID« und mitunter auch schlicht »das Institut«.

Hauptaufgabengebiet des USAMRIID war die biologische Kriegführung. Vor einem halben Jahrhundert zu einer Zeit gegründet, in der die Furcht vor den sowjetischen Fähigkeiten hohe Wellen geschlagen hatte, war das USAMRIID mit Forschungen darüber betraut worden, wie Soldaten gegen biologische Waffen sowie natürlich auftretende Infektionskrankheiten geschützt werden konnten. Auch wenn sein Personalbestand nur noch einen Bruchteil der früheren Besetzung ausmachte, war USAMRIID noch immer eine von lediglich zwei Institutionen im Land (die andere waren die Centers for Disease Control in Atlanta), die ausreichend ausgestattet waren, um sich mit der ganzen Bandbreite der bekannten menschlichen Krankheitserreger befassen zu können. Seine Laboratorien waren ausnahmslos abgedichtet und mit voneinander unabhängigen Luftfilteranlagen ausgestattet. Die besonderen Labors für biologische Eindämmung, in denen die gefährlichsten Proben analysiert wurden, standen unter Unterdruck, so daß die Luft im Fall eines Lecks in den Raum strömte und nicht aus ihm hinaus. Alle Tätigkeiten in diesen Laboratorien wurden in druckfesten Raumanzügen ausgeführt.

Der Posten am Tor lächelte Carmen an, als sie ihren Ausweis hinausreichte. Seine Maschinenpistole steckte ordentlich und fast unsichtbar hinten in seinem Hosenbund.

»Morgen, Ma'am.«

Carmen erwiderte das Lächeln und wartete darauf, daß er den Ausweis unter den UV-Scanner schob. Selbst unter diesem wolkenlos blauen Himmel war das RIID häßlich, eine häßliche, halb im Erdboden verborgene Betonkonstruktion, häßlich und blind bis auf die an einer Ecke des detonationsbeständigen Daches zusammengeballten Antennen.

»Vielen Dank, Ma'am.«

Der Posten gab ihr den Ausweis zurück und salutierte. Carmen wartete darauf, daß sich die Sperre hob, und fuhr auf das Gelände.

Dr. Marcus Gaunt legte den Hörer auf und blickte auf die Uhr über dem Elektronenmikroskop. Wenn er die Anlage vor fünf Uhr verließ, bliebe ihm genügend Zeit, zum Abendessen mit seiner Familie nach Hause zu fahren. Und er war zuversichtlich, nicht länger bleiben zu müssen. Ausnahmsweise gab es dafür keinen Grund.

In den letzten Tagen, seit Stephen Aldiss' Anruf in der Zentrale, waren die Dinge in Marshallton ganz schön hektisch gewesen. Die Möglichkeit, daß es in der Quarantänestation zu Fällen von SHF gekommen sein konnte, mußt sehr ernst genommen werden. Wenn sich der Verdacht bestätigte, würde das unter Umständen die Vernichtung der gesamten Primatenoopulation dort bedeuten: rund dreihundertzwanzig Exemplare. In fast allen Ausprägungen wurde SHF mittels Tröpfcheninfektion durch die Luft übertragen. Ein Husten, ein Niesen, schon ein Atemzug konnte Millionen dieser Partikel in die Atmosphäre befördern. Trotz der hochtechnisierten Belüftungssysteme in Marshallton würde es extrem schwierig sein, das Virus davon abzuhalten, sich in der Quarantänestation auszubreiten. Man konnte nicht einmal ausschließen, daß sich die Mitarbeiter ansteckten, wenn das nicht sogar bereits geschehen war. Und wenn diese auch kaum ernstere Symptome zeigen würden als bei einer Erkältung, müßten sie doch für mindestens drei

Wochen von den Primaten ferngehalten werden. Und das bedeutete die Einstellung von Ersatzpersonal, was nicht gerade billig war. Darüber hinaus müßten die Dienstpläne so umgestaltet werden, daß jemand, der in der Nähe der infizierten Tiere in Raum D gearbeitet hatte, nirgendwo anders Dienst tat.

Noch am selben Tag hatte Aldiss die Autopsie persönlich durchgeführt. Als sich Gaunt in New Jersey auf den Weg machte, wurde *Macacus nemestrinus* 014 seziert. Die inneren Organe wurden entfernt, in Kehl- und Nasenbereich Abstriche gemacht und der Kadaver in die Verbrennungsanlage geworfen. Und als Gaunt in Marshallton eintraf, wartete Aldiss' Bericht bereits auf ihn. Er sah nicht gut aus. Die Diagnose schien auch weiterhin auf SHF hinzuweisen. Zunächst einmal waren Milz und Nieren des Tieres vergrößert – ein klassisches Symptom –, und dann gab es Läsionen mit leichten inneren Blutungen. Gaunts Aufgabe bestand darin, die Viren zu isolieren und zu identifizieren, um die vorläufige Diagnose zu bestätigen oder zu widerlegen. Und auch er vergeudete keine Zeit.

Die schnellste und einfachste Möglichkeit dafür bot die Immunofluoreszenz, und sie konnte im Labor von Marshallton auch durchgeführt werden. Schon vor Gaunts Ankunft wurde der Laborant Wesley Southern damit beauftragt, eine Reihe von Gewebekulturen vorzubereiten. Er entnahm der Leber von 014 eine kleine Probe und zerrieb sie in einem Mörser. Dann wiederholte er das mit einer Probe der Milz. Er entnahm auch den Abstrichen des Schlundbereiches Zellproben. Damit hatte er drei Formen infizierten Gewebes. In jeder Probe verbargen sich unter den Millionen von Zellen und Milliarden von Zellpartikeln winzige Anhäufungen des Virus – zu klein und zu wenig, um entdeckt zu werden. Zweck der Gewebekulturen war es, Viren in so großer Zahl zu züchten, daß sie biochemisch und unter dem Elektronenmikroskop erkennbar wurden.

Als Wirt für jede Art von Viren dienten MA-104-Zellen – geklonte Nierenzellen der afrikanischen Grünen Meerkatze, ein übliches und kommerziell gehandeltes Mittel zur Untersuchung von Primatenviren. Die Zellen befanden sich am Boden eines Kunststoffkolbens von der Größe einer Aspirinflasche. Die lebenden Zellteppiche sahen unter einem Mikroskop wie Mauern aus: jede Zelle ein relativ flacher Ziegel.

Nach seiner Ankunft in Marshallton bestand Gaunts erste Aufgabe darin, die Proben infizierten Gewebes mit einer zehnprozentigen Lösung von Eagle's Nährboden zu versorgen, einer Flüssigkeit, die zwar ausreichend Salze und Nährstoffe enthielt, um die Zellen und Mikroben am Leben zu erhalten, jedoch nicht genügend, daß sie sich vermehrten. Während Dr. Aldiss im Labor noch immer so nervös auf und ab lief wie ein werdender Vater, trug Gaunt – geschützt durch Maske und Brille – sorgsam mit einer Pipette fünfundzwanzig Kubikzentimeter der Lösung auf den Teppich aus MA-104-Zellen in jedem Kolben auf. Die Lösung ließ er eine Stunde bei einer Temperatur von siebenunddreißig Grad einziehen, dann fügte er einen nährstoffhaltigeren Cocktail hinzu, der in der Hauptsache aus dem Serum von Kalbsföten bestand. Sobald der Verschluß abgedichtet war, setzte unvermittelt die Inkubation ein. Wenn das Virus, das *Macacus nemestrinus* 014 getötet hatte, tatsächlich SHF war, würden die Zellen der Kultur in vier bis fünf Tagen abzusterben beginnen.

Was die Viren dazu brachte, aktiv zu werden, war noch immer ein Rätsel, für das es jede Menge Theorien, aber keine eindeutigen Antworten gab. Ein Virus konnte sich jahrelang – Generationen hindurch – latent verhalten, um dann plötzlich hochzugehen wie eine vergessene Landmine aus irgendeinem längst vergessenen Krieg. Aber in den Kulturkolben waren die Bedingungen so ideal, daß jedes Primatenvirus einfach aktiv werden mußte und sofort damit begann, sich zu vermehren. Sobald die Schädigungen erkennbar waren, wurde die Kultur einer Reihe von fluoreszierenden Antikörpern ausgesetzt, von denen jeder einem anderen Primatenkrankheitserreger entsprach – und von denen einer SHF war. War der in Frage kommende Erreger präsent, würden sich die Antikörper mit den infizierten Zellen verbinden und unter ultraviolettem Licht aufleuchten. Kein Leuchten hieß, daß sie das falsche Virus hatten.

Gaunt war fasziniert von der eigenartigen, abhängigen Beziehung, die Viren zu organischem Leben hatten. Nicht mehr als eine winzige Kapsel mit mindestens einer Faser DNS oder RNS – dem Stoff, aus dem der genetische Code jedes Organismus in der Geschichte der Erde von den Dinosauriern bis zur Fruchtfliege bestand –, und doch enthielt das Virus die Software – den genetischen Code – dafür, eine Kopie von sich selbst anzufertigen. Viren benötigten die lebendige, sich verwandelnde Umgebung der Wirtszelle, um sich zu aktivieren – ansonsten waren sie reglos, mehr oder weniger tot. Durch anpassungsfähige Evolution hatten einige von ihnen die Fähigkeit erlangt, ihren Weg tief in den Kern der Wirtszelle zu finden, wo sie sich in den Genen der Zellen einnisten und diese dazu zwingen konnten, das Virus immer wieder zu reproduzieren. Die interessanteste Frage für Gaunt war, ob Viren Nebenprodukte orangischen Lebens waren oder bereits vor diesem existiert hatten. Und er hatte reichlich Gelegenheit, diese Frage mit seinen Kollegen in Marshallton zu erörtern, während sie darauf warteten, daß das Virus aus Raum D sichtbar wurde.

Seit Dienstag hatte Stephen Aldiss viel Zeit im Labor verbracht, doch nun wurden seine Besuche seltener, und der Grund lag auf der Hand: In Raum D war kein weiterer Affe gestorben. Die meisten von ihnen zeigten sogar Anzeichen der Besserung. Einem normalen Ausbruch von SHF wäre bereits die Hälfte der Tiere zum Opfer gefallen. Zwar wies Gaunt immer wieder darauf hin, daß Inkubationszeiten sehr variabel ausfallen konnten, aber die Tatsache, daß es den infizierten Affen nicht schlechter ging, war sehr ermutigend. Möglich, daß es sich um eine ungefährlichere Variante von SHF handelte oder daß *Macaca nemestrina* eine Spezies war, die – wie der *Homo sapiens* – widerstandsfähiger gegen SHF-Erreger war als *Macaca fascicularis*, ihre sumpfbewohnenden Verwandten. Jedenfalls sah es zunehmend so aus, als könnte ein Gemetzel im großen Stil vermieden werden. Gaunt rechnete sogar bereits damit, mit ein wenig Glück die ganze Episode am Ende der Woche vergessen zu können. Wesley Southern war sehr wohl in der Lage, auch ohne ihn fertig zu werden.

Jetzt stand Southern gerade vor dem Inkubator und bereitete die Zellkulturen für ihre tägliche Überprüfung vor. Mit seinen dreiundzwanzig Jahren und seiner unübersehbaren Intelligenz hatte er alle Tätigkeiten Gaunts in Marshallton mit einem Eifer verfolgt und beobachtet, den der ältere Mann durchaus schmeichelhaft fand.

»Alles bereit für Versuchsreihe eins, Doktor Gaunt.«

Gaunt war großzügiger Stimmung.

»Sehen Sie es sich an, Wesley«, sagte er. »Ich kümmere mich diesmal um den Schriftkram.«

Er griff nach dem Klemmbrett und wartete geduldig, während Southern die erste Probe unter das Mikroskop legte. Die Versuchsreihe eins enthielt Zellkulturen aus der infizierten Leber von 014. Mit bloßem Auge sah man lediglich das helle Rosa des Kalbsfötenserums, das zur Seite sickerte, als der Kolben leicht geneigt wurde, um ihn mit der Brennebene der Linse in Übereinstimmung zu bringen.

»Und? Irgendwelche Veränderungen?«

Southern ließ sich viel Zeit, die Zellen zu fokussieren. Dr. Gaunt sah ihn über seine Brillengläser hinweg an.

»Irgendwelche Beobachtungen?«

»Ich ... Ich bin mir nicht sicher. Doch, ja. Es ist alles ... Himmel, es ist ...«

Gaunt widerstand der Versuchung, Southern einfach beiseite zu schieben. Der Junge mußte schließlich irgendwie lernen.

»Sagen Sie mir einfach, was Sie sehen, Wesley. Okay?«

»Ja, Doktor Gaunt.«

Erneut veränderte Southern den Fokus. Er richtete die Brennebene auf die höchste Schicht der Kultur, so daß er in die Serumpfütze blicken konnte. Dann schob er die Probe verunsichert wieder zurück.

»Es sieht so aus ... Einfach tot, Sir. Ich meine, es ist schlichtweg verschwunden. Die Hälfte der Zellen haben sich klar vom Kunststoff abgelöst.«

Enttäuscht seufzte Gaunt auf. »Schlichtweg verschwunden« war keine anerkannte wissenschaftliche Diktion.

»Gut, lassen Sie mich sehen.«

Er trat vor das Mikroskop und schob den Fokus mit einer einzigen Drehung auf den hinteren Bereich des Kolbens. Unter Laborbedingungen dürfte das SHF-Virus die

Kultur normalerweise frühestens morgen sichtbar schädigen. Und dann müßten die Zellen ein geschrumpftes Aussehen annehmen, die Zellwände eckig, manche zu dünnen Linien zusammengedrückt. Der Zellteppich dieser Kultur sah aus wie von Schrot durchsiebt. Ganze Bereiche waren einfach fort – verschwunden. Tausende tote und absterbende Zellen hatten sich vom Boden des Kolbens gelöst, trieben herum, trübten das Serum. Der Zellentod war plötzlich und gewaltsam erfolgt. Gaunt runzelte die Stirn. Plötzlich kam es ihm sehr heiß im Labor vor.

»Was ist das, Doktor Gaunt?«

Er stand auf.

»Eine bakterielle Verunreinigung, nehme ich an«, sagte er. »Pseudomonas vermutlich. Doch das läßt sich sehr schnell feststellen.«

Southern nickte. Pseudomonas war ein harmloses Bodenbakterium mit der mißlichen Angewohnheit, in Zellkulturen aufzutauchen und sie zu ruinieren – ungeachtet aller getroffenen Vorsichtsmaßnahmen. Derartige Verunreinigungen kamen so häufig vor, daß in Laboratorien aus Sicherheitsgründen stets mehrere gleichartige Kulturen angesetzt wurden anstelle von nur einer. Gaunt legte den Finger an die Nase. Es gab ein sehr einfaches Mittel, um festzustellen, ob vagabundierende Bakterien für dieses Ärgernis verantwortlich waren: den Geruch. Wenn sich Bakterien vervielfältigten, verströmten sie einen bestimmten Geruch. Viren taten das nicht. Pseudomonas-Bakterien rochen wie Traubensaft. Gaunt rühmte sich, die unterschiedlichen Bakterientypen an ihrem Aroma erkennen zu können. Manche Menschen hatte eine Nase für Wein; er hatte eine für Mikroben.

»Sollen wir die anderen Kolben überprüfen, Doktor?«

»Lassen Sie uns erst das hier beenden«, entgegnete Gaunt.

Hier ergab sich eine Lektion, die Southern in keinem Lehrbuch lernen könnte. Gaunt holte den Kolben unter dem Mikroskop hervor und schraubte den Verschluß ab.

»Wenn ich mich nicht sehr täusche«, begann er, schwenkte das Gefäß und hob es an die Nase, »werden wir feststellen ...«

Er roch nichts, gar nichts.

Gaunt wiederholte die Aktion, aber immer noch konnte er keinen Geruch wahrnehmen, nicht die geringste Spur. Er schraubte den Verschluß wieder zu. Also war die Zellkultur doch von einem Virus zerstört worden, allerdings nicht von SHF. Nacheinander überprüfte er die anderen Kulturen. Alle wiesen eine ähnliche Schädigung auf. Er konnte sich nicht erinnern, so etwas Ähnliches schon einmal gesehen zu haben. Nach einer Viertelstunde sorgsamer Beobachtung und Aufzeichnung trat er vom Mikroskop zurück.

»Ich werde mir das gleich einmal genauer ansehen. Mit der Immunofluoreszenz beschäftigen wir uns später. Sind Sie mit dem EMS vertraut?«

Southern nickte.

»Gut. Wir sehen uns eine Probe der ersten Versuchsreihe an. Nehmen Sie einfach etwas von der Flüssigkeit ab.«

Die einzige Möglichkeit, die Viren selbst zu betrachten, bot das Elektronenmikroskop. Mit einer Pipette entnahm Southern eine Probe des milchigen Serums und ließ sie in ein Reagenzglas tropfen. Dieses gab er in die Mikrozentrifuge, bis sich auf dem Boden eine konzentrierte Schicht toter und absterbender Zellen befand. Diese ungefähr krümelgroße Bodenschicht entnahm er mit einem kleinen Holzspachtel, sterilisierte und imprägnierte sie mit Kunstharz. Ein mit einem Diamanten produzierter Querschnitt dieser Probe würde unter das Mikroskop gelegt werden. Ausgefeilte Computersoftware würde das Bild verbessern, die Genauigkeit verstärken und notfalls sogar Farbe hinzufügen. Neunzig Minuten später begann sich das Bild auf dem großen Computerbildschirm aufzubauen.

Für Southern sah es aus wie eines dieser Satellitenfotos der Erde, die hin und wieder in Hochglanzmagazinen veröffentlicht wurden, eine Regenwaldlandschaft mit gewundenen Flüssen, Seen und Marschen, verschandelt von unbekannten Formen. Er betrachtete die Ecke einer einzelnen Zelle; die Zellwand zog sich wie ein dunkler blaugrüner Bogen über den Bildschirm. Dr. Gaunt starrte das Bild an und schob es mit der Maus hin und her.

»Da sehe ich gar nichts«, sagte er. Er nahm die Vergrößerung zurück und riß das Bild gleichzeitig scharf nach rechts. Southern sah eine weitere Zellwand vorbeiziehen und etwas, das aussah wie der Teil eines Zellkerns: eine ausgefranste dunkle Masse. Aus dieser Nähe war leicht zu erkennen, daß sie kein gesundes Gewebe mit seiner Ordnung und seinen beruhigenden Regelmäßigkeiten betrachteten. Es war ein Friedhof, ein Chaos abgestoßener und gesprengter Zellen.

Gaunt hielt das Bild einen Moment lang an und setzte es dann wieder in Bewegung.

»Nichts.«

Das Bild bewegte sich wieder und wieder. Southern begann, sich schwindlig zu fühlen.

»Nein. Verdammt. Das kann dauern. Ich fürchte, wir suchen eine Nadel im Heuhaufen.«

Wieder veränderte er die Vergrößerung und fuhr nach unten. Zwei verschlungene Mitochondrien tauchten auf, ihre Oberflächen offenbar aufgerissen, zerfranst. Southern zog sich einen Hocker heran.

»Doktor Gaunt, soll ich eine weitere Probe vorbereiten? Wenn ich mich ranhalte, könnte ich vielleicht noch eine ...«

Das Bild war stehengeblieben. Gaunt hatte die Brille abgenommen und starrte vorgebeugt auf den Bildschirm.

»Doktor Gaunt?«

Gaunt drückte zweimal auf die Maus, wodurch sich die Vergrößerung jeweils verdoppelte. Und dann sah Southern sie auch.

Carmen erfuhr erstmals von dem Problem in Marshallton, als ihr Vorgesetzter sie um halb drei Uhr nachmittags in sein Zimmer rief. Major General Rob Bailey war ein schlanker Mann Ende Vierzig mit vollem Haar, einer geraden, etwas spitzen Nase und durchdringenden braunen Augen. Seit erst drei Monaten führte er in Fort Detrick das Kommando, davor hatte er einen Beraterposten im Pentagon innegehabt. Wenn er auch nicht so beliebt wie sein Vorgänger war, wurde Bailey doch wegen seines ruhigen, effizienten Stils ebenso geschätzt wie für sein Detailwissen.

Er war gerade in einen ihrer alten Berichte vertieft, als Carmen den Raum betrat.

»Nehmen Sie Platz, Carmen«, sagte er. »Sie haben sich ausführlich mit *filoviridae* beschäftigt, stimmt's?«

Carmen rutschte auf ihrem Stuhl hin und her.

»Ja, Sir. Vor allem mit der Ebola-Gruppe. Aber das liegt bereits einige Jahre zurück.«

Lächelnd schlug Bailey den Bericht zu.

»Warum haben Sie damit aufgehört?«

Carmen dachte kurz darüber nach, weshalb er das fragte. Bailey ließ sie nicht aus den Augen.

»Nun, eine gewisse Zeit lang bestanden Befürchtungen über die Richtung, in die das Ebola-Virus mutieren könnte. Einige Arten wurden durch die Luft übertragen. Doch die stellten sich als harmlos für den Menschen heraus. Und da waren die Forschungen nicht mehr ganz so wichtig.«

»Ich verstehe.«

»Ist es etwa zu ...?«

»Einem Ausbruch gekommen? Nein. Nichts in dieser Art. Dennoch hat sich da etwas ergeben, was man sich vielleicht doch ansehen sollte. Sie kennen nicht zufällig Doktor Stephen Aldiss, oder?«

Bailey schrieb etwas auf seinen Notizblock.

»Nein. Sollte ich?«

»Nein, ich war nur neugierig. Er leitet eine Quarantäneeinrichtung für Primaten, nicht weit von hier entfernt. Ich kenne ihn aus dem College.«

»Eine Quarantänestation für Primaten?«

»Ja.«

Bailey beugte sich über den Tisch und reichte Carmen einen Zettel mit der Adresse und Telefonnummer der Einrichtung in Marshallton.

»In einer Primatenquarantänestation hat sich der letzte Ebola-Ausbruch ereignet.«

»Ich weiß.«

»Von der Abart, die durch die Luft übertragen wurde.«

»Wieder korrekt. Und diese Abart wird wahrscheinlich auch so übertragen. Die Kulturen, die sie angesetzt haben, sehen nicht besonders gut aus, und sie haben ein paar genauso unerfreuliche Elektronenaufnahmen.«

»Aber es gibt keine Hinweise auf infizierte Menschen? Keine Todesfälle?«

Bailey lächelte.

»In diesem Fall wäre ich selbst bereits dort. Einige Primaten sind erkrankt, einer gestorben. Aber die Labordaten sehen interessant aus. Deshalb möchte ich, daß Sie hinfahren und sie überprüfen. Nur für den Fall, daß ...«

Carmen faltete den Zettel zusammen.

»Sofort, Sir? Ich sollte eigentlich ...«

»Ich habe Doktor Aldiss unsere Hilfe zugesagt. Wahrscheinlich wird es sich nur als eine exotische Art von Grippe herausstellen, aber man kann nie wissen.« Er legte die Hände auf die Schreibtischplatte und lächelte Carmen an. »Rufen Sie mich an, wenn Sie dort sind, ja? Oh, und seien Sie vorsichtig, wenn Sie es mit irgendwelchem riskanten Material zu tun haben. Vorsicht ist die Mutter der Porzellankiste. Okay?«

Nachdem sie die Tür hinter sich zugezogen hatte, blieb Carmen einen Moment lang stehen. Sie hörte, daß Bailey telefonierte.

Während der langen Fahrt Richtung Küste hatte Carmen viel Zeit, über ihre Arbeit mit Filoviren nachzudenken. Das war ihr erstes größeres Projekt nach der Pathologieausbildung im RIID sieben Jahre zuvor gewesen – und ein relativ brisantes. Der Umgang mit BL-4-Erregern war wie der Umgang mit Sprengstoff. Egal, wie bedacht das Vorgehen, wie umsichtig und systematisch die Methoden: Je mehr man sich mit ihnen umgab, desto größer das Todesrisiko.

Carmen fragte sich, ob sie je wieder bereit sein würde, mit Filoviren zu arbeiten. Selbst jetzt, Jahre später, war es nicht leicht, sich ohne Schauern an diese Phase ihres Lebens zu erinnern, ohne das Gefühl, alles aufs Spiel gesetzt zu haben, was Tom und sie gemeinsam aufgebaut hatten. Im dritten Jahr ihrer Ehe hatten sie Annie verloren, ihr erstes Kind. Im Alter von nur achtzehn Monaten war sie an Hirnembolie gestorben. Eines Abends war sie wie üblich zu Bett gebracht worden, und am nächsten Morgen hatte Tom sie gefunden – kalt und bleich. Zunächst hatte Carmen geglaubt, der Schmerz würde sie umbringen, daß ihr Leben ebenso zu Ende war wie das ihrer Tochter. Doch dann hatte sie wenige Wochen später festgestellt, daß sie erneut schwanger war. Sie und Tom hatten sich stets noch ein Kind gewünscht. Es war etwas, was sie fest eingeplant hatten. Aber Carmen konnte sich über ihre Feststellung nicht recht freuen. Sie wurde das Gefühl nicht los, daß ihr ungeborenes Kind gegen ihre Trauer verstieß, gegen ihre Erinnerung an Annie, wenn es so schnell in die Fußstapfen ihrer Erstgeborenen trat. Und selbst nach Olivers Geburt hatte sich einiges von diesen Empfindungen erhalten.

Unter diesen Umständen wäre es nur vernünftig gewesen, die Arbeit mit den BL-4-Erregern zu beenden. Das war es zumindest, was man im Institut erwartet hatte, aber sie überraschte sie alle. Selbst als sie mit Oliver schwanger war, hatte sie sich mit leidenschaftlichem Einsatz in ihre Aufgabe gestürzt und war sehr schnell nach seiner Geburt wieder an die Arbeit zurückgekehrt. Tag für Tag hatte sie die Raumanzüge an- und ausgezogen, die ermüdenden Entseuchungsprozeduren über sich ergehen lassen, die chemischen Duschen und Desinfektionsmaßnahmen – für das Privileg, blutige Fetzen erkrankten Gewebes auseinanderschneiden und durch ein Mikroskop dem Tod ins Auge blicken zu können. Im Rückblick konnte Carmen diesen unwiderstehlichen

Drang kaum begreifen. Hinter der Hingabe, den Erfordernissen wissenschaftlicher Forschung, hatte sie eine fast ungesunde Faszination verspürt.

Ungefähr als Oliver zu sprechen begann, hatte sie die BL-4-Labors verlassen. Zu diesem Zeitpunkt fingen die dunklen Wolken an, sich zu verziehen. Toms Kleintierpraxis in Bethesda begann endlich, sich zu rentieren, und sie spürte, daß sie einander Tag für Tag wieder näherkamen. Sie faßten sich wieder bei den Händen, wenn sie auf der Couch saßen und fernsahen oder einen Einkaufswagen durch den Supermarkt schoben – etwas, was nicht mehr vorgekommen war, seit sie sich während des Studiums ineinander verliebt hatten. Das Leben – ihr eigenes und das ihrer Familie – wurde wieder kostbar, kostbarer als je zuvor.

Der Tödlichkeit der jeweiligen Erreger, die untersucht wurden, entsprechend waren die Laboratorien im RIID in vier verschiedene Ebenen unterteilt. Die gefährlichsten Pathogene – tödliche Viren, gegen die es weder Impfstoffe noch Heilmittel gab – wurden in Biosafety Level Four aufbewahrt, eingelagert in tierischem Gewebe oder Blut und auf minus siebzig Grad Celsius eingefroren. Unter diesen Viren befand sich eine Gruppe, die wegen ihres fadenartigen Aussehens *filoviridae* oder Filoviren genannt wurde.

Die Filoviren Marburg und Ebola waren erstmals rund dreißig Jahre zuvor in den tropischen Regenwäldern Afrikas aufgetaucht. Ihre genaue Herkunft war unbekannt, aber ihre Wirkung auf Primaten im allgemeinen und den Menschen im besonderen umfassend dokumentiert. Vom militärischen Standpunkt aus war das Signifikanteste an den *filoviridae* ihre außerordentliche Tötungspotenz. Rund achtundachtzig Prozent der Menschen, die mit einem Virus aus dieser Gruppe – dem Ebola Zaire – in Berührung kamen, starben. Und damit war es eins der gefährlichsten Viren, die jemals entdeckt wurden. Keine schlechte Basis für eine Kriegswaffe oder ein Massenvernichtungsmittel. Und aus diesem Grund hatten Carmen und ihr Team fast zwei Jahre in Raumanzügen in Biosafety Level Four verbracht und sich bemüht, eine Heilungsmethode für eine Filovirus-Infektion zu finden. Ihren Anstrengungen war kein Erfolg beschieden.

Als sie im Labor von Marshallton ankam, hatten sie die gesammelte Bandbreite der Immunofluoreszenztests bereits hinter sich. Wie ihr Dr. Aldiss erläuterte, reagierte keins der auf die infizierten Zellkulturen angewandten Enzyme, was SHF und die meisten der bekannten Primatenerreger ausschloß.

»Ich glaube, wir könnten es hier mit etwas ganz Neuem zu tun haben, Colonel«, sagte er und reichte ihr eine Schutzmaske. »Zumindest ist es für uns neu.«

Im Labor stellte sich ein stämmiger Mann mit einem rötlichen Gesicht und Brille als Dr. Marcus Gaunt vor, gefolgt von einem jungen Schwarzen namens Wesley Southern. Sie wirkten ausgesprochen stolz auf das, was sie da entdeckt hatten. Lediglich Aldiss zeigte Anzeichen von Beunruhigung.

»Wir bereiten gerade neue Proben für das Elektronenmikroskop vor«, erklärte Gaunt. »In wenigen Stunden sollten wir über weitere Bilder verfügen.«

»Könnte ich mir einmal ansehen, was Sie bisher haben?«

»Selbstverständlich.«

Gaunt trat an den Computer und gab ein paar Zahlen ein.

»Da haben Sie sie«, sagte er. »Das scheinen die Missetäter zu sein. Sind sie nicht reizend?«

Mit Mühe unterdrückte Carmen einen Fluch. Das Bild zeigte den Bereich einer Zellwand, der uneben, zerrissen und am äußeren Rand blasig war. Und in ihr, zusammengerollt wie dicke schwarze Taue, befand sich die größte Konzentration von *filoviridae*, die sie je gesehen hatte. Ob das nun Ebola, Marburg oder was auch immer sein mochte – sie wußte nur, daß sie das niemals außerhalb des RIID sehen wollte, außerhalb eines Hochsicherheitslabors, das von zwei Meter dicken Betonwänden umgeben war. In ihrem Kopf überschlugen sich die Möglichkeiten. Mit Mühe erinnerte sie sich an das, was General Bailey ihr gesagt hatte: Es gab keine Beweise dafür, daß sich Menschen infiziert hatten. Ein Primat war gestorben, mehr nicht.

Sie sah Dr. Gaunt an und zwang sich zu einem Lächeln.

»Das ist ein überaus beeindruckendes Bild. Ich hätte gern, daß meine Leute sich das ansehen.«

»Kein Problem«, erwiderte Gaunt. »Wir können Ihnen eine Diskette ziehen.«

»Ich würde auch gern einen Blick auf die veterinärmedizinischen Daten werfen«, sagte Carmen und wandte sich Aldiss zu. »Besonders im Hinblick auf Ihre Annahme, dieses Virus könnte bis zu einem gewissen Grad durch die Luft übertragen worden sein.«

Aldiss nickte.

»Das ist nur eine Vermutung. Aber warum sprechen Sie nicht mit dem Mann, der sozusagen an der Front ist?«

Auf dem Arbeitstisch stand ein Telefon. Aldiss drückte auf einen Knopf. Das Freizeichen ertönte.

»Die Nummer des tierärztlichen Büros ist sechsundachtzig-zweiundsiebzig«, bot Southern an.

Gaunt wählte. Am anderen Ende hob Larry Spalding den Hörer ab. In der Stille des diagnostischen Labors klang seine Stimme sehr laut.

«Hier Doktor Aldiss. Ist ...«

»Oh, Doktor Aldiss. Wie geht es Ihnen?«

»Gut, gut. Ist Marty Watts da? Ich möchte mit ihm etwas besprechen.«

»Marty? Äh, ich fürchte nicht, Doktor Aldiss. Er hat sich den Nachmittag frei genommen. Sagte, es gehe ihm nicht gut. Kann ich Ihnen vielleicht helfen?«

2

PADANG, 7. AUGUST

Seit dem Morgen hatte es nicht geregnet, aber es sah so aus, als könnte es bald anfangen. Die Luft war drückend.

»Es ist das Eis«, sagte Graham Willis. »Da kann man noch so vorsichtig mit dem sein, was man zu sich nimmt, und ausschließlich Wasser in Flaschen kaufen. Aber am Ende des Tages, wenn man sich in dieser Hitze den Arsch abgeschuftet hat, bringt man dann die Kraft auf, hat man die moralische Stärke, seinen Scotch ohne Eis zu trinken?«

Iwan, der Barman im Taschenformat, wirkte verwirrt. »Soll ich das Eis herausholen, Tuan?«

Willis schüttelte den Kopf, hielt das Glas hoch und erfreute sich am Funkeln des elektrischen Lichts auf den Eiswürfeln in seinem Drink.

»Nein, nein, nein.« Er nahm einen Schluck und schmatzte. »Denn in meinem Fall, Iwy ... Ich ganz persönlich bringe weder die Kraft noch die moralische Stärke auf. Und wenn das heißt, daß ich einen Bali-Durchfall oder die örtliche ...«

In diesem Moment trat Holly Becker ein. Willis sah zu, wie sie den Raum durchschritt und sich auf der Veranda an einen Tisch setzte. Sie trug ein buntbedrucktes Kleid und Leinenschuhe. In den ganzen sechs Wochen, die er sich in Padang aufhielt, hatte Willis keine Frau aus dem Westen gesehen, sondern nur kleine, knorrige australische Geschäftsleute mit Attachékoffern, O-beinige Japaner oder verträumte Einheimische. Und jetzt eine schöne weiße Frau zu sehen – nun, das machte schon

Eindruck. Und sie war tatsächlich ein Anblick! Volles, schwarzes Haar, das mit einer purpurfarbenen Samtschleife zusammengefaßt war, und die schönsten Augen, die er je außerhalb eines Modemagazins gesehen hatte. Große dunkle Augen mit dichten Wimpern.

Er drehte sich um, weil er sehen wollte, wie Iwan reagierte, aber der kleine Barkeeper war nicht mehr da. Er schlängelte sich bereits durch die Tischreihen, um seine Dienste anzubieten.

Mit offenem Mund sah Willis zu, wie Iwan, den er mehr für einen Zuhörer gehalten hatte, mit der Frau zu sprechen begann, als würde er sie kennen.

»Alles okay? Ist mein Bruder mit dem Jeep gekommen?«

Sie wirkte müde. Müde und niedergeschlagen. Sie schien einen Augenblick zu brauchen, um zu begreifen, was Iwan gefragt hatte. Dann nickte sie und bat ihn, ihr eine Cola zu bringen.

Wieder hinter dem Tresen, zwinkerte Iwan Willis zu, als er die Flasche öffnete.

»Äh, Iwy ...«

Aber bevor Willis seine Frage formulieren konnte, war Iwan schon wieder fort.

»Und? Haben Sie Ihren Freund nicht gefunden?« fragte Iwan die Frau.

Sie nahm einen tiefen Schluck, bevor sie antwortete. Fünfunddreißig. Vielleicht älter. Willis registrierte ihre langen, kräftigen Beine. Nicht sehr gebräunt, also nahm er an, daß sie gerade erst angekommen war. Sie hob die Haare hoch. Eine kleine feuchte Locke blieb auf ihrem Nacken, geformt wie ein Fragezeichen. Willis fuhr sich mit der Zunge über die Lippen.

»Die Straße war gesperrt«, sagte sie. »Ihr Bruder fuhr

mich hinauf bis zum Highway, aber die Abzweigung war blockiert.«

»Der Regen?«

»Nein, nicht durch den Regen. Soweit ich sehen konnte, sah die Straße ganz ordentlich aus. Schlammig, aber für den Jeep durchaus okay. Aber da war Militär. Ich weiß nicht.« Sie seufzte. »Jedenfalls wollten sie uns nicht durchlassen. Wir waren erst in der Nähe des Hari River. Ihr Bruder meinte, das wäre die Route zum Rafflesia Camp. Dann fuhren wir über den Highway bis zur Abfahrt nach Jambi, aber auch die war gesperrt. Dabei ist das eine Asphaltstraße.«

»Mili...?«

»Soldaten. Armee.«

»Ja, ja.« Iwan neigte den Kopf zur Seite und lächelte auf die verträumte Art, die Willis inzwischen vertraut war und ihn ungemein reizte. Er glitt von seinem Barhocker.

»Oh, oh«, machte Iwan lächelnd. »Nun, vielleicht versuchen Sie es ein andermal.«

»Verzeihen Sie.«

Holly blickte hoch.

»Zufällig habe ich Ihr Gespräch mit angehört. Sagten Sie gerade, Sie hätten Probleme, in die Provinz Jambi zu kommen, nach Muaratebo?«

Sie sah Iwan an, dann wieder ihn. Mit großen, hypnotischen Augen.

»Nein, nicht direkt nach Muaratebo. Ich wollte zum Hari River, kurz oberhalb von Muaratebo, glaube ich. Jedenfalls entnahm ich das meiner Karte. Ich wollte eigentlich zum Rafflesia Camp.«

Willis nickte langsam, dachte nach.

»O ja, stimmt. Dort gibt es doch eine Art Forschungsstation, nicht wahr?«

Sie schien ihre Energie wiederzufinden.

»Sie kennen es? Vielleicht kennen Sie auch meinen ... Doktor Jonathan Rhodes?«

»Nein. Ich bin nie dort gewesen.«

Er streckte die Hand aus. Phase zwei. Physischer Kontakt.

»Graham Willis. Beschäftige mich mit dem Aufbau von Urlaubsanlagen und sehe mich hier gerade ein wenig um. Ich kenne mich in der Gegend schon ganz gut aus.«

Es entstand eine kleine Pause. Dann sagte die Frau: »Sie sind Australier.«

»Ist das für Sie ein Problem?«

Sie lächelte.

»Nicht unbedingt.«

Rede weiter, dachte Willis. Halt es am Kochen.

»Ich fand sehr interessant, was Sie über die Sperrung der Straße nach Jambi gesagt haben. Ich habe da einige Geschichten über Vorkommnisse nicht weit von Muaratebo gehört. Aber hier werden dauernd irgendwelche Geschichten erzählt. Man sollte sie nicht alle so ernst nehmen.«

»Sie sprachen von Vorkommnissen. Was meinen Sie damit?«

»Gewisse Unruhen. Es hat Probleme mit den Kubu gegeben. Sie sind unzufrieden darüber, was die Regierung mit ihrem Land anstellt. Daß sie Bäume fällt. Wälder rodet. Bergbau betreibt. Hinter dieser Erschließung steckt eine Menge japanisches Kapital. Es ist auch zu Auseinandersetzungen mit Siedlern gekommen.«

Sie wirkte interessiert, betroffen. Er entschied sich, diese Fährte weiterzuverfolgen.

»Tja, Sie wissen vermutlich, worum es geht. Bevölkerungsüberschuß aus den javanischen Städten. Die Regierung sammelt den Dreck ein und lädt ihn im Dschungel ab. Auch eine Möglichkeit, die Stammesangehörigen zu vertreiben. Die Leute kommen aus den Slums. Sie wollen Bauern werden, also kommen sie mit Hacken und ein paar Samentüten hierher und hoffen darauf, sich ein Auskommen zu erwirtschaften.«

»Aber was wissen Sie über Muaratebo?«

»Nun ... haben Sie etwas dagegen, wenn ich mich ...«

»Keineswegs, bitte.«

Willis setzte sich und machte es sich bequem. Nach drei Monaten Beschäftigung mit seinem Auftrag kannte er sich im Hochland aus. Er wußte sehr wohl, was es für die Politiker in Jakarta bedeutete – mußte es wissen. Und hier war eine hübsche Frau, die ihm zuhörte.

»Nun, natürlich hatte ich keine Möglichkeit, kürzlich selbst dort hinaufzufahren. Aber wenn das Militär die Straßen sperrt, muß man davon ausgehen, daß es zu Auseinandersetzungen gekommen ist ...«

»Könnten Sie hinfahren, wenn Sie das wollten?«

Diese Frau – noch immer wußte er ihren Namen nicht – war wirklich interessiert. Vor seinem inneren Auge tauchte die Vision auf, wie er mit einem Jeep über einen Dschungelpfad fuhr. Neben ihm diese Frau. Das feuchte T-Shirt klebte ihr am Rücken. Natürlich würden sie einen Führer brauchen. Er wiegte den Kopf. Dachte nach.

»Nun, ich denke schon, daß jemand, der sich im Wald wirklich gut auskennt, eine Möglichkeit finden müßte. Einige der Dschungelpfade sind schon sehr alt – sie wurden von den Kubu geschlagen, von den Kautschuksammlern verbreitert oder von den Abholzungsunternehmen –, einige verlaufen ein paar Meilen parallel zur Straße, um dann einfach aufzuhören. Mitunter liegen nur fünfzig Meter zwischen einem und einer großen Straße, aber da kann man sich eben nie sicher sein. Man muß wissen, wo man von der Straße abbiegen muß.«

»Wissen Sie es?«

»Ich habe einen Freund, der sich auskennt. Ist ein halber Eingeborener. Kennt den Dschungel wie seine Westentasche. Natürlich müßten Sie etwas bezahlen. Hundert Dollar für Jeep und Fahrer. Und ich weiß nicht, ob Sie mit diesem Burschen gern allein durch den Dschungel kutschieren möchten.«

Er schüttelte skeptisch den Kopf. Die Frau war eindeutig enttäuscht. Er zögerte gerade so lange, daß sie nicht merkte, daß ihm das nächste längst auf der Zunge lag.

»Andererseits ... Andererseits glaube ich, daß ich mitkommen könnte. In meinem Geschäft muß man sich einen Überblick über die politische Situation verschaffen. Touristen reagieren leicht verschreckt. Aber eigentlich hatte ich das nicht unbedingt vor ...«

Die Frau wandte den Blick ab. Willis betrachtete ihre Brüste. Es sah alles sehr vielversprechend aus. Dann blickte sie ihn plötzlich wieder direkt an. Willis spürte, daß sein Gesicht ganz heiß wurde.

»Ich muß zum Rafflesia Camp. Ich habe dort ... Verwandte.«

Willis hob die Brauen.

»Dieser Doktor Rhodes ist nicht zufällig ...?« Holly errötete, und Willis drückte unter dem Tisch seine Stiefel zusammen. »Ihr Ehemann?«

»Mein Exmann.« Sie sah sich einen Moment lang in der Bar um, als hätte sie sich verirrt. »Sehen Sie, das ist eine lange Geschichte. Tatsache ist ... Tatsache ist, daß ich aus den Staaten hergeflogen bin, um meine Kinder zu treffen. Sie halten sich in dem Camp auf. Eigentlich wollten sie mich vor ein paar Tagen vom Flughafen abholen.

Ich habe einigemal versucht, sie über Funk zu erreichen, aber erfolglos.« Sie wedelte sich einen Moskito vom Gesicht. »Heute ist Iwans Bruder mit mir losgefahren. Ich hatte gehofft, so zu ihnen durchzukommen. Aber die Straße war gesperrt, und nun sagen Sie, daß die Leute dort ...« Sie erschauerte unwillkürlich und nippte an ihrer Cola.

Willis ergriff seine Chance. Er legte ihr die Hand auf die Schulter. Nur ganz kurz.

»Hören Sie, ich bin ganz sicher, daß es Ihren Kindern gutgeht. Sie dürfen nicht vergessen, daß es da draußen nicht wie zu Hause ist. Zunächst einmal macht die Armee hier, was sie will. Wenn ihnen danach ist, eine Straße zu sperren, dann sperren sie die Straße. Und wenn da drüben in Muaratebo wirklich etwas geschehen ist, dann handelt es sich vermutlich nur um eine Kabbelei zwischen Siedlern und Einheimischen. Um irgendeinen Krach auf dem Markt. Jemand verlangt zuviel für ein Huhn, und ehe man es sich versieht, gehen sie einander an die Kehle.«

Sie nickte. Wahrscheinlich waren das die ersten tröstenden Worte, die sie seit ihrer Ankunft gehört hatte.

»Leute, die diese Forschungsstationen leiten, haben häufig enge Beziehungen zur einheimischen Bevölkerung. Oft ist das ein Zweck ihrer Arbeit. Unternehmen, die pharmazeutische Produkte entwickeln wollen, schikken ihre Leute längst nicht mehr nur einfach so in den Wald, damit sie Blätter und Wurzeln sammeln. Sie sprechen mit den Einheimischen, um von ihnen zu erfahren, wogegen das Zeug helfen könnte – Rheumatismus, Ekzeme, was auch immer. Und dann orientieren sie ihre Forschungsarbeiten an den lokalen Überlieferungen.«

Willis nahm einen Schluck von seinem Drink. Die

Frau sah ihn an, versuchte, ihn einzuschätzen. Er wünschte, er hätte nicht sein Batikhemd angezogen. Auf jemanden, der sich damit nicht auskannte, konnte es einen leicht schmuddeligen Eindruck machen.

»Also brauchen Sie sich keine Sorgen zu machen.«

Sie sah ihn noch immer an.

»Rafflesia«, begann er in dem Bemühen, das Thema zu wechseln. »Die Blume mit dem übelsten Geruch der Welt.«

Jetzt wirkte sie verdutzt.

»Wie bitte?«

»Ich dachte nur gerade an den Namen des Camps. Vermutlich ist er mir deshalb im Gedächtnis geblieben. Die Touristen kommen her und wollen unbedingt Fotos von dieser ungeheuer großen Blüte machen. Und wenn sie dann mehr über sie herausfinden, ändern sie sehr schnell ihre Meinung und suchen nach Orchideen.«

»Was finden sie heraus?«

»Wie sie riecht. Diese Pflanze ist wirklich unglaublich. Sie ahmt Struktur und Geruch verwesenden Fleisches nach, um die Insekten anzuziehen, die sie zur Bestäubung braucht.«

»Fleisch?«

»Ja, verwesendes Fleisch. Deshalb nennt man sie auch stinkende Leichenlilie. Man kann sie aus fast zwanzig Metern Entfernung riechen. Evolution, nehme ich an. Das Ding blüht nur sehr selten und hält sich auch nicht lange. Geht auf wie ein dreckiges Soufflé. Wahrscheinlich braucht sie ein Maximum an Insekten, um ihre Chancen auf Bestäubung zu erhöhen. Und wenn etwas eine Menge Fliegen anzieht, dann ein toter Körper. Verteufelte Sache, die Natur, finden Sie nicht auch?«

3

FORT DETRICK, FREDERICK, MARYLAND, 9. AUGUST

Trotz einer kalten Dusche sah Carmen um die Augen noch immer ein wenig verschwollen aus. Der Fall Marshallton forderte seinen Tribut. In der vergangenen Nacht hatte sie schlecht geschlafen und war gegen vier Uhr morgens in die Küche gekommen, um ein Glas Wasser zu trinken. Tom hatte ihr geraten, etwas kürzerzutreten, und darauf bestanden, ihr mit einer Massage die verspannten Schultern zu lockern, aber viel hatte es nicht geholfen. Und beim Frühstück hatten ihr Oliver und Joey gesagt – auf sie konnte man sich in puncto offener Meinung immer verlassen –, sie sehe schrecklich aus.

Der Anblick der Affen in Marshallton hatte ihr Unbehagen eingeflößt, aber es war die Vorstellung, daß Menschen bald das gleiche Schicksal erleiden könnten – daß sie das gleiche Schicksal erleiden könnte –, die sie in tiefe Unruhe versetzte. Sie hatte kurz mit Martin Watts telefoniert. Er befand sich inzwischen auf der Isolierstation des Taylor Trust, eines kleinen Privatkrankenhauses in seiner Wohngegend. Er war bemüht gewesen, es von der leichten Seite zu nehmen, und Carmen hatte mitgespielt und ihn nach besten Kräften beruhigt. Offensichtlich war er völlig ahnungslos, was er sich da eingehandelt hatte. Und das war vielleicht gut so. Einen Bazillus, hatte er es genannt. Er hätte sich von den Affen einen Bazillus eingefangen.

Aber es war kein Bazillus. Es war ein Virus.

In General Baileys Büro war es trotz des Ventilators heiß.

»Das hat mich wirklich entsetzt, Sir. Das Zeug außerhalb des Labors zu sehen. Der Bildschirm war rappelvoll davon.«

»Ich habe die Bilder gesehen, Lieutenant.«

Rob Bailey hob die Serviette von der Wasserkaraffe und goß zwei Gläser ein.

»Natürlich, Sir ... Vielen Dank.«

Carmen ergriff das Glas und lehnte sich auf dem harten Holzstuhl zurück. Sie war sich nie ganz sicher, was Bailey dachte. Er steckte lang genug in Uniform, um in Situationen unter Gleichgestellten ein weibliches Gegenüber irritierend zu finden, und da er aus dem Pentagon kam, wo die wenigen Frauen, die dort jemals gesichtet wurden, entweder Ehefrauen mit zuviel Zeit oder trottelige Sekretärinnen waren, wäre es durchaus verständlich, wenn er seine Schwierigkeiten damit hätte, sie ernst zu nehmen. Aber Carmen glaubte, daß noch etwas anderes dahinterstecken könnte.

Übte ihr Verhalten nach dem Tod ihres Kindes noch immer einen gewissen Einfluß auf seine Haltung ihr gegenüber aus? Stand in irgendeiner psychologischen Beurteilung, die sie nie zu Gesicht bekommen hatte, etwa, daß sie ihre Emotionen nicht völlig beherrschen konnte und dazu neigte, irrational zu reagieren? Diese Möglichkeit machte sie rebellisch. Sie hatte das alles längst überwunden. Und sie wollte, daß Bailey das wußte.

»Ich habe Ihren Bericht gelesen«, sagte er und schüttelte den Kopf. »Darin steht eine Sache, die ... Sie schreiben, daß sich einige der Tiere erholen?«

Er fixierte sie mit seinen durchdringenden braunen Augen.

»Offenbar, Sir. Martin Watts ...«

»Der Kranke?«

Carmen nickte.

»Der Pfleger, der mit den Tieren zu tun hatte, als das Problem entdeckt wurde. Er hat Protokoll geführt. Es ist sehr ausführlich. Sie haben überaus strenge Bestimmungen in Marshallton. Die Tiere wurden numeriert, und es besteht keinerlei Zweifel daran, welche erkrankten und welche nicht.«

»Ist es vielleicht möglich, daß verschiedene Erreger aktiv geworden sind?«

»Ja, Sir.«

»Also können sich einige der Affen an einem anderen Pathogen infiziert haben als ...«

»Ja, Sir. Aber ich habe durch unsere Leute von allen Tieren Blutproben nehmen lassen, die Symptome zeigten, und sie sind ausnahmslos mit dem Virus infiziert. Das steht zweifelsfrei fest.«

Bailey runzelte die Stirn und legte die Handflächen vor seinem Gesicht aneinander.

»Und zu welchen Schlüssen kommen Sie, Colonel?«

»Nun, wenn wir von den symptomatischen Daten ausgehen, müssen wir wohl annehmen, daß diese Spezies – *Macaca nemestrina* – irgendwie resistent ist.«

»Und was ist mit diesem Pfleger ...?«

»Watts.«

»Ja. Was ist mit ihm?«

Carmen trank einen Schluck Wasser. Darüber dachte sie nicht gern nach.

»Es sieht nicht gut aus, Sir. Vor zwei Tagen scheint er Fieber bekommen zu haben. Für eine gesicherte Diagnose ist es noch zu früh, aber ich vermute, daß er an einer virusbedingten hämorrhagischen Diathese leidet.«

Baileys blasse Fingerspitzen lösten sich kurz voneinander, trafen dann aber wieder zusammen. Er atmete durch die Nase aus. Eine Spur gereizt.

»Colonel, wenn es sich um Ebola handeln würde, irgendeine bekannte Spielart von Ebola, dann würde sich kein Affe erholen. Ebola bringt sie ausnahmslos um.«

»Ich behaupte doch gar nicht, daß es sich um eine bereits bekannte Spielart handelt, Sir. Die Autopsiebefunde weisen auf Dinge hin, die wir von bekannten Fällen nicht kennen.«

»Beispielsweise?«

»Neben der vergrößerten Milz und den vergrößerten Nieren war die innere Lungenhaut des toten Affen entzündet.«

Bailey stand auf. »Tatsächlich?«

»Ja.«

Bailey schwieg einen Moment lang. Carmen sah zu, wie er eine Zigarette hervorzog und anzündete. Sein Verhalten hatte sich geändert. Jetzt war er nachdenklich.

»Und bei Watts scheint die Krankheit sehr schnell voranzuschreiten. Es ist zwar noch zu früh, Sir, aber ich befürchte, die Erkrankung könnte sogar noch stürmischer als Ebola verlaufen. Es macht ganz den Eindruck, als würde das Virus sehr viel schneller eine extreme Ausdehnung erreichen.«

Bailey schüttelte den Kopf, schien innerlich etwas zu leugnen, auch wenn sie nicht wußte, was. Er sprach durch eine Rauchwolke.

»Wir haben die Quarantänestation abgeriegelt. Wir haben jeden isoliert, der mit diesen Tieren in Kontakt gekommen ist.« Er warf Carmen einen kurzen Blick zu. »Jetzt können wir für die armen Kerle im Krankenhaus nur beten. Aber ...« Mit der Hand am Mund trat er vor ein Diagramm an der Wand. »Aber ich kann ... Wir können nur dankbar sein, daß die Presse noch nichts davon erfahren hat.«

Carmen glaubte ihren Ohren nicht zu trauen. War das alles, worüber er sich Sorgen machte?

»Sir?«

Mit gerunzelter Stirn drehte er sich zu ihr um.

«Was gibt es, Colonel?«

»Einer der Pfleger hat festgestellt, daß die zunächst erkrankten Tiere alle Farbflecke auf dem Fell aufwiesen. Offenbar markieren die Jäger ihre Fänge.«

»Wollen Sie damit sagen, daß alle kranken Affen von demselben Fänger stammen, aus demselben Ort?«

»Vielleicht. Aber das müßte feststellbar sein. Wir wissen, daß sie aus Sumatra kommen. Es sollte doch nicht schwer sein, den Ort genau herauszufinden.«

Bailey nickte. »Sprechen Sie mit den Verbindungsleuten bei der Weltgesundheitsorganisation. Die haben die Möglichkeiten, so was zu machen.«

Carmen nippte an ihrem Wasser. Sie befanden sich in einem der besten Institute für Mikrobiologie auf der Welt. Bailey schien ihre Gedanken lesen zu können.

»Auf keinen Fall werde ich irgendeinen unserer Leute losschicken. Die Indonesier haben es nicht besonders gern, wenn Uncle Sam mit seinem Mikroskop dort auftaucht, wo es nicht erwünscht ist.«

»Und was ist mit Marshallton, Sir?«

Bailey überlegte einen Moment lang.

»Was meinen Sie, Colonel? Ich muß gestehen, daß ich nicht besonders viel Sympathie für Leute aufbringe, die mit dem Leiden stummer Geschöpfe Geschäfte machen.«

»Meinen Sie, wir sollten die Einrichtung auf Dauer schließen, Sir?«

»Nein, Colonel. Ich frage Sie, was wir Ihrer Ansicht nach tun sollten.«

»Meiner Ansicht nach wird der Handel mit Tieren weitergehen. So will es die Wissenschaft, und so will es die Industrie. Wir brauchen Quarantänestationen, um die Flut zu kanalisieren. In Marshallton hat man sich keiner Nachlässigkeit schuldig gemacht. Vielleicht sind sie ein wenig zu sehr auf Gewinn aus, aber schließlich handelt es sich um ein Wirtschaftsunternehmen. Sie wollen keinen Zoo leiten. Sie hatten einfach Pech, nehme ich an.«

»Was wollen Sie damit sagen, Colonel?«

»Ich denke, wir sollten die restlichen Tiere in dem Raum töten lassen, in dem sich die Krankheit ausgebreitet hat. Und versuchen, soviel wie möglich in Erfahrung zu bringen. Und die Anlage in einigen Monaten wieder öffnen lassen.«

»Wenn sie das können.«

»Und zur gleichen Zeit die WHO informieren und sehen, ob wir nicht Interesse für Forschungen nach der Quelle dieser Krankheit wecken können. Mit Unterstützung der WHO könnten wir in der Lage sein, unseren eigenen Beitrag zu leisten.«

Bailey warf ihr einen Blick zu.

»Ich habe große Hochachtung vor der WHO, Sir. Aber die Arbeit, die wir hier im RIID leisten, die Methoden, die wir entwickelt haben, die technischen Möglichkeiten, über die wir verfügen – nun, es wäre doch zu schade, wenn wir auf die Chance verzichten würden, sie auch einzusetzen.«

4

PADANG, 9. AUGUST

Graham Willis' Hotel lag am nördlichen Ende der Dobi Street, einer belebten Durchfahrtsstraße mitten in der Stadt, voller Motorroller und Lieferwagen, die Wolken von Dieseldämpfen ausspuckten. Als sie aus dem Taxi stieg, fragte sich Holly, warum Willis es dem modernen Komfort des Pangeran Beach Hotel vorzog.

»Dorthin gehe ich nur dann und wann, um zu sehen, wer gerade in der Stadt ist«, sagte er, als sie sich an die Bar setzten. »Um den Kundenkreis zu überblicken. Aber hier pulsiert das Leben.«

Er hob sein Glas, trank einen Schluck Whisky und warf einen leicht mißbilligenden Blick auf Hollys Coca-Cola. Holly sah sich um. In einer Ecke saßen zwei Europäer oder Amerikaner: ein Mann in den Zwanzigern mit Bart und ungebügeltem T-Shirt und ein alter Mann, der mindestens achtzig Jahre alt sein mußte. Abgesehen von einigen jungen Pärchen im Pangeran Beach waren sie fast die ersten Westler, die sie in Padang zu Gesicht bekommen hatte.

»Für gewöhnlich tauchen sie erst ein bißchen später auf«, sagte Willis. »Wenn es dunkel ist. Es ist ein beliebter Treffpunkt für Ausländer. Fast so etwas wie ein Club.«

Über ihren Köpfen drehte ein altmodischer Ventilator aus Rohr und Holz seine Kreise. Eine wohltuende Abwechslung nach der arktischen Klimaanlage im Pangeran Beach.

»Angenehm«, sagte sie. »Authentisch.«

»Und auch diskret, um es auf den Punkt zu bringen«, erwiderte Willis und nickte bedeutsam. »Anders als die Leute in Ihrem Hotel.«

Holly war überrascht. »Was meinen Sie damit?«

Lächelnd füllte Willis seinen Mund erneut mit Whisky. Holly bemerkte, daß er ein pieksauberes khakifarbenes Safarijackett trug – im Gegensatz zu dem schrillen Batikhemd vom letztenmal. Es sah ganz so aus, als wäre er auch beim Friseur gewesen.

»In Orten wie diesem behalten die Behörden Ausländer gern im Auge, besonders wenn sie – wie drücke ich mich am besten aus? – aus der Norm fallen. Offensichtlich keine Urlauber sind.«

»Aber ich bin ...«

»Auf Urlaub, ich weiß. Aber eine junge Frau, allein reisend. Sie könnten auch eine Journalistin oder ähnliches sein. Was das anbelangt, sind sie unvorstellbar empfindlich. Einmischung in ihre inneren Angelegenheiten, so nennen sie es. Imperialismus. Menschen aus dem Westen sagen ihnen, sie sollen ihre Wälder nicht abholzen, diesen Damm oder jene Fabrik nicht bauen, weil das der Umwelt schadet, erzählen ihnen, wie sie ihre Eingeborenen behandeln sollen, halten ihnen Vorträge über Menschenrechte, gehen ihnen mit Demokratie und Freiheit auf die Nerven ...«

Holly runzelte die Stirn. Das klang so gar nicht nach dem Land, von dem sie in ihren Reisebroschüren gelesen hatte – voller lächelnder Menschen in farbenfrohen Volkstrachten.

»Aber ich dachte, sie wollen Besucher aus dem Westen. Ich dachte, sie wollen den Tourismus ankurbeln.«

Willis lächelte.

»Einige wollen das auch. Das Finanzministerium, die

Geschäftsleute und Hoteliers. Sie wollen das Geld. Der Dollar ist das einzige aus dem Westen, wovon sie gar nicht genug bekommen können. Aber nicht jedermann ist so begeistert, am allerwenigsten das Militär. Und wenn schon Ströme von Ausländern ins Land kommen, dann möchten sie die wenigstens im Auge behalten. Alles Ungewöhnliche muß gemeldet werden. In Ihrem Hotel ist man da sehr kooperationsbereit.«

»Und deshalb treffen wir uns hier.«

»Sie haben es erfaßt.« Willis trank sein Glas aus. »Ich nehme noch einen. Und Sie?«

»Nein, vielen Dank. Aber lassen Sie mich das übernehmen.«

Der Barmann war ein Indonesier mit durchfurchtem, wettergegerbtem Gesicht. Er nickte ihr förmlich zu und holte die Flasche J&B.

»Sie sollten sich auch für etwas Stärkeres entscheiden«, sagte Willis. »Hier in den Tropen hilft es einem, den Durchblick zu behalten.«

»Ich werde nur benebelt.«

»Genau«, sagte Willis und hob sein Glas. »Versuch, einen Sinn in diese Gegend zu bringen, und du wirst leicht bekloppt. Cheers.«

Holly sah zu, wie Willis trank. Eine Schweißperle lief ihm über den Hals und verschwand unter seinem Kragen.

»Haben Sie mit Ihrem Freund gesprochen?«

Willis stellte sein Glas ab.

«Hm-hm.« Er beugte sich leicht zu ihr. »Ich habe ihm von dem Problem berichtet, und ich glaube, mit ein wenig Glück wird er helfen. Aber ich fürchte, es wird nicht ganz billig.«

»Er kennt es? Das Rafflesia Camp, meine ich.«

»Er weiß, wo es liegt. Das ist die Hauptsache. Aber die Leute werden reichlich nervös. Offenbar ...« Zwei offiziell wirkende Männer mit Aktentaschen näherten sich. Willis wartete, bis sie vorbei waren. »Offenbar geht da wirklich irgend etwas vor sich. Jemand hat sich neulich mit Soldaten aus der Bayur-Kaserne unterhalten. Vor ein paar Wochen ist ein Zug ihrer Kameraden dorthin ausgerückt, aber noch nicht zurückgekehrt.«

»Wußten sie, warum?«

Willis schüttelte den Kopf.

»Um ganz ehrlich zu sein, glaube ich nicht, daß irgend jemand überhaupt etwas weiß, aber die Gerüchte überschlagen sich da oben. Und dann waren da diese Burschen, die eigens aus Jakarta angerückt sind. Irgendein Spezialistenteam, was weiß ich. Alles höchst geheimnisvoll.«

Holly schluckte. Immer wieder hatte sie Jonathans Briefe gelesen und in ihnen nach Hinweisen gesucht, was schiefgegangen sein könnte. Er hatte sie davor gewarnt, daß die Straßen durch Regenfälle unpassierbar werden konnten, daß die Funkverbindungen wegen der Berge kompliziert waren. Aber wirkliche Probleme? Diese Möglichkeit war nirgendwo erwähnt. Falls den Kindern irgend etwas zugestoßen sein sollte, würde sie das Jonathan nie verzeihen können.

»Kann Ihr Freund mich dorthin bringen?«

Willis nickte.

»Ich denke schon. Lassen Sie uns nur ein paar Tage Zeit, um alles zu organisieren. Aber ich fürchte, von achthundert Dollar werden Sie kaum Wechselgeld herausbekommen. Wie ich schon sagte – die Leute werden nervös. Es könnten ein paar Bestechungsgelder nötig sein, wenn Sie verhindern wollen, daß man Sie kontrolliert.«

Holly nickte. Das wäre zwar der Löwenanteil ihres Reisegeldes, aber was machte das schon aus? Richard konnte jederzeit mehr mitbringen. Richard! Fast hätte sie vergessen, daß er auch nach Indonesien kommen wollte. Sie mußte ihn anrufen, um ihn über die Ereignisse zu informieren.

»Mir liegt sehr viel daran, so schnell wie möglich dorthin zu kommen, Mister Willis«, sagte sie. »Ich möchte meine Kinder wiedersehen.«

»Also gut. Aber machen Sie sich darauf gefaßt, sehr kurzfristig aufzubrechen. Und noch etwas.«

»Was?«

»Nennen Sie mich doch bitte Graham.«

Der Mond schien bereits auf den tintenschwarzen Ozean, als Holly in New York anrief, wo es zwölf Stunden früher war. Richard würde in der Bank sein, hoch oben im vierzigsten Stock, und auf den Woolworth Tower und das dunstige Skelett der Brooklyn Bridge hinunterblicken. Als sie ihn das erstemal aus Padang anrief, war er ihr gar nicht so weit entfernt erschienen. Damals war sie gerade erst einen Tag fort gewesen. Eine so kurze Frist ließ Entfernungen schrumpfen, machte sie irreal. Doch jetzt hatte sie die Empfindung, daß die ganze Welt zwischen ihnen lag. Die Entfernung fühlte sich so an, wie sie in Wirklichkeit war.

Der Apparat in Richards Büro klingelte einmal, dann hörte sie seine Stimme hallend und fern.

»Hi, Holly. Wie geht es dir, Schatz?«

Da war noch jemand im Zimmer, das spürte Holly. Sie hörte, wie er etwas murmelte, vielleicht eine Tasse Kaffee entgegennahm.

»Mir geht es gut. Aber ich bin noch immer in Padang.«

»Padang? Ich dachte, du wolltest hinauf zum Camp.«

»Wollte ich ja auch. Aber ich habe bisher weder von Jonathan noch von sonst jemandem etwas gehört. Ich fange an, mir Sorgen zu machen.«

Ein Rascheln in der Leitung. Richard verlagerte den Hörer.

»Tom, kann ich Sie gleich zurückrufen? Ich habe gerade ... Okay, ich bin dann ... Okay, danke. Entschuldige, Schatz. Sagtest du gerade, du hättest noch immer nichts von ihnen gehört? Was zum Teufel ist da eigentlich los?«

»Reg dich nicht auf. Es muß da irgendein Problem geben. Vor zwei Tagen habe ich versucht, auf eigene Faust hinaufzufahren, aber die Straße war gesperrt. Irgend etwas scheint auf der anderen Seite der Berge vor sich zu gehen, aber offenbar weiß niemand, was. Ich war in ...«

»Moment! Moment mal! Irgend etwas geht vor sich? Was meinst du damit? Was geht da vor sich?«

Er hörte sich so ängstlich an, als würde er annehmen, sie könnte durchdrehen und etwas Unüberlegtes anstellen. Wider Willen spürte sie Verärgerung in sich aufsteigen.

»Keine Ahnung. Niemand scheint etwas zu wissen, wie ich schon sagte. Es ist nur eine Menge Militär unterwegs, und einige Straßen sind gesperrt.«

»Mein Gott. In der Nähe des Camps?«

»Auf dem Weg dorthin, ja. Aber es muß nicht unbedingt etwas mit dem Camp zu tun haben.«

»Aber du bist okay?«

»Mir geht es gut. Ich mache mir lediglich Sorgen.«

»Hast du schon mit der Polizei gesprochen?«

»Natürlich, Richard. Aber die wissen auch nichts. Sie wollten mich ja kaum anhören. Aber ich habe mit einem Typ gesprochen, der sich hier auskennt. Er hat einen

Freund, einen Einheimischen, der mich zum Lager bringen kann. Wir werden auf kleinere Straßen ausweichen, wenn wir das müssen.«

Ein lautes Zischen übertönte das meiste von Richards Antwort. Plötzlich erinnerte sich Holly an das, was Willis gesagt hatte: In diesem Hotel war man den Behörden gegenüber sehr kooperativ. Vielleicht wurde sie abgehört.

»Schatz? Ich bin in wenigen Tagen bei dir. Warte auf mich, okay?«

»Hör mal, Richard. Ich halte es wirklich für besser, wenn du damit noch ein bißchen wartest.«

»Was?«

»Es ist nur so, daß ... Ich glaube, es wäre besser, wenn du wenigstens so lange in New York bleiben würdest, bis ich weiß, was hier eigentlich los ist. Mach dir keine Sorgen. Dieser Mann – er heißt Graham Willis – sagte, es würde noch ein paar Tage dauern, bis sie alles in die Wege geleitet haben. Sobald ich Genaueres weiß, rufe ich dich an.«

»Um Himmels willen, Holly!«

»Ich rufe dich in jedem Fall an. Morgen um die gleiche Zeit. Okay?«

Donnerschläge ließen Holly aus dem Schlaf schrecken. An der gegenüberliegenden Wand bewegte sich ein Schatten. Sie setzte sich auf und lauschte. Ein Wind war aufgekommen. Sie hörte ihn über das Dach pfeifen und an den Bäumen rütteln. Draußen krachte es dumpf – ein umgestürzter Liegestuhl, ein abgerissener Fensterladen? Es würde ein Gewitter geben. Sie dachte an den Regen, an eine schmale Trasse durch den Dschungel, an Jeeps, die bis zu den Achsen im Schlamm versanken. Sie hatte vom Dschungel geträumt. Hatte ihre Kinder mit nackten

Füßen über den Waldboden laufen sehen, bernsteinfarbene Lichtflecken zuckten über ihre blasse Haut. Wovor waren sie geflohen? Seufzend sank sie wieder in die Kissen zurück. Neben ihr standen die grünleuchtenden Zeiger der Uhr auf halb vier.

Dann donnerte es wieder. Aber es war gar kein Donner. Es klang, als würde jemand an die Glastür der Veranda klopfen. Der Mond warf den Schatten eines Kopfes und eines erhobenen Arms an die Wand.

»Holly?«

Sie war nicht sicher, richtig gehört zu haben. Der Wind wehte zu stark. Sie rollte herum und knipste das Licht an. Die plötzliche Helligkeit schmerzte in ihren Augen.

»Wer ist da?«

Keine Antwort. Sie schlug die Bettdecke zurück und ging langsam auf die Veranda zu. Sie fühlte sich schwindlig, wie im Traum.

»Holly?«

Diesmal hatte sie richtig gehört. Sie rannte zum Fenster und zog die Gardinen zurück.

»Richard?«

Er stand direkt hinter der Scheibe, eine Hand gegen das Glas gedrückt, die Augen gegen das Licht zusammengekniffen. Es war Willis. Einen Augenblick lang stand sie ganz reglos da und versuchte zu begreifen, was sie da sah.

»Machen Sie auf!«

Willis deutete auf den Türgriff. Erst zögerte Holly, dann zog sie die Tür auf. Der Wind zerrte am Saum ihres Nachthemds. Plötzlich fühlte sie sich entblößt.

Willis trat ins Zimmer und schob die Tür hinter sich zu.

»Verzeichnen Sie mein Eindringen, aber ich wollte nicht durch die Halle heraufkommen.«

Seine Stimme hörte sich atemlos an, drängend.

»Was heißt das? Was ist los?«

Willis musterte sie von Kopf bis Fuß. Instinktiv verschränkte sie die Arme.

»Falls Sie über die Berge wollen, ohne daß es jedermann erfährt, könnte jetzt Ihre letzte Chance gekommen sein. Telee möchte sofort los.«

»Sofort? Aber Sie sagten doch ...«

»Ich weiß, ich weiß. Aber sie verstärken das Personal an allen Kontrollpunkten, und Telee bekommt es mit der Angst zu tun. Er möchte aufbrechen, solange noch Zeit ist.«

»Hat das nicht wenigstens bis zum Morgen Zeit?«

Willis zog die Gardinen hinter sich zu.

»Wenn Sie morgen früh dieses Hotel ganz regulär verlassen, wird vermutlich jeder Soldat zwischen hier und Jambi nach Ihnen Ausschau halten. Man würde Sie zurückschicken wie beim letztenmal, und Telee könnte Schwierigkeiten bekommen. Wenn wir gleich aufbrechen, wird niemand erfahren, wer wem geholfen hat, okay? Und nun beeilen Sie sich. Ziehen Sie sich an.«

»Aber das Hotel ... Wird man denn nicht ...?«

»Sie werden Ihre Kreditkarte belasten. Keine Angst.«

Holly setzte sich auf das Bett und griff nach dem Telefon.

»Ich habe versprochen, meinen ... meinen Mann anzurufen, und ...«

Willis trat einen Schritt auf sie zu.

»Wenn Sie ihm am Telefon erzählen, was wir vorhaben, können Sie alles vergessen. Denken Sie daran, was ich Ihnen über dieses Hotel gesagt habe.«

Holly blickte den Hörer an und legte ihn langsam wieder auf.

Wenige hundert Meter vom Hotel entfernt leuchteten Scheinwerfer aus dem Schatten der Palmen auf. Es war Telee hinter dem Steuer eines zerbeulten Toyota-Kleinlasters. Überrascht stellte Holly fest, daß er jung war, kaum älter als fünfundzwanzig, und Jeans und eine Tarnweste trug. Nach Willis' Worten hatte sie einen älteren Mann erwartet, einen Stammesältesten oder etwas Ähnliches. Er musterte sie, ohne zu lächeln. Holly kletterte nach hinten.

Sie kamen an einem alten schwarzweißen Schild mit der Aufschrift TABING vorbei. Vor sich sah Holly die spärlichen Lichter einer kleinen Ortschaft. Telee fuhr schnell, und ab und zu drückte eine Windbö gegen die Seite des Fahrzeugs. Er riß das Steuer herum, und die Hinterräder rutschten über Kies.

»Ruhig, Mann«, murmelte Willis.

Die Lichter kamen näher. Über den Bäumen zu ihrer Rechten waren die Sterne von einem schwachen gelblichen Leuchten verdeckt. Telee verlangsamte das Tempo. Willis beute sich über die Lehne seines Sitzes.

»Wir halten hier eine Sekunde an. Bleiben Sie im Wagen, okay?«

Hundert Meter weiter vorn erblickte Holly im Licht der Scheinwerfer ein hölzernes Postenhäuschen und davor einige Männer in Uniform. Einer von ihnen hob die Hand und machte ein paar Schritte auf sie zu. Er trug ein Gewehr über der Schulter. Telee steuerte den Wagen an den Straßenrand und streckte eine Hand in Hollys Richtung aus.

»Das übernehme ich«, sagte Willis. »Wir können später mit Mrs. Becker abrechnen.«

5

PROVINZ RIAU, 10. AUGUST

Die blaßbraunen Buchstaben gingen in einem Wirrwarr von Höhenlinien fast unter. Als Dr. Peter Jarvis eines Abends mit zusammengekniffenen Augen die alte Holzfällerkarte betrachtet hatte, war ihm aufgefallen, daß sich am Steilhang Buchstaben entlangzogen, rund fünfzehn Zentimeter von der roten Linie entfernt, die die Pekanbaru Road darstellte. Er hielt die Karte näher an die flackernde Glühbirne und stellte fest, daß die Buchstaben ein Wort bildeten: »Höhlen.«

Zwei Tage später war er noch immer zu diesem Steilhang unterwegs, über Trassen, die seit zwanzig Jahren nicht mehr benutzt worden waren. Ohne die Karte hätte niemand gewußt, daß es diese Pfade überhaupt gab. Seine Führer Agga und Rulek gingen zwar sehr behende mit ihren Parangs um, aber es war nicht daran zu denken, daß sie mit einem Landrover dort hinauffahren konnten, bevor sich das Forstministerium bereit zeigte, mit schwerem Gerät einen Weg zu roden. Jarvis wagte gar nicht an das Ausmaß von Diplomatie und Geduld zu denken, das dazu nötig sein würde – falls es überhaupt je dazu kam.

»Okay, ruhen wir uns eine Minute aus«, rief er und duckte sich, als ein riesiger Käfer brummend aus dem Schatten der Bäume auf ihn zugeflogen kam. »Wir wollen uns schließlich nicht umbringen.«

Rulek steckte zwei Zigaretten an und gab eine davon Agga. Der tat einen Zug und drückte das brennende Ende dann gegen einen Blutegel, der an der Unterseite seines Armes klebte.

»Wie weit ist es noch bis zum Steilhang?« fragte Jarvis.

Agga blinzelte ihn an. »Äh?«

»Zu den Felsen? Wie weit ist es zu den Felsen?«

Nickend deutete Rulek nach Westen.

»Dort«, sagte er und zeichnete mit dem Finger einen Kreis in die Luft. »Wir gehen da herum. Bald, bald.«

Jarvis nickte ergeben. Bald. Nach fast zwei Monaten auf Sumatra hatte er noch keinen einzigen Menschen gefunden, der die Bedeutung dieses Wortes auch nur annähernd kannte. Es hätte ihm nicht viel ausgemacht – nach ein paar Jahren in Afrika war er daran gewöhnt –, wenn da nicht die Tatsache gewesen wäre, daß er in weniger als einer Woche wieder in London sein mußte. Der Forschungsmittel-Bewilligungsausschuß des Natural History Museum wollte am 18. August eine erste Entscheidung über die Mittelvergabe treffen. Sein Projekt hatte durchaus Befürworter in diesem Ausschuß, aber ohne eine anständige Präsentation mit den notwendigen Detailangaben würden die Gelder kaum fließen, die es brauchte.

Jarvis leerte seine Alu-Wasserflasche und steckte sie in seinen Rucksack zurück. Wasser war der Dreh- und Angelpunkt. Das Terrain war perfekt, eine Mischung aus ursprünglichem und teilweise degeneriertem Regenwald. Eine ideale Umgebung für das Studium der langfristigen Auswirkungen der Abholzung sowie der Fristen, in denen sich der Wald nach dem Einschlag erholte. Und es gab noch einen Bonus: die Zwischenschicht von Kalkstein im oberen Hangbereich. Viele der breitblättrigen Bäume, die den Rest des Regenwaldes besiedelten, würden dort nicht wachsen, sondern diesen Boden ganz anderen Spezies überlassen. Diese wiederum beheimateten eine völlig andersgeartete Population von Insekten und Tieren. Eine ständige Forschungsstation hier würde zwei Ökosysteme zum Preis von einem vorfinden. Aber eine Forschungsstation konnte nur dort eingerichtet werden, wo es auch Wasser gab. In der Nähe der alten Holzfäller-Camps sollte es Quellen geben, doch die hatten sich als verunreinigt oder unauffindbar erwiesen. Also blieben die Höhlen als einzige Hoffnung.

Jarvis blickte auf seine Uhr. Die Luftfeuchtigkeit hatte irgendwie den Mechanismus verklebt, und sie war erneut stehengeblieben. Er schätzte, daß es unfähr zwei war. In gut einer Stunde würden sie umkehren müssen – ein weiterer kostbarer Tag, der ohne Ergebnisse vergeudet war. Zum erstenmal hoffte er, daß »bald« wirklich bald bedeutete.

Rulek fummelte in seiner Packung nach einer zweiten Zigarette.

»Also gut«, sagte Jarvis. »Machen wir weiter.«

Er drängte sich an einem gigantischen Farn vorbei, seine Stiefel zertraten knackend tote Äste.

»Achtet auf die Zeit«, sagte er und blickte kurz über die Schulter zurück. »Ich will nicht, daß wir gezwungen sind ...«

Ein lautes Geräusch fast direkt über ihm ließ ihn innehalten. Es klang wie der Ruf eines Affen und wurde von weiter weg mit Kreischen, Keuchen und Jauchzen beantwortet. Es hörte sich an wie ein viktorianisches Irrenhaus. Paviane. Jarvis kannte ihre Geräusche. Die Plantagenarbeiter an der Küste trainierten sie, Kokosnüsse zu ernten, und hielten sie an Ketten, die so lang waren wie die Palmen hoch. Er sah zu dem Blätterdach hinauf. Er hörte Äste knacken, das Rauschen der Blätter, aber sehen konnte er nichts. Instinktiv empfand er Furcht.

»Interessant«, stellte er fest und ging weiter. »Affen müssen doch trinken, oder?«

Agga zielte mit einem imaginären Gewehr in die Baumkronen. »Pengpeng!« sagte er, drückte ab und grinste. »Tot. Alle tot.«

Im Gewirr der Baumwurzeln war der Eingang zur Höhle schwer zu erkennen, aber Jarvis ahnte, wo er suchen mußte. Von der anderen Seite der Schlucht aus konnte er sehen, daß es dort Wasser geben mußte. Der größte Teil des Steilhangs bestand aus nackten Felsen, in deren Spalten sich Grasbüschel und kleine Sträucher gekrallt hatten. Aber an einer Stelle schien die Vegetation alles zu überwuchern, üppig hingen ihre Blätter und Ranken über die nackten Kalksteinfelsen. Das war ein Anzeichen, das er inzwischen erkannte. Die große Kolonie Affen in der Gegend war ein zweites. Er hörte sie belfern und kreischen, als er mit seinen Führern die Schlucht durchquerte. Die Drohungen – oder waren es Warnungen? – schienen immer lauter und drängender zu werden, je näher sie den Felsen kamen.

Der Höhleneingang war hoch, aber eng; gleich dahinter ein Gefälle von gut anderthalb Metern. Während Jarvis sich langsam hinunterließ – das andere Ende seines Seils um den Stamm eines riesigen Mahagonibaumes geschlungen –, leuchtete er mit seiner Taschenlampe unter sich, suchte nach einem sicheren Tritt und bemühte sich, die Ausdehnung des ihn umgebenden Raumes zu erkunden. Über ihm standen Agga und Rulek, spähten in die Dunkelheit und flüsterten miteinander, als hätten sie Angst, daß jemand in der Höhle sie hören konnte. Jarvis hatte sie gefragt, ob einer von ihnen ihm folgen wollte. Beide hatten es abgelehnt.

Knirschend trafen seine Stiefel auf Grund. Der Boden der Höhle war mit Felssplittern bedeckt und mit Tierexkrementen beschmutzt. Um ihn summte es, die Wände schienen auf ihn zuzukommen. Vorsichtig drehte sich Jarvis um und zog sich seinen khakifarbenen Sonnenhut fest über die Ohren. Der Himmel warf ein blasses Licht auf einen Kalksteinbrocken, der schräg aus der Wand in seinen Weg ragte. Er mußte sich bücken, um mit seiner Taschenlampe daran vorbeizuleuchten.

»Okay, Doktor Jarvis?«

Rulek steckte seinen Kopf in die Dunkelheit.

»Ja«, sagte Jarvis. »Ich wünschte nur, ich hätte einen anständigen Hut.«

»Ihnen geht's nicht gut?«

Der Schein der Taschenlampe richtete sich auf ein schwarzes Loch gut einen Meter oberhalb des Höhlenbodens.

»Wartet da oben«, rief Jarvis. »Ich werde mich hier unten ein bißchen umsehen.«

Er ging in die Knie und spähte in den Felsspalt. Jetzt, da seine Augen sich an die Dunkelheit gewöhnten, schien der Strahl der Taschenlampe stärker zu werden. Gut sechs Meter entfernt entdeckte er eine weitere Felswand.

»Ich glaube, hier ist eine weitere Höhlenkammer«, rief er.

»Was sagen Sie, Doktor Jarvis?« Rulek hörte sich bereits sehr weit weg an.

»Nicht so wichtig.«

Auf allen vieren kroch Jarvis durch den Spalt. Die Luft in der Höhlenkammer war kühl, roch aber leicht ätzend, wie Ammoniak. Und da war – er knipste die Taschenlampe für einen Moment aus – Licht. So schwach, daß es kaum wahrnehmbar war, aber dennoch Licht. Es mußte von einem anderen Höhleneingang in der Nähe kommen, vielleicht irgendwo über ihm. Er schaltete die Taschenlampe wieder an und kroch weiter. Der Fels unter ihm fühlte sich kalt an und drückte hart gegen seine Knochen.

Ein paar Minuten lang schien er so dahinzukriechen. Die Wände zu beiden Seiten wichen erst links, dann rechts ein wenig zurück, drangen wieder auf ihn ein, berührten hin und wieder seine Hüfte oder seine Schulter. Er wagte nicht aufzustehen, aus Angst, sich den Kopf zu stoßen. Alle paar Meter hielt er inne, lauschte und hoffte, Wasser rinnen oder tröpfeln zu hören. Aber alles blieb ruhig. Als er vorsichtig den Kopf wandte und zurückblickte, konnte er weder das Licht des Höhleneingangs sehen noch Ruleks Stimme hören. Er konnte überhaupt nichts sehen.

Er griff nach seinem Seil und zog kurz daran. Nur, um sich zu vergewissern, daß er noch immer sicher war.

»Seid ihr noch da?«

Aber sie waren zu weit entfernt, um ihn hören zu können. Er merkte, daß er schneller atmete, die schlechte, gruftähnliche Luft tiefer inhalierte.

»Los, weiter«, murmelte er. »Bring's hinter dich.«

Ohne das Seil wäre sein Vorhaben idiotisch gewesen, das wußte er. Schon in Höhlen von der Größe eines durchschnittlichen Eßzimmers hatten Leute die Orientierung verloren und nie wieder hinausgefunden. Sobald man das Licht des Höhleneingangs aus den Augen verloren hatte, saß man wirklich in der Tinte. Wenn er ein paar Wochen früher auf diese Höhlen gestoßen wäre, hätte er für ein ordentliches Team sorgen können. Wenn doch nur genügend Zeit gewesen wäre.

Und dann öffnete sich der enge Durchgang plötzlich.

Er sah es zwar noch nicht, aber er erkannte es an den Geräuschen. Jede seiner Bewegungen, das Scharren seiner Stiefel, selbst sein Atem erzeugten weit über ihm ein schwaches Echo. Als er lauschte, bemerkte er noch etwas anderes, weniger ein Geräusch als einen leichten Druck auf sein Trommelfell. Er drehte sich auf den Rücken und richtete den Strahl der Taschenlampe nach oben.

»Mist!«

Genau das hatte er befürchtet: Die Höhlendecke rund fünfzehn Meter über ihm wimmelte vor Fledermäusen. Wie schwarze Schatten zogen sie unaufhörlich ihre Kreise und stießen ihre sonaren Schreie aus, die zu hoch waren für das menschliche Gehör. Sie hatten ihren eigenen Zugang zur Höhle, so viel war sicher, und ihre Ausscheidungen bedeuteten, daß alles Wasser in der Nähe sehr wahrscheinlich verunreinigt war. Wo Fledermäuse lebten, war Wasser ausnahmslos verschmutzt.

Jarvis stöhnte. Er mußte eine andere Höhle suchen. Noch war Zeit dazu, und die Tatsache, daß es hier Höhlen gab, bewies, daß irgendwo auch eine Wasserquelle sein mußte. Vielleicht würde das dem Forschungsmittel-Bewilligungsausschuß genügen. Vielleicht konnte die exakte örtliche Bestimmung der Wasserquelle noch warten. Jeder anständige Hydrologe konnte vermutlich innerhalb einer halben Stunde eine finden.

Wieder sah er zu den Fledermäusen hoch. Sie waren groß, mit einer Flügelspannweite von gut dreißig Zentimetern. Er bemühte sich, keine Angst zu empfinden, nicht darüber nachzudenken, um welch eine Spezies es sich handeln konnte. Für Früchtefresser waren sie zu klein.

Eine von ihnen schwebte herunter und kam ihm so nahe, daß er das Gesicht mit den Händen bedeckte. Er hörte ihr Flügelschlagen; es wurde lauter. Wurden sie von dem Licht angezogen?

Plötzlich wollte er nur noch raus, raus aus dieser Dunkelheit. Er gehörte nicht hierher. Er wollte sich umdrehen, aber da war nicht genug Platz. Auf beiden Seiten umgaben ihn Felsen. Auf der Suche nach genügend Bewegungsfreiheit, um sich umzudrehen, kroch er weiter in die Kammer hinein. Doch unvermittelt war unter ihm kein Boden mehr. Bei seinem verzweifelten Bemühen, sich an irgend etwas festzuhalten, fiel ihm die Taschenlampe aus der Hand.

»Großer Gott!«

Irgendwo vor und unter ihm prallte die Lampe polternd und klatschend auf. Seine Finger klammerten sich an scharfkantiges Felsgestein, seine Nägel splitterten. Er spähte über den Rand und sah die Taschenlampe etwa anderthalb Meter unter ihm in einer flachen Wasserpfütze liegen. Sie funktionierte noch, ihr Schein beleuchtete eine Wolke winziger Insekten, die über dem Wasser schwebte. Die Vorstellung, sich seinen Rückweg an die Erdoberfläche ohne sie suchen zu müssen, war unerträglich. Sein Seil fest im Griff, kletterte er zum Wasser hinunter und befürchtete, jeden Moment in die Düsternis zu stürzen. Er versuchte, sich seinen Weg zwischen den Felsen hindurch zu ertasten, aber das Gestein hier war noch kantiger, kristallinisch, scharf wie Messer. Er spürte, wie es sich in seine Knie bohrte, seine Arme, seine Hände, aber er achtete nicht darauf. Er wollte nur die Lampe.

Als er den Griff der Taschenlampe umfaßte und vorsichtig hochhob, bemerkte er die Blutspuren kaum, die er hinterließ, und die sich mit dem klaren Wasser vermischten.

6

ASPEN HILL, 10. AUGUST

Auf dem Weg aus dem Bad blieb Carmen Travis stehen und lauschte. Sie konnte das Ticken der Uhr unten in der Diele hören und Toms regelmäßige Atemzüge hinter der Schlafzimmertür. Sonntagmorgen acht Uhr, und wie üblich schliefen alle noch. Gähnend lief sie auf Zehenspitzen ins Gästezimmer, wo sie sich am Abend zuvor ihre Uniform zurechtgelegt hatte. Wenn sie erwachten, wäre sie bereits fort, auf dem Weg nach Frederick oder vielleicht schon weiter – vielleicht schon tief im Innern von Fort Detrick, um sich unter dem kalten weißen Licht eines BL-4-Isolierlabors in einen Raumanzug zu zwängen.

Sie zog sich an und ging in die Küche hinunter. Heute stand die große Angeltour auf dem Programm, und die würde sie versäumen. Tom hatte alles sorgfältig vorbereitet, bis hin zu den Ködern, den Kinderangeln und einem Spielzeugsegelschiff für den Fall, daß es den Jungen zu langweilig wurde. Und er hatte eine angenehm seichte Stelle gesucht, so daß keine Gefahr bestand, wenn Joey unbeabsichtigt ins Wasser fiel. Sie hatte schon befürchtet, daß sie das große Ereignis verpassen würde, aber erst als General Bailey anrief und ihr mitteilte, daß Martin Watts im Sterben lag, wußte sie es sicher. Tom hatte Verständnis gezeigt. »Befehl ist wohl Befehl«, war alles, was er gesagt hatte. Und sie war froh darüber gewesen. Nur ungern hätte sie ihm von der kritischen Situation erzählt und davon, was ihre Aufgabe im Institut sein würde. Das hatte sie fast die ganze Nacht nicht schlafen lassen, und sie hatte sich genug Sorgen für sie beide gemacht.

Sie stellte leise das Radio an und suchte im Kühlschrank nach den Resten des Brathühnchens vom Samstag und einem großen Stück Schweizer Käse. Auch wenn sie an der Angeltour nicht teilnehmen würde, konnte sie zumindest die Sandwiches vorbereiten. Sie legte vier Brotscheiben in den Toaster – so mochten die Kinder sie am liebsten – und ging der Hühnchenkarkasse mit Messer und Gabel zu Leibe. Das Fleisch war sehr faserig und klebte förmlich an den Knochen. Sie mußte das meiste mit den Fingern abpulen.

»Mom, kann ich ...«

Carmen zuckte zusammen.

»Oh!«

Joey stand auf der Schwelle. Seine Gestalt verlor sich fast in dem übergroßen Schlafanzug.

«Hast du mich erschreckt, Schätzchen!«

»Kann ich ein Glas Saft haben?«

Carmen holte ein Glas aus dem Schrank.

»Hier – bedien dich. Und nicht verschütten.«

Joey schlurfte zum Kühlschrank, öffnete ihn und nahm mit beiden Händen die Zweiliterpackung Orangensaft heraus. Carmen sah zu, wie er sich vorsichtig das Glas halb füllte und dabei geräuschvoll durch den offenen Mund atmete.

»Gut gemacht«, sagte sie und wandte sich wieder den Sandwiches zu. Joey trank schweigend. Im Hintergrund spielte das Radio einen alten Motown-Hit, den Carmen aus ihrer Teenagerzeit kannte.

»Warum kommst du nicht mit zum Angeln, Mom?«

Carmen legte das Messer nieder. Er wußte es also.

»Du weißt, wie gern ich mitkommen würde, Schätzchen. Aber da ist mein Job. Ich muß ...«

»Was?«

»Zur Arbeit.«

»Aber warum?«

Carmen überlegte. Es tat ihr leid, ihn zu enttäuschen. Es handelte sich zwar nur um einen Angelausflug, aber für Kinder konnte so etwas ungeheuer wichtig sein. Das war ihr bewußt.

»Da ist ein Problem aufgetaucht, Joey«, sagte sie. »Ganz unerwartet. Und ich muß helfen, es sofort zu lösen. Am Abend bin ich wieder da. Wenn ihr von eurer Angeltour zurückkommt, kannst du mir alles darüber erzählen, okay? Und in ein paar Wochen werden wir ...«

»Was für ein Problem?«

»Nun ...«

Carmen zögerte. Joey hatte eine Erklärung verdient, eine plausible, nicht nur eine wohlfeile Ausrede. Sie ging vor ihm in die Hocke.

»Ein paar Menschen, Joey ... Ein paar Menschen sind krank geworden. Also müssen wir nach Möglichkeiten suchen, ihnen zu helfen, bevor ... bevor noch andere Menschen krank werden. Verstehst du das?«

Joey nickte langsam, dachte darüber nach. Carmen fuhr ihm mit den Fingern durchs Haar. Wie schnell er groß wurde. Dann sah er sie an und fragte: »Wirst du auch krank, Mom?«

Carmen lachte – mehr vor Schreck als aus dem Bedürfnis heraus, ihn zu beruhigen.

»Nun, natürlich nicht, Schätzchen. Natürlich nicht.« Sie schlang ihre Arme um ihn und zog ihn an sich. »So etwas ist es doch nicht.«

Watts war um zwei Uhr morgens für tot erklärt worden. Sein Körper wurde von einem RIID-Team dreifach verpackt und mit einem nicht gekennzeichneten Krankenwagen zum Institut gebracht. Um halb vier lag er bereits bei minus siebzig Grad Celsius in einem Tiefkühlfach. Carmen fand eine Kopie des Krankenhausberichts auf ihrem Schreibtisch vor. Eine Voice-mail-Nachricht von General Bailey, der sie beauftragte, unverzüglich eine Autopsie vorzunehmen. Sie rief in seinem Büro an, aber Bailey hatte das Gelände wegen eines Termins verlassen. Sie wollte gerade den Hörer wieder aufnehmen, als der Apparat klingelte.

»Colonel Travis?«

Carmen kannte die Stimme, wußte im Moment aber nicht, wem sie gehörte.

»Am Apparat.«

»Hier ist George Arends. Ich soll Ihnen heute morgen helfen. Anordnung von General Bailey.«

Colonel George Arends war der Leiter der Veterinärmedizinischen Abteilung. Jetzt erkannte Carmen ihn wieder.

»Mir helfen?«

»Bei der Autopsie. In einer halben Stunde gehe ich mit Major McKinnon in den Bereitstellungsraum hinunter. Wir erwarten Sie dort.«

»Ist der Körper ...«

»Er wird gerade aus dem Tiefkühlfach geholt. Konnten Sie schon einen Blick in den Krankenhausbericht werfen?«

»Ich bin gerade erst gekommen.«

»Nun, vielleicht wollen Sie ihn sich noch ansehen. Vermutlich ist er ganz hilfreich, wenn wir mit dem Sezieren anfangen.«

Arends war Pathologe wie Carmen, einer der ältesten und erfahrensten im Institut – bis ein Jahr nach ihrem Eintritt hatte er die Pathologische Abteilung geleitet.

Aber daß er der Autopsie zugeteilt worden war, beunruhigte sie. Sicher, sie sezierten nicht jeden Tag einen Toten, der sich mit einem BL-4-Pathogen infiziert hatte. Das war riskant. Aber es gab eine Menge gute Leute in ihrem Team, nicht nur Adam McKinnon. Es bestand keine Veranlassung, ihren dritten Partner aus einer anderen Abteilung zu holen. Was bezweckte Bailey damit? Glaubte er, sie hätte die Unterstützung eines erfahrenen Kollegen nötig? Und was hatte Arends mit »hilfreich« gemeint?

»In dreißig Minuten bin ich unten, Colonel«, sagte sie und legte auf.

Sie trat auf den Korridor hinaus, holte sich einen Becher schwarzen Kaffee und setzte sich wieder an ihren Schreibtisch. Der Bericht war kurz und brutal. Das Datum von Watts' Aufnahme wurde genannt und die Symptome vom Beginn der extremen Ausbreitung des Virus bis zum traurigen Ende verzeichnet. Während Carmen ihren Kaffee trank, folgten ihre Augen den Zeilen, und sie runzelte die Stirn über den dort geschilderten Verlauf der Katastrophe.

Fast sofort nach Watts' Aufnahme sammelte sich in seiner Lunge ein wäßriger Schleim, und er bekam akute Atembeschwerden. Gleichzeitig zeigte sein Körper den petechalen und maculopapularen Ausschlag, der für eine Infektion mit Filoviren typisch ist. Ein paar Tage lang klagte er über stechende Kopfschmerzen, und dann fiel er in einen halbkomatösen Zustand. Er blutete aus den Einstichstellen der subkutanen Injektionen, die das Krankenhauspersonal ihm verabreichte. Zwei Tage bevor sein Körper versagte, erweiterten sich seine Pupillen und erstarrten, was auf den Hirntod hinwies. Wenigstens hat er die letzten Schrecken nicht mehr bewußt erleiden müssen, dachte Carmen. Während des Stadiums der Agonie hatten sich subkutane Blutansammlungen gebildet, ein Phänomen, das im Bericht als Blutungen im dritten Bereich bezeichnet wurde – im Gegensatz zum ersten, bei dem der Patient unter Lungenbluten litt, und dem zweiten, bei dem Magen und Därme bluteten. Was von Martin Watts am neunten Tag seiner Krankheit noch übrig war, blutete in den Raum zwischen Haut und subkutanem Fleisch. In dem Bericht stand, daß es an Watts' Körper Stellen gegeben hatte, an denen die Haut wie losgelöst von dem darunter liegenden Fleisch wirkte. Carmen trank den letzten Schluck ihres Kaffees und verstand, warum Arends ihr empfohlen hatte, den Bericht zu lesen. Es war besser, vorbereitet zu sein. Watts' Körper würde keinen angenehmen Anblick bieten.

Als sie mit dem Fahrstuhl in das vierte unterirdische Geschoß fuhr, konnte sie eine zunehmende Unruhe nicht verdrängen. In all den Jahren, in denen sie mit BL-4-Pathogenen zu tun hatte, war sie den Opfern nie so nahe gekommen, und niemals mußte sie eines obduzieren. Im Gegensatz zu Arends. Er hatte beispielsweise dem ersten RIID-Team angehört, das nach dem Auftauchen von Ebola nach Zaire flog. Dennoch war die Annahme ungerecht, sie könnte nicht auch allein mit so etwas umgehen, könnte auf irgendeine Weise scheitern. Ihre Leistungen waren unerreicht. Sie war überzeugt davon, daß sie genug getan hatte, um Baileys Vertrauen zu verdienen.

Geräuschlos öffnete sich die Lifttür, unterbrach Carmens Überlegungen. Schnell lief sie den anonymen weißen Korridor entlang zum Umkleideraum, zog sich aus und duschte zum zweitenmal innerhalb von zwei Stunden. Doch diesmal benutzte sie eine scharfe Karbolseife anstelle des nach Lavendel duftenden Gels, das sie von Oliver zum Geburtstag bekommen hatte. Den Bestimmungen entsprechend verstaute sie die Kleidungsstücke, in denen sie gekommen war, und ging zu einem sterilen Schrank, in dem ein langärmeliger Desinfektionsanzug, eine Operationsmaske und ein Paar weiße Socken – alles in ultraviolettem Licht gebadet – auf sie warteten. Die Socken waren etliche Nummern zu groß – Männersokken –, und als sie sehr vorsichtig über den blanken Linoleumboden lief, um nicht auszurutschen, erinnerte sie sich unwillkürlich daran, wie Joey in seinem übergroßen Pyjama durch die Küche geschlurft war. Sie fragte sich, was er gerade machte. Vermutlich hockte er auf dem Rücksitz ihres Kombis und kabbelte sich mit Oliver – oder saßen sie noch beim Frühstück und ließen sich von ihrem Dad erklären, wie man einen Fisch überlistete? Es schien eine ganz andere Welt zu sein, eine wärmere, anheimelndere. Und doch war sie nur wenige Kilometer von der Quarantänestation in Marshallton entfernt, in der das Virus von Martin Watts Besitz ergriffen hatte. Nur einen Windhauch entfernt und Teil derselben Welt, der einzigen, die es gab.

Der Sicherheitssensor am Eingang zur Ausgleichszone las ihren Ausweis und überprüfte ihn. Nach einem Moment sprang das Licht oben auf dem Paneel von Rot auf Grün. Die Schlösser öffneten sich, und die Tür glitt leise zischend auf. Sobald sie sich hinter Carmen wieder geschlossen hatte, glitt vier Meter vor ihr eine identische Tür auf. Hinter ihr lag Containment Suite Seven, ein Unterdruck-BL-3-Bereitstellungsraum, nur zwei Türen vom Hochsicherheitsbereich entfernt. Arends und McKinnon warteten dort bereits, wie sie in grüne Desinfektionsanzüge gehüllt. Ein beständiges Zischen kam aus den Exhaustoren.

Die beiden Männer standen auf. Major Adam

McKinnon war Carmens Stellvertreter, ein blonder, leicht dicklicher Mann von zweiunddreißig Jahren. Arends war Mitte Vierzig, ein schlanker Mann, überdurchschnittlich groß, mit schütter werdendem schwarzem Haar und einem faltigen Gesicht. Carmen wußte nicht viel über ihn. Man sagte, er sei ein ruhiger, introvertierter Typ.

Sie grüßten weder militärisch, noch schüttelten sie einander die Hände. Es bestand stillschweigendes Einverständnis darüber, daß nach dem Durchschreiten einer Luftschleuse im RIID militärische Formalitäten überflüssig waren. Und Händeschütteln bedeutete einen Verstoß gegen die Sicherheitsvorschriften. Jeder physische Kontakt war verboten – außer bei Notfällen.

»Ich hoffe, Sie mußten nicht auf mich warten, Colonel«, sagte Carmen.

Arends lächelte. Zum erstenmal bemerkte Carmen, daß er als junger Mann gut ausgesehen haben mußte.

»Kein Problem. Ich war sogar ganz froh über die Chance, mit Major McKinnon ein paar ... ein paar Dinge durchsprechen zu können.«

McKinnon war hochrot und schwitzte. Carmen sah einen feuchten Fleck auf seiner Stirn. Hatte er den Bericht gelesen? Sie versuchte, einen gelassenen Eindruck zu machen.

»Es ist sehr freundlich von Ihnen, uns zu helfen, Colonel«, sagte sie. »Wie ich hörte, haben Sie eine Menge Erfahrung auf diesem Gebiet.«

»In letzter Zeit erfreulicherweise nicht. Aber früher ...«

»Hat General Bailey Sie mit allen Fakten vertraut gemacht, Sir? Hat er Ihnen gesagt, womit wir es zu tun haben?«

»In Umrissen. Aber den Krankenhausbericht habe ich natürlich gelesen.«

Carmen öffnete eine Schublade und holte drei versiegelte Packungen sterile Gummihandschuhe heraus.

»Mit Sicherheit handelt es sich um ein Filovirus«, fuhr sie fort. »Möglicherweise um eine neue Abart von Ebola.«

»Aber da ist die Entzündung der Atemwege. So etwas ist ein ungewöhnliches Symptom für Ebola.«

»In einem so frühen Stadium – ja.«

»Und Sie vermuten Tröpfcheninfektion durch die Luft, nicht nur Übertragung durch Flüssigkeiten?«

»Wir vermuten.«

Arends nickte langsam.

»Ich verstehe, daß Sie das alle so beunruhigt.«

Carmen streckte Arends eine der Packungen entgegen.

»Wir sind nicht beunruhigt, Colonel«, sagte sie und sah McKinnon kurz an. »Noch nicht. Wir sichern uns nur ab. Für den Fall des Falles.«

Arends nahm ihr die Packung ab.

»Ich wäre beunruhigt«, sagte er. »Ich bin es sogar.«

»Wir sind sehr versiert in den Prozeduren, Colonel«, erklärte Carmen und kämpfte mit den Handschuhen. »Alle Mitarbeiter meines Teams verfügen über ausreichend Praxis. Nie hatten wir auch nur einen Fall von ...«

»Das ist sehr beruhigend«, unterbrach Arends. »Aber im Operationssaal mit einem kürzlich verstorbenen Opfer ist es anders als ... Lassen Sie es mich einfach so ausdrücken, daß man so etwas nicht üben kann. Es gibt emotionale Reaktionen, mit denen man fertig werden muß.«

Carmen versuchte zu lächeln.

»Selbstverständlich, Colonel. Und wir sind froh, einen

erfahrenen Fachmann an unserer Seite zu haben. Wollen wir gehen?«

Sie verbanden die Gummihandschuhe mit Klebestreifen luftdicht mit den Ärmeln ihrer Desinfektionsanzüge und holten ihre Raumanzüge aus einem anderen UV-beleuchteten Schrank. Es waren Chemturions aus hellblauem Kunststoff mit weichen Plastikhelmen und durchsichtigen harten Gesichtsschutzplatten. Unten am Helm befand sich ein Ventil, an das ein externes Luftversorgungssystem angeschlossen werden konnte. An den Anzugärmeln befanden sich weitere, schwerere Handschuhe mit Dichtungsmanschetten. Carmen stieg in ihren Anzug, schob ihre Arme in die Ärmel und zog den Helm über den Kopf. Plötzlich waren die Geräusche des Bereitstellungsraumes, der Gebläse und der hallenden Wände nicht mehr zu vernehmen. Jetzt hörte sie nur noch ihre eigene Atmung. Behutsam, damit er sich nicht verklemmte, zog sie den inneren Metallreißverschluß zu, dann den äußeren aus Nylon.

Sie blickte zu den anderen. Sie standen sich mit hängenden Armen gegenüber, und ihre Gesichtsplatten trübten sich bereits, besonders McKinnons. Sie merkte, daß auch ihr Helm beschlug. Der ganze Raum schien hinter dichtem weißem Nebel zu verschwinden. Arends reckte den Daumen und deutete auf den Ausgleichsbereich, der zur BL-4-Zone führte.

Im Gänsemarsch durchschritten sie die erste Tür, die mit einem knallroten Kleeblatt geschmückt war, dem internationalen Symbol für Biogefährdung. Die Wände der Luftschleuse waren gefliest wie die eines öffentlichen Schwimmbades oder eines Schlachthofes. Auf dem Boden verliefen Abflußrinnen, und an einer Seite stand eine Wanne mit Envirochem-Desinfektionsmittel, groß genug, um darin stehen zu können. Sobald Carmen und die anderen gegangen waren, würde eine chemische Dusche den von ihnen passierten Raum sterilisieren und dafür sorgen, daß keine Organismen aus dem Hochsicherheitsbereich in den Bereitstellungsraum zurückgelangten. Die gleiche Prozedur würde nach ihrer Rückkehr wiederholt werden, aber diesmal mit dem Team in seinen Raumanzügen. Als sie die Hand nach dem Schalter ausstreckte, der die zweite Tür öffnete, formte sich ein Bild vor Carmens innerem Auge: Oliver und Joey warfen ihre Angeln in sonnenbeschienenes Wasser. Sie hörte sie lachen und Toms ruhige, muntere Stimme.

Der Hochsicherheitsbereich unterschied sich von den anderen Teilen des Instituts fast nur durch die von der Decke hängenden gelben Luftschläuche. Es gab genügend von ihnen, um an jeder beliebigen Stelle im Raum eine eigene Luftversorgung zu ermöglichen – allerdings mußte man bei Arbeiten im Team darauf achten, daß sich die einzelnen Schläuche der Kollegen nicht miteinander verhedderten. Carmen ging zu den Stahlschränken rechts neben der Tür und schloß einen Schlauch an ihren Helm an. Die Luft drang so rauschend in ihren Anzug, daß Carmen kaum etwas hören konnte, aber ihre Gesichtsplatte klärte sich in wenigen Sekunden. Als sich der Nebel lichtete, kamen die glänzenden weißen Wände, die Stahlbecken und der Obduziertisch mit den drei über ihm aufgehängten hochauflösenden TV-Kameras in Sicht.

Die Schränke enthielten Gummistiefel, weitere sterile Handschuhe, Kästen mit Sezierinstrumenten und Behälter für die Proben. Im Gegensatz zu herkömmlichen Operationssälen waren die Behälter sämtlich aus Plastik. Glas war zu gefährlich, denn wenn es zerbrach, konnten

Scherben oder Splitter die Schutzkleidung ebenso durchbohren wie die Haut der Person, die sie trug. Fünf oder zehn Viruspartikel in einem mikroskopischen Tropfen Blut oder Lymphe würden für eine tödliche Infektion ausreichen, und ein so winziges Tröpfchen konnte leicht durch ein Loch von der Größe eines Nadelstichs dringen. Jeder, der sich innerhalb des Hochsicherheitsbereichs in irgendeiner Form verletzte, wurde unverzüglich in eine besondere Isolierstation im RIID – Knast genannt – eingewiesen. Die Vorschriften im Knast waren so streng wie im Hochsicherheitsbereich selbst, und man wurde dort ausschließlich von Ärzten und Schwestern in Raumanzügen aufgesucht, bis zweifelsfrei erwiesen war, daß man sich nicht infiziert hatte – oder daß man in einem dreifachen Leichensack hinausgetragen wurde.

Ein solcher Sack lag jetzt auf dem Obduziertisch vor der gegenüberliegenden Wand. Unter den dicken Plastikschichten war der menschliche Körper darin kaum wahrnehmbar. Carmen stülpte ihre gelben Gummistiefel über die weichen Füßlinge ihres Raumanzuges und zog die Latexhandschuhe an. Vielleicht lag es an der Luft in ihrem Anzug, aber ihr Mund fühlte sich trocken an. Sie hob die dreifach geschützten Hände, spannte und entspannte leicht die Finger. Von außen sah man nicht, daß sie zitterten.

»Okay?«

Arends schrie, aber seine Stimme hörte sich gedämpft und weit entfernt an. Carmen brauchte einen Moment, um die beiden Silben zu verstehen. Sie nickte ihm zu. Nacheinander traten sie an den Obduziertisch und nahmen ihre Positionen ein. Arends auf der einen Seite, Carmen und McKinnon auf der anderen. An drei Ecken des Tisches befanden sich Plastikschalen mit Clorox, in denen sie sich das Blut von den Handschuhen spülen konnten. Über ihnen deuteten die kleinen roten Lichter an den Kameras an, daß sie aufnahmebereit waren. Carmen stellte den Kasten mit Sezierinstrumenten auf den Tisch mit Rädern, holte die glänzenden Metallwerkzeuge heraus und legte sie nebeneinander. Als sie damit fertig war, streckte Arends die Hand nach dem Sack aus und begann, langsam den Reißverschluß aufzuziehen. Die dicke graue Plastikhülle teilte sich und gab weiteren Kunststoff frei, cremeweiß diesmal, wie ein Leichentuch. Jetzt konnte Carmen die Umrisse des Körpers ausmachen: die breiten Schultern, die Hüften, die Kurve des Kinns. Doch noch immer schien es kein Mensch zu sein, der da lag. Die Gestalt wirkte zu massig, zu kräftig, wie eine aus Stein gemeißelte Skulptur.

Die innerste Hülle war schwarz, mit einem Nylonreißverschluß um drei Seiten herum. Arends schien zu zögern. Sein Blick war auf die glänzende Kunststofffläche gerichtet, unter der sich die Konturen von Watts' Gesicht verbargen. Carmen fragte sich, warum er den Sack nicht öffnete. Aus den Augenwinkeln bemerkte sie, daß McKinnon vom Tisch zurückwich.

»Colonel?«

Arends sah sie an und nickte. Er drehte sich zu der Schale rechts von ihm und tauchte beide Hände in Clorox. Dann wandte er sich wieder dem Reißverschluß zu und zog ihn rundherum auf, bevor er langsam die Plastiklasche zurückfaltete.

Carmen hörte McKinnon fluchen, als der obere Teil des Torsos sichtbar wurde, und sie spürte, daß ihr Herz zu rasen begann. Bei einer Autopsie waren die Körper für gewöhnlich nackt, aber Watts trug noch das Krankenhaushemd, in dem er gestorben war. Es klebte an seinem aufgedunsenen Körper und war tiefrot gefleckt von großen Flächen geronnenen Bluts. Unter den Achseln und um die Ellbogen sah man deutlich die gezackten schwärzlichen Wunden, an denen die Haut gerissen war. Doch es war das Gesicht, das Carmens Aufmerksamkeit erregte: die offenen Augen, scharlachrote Schlitze ohne Pupillen und Weiß, der Mund zu einem schiefen, blutigen Lächeln erstarrt – oder war es ein höhnisches Grinsen? Sie wußte, daß das nur die Wirkung des Virus war, Hirnschädigungen, die zu unwillkürlichen Muskelkontraktionen geführt hatten. Watts – der Mensch Watts – war beim Tod seines Körpers längst nicht mehr existent gewesen, hätte gar nicht mehr spotten können. Und doch wurde sie das Gefühl nicht los, daß der Leichnam sie verhöhnte, sie alle verhöhnte, ihre Machtlosigkeit, ihm zu helfen oder sich selbst. Sie starrte ihn weiter an. Gefangener Atem rauschte in ihrem Helm. Es war, als wäre dieses Gesicht ein Loch, in das sie stürzte. Da war etwas ... etwas Aufgeblähtes an seinem Gesicht. Das Fleisch schien von seinem scharfen Nasenrücken gezogen, hinuntergezogen worden zu sein, als wollte die Erde, als wollte die Gravitation ihn haben und konnte nicht abwarten, bis er begraben wurde. Dann erinnerte sie sich. Es war das Kollagen. Das Virus hatte das Bindegewebe unter der Haut angegriffen. Wie Ebola Zaire hatte dieses Virus eine besondere Vorliebe für Kollagen-Proteine. Die rasende Vermehrung des Ebola-Virus verwandelte Kollagen in eine breiige Masse, und dieses Virus tat das gleiche. Hirntod und Tod des Bindegewebes, das den Gesichtsausdruck ermöglichte. Carmen starrte und starrte. Die Zerstörung war so absolut. Sie mußte sich dazu zwingen, den Blick abzuwenden. Sie griff zum Skalpell. Sie wollte es hinter sich bringen. Sie wollte Proben entnehmen und von hier verschwinden.

Es nahm gewisse Zeit in Anspruch, das Hemd vom Körper zu schneiden. Sechs Stunden im Tiefkühlfach hatten die Blutflecke zu einer Kruste verhärtet, und es war wichtig, genau zu bestimmen, wo sich die Läsionen befanden. Arends sah Carmen bei ihrer Tätigkeit intensiv zu und griff nur dann helfend ein, wenn sie ihn durch Gesten darum bat. Zweimal hob er die Hand, um McKinnon daran zu hindern, den weggeschnittenen Stoff beiseite zu räumen, bevor er dazu aufgefordert wurde. Carmen wußte, daß es um ihr kleines spitzes Messer ging. Bereits mit infiziertem Blut befleckt, war es inzwischen der tödlichste Gegenstand im Raum. Ein leichtes Abrutschen, ein kleiner, zufälliger Stoß ... Immer wieder war es in der Geschichte virusbedingter hämorrhagischer Fieber zu unbeabsichtigten Nadelstichen und Skalpellverletzungen gekommen. Ihr war bewußt, daß sie sich konzentrieren, langsam und absolut methodisch vorgehen mußte, aber zu wissen, warum – es direkt vor sich zu sehen –, machte es schwerer.

»Alles in Ordnung, Carmen?«

Sie blickte auf, überrascht, ihren Vornamen zu hören. Eine Spiegelung trübte Arends' Gesichtsplatte. Sie konnte seinen Gesichtsausdruck nicht erkennen.

»Ja, alles in Ordnung«, rief sie.

Er nickte und deutete auf die nächststehende Schale mit Clorox. Sie betrachtete ihre Handschuhe. Da waren dunkle Blutflecke, wo ihre Finger mit Watts' Körper in Berührung gekommen waren. Sie legte das Skalpell zur Seite und spülte sich beide Hände ab. Sofort tat McKinnon das gleiche. Als sie wieder zum Skalpell griff, entfernte Arends das letzte Stück Hemd vom oberen Torso. Darunter wirkte das Blut heller, und die Läsionen konzentrierten sich um die Brustwarzen. Die sie umgebende

Haut war von maculopapularem Ausschlag entstellt, die Oberfläche körnig geschrumpft. Es sah kaum noch menschlich aus.

Carmen blickte zu den Kameras hoch und holte tief Luft, als wollte sie tauchen. Sie nahmen jedes Detail auf und ersparten es den Pathologen, ihre Befunde verbal festzuhalten. Das würde später vor den Bildschirmen geschehen. Auf diese Weise sollte die im Hochsicherheitsbereich verbrachte Zeit reduziert werden. Arends trat zurück und zeigte damit an, daß sie für den Abdomenschnitt bereit waren, dem die Entnahme der inneren Organe folgen würde.

Ein sauberer Schnitt war kaum möglich. Überall saßen Blutbläschen, besonders über dem Darmbereich, und die platzten auf, sobald die Klinge sie durchschnitt. An manchen Stellen hatte sich die Haut vom subkutanen Gewebe abgehoben. Watts war nur noch ein toter Sack von Blut. Nicht einmal Blut. Das hatte das Virus so zerstört, daß es nicht mehr aus roten Zellen und Serum bestand, sondern ein Mischmasch aus Gewebemüll war, ein Mus aus Viren und Zellruinen.

Die Durchtrennung des Muskelgewebes erwies sich als relativ leicht – Watts war schon vor seiner Erkrankung ein schlanker Mann gewesen –, und sobald das geschehen war, wurde das Skalpell desinfiziert und zur Seite gelegt. Arends öffnete den Brustkorb mit dem Rippenschneider, und von da an arbeiteten sie vor allem mit chirurgischen Scheren, deren Spitzen abgerundet waren, um die Gefahr einer zufälligen Verletzung zu vermindern. Carmen entnahm Leber und Milz Proben – beide waren vergrößert – und legte sie auf Objektträger, die einzigen im Hochsicherheitsbereich zugelassenen Glasgegenstände. Ihre Arbeit wurde durch die ungeheure Blutmenge in der Bauchhöhle behindert. Sogar die Därme waren voll davon. Carmen entdeckte am Magenausgang weitere Läsionen und entnahm auch davon eine Probe. Die Lungen kamen zuletzt dran, denn es war klar, daß sie größtenteils mit Blut gefüllt waren und erst drainiert werden mußten. Es war genau so, wie sie erwartet hatte. Dem Bericht aus Marshallton zufolge war es bei *Macacus nemestrinus* 014 ebenso gewesen. Bevor sie nach einem neuen Skalpell griff, deutete Carmen für die Kameras auf die durch die Hämorrhagie verursachte dunkle Verfärbung. Bisher war das der einzige unverwechselbare Aspekt der Funktionsweise dieses Filovirus: Zunächst griff es die Lungen seiner Opfer an, bei Affen und Menschen gleichermaßen. Der daraus resultierende Husten wirkte wie ein Bestandteil der Virusstrategie zur Selbstvermehrung.

Was dann passierte, war zutiefst beunruhigend. Plötzlich konnte es Carmen nicht mehr ertragen. Später hatte sie diesen Augenblick als Schüttelkrampf in Erinnerung, jedoch als einen innerlichen, ganz so, als wären ihre Seele, ihre Psyche erschüttert. Es war zuviel. Zuviel Zerstörung und Tod. Tief in ihrem Inneren wehrte sich offenbar etwas dagegen. Und wie sehr sie sich auch an ihre Ausbildung, ihre Erfahrung und ihre Willenskraft klammerte, schien es doch nichts zu geben, was sie dagegen unternehmen konnte. Sie war unfähig, und der Verlust ihrer Kontrolle kam ihr schlimmer vor als ihr Gefühl von Abscheu. Carmen legte die Schere beiseite, badete ihre blutverschmierten Hände in der Schale mit Clorox und hoffte, dadurch ein paar Sekunden Aufschub zu gewinnen. Sie versuchte, ihre Atmung zu kontrollieren, sog die Luft in ihrem Anzug in keuchenden Stößen ein. Sie würde ohnmächtig werden, umfallen. Die Vorstellung, daß sie tatsächlich das Bewußtsein verlieren könnte, im BL-4-Bereich umkippen könnte, entsetzte sie.

Sie blickte zu Arends hinüber. Er und McKinnon hatten aufgehört zu arbeiten. Arends sagte etwas zu ihr, aber sie hörte es nicht. Sie kniff in ihren Schlauch, um den Luftzustrom in ihrem Anzug zu verlangsamen.

»... nicht mehr viel zu tun«, hörte sie ihn sagen. »Ich mache das hier zu Ende, Carmen.«

Sie sah von Arends auf McKinnon. McKinnon nickte. Sie spülte sich die Hände gründlich in Clorox, koppelte ihren Luftschlauch ab und verließ den Abgrund, der sich mit Martin Watts' Innerem plötzlich vor ihr aufgetan hatte.

Zischend setzte die heiße Dusche ein und erfüllte die Ausgleichszone mit Dampf. Carmen hielt die ganze Zeit die Augen geschlossen und versuchte, sich auf Joey, Oliver und Tom zu konzentrieren, sich vorzustellen, was sie im Moment gerade taten, wie die Sonnenstrahlen auf dem Wasser aussahen. Aber das Bild riß immer wieder auseinander, als wollte der Anzug ihre Vorstellungen nicht hinauslassen, als wäre ihre Imagination in ihm gefangen. Abrupt schaltete sich die Dusche ab. Langsam verzog sich der Dampf und wurde durch Desinfektionsnebel ersetzt. Carmen stand in der Wanne mit Envirochem, behandelte sorgfältig ihre Gummistiefel mit einer Bürste und sagte immer wieder ihre Namen, immer wieder Toms Namen vor sich hin. Dann setzte eine andere Wasserdusche ein und spülte die Desinfektionsmittel von ihrem Anzug und von den Wänden. Der gesamte Dekontaminierungsprozeß hatte fünf Minuten gedauert.

Im Bereitstellungsraum öffnete Carmen den Reißverschluß ihres Raumanzugs und zog ihn aus. Es war, als zöge sie ihre Angst aus, als schüttelte sie den Tod ab, das schmutzige Fell des Todes. In ihrem Kopf summte es, und der Boden schien unter ihr wegzugleiten wie ein Fahrstuhl, der eine Etage hinabrutschte.

Sie kam wieder zu sich, als Arends ihr ins Gesicht blickte.

»Carmen?«

Er schlug ihr leicht auf die Wangen, um sie wieder zu Bewußtsein zu bringen. Einen Moment lang wußte sie nicht, wo sie war. Sie starrte die Wände des Bereitstellungsraumes an.

»Was ...?« Dann setzte die Erinnerung ein. Sie war ohnmächtig geworden. Sie griff nach Arends' Ärmel. Er hob sie hoch und half ihr auf einen Hocker.

Sie krallte sich in seinen Ärmel, sah ihn an, erschüttert über das, was geschehen war, über ihr Versagen. Er blickte ernst zurück, aber sein Gesichtsausdruck schien irgendwie auch ein Lächeln zu enthalten, eine gewisse Wärme.

»Großer Gott«, hauchte Carmen.

Und Arends' Lächeln schien eine Spur deutlicher zu werden. Carmen spürte, wie sie sich entspannte.

»Es ist schon gut«, sagte er. »Lassen Sie sich eine Minute Zeit. Das ist nur die Angst.«

7

FORT DETRICK, 11. AUGUST

Major General Bailey hatte die Klimaanlage auf die Höchststufe gestellt, so daß es tatsächlich kalt in seinem Büro war.

»Ich weiß es zu schätzen, daß Sie so schnell gekommen sind, Colonel. Es ist mir bewußt, wie beschäftigt Sie sind.«

Carmen nickte respektvoll, auch wenn Baileys Liebenswürdigkeit sie ein wenig aus der Fassung brachte. Erst Arends und nun Bailey. Jedermann war so nett zu ihr, als wäre sie gebrechlich. Sie konnte nur hoffen, daß weder Arends noch McKinnon etwas über ihr Verlassen der Autopsie erzählt hatten. Sicher, die Kameras hatten alles aufgezeichnet, aber sie wußte nicht, wieviel von den Geschehnissen tatsächlich zu sehen sein würde. Bailey wirkte müde. Als hätte er die ganze Nacht nicht geschlafen.

»Ich habe von der Autopsie erfahren«, sagte er und Carmen verspannte sich. Was hatte er erfahren? »Klang so, als wäre der Körper in einem schauerlichen Zustand. Ich weiß Ihre Arbeit wirklich zu schätzen.«

Er wußte es nicht.

»Ich tue nur meinen Job, Sir.«

Bailey lächelte weiter und hielt seine braunen Augen nachdenklich auf sie gerichtet. Carmen wartete. Erst zitierte er sie her, und nun schien er nicht zu wissen, was er sagen sollte. Schließlich, nach einigem nervösem Herumzappeln, raffte er sich zu ein paar einleitenden Bemerkungen auf.

»Also, Colonel, vor allem möchte ich Ihnen dafür danken, wie Sie diese Sache in Marshallton gehandhabt haben. Mit großem Bedauern habe ich das von Martin Watts erfahren, und wie ich hörte, könnte ein weiterer Mann ... Bert Levy, nicht wahr? Es sieht wohl so aus, als könnte er das gleiche ... das gleiche Problem bekommen.«

»So ist es, Sir.«

»Der Grund, weshalb ich heute nachmittag mit Ihnen sprechen wollte ... Nun, eigentlich möchte ich, daß Sie reden ...«

Das Telefon klingelte, und Bailey fuhr hoch. Er drückte auf die Lautsprechertaste, so daß Carmen hören konnte, wer am anderen Ende der Leitung war. Es klang nach seiner Sekretärin, nach Karyn.

»Ich habe das Pentagon in der Leitung, Sir.«

»Stellen Sie durch.«

Es klickte, und dann hörten sie beide eine sehr getragene Version von »Greensleeves« auf einer Art elektronischem Glockenspiel. Bailey lächelte einfältig.

»Er hat mich in die Warteschleife geschaltet.«

Er? Wer? dachte Carmen. Es entstand eine verlegene Pause, in der sich Bailey über den Schreibtisch beugte und »Greensleeves« lauschte, als wäre es eine verschlüsselte Nachricht, während Carmen angestrengt auf ihre flachen Schuhe hinunterblickte und herauszubekommen versuchte, was hier eigentlich vor sich ging.

Die Musik spielte weiter. Bailey blickte auf und lächelte nervös. Eine geschmeidige Stimme drang aus dem Lautsprecher.

»Robert?«

Die Knochen in Baileys Nacken schienen butterweich geworden zu sein. Sein Kopf schwankte beflissen-freundlich hin und her, auf und ab.

»Guten Tag, General. Wie angenehm, Ihre Stimme zu hören, Sir.«

Aus der Leitung ertönte ein quietschendes, kratzendes Geräusch. Es hörte sich an, als wolle es sich der General in einem widerspenstigen Ledersessel bequemer machen. Bailey lächelte Carmen an und fuhr fort.

»Lieutenant Colonel Carmen Travis ist gerade bei mir, Sir. Sie ist ....«

»Carmen?«

Überrascht, von dieser namenlosen Person mit dem Vornamen angeredet zu werden, setzte sich Carmen auf.

»General?«

»Carmen, ich weiß nicht, ob Robert es Ihnen schon gesagt hat, aber ich bin an dem, was Sie alle da unten in Maryland treiben, sehr interessiert – nicht nur vom Finanzierungsstandpunkt aus –, und ... besonders interessiert mich diese Sache in Marshallton. Bob hat mir Ihre Berichte zugeschickt und alle möglichen verrückten Empfehlungen gegeben. Daher dachte ich, es wäre am besten, wenn wir einmal alle miteinander sprechen.«

Die Stimme brach ab, und es erklangen weitere Quietsch- und Kratzgeräusche. Bailey blickte auf seine Schreibtischunterlage. Er wirkte jetzt angespannt.

»Ich verstehe«, erwiderte Carmen und fing sich einen Blick von Bailey ein. Etwas in seiner Miene schien zu sagen: Um Himmels willen, seien Sie freundlich!

»Ich will gleich zur Sache kommen. So wie ich es sehe, dreht es sich vor allem um Eindämmung. Ein Glück, daß die Umstände das ermöglichen.«

Carmen ließ Bailey nicht aus den Augen. Warum war sie zu einer Diskussion hinzugezogen worden, die eigentlich zwischen ihm und dem General stattfinden sollte?

»Ich fürchte, ich verstehe nicht ganz, Sir.«

Stille. Carmen glaubte, ein Seufzen zu hören.

»Nun, das Problem konzentriert sich doch auf Marshallton, richtig?«

»Soweit wir wissen, Sir. Es besteht zwar die Möglichkeit einer Infektion durch Sekundärkontakte, aber wir glauben, alle Gefährdeten isoliert zu haben.«

»Was ist mit der Isolierstation selbst? Ich meine das Affenhaus.«

»Ja, Sir. Das haben wir geschlossen und versiegelt. Einige unserer Leute vom RIID haben die Einrichtung übernommen, jeder von ihnen ist geschützt.«

»Nun Bob, sehen Sie, ich glaube, wir könnten da etwas tun. Ich möchte, daß Sie die ganze Einrichtung platt machen.«

Bailey setzte sich kerzengerade auf.

»Aber Sir«, protestierte Carmen, »sie verfügen dort über Klimaanlagen, die gegenseitige Infektionen praktisch unmöglich machen. Im schlimmsten Fall müßten wir nur ...«

»Ich möchte, daß Sie alle Tiere dort töten, Colonel.«

Bailey preßte die Lippen zusammen.

»Falls diese Sache in die Medien gelangt, möchte ich darauf verweisen können, daß das RIID prompt und entschlossen gehandelt hat.«

Carmen rutschte auf ihrem Stuhl hin und her. Jedermann schien nur an die Presse zu denken.

»Was ist mit den Flughäfen, Sir?« Sie hörte sich vorwurfsvoll an. Bailey nickte. Er schien ihr beizupflichten.

Schweigen.

»Was meinen Sie mit Flughäfen?«

»Nun, Sir, diese Tiere sind über Flughäfen ins Land gekommen. Noch können wir über den Verlauf dieser Infektion nicht absolut sicher sein, es ist aber nicht auszuschließen, daß einige der Affen während des Transports ansteckend waren.«

»Über welche Flughäfen wurden sie importiert?«

»Die kranken Affen scheinen alle aus einem Ort zu stammen, irgendwo auf Sumatra, Sie kamen über die Flughäfen Jambi, Singapur und John F. Kennedy, New York City.«

Ein weiteres langes Schweigen breitete sich aus. Wenn der General auf einem quietschenden Sessel hockte, dann saß er jetzt still.

»Liegen Ihnen irgendwelche Berichte vor?«

»Worüber, Sir?«

»Über Ausbrüche. Liegen Ihnen irgendwelche Informationen aus den genannten Orten vor?«

»Nein, Sir.«

»Hören Sie, Carmen.« Jetzt lag ein Hauch von Ironie in der Stimme. »Wenn diese Sache tatsächlich so anstekkend wäre, wie Sie sagen – ich meine, wenn sie wirklich durch die Luft übertragen wird –, dann hätten wir doch wohl inzwischen von unseren kleinen braunen Freunden in Indonesien etwas hören müssen, will mir scheinen.«

Carmen konnte ihren Ohren kaum trauen. Ihr Einwand fiel kühl aus.

»Es könnte sein, Sir, daß es zu Erkrankungen gekommen ist, daß sie aber nicht wissen, womit sie es zu tun haben. Es könnte auch sein, daß die Behörden es geheimhalten, um den Tourismus und den Handel zu schützen.«

»Ich bitte Sie, Colonel.«

Jetzt war sie nicht mehr Carmen; nur eine Armeeangehörige.

»Immerhin ist das in Afrika so gewesen, Sir.«

»Was meinen Sie damit?«

»Das Auftreten von HIV haben die Behörden auch lange Zeit verschwiegen – aus Angst vor den Folgen, die das auf die Wirtschaft der betroffenen Länder haben würde.«

Sie hörte ein scharfes, krächzendes Geräusch.

»Wollen Sie damit sagen, es gäbe eine Epidemie in Indonesien? Daß die Menschen auf den Straßen verbluten, ohne daß jemand etwas davon erfährt?«

Bailey sah Carmen direkt an.

»Nein, Sir. Damit will ich sagen ...«

»Gut, denn sonst würde ich sagen, daß Sie entschieden überreagieren.«

Bailey schüttelte den Kopf. Mit wem stimmte er nicht überein?

»Damit wollte ich nur sagen, daß dieses Virus einen Fuß in die Tür bekommen haben könnte«, sagte sie. »Aber jeder Tag Verzögerung wäre verheerend. Dieser Erreger verbreitet sich exponentiell. Es breitet sich aus wie ... wie die Pest.«

Carmen hörte, daß eine Tasse auf eine Untertasse geknallt wurde.

»Und was sollen wir Ihrer Meinung nach tun, Colonel?«

»Ich meine, wir sollten die Weltgesundheitsorganisation informieren, und wir sollten ein Team nach Sumatra schicken, um ...«

»Ich habe mir schon gedacht, daß Sie das vorschlagen würden.«

»Sir?«

»Ich habe damit gerechnet, daß Sie mit einem solchen Vorschlag kommen würden. Bob? Was halten Sie davon, ein Team dort hinunterzuschicken?«

Bailey steckte sich einen Finger in den Kragen.

»Ich denke, wir müßten zunächst von der indonesischen Regierung informiert werden, General«, sagte er. »Oder zumindest ein Ersuchen der WHO abwarten.«

»Aber je länger wir ...«, begann Carmen.

»Sie scheinen die Verhältnisse da unten nicht zu kennen, Colonel«, unterbrach der General. »Es geht um die größte muslimische Gemeinschaft der Welt. Es geht um knapp zweihundert Millionen, die alle Richtung Mekka beten.«

»Ich kann nicht erkennen, was die Religion damit zu tun haben sollte, Sir.«

»Nun, Colonel, wenn wir den Indonesiern einen Grund liefern, ihre Beziehungen zu den Ayatollahs zu festigen, könnte sie eine Menge damit zu tun haben. Es gibt genügend Leute, die darüber jubeln würden, wenn wir uns mit den Indonesiern überwerfen. Sogar unsere japanischen Freunde könnten ihre klammheimliche Freude nicht verhehlen, wenn wir da unten über unsere großen Füße stolpern. Und lassen Sie sich von mir sagen, es ist für uns nicht der richtige Zeitpunkt, mit dem Finger auf die Indonesier zu zeigen, nur weil sie unter Umständen ein kleines Hygieneproblem haben.«

Ein kleines Hygieneproblem! Carmen und Bailey tauschten fassungslose Blicke aus.

»Aber, Sir ...«

»Daher werden wir zunächst einmal abwarten. Ich möchte, daß Sie die infizierten Leute weiter unter strengster Beobachtung halten, und ich möchte, daß Marshallton platt gemacht wird.«

Die Verbindung brach ab. Bailey wartete einen Moment, dann legte er den Hörer auf.

»Nun, wir haben unser Bestes versucht, Colonel«, sagte er und vermied es, Carmen anzusehen.

Sie fragte sich, was er ihr wirklich hatte sagen wollen und warum er Angst gehabt hatte, es zu tun.

TEIL DREI

Muaratebo

1

IM NORDEN VON MUARATEBO, 13. AUGUST

Zwölf Stunden lang hatten sie neben der Straße gewartet, seit Tagesanbruch. Hatten auf neue Instruktionen gewartet. Sie wußten nur, daß in der Nacht eine Straßensperre errichtet worden war und alle Lastwagen mit Lebensmitteln und medizinischen Versorgungsgütern zu warten hatten. Einer der großen Transporter hatte neben der Fahrbahn geparkt und Proviant von seiner Ladefläche gekippt. Jetzt richteten Soldaten eine Art Kantine ein, als bereiteten sie sich auf einen längeren Aufenthalt vor. Neben einem der Laster stand ein junger Offizier mit den flachen Zügen der Eingeborenen von Sumatra und beobachtete, wie über ihm ein Chinook nach Norden flog. Als er hinter der Baumkrone verschwand, wandte der Offizier seine Aufmerksamkeit wieder der Straße und der Gruppe junger Soldaten zu – dem Anschein nach wehrpflichtige Rekruten –, die den Verkehr kontrollierten. Was er sah, ließ ihn aus dem Schatten heraustreten.

»Was soll das?« frage er seinen Chauffeur, der auf den Stufen der Fahrerkabine saß und eine Zigarette rauchte.

Der junge Offizier, immerhin verantwortlich für drei der Lastwagen, behielt die Männer fest im Blick.

»Die Soldaten.« Er streckte die Hand aus. »Sie sind bewaffnet. Das sind Kalaschnikows.«

»So?«

»Vorhin hatten sie die noch nicht. Vor einer halben Stunde hatten sie alle nur Schlagstöcke.«

»Offenbar hat jemand Waffen ausgegeben. Na und?«

»Aber wozu brauchen sie Sturmgewehre?«

Er musterte die bewaffneten Soldaten, von denen einige kaum älter als siebzehn sein konnten. Sie wirkten nervös, als suchten sie nur nach einem Vorwand, ein paar Runden abfeuern zu können und die struppigen Bananenstauden umzumähen, die neben der Straße wuchsen. Kalaschnikows waren keine Spielzeuge, und der junge Offizier wußte aus Erfahrung, was die 5,4-mm-Patronen mit menschlichem Fleisch anstellen konnten. Er kam sich vor wie in einem Kriegsgebiet. Und das machte ihn unruhig.

»Nun, solange sie nicht auf uns zielen«, meinte der Fahrer und kletterte in seinen Laster.

Auch der Offizier stieg ins Führerhaus und schloß die Tür. Beide Männer beobachteten die Soldaten durch die insektenverdreckte Windschutzscheibe. In der Kabine war es sogar noch heißer, und die medizinischen Güter verströmten einen unangenehm klinischen Geruch. Schwarzer Rauch stieg Richtung Süden auf und hing wie eine Glocke über dem Dschungel. Der Fahrer kratzte sich am Bein; er konnte nicht lange ruhig bleiben.

»Vielleicht war es das, was mit Salim passiert ist«, sagte er.

Der Offizier zündete sich eine Zigarette an und stieß seufzend den Rauch aus. Er hatte keine Lust, schon wieder darüber zu reden. Ein gewisser Lieutenant Amir Salim und ein Trupp Soldaten aus der Bayur-Kaserne waren von einer Patrouille in die Gegend von Jambi nicht zurückgekehrt, und seither gab es in Padang kein anderes Gesprächsthema als die Frage, was ihnen zugestoßen sein konnte. Manche meinten, es wären Eingeborene gewesen, Kubu.

»Ist ins Kreuzfeuer geraten«, sagte der Fahrer, der nicht die Absicht hatte, das Thema fallenzulassen. Der Offizier rauchte schweigend seine Zigarette, blinzelte in den schwarzen Rauch und warf hin und wieder einen Blick auf die bewaffneten Soldaten. Das einzige, was er mit Sicherheit wußte, war, daß es in Muaratebo Opfer unter der Zivilbevölkerung gegeben hatte und daß er Bestandteil des Rettungseinsatzes war.

Wie es zu diesen Opfern gekommen war, ließ sich schwer sagen. Ihm war lediglich mitgeteilt worden, daß die medizinischen Güter für die Folgen einer Naturkatastrophe bestimmt seien, mehr nicht. Die Rauchglocke ließ ihn an ein Feuer denken, aber es sah nicht so aus, als würde der Wald in Flammen stehen, und für einen Brand war es ohnehin viel zu naß. Es sah so aus, als würde die Stadt selbst brennen, aber er konnte sich keine Naturkatastrophe vorstellen, durch die eine Stadt in Flammen geriet.

Und warum die Straßensperren? Die gepanzerten Fahrzeuge? Die Chinooks? Auf welchen Feind bereiteten sie sich vor? Es kam ihm unwahrscheinlich vor, daß die Kubu genügend aufgerüstet hatten, um eine solche Reaktion zu rechtfertigen.

»Ich habe Hunger«, sagte der Fahrer.

Der Offizier rutschte auf seinem Sitz herum.

»Wir müssen ...«

Er brach ab. Er beobachtete einen Jungen und eine Frau – seine Mutter, so wie sie ihn festhielt. Sie kamen von rechts zwischen den Bäumen hervor. Er hätte sie gar nicht gesehen, wenn er nicht zufällig in diese Richtung geblickt hätte. Durch ihre zerrissene, rußige Kleidung hoben sie sich kaum von der Umgebung ab. Sobald sie die Bäume hinter sich gelassen hatten, blieben sie stehen. Sie waren knapp zwanzig Meter entfernt. Der Offizier erstarrte, die Zigarette klebte zwischen seinen trockenen Lippen.

»Was müssen wir?« erkundigte sich der Fahrer.

Der Junge und seine Mutter traten einen Schritt vor. Der junge Offizier sah, daß sie auf das Kantinenzelt und die Säcke mit Lebensmitteln blickten, die man vom Laster geworfen hatte. Offensichtlich waren sie halb verhungert. Ihm kam der Gedanke, daß sie sich von Muaratebo aus durch den Dschungel geschleppt hatten. Flüchtlinge. Es gab keine weiteren Ansiedlungen in der Nähe, und selbst Muaratebo war zwölf Kilometer entfernt. Sie mußten Tage gebraucht haben, um den dichten Wald zu durchqueren. Der Junge strauchelte. Sofort streckte seine Mutter die Hand aus, um ihn zu stützen. Sie hatten schmutziges schwarzes Haar, und ihre Haut wirkte verbrannt, fleckig. Die Frau schien aus der Nase zu bluten.

»Was müssen wir?«

Der Offizier blickte zu den Soldaten auf der Straße hinüber. Dann drückte er auf den Türgriff. Er verließ die Fahrerkabine, als der erste Schuß krachte.

Einer der nervösen Rekruten auf der Straße hatte auf den Abzug gedrückt. Der Offizier drehte sich um und sah, daß sich Rauch aus der Waffe kräuselte. Der Soldat zielte direkt auf die Flüchtlinge und schrie etwas. Etliche andere hoben ihre Waffen. Weitere Soldaten kamen von Positionen entlang der Straße herbeigerannt. Der Offizier spürte, wie sich sein Herz zusammenkrampfte. Sie waren dabei, die Flüchtlinge zu erschießen.

Der Fahrer rief etwas, was er nicht verstand, und dann rief er selbst etwas über die Schulter zurück, während er hastig auf die Flüchtlinge zulief.

»Nicht schießen! Sie kommen aus Muaratebo. Sie ... Sie brauchen Hilfe.«

Eine Stimme dröhnte von der Straße her.

»Stehenbleiben!«

Der Offizier drehte sich halb um und erstarrte.

Schweiß strömte ihm über das Gesicht, zwischen seinen Fingern glomm noch die Zigarette. Der Junge, der den ersten Schuß abgegeben hatte, kam auf ihn zu, das Sturmgewehr richtete sich auf seine Brust. Er wirkte verängstigt. Der Offizier sah seinen Finger am Abzug. Er sah den abgeknabberten Fingernagel und eine winzige Schürfwunde neben der eingerissenen Nagelhaut. Er nahm alles mit kristallklarer Deutlichkeit auf, aber es ergab keinen Sinn. Es ergab überhaupt keinen Sinn. Sie waren hier, um diesen Menschen zu helfen.

Auf der Straße wurden Rufe laut. Die Soldaten gestikulierten. Zwei von ihnen zielten. Der Offizier zuckte zu den Flüchtlingen herum und sah, wie sie losliefen und über den unebenen Erdboden auf die Bäume zustolperten. Die Frau schrie auf. Der Feuerstoß war kurz. Er fuhr in ihre Körper, durchschlug sie, stieß sie nach vorn. Die dumpfbraune Erde färbte sich rot. Plötzlich waren sie nur noch Lumpenbündel. Der Junge, der vielleicht zehn Jahre alt war, öffnete und schloß seine schmutzige Hand.

Der Offizier stolperte vorwärts, achtete kaum darauf, wohin seine Füße traten. Während er auf die zusammengebrochenen Körper zuhastete, sah er andere Gesichter aus dem Wald spähen. Sie ließen ihn innehalten. Ein weiterer Feuerstoß von der Straße her. Eine Warnung diesmal. Die Äste eines Baumes splitterten, und er hörte das zischende Geräusch, mit dem die Kugeln das Laubwerk zerfetzten. Er war noch einen Meter von den beiden Körpern entfernt. Er trat zwei Schritte vor, kniete nieder und berührte den Hals der Frau, der warm war, nachgiebig. Ihr Mund öffnete sich, und auf ihren aufgesprungenen Lippen bildete sich eine kleine rosafarbene Blase. Die Gesichter im Wald beobachteten ihn, warteten ab, was der Offizier als nächstes tun würde.

»Wir sind hier, um zu helfen«, rief er ihnen zu.

Ein kleiner Junge kam so weit hervor, daß ein zerfetztes Bananenblatt seine Schulter berührte. Auch eine alte Frau trat zwischen den Bäumen hervor. Sie drückte eine Hand gegen die Schläfe und sah aus, als hätte sie Schmerzen.

»Helfen Sie uns«, sagte sie.

Unsicher verließen die Menschen ihre Verstecke. Alle sahen krank und erschöpft aus. Ihre Kleider waren zerrissen und schmutzig. Einige von ihnen trugen Bündel mit Habseligkeiten. Flüchtlinge. Nichts weiter.

»Bitte«, sagte der kleine Junge.

Ein Schrei ließ den Kopf des Offiziers herumfahren.

»Zurücktreten!«

Er stand auf.

»Be...« Seine Kehle war ausgetrocknet, er mußte schlucken. »Begreifen Sie nicht? Das sind Flüchtlinge. Sie kommen aus der Stadt.«

Er zeigte auf die Rauchwolke über Muaratebo.

Es war ganz ruhig. Der Dschungel, die Lastwagen auf der Straße, die Soldaten, die Menschen zwischen den Bäumen, alles war so still geworden, als wären alle Geräusche von dieser Welt gewichen. Der Offizier spürte, daß ihm das Herz im Hals klopfte. Ihm war ein Sandkorn ins Auge gekommen, und er zwinkerte, um es wieder loszuwerden. Die Soldaten zielten. Hartes Licht spielte auf den Läufen der Kalaschnikows. Der Offizier zwinkerte erneut und versuchte, alles so deutlich zu sehen, wie es möglich war.

2

JAKARTA, 13. AUGUST

»Sie sieht aus, als wäre sie schon immer hier, dabei hat sie mein Boy erst im vergangenen Sommer dem Baum aufgepropft.«

Der Minister betrachtete die Kamelie, in der eine weiße Orchidee schwankte, deren Wurzeln augenscheinlich in der Luft schwebten.

»Aber so ist es hier eben. Wir haben das entsprechende Klima, die Erde. Unsere vulkanischen Ursprünge, wissen Sie. Es heißt, man könnte einen Spazierstock in den Boden stecken, und im nächsten Frühjahr würde er blühen.«

Hasan Afiff Suharto wandte sich von der Orchidee ab und sah Bob Wheeler an, den amerikanischen Botschafter in seinem weißen Anzug. Er registrierte Wheelers linkische Hände, die blauen Augen in dem großflächigen roten Gesicht. Die komische Kahlköpfigkeit. Auch nach vierzig Jahren Umgang mit Westlern war Suharto noch immer in der Lage, sie erheiternd zu finden.

»Aber natürlich sind Sie nicht gekommen, um meinen Garten zu bewundern, Herr Botschafter.«

Wheeler versteifte sich.

»Nein, Sir. Tatsache ist, daß wir erfahren haben ...«

Suharto machte mit seinen feingliedrigen braunen Händen eine abwehrende Bewegung.

»Gerüchte, Gerüchte. Ich will gar nicht bestreiten, daß es in der Region Jambi ein paar Schwierigkeiten gegeben hat. Aber die Unterstellung, die Situation könnte irgendwie außer Kontrolle geraten sein ...«

Suhartos Stimme versickerte, und er näherte sich der steinernen Gottheit, die den kleinen Banyanbaum zu beschützen schien, der halb unter dem vorstehenden Strohdach des großen Hauses wuchs. Suharto entfernte eine verwelkte Jasminblüte von der geballten Hand der Gottheit.

»Von uns ist niemals unterstellt worden, Ihre Regierung könnte die Kontrolle verloren haben, Sir.«

Suharto wandte sich um und musterte den Amerikaner einen Moment lang. Wheeler gefiel der spöttische Gesichtsausdruck des Mannes nicht. Da half auch das Wissen nicht viel, daß dieser Bursche nur wegen seiner Familienverbindungen Minister geworden war. Die Ministerien in Jakarta waren voll von solchen Leuten. Man könnte glauben, die Indonesier hätten die Vetternwirtschaft erfunden.

»Dann sind Sie also doch hier, um meinen Garten zu bewundern. Ich bin tief geschmeichelt.«

»Eigentlich, Sir ...« Wheeler holte tief Atem. »Eigentlich bin ich gekommen, um Ihnen unsere Unterstützung anzubieten, falls ...«

»... wir diese benötigen.« Suharto lächelte, zeigte seine kleinen verfärbten Zähne. »Es ist selbstverständlich sehr freundlich von Ihnen, an unsere Bedürfnisse zu denken, aber wie Sie sicher wissen, stellt uns die Weltgesundheitsorganisation alle Hilfe zur Verfügung, die wir brauchen.«

Wheeler nickte ehrerbietig.

»Es gibt ein paar großartige Leute bei der WHO, Sir. Ich bin davon überzeugt, daß sie ...«

»Ich ebenfalls, Herr Botschafter. Und was Sie betrifft, was das Volk der Vereinigten Staaten betrifft, so kann ich mit allem Nachdruck versichern, daß keine Gefahr einer ... äh, Epidemie besteht. Die Flughäfen in der fraglichen

Region sind im Moment geschlossen, die Armee hilft der betroffenen Bevölkerung, und es ist nur eine Frage der Zeit, bis die WHO zum Kern des Problems vordringt.«

Sie betraten die Veranda. Suharto ließ sich in einen Sessel aus Rohrgeflecht sinken, und Wheeler tat es ihm gleich. Einen Moment lang betrachteten sie schweigend den Garten. Die Vegetation war so üppig, daß man die Grenzmauer nicht sehen konnte. Wheeler fand das bedrückend.

Ein junger Boy in blauem Sarong mit roter Schärpe betrat die Veranda mit einem Mobiltelefon. Suharto bedeutete ihm, ihm den Apparat zu geben. Sofort stand Wheeler auf.

»Ich werde einen kleinen Rundgang ...«

Aber Suharto streckte die Hand aus, und Wheeler setzte sich wieder. Wheeler verstand nur wenig von der Landessprache, aber Suhartos Tonfall sagte ihm, daß er mit einem Vorgesetzten sprach und daß das Thema von beträchtlicher Wichtigkeit war. Das Gespräch schien sich endlos hinzuziehen. Irgendwann lehnte sich Suharto in seinem Sessel zurück, Mißfallen verzog die Haut zwischen seinen dunklen Augen in feine Fältchen. Er warf Wheeler einen Blick zu, und Wheeler widmete sich wieder der Betrachtung des Gartens.

Fünf Minuten später legte Suharto das Telefon beiseite und lächelte. Er wirkte verlegen.

3

ASPEN HILL, 13. AUGUST

Carmen sah hinaus in den Garten, wo Tom in seiner Barbecue-Schürze herumhantierte. Der Rauch des Grills mischte sich mit den schmalen Sonnenstrahlen, die durch die Äste des großen Ahornbaums fielen. Selbst aus der Entfernung sah sie das Silber in Toms lockigem braunem Haar. Es erinnerte sie daran, wie lange sie nun schon zusammen waren. Sie dachte daran, wie er ausgesehen hatte, als sie sich kennengelernt hatten – ausgerechnet im Geflügelkursus an der Veterinärmedizinischen Fakultät der George Washington University. Er zeigte den Ryans irgendwelche Gewürze, hielt einen übertrieben belehrenden Vortrag. Carmen beobachtete ihn lächelnd. Trotz seines ergrauenden Haars sah er noch immer jung aus. Sein Hintern in den ausgeblichenen Jeans war noch so knackig und sexy wie damals, als er ihr am College zum erstenmal aufgefallen war. Er sagte etwas zu Julia Ryan, und beide lachten. Die Ryans saßen auf Liegestühlen und balancierten Teller auf ihren Knien, während Scott Ryan und Oliver mit ihren Gabeln in die Hamburger auf dem Grill pikten. Carmen hob die Hand und winkte Joey zu, der ihr mit ernstem Gesicht direkt in die Augen blickte. Toms Kochmütze saß schief auf dem Kopf des Jungen.

Das Barbecue war Joeys Idee gewesen. Er will damit seinen Besitzanspruch auf seine Mutter bekräftigen, dachte Carmen. Seit die Sache in Marshallton hinter ihr lag, verbrachte sie mehr Zeit mit ihrer Familie, und Joey wollte, daß das so blieb. Also war heute ein Barbecue angesagt, und morgen würden sie schwimmen gehen. Gemeinsam. Nach ihrer Panik im BL-4-Labor hatte Carmen lange über ihre beiden Jungen nachgedacht, über Tom und ihr gemeinsames Leben. Die Überlegung, daß sie ihre Kinder nie wieder küssen könnte, falls sie sich mit Martin Watts' Blut infizieren würde, hatte alles für sie verändert; die Erkenntnis, daß das Virus ihre Zellwände sprengen könnte, zuvor aber ihr Herz und die Herzen jedes Mitglieds ihrer Familie brechen würde. Sie hatte sich die unterschiedliche Bedeutung vor Augen geführt, die sie ihrem Beruf und ihrem Zuhause beimaß, und im Augenblick des Schreckens hatte sie das Gefühl gehabt, daß alles in ihrem Leben falsch war. Ihren Job im RIID wollte sie zwar keineswegs aufgeben – dafür war ihr ihre Arbeit zu wichtig –, aber sie wußte jetzt, daß es notwendig war, alles sorgsam zu bedenken und sich zu fragen, wie sinnvoll es war, ihr Leben weiterhin durch die Beschäftigung mit BL-4-Erregern aufs Spiel zu setzen. Joey beobachtete sie durch das Fenster, ließ sie nicht aus den Augen und sorgte dafür, daß sie ihm nicht durch die ketchupverschmierten Finger schlüpfte. Carmen lächelte.

Sie warf ihm eine Kußhand zu, küßte ihre Fingerspitzen und drückte sie gegen die Scheibe, als das Telefon klingelte. Es war Bailey.

»Colonel Travis?«

»General?«

»Es tut mir leid, Sie an Ihrem freien Tag zu belästigen, aber da gibt es etwas, was ... Nun, ich glaube, es verdient Ihre Aufmerksamkeit.«

Carmen senkte den Blick, und sofort setzte sich Joey quer über den Rasen in Richtung Fenster in Bewegung.

»Wir haben gerade einen Bericht unserer Botschaft in Jakarta erhalten, der uns von einer Art Epidemie ... einer Art Ausbruch in Indonesien in Kenntnis setzt.«

»Sumatra?«

»Ja.«

»Scheiße.«

»Ja, wir stecken drin. Bisher gibt es nur wenige Details. Es braucht sich nicht einmal um ... Sie wissen schon ... zu handeln. Die Indonesier glauben aber, sie hätten die Situation unter Kontrolle, aber sie haben sich an die WHO gewandt, und nun bittet die WHO das RIID um Hilfe.«

Joey stand vor dem Fenster. Er hatte die Kochmütze abgenommen und preßte die Nase an die Scheibe, wollte, daß Carmen zum Barbecue zurückkam.

»Ich dachte, sie wären nicht gerade begeistert von einer amerikanischen Einmischung.«

Carmen drückte ihren Finger gegen Joeys Nase, aber er sah ihrem Gesicht an, daß sie nicht bei ihm war. Sie war am Telefon. Er trat einen Schritt vom Fenster zurück und beobachtete sie finster.

»Sind sie auch nicht. Und das bringt mich auf den Verdacht, daß sie die Lage doch nicht so im Griff haben, wie sie behaupten. Aus gutunterrichteter Quelle – inoffiziell, Sie verstehen – habe ich sogar gehört, daß es zu ähnlichen Vorfällen wie im Ngaliema gekommen sein soll.«

Carmen schloß die Augen. 1976 hatte sich ein Ebola-Ausbruch in Kinshasa auf das Ngaliema Hospital konzentriert. Präsident Mobuto hatte die Armee mit dem Befehl in Marsch gesetzt, auf jeden zu schießen, der versuchte, dem Gelände zu entkommen.

»Und was erwarten Sie nun von mir, Sir?«

»Es ist eine verdammte Zumutung, Carmen, aber ich weiß, wie interessiert Sie daran waren, die Ressourcen des RIID vor Ort zu testen, und ... Nun, das ist Ihre

Chance. Ich habe bereits mit Major Leigh gesprochen, der zu Ihrem Team gehören wird.«

»Ich verstehe.«

Carmen schluckte. Sie hatte das Gefühl, als würde das Schicksal, Gott oder etwas anderes Großes und Unbekanntes sie jetzt sehr direkt ansehen und lächeln. Sie blickte auf, aber Joey war zurück zum Barbecue gegangen. Sie brauchte nur nein zu sagen. Bailey würde das verstehen. Himmel! Sie war schließlich eine Frau mit Mann und Kindern. Er konnte nicht von ihr verlangen, daß sie sich in eine Situation begab, die weit gefährlicher war als alles, was ihr im Institut zustoßen konnte. Hier befanden sich die Pathogene entweder in toten Körpern oder versiegelten Behältern, und man trug einen Schutzanzug. Aber wie wäre es auf Sumatra, wo das Virus praktisch durch die Luft schwirren konnte. Baileys Stimme meldete sich wieder.

»Carmen, ich möchte, daß Sie das RIID-Team leiten. Fahren Sie da hinunter, und finden Sie heraus, woher dieses Zeug verdammt noch mal kommt. Finden Sie Ground Zero.« Carmen sah durch das Fenster auf ihre Familie, die da draußen unter der schrägstehenden Sonne saß, und hörte auf Baileys knappe, formelle Stimme. »Und dann möchte ich, daß Sie feststellen, wie wir diese Büchse der Pandora wieder versiegeln können.«

Mit fest geschlossenen Augen – um den Garten nicht zu sehen, um ihre Familie nicht zu sehen – hörte sich Carmen zustimmen.

»Ich weiß zu schätzen, daß Sie soviel Vertrauen in mich setzen, General.«

4

ASPEN HILL, 14. AUGUST

General Bailey hatte Major Mark Leigh mit der Zusammenstellung der Dinge beauftragt, die sie mitnehmen wollten, und dafür war Carmen dankbar. Sie kannte Leigh nicht besonders gut, war ihm aber häufiger in Fort Detrick begegnet – einem großen Mann mit kurzgeschorenem Haar und freundlichen grünen Augen in einem schmalen Gesicht – und hatte nur Gutes über ihn gehört. Er war Veterinärmediziner und einer der wenigen verfügbaren mit Arbeitserfahrung in Racal-Anzügen. Da sie einige dieser Aufgaben auf Leighs Schultern abladen konnte, ergab sich für sie die Möglichkeit, sich zu Hause von Tom und den Jungen zu verabschieden, bevor sie zum Institut fahren mußte. Tom hatte ihr angeboten, am Nachmittag die Praxis zu schließen, um sie zur Andrews Air Force Base zu begleiten. Aber Abreisen in militärischem Auftrag waren für gewöhnlich sehr unzeremonielle und hastige Angelegenheiten, und so hatte sie ihm gesagt, sie ziehe es vor, sich zu Hause von ihm zu verabschieden. Allerdings hatte sie verschwiegen, wie sehr sie es verabscheuen würde, wenn das RIID-Team sie weinen sah. Für eine Frau mit der Verantwortung für sieben Männer war das ein wichtiger Aspekt.

Es war nicht leicht, der Familie beizubringen, daß sie so plötzlich abreisen würde, vor allem da sie nicht sagen konnte, wann sie wiederkam. So etwas war noch nie geschehen, und sie sorgte sich darum, was die Jungen davon hielten. Sie waren beide alt genug, um zu wissen, daß sich Eltern mitunter trennten – mindestens einer von Olivers Schulfreunden hatte das erlebt – und daß Eltern so etwas manchmal mit Ausreden bemäntelten. Und so erzählte sie ihnen soviel wie möglich über ihre Aufgaben in Indonesien, ohne sie allzusehr zu beunruhigen.

Sie beschrieb, was sie zu tun hatte, als medizinische Ermittlungsarbeit, und Tom unterstützte sie mit einem Witz darüber, daß sie wohl einen Trenchcoat und eine Lupe im Gepäck mitnehmen sollte.

Oliver stellte eine Menge Fragen – Carmen sah schon vor sich, wie er seinen Freunden davon erzählte –, aber Joey sagte kaum ein Wort; er war zu empört und verletzt, erneut gegen das RIID verloren zu haben. Erst als sie ihm von den vielen unterschiedlichen Affen erzählte, die es dort gab, und ihm versprach, mit ihm einmal dorthin zu fahren, wenn er größer war, hellte sich sein Gesicht ein wenig auf. Joey liebte Affen.

Um Viertel vor neun fuhr ein Wagen des Instituts vor, um sie abzuholen. Es war ein sonniger, ruhiger Morgen. Die einzigen Geräusche waren das Gezwitscher der Vögel und das ferne Surren eines Rasenmähers. Carmen stieg auf den Rücksitz und kurbelte das Fenster herunter, um Tom und den Jungen winken zu können, die zusammen in der Einfahrt standen. Das Auto wollte sich gerade in Bewegung setzen, als Tom den Briefkasten öffnete.

»Hier!« rief er und kam auf sie zugerannt. »Hier ist Post für dich.«

Er reichte ihr eine Postkarte und einen braunen Briefumschlag mit dem Vermerk *Persönlich und vertraulich*. Dann steckte er den Kopf durchs Fenster und küßte sie.

»Paß gut auf dich auf, hörst du?«

»Das werde ich«, sagte sie. »Mach dir keine Sorgen.«

Tom lächelte und schlug mit der flachen Hand auf das Wagendach. Wenige Augenblicke später verschwanden er, die Kinder und das Haus hinter den Hecken, Straßenlaternen und Robinien. Carmen sah aus dem Rückfenster, bis der Wagen um die Ecke bog.

Die Postkarte kam aus Oregon, wo ihre Schwester Isabel mit ihrem Mann Urlaub machte. Die Vorderseite schmückte das Bild eines hoch aufgerichteten schwarzen Bären, die Rückseite eine atemlose Schilderung der Landschaft, des Wetters und ihrer ersten Wildwasserfloßfahrt. Das war typisch für Isabel: Sie stürzte sich auf das Leben, als wäre es spätestens übermorgen vorbei. Mehr denn je kam es Carmen so vor, als wäre das die ideale Lebensform.

Isabels Karte in der Hand, sah sie die Straßen von Aspen Hill an sich vorbeiziehen. Sie wußte noch immer nicht, weshalb sie Baileys Auftrag angenommen hatte, obwohl sie kurz davorgestanden hatte, sich aus der Arbeit mit BL-4-Pathogenen zurückzuziehen. Fast schien es so, als führte sie zwei Existenzen: die einer Soldatin und die einer Mutter. Sie wußte, daß es die Soldatin war, die sich gerade von ihren Kindern verabschiedet hatte, die starke Person, die nicht wollte, daß sie sich während ihrer Abwesenheit sorgten, und das bereitete ihr Unbehagen. Sie hatte schließlich Grund zur Beunruhigung. Sie sorgte sich. Ungeheuer. Und noch war es nicht zu spät, ihren Entschluß rückgängig zu machen. Aber wenn sie das tat, konnte sie das RIID vergessen. Man würde sie zwar nicht entlassen, aber das Vertrauensverhältnis wäre zerstört, und ihr würde keine Verantwortung mehr übertragen werden. Aber vielleicht wäre das gar nicht so schlecht, dachte sie. Mit fast hundertprozentiger Sicherheit würde man sie von der Arbeit mit BL-4-Erregern abziehen, und das war doch genau das, was sie wollte. Doch dann mußte diese ein anderer übernehmen, vielleicht jemand, der weniger erfahren, weniger qualifiziert war – jemand, der versagen könnte.

Sie blickte auf die Karte in ihrer Hand, auf den Bären. Ihr Stolz war das Problem. Sie konnte Mißerfolge und Scheitern einfach nicht ertragen. Und da man auf beruflicher Ebene leichter Erfolge erzielte – man brauchte lediglich »professionell« zu sein, anders als eine Mutter, die so vieles zu tun hatte –, fühlte sie sich dort auch am wohlsten. Manchmal wünschte sie, sich ändern, sich für andere Dinge interessieren zu können. Sie dachte daran, wie rücksichtslos sie sich über ihre Eltern hinweggesetzt hatte, als sie zum Militär ging. Sie hatten sich gewünscht, daß sie in ihrer Nähe in Connecticut blieb, daß sie den gleichen Beruf ergriff wie ihr Vater und Chirurgin wurde. Aber sie war von den Versprechen der Forschung an vorderster Front angezogen worden, der wissenschaftlichen Feldarbeit mit Apparaturen auf dem neuesten Stand der Technik – Versprechen, die nur das Militär erfüllen konnte. Manchmal haßte sie sich deswegen. Manchmal haßte sie sich selbst.

Erst auf halbem Weg nach Frederick erinnerte sich Carmen an den Briefumschlag. Zunächst hatte sie gedacht, es handele sich um eine der üblichen aufgemotzten Werbesendungen oder etwas von der Bank oder Versicherung. Doch nun kamen ihr Zweifel. Die Anschrift war ungewöhnlich getippt, ungleichmäßig, einige der Punkte drückten fast durch das Papier. Das war nichts, was ein Laserdrucker mit Zehntausenden anderer Briefe ausgespuckt hatte. Sie sah auf den Poststempel: Washington, D.C. Sie riß den Umschlag auf.

Major Leigh hatte bei der Zusammenstellung ihrer Ausrüstung ganze Arbeit geleistet. Neben Schutzkleidung,

Test- und Kommunikationsgeräten, die im Institut ausreichend zur Verfügung standen, war es ihm auch gelungen, ein funkelnagelneues System zum Einfangen von Insekten und anderen Gliederfüßern in die Hände zu bekommen. Es handelte sich um ein Sprühsystem auf Dieldrinbasis, und man sagte, es sei wesentlich schneller und wirksamer als die herkömmlichen Fangmethoden mit Lockstoffen – wenn auch ein bißchen umweltunfreundlicher. Die Neuheit war in zwei großen Metallkisten verpackt, jede von der Größe eines kleinen Kühlschranks. Leigh hatte auch einige Jagdgewehre aufgetrieben, um Primaten und größere Säugetiere zu erlegen. Im Lauf des Vormittags würde das Smithsonian detailliertes Kartenmaterial und Satellitenaufnahmen von Sumatra ebenso schicken wie Kopien aller relevanten zoologischen Forschungsergebnisse. Unterdessen war eine Frachtmaschine der U.S. Air Force mit drei vierradangetriebenen Jeeps Cherokee und einer Tonne Proviant auf dem Weg von Midway Island nach Jambi.

Carmen brauchte fast zwei Stunden, um die Liste mit Mark Leigh und Adam McKinnon durchzugehen, wobei sie der wissenschaftlichen Ausstattung besondere Aufmerksamkeit schenkte. Sie wollte von den analytischen und diagnostischen Aufgaben soviel wie möglich vor Ort erledigen können und Proben nicht erst in die Staaten oder sonstwohin schicken müssen. General Bailey hatte darum ersucht, daß die Behörden von Singapur zur Unterstützung der Mission herangezogen wurden, da sie über die besten Laboratorien in der Region verfügten, aber bislang noch keine Antwort erhalten. Die Indonesier waren überaus empfindlich, was das Einschalten eines Nachbarstaats in Dinge anbelangte, die sie noch beharrlich für innere Angelegenheiten hielten, und die

Amerikaner hatten auf die indonesischen Sensibilitäten Rücksicht zu nehmen – aus Furcht, selbst möglicherweise ausgeschaltet zu werden. Und aus diesem Grund kam man auch überein, daß das RIID-Team so unabhängig wie möglich arbeiten sollte.

Um halb zwölf unterschrieb Carmen die Transportanforderung zur Andrews Air Force Base. Ein paar Minuten später erhielt sie einen Anruf von Bailey. Er hörte sich brüsk an und in Eile.

»Ich glaube, wir haben alles, was wir brauchen, Sir«, teilte sie ihm mit. »Ich kann nur hoffen, daß wir das alles auch tragen können. Soweit ich gehört habe, kann es da unten zu dieser Jahreszeit ziemlich naß werden.«

»Es ist uns versichert worden, daß Sie die volle Unterstützung des einheimischen Militärs erhalten«, sagte Bailey. »Das ist Ihr erster Anlaufpunkt.«

»Brigadier Sutami. Ich habe Angaben über seinen Standort und die Abteilung, Sir.«

»Gut. Er ist für die Quarantäne-Operation verantwortlich, daher sollte er Ihnen ein paar nützliche Informationen geben können. Er ist auch für die Verbindung zur WHO zuständig. Ich fürchte, daß das, was wir über die diplomatischen Kanäle erhalten haben, recht ... lükkenhaft ist.«

»Also kein Anlaß zu überflüssiger Sorge? Situation voll unter Kontrolle?«

»In etwa.«

»Und ist es so?«

Bailey zögerte.

»Wir haben keine weiteren Berichte über die Schießerei, die ich erwähnte, aber das bedeutet nicht ... Ich fürchte, das müssen Sie selbst herausfinden, Colonel. Ich weiß, daß sich die WHO ganz auf die Eindämmung der

Epidemie konzentrieren will, also nehme ich an, daß es ziemlich schlimm ist. Die WHO hält es nicht für vertretbar, Ressourcen dafür bereitzustellen, diese Sache zu ihrem Ursprung zu verfolgen. Daher denke ich, daß Sie da unten freie Hand haben.«

Eine knappe Stunde, bevor Carmen zur Andrews Air Force Base aufbrechen mußte, erschien George Arends endlich in ihrem Büro.

»Entschuldigen Sie, daß ich nicht zu erreichen war«, sagte er. »Aber ich war mit dem EPD-Programm für Primaten beschäftigt. Da wollte ich nicht pfuschen.«

Das sah Carmen ein. Die Primatenepidemiologie – das EPD-Programm – war ein wesentlicher Bestandteil des Kampfes gegen das Muaratebo-Virus, wie es mittlerweile von jedermann genannt wurde. Im Rahmen des Programms sollte eine Reihe von Primaten mit dem Virus infiziert werden, um festzustellen, ob, wann und wie sie selbst infektiös wurden. Bei einem derart letalen Virus hatte der Überträger nur eine begrenzte Zeit, um andere zu infizieren, solange die Leiche unberührt blieb. Wenn Beginn und Dauer dieser Phase genau bestimmt werden konnten, half das dem Team vor Ort unter Umständen, das Virus bis zu seinem Ursprung zurückzuverfolgen. Doch bevor mit dem Programm begonnen werden konnte, mußten im BL-4-Labor präzise und überprüfbare Dosen infizierten Gewebes vorbereitet werden. Und dort unten pfuschte ohnehin niemand.

»Ich wollte nur, daß Sie sich etwas ansehen, bevor ich losfahre«, sagte Carmen.

»Ich hatte ohnehin vor, Sie zu verabschieden«, meinte Arends und zog sich einen Stuhl heran. »Das ist ein verdammt riskanter Job, auf den Sie sich da einlassen.«

»Und dann gibt es da noch etwas ... etwas, was ich Ihnen sagen wollte.« Carmen blickte einen Moment vor sich hin, suchte nach den richtigen Worten. »Ich wollte Ihnen sagen, wie angenehm mich Ihr Verhalten neulich im Labor berührt hat. Als ich ...«

»Sie ließen es mich zu Ende bringen. Gaben mir die Chance, den Kameras zu beweisen, wie sauber ich einen Zwölffingerdarm herausschneiden kann. Bailey hat mir immerhin zu meiner guten Arbeit gratuliert.« Arends lächelte. »Und das, was Sie meinten ... die Angst – das ist etwas, was wir alle haben.«

»Aber sie bringt Sie nicht dazu, Ihren Job aufzugeben.«

»Aber ich träume davon. Wache mitten in der Nacht mit Blut in meinen Handschuhen auf. Und man weiß nie, wann es einen packt. Das ist etwas, was man nicht kontrollieren kann, Carmen. Wissen Sie noch, als nach der ersten Isolierung des Ebola-Virus in Zaire dieses CDC-Team dorthin flog? Bei einem Zwischenaufenthalt in Genf, um Ausrüstung und Proviant an Bord zu nehmen, weigerte sich plötzlich einer der Ärzte, auch nur einen Schritt weiter zu gehen.« Arends runzelte die Stirn. »Er weigerte sich. Können Sie sich die Peinlichkeit vorstellen, die Scham? Der Bursche konnte einfach nicht weiter. Und vor Ort laufen – rennen! – ausgebildete, erfahrene Profis vor der Seuche davon. Das sind primitive Reaktionen, sehr tief sitzende Reaktionen.«

Carmen lächelte. Den ganzen Morgen lang hatte sie darüber nachgedacht, mit wem sie sprechen konnte, und Arends war der einzige, der ihr eingefallen war. Jetzt war sie froh, sich an ihn gewandt zu haben. Die menschliche Wärme, die sie im Bereitstellungsraum verspürt hatte, war keine Illusion gewesen. Seine Worte halfen ihr.

»Nun, im BL-4-Labor hatte ich tatsächlich ein sehr primitives Gefühl«, sagte sie.

Beide lachten.

»Aber da ist noch etwas anderes. Das.« Sie zeigte ihm den Umschlag. »Das kam heute mit der Post.«

Sie schob das Kuvert über den Schreibtisch. Arends blickte sie einen Moment lang an und nahm es an sich. Im Umschlag befanden sich zwei Bogen Papier, Fotokopien. Das sah man an dem ungleichmäßigen schwarzen Rand an einer Seite. Mehrere Passagen des Textes waren mit schwarzem Filzstift unkenntlich gemacht, vor allem oben auf der ersten Seite. Stirnrunzelnd betrachtete Arends die Schriftstücke ein paar Sekunden lang.

»Dieses Dokument ist geheim. Zumindest das Original.«

Carmen nickte.

»Und es kam mit der normalen Post?« Er sah sich die Vorderseite des Umschlags an. »Ohne Begleitschreiben?«

»Ohne alles. Haben Sie gelesen, was drinsteht?«

Arends nahm die Seiten wieder auf.

»Nun, es ist eine Art Militärbericht. Name und Einheit sind geschwärzt ... Dort, nehme ich an. Und alle Angaben, für wen der Bericht bestimmt ist, auch. Irgendwelche Verweiszeichen kann ich nicht entdecken. Aber wir haben ein Datum, zumindest ein Jahr: 1988. Wer immer Ihnen das geschickt hat, möchte nicht, daß Sie erfahren, woher er es hat, würde ich sagen.«

»Der Name des Verfassers muß mit ›Jan‹ anfangen. Sehen Sie den unteren Teil der Buchstaben unten links? J-a-n. Könnte Janis, Janson oder so ähnlich heißen.«

»Ja, ich sehe.«

»Aber lesen Sie, worum es in dem Bericht geht.«

Arends begann zu lesen. Nach ein paar Zeilen beugte

er sich plötzlich vor, konzentrierte sich scharf. Carmen ließ ihn lesen. Sie wollte wissen, ob ihr vielleicht etwas entgangen war, ob sie etwas mißverstanden hatte. Nach einer Minute blickte Arends auf.

»Eine Dekontaminierungsoperation, stimmt's?« fragte sie. »Biosafety Level Four, der ganze Kram.«

Arends nickte. »Zweifellos. Sie haben es platt gemacht. Wie hieß es doch gleich?« Er warf erneut einen Blick auf die erste Seite. »Willard. Versiegelt wie ein Grab.«

»Je davon gehört?«

»Willard? Nein, nie. Hätte ich aber müssen – nach dem, was hier steht.«

»Genau das finde ich auch. Ein Entseuchungsjob wie der da, in den Vereinigten Staaten, irgendwo, vor neun Jahren. Sieht so aus, als hätte jemand auf unserem Gebiet gewildert.«

Arends blickte wieder mit zusammengekniffenen Augen auf die erste Seite und bemühte sich, hinter der Schwärzung etwas zu erkennen.

»Civil Defense Corps? Vielleicht eine zivile Geschichte?« meinte er.

»Aber die halten uns doch eigentlich immer auf dem laufenden, oder? Abgesehen davon sieht dieser Bericht ganz nach Militär aus.«

Arends nickte. »Sogar nach Special Forces.«

»Was?«

Arends wies auf eine der geschwärzten Stellen der ersten Seite. »Da haben wir zwei Klammern und zwischen ihnen zwei Worte. Da sind ein ›l‹ und ein großes ›F‹. Special Forces. Was sollte es sonst sein?«

Carmen lehnte sich langsam in ihrem Sessel zurück. Auf dem Korridor hörte sie Stimmen. Eine gehörte McKinnon. Einen Moment lang glaubte sie, jemand könnte hereinkommen. Aber die Stimmen verklangen. Sie seufzte tief auf.

»Ich glaube, wir sollten das unverzüglich zu General Bailey bringen«, sagte sie. »Hier handelt es sich eindeutig um einen ernsthaften Verstoß gegen die Sicherheitsbestimmungen.«

Arends reagierte nicht. Er beobachtete sie, wartete darauf, daß sie zum Telefon griff. Carmen nahm mit einer Hand den Hörer auf, die Finger der anderen schwebten über den Tasten. Sie war sich fast sicher, daß er etwas sagen würde, aber er tat es nicht. Er saß nur schweigend da. Sie zögerte.

»Sie meinen, ich sollte es nicht tun?« fragte sie.

Arends zuckte mit den Schultern. »Irgendwo gibt es ein Leck, das steht fest.«

Carmen runzelte die Stirn. »Also meinen Sie, ich sollte es melden?«

Arends verlagerte sein Gewicht. »Vermutlich. Zur rechten Zeit.«

»Zur rechten Zeit? Was meinen Sie damit?«

Arends verschränkte die Arme. Vor wenigen Tagen hatte sie es unten im Hochsicherheitsbereich bemerkt: Er war ein sehr vorsichtiger Mann. Ruhig, methodisch, risikoscheu. Wahrscheinlich kam das vom täglichen Umgang mit tödlichen Mikroben.

»Nun, wenn Sie General Bailey davon in Kenntnis setzen, bleibt ihm keine andere Wahl, als jemanden im Pentagon zu informieren. Dann wird eine Untersuchung eingeleitet werden. Und wenn das geschieht, könnte die Person, die Ihnen diese Fotokopien geschickt hat, vielleicht entdeckt werden.«

Carmens Finger schwebten noch immer über dem Tastenfeld.

»Und?«

»Nun, im Moment sieht es nicht danach aus, als könnte uns diese ... Information im Hinblick auf unser Filovirus weiterhelfen. Ich meine, nach allem, was wir bisher wissen, ist das doch eher unwahrscheinlich, oder?«

»Ja.«

»Aber nehmen Sie doch einmal an, sie würde uns doch auf irgendeine Weise weiterhelfen. Immerhin hat Ihnen jemand geheime Unterlagen zugeschickt, nachdem Sie gerade mit Nachforschungen über das Auftreten des Muaratebo-Virus auf Sumatra beauftagt wurden. Vielleicht ist das nur ein Zufall. Vielleicht aber auch nicht. Vielleicht will uns jemand etwas erzählen, versucht, uns behilflich zu sein. Wollen wir, daß diese Person uns hilft – vorausgesetzt, sie kann das überhaupt –, oder wollen wir sie davon abhalten?«

Carmen legte den Hörer auf. Aber wenn sie schon zum erstenmal in ihrer Berufslaufbahn einen ernsthaften Verstoß gegen die militärischen Bestimmungen beging, dann wollte sie auch den genauen Grund dafür erfahren.

»Was wollen Sie exakt damit sagen?«

»Was ich damit sagen will, ist sehr einfach. Dieses Virus ... Fakt ist, daß wir nicht wissen, was wir dagegen unternehmen können. Wir wissen nicht, woher es kommt, wir wissen nicht, wie wir es eindämmen sollen, wir wissen nicht einmal, ob es überhaupt einzudämmen ist. Wir alle setzen eine tapfere Miene auf, behalten die Ruhe – und so sollte es ja auch sein. Aber wann hatten wir es schon einmal mit einem solchen durch die Luft übertragbaren Virus zu tun? Selbst mit einem menschlichen Erreger, der nur halb so gefährlich ist wie der hier? Da müssen Sie schon Jahrhunderte zurückgehen. Sie müssen zum gottverdammten Schwarzen Tod zurückgehen. Und wenn es da jemanden gibt, der versucht, uns zu helfen ... Nun, ich glaube, dafür sollten wir doch dankbar sein, oder?«

5

PROVINZ JAMBI, 15. AUGUST

Es handelte sich lediglich um fünf bis sechs Quadratmeter festgetretenen Boden und ein paar zerbrochene Äste, aber Willis war sicher, daß sie die Stätte des Kubu-Lagers gefunden hatten.

»Hier waren sie«, sagte er und schraubte seine blaue Aluwasserflasche auf. »Sind vermutlich vor ein paar Tagen weitergezogen. Verdammt typisch.«

Telee kam mit einer leeren Zigarettenschachtel und einer Taschenlampenbatterie hinter einem Strauch hervor.

»Na bitte«, sagte Willis. »Der Beweis.«

Holly war von dem Anstieg noch immer außer Atem. Sie hatten den Kleinlaster am anderen Ufer eines kleinen Flusses zurücklassen müssen und waren den überwachsenen Hang heraufgeklettert. Keine leichte Aufgabe bei der Vormittagshitze, wie Aerobic in einer Sauna. Hollys T-Shirt war schweißnaß, ihre Jeans von roter Erde verschmiert. Willis reichte ihr die Wasserflasche.

»Wann? Was meist du?« fragte Willis.

Telee drehte ein paar Blätter mit dem Fuß um.

»Zwei Tage«, riskierte er zwei Worte seines Englisch.

»Aber sie werden doch zurückkommen, oder?« erkundigte sich Holly.

Willis hob die Schultern.

»Das weiß man nie«, sagte er. »Die Kubu bleiben nicht gern an einem Ort. Die Regierung hat es jahrelang probiert – hat versucht, sie anzusiedeln, damit sie die Amtssprache lernen und Steuern zahlen. Hat nicht geklappt. Sie handeln mit den Bauern. Manche von ihnen arbeiten vorübergehend auf den Plantagen, aber sie würden nie seßhaft werden. So sind sie nun einmal. Jäger und Sammler – wie wir alle früher einmal.«

Holly seufzte, verärgert über Willis' Resignation. Sie brauchten die Kubu, wenn sie unentdeckt zum Rafflesia Camp kommen wollten, zumindest war das Willis' Überzeugung. Östlich der Berge waren die Kubu die einzigen, die sich wirklich im Dschungel auskannten. Nachdem sie die Bukit-Barisan-Bergkette überquert hatten, erwiesen sich Telees Ortskenntnisse als lückenhaft, und er machte sich Sorgen, daß sie auf eine militärische Straßensperre oder eine Patrouille stoßen könnten. Doch Holly hatte eigentlich keinen Grund zur Klage. Zumindest kam sie dem Camp immer näher, das inzwischen nur noch fünfundsiebzig Kilometer entfernt lag.

»Und was machen wir jetzt?« fragte Holly und strich sich gereizt die Haare aus der Stirn.

Willis wandte sich an Telee und tauschte mit ihm ein paar malaische Worte.

»Nichts.«

»Nichts?«

»Wir gehen zum Wagen zurück und warten ab. Vielleicht lassen wir ihnen ein paar Geschenke da, um unsere gute Absicht zu beweisen.«

Sie waren jetzt seit vier Tagen unterwegs. Vier Tage ohne Dusche, ohne Kleiderwechsel, aber er wollte hier herumsitzen und darauf warten, daß etwas geschah. Holly spürte, daß sie vor Verärgerung rot wurde.

»Geschenke? Was meinen Sie damit?«

»Buschmesser, Tabak. Wir haben das Zeug extra mitgebracht. Wenn wir wollen, daß die Kubu ...«

»Zum Teufel mit den Kubu!«

»Hören Sie, Holly ...«

»Ihre anthropologischen Thesen interessieren mich nicht, verdammt noch mal. Ich kam hierher, um meine Kinder wiederzusehen, um das Camp zu finden. Und Sie sagten, Sie könnten mich hinbringen!«

»Wir können nicht einfach ...«

»Sie könnten sich in Gefahr befinden. Sie könnten ... Ich muß sofort zu ihnen!«

Hollys Worten folgte eine ungewohnte Stille. Es dauerte ein paar Augenblicke, bis das Summen, Zirpen und Gezwitscher wieder einsetzte. Telee sah Willis an, als wäre er überrascht, daß er sie nicht schon längst mit einer Ohrfeige zum Schweigen gebracht hatte. Willis straffte die Schultern.

»Hören Sie, Holly. Es hat absolut keinen Sinn, auf der Suche nach diesen Leuten durch den Dschungel zu hetzen. Wir würden sie doch nie finden, schon gar nicht, wenn sie das nicht wollen. Unsere beste Chance ist, sie auf uns aufmerksam zu machen und zu hoffen, daß sie Kontakt aufnehmen.«

»Aber das kann ...«

»Sie sind vermutlich sehr viel näher, als Sie ahnen. Vergessen Sie nicht, daß das hier ihre Spielwiese ist. Alles, was hier geschieht, erfahren sie in Windeseile, glauben Sie es mir.«

»Warum können wir nicht einfach zum Camp fahren? Wir wissen doch, wo es ist.«

»Aber wir wissen nicht, wo die Routen sind. Das könnte Wochen dauern, und darauf sind wir nicht eingerichtet. Wir müßten die Straße benutzen, und Sie wissen ...«

Willis wurde von Telee unterbrochen. Er blickte in die Bäume hinauf und sagte irgend etwas. Er wirkte erregt. Holly folgte seinem Blick.

»Sie kommen!«

Sie hörte ein hartes, mechanisches Knattern, irgendwo oberhalb des Flüßchens. Es war ein Hubschrauber; seine Rotoren peitschten die Luft, das Geräusch hallte in dem flachen Tal wider.

»Da sind sie!« Willis zeigte auf eine Lücke zwischen den Bäumen. Es waren zwei: massive dunkelgrüne Maschinen mit langen Schnauzen, die Spanten geneigt wie Geier auf Beutesuche. In knapp dreißig Metern Höhe überflogen sie den Wasserlauf.

»Großer Gott, hoffentlich entdecken sie den Wagen nicht«, sagte Willis.

Holly sah ihn an.

»Und wenn doch?«

Telee griff nach ihrem Arm und zog sie zur Seite. Einer der Hubschrauber wurde langsamer. Er schien einen Moment zu zögern, blieb in der Luft hängen. Dann wandte er sich in ihre Richtung und hob langsam die stumpfe, häßliche Schnauze, als wollte er sich seinen Weg hangaufwärts erschnüffeln. Plötzlich wurde der Lärm ohrenbetäubend. Kurz bevor sie sich hinter einen umgestürzten Stamm warf, sah sie das unter dem Bauch befestigte Maschinengewehr. Willis landete neben ihr.

»Was suchen sie?« schrie Holly über das Getöse hinweg.

»Weiß der Teufel. Hoffentlich nicht uns.«

»Aber wir verhalten uns doch nicht gesetzwidrig.«

Willis sah sie ungläubig an.

»Nun, dann kann uns ja nichts passieren.«

Der Hubschrauber kam näher, sein Abwind brachte die Äste der Bäume zum Schwanken, zerrte an den Blättern. Holly lag flach auf dem Bauch und bedeckte den Kopf mit den Händen. Willis sagte etwas, aber sie konnte ihn nicht verstehen. Sie sah, wie Telee seitlich in eine dichtere Deckung glitt, den Blick fest auf den Hubschrauber gerichtet, der nicht mehr als hundert Meter entfernt und nur teilweise durch das Laubdach des Waldes verdeckt war.

»Können sie hier landen?« schrie sie, aber Willis hörte nicht zu. Auf die Ellbogen gestützt, richtete er eine kleine Kamera auf die bedrohliche Maschine über ihnen. Er machte zwei oder drei Aufnahmen und duckte sich dann wieder.

Der Hubschrauber hing jetzt fast über ihnen, wirbelte Staub und tote Blätter auf. Für ihr Lager hatten die Kubu die Vegetation heruntergeschnitten oder niedergetreten, so daß die Erde dort ausgetrocknet war. Innerhalb weniger Sekunden lag die Umgebung unter einer rotbraunen Wolke. Der Helikopter drehte einige Runden über ihnen, schraubte sich dann aber plötzlich wieder in den Himmel und knatterte auf das Ende des Tales zu. Eine Zeitlang rührte sich niemand. Dann hob Holly den Blick und bemerkte, daß ein großer gelber Hundertfüßer wenige Zentimeter vor ihrer Nase über den Baumstamm glitt.

»Kein Wunder, daß die Kubu hier verschwunden sind«, bemerkte Willis, rappelte sich auf und steckte die Kamera in seine Hemdtasche. »Das ist genau die Art von Aufmerksamkeit, die sie gar nicht schätzen. Und das kann ich ihnen kaum verübeln.«

Holly sah zu ihm hoch.

»Werden sie wiederkommen?«

»Vielleicht zum Wagen, wenn sie ihn entdeckt haben. Vielleicht schicken sie eine Patrouille oder so was hierher. Wir müssen ihn verschwinden lassen und gut verstecken. Telee sollte langsam seinen Parang wetzen.«

Holly studierte Willis' Gesicht. Sie hätte damit gerechnet, daß er erklärte, es sei ihm zu gefährlich geworden und daß er zur Küste zurückwollte. Doch er sah nicht die Spur besorgt aus. Er wirkte erregt – ganz so, als wären die Ereignisse genau das, weswegen er hergekommen war.

Plötzlich begriff sie. Er hatte sie von Anfang an belogen. Sein Interesse an den inneren Angelegenheiten der Insel betraf mehr als die touristische Erschließung. Warum wäre er wohl sonst hier draußen und riskierte seinen Hals? Sie fragte sich, für welche Presseagentur er arbeitete und warum er ihr nicht von Anfang an reinen Wein eingeschenkt hatte. Dann kam ihr der Gedanke, daß er vielleicht gar kein Journalist war. Sie hatte von Geschäftsleuten gelesen, die ihre Einkünfte damit aufbesserten, daß sie in Weltgegenden wie dieser als Schmalspurgeheimagenten agierten. Sie fühlte sich versucht, ihn geradeheraus danach zu fragen, doch was hätte das für einen Sinn? Die Wahrheit würde er ihr ja doch nicht sagen. Und was machte das schon aus, wenn er ihr half, zum Rafflesia Camp zu gelangen? Und das war alles, was sie wollte.

Er bemerkte, daß sie ihn ansah. Er lächelte. »Machen wir uns auf den Weg«, sagte er.

Sie fuhren mit dem Kleinlaster ein paar Kilometer weiter, lenkten ihn dann an einer Stelle von der Straße herunter, wo er keine Reifenspuren hinterließ, und bedeckten ihn sorgsam mit Laubwerk. Sie nahmen alles mit, was sie tragen konnten, und liefen zum Flüßchen zurück. Eine knappe Stunde nach Einbruch der Dunkelheit lag Holly mit dem Geschmack süßer Kekse und gechlorten Wassers im Mund neben den glimmenden Überresten eines Lagerfeuers. Ein paar Meter weiter schlief Willis und schnarchte laut.

Es war die erste Nacht, die sie im Freien verbrachte. Bisher hatten sie es stets geschafft, eine Ansiedlung zu erreichen, in der für ein paar Rupien bescheidenes Obdach und einfaches Essen zur Verfügung stand. Doch Holly hatte nichts gegen ein Lager auf dem Waldboden. Vielleicht lag das an den Träumen, die jede Nacht wiederkehrten, den Träumen von Lucy und Emma, die allein durch den Dschungel liefen – aber so fühlte sie sich ihnen näher. In ihrer tiefen Verunsicherung beruhigte Holly das Gefühl, daß ihre gegenwärtige Erfahrung dem entsprach, was ihre Töchter erlebt hatten. Es war etwas, woran sie sich halten konnte. Wenn diese Zuversicht nachließ, geriet sie in Panik, und ihr Herz hämmerte in der Brust, selbst wenn sie ganz still lag. Mitunter fuhr sie mitten in der Nacht plötzlich von der Furcht ergriffen hoch, ihre Kinder nie wiederzusehen.

Auch um Jonathan machte sie sich Sorgen, aber noch größer war ihr Zorn auf ihn. In ihren Träumen war er wie früher: gutaussehend, ungeduldig, eifrig. Sie sah ihn mit in die Hüften gestemmten Händen auf der Veranda stehen und in den dämmerigen Wald hinausblicken, wie sie ihn so oft in der Vergangenheit gesehen hatte. Sie fragte sich, warum er darauf bestanden hatte, daß die Kinder zu ihm an diesen schrecklichen Ort kamen, an den sie nicht gehörten – an den niemand von ihnen gehörte. Wollte er ihnen die Bedeutung seiner Arbeit vor Augen führen, sie mit der gleichen Empörung über die Zerstörung des Waldes, die Vergewaltigung der Natur, die Gleichgültigkeit der modernen Welt erfüllen? Sie stellte sich Emma und Lucy vor, wie sie sich in den Fußstapfen ihres Vaters ihren Weg durch den Dschungel suchten, seiner ruhigen Stimme lauschten, die erklärte, erläuterte, befragte. Sie würden verändert zu ihr zurückkehren – als

Streiterinnen im Kampf gegen die industrielle Welt. Und sie würden sie dafür verabscheuen, daß sie ihn verlassen hatte und er deswegen ganz allein um die Rettung der Erde ringen mußte.

Sie erwachte, weil sich in ihrer Nähe irgend etwas bewegt hatte. Einen Moment lang lag sie ganz still und suchte mit den Augen nach der Quelle der verstohlenen Geräusche. Sie fuhr kerzengerade hoch. Es waren zwei: klein, knapp anderthalb Meter, bis auf den Lendenschurz nackt und mit kurzem schwarzem Haar. Mit ihren langen Speeren standen sie da und musterten Holly schweigend. Ein struppiger grauer Hund trottete herbei und setzte sich vor ihre Füße.

Holly rollte herum, streckte die Hand aus und griff nach Willis' Schlafsack.

»Willis, wachen Sie auf.«

Grunzend drehte er sich auf den Bauch.

»Willis!«

Das Feuer war fast erloschen. Holly bemerkte, daß der Hund an einem ihrer Proviantsäcke schnupperte. Sie stieß Willis in den Rücken.

»Ja?«

Er war wach. Blitzschnell ergriff er seine Taschenlampe und leuchtete um sich.

»Was ist?«

»Kubu. Sie sind hier.«

Der Lichtkegel der Taschenlampe bewegte sich über die Stelle, an der die beiden Männer gestanden hatten, aber da war nichts mehr. Nur ein paar Insekten kreisten in der Luft. Einige Meter entfernt lag Telee auf dem Boden, seinen Strohhut über dem Gesicht. Willis seufzte tief auf.

»Sie waren hier«, erklärte Holly. »Ich habe sie gesehen.«

»Gut«, sagte Willis. »Sie müssen die Geschenke gefunden haben. Ich frage mich, was sie uns mitgebracht haben.«

Es war eine in Blätter gehüllte Honigwabe. Mit trockenen Keksen und schwarzem Kaffee aßen sie sie zum Frühstück. Eine Stunde später kehrten die Kubu-Jäger zurück und brachten sie nach kurzer Diskussion mit Telee über einen bergan führenden Pfad zu ihrem Lager. Erst am späten Nachmittag trafen sie dort ein.

Es befand sich südwestlich des alten Lagers, neben einem schnell fließenden Bach in einer absolut unberührt wirkenden Waldgegend. Riesige Shoreabäume breiteten ihre Äste darüber und machten es selbst aus der Luft unsichtbar. Die Kolonie bestand aus acht recht wackligen Holz- und Bambushütten, die nicht mehr als neun oder zehn Familien beherbergten, wie Holly schätzte. Beißender Holzrauch hüllte alles in seinen Dunst.

Die Kubu waren klein, relativ hellhäutig und hatten breite Stupsnasen. Wie die beiden Jäger trugen die meisten von ihnen nur Lendenschurze, einige der Frauen jedoch auch T-Shirts. Im Gegensatz zu anderen Eingeborenenstämmen, von denen Holly Fotografien gesehen hatte, wiesen ihre Körper keinerlei Hautmusterungen auf. Sie sah auch keinen Blütenkopfschmuck oder bunte Holzperlenarmbänder. Einige der Kinder schwatzten und kicherten, aber die Erwachsenen verhielten sich schweigsam und beobachteten die Fremden mit einer Mischung aus Ergebenheit und Angst. Holly wußte, warum. Willis zufolge waren die Kubu die großen Verlierer auf Sumatra. Sogar der Name Kubu sollte sich auf ihren erzwungenen Rückzug beziehen und stammte aus ferner Vergangenheit, als ein König von Jambi sie in die Tiefen des Dschungels vertrieben hatte. Der Name bedeutete »umgrenzter Raum«, denn das war der Wald für sie geworden.

Mit verschränkten Beinen hockten Willis und Telee vor der größten Hütte den Ältesten gegenüber, einer Gruppe zäher alter Männer, denen die Haut in Falten von den Knochen hing. Respektvoll ließ sich Holly in einiger Entfernung nieder und versuchte mitzubekommen, worum es in ihrem Gespräch ging. Schließlich bat Willis sie mit einer Kopfbewegung zu sich. Er wirkte sehr zufrieden mit sich selbst.

»Sehr gut, daß wir auf diese Burschen gewartet haben«, erklärte er. »Das sind die ersten wirklichen Informationen seit Wochen.«

Einer der alten Männer machte offenbar einen Scherz, lächelte sie an und zeigte einen Mund voller schadhafter gelber Zähne. Holly bemerkte, daß der Mann neben ihm auf einem Auge blind war.

»Was haben sie erzählt?«

»Sieht so aus, als gäbe es in Muaratebo ein Problem. Das ist offenbar auch der Grund für das ganze Theater mit den Straßensperren.«

»Muaratebo? Wo ist das?«

»Auf dem Weg nach Jambi. Etwa sechzig Kilometer östlich von dort, wo sich Ihre Kinder befinden, glaube ich. Es scheint da eine Art Notstand zu geben. Deshalb wollen sie wohl die Leute fernhalten.«

»Was für einen Notstand?«

Einer der Ältesten sprach. Willis zögerte und wartete auf Telees Antwort.

»Das wissen sie auch nicht genau. Aber es muß ernst

sein. Ein großes Militäraufgebot wurde in das Gebiet verlegt, das jetzt vollständig abgeriegelt ist. Offenbar wollten ein paar Bauern aus Bangko vor einigen Tagen dorthin, aber sie kamen nicht einmal in die Nähe.«

»Kennen sie das Rafflesia Camp? Wissen sie, ob da irgend etwas vorgefallen ist?«

Telee sah erst sie, dann Willis an. Willis nickte. Telee begann wieder, mit den alten Männern zu reden. An der langsamen und bedachten Weise, mit der er seine Worte formulierte, erkannte Holly, daß er weder Bahasa-Indonesia noch Malaiisch sprach. Es war eine andere Sprache, in der er sich offensichtlich nicht gut auskannte. Willis verstand kein einziges Wort. Holly wartete ungeduldig auf die Antwort und ignorierte die kleinen Kinder, die von hinten an sie herantraten, sanft an ihren langen Haarsträhnen zupften und dann kichernd davonliefen.

»Es hört sich so an, als würden sie das Camp kennen«, sagte Willis schließlich. »Aber sie sind schon eine Weile nicht mehr dort gewesen. Wegen der Soldaten. Soldaten ... im Dschungel. Wahnsinnige.« Er sah Telee an. »Wahnsinnige? Hat er das wirklich gesagt?«

Telee nickte und tippte sich mit dem Zeigefinger an die Stirn.

»Wahnsinnig, verrückt«, sagte er. »Soldaten.«

»*Nai wataan*«, sagte einer der alten Männer.

Telees Miene erstarrte.

»Jetzt tot«, sagte er.

Einer der Ältesten spuckte einen Tabakpriem aus und wischte sich sorgfältig mit dem Handrücken über die Lippen. Eines der Kinder lachte hell auf.

»Tot?« wiederholte Holly. »Warum? Was meint er damit?«

»Einen Moment.«

Telee und die alten Männer diskutierten erneut miteinander. Wiederholt schüttelte Telee den Kopf, als verstünde er nicht, was sie sagten. Die Ältesten redeten weiter auf ihn ein und versuchten, sich mit ausholenden Gesten ihrer dürren Arme verständlich zu machen. Nach einer Weile gab Telee auf und erzählte, was er verstanden hatte, in einem Schwall von Malaisch.

»Geister«, sagte Willis. »Das sagen sie immer, wenn irgend etwas Unvorhergesehenes passiert. Böse Geister. An Ihrer Stelle würde ich mir keine Gedanken darüber machen. Das ist nur Gerede.«

»Werden sie uns hinbringen?«

Willis nickte. »Aber sicher. Ich glaube, sie wollen nur den Preis hochtreiben. In Muaratebo gibt es Probleme, nicht in dem Camp. Ihre Freunde ... sind lediglich von der Außenwelt abgeschnitten, darauf wette ich. Funkkontakt unterbrochen, und über die Straße kommen sie auch nicht weiter. Wenn das Militär ins Manöver zieht, sollte man besser weggucken. Genau wie die Kubu.«

Holly fühlte sich ein wenig beruhigt. Selbst wenn in Muaratebo ein Notstand ausgebrochen war, bestand kein Grund zu der Annahme, daß die Bewohner des Rafflesia Camp irgend etwas damit zu tun hatten. Vermutlich war es genauso, wie Willis gesagte hatte: Sie waren einfach durch die äußeren Umstände gehindert worden, sie abzuholen.

»Wann brechen wir auf?«

Willis zögerte.

»Wir werden mit diesen Burschen etwas vereinbaren«, sagte er. »Aber es sieht ganz so aus, als müßte ich nach Muaratebo. Zumindest so nahe wie möglich.«

»Aber die Stadt ist doch abgeriegelt«, wandte Holly ein.

»Oh, da gibt es immer Mittel und Wege. Ich möchte nur wissen, was das alles zu bedeuten hat. Und die Geschichte dann vielleicht an eine Zeitung verkaufen.«

»Aber ...« Holly sah die Kubu an. »Sie können mich doch nicht einfach allein zurücklassen.«

Telee packte aus seinem Rucksack weitere Geschenke aus, darunter eine Taschenlampe, ein Taschenmesser und eine kleine metallene Teekanne. In der Kanne steckten zusammengerollte Geldscheine.

»Diese Burschen werden sich um Sie kümmern«, sagte Willis. »Und falls es irgendwelche Schwierigkeiten gibt, können Sie jederzeit zurückkommen und hier auf mich warten. In ein paar Tagen bin ich wieder da.«

6

LONDON, 15. AUGUST

Es dauerte einen Augenblick, bis er wußte, wo er war. Der Raum, die Kühle, das fade graue Licht hinter den Vorhängen kamen ihm fremd vor. Dann erinnerte sich Peter Jarvis: Er war zu Hause.

Er sah zur elektrischen Uhr neben dem Bett. Vier Uhr morgens. Aber das konnte nicht stimmen, dann müßte es dunkel sein. Er stützte sich auf einen Ellbogen und versuchte, das Zifferblatt seiner Armbanduhr zu erkennen. Hatte er sie während seines Zweiundzwanzig-Stunden-Sprungs durch die Zeitzonen umgestellt? Vage erinnerte er sich, an ihr herumgefummelt zu haben, als eine Stewardeß mit Tee oder Kaffee neben ihm stand. Halb sieben abends. Wenn das zutraf, hatte er rund zehn Stunden geschlafen.

Er schwang die Beine vom Bett und stand auf. Ihm war schwindlig, er war benommen, und plötzlich schmerzte sein Kopf. Er verspürte einen heftigen Druck in der Schläfengegend und hinter den Augen.

»Himmel!«

Er setzte sich wieder, legte die Hände an den Kopf und versuchte, die Schmerzen mit Gegendruck zu lindern. Normalerweise nahm ihn auch ein langer Flug nicht so mit. Normalerweise hielt er bis zum Abend durch – wie immer gesagt wurde, daß man es machen sollte – und ging dann relativ früh zu Bett. Doch diesmal schien es anders gewesen zu sein. Er hatte ja nicht einmal die Energie aufgebracht, sich auszuziehen. Er zog die Vorhänge ein paar Zentimeter zur Seite. Es war bedeckt, ein milder und stiller Abend. Vier Stockwerke unter ihm floß der Verkehr auf der Harrington Road zäh dahin. Schwarze klobige Taxis und Privatautos, deren Dächer den Himmel und die Silhouette der Bäume widerspiegelten. West London: gepflegt, solide, sicher.

Sein Mund fühlte sich rauh und trocken an. Langsam ging Jarvis ins Bad und drehte den Kaltwasserhahn auf. Das Wasser schmeckte schal und nach altem Kupfer. Mit seinen Geschmacksknospen stimmte etwas nicht. Er trank ein paar Schluck und spuckte den nächsten Mundvoll aus. Dann betrachtete er sich im Spiegel. Seine Augen waren blutunterlaufen, die Lider geschwollen. Er mußte sich dringend rasieren und brauchte ein langes heißes Bad. Er wollte nach dem Rasierapparat greifen und erinnerte sich dann daran, daß der irgendwo in den Tiefen seines Koffers lag.

Als er sich an den Kofferriemen zu schaffen machte, bemerkte er das Blinken des Anrufbeantworters. Nach seiner Rückkehr hatte er sich nicht die Mühe gemacht, das Gerät abzuhören. Etwas Wichtiges konnte nicht dabeisein, da er niemandem das genaue Datum seiner Rückkehr mitgeteilt hatte. Die Flüssigkristallanzeige meldete, daß sechs Anrufe gespeichert waren – sechs Anrufe in zehn Wochen. Er wünschte, er hätte aus Pekanbaru oder auch von Singapur aus jemanden angerufen, um sein Kommen anzukündigen. Doch jedesmal, wenn sich die Chance ergeben hatte, schien es im Vereinigten Königreich mitten in der Nacht zu sein. Er beschloß, sich erst einmal gründlich zu reinigen und dann mit ein paar Leuten zu telefonieren. Irgend jemand mußte doch Zeit und Lust haben, um im Anglesey Arms seine Heimkehr mit einem Glas zu feiern.

Er räusperte sich, und ein scharfer Schmerz durchfuhr

seine Lungen. Im Flugzeug war es kalt gewesen, verdammt kalt, und er hatte keinen Pullover parat gehabt. Er dachte an die Präsentation am kommenden Montag vor dem Mittelbewilligungs-Ausschuß. Bis dahin war eine Menge zu tun. Seine Fotos mußten entwickelt und geordnet werden, ein Bericht war zu verfassen. Es würde ein hektisches Wochenende werden.

»Ich kann nur hoffen, daß ich mir keine Erkältung eingefangen habe«, sagte er zu seinem Spiegelbild.

»Entschuldigung, sind die beiden Plätze schon besetzt?«

Zwei junge Männer in Anzug und Streifenhemd standen vor ihm, in den Händen Gläser mit Bitter. Der größere von beiden deutete auf die beiden leeren Stühle.

»Nein«, sagte Jarvis und versuchte, sich über den Lärm von hundert angeregten Gesprächen hinweg verständlich zu machen. »Set...zen ...«

»Wie bitte?«

Jarvis räusperte sich. Der Schmerz in seiner Brust war nahezu unerträglich. Jarvis krümmte sich.

»Nein. Bitte setzen Sie sich doch.«

Der kleinere Mann stieß seinen Freund leicht an.

»Warum gehen wir nicht vor die Tür? Es ist angenehm draußen.«

Sie tauschten Blicke aus, und der größere hob die Schultern. Jarvis wußte, daß sie ihn für betrunken hielten. Aber das war ihm egal. Er fühlte sich hundeelend.

»Nehmen Sie den Tisch«, sagte er. »Ich muß sowieso gehen.«

Er stand auf und schwankte zur Toilette. Ihm war übel. Das konnte nicht nur am Jet-lag liegen. Das war irgendeine Infektion. Er mußte sich in diesem verdammten

Flugzeug erkältet haben. Aber vielleicht hatte er sich auch den Magen verdorben. Er stützte sich auf das Waschbecken und atmete tief durch. Trotz der langen Wochen unter tropischer Sonne war sein Gesicht leichenblaß. Typisch für ihn, daß er sich drei Tage vor seiner Präsentation eine Grippe eingefangen hatte.

Ein Mann kam aus der letzten Kabine und richtete sich den Hosenschlitz. Er spülte sich kurz die Hände ab und eilte davon, als hätte er Angst, etwas zu sehen, was er nicht sehen wollte. Jarvis hustete krächzend. An der Old Brompton Road gab es ein paar Apotheken. Eine von ihnen hatte mit Sicherheit noch geöffnet. Eine Portion Antibiotika würde es schon vertreiben – was immer es auch war.

Von Minute zu Minute füllte sich das Pub weiter. Im Tresenraum standen die Gäste so dicht, daß sich viele Platz draußen auf dem Bürgersteig suchten. Jarvis fand seinen Weg durch Reihen stämmiger Männer versperrt, die ihre Bestellungen aufgeben wollten. Er versuchte, sich durch die Menge zu drängen, blieb aber stecken.

»Vorsicht!« dröhnte hinter ihm ein Mann mit hochrotem Gesicht und drei Pints zwischen den mächtigen Pranken, als er rückwärts an Jarvis vorbeiging.

Jarvis drängte erneut zum Ausgang. Wenn er nicht bald hier rauskäme, würde er ohnmächtig werden. Qualm und Lärm waren überwältigend. Rüde schob er ein paar Leute auf die Seite. Eine Frau fluchte. Ihr Cocktail ergoß sich auf ihre Wildlederschuhe.

»Passen Sie gefälligst auf!«

Endlich erreichte er die Tür. Aber die Betonrampe, die zur Straße hinunterführte, war so voll wie das Pub selbst. Was war nur in diese Menschen gefahren, daß sie sich derart zusammenrotteten und aus vollem Hals schrien und lachten? Hatten sie den Verstand verloren? Ungeachtet ihrer Proteste schob sich Jarvis zwischen ihnen hindurch. Er mußte an die frische Luft, mußte endlich wieder atmen können. Er hatte es fast geschafft, als plötzlich jemand von der Seite her gegen ihn drängte und heftig mit ihm zusammenprallte. Ein volles Glas klirrte auf den Boden.

»Sie verdammter Tölpel! Was zum Teufel ...?«

Jarvis schüttelte den Kopf und blinzelte.

»Entschuldigung, ich muß ... Ich kann nicht ...«

Der Mann zeigte mit dem Finger auf ihn. Er war jung und sehr groß.

»Das war ein Pint Theakston's, vielen Dank! Die Theke ist in dieser Richtung.«

Jarvis wandte sich ab, doch der Mann packte seine Schulter.

»O nein, Freundchen. So kommen Sie mir nicht davon!«

»Lassen Sie mich los!«

Der Mann hob wieder den Finger.

»Ein Pint Theakston's, wenn Sie ... he!«

Jarvis riß sich los und rannte auf die Straße. Er hörte das Rufen des Mannes, den Schrei einer Frau, dann das Kreischen von Bremsen. Das Taxi erfaßte ihn am Schenkel und schleuderte ihn in den Rinnstein.

Schwester Rose Priestly rümpfte die Nase über ihren Becher mit Batchelor's Instantsuppe und griff zum Bericht des Stationsarztes. Es war zwei Uhr morgens, und auf der Beobachtungsstation des St. Anne's Hospital herrschte endlich Ruhe. Sie rückte ihre Brille zurecht und schielte auf die Kugelschreiberkringel, die sie inzwischen als Terry Pahadias Handschrift entziffern konnte.

Auf drei Fälle mußte man ein besonderes Augenmerk haben. Einer war Mrs. Walden, eine Frau auf Station 6, der man gerade eine Eierstockzyste operativ entfernt hatte und der die Narkose schlecht bekommen war. Sie hatte relativ hohes Fieber – vierzig Grad – und mußte sich mehrfach übergeben. Der zweite Fall war ein Kind, das mit Rippenbrüchen und einer Gehirnerschütterung von der Unfallstation kam. Der dritte war ein Dr. Jarvis, der gleichfalls von der Unfallstation verlegt worden war, das Opfer eines Verkehrsunfalls.

Der letzte Patient erregte ihr größtes Interesse. Pahadia hatte auf die Insektenstiche hingewiesen, die beim Entkleiden an den Beinen des Patienten festgestellt worden waren. Zusammen mit der gebräunten Haut des Mannes und der Bordkarte, die sich in der Tasche des Mannes befand, legten sie die Vermutung nahe, daß er gerade aus dem Ausland zurückgekehrt war, unter Umständen aus den Tropen. Sein Fieber wies auf eine mögliche Malaria- oder eine typhusähnliche Erkrankung hin. Sein Oberschenkelbruch war unverzüglich behandelt worden und schien keine Probleme zu bereiten. Dem Patienten waren Blutproben für Untersuchungen entnommen worden, und Pahadia hatte den Medical Officer for Environmental Health informiert, der sich wiederum mit dem Public Health Laboratory Service des Communicable Disease Surveillance Centre in Verbindung setzte. Letzteres, kurz CDSC, hatte empfohlen, Dr. Jarvis in ein Einzelzimmer zu legen, um das Ansteckungsrisiko zu vermindern, und Pahadia hatte ihm Zimmer 23 gegeben. Er hatte sogar bei der Verwaltung nachgefragt, ob ein Isolationszelt aus Kunststoff verfügbar wäre. Aber falls darauf eine Reaktion erfolgt sein sollte, so hatte Pahadia davon nichts vermerkt. Jetzt ging es nur noch darum, Dr. Jarvis während der Nacht zu beobachten und die Testergebnisse abzuwarten.

Während Rose noch einmal Pahadias Anmerkungen überflog, leuchtete das Rufsignal für Zimmer 23 auf. Sie nahm ihr Klemmbrett und machte sich auf den Weg über den Korridor. Sie würde einen Blick auf ihn werfen und sich vergewissern, daß es ihm an nichts fehlte. Falls es bedenklich aussah, würde sie den Assistenzarzt vom Dienst um Hilfe bitten.

Das Zimmer lag am anderen Ende des Flurs, und Rose mußte etliche Brandschutztüren durchqueren. Ihre Schuhe verursachten auf dem frisch gebohnerten Linoleum ein leises quietschendes Geräusch.

Der Geruch erschlug sie fast, als sie den Raum betrat. Nach ihren langen Jahren im Krankenhaus war sie durchaus an üble Gerüche gewöhnt – Gerüche nach Krankheit, sogar nach Tod –, aber dieser Gestank rangierte ganz hoch auf ihrer persönlichen Richterskala. Es war der Gestank von Verwesung. Sie ließ den Rest ihres Müsliriegels in ihre Kitteltasche gleiten und wischte sich einen Krümel von den Lippen.

»Meine Güte«, sagte sie und bemühte sich, so munter wie möglich zu klingen. Sie nahm die Hand des Mannes von der Rufanlage und mußte jeden Finger einzeln lösen. »Du meine Güte.«

Jarvis schien sie kaum zu bemerken. Aber als sie seine Hand erfaßte, bewegte er den Kopf ein wenig. Er sog die Luft so keuchend ein, als wäre er gezwungen, durch einen Strohhalm zu atmen. Rose zog ihm die Bettdecke vom Oberkörper. Sie würde den Arzt rufen müssen. Jarvis ging es offensichtlich sehr schlecht. Sie holte den Piepser hervor, gab Dr. Davis' Nummer ein und nahm sich vor, die schmutzige Bettwäsche zu wechseln. Bis der Arzt da war, wäre sie damit längst fertig.

»Der Doktor ist schon unterwegs«, sagte sie. »Er muß jede Sekunde hier sein.« Als sie sich über Jarvis beugte, würgte der Geruch sie so heftig, daß sie zurücktreten mußte. Aber das half nicht viel. »Meine Güte«, sagte sie erneut. Sie trat ans Fenster, öffnete es einen Spalt und atmete schnell die frische Luft ein.

Dann drehte sie sich um.

Es war seltsam, sehr seltsam. Jarvis hielt den Atem an, als müsse er sich ungeheuer konzentrieren. Gebannt sah Rose zu, wie er sich mühsam auf die Seite drehte. Fahrig wischte er über das Laken. Es sah so aus, als wollte er Brotkrümel oder etwas Ähnliches loswerden. Sie zwang sich dazu, wieder zu ihm zu gehen.

»Ich werde gleich Ihre Bettwäsche abziehen. Sie werden staunen, wie ...«

Jarvis packte ihr Handgelenk. Sie spürte, wie er sich verkrampfte und keuchend nach Atem rang, dann gab er einen erstickten Laut von sich und würgte unter Zuckungen schwärzlichen Auswurf auf das Bett. Instinktiv sprang Rose zurück und wischte sich Spritzer von Lippen und Kinn.

»Großer Gott«, ächzte sie. Einen Moment lang schien der ganze Raum wie das Deck eines Schiffes zu schwanken. Dann beugte sie sich – von dem widerwärtigen Geschmack in ihrem Mund überwältigt – vor und erbrach sich auf den Fußboden.

7

FORT DETRICK, 15. AUGUST

Vor vierundzwanzig Stunden waren die gesunden Primaten mit dem Muaratebo-Virus infiziert worden, aber bisher zeigten sie keinerlei Symptome. Bei einem der Tiere registrierte der Manschettensensor zwar eine leicht erhöhte Temperatur, doch das allein hatte nicht viel zu bedeuten. Die Erfahrungen mit den erkrankten Tierpflegern von Marshallton besagten zwar, daß die Inkubationszeit des Virus vier bis fünf Tage betrug, bevor die ersten Symptome auftraten, aber bei anderen Spezies konnte dieser Verlauf ganz anders aussehen. Falls Schweinsaffen – wie zu vermuten – ein entscheidender Faktor bei der Übertragung des Virus auf den Menschen waren, mußte eindeutig festgestellt werden, wie und zu welchem Zeitpunkt sie infektiös wurden.

Neun *Macaca nemestrina* waren für das EPD-Programm in Fort Detrick ausgewählt worden. Colonel Arends hätte eine größere Zahl bevorzugt, aber da die Quarantänestation in Marshallton ausfiel, hatte man in der Eile nicht mehr auftreiben können.

Die Tiere wurden unten in einem Raum des Hochsicherheitsbereichs in luftdichten Plastikkäfigen mit unabhängiger Luftzufuhr gehalten. Alle paar Stunden wurden den Affen Urin-, Stuhl-, Speichel- und sogar Atemproben entnommen, um sie nach Anzeichen des Virus zu untersuchen. Es war eine unangenehme und gefährliche Arbeit, besonders die Entnahme der Speichelproben. Die Tiere mußten an der Kehle gepackt und gegen die Rückwand ihrer Box gedrückt werden, damit man ihnen einen Abstrichtupfer zwischen die Zähne schieben konnte. Sie mußten gut festgehalten werden, damit sie in ihrer Angst nicht die Raumanzüge der Männer durchbissen, doch wenn man allzu kräftig zupackte, bestand auch die Gefahr, daß die Tiere stranguliert wurden.

Arends kam gerade wieder aus den BL-4-Räumen herauf, als sein Neffe aus New York anrief. Schnell eilte er ans Telefon.

»Hallo, Stewart?«

»Hi! Ich bin's. Wolltest du gerade gehen?«

Arends hörte Verkehrslärm im Hintergrund. Der Junge war bemüht, sich über das Getöse hinweg verständlich zu machen.

»Nein, nein. Ich bin gerade hereingekommen. Wo bist du?«

»Direkt vor der Public Library. Ich habe gerade die Dinge nachgeschlagen, um die du mich gebeten hast.«

»Im Hinblick auf Willard?«

»Ja. Ich habe sogar etwas herausgefunden, weiß aber nicht, ob es dich weiterbringen wird.«

Arends griff zu Kugelschreiber und Papier. Etwas war besser als gar nichts. Und in den kurzen Zeitspannen, die ihm zwischen den Besuchen im Hochsicherheitsbereich und im Labor sowie den erforderlichen aufwendigen Reinigungsprozeduren blieben, war »gar nichts« ungefähr alles, was er bisher hatte. Im Atlas gab es zwei Orte namens Willard: Einer lag in Utah am nordöstlichen Rand des Great Salt Lake und der andere mitten in New Mexico an der Interstate, rund achtzig Kilometer östlich vom Rio Grande. Arends hatte alle einschlägigen Nachschlagewerke in der umfangreichen Bibliothek des Instituts durchforscht, aber nirgendwo Hinweise auf größere medizinische Einrichtungen in diesen Orten gefunden, jedenfalls keine, die sich mit tropischen Krankheiten oder Virologie befaßten. Und mit Ausnahme eines Gesundheitszentrums in Austin, dessen Direktor empört betont hatte, bei ihnen sei es noch nie zu Hygieneproblemen gekommen, trug kein einziges Krankenhaus in den Staaten den Namen Willard.

Wohl an die hundertmal hatte Arends die Dokumente überprüft, die Carmen Travis ihm gegeben hatte, und nach Hinweisen auf den Ort gesucht, der neun Jahre zuvor so gründlich dekontaminiert worden war. Er hatte überlegt, ob Willard vielleicht ein Schiff sein könnte – Epidemien auf Schiffen waren immerhin nichts Ungewöhnliches –, aber in der ganzen Navy gab es kein *U.S.S. Willard.* Und dann traf ihn die Erkenntnis: Willard könnte ein Ort sein, der irgendwann seinen Namen nach einer Person erhalten hatte – einer mehr oder weniger berühmten.

Bedauerlicherweise erwies sich die Bibliothek des RIID in puncto Biographien als nicht ganz so gut bestückt, und Arends war mit dem EPD-Programm zu beschäftigt, um nach Washington fahren zu können. In einem Anfall akuter Verzweiflung war ihm sein Neffe Stewart eingefallen, der an der Brown University in Rhode Island immerhin amerikanische Geschichte und Kultur studierte. Zu Arends' Glück war Stewart ein aufgeweckter und begeisterungsfähiger Junge, der überhaupt nichts dagegen hatte, in seinen Ferien für seinen Onkel ein paar Stunden Detektiv zu spielen.

»Stew, ich bin dir sehr dankbar«, sagte Arends. »Und was hast du herausgefunden?«

Zunächst hörte er nur Papiergeraschel.

»Nun, es gibt drei Willards, die es in die Geschichtsbücher geschafft haben, aber ich kann nicht behaupten, auch nur von einem jemals gehört zu haben.«

»Kein Problem. Wer sind sie?«

»Nun, da gibt es den englischen Schriftsteller Edward Willard, 1853 geboren. Er hat eine Reihe Theater in London geleitet.«

»Okay. Ich glaube, den können wir vergessen.«

»Alle anderen haben das vemutlich längst getan. Und dann ist da Frances Elizabeth Willard, Autorin und führende Persönlichkeit der Abstinenzler-Bewegung. Sie wurde 1839 in Rochester, New York, geboren und starb 1898. Na, wie hört sich das an?«

Arends überlegte. Es wäre durchaus nicht abwegig, wenn die guten Menschen von Utah einen Ort nach einer führenden Abstinenzlerin benannt hätten. Wenn er es recht bedachte, ergäbe es durchaus einen Sinn. Vielleicht wurde die Klinik, in der die Entseuchung stattgefunden hatte, von der Bewegung finanziert und hatte den Namen einer ihrer Heldinnen erhalten.

»Und wer ist Nummer drei?«

»Colonel Arthur James Willard, Held des Krieges von 1885/1886 gegen die Indianer. Geboren 1838 in Texas. Um diesen Burschen habe ich mich besonders gekümmert. Er wirkt ganz interessant, findest du nicht? Er hat in New Mexico gegen Geronimo gekämpft und offensichtlich Guerillataktiken in die U.S. Army eingeführt. Hat die Indianer gewissermaßen mit ihren eigenen Waffen geschlagen.«

»Sagtest du Guerillataktiken?«

»Ja. Fand 1886 den Tod in der Schlacht. Fort Willard wurde nach ihm benannt.«

»Fort Willard?«

»So steht es schwarz auf weiß.«

»In welchem Buch?«

»Du willst den Titel wissen? Wart mal. *Dwyer's History of the Union.* Ziemlich alt und ziemlich, na ja, unkritisch, aber verdammt ausführlich. Mit umfangreichem Kartenmaterial. 1923 erschienen, zwei Bände. Und weißt du was? Als ich es in die Hände bekam, waren die meisten Seiten noch unaufgeschnitten. Ist das zu glauben? Da steht es die ganze Zeit in der New York Public Library, aber niemand sieht es sich richtig an. Da muß ich erst kommen.«

Sein Neffe würde ein bedeutender Historiker werden, das sah Arends jetzt schon. Doch da war noch etwas, was er klären mußte.

»In diesem Buch steht also Fort Willard. Vermutlich hieß die Stadt Willard früher so, oder?«

»Wahrscheinlich. Weißt du, wo sie liegt?«

»Willard? An der Interstate, rund achtzig Kilometer südlich von Santa Fe.«

Stewart sagte irgend etwas, aber seine Worte wurden von einer Polizeisirene übertönt.

»Was hast du gesagt, Stewart?«

»Entschuldige. Ich kann mein eigenes Wort nicht verstehen. Südlich hast du gesagt?«

»Südlich von Santa Fe, ja.«

»Hm ... nein. Ich glaube nicht, daß das stimmt. Fort Willard liegt ganz in der Nähe der Stelle, wo Colonel Willard starb. Mehr im Westen des Staates. Da, wo die Navajos ihre Reservationen hatten. Dort gab es eine ganze Reihe von Forts. Fort Defiance war ein weiteres. Ich habe sie alle auf dieser Karte der Feldzüge entdeckt.«

Fort Willard. Eine Militäreinrichtung. Das würde den Einsatz von Militär bei der Dekontaminierungsoperation erklären.

»Ich kann mich nicht erinnern, ein Fort Willard gesehen zu haben«, sagte Arends. »Ich werde noch einmal in den Atlas schauen müssen.«

»Die Mühe würde ich mir nicht machen«, erklärte Stewart. »Vermutlich existiert es gar nicht mehr.«

In Albuquerque mietete Arends einen Kleinlaster und legte hundertfünfzig Kilometer auf der Interstate zurück, bis er in einer Kleinstadt namens Thoreau den Tank auffüllen ließ. Die Asphaltstraße führte ihn hinauf in die Chacra Mesa, eine hügelige, sonnengebleichte Hochebene, in der sich nichts zu bewegen schien als die vom Wind aufgewirbelten Staubwolken. Alle paar Minuten kam er an winzig kleinen Ansiedlungen vorbei: Ansammlungen von Wohnwagen, die ihre Räder verloren hatten. Menschen sah er kaum, nur ein kleines Mädchen, das in einem schmutzigen rosa Kleid auf einem alten Autoreifen schaukelte, und ein paar Frauen, die Wäsche auf eine Leine hängten. Ihr dunkler Teint und das schwarze Haar wiesen auf indianische Herkunft hin. Nach einer Weile hörten auch diese Minisiedlungen auf, und es gab nichts mehr zu sehen als Gestrüpp, den schimmernden, zerfließenden Horizont und den blendenden Himmel.

Er fuhr schnell, im Autoradio spielte ein spanischsprachiger Sender Salsa. Es gefiel ihm nicht besonders, war aber besser als nichts. Auf dem Beifahrersitz lag eine Karte des Staates, auf der sein Ziel mit Kugelschreiber eingekreist war. Sein Neffe hatte ihm eine Kopie der Karte aus *Dwyer's History of the Union* gefaxt, aber er durfte sich nicht darauf verlassen, daß sie besonders akkurat war. Er konnte nur hoffen, daß die Straße ihn dorthin führte. Fort Willard. Nachdem er gesehen hatte, was aus den

Navajos geworden war, dachte er über den Mann hinter diesem Namen nach. Er wurde als Held bezeichnet, aber was bedeutete das? Daß er jemand war, der sich einen Namen damit gemacht hatte, Indianersiedlungen zu überfallen und die Bewohner niederzumetzeln – Frauen und Kinder höchstwahrscheinlich eingeschlossen. So wurden die Dinge damals geregelt.

Er hatte keinen großen Plan, wollte sich Fort Willard nur einmal ansehen. Falls es sich als funktionsfähige Militäreinrichtung herausstellte, würde er lediglich pro forma nach dem Weg fragen und weiterfahren. Vielleicht würde er irgend etwas entdecken. Und wenn sich Fort Willard als aufgegebenes, verlassenes Gelände entpuppte – nun, auch dann würde er es sich ansehen. Irgend etwas war dort passiert. Irgend etwas war schiefgegangen. Bei vierzig Grad Hitze ordnete niemand nur so zum Spaß eine Entseuchungsoperation an. Das tat man, weil man Angst hatte, weil man befürchtete, daß irgend etwas entweichen konnte. Und doch befand sich der einzige Hinweis darauf, daß etwas geschehen war, in einem Special-Forces-Bericht, den eigentlich niemand zu Gesicht bekommen sollte, und der Lieutenant Carmen Travis anonym mit der Post zugeschickt worden war.

Anderthalb Stunden hinter Thoreau fuhr er am östlichen Rand seiner Kartenmarkierung entlang. Er verlangsamte die Fahrt und suchte nach einer Abbiegung, die ihn weiter in den Kreis hineinführen würde, dorthin, wo sich das Fort befinden mußte. Es gab keinen Verkehr, keine Schilder, keine Versorgungsleitungen – nichts, was auf eine wie auch immer geartete militärische Präsenz hinwies. Die Fahrbahndecke wurde schlechter, brüchig und löchrig. Kleine Steine schlugen gegen den Unterboden des Wagens.

Arends überprüfte seinen Kilometerzähler. Wenn die Karte mit der Truppenaufstellung nicht sehr schlampig gezeichnet war, befände er sich bald zu weit nördlich. Er fuhr einen Kilometer weiter und noch einen, aber noch immer sah er nichts. Er lenkte den Kleinlaster an den Straßenrand und hielt an.

Wer auch immer Carmen Travis den Bericht geschickt hatte, wollte damit erreichen, daß sie Nachforschungen anstellte und etwas aufdeckte. Welch anderes Motiv sollte sonst wohl dahinterstecken? Und die Erwähnung von Willard war die einzige handfeste Information, die man nicht geschwärzt hatte. Also mußte es auch eine Möglichkeit geben, dorthin zu gelangen. Arends trank einen Schluck Wasser. Vielleicht war der anonyme Absender ein Spinner. Er sah sich in der endlosen, ebenen Wüste um. Es war hoffnungslos.

Er wendete den Wagen gerade wieder in die Richtung, aus der er gekommen war, als ihm östlich der Straße etwas ins Auge fiel. Mit wild schlagenden Schwingen stieg ein Habicht in die Luft auf, in den Fängen ein Nagetier. In der Nähe suchte ein weiterer Vogel den gleichen Bereich des hitzeflirrenden Bodens ab.

Arends fuhr ganz langsam und reckte sich in seinem Sitz, um besser sehen zu können. Raubvögel jagten gern über Straßen, weil ihre Beute auf den ebenen Fahrbahnen leichter zu erkennen war.

Nur ein paar hundert Meter weiter fand er die Abzweigung. Er war so sicher gewesen, daß Fort Willard westlich von ihm liegen mußte, daß er glatt daran vorbeigefahren war, weil er in die andere Richtung geblickt hatte. Aber besonders vielversprechend wirkte die Abbiegung nicht: ein schmales, von der Hitze aufgequollenes Teerband, gerade breit genug für ein Fahrzeug. Drei Kilometer weiter kam er an ein rautenförmiges gelbes Schild mit der Aufschrift: GIFTMÜLLDEPONIE – ZUGANG VERBOTEN. Es sah aus, als hätte es jemand mit Schrotkugeln durchsiebt.

Jetzt fuhr er noch langsamer und versuchte zu erkennen, was vor ihm lag. Die Klänge aus dem Radio wurden schwächer, das Geplapper des DJ ging in einem Meer von zischenden Geräuschen unter. Er drückte die Senderwahltaste, fand aber nichts als nahezu identisches Rauschen. Arends schaltete das Radio aus.

Nach weiteren anderthalb Kilometern entdeckte er noch ein Schild, größer diesmal, mit weißen Buchstaben auf dunkelbraunem Grund. Darauf stand:

WARNUNG
U.S. ARMY – TESTGEBIET
ZUTRITT VERBOTEN

Aber er sah keine Absperrung, kein Tor. Vor ihm lag nur das hitzeflirrende Teerband in der Vormittagssonne. Er hielt an und rechnete fest damit, daß von irgendwoher ein Trupp Militärpolizisten mit gezückten Waffen auf ihn zusprang. Aber es kam niemand.

Nach knapp fünf Kilometern erreichte er die Umgrenzung: an Betonpfosten befestigten Maschendraht, der sich an etlichen Stellen gelöst und genügend große Löcher hinterlassen hatte, daß man darunter hindurchkriechen konnte. Auch das Tor bestand aus Maschendraht und war mit einer schweren Kette am Torpfosten befestigt. Dahinter sah er einen Unterstand mit vier Plastikfenstern.

Arends stieg aus dem Kleinlaster und lief zum Tor. Die grelle Sonne ließ ihn blinzeln.

»Hallo? Ist da jemand?«

Die Luft streifte sein Gesicht wie der Luftstrom aus einem Backofen. Hinter den rechteckigen Fenstern des Unterstandes rührte sich nichts.

»Hallo?«

Er griff nach der Kette. Sie war mit einem mächtigen Metallschloß gesichert. Einige Sekunden stand er da. Schweiß sammelte sich unter seiner Uniform. Er zögerte vor dem nächsten Schritt, hoffte, ihn nicht tun zu müssen.

»Ist da jemand? Es handelt sich um einen Notfall. Ich muß unbedingt nach ...«

Aber damit vergeudete er nur Zeit. Wenn ihn jemand bemerkte, würde er einfach so tun als ob. Er lief zum Wagen zurück und stellte sich in seinen Schatten. Er brauchte eine Zeitlang, um zu entscheiden, daß da tatsächlich niemand war. Verdammt, wenn doch jemand da war, würde er einfach sagen, dieser leere alte Bau hätte ihn neugierig gemacht. Er kroch unter dem Zaun hindurch und war drinnen. Ein asphaltierter Weg führte direkt zum Gebäude.

Auf einem halbkreisförmigen, in den Zementfuß des Fahnenmastes eingelassenen Messingschild sah er die Worte FORT WILLARD. Um den Mast gruppierten sich zwei längliche Leichtbetonbaracken mit altertümlichen Wellblechdächern und ein fensterloser Bunker, der Arends an Fort Detrick erinnerte – bis auf die Tatsache, daß er, der fleckigen Betonfassade nach zu urteilen, älter war und wesentlich kleiner. An der Vorderfront der einen Baracke verlief eine schmale Veranda. Steine und Gestrüpp waren vom Gelände geräumt worden, um Platz für eine Rasenfläche zu schaffen, und es gab sogar ein kleines sichelförmiges Blumenbeet. Aber Gras und Blumen waren längst dahin.

Schwer zu sagen, seit wann die Anlage leer stand. Die Kanten der Türen und Fenster waren alle mit silbernem Kabelband verklebt, von dem in der Hitze einige Stellen abblätterten. Arends erkannte die üblichen Dekontaminierungsmaßnahmen. Auf diese Weise wurden vor der Einleitung von Formaldehydgas stets Türen, Fenster und Luftzufuhrsysteme abgedichtet. Selbst mitten in dieser Einsamkeit. Sie hatten Angst gehabt, daß irgend etwas hinausdringen könnte.

Es gab keinen Zutritt zum Bunker. Die Türen waren aus Stahl und fest verschlossen. Auf einer war mit Nieten ein bemaltes Aluminiumschild befestigt. *IR-414-Genehmigung erforderlich. Unbefugten ist der Zutritt strengstens verboten* stand darauf. Arends merkte sich die Genehmigung und lief zurück zur Hauptbaracke.

Hinter den Fenstern befanden sich schwarze Jalousien. Dennoch konnte er einen Schreibtisch ausmachen, auf dem ein Stapel unbenutzter schwarzer Plastiksäcke und eine umgestürzte Lampe lagen. Neben dem schmutzverkrusteten Türrahmen standen ein Eimer und ein Mop. Arends sah einen Aktenschrank, dessen Schubladen sämtlich herausgezogen waren, und in einer Ecke die mumifizierten Überreste einer großen Topfpflanze. Lange, tränenförmige Flecken verunzierten die weißgetünchten Wände. Er betrachtete die Eingangstüren. Sie waren aus Holz und verfügten in Kopfhöhe über quadratische Drahtglasfenster. Er könnte da hinein, wenn er wollte. Wenn ...

Im Schatten der Veranda schlüpfte er in die BL-3-Schutzkleidung, die er mitgebrachte hatte: einen weißen Wegwerf-Tyvek-Anzug, Schutzbrille, Atemmaske, Gummihandschuhe und Stiefel. Dann suchte er im ehemaligen Blumenbeet einen Stein und schlug damit auf das

Drahtglasfenster ein. Er brauchte eine gewisse Zeit, aber schließlich konnte er hindurchgreifen und den Innenriegel zurückdrehen. Mit ein wenig mehr Spielraum zwischen den beiden Türflügeln war es nicht allzu schwer, sie auseinanderzudrücken.

Arends sah sofort, daß der Eingangsbereich als Ausgleichszone genutzt worden war. Dieser Tür gegenüber befand sich eine weitere, und davor hing ein großer, undurchsichtiger Kunststoffvorhang. Die Tröge, in denen die Männer ihre Stiefel mit Clorox gereinigt hatten, waren immer noch da, ebenso weitere, nicht benutzte schwarze Säcke und etliche Bürsten. Die Anzeichen von Hast bereiteten ihm Unbehagen. Wäre hier ein RIID-Team am Werk gewesen, dachte er, hätte es ausnahmslos alles in Säcke gepackt und vernichtet. Es hätte sich bis zum I-Tüpfelchen an die Vorschriften gehalten. Doch in dieser Hitze und ohne die nötigen Verbrennungskapazitäten war es vielleicht das vernünftigste gewesen, abzutöten und so schnell wie möglich zu verschwinden, besonders – er zog die zersplitterte Holztür hinter sich zu –, besonders wenn das Virus durch die Luft übertragen wurde. Er zögerte einen Moment lang und verspürte die Neigung, gleichfalls das Weite zu suchen. Doch der Plastikvorhang am anderen Ende des kleinen Flurs bewegte sich einladend im Luftzug.

Auf den Anblick, der sich ihm dahinter bot, war er nicht vorbereitet. Es sah aus, als hätte hier jemand mit einem Wasserwerfer verrückt gespielt, um dann zu verschwinden und alles verrotten zu lassen. Die Wände waren gelblich verfärbt, der Anstrich porös und pulverig. Die Möbel waren umgekippt, die Polster herausgefetzt und in einem Haufen auf dem Boden zurückgelassen worden. Die Bilder – hauptsächlich große Farbfotografien der Wüste – waren heruntergerissen, an den Wänden zeigten schmuddelige Rechtecke, wo sie gehangen hatten. Jede Schublade, jedes Regal, jeder Schrank waren geleert und besprüht worden, wie man an den Überresten erkannte, die an den Wänden und in den Ecken lagen. Das einzige Gedruckte im ganzen Raum waren Reihen naturwissenschaftlicher und medizinischer Werke, die man aus den Regalen gezogen und auf dem Boden verstreut hatte.

Arends hob eine umfangreiche Loseblattsammlung auf. Sie enthielt Hunderte von Elektrophorese-Aufnahmen: undeutliche weiße Stäbe vor einem schwarzen Hintergrund, der die Sequenz von Basen in einem Schnitt genetischen Materials zeigte. So etwas konnte man in jeder medizinischen Forschungseinrichtung oder jedem biochemischen Labor der Welt finden. Die meisten anderen Bücher waren Standardwerke, einige davon in französischer Sprache. In keinem von ihnen gab es irgendwelche Hinweise darauf, wem die Bücher einst gehört hatten. Arends blickte sich nach Fotos von Ehefrauen, Kindern oder Schulfreunden um, fand aber keine. Sie hatten Angst gehabt, daß irgend etwas hinausdringen könnte ... Und das betraf mehrere Aspekte. Einer davon war die Identität der Menschen, die hier gearbeitet hatten. Die war ebenso radikal und systematisch ausgelöscht worden wie alles andere.

Arends schwitzte in seinem Anzug. Er ging von Raum zu Raum und suchte nach irgend etwas, was ihm einen Hinweis geben, was ihm weiterhelfen konnte.

In nahezu allen Büros standen Computerterminals. Doch ohne Elektrizität war es unmöglich zu überprüfen, ob sie irgendwelche Informationen enthielten. Allerdings ging Arends davon aus, daß der hier bewiesenen Gründlichkeit auch die Festplatten zum Opfer gefallen waren. Er dachte daran, den Strom wieder einzuschalten, aber der Generator befand sich mit ziemlicher Sicherheit irgendwo im Bunker. Abgesehen davon hatte das Entseuchungsteam sehr wahrscheinlich auch das Innere der Computer besprüht: sie eingeschaltet und den Envirochem-Nebel durch die Lüftung direkt ins System geleitet. Das hätte sie auf jeden Fall ruiniert.

Als Arends aus dem hintersten Raum zum Eingang zurückkehrte, knirschte etwas unter seinem Fuß. Er blickte hinunter und sah, daß sich unter das Papiergewirr auf dem Boden ein flacher, quadratischer Plastikbehälter geschoben hatte, mit rund zehn Zentimeter Kantenlänge und von der Art, in der für gewöhnlich Computerdisketten aufbewahrt wurden. Er war leer – bis auf eine Hülle, auf die jemand mit blauer Tinte *N2* geschrieben hatte.

Arends starrte den Behälter einen Moment lang an und trat dann an den Computer. Die einfachste Methode zur Vernichtung aller Daten bestand in der Neuformatierung der Festplatte. Das hätte lediglich ein paar Minuten in Anspruch genommen. Aber da sie in so großer Eile waren, hatten sie unter Umständen vergessen ...

Er streckte die Hand aus und drückte auf die Taste neben dem Disketteneinschub. Sie klemmte. Vielleicht hatte das Desinfektionsmittel den Mechanismus korrodiert, dieses Zeug ließ nahezu alles korrodieren.

»Nun komm schon, verdammt noch mal!«

Er drückte heftiger, seine Hand im Gummihandschuh war schweißnaß. Dann schnurrte eine schwarze Plastik-Diskette aus dem Laufwerk. Auf ihrem Etikett stand *N2*, geschrieben in derselben Handschrift wie auf der Hülle. Er wollte nach der Diskette greifen, hielt dann aber inne; jemand, der hier beschäftigt gewesen war, hatte sie in der

Hand gehabt, und wenn sie dem Dekontaminierungsteam entgangen war, dann vielleicht auch dem Envirochem und dem Formaldehyd. Es schien zwar unwahrscheinlich, daß irgendein Virus die langen Jahre, die Hitze und die Desinfektionsmittel überlebt haben sollte, doch mit Sicherheit war das nicht auszuschließen. Er griff in seine Tasche, suchte nach einem verschließbaren Probenbeutel, stülpte ihn bis zur Hälfte um und ließ die Diskette so vorsichtig hineingleiten, daß sie zu keiner Zeit seine Gummihandschuhe berührte. Dann verschloß er den Beutel und steckte ihn zur zusätzlichen Sicherheit in ein weiteres, ähnliches Behältnis.

Während der gesamten Fahrt nach Albuquerque und dann von Albuquerque nach Washington steckte die Diskette in den beiden Probenbeuteln in Arends' Brusttasche. Sie war das einzige greifbare Überbleibsel des Notstandes in Fort Willard, des Notstandes, der nie stattgefunden hatte.

8

PROVINZ JAMBI, 16. AUGUST

Carmen Travis stand im Schatten des Hangars und fächelte sich mit einem Klemmbrett Kühlung zu. Die großen vierradgetriebenen Cherokees hinter ihr waren zur Hälfte beladen und fast startbereit. Corporal Baker und Sergeant Sarandon, die für die Instandhaltung der Fahrzeuge ebenso verantwortlich waren wie für deren Ladung, hakten die sechzig Positionen umfassende Checkliste ab.

Zum größten Teil bestand die Ausrüstung aus elementaren Dingen wie Probenbeutel, Filter, Pinzetten und Haftetiketten, aber da waren auch Aspiratoren, flüssiger Stickstoff zur Aufbewahrung von Insekten, Gliederfüßern sowie allen Säugetierproben, die sie nehmen würden, und die Duftfallen, die sie zum Fangen von Stechinsekten einsetzen würden.

Und da waren die Satcom-Geräte und die orangefarbenen Racal-Anzüge, die gleichen, die Carmen in den BL-4-Labors getragen hatte, aber mit einem zusätzlichen Luftkühlungssystem. Schließlich gab es Gewehre, die Mark Leigh beschafft hatte, Radkranzfeuerwaffen vom Kaliber 22. Leigh war der Meinung gewesen, daß angesichts der Unerfahrenheit des Teams im Umgang mit Jagdflinten die Bolzen-22er, die nach dem Einsetzen jeder Kugel manuell gespannt werden mußten, am sichersten waren. Das verringerte die Gefahr, daß jemand einen anderen zufällig über den Haufen schoß.

In Vorbereitung auf diesen Auftrag hatte Carmen zwölf Stunden in der RIID-Bibliothek verbracht und nicht nur die einschlägigen Forschungsergebnisse des Instituts nachgelesen, sondern auch die Veröffentlichungen der WHO über die ersten Ausbrüche von hämorrhagischem Fieber studiert. Diese Erkenntnisse hatte sie mit Berichten über aktuellere Feldstudien im *American Journal of Tropical Medicine* und anderen Fachzeitschriften für Epidemiologie und Virologie angereichert.

Aus dem Chaos mehrdeutiger und mitunter widersprüchlicher Daten hatte sie eine Strategie für die Mission mit dem Ziel entwickelt, der oder die möglichen Überträger der Krankheit und ihr Reservoir, Ground Zero – falls es das gab –, zu bestimmen und damit der indonesischen Regierung Vorschläge zur Verhinderung weiterer Ausbrüche zu machen. Wenn das Virus aus einem bestimmten Gebiet kam, konnten die Behörden versuchen, Menschen davon fernzuhalten. Falls sich herausstellte, daß es von einem Gliederfüßer übertragen wurde, gab es immerhin die Möglichkeit, die infizierten Populationen durch Insektizide einzudämmen.

Erste Berichte der WHO und indonesischer Behörden legten zwar nahe, daß Muaratebo das Epizentrum der Epidemie war, schlossen aber nicht aus, daß es zuvor schon anderswo zu Ausbrüchen gekommen sein könnte. Es gab Hinweise darauf, daß eines der ersten Opfer möglicherweise aus dem Regenwald oberhalb von Muaratebo gekommen war. Doch bis die Fakten über diese Person und ihre Herkunft eindeutig geklärt waren, wollte Carmen ihre ökologischen Untersuchungen zunächst auf Muaratebo selbst konzentrieren, und das in Form einer breitangelegten Suche nach möglichen Überträgern.

Sie hatte ein siebenköpfiges Team zusammengestellt, dem außer Leigh und ihr selbst Dr. Paul Lennox, ein Veterinär-Parasitologe des RIID, Dr. Harold Daintith, ein

Epidemiologe, sowie Major Adam McKinnon angehörten, der sich auf Virologie spezialisiert hatte. Die anderen Mitglieder waren Nicht-Fachleute: Sergeant James Sarandon, der neben seiner Aufgabe als Fahrer für die Telekommunikation zuständig war, und Corporal Edward Baker.

Trotz Carmens anfänglicher Proteste führte das Team eine X-Band-Kommunikationsanlage mit, was ihnen die Aufnahme einer Satellitenverbindung mit vollem Duplex-Betrieb gestattete. Carmen hatte sich zunächst gescheut, die Operation mit einem zweiten Nicht-Fachmann und den X-Sat-Geräten zu belasten, obwohl diese in drei standardgroßen Koffern transportiert werden konnten und nicht mehr als siebzig Kilo wogen.

Schließlich hatte Bailey sie vom Wert der Satcom-Ausrüstung überzeugt. Falls sich die Beziehungen zur indonesischen Regierung verschlechtern sollten – was durchaus im Bereich des Möglichen lag, wenn die Epidemie zu einem totalen Embargo des indonesischen Handels und der Kommunikation führte –, würde Carmen über das X-Sat noch froh sein, das sichere verbale und Fax-Kommunikation gewährleistete.

Nach drei Tagen in ihrer neuen Aufgabe hatte sich Carmen dringend gewünscht, daß die Vorbereitungen endlich abgeschlossen wären. Sie war zwar nicht unbedingt darauf erpicht, sich auf Sumatra in eine potentiell sehr gefährliche Situation zu begeben, aber alles war besser als diese endlosen Gespräche und Überlegungen. Vor Ort würde alles sehr viel einfacher werden, hatte sie sich gesagt.

Sie hatte sich geirrt.

Der Hauptgrund für die anhaltenden Probleme, der jetzt in einem M38-Jeep auf sie zugerast kam, war Brigadier Utoyo Sutami. Bei der Ankunft des RIID-Teams in Jambi hatte Sutami erklärt, daß sie zwei indonesische Beobachter mitnehmen müßten, wenn sie sich ins Landesinnere begaben. Carmen hatte zwar eingewendet, daß ihre Transportmöglichkeiten und Vorräte auf ein siebenköpfiges Team zugeschnitten seien und Beobachter nur im Wege wären. Daraufhin hatte Sutami keinen Zweifel daran aufkommen lassen, daß die indonesische Regierung den Amerikanern nur helfen würde, wenn diese ihrerseits Bereitschaft zur Kooperation zeigten.

Es war zu einem kurzen, aber ergebnislosen Schlagabtausch gekommen, und dann – etliche Stunden später – stellte sich heraus, daß die Einheimischen noch eine Bestätigung aus Singapur im Hinblick auf die Laboreinrichtungen benötigten, die sie Carmens Mannschaft zur Verfügung stellten sollten, und daß die Vorräte – mit einem Gewicht von einer Tonne, darunter auch Frischwasser – offenbar irgendwo verlorengegangen waren. Nach den Gründen befragt, hatte Sutami nur lächelnd angemerkt, daß derartige Dinge in Entwicklungsländern dauernd passierten.

In ihrem Bemühen, endlich loszufahren, hatte Carmen mit Sutami gerungen und sich schließlich mit einem Berater einverstanden erklärt. Er hieß Sergeant Soesanto Kaoy, und Corporal Baker hatte einen ganzen Tag darauf verwandt, ihm beizubringen, wie man einen Cherokee steuert. Befriedigt über seinen Teilerfolg, hatte Sutami versprochen, sich nach dem Verbleib der Vorräte zu erkundigen. Seither waren zehn Stunden vergangen.

Sutami hielt inmitten einer Staubwolke an und stieg aus dem Jeep. Er schlenderte auf sie zu und sah sich unbehaglich um; offenbar paßte es ihm gar nicht, sie ohne einen der anderen Offiziere anzutreffen. Carmen wußte, daß Sutami schlichtweg nicht begriff, wie eine zierliche Frau in Hosen sieben starke Männer unter sich haben konnte. Jedesmal, wenn sie ihm eine Frage stellte, wirkte er höchst verlegen und richtete seine Antwort an Major Leigh oder einen der anderen. Es war schon schlimm genug, sich mit diesem indonesischen Beobachter abfinden zu müssen, als daß sie bereit gewesen wäre, ihre Autorität derart in Frage stellen zu lassen. Als er sich näherte, beschloß sie, daß es höchste Zeit war, ihm die Situation zu erklären.

»Brigadier«, begann sie und wartete dann, bis er sie tatsächlich ansah. Sein Teint spielte ins Gelbliche, und in zwei oder drei Barthaaren auf seiner Oberlippe hingen Schweißperlen. »Ich hatte angenommen, daß wir heute nach Muaratebo aufbrechen.«

Sutami wandte den Blick ab. Er räusperte sich, sein Adamsapfel geriet ins Hüpfen.

»Darüber habe ich bereits mit Major Leigh gesprochen. Er stimmt mit mir dahingehend überein, daß ...«

»Es interessiert mich nicht im geringsten, ob Sie darüber mit Major Leigh gesprochen haben oder nicht, Brigadier. Ich befehlige diese Einheit, und jede unseren Auftrag betreffende Information ist mir vorzutragen. Haben Sie mich verstanden?«

Ohne wirkliche Absicht hatte sie die Stimme erhoben, und der Brigadier reagierte prompt. Er sah sie direkt an, straffte die Schultern und zeigte ihr, daß er über derartige Gefühlsausbrüche erhaben war.

»Muaratebo ist gefährlich, Colonel. Dort können wir für Ihre Sicherheit nicht garantieren.«

Seine Stimme klang so besänftigend, als wolle er sie trösten. Carmen spürte, wie es in ihr zu kochen begann.

»Wie bitte?«

»In Muaratebo hat sich die Lage verschlimmert. Stündlich erhalten wir Berichte. Es hat dort Probleme unter der Zivilbevölkerung gegeben. Wir können nicht ... für die Sicherheit garantieren.«

»Brigadier, wir sind immerhin ausgebildete Soldaten. Wir sind keine ...«

In diesem Moment hielt Major Leigh in einem Lastwagen an. Er trat in den Schatten des Hangars und salutierte. Sutami ließ einen Seufzer der Erleichterung hören.

»Wir haben die Vorräte aufgespürt, Colonel«, sagte Leigh. »Sie befanden sich mit Ölzeug bedeckt in einem Hangar. Sieht so aus, als wäre dem Quartiermeister bei den Papieren ein Fehler unterlaufen.«

Carmen schoß Sutami einen Blick zu und sah dann Major Leigh an. »Wie ich hörte, haben Sie sich mit dem Brigadier über die Situation in Muaratebo unterhalten, Major Leigh.«

Leigh blickte auf die Cherokees und das Durcheinander von Säcken und Kisten davor.

»Eigentlich nicht, Colonel. Brigadier Sutami informierte mich über die dortige Lage, das ist alles.«

Carmen wandte sich wieder an Sutami.

»Der Brigadier schien den Eindruck gewonnen zu haben, daß Sie ihm zugestimmt hätten, wir sollten Muaratebo wegen der dort herrschenden Gefährdung meiden. Wahrscheinlich hat er Sie mißverstanden.«

Verlegenes Schweigen breitete sich aus. Carmen machte sich Vorwürfe. Von einer Demütigung Sutamis war nichts zu gewinnen. Sie versuchte es mit einer neuen Taktik.

»Ich habe mir die Unterlagen über die epidemiologischen Untersuchungen in Muaratebo angesehen, die Sie mir gegeben haben, Brigadier.«

Sutami reckte sich, offenbar bereit, sofort in die Defensive zu gehen.

»In Anbetracht der doch wohl schwierigen Umstände scheint die Untersuchung der Bevölkerung sehr gründlich vorgenommen worden zu sein.«

Sutami nickte, seine ernsten Augen waren fest auf ihre Lippen gerichtet.

»Die WHO hat Berater geschickt«, sagte er. »Sie halfen uns bei der Fertigstellung des Berichtes.«

»Aber es ergeben sich ein paar Fragen im Zusammenhang mit der Übertragung der Krankheit – Fragen, die Doktor Daintith stellte, unser Experte auf diesem Gebiet.«

»Ja?«

»Ja. Ihn wundert das Fehlen von Direktinfektionen. Bei der Mehrzahl, bei fast allen, geht es um Sekundärinfektionen.«

»Mit Ausnahme des Mannes, des Affen ...« Sutami runzelte die Stirn, schien nach dem richtigen Wort zu suchen.

»Des Affenjägers, ja. Aber für mich ... Für Doktor Daintith ist schwer zu begreifen, daß ein einziger Mann die Stadt so schnell und so umfassend infiziert haben soll. Muaratebo hat vierzigtausend Einwohner. Und den Berichten zufolge haben sich bereits fünftausend von ihnen angesteckt.«

Sutami zuckte mit den Schultern.

»Unser Problem ... Wir können es uns nur so erklären, daß diese Krankheit entweder ganz anders ist als alles, was wir bisher kennen, oder daß in den Berichten Direktinfektionen für Sekundäransteckungen gehalten wurden. Die explosionsartige Verbreitung der Krankheit könnte durch eine große Zahl von Primärkontakten erklärt werden, wenn der Keimträger ...«

»Keimträger?«

»Überträger. Wenn der Überträger dieser Krankheit weit verbreitet ist, beispielsweise ein Insekt.«

»Kein Insekt. Affen.«

Carmen sah Leigh an. Dann fuhr sie fort. »Ja, vielleicht. Aber das Problem mit einem Affen als Überträger ...«

»Ich habe Beweise«, erklärte Sutami. Er nahm die Mütze ab und wischte sich den Schweiß von der Stirn. »Der Affenhändler ...«

»Der Jäger?«

»Nein, der Händler. Der Mann, der die Affen in die Vereinigten Staaten verschickte. Der Mann, der den Affenjäger kennt. Ich weiß, wo er ist. Sie können ihn befragen. Er wird Ihnen alles sagen, was Sie wissen müssen.«

Von diesem Händler hatten sie gleich nach der Landung in Jambi erfahren. Von den Indonesiern war – in Zusammenarbeit mit den WHO-Mitarbeitern – die Spur der infizierten Affen nach Jambi zurückverfolgt worden und dort zu einem ganz bestimmten Mann. Einem, der in Muaratebo wohlbekannt war.

»Er befindet sich in einem Kloster«, fuhr Sutami fort. »Wir können mit dem Jeep hinfahren, es sei denn, Sie bevorzugen Ihre eigenen Fahrzeuge.«

Carmen seufzte.

»Ihr Jeep reicht völlig aus, Brigadier.«

Sutami wollte gerade auf dem Absatz kehrtmachen, als Carmen mit ihrer militärischen Stimme verkündete: »Major, ich möchte, daß Sie die Männer davon informieren, daß wir heute ausrücken. Lassen Sie Vorräte und Proviant überprüfen und die Fahrzeuge auftanken.«

Offensichtlich verblüfft über die ungewohnte Förmlichkeit, knallte Mark Leigh die Hacken zusammen, grüßte und trat ab. Carmen holte eine Dokumententasche und einen Mikrokassettenrecorder aus einem der Cherokees und marschierte zu Brigadier Sutamis wartendem Jeep.

Das Kloster war im niederländischen Kolonialstil errichtet und nahm sich zwischen den traditionellen Spitzdächern von Sumatra recht merkwürdig aus. Ursprünglich für eine Ordensgemeinschaft von fünfzig Schwestern erbaut, beherbergte es jetzt nur noch sieben, die restlichen Räume wurden als Gästeunterkunft und Krankenhaus genutzt. Soweit Carmen wußte, befand sich der Affenhändler hier in Isolation, weil das Krankenhaus von Jambi überfüllt war.

Eine der zierlichen Ordensschwestern führte Carmen und Sutami in einen Raum und ließ sie dann allein. Nach der extremen Hitze draußen war es überraschend kühl, und Carmen spürte, wie sie unter dem Schweiß auf ihrem Rücken erschauerte. Sie standen in einem kahlen Zimmer mit Kruzifixen an den Wänden; an der Decke drehte sich langsam ein Ventilator. Geschlossene Fensterläden schützten vor der Sonne.

Im Raum herrschte ein eigentümlicher Geruch. Wie Zitronen, aber nicht frisch. Carmen stand mitten im Zimmer auf den blanken Teakholzdielen und achtete auf Abstand zu Brigadier Sutami, der scharf nach Schweiß roch. Keiner von ihnen sagte ein Wort. In einer Ecke lagen Sitzkissen um einen niedrigen Tisch, und in der Mitte des Raumes stand ein langer Tisch mit zwei auffälligen orangefarbenen Acrylstühlen. Noch immer war Carmen zur Fahrt nach Muaratebo entschlossen, hielt es – während Leigh die Cherokees belud – aber für sinnvoll, sich mit diesem Mann zu unterhalten, der der Katastrophe offenbar unbeschadet entkommen war. Immerhin bestand eine, wenn auch geringe Chance, daß er über irgendeine Art von Antikörpern verfügte.

Sie dachte gerade über diese Möglichkeit nach, als der Mann das Zimmer betrat. Carmen fühlte, daß ihr kalter Schweiß ausbrach. Sie hatte erwartet, in einen Raum geführt zu werden, wo sie von dem Mann durch eine Barriere getrennt wäre. Ihn da mit einer Schwester hereinspazieren zu sehen, ohne jeden Isolierungsschutz, sogar ohne Atemmaske, machte ihr klar, wie wenig diese Menschen begriffen, womit sie es zu tun hatten. Sie trat einen Schritt zurück.

»Bleiben Sie, wo Sie sind, Sir.«

Er war rund drei Meter entfernt. Abrupt blieb er stehen und sah von Carmen zur Ordensschwester. Plötzlich schoß es Carmen durch den Kopf, daß das ganze Gebäude von Viren wimmeln konnte. Sie wandte sich an Sutami.

»Ich bitte Sie, einen Moment mit mir hinauszukommen, Brigadier Sutami.«

Sie ließ sich von Sutami die Tür öffnen und verließ dann schnell das Kloster. Sie lief ein paar Schritte, bevor sie den Mund öffnete. Vor Schock und Verärgerung bebte sie am ganzen Körper, und im Moment fehlten ihr die Worte.

»Sie ... Sie haben keine ... Sie scheinen sich nicht klarzumachen, womit Sie es hier zu tun haben, Brigadier.«

»Aber es ist ungefährlich, Colonel. Der Mann hat sich in keiner Weise verändert. Die Schwestern sagen ...«

»Mir ist gleichgültig, was die Schwestern sagen. Bis ordentliche serologische und virologische Tests durchgeführt worden sind, muß jede Person, die aus einem Infektionsgebiet kommt, als infiziert betrachtet werden.«

Sutami wirkte alarmiert, begann aber auch, die Geduld zu verlieren.

»Aber nicht als krank.«

»Er könnte das Virus übertragen!«

Fast hätte Carmen geschrien. Es gab einen Augenblick des Schweigens, dann öffnete sich die Tür des Klosters, und sie drehten sich gleichzeitig um. Eine Schwester stand im Schatten des Gebäudes.

»Sagen Sie der Schwester, daß sie die Wände mit phenolhaltigen ...«

Carmen spürte ihre Kräfte schwinden. Sie entschied sich für Sutamis Jeep, anstatt ihm in die Arme zu fallen – vermutlich wäre er ohnehin unter ihrer Last zusammengebrochen. Und dann, erbost über ihre eigene Schwäche, drehte sie den Zündschlüssel herum und raste davon.

Bedeckt mit einem weißen Staubfilm, traf sie auf dem Flugfeld ein. Er ließ sie noch mitgenommener aussehen, als sie sich fühlte.

Leigh und Sarandon beugten sich gerade über einen der X-Sat-Koffer. Als sie die Handbremse zog, blickten sie auf. An ihren Mienen erkannte Carmen, wie schlecht sie tatsächlich aussah.

»Keine Angst. Ich bin okay. Nur ein wenig verblüfft, das ist alles. Sie lassen den Burschen aus Muaratebo da in seinem Pyjama durchs Kloster stromern. Ich glaube, er war im Begriff, mir die Hand zu schütteln.«

»Heiliger Strohsack.«

Leigh trat vor, als sie aus dem Jeep stieg. Aber er reichte ihr nicht die Hand.

»Geht es Ihnen auch wirklich gut, Colonel?«

Carmen wischte sich kurz über die Uniform und lief zur Ladefläche eines der Cherokees.

»Mir geht es hervorragend«, brachte sie mühsam über die Lippen. Wie sollten die Männer das Vertrauen aufbringen, sich unter ihrer Führung in eine wirklich brisante Situation zu begeben, wenn sie bereits bei einer Lappalie derart in Panik geriet? Es war richtig von ihr gewesen, das Kloster zu verlassen. Es war richtig, sich Schutzkleidung anzuziehen, bevor sie dorthin zurückkehrte. Aber es bestand keinerlei Anlaß, derart emotional zu reagieren, verdammt noch mal. Sie war Soldatin, ein Profi. Sie verfügte über die Erfahrung und die notwendige Unterstützung – die beste der Welt. Sie würde die Verantwortung übernehmen und das Problem anpacken. Finden Sie heraus, wie wir die Büchse der Pandora wieder versiegeln können ... Genau das würde sie tun.

Sorgfältig packte sie einen der für sie vorgesehenen Racal-Anzüge aus. Er war kleiner als die der Männer. Sie fühlte sich befangen, als sie ihn anzog, spürte aber mit Genugtuung, daß eine beruhigende Verärgerung ihre Wangen zu röten begann. Die Männer sahen ihr zu, wie sie wieder in den Jeep kletterte. Keiner von ihnen sagte ein Wort.

Seine Ausmaße waren gewaltig. Und er rauchte eine Zigarre. Befriedigt stellte Carmen fest, daß nichts von dem Geruch ihren feinporigen Atemfilter durchdrang. Sie hatte der Ordensschwester und Sutami erklärt, der Mann sei in völliger Isolation zu halten, bis sie serologische Tests durchgeführt hatte. Und nun saß sie allein mit ihm in einem Raum mit weißen Wänden und atmete unbelastete Luft durch ihre Maske. Der Mann konnte niesen oder husten – sie war völlig ungefährdet. Die in ihren Anzug gepumpte gekühlte Luft war ein Labsal nach der feuchten Hitze.

»Es ist absurd«, sagte der dicke Mann. »Sie behandeln mich wie einen Leprakranken, dabei bin ich kerngesund. Keine Kopfschmerzen, kein Fieber.« Er zog heftig an seiner Zigarre und blies Rauch zur Decke hinauf. Er musterte Carmen nachdenklich, nahm das gelassene Gesicht hinter ihrer Schutzmaske in sich auf. Carmen gab sich einen Ruck.

»Ich bin Lieutnant Colonel Travis von der United States Army«, sagte sie. »Wir sind hier, um der Ursache dieser Krankheit auf die Spur zu kommen und die indonesische Regierung darüber zu beraten, welche Abwehrmaßnahmen sie ergreifen kann. Ich weiß es sehr zu schätzen, daß Sie sich die Zeit für ein Gespräch mit mir nehmen, Sir. Für die Vorgänge vorhin entschuldige ich mich. Ich fürchte, meine Arbeit hier ist zu wichtig, als daß ich unnötige Risiken eingehen sollte.«

Der Mann lächelte und streckte eine mollige Hand aus.

»Bacelius Habibie. Freut mich, Sie kennenzulernen, Madam.«

Carmen sah auf die ausgestreckte Hand und schob dann ihre behandschuhten Finger vor.

Ein unbehagliches Schweigen breitete sich aus, dann schaltete Carmen ihr Bandgerät ein. Sie entnahm ihrer Dokumentenmappe einige Unterlagen.

»Mister Habibie, ich ...«

»Wollen Sie unsere Unterhaltung aufnehmen?«

»Ja. Stört Sie das?«

»Nein, nein. Ich hoffe nur, daß ich etwas sagen kann, was Ihren Aufwand rechtfertigt.«

»Mister Habibie, soweit ich weiß, handeln Sie mit Affen, die für den Export in die Vereinigten Staaten bestimmt sind.«

»Bis vor kurzem, ja. Jetzt verbringe ich meine Zeit hauptsächlich damit, die Wände meines Zimmers zu betrachten.«

»Und unter dem letzten Kontingent, das Sie einem Mister ... verkauft ...«

»Sudirman.«

»Mister Sudirman, ja. Unter diesen Tieren, die Sie aus Muaratebo mitgebracht haben, befanden sich Affen, die mit roter Farbe gekennzeichnet waren.«

»Stimmt, Ahmads Tiere.«

»Wessen?«

»Ahmad ist der Jäger, der mir diese Tiere gebracht hat.«

»Direkt aus dem Dschungel?«

»Ja.«

»Wann haben Sie ihn gesehen? Wann kam er aus dem Wald?«

Habibie blies Rauch gegen die Deckenbalken und überlegte.

»Das ist schwer zu ... Ich würde sagen, daß das um den Sechsundzwanzigsten herum gewesen sein müßte.«

»Letzten Monats?«

»Juli, ja.«

Wenn der Zyklus ähnlich wie bei Marburg verlief – eine Inkubationszeit von rund sieben Tagen bis zu den ersten Symptomen und dem Tod in der folgenden Woche –, hätte Habibie jede Menge Zeit gehabt, zu erkranken und zu sterben, falls die Krankheit am 26. Juli übertragen worden war. Aber natürlich konnte sich Ahmad durch den Kontakt mit den Affen angesteckt haben, ohne damit für Habibie infektiös zu sein.

»Hat Ahmad irgendwelche Anzeichen von Krankheit gezeigt?«

»Nun, Admad sah immer ein bißchen elend aus, besonders bei seinen Aufenthalten in der Stadt. Er wohnte in einem ziemlich anrüchigen Etablissement – bei Madam Kim.«

»Anrüchig?«

»Ja. Ein Bordell, ein Hurenhaus.«

Carmen lehnte sich einen Augenblick lang zurück und dachte an andere Epidemien – solche, bei denen sexuelle Promiskuität eine Schlüsselrolle bei der Verbreitung gespielt hatte. Wenn Ahmad irgendein Virus nach Muaratebo eingeschleppt hatte, könnte er es durch Kontakt mit den Prostituierten weiterverbreitet haben, die es dann wiederum an ihre Freier weitergegeben hatten. Das wäre ein Desaster. Und es könnte zum Teil die Schnelligkeit der Ausbreitung der Epidemie erklären.

»Und Sie sagten, er habe elend ausgesehen?«

»Als ich ihn das letztemal sah ...« Habibie dachte kurz nach und zog an seiner Zigarre. »Diese erschreckend gelben Augen und seine braunen Zähne. Er sah schauderhaft aus, aber eigentlich nicht schlimmer als sonst auch.«

»Keine Bisse?«

»Wie bitte?«

»Hat er nichts von Bissen oder Stichen erwähnt? Affenbisse oder Insektenstiche? Vermutlich wurde er bei seinem Gewerbe doch dann und wann gebissen.«

»Es gibt im Dschungel nur wenige Geschöpfe, die heimtückisch oder hungrig genug wären, sich an Ahmad zu vergreifen, das kann ich Ihnen versichern. Allerdings ...« Er hob die Hand und zeigte ihr eine kleine rote Narbe. »Als wir die letzte Lieferung umquartierten, hat ein Tier Ahmad gebissen, mich auch.«

Carmen hob die Brauen.

»Dasselbe Tier hat Sie beide gebissen?«

»Ja. Sehr flink. Wie der Blitz.«

Es schien unglaublich, daß Habibie nicht erkrankt war.

»Und wann haben Sie ihn zum letztenmal gesehen?«

»Das muß am nächsten Tag gewesen sein, am Siebenundzwanzigsten. Ich kam in sein ... äh, Hotel.«

Carmen musterte Habibie scharf. Offensichtlich hatte er unvorstellbares Glück gehabt. Es sei denn, er hätte sich den Virus durch Kontakt mit einer Prostituierten eingefangen, mit der zuvor Ahmad verkehrt hatte.

»Ich möchte ja nicht zudringlich sein, Mister Habibie, aber haben Sie Madam Kims Etablissement je als Kunde aufgesucht?«

Der dicke Mann warf den Kopf zurück und lachte so schallend, daß seine gesamte Körpermasse in Bewegung geriet. Schließlich wischte er sich über die Augen und zog an seiner Zigarre.

»Mit Sicherheit nicht«, sagte er.

»Und wann haben Sie Muaratebo dann verlassen?«

»Ich kam zu Beginn des Monats den Fluß herunter. Am Dritten oder Vierten.«

Heute war der Sechzehnte. Carmen war sich ziemlich sicher, daß Habibie nichts mehr zu befürchten hatte.

»Ich denke, daß Sie sich keine Sorgen mehr zu machen brauchen, Mister Habibie«, sagte sie.

Habibie lächelte.

»Genau das sage ich Ihnen auch immer wieder, Madam.« Er schlug sich auf die Brust. »In meinem ganzen Leben habe ich mich nicht wohler gefühlt.«

»Dennoch würde ich gern ein paar Tests mit Ihnen durchführen, um ganz sicher zu sein. Aber ich glaube, Sie können das Kloster in wenigen Tagen verlassen.«

Habibie wirkte tief befriedigt, und Carmen fuhr fort: »Haben Sie seither irgendwelche Neuigkeiten von Ahmad gehört?«

»Neuigkeiten? Nein.«

»Irgendwelche Nachrichten über seinen Verbleib? Vielleicht ist er in den Dschungel zurückgegangen?«

»Zuletzt hörte ich, daß er das Bordell verlassen hat. Normalerweise bleibt er dort, bis er sein ganzes Geld ausgegeben hat.«

»Und dann?«

»Dann geht er wieder in den Wald. Fängt neue Affen. Er bleibt dort vielleicht drei bis vier Wochen. Ein recht einfacher Mann. Allerdings ...«

Habibie rollte das feuchte Ende seiner Zigarre zwischen den Lippen herum.

»Was?«

Habibie war es eindeutig unangenehm, vor dem Bandgerät zu sprechen. Dann beugte er sich vor und lächelte schmierig.

»Nun, ich weiß, daß er hoffte, in Muaratebo irgendein Geschäft abwickeln zu können.«

»Ein Geschäft?«

»Ahmad handelte mit allen möglichen Dingen. Nicht nur mit Affen. Ich glaube, als er diesmal nach Muaratebo kam, wollte er mir etwas Besonderes verkaufen. Aber keine Affen. Keine Affen.«

Carmen runzelte die Stirn.

»Was dann? Drogen?«

»Einmal kam er mit einer Waffe den Fluß herunter, wissen Sie. Einem großen Maschinengewehr. Stellte sich heraus, daß es der Armee gehört.«

Und dann vertiefte er sich in eine Schilderung von Ahmads Missetaten und Verbrechen. Die Anekdoten schienen kein Ende nehmen zu wollen. Carmen erkannte, wie erleichtert Habibie über ihre Worte gewesen war – trotz seiner großspurigen Versicherungen. Er hockte entspannt auf seinem Stuhl, bat die Schwester, ihnen Wasser zu bringen, und zog an seiner glimmenden Zigarre. Es hörte sich alles sehr unerfreulich an, aber Carmen wollte endlich zu dem Geschäft kommen, das Ahmad angeblich vorgehabt hatte. Es war zwar unwahrscheinlich, daß es etwas mit der Epidemie zu tun hatte, aber es behagte ihr nicht, ein Detail nicht zu kennen, das Habibie offensichtlich für wichtig hielt. Sie fragte einigemal nach, und endlich bequemte er sich zu einem Geständnis.

Er beugte sich vor, legte die Hände flach auf den Holztisch und spreizte die Finger. Über den letzten zwei Zentimetern seiner Zigarre kräuselte sich Rauch.

»Ich glaube, für einen Außenstehenden ist das schwer zu begreifen«, sagte er.

»Was?«

»Wie es zu derartigen Dingen kommen kann.«

»Zu welchen Dingen? Sprechen Sie von Ahmad? Was wollte er Ihnen verkaufen?«

Habibie sah Carmen über den glimmenden Zigarrenstummel hinweg an. Seine Augen blickten sehr ernst.

»Sie kommen aus Ihrem Land hierher und richten über uns. Das spüre ich.«

»Ich bin auf Einladung der indonesischen Regierung hier. Ich bin hier, um dafür zu sorgen, daß sich die Ereignisse von Muaratebo nicht woanders wiederholen.«

Asche fiel auf den Tisch, Habibie wischte sie fort.

»Selbstverständlich«, sagte er.

Es war sehr still im Raum.

»Was wollte Habibie Ihnen verkaufen?«

Habibie sah sie nicht an. Er fuhr fort, als spräche er mit sich selbst.

»Zweihundert Millionen Menschen«, sagte er. »Das sind vielleicht nicht so viele wie in Indien oder China, aber doch eine Menge Menschen. Manche von ihnen sind sehr arm. Abermillionen von Kindern werden mit hungrigen Mägen geboren. Sie krabbeln von der Wiege zu den Müllhalden vor den großen Städten und suchen nach Hühnerknochen und leeren Wasserflaschen, die sie an die Recycling-Unternehmen verkaufen können. Man sieht sie auch hier in Jambi. Hier gibt es keine Sozialfürsorge, wissen Sie. Nicht so wie in den Vereinigten Staaten. Eltern glauben, wenn sie viele Kinder haben, würden die sie im Alter unterstützen. Söhne und Töchter.«

»Was hat das mit Ahmad zu tun?«

Habibie schien sich ihrer wieder bewußt zu werden. Er sah den orangefarbenen Racal-Anzug und Carmens Gesicht hinter der Plastikscheibe an.

»Manchmal brachte Ahmad Freunde aus dem Wald mit. Die Leute halten die Waldmenschen für edel und gut. Aber das stimmt nicht. Auch sie brennen den Wald nieder, um etwas anzubauen. Auch sie verschmutzen die Umwelt. Auch sie trinken. Sie betrinken sich sinnlos. Werden unbesonnen. Wenn der Preis stimmt, würden sie Ihnen alles verkaufen.«

Er sah Carmen an und lächelte nicht mehr. Er wirkte unendlich traurig.

»Ich bin nicht sicher, ob ich Sie verstehe«, sagte Carmen.

Seufzend betrachtete Habibie seinen Zigarrenstummel.

»Manche halten das, was in Muaratebo geschieht, für eine Strafe Gottes«, sagte er ernst. Dann lächelte er sie wieder an. »Aber wie wäre das möglich? Es sei denn, ich wäre aus irgendeinem Grund verschont worden.«

9

PROVINZ JAMBI, 17. AUGUST

Schon hundertmal hatte sie gedacht, sie verloren zu haben. Die drei Kubu bewegten sich flink und behende durch den Wald, ihre schmalen, sehnigen Körper glitten scheinbar mühelos durch das Gewirr der Bäume und Pflanzen. Während sie unbeholfen hinter ihnen herstolperte, hatte Holly den Eindruck, einer ganz anderen Spezies anzugehören, einer schwerfälligen und verrohten, die vor langer Zeit Grazie gegen Größe und Gewicht eingetauscht hatte. Alle paar Minuten mußte sie stehenbleiben, um Atem zu holen, und dann war sie plötzlich allein. Die Männer folgten Fußpfaden – es gab Tausende von ihnen, hatte Willis erklärt, die den Dschungel von einem Ende der Insel zum anderen durchquerten –, die aber für Holly unsichtbar blieben. Die Kubu hinterließen keine Spuren. Dann bekam sie es mit der Angst zu tun und hastete in der Hoffnung weiter, die richtige Richtung eingeschlagen zu haben. Und gerade, wenn sie verzweifeln wollte, stieß sie mit einem von ihnen fast zusammen. Dann erkannte sie, daß sie doch nicht allein gelassen worden war. Die Männer hatten dort gestanden und geduldig auf sie gewartet. Sie hatte sie nur nicht sehen können.

Sie sprachen weder miteinander noch mit ihr, zumindest nicht am ersten Tag. Aber sie waren auch nicht stumm. Bei den seltenen Gelegenheiten, in denen sie ihnen nahe war, bemerkte sie, daß sie beim Laufen murmelten oder summten. Es klang wie eine religiöse Weise, wie ein Gebet. Willis hatte gesagt, daß die Kubu an böse

Geister glaubten; vielleicht sollte der Singsang die Geister fernhalten. Einmal sprang ein Affe über sie hinweg, hüpfte von Ast zu Ast. Einer der Kubu, der jüngste, deutete zu ihm hinauf und sagte etwas. Das war das einzige Mal, daß er sprach.

Hoffnungsvoll hatte sich Holly auf den Weg gemacht. Normalerweise hätte sie es als Wahnsinn bezeichnet, sich so bedingungslos in die Abhängigkeit von Fremden zu begeben, von Männern, über die sie absolut nichts wußte. Und doch fühlte sie sich bei den Kubu sicherer als zu irgendeinem anderen Zeitpunkt seit ihrer Ankunft auf Sumatra. Dies war die Heimat der Kubu, ihr Land. Für sie war der Wald keine Last, kein Hindernis für Erschließung und Nutzbarmachung. Er gehörte zu ihnen und sie zu ihm. Wenn jemand sie zu Emmy und Lucy führen konnte, dann sie. Für sie waren Straßensperren und Kontrollpunkte Hindernisse, denen sie ebenso behende auswichen wie den Baumstämmen, und jede Stunde, jeder Schritt brachte sie dem Rafflesia Camp näher. Diese Vorstellung erleichterte es ihr, die Blasen an ihren Füßen, die Insektenstiche und den klebrigen Schweiß zu ignorieren, der inzwischen ihren ganzen Körper zu bedecken schien. Das einzige, was sie nicht ignorieren konnte, waren die Schwindelgefühle, die sie mitunter überfielen und die von einem bohrenden Schmerz in ihrem Leib begleitet wurden.

Am Ende des ersten Tages schliefen sie unter den ausladenden Ästen eines Feigenbaums. Holly aß die trockenen Kekse, die ihr Willis zurückgelassen hatte, und in Blätter gehüllte Früchte, die ihr die Kubu gegeben hatten. Sie wollte ihre Freundlichkeit erwidern, indem sie ihnen gechlortes Wasser aus ihrer Feldflasche anbot, aber das spuckten sie aus, als wäre es vergiftet. In dieser Nacht setzte der Durchfall ein. Sie begann sich schwach zu fühlen, bemühte sich aber, das nach Kräften zu verbergen. Sie hatte Angst, daß die Kubu sie in ihre Siedlung zurückbringen würden, wenn sie merkten, daß sie krank wurde. Und das würden sie vermutlich tun, ohne es ihr zu sagen. Sie würde es erst merken, wenn es zu spät war.

Bis zum Camp wären es ungefähr zwei Tage, hatte Willis gesagt. Als sie im Morgengrauen auf der Seite lag und dem Erwachen des Dschungels lauschte, stellte sie sich ihre Ankunft dort vor. Jonathan hatte ihr das Camp beschrieben: Weiß- und graugestrichene Holzhütten standen im Halbkreis um eine kleine, gerodete Lichtung mit Obstbäumen und blühenden Sträuchern. Wie in ihren Träumen würde Jonathan auf der Veranda stehen und in die Wildnis hinausblicken, die er so liebte. Und vielleicht spielten Lucy und Emma im Freien – allerdings waren sie dafür vielleicht schon ein bißchen zu groß. Sie würden den Schreck ihres Lebens bekommen, wenn ihre Mutter abgerissen, schmutzig und mit drei Kubu als Eskorte aus dem Dschungel gestolpert kam. Vielleicht wäre Jonathan von ihrer Entschlußkraft beeindruckt, aber neben Christina böte sie einen kläglichen Anblick. Holly beschloß, sich so schnell wie möglich zu waschen, sich zumindest den Schmutz vom Gesicht zu wischen.

Am zweiten Tag kamen sie langsamer voran. Die meiste Zeit führte ihr Weg steil bergab. Die Eingeborenen hüpften und sprangen die schmalen Hohlwege hinunter, aber Holly mußte oft auf allen vieren kriechen und sich an dem festhalten, was sie gerade fand, um sich zu stützen. Oft drangen verborgene Dornen in das weiche Fleisch ihrer Handflächen, und die Blasen an ihren Füßen brannten. Zweimal verlor sie den Halt, und auch wenn sie sich nicht allzusehr verletzte, machte es ihr das einsetzende Schwindelgefühl doch schwer, wieder auf die Füße zu kommen.

Am frühen Nachmittag, als die Dschungelhitze nahezu unerträglich war, begannen die Kubu miteinander zu sprechen. Als sie zu ihnen aufschloß, bemerkte Holly, daß der älteste der drei – auf Holly wirkte er wie fünfzig, aber sie wußte, daß er vermutlich jünger war – den anderen etwas erklärte. Seine dürren braunen Arme gestikulierten wild in Richtung Horizont. Holly hätte unendlich gern gewußt, worüber sie sprachen, wie nahe sie dem Camp waren, doch das war sinnlos. Sie konnte sich ihnen nicht verständlich machen. Ein paar Augenblicke später setzten sie sich wieder in Bewegung, aber nun langsamer, vorsichtiger. Vielleicht, dachte Holly, wollen sie es mir nur erleichtern, mit ihnen mitzuhalten. Aber vielleicht gibt es auch einen anderen Grund.

Sie erinnerte sich an die Unterhaltung mit den Ältesten. Die Kubu hatten gesagt, daß sich in der Nähe des Rafflesia Camp Soldaten im Wald aufgehalten hätten, daß diese Soldaten wahnsinnig gewesen wären, aber nun nicht mehr lebten. Und sie hatten von bösen Geistern gesprochen. Meinten sie damit die Geister der Soldaten? Sie solle sich keine Sorgen machen, hatte Willis gesagt. Die Kubu würden alles Unerklärliche mit dem Einfluß böser Geister erklären, hatte er gesagt. Das gehöre zu dem primitiven Fatalismus, der zu ihrem unausweichlichen Niedergang beigetragen habe.

Ungefähr drei Stunden vor Sonnenuntergang erreichten sie das Ufer des großen Flusses. Holly bemerkte nichts von ihm, bis er fast vor ihr lag: eine weite tiefgrüne Fläche von Wasser, das fast geräuschlos dahinfloß, die Ufer hinter dem dichten Vorhang der üppigen Vegetation fast verborgen. Jonathan hatte ihr geschrieben, daß das

Camp sich in der Nähe des Flusses befand, nur wenige Kilometer entfernt. Vor Einbruch der Dunkelheit würden sie dort sein!

Dann sprach der älteste Kubu plötzlich auf sie ein und gestikulierte wieder mit den Armen. Sie versuchte, die Bedeutung seiner Worte zu verstehen, doch das brachte nichts. Aber es schien wichtig zu sein. Er zeigte den Fluß entlang, nach Süden.

»Dort ist das Camp?« fragte sie. »Dorthin gehen wir, ja?«

Der Mann redete weiter auf sie ein. Keiner der drei ließ sie aus den Augen. Der junge Mann bewegte seinen Arm von einer Seite zu anderen. Es war eine Geste der Verweigerung. Holly wurde unruhig.

»Aber Sie müssen mich hinbringen. Zum Camp.«

Unablässig redend, legte der ältere Mann seine Handfläche schwer auf ihre Schulter und zeigte erneut den Fluß hinauf. Holly glaubte zu verstehen: In die Richtung sollte sie gehen, aber sie würden sie nicht begleiten.

»Aber wie soll ich es finden? Woher weiß ich ...? Bitte, Sie müssen mich hinbringen!«

»Aber sie liefen bereits davon. Dann und wann zuckten Sonnenstrahlen über ihre braunen Rücken.

»Wartet! Wartet doch! Bitte!«

Einer der Männer, der jüngste, blieb stehen und drehte sich zu ihr um. Da war etwas in seinem Gesicht – Mitleid, Neugierde? Vielleicht würde er sie zum Camp bringen, dachte Holly, auch wenn die anderen das ablehnten. Vielleicht war er zu jung, um sich vor Geistern zu fürchten. Sie lief auf ihn zu, stolperte den steilen, wurzelbedeckten Hang hinauf – doch da war er auch schon fort. Holly blieb stehen, lauschte auf seine Schritte, hoffte, ihn wiederzufinden. Aber da war nichts zu hören, kein einziger Laut.

»Kommt zurück!« rief sie. »Kommt zurück!«

Ihre Stimme war schwach, so schwach, daß sie über ihren eigenen Schädel kaum hinauszudringen schien. Ihr war schwindlig und übel. Sie lehnte sich, nach Halt suchend, gegen einen Baumstamm.

»Wovor fürchtet ihr euch so?« fragte sie, aber ihre Stimme war kaum mehr als ein Flüstern. »Wovor um alles in der Welt habt ihr solche Angst?«

10

LONDON, 17. AUGUST

Ein Polizeihubschrauber knatterte in einigen hundert Metern Höhe durch die Luft, als der letzte Konvoi von Krankenwagen auf die Stanley Road hinausfuhr und dem zwölf Kilometer entfernten Northwick Park Hospital entgegenraste. Ken Lyall, der stellvertretende Direktor des Communicable Disease Surveillance Centre, atmete tief durch und ging auf den Eingang der Notaufnahme zu, wo ein Polizeiwagen wartete. Detective Sergeant Stevens öffnete ihm die Tür. Beide Männer trugen weiße Tyvek-Anzüge.

Um fünf Uhr morgens hatte das CDSC den Fall Jarvis der WHO in Genf gemeldet. Weniger als eine Stunde später wurde bestätigt, daß die Symptome denen des Muaratebo-Virus entsprachen. Um zehn Uhr erschien ein Team im St. Anne's Hospital, um Peter Jarvis ins Krankenhaus für Tropenkrankheiten in Camden Town zu bringen, das über die erforderlichen Isolierungsmöglichkeiten verfügte. Auch Krankenschwester Rose Priestley, Dr. Terry Pahadia und die Männer der Ambulanz, die Jarvis vom Unfallort abgeholt hatten, wurden nach Camden Town gebracht; man wollte Tests an ihnen durchführen und sie unter Beobachtung halten.

Um halb zwölf wurde die Notaufnahme durch ein zweites Team der Londoner Feuerwehr versiegelt. Zum selben Zeitpunkt begann die Evakuierung des angrenzenden Krankenhausflügels: 140 Patienten, von denen einige gerade erst in der Nacht aus dem Operationssaal gebracht worden waren, wurden einer nach dem anderen in Ambulanzen verfrachtet und auf andere Krankenhäuser in und um London verteilt. Schon die Bereitstellung der Krankenwagen hatte sich als logistischer Alptraum erwiesen, und dann mußte für jeden einzelnen Fall ein Einzelzimmer gefunden werden, in dem Rund-um-die-Uhr-Überwachung gewährleistet war. Allen Seuchenbeauftragten an den Londoner Krankenhäusern wurden Urlaub und Freizeiten gestrichen. Um vier Uhr nachmittags sollte ein Dekontaminierungsteam des Royal Army Medical Service im St. Anne's Hospital eintreffen. Sie hatten offenbar Probleme mit ihren Anzügen, und das hielt sie auf. Ihre Tätigkeit sollte rund drei Stunden dauern. Wenn sie beendet war, dann – aber erst dann – bekäme Lyall eine Chance, sich ein wenig hinzulegen. Doch bis es soweit war, lag noch eine andere Aufgabe vor ihm.

Die Stimme in der Sprechanlage hatte einen starken ausländischen Akzent. Im Hintergrund spielte laute Musik. Detective Sergeant Stevens beugte sich ans Mikrophon.

»Polizei. Würden Sie uns bitte öffnen?«

»*Quoi?*«

»Hier ist die Polizei«, wiederholte Stevens. »Können wir bitte ins Haus?«

Lyall blickte an der Fassade empor. Im dritten Stockwerk wurde ein Vorhang beiseite gezogen, eine Silhouette zeigte sich hinter dem Fenster. Wir müssen aussehen wie Schädlingsbekämpfer, dachte Lyall, in unseren Anzügen und mit den Atemschutzmasken unter dem Arm. Wenigstens ist der in der zweiten Reihe parkende Streifenwagen unmißverständlich.

»Hallo?«

Erneut drückte Stevens auf den Summer. Die Tür reagierte sofort, die elektronische Sperre zog sich geräuschvoll zurück. Zusammen mit Dr. Lyall und seinem Constable betrat Stevens das Haus und begann, die schmalen Treppen zur obersten Etage hinaufzusteigen, in der Peter Jarvis angeblich gewohnt hatte. Als sie im zweiten Stockwerk waren, schob sich über ihnen ein Kopf über das Treppengeländer. Er gehörte einem Mann Ende Zwanzig mit kurzem schwarzem Haar und einer Brille mit runden Gläsern.

»*Âllo?*«

»Guten Abend«, sagte Stevens und kletterte weiter. Als er sich mit dem Mann auf gleicher Ebene befand, fügte er hinzu: »Wir suchen nach Doktor Jarvis' Wohnung. Oberster Stock, stimmt's?«

»Ja«, sagte der Mann. »Aber er nicht zu 'ause.«

»Ja, das ist uns bekannt. Wissen Sie, wo er gewesen ist?«

Der Mann schüttelte den Kopf.

»Er nicht 'äufig 'ier. Er ...« Der Mann formte mit beiden Handflächen ein Flugzeug und ließ es starten.

»Haben Sie einen Schlüssel zu seiner Wohnung?«

»Nein. Das ein Problem?«

»Nein, aber wir müssen die Tür aufbrechen. Wir werden eine Erklärung dafür hinterlassen, okay?«

Sie marschierten an ihm vorbei die Treppe hinauf. Die Tür war schlicht weiß und mit zwei Schlössern versehen. Das Sicherheitsschloß war nicht verriegelt, dennoch war Lyall überrascht, wie leicht die Polizistenschulter die Tür aufdrückte. Das Schnappschloß setzte ihnen kaum Widerstand entgegen.

Lyall setzte seine Schutzmaske auf und wartete draußen, daß die anderen seinem Beispiel folgten. Vermutlich eine unnötige Vorsichtsmaßnahme – es war eher unwahrscheinlich, daß Jarvis in der Wohnung viel an infizierten Substanzen hinterlassen hatte, und in den letzten Tagen wären alle versprühten Partikel ohnehin ausgetrocknet –, aber man konnte nie sicher sein. Manche Viren konnten sich auch außerhalb lebenden Gewebes jahrelang halten, trieben durch die Luft wie Staubteilchen und ertrugen Temperaturen, die kein Organismus oder Mikroorganismus überstehen würde.

Es war eine kleine Wohnung mit zwei Zimmern, die Einrichtung eine Mischung aus westlichen Möbeln und Gegenständen aus Afrika und Asien. An einer Wand hing ein riesiger Weinschlauch, an einer anderen ein kunstvoll bedruckter Teppich. Zwischen einem schlichten blauen Sofa und einem Ledersessel lag eine Bodenmatte aus Gräsern in verschiedenen Farbtönen. Als er den Wohnraum durchquerte, wurde Lyall den Gedanken nicht los, daß der Mann, der hier gelebt hatte, ihn nie wiedersehen würde. Es kam ihm unpassend vor, hier einzudringen und alles durcheinanderzubringen: ein wenig so, als würde man eine Gedenkstätte verunstalten. Allerdings war das hier weit persönlicher als jedes in Stein gehauene Monument.

»Koffer«, sagte Stevens. Hinter der Maske hörte sich seine Stimme gepreßt und nasal an. In einer Ecke stand ein arg mitgenommener brauner Koffer. Er ging davor in die Hocke und überprüfte die Zettel am Griff.

»Ist mit Singapore Airlines geflogen«, sagte er. »Und davor mit Gaaruda. Vermutlich ein Zubringerflug.«

Lyall ging ins Bad und nahm mit einem Wattetupfer Proben von Waschbecken und Toilette und deren Umgebung. Die steckte er in kleine Plastikphiolen, die er mit einem Fettstift beschriftete. Dann nahm er alle Toilettenartikel – Seife, Waschlappen, Rasierapparat, Zahnbürste, Zahnpasta – und legte sie in wiederverschließbare

Kunststoffbeutel. Unterdessen untersuchte Stevens Jarvis' Schlafzimmer.

Lyall öffnete den Koffer. Darin befanden sich vor allem Kleidungsstücke, die meisten schmutzig, bis auf ein makelloses Seidenhemd, von Jarvis offensichtlich für eine besondere Gelegenheit aufgespart, die sich nicht ergeben hatte. Lyall entdeckte Wanderstiefel, eine Safarijacke, ein Schweizer Offiziersmesser, eine Taschenlampe, eine Aluwasserflasche, ein Kurzwellenradio, ein paar Taschenbücher. Eins – *Eine Handvoll Staub* – trug die handschriftliche Widmung »Für Peter, *Bon voyage*, Francesca«.

Alles paßte zu dem, was sie bereits über Jarvis' Reise wußten, aber es ergab sich nichts Neues. Seinen Angehörigen zufolge war er mit irgendeinem Forschungsprojekt für das Natural History Museum beschäftigt gewesen. Offensichtlich war er Entomologe und hatte seine Doktorarbeit über eine Familie parasitärer Wespen geschrieben. Sie hatten am Nachmittag versucht, jemanden im Museum zu erreichen, aber niemanden gefunden, der ihnen weiterhelfen konnte. Die Annahme lag auf der Hand, daß Jarvis in Muaratebo gewesen war und sich dort mit dem Virus infiziert hatte, doch einen so vorschnellen Schluß konnten sie sich nicht leisten, da nicht auszuschließen war, daß er woanders herkam. Wenn das der Fall sein sollte, müßten sich ihre Untersuchungen einer ganz anderen Richtung zuwenden oder vielleicht auch einer ganz anderen Epidemie.

Stevens kam wieder ins Wohnzimmer.

»Ist es das, wonach wir suchen?«

In einer Hand hielt er ein Bündel Landkarten, in der anderen ein schwarzes Notizbuch. Die Seiten waren eng beschrieben. Jarvis hatte Tagebuch geführt.

TEIL VIER

Viruskontakt

1

PROVINZ JAMBI, 18. AUGUST

Carmen wartete vierundzwanzig Stunden lang darauf, daß Sutami seine Meinung änderte. Er tat es nicht. Muaratebo mochte für die RIID-Untersuchung vielleicht wichtig sein – das gab Sutami durchaus zu –, aber es war für sie zu gefährlich, sich dorthin zu begeben. Da sie ein unüberwindliches Hindernis weiter oben in der Hierarchie vermutete – irgendein Politiker, der seine Haut retten wollte, nahm Carmen an –, entschied sie sich dazu, das Handtuch zu werfen. Darüber hinaus war sie nicht bereit, noch länger zu warten. Nach längerer Diskussion mit dem Rest des Teams kam sie zu dem Schluß, daß es das beste wäre, zu einer kleinen Ansiedlung in der Nähe von Muaratebo zu fahren, in der etwa zur gleichen Zeit wie in der Stadt selbst Krankheitsfälle aufgetreten sein sollten, wenn nicht gar noch früher.

Die Ansiedlung, eine Art Camp, sollte oberhalb von Muaratebo am Hari River liegen, und es gab immerhin die Möglichkeit, daß der Jäger Ahmad, der bekanntermaßen Affen über den Fluß in die Stadt transportiert hatte, die Verbindung zwischen beiden darstellte. Wenn es ihnen gelang, etwas über einen Zusammenhang zwischen Ahmad und dem Camp zu erfahren, hätten sie vielleicht endlich einen Ausgangspunkt für die Suche nach dem Überträger der Epidemie, vielleicht sogar die Quelle selbst. Wenn nicht, könnten sie zumindest nicht allzuweit von Muaratebo entfernt Proben nehmen und mit ihren Forschungen beginnen.

Es war zwar nicht leicht, harte Fakten in Erfahrung zu

bringen, aber offenbar hatte sich ein Trupp Soldaten aus Padang um den 24. Juli zu dem Camp begeben, nachdem von dort über Funk ein Hilferuf eingetroffen war. Sutami äußerte sich zuversichtlich, daß das Militär die Lage geklärt hatte, und so machte sich das RIID-Team auf den Weg.

Sie sahen sich zu der Route genötigt, die in nordöstlicher Richtung aus Jambi hinausführte und sich dann dreihundert Kilometer an den schier endlosen Salzmarschen entlangzog, bevor sie sich bei dem verschlafenen Ort Rengat scharf nach Westen wandte. Dann kamen sie auf der Straße entlang dem Indragir River gut voran und erreichten am Nachmittag des 18. August den Trans-Sumatran Highway am Fuß der Pegugungan-Berge.

Es war eine gespenstische Fahrt über die leeren Straßen. Muaratebo lag hundertfünfzig Kilometer weiter im Süden, und obwohl sie ständig die Augen offenhielten, fiel ihnen nichts Ungewöhnliches auf. Es war kaum zu glauben, daß Tausende Menschen unter Qualen an der Seuche starben oder bei Aufständen dort einfach zu Tode geprügelt wurden. Sie schalteten verschiedene Fernseh- und Radiosender ein, doch bislang schienen die Medien der Welt zu den Vorfällen nichts Substantielles zu vermelden zu haben.

Carmen saß im ersten Fahrzeug, genoß Leighs Gesellschaft und lernte ihn ein wenig besser kennen. Sie unterhielten sich über ihre Familien und ihre Arbeit, sprachen über die aktuelle Situation und diskutierten mögliche epidemiologische Szenarien. Sie sprachen auch über Habibie, und Leigh versicherte Carmen, daß es umsichtig von ihr gewesen war, wegen des Racal-Anzugs zurückzukommen.

»Wenn Sie an Marshallton denken, können Sie nicht

ausschließen, daß das Virus durch die Luft übertragen wird«, sagte er. »Als Aerosol vielleicht, aber ich schätze, ein Infizierter müßte schon husten oder niesen, um zur Gefahr zu werden. Es ist eher unwahrscheinlich, daß allein das Zusammensein mit einem Erkrankten im selben Raum zu einer Ansteckung führt.«

»Aber wie ist es mit Staub?« wollte Carmen wissen. »Man schwitzt. Der Schweiß dringt in Kleidung oder Bettwäsche. Dann evaporiert er und hinterläßt Staub, den man einatmet.«

Leigh lachte.

»Auf die bekannten hämorraghischen Viruspathogene trifft das nicht zu. Aber wenn Sie sich Sorgen machen, sollten Sie einfach vermeiden, am Bettzeug anderer Leute zu schnuppern.«

Auch Carmen lachte. Manchmal beunruhigte Leighs Leichtfertigkeit sie. Aber er war gut für das Team. Einige der anderen verkrampften sich angesichts von Ängsten und Befürchtungen. Daintith war in dieser Hinsicht besonders schlimm. Wenn es Leigh gelang, durch seinen lockeren Ton etwas davon abzubauen, wäre das allein schon eine große Leistung.

Es war heiß und feucht. Selbst wenn sie anhielten, um sich die Beine zu vertreten, blieben sie in der Nähe der Cherokees und steckten immer wieder die Köpfe hinein, um klimatisierte Luft zu schnappen. Nur Sergeant Kaoy, der verschlossene indonesische Fahrer – der, wie sich dann herausstellte, zögerlich, aber gut englisch sprach –, lief in den Wald, um dort eine seiner nelkenparfümierten Zigaretten zu rauchen.

Als sie den Trans-Sumatran Highway erreicht hatten, bekamen sie eine Vorstellung von den Problemen, die in der Region herrschten. Überall war Militär. Lastwagen mit Tarnanstrich säumten die Straßen, und neben ihnen hockten gelangweilt aussehende Soldaten, putzten ihre Gewehre oder schwatzten in kleinen Gruppen miteinander. Als die RIID-Cherokees vorbeirollten, starrten sie sie an. Sie wirkten nicht besonders freundlich.

Carmen hatte von Sutami Dokumente erhalten, die ihnen Zugang zu den gesperrten Gebieten – mit Ausnahme von Muaratebo – gewährten, aber gelegentlich mußte Kaoy mit Geld, Zigaretten oder auch nur einem Scherz intervenieren, um dem kleinen Konvoi die Weiterfahrt zu sichern. So war das nun einmal. Carmen fragte sich, ob in Muaratebo noch immer Bestechungsgelder weitergereicht wurden.

Gegen vier Uhr nachmittags verließen sie die Autobahn und fuhren auf einer unbefestigten Straße wieder in östlicher Richtung.

Jetzt war das Vorankommen schwieriger. Zweige und Blattwerk peitschten gegen die Windschutzscheibe, und Steine knallten wie Gewehrschüsse gegen die Karosserie. Der Cherokee schlingerte und bockte, Carmen krallte sich an das Armaturenbrett. Es schien kein Ende nehmen zu wollen.

»Wie lange müssen wir das noch über uns ergehen lassen, Corporal?«

Baker kämpfte mit dem Lenkrad und blinzelte durch die insektenverdreckte Windschutzscheibe.

»Der Karte zufolge stolpern wir noch knapp fünfzig Kilometer so vor uns hin.«

»Na prächtig«, sagte Leigh, der sich neben Carmen auf den Vordersitz geklemmt hatte. »Wenigstens erspart uns das, heute abend unsere Martinis zu schütteln.«

»Ich glaube kaum, daß es in diesem Teil der Welt Martinis gibt«, merkte Baker an.

Carmen warf einen Blick auf Leigh. Trotz der Klimaanlage lief ihm der Schweiß übers Gesicht.

»Glauben Sie, daß wir es bis zum Einbruch der Dunkelheit schaffen?« fragte sie.

»Wir sollten es zumindest versuchen. In diesem Camp zu schlafen ist auf jeden Fall bequemer als draußen im Dschungel, jetzt wo das Militär bereits da ist und so weiter ...«

»Das will ich doch hoffen«, meinte Baker. »Ich könnte eine Dusche und ein kaltes Bier brauchen.«

Er drückte den Fuß eine Spur härter durch, und der Cherokee holperte eine Spur schneller über die unebene Piste.

»Fahren Sie uns bloß nicht in den Straßengraben, Corporal«, sagte Carmen.

Die Rüttelpartie schien sich eine Ewigkeit hinzuziehen, doch in Wirklichkeit fuhren sie nicht länger als zwei Stunden.

Kurz nach sechs Uhr wurde die Straße breiter und das Gefälle ließ nach. Die Luft wurde merklich kühler.

»Ich glaube, wir nähern uns dem Fluß«, sagte Baker. »Der Kilometerzähler sagt mir, daß wir bald dort sein müßten.«

Sie fuhren jetzt langsamer, wollten keine Abzweigungen übersehen. Plötzlich schlug Carmen hart gegen das Armaturenbrett.

»Was ist denn das?«

Baker bremste. Nach einem Augenblick verblüfften Schweigens öffnete Leigh die Tür. Nach den Motorgeräuschen war die Stille bedrückend. Eine Minute lang saßen sie da, blickten nach vorn und lauschten auf das Ticken des sich abkühlenden Motors.

Es war ein von der Straße abgekommener Kleinlaster.

Seine Kühlerhaube steckte in einem niedrigen Maschendrahtzaun. Es wurde langsam dunkel, aber Carmen glaubte, in rund siebzig Meter Entfernung die Umrisse von Gebäuden ausmachen zu können.

Kaoy lief an der Beifahrertür vorbei, zwischen seinen Fingern brannte eine frisch angezündete Zigarette.

»Nicht so eilig, Sergeant Kaoy.«

Leigh hatte gesprochen. Kaoy drehte sich um und blickte sie durch die Windschutzscheibe an. Leigh kletterte hinaus. Er lächelte, aber das konnte den Eindruck von Autorität nicht mindern, den seine Körpergröße vermittelte.

»Es könnte riskant sein, mein Freund. Wir werden die Dinge ganz langsam angehen, und zwar im Team.«

»Okay«, sagte Kaoy und hob die Hände in gespielter Kapitulation. Er ließ Leigh an sich vorbeigehen, während sich die anderen von den Fahrzeugen näherten.

Leigh ging zu dem Kleinlaster. Nur das unaufhörliche Zirpen der Insekten war zu hören. Er betrachtete das Fahrzeug, ohne etwas zu berühren. Er hielt sich ein Kleenex vor den Mund und blickte in die Fahrerkabine. Nichts. Nur auf der Windschutzscheibe sah er etwas Braunes, Verschmiertes, knapp einen halben Meter über dem Lenkrad. In dem Fleck entdeckte er winzige Körnchen, die ihn an die Klümpchen in mit Ebola infiziertem Blut denken ließen.

»Wir wollen nichts überstürzen«, sagte er leise. Er trat zurück und warf das Kleenex durch das Fenster ins Wageninnere.

»Ist es das Camp?« fragte Carmen und sah Baker an.

»Das kann ich mir kaum vorstellen«, erwiderte Baker. »Wo ist das Militär?« Er wandte sich an Kaoy, der noch immer seine Zigarette rauchte. »Was meinen Sie?«

Kaoy zuckte mit den Schultern.

Carmen stieg aus und ging zu Leigh. Beide sahen die Straße hinunter auf etwas, was wie der Zugang zum Camp wirkte. Dort stand ein weiteres Fahrzeug, ein Jeep. Er war quer über die Fahrbahn geparkt und versperrte den Eingang.

»Ist hier jemand?«

Carmens Ruf schien in der schwülen Luft hängenzubleiben.

»Hallo!«

Sie wandte sich an Leigh.

»Wir wollen uns ein wenig umsehen.«

Die Männer standen noch immer abwartend neben den Cherokees.

»Wir sehen uns nur um«, rief Carmen ihnen zu.

»Was ist das für ein Geruch?«

Das war Daintith. Carmen spürte, daß ihre Kopfhaut prickelte. Sie ging auf die Männer zu. Alle sahen Daintith an.

»Was für ein Geruch?« fragte sie.

»Mir ist nur der Geruch nach etwas in die Nase gedrungen. Nach etwas Verfaultem. Aber jetzt ist er weg.«

Carmen ging direkt auf Daintith zu. Sie sah, wie verängstigt er war. Und Daintith sah, daß sie es sah. Er reckte das Kinn und blinzelte hinter seinen dicken Brillengläsern.

»Colonel«, begann er, »ich glaube, hier ist irgend etwas geschehen. Ich glaube, wir sollten sehr vorsichtig sein, wenn wir da hineingehen. Wenn das Zeug durch Tröpfcheninfektion übertragen wird ...«

Carmen drehte sich um und sah Leigh an.

»Was meinen Sie, Major?«

Mit den Händen auf den Hüften kam Leigh auf sie zu.

»Wir sollten kein Risiko eingehen.«

»Okay, wir setzen Atemschutzmasken auf. Aber ich glaube, das Gelände ist seit längerer Zeit verlassen.«

»In einer halben Stunde wird es dunkel«, sagte Leigh. »Diese Zeit könnten wir nutzen, um uns umzuschauen, doch ich finde, unsere Zelte sollten wir hier draußen aufschlagen.«

Carmen und Leigh zogen weiße Polyesteranzüge, Handschuhe und Gesichtsmasken an, während die anderen damit begannen, ihre Ausrüstung abzuladen. Daintith sah ihnen nach, als sie auf die Gebäude zugingen und den Schein der Taschenlampen prüfend auf ihre Handschuhe richteten.

Die Dämmerung setzte rasch ein. Alles Licht wich aus der Luft. Sie kamen bis zum Jeep gleich hinter dem Tor. Dann blieb Carmen wie angewurzelt stehen. Sie blickte auf etwas, was einmal ein Banyanbaum gewesen sein mußte. Geblieben war nur der Stumpf inmitten eines Gewirrs von Ästen und Zweigen. Zwanzig Meter rechts davon befand sich eine Reihe von Hügeln. Die Erde auf ihnen war geringfügig dunkler. Das Rafflesia Camp war zu einem Friedhof geworden.

Leigh leuchtete mit seiner Taschenlampe in den Jeep.

»Sehen Sie mal.«

Er hob eine AK47-Maschinenpistole hoch. Er legte die Taschenlampe auf die Kühlerhaube des Jeeps und nahm den Ladestreifen heraus. Er war leer, auch in der Kammer befand sich nichts.

»Glauben Sie, daß das für die da verantwortlich ist?« fragte Carmen und zeigte zu den Hügeln zurück.

»Könnte sein. Könnte aber auch sein, daß sie an der Seuche gestorben sind. Ich nehme an, daß das erste Kommando hier die von Viren wimmelnden Leichen gefunden und sich selbst infiziert hat. Sehen Sie die M38 da?«

Er zeigte auf die Gebäude. An ihrer Nordseite waren zwei Fahrzeuge geparkt, und neben ihnen stand ein halb in sich zusammengefallenes graues Vier-Mann-Zelt. »Ich glaube, mit denen ist das erste Kommando gekommen. Der Jeep hier traf später ein, mit ein paar Fachleuten zur Unterstützung. Sehen Sie das Material?«

Da waren Kisten mit medizinischer Grundausrüstung und Behälter, die aussahen, als wären sie für Desinfektionsmittel bestimmt. Der Nachteil von Atemschutzmasken bestand darin, daß man durch sie an nichts riechen konnte, um festzustellen, was es war. Carmen schraubte den Verschluß eines der Behälter auf und goß ein paar Tropfen einer klebrigen rosa Flüssigkeit aus.

»Moment mal«, sagte Leigh und lief vom Jeep auf den Zaun zu. »Da ist irgend etwas.«

Mit dem Lauf der AK47 hob er etwas auf, was wie eine Atemschutzmaske aussah. Carmen richtete den Lichtkegel ihrer Taschenlampe darauf. Sie sahen Einschußlöcher in Filter und Sichtschutz, und das Gummigewebe war schwarz von getrocknetem Blut.

»Was zum Teufel hat sich hier abgespielt?« fragte Carmen. »Das ergibt doch keinen Sinn. Der erste Trupp Soldaten trifft ein. Sie fordern Verstärkung an, aber dann fangen alle an zu schießen.«

Leigh ließ die Maske fallen und drehte sich wieder zum Jeep um. Seite an Seite liefen sie auf die Gebäude zu und leuchteten mit ihren Taschenlampen den Boden ab.

»Aber was bringt Sie eigentlich auf ein zweites Kommando?« wollte Carmen wissen.

Leigh blieb stehen und sah sie direkt an. In dem schummrigen Licht war es schwer, seine Augen zu erkennen. Durch die Maske klang seine Stimme ganz verändert.

»Um den Vierundzwanzigsten herum wird die Basis in Padang alarmiert. Es handelt sich um einen Hilferuf. Sie schicken ein paar Soldaten los. Wie viele werden sie schicken? Drei Fahrzeuge? Kaum. Ich glaube, ein Fahrzeug, vielleicht zwei. Höchstens zwei. Aber hier haben wir ein drittes. Ich glaube, daß die beiden Wagen da drüben vor dem Haus die erste Patrouille hergebracht haben. Sie entdeckten die Toten, erkannten, daß hier irgend etwas nicht stimmen konnte, und forderten fachkundige Unterstützung an. Und hingen vermutlich ein paar Tage hier rum, bis die Burschen endlich kamen.«

»Aber warum die Schießerei? Das zweite Kommando kam doch zur Unterstützung.«

»Damit unterstellen Sie, daß die Soldaten aufeinander geschossen haben. Aber es könnten durchaus auch andere gewesen sein ... Eingeborene vielleicht. Wenn die Gewehre gehabt hätten ...«

Carmen schüttelte den Kopf. »Das glaube ich nicht.« Nachdenklich sah sie zu den Gräbern hinüber. »Der erste Trupp glaubte vielleicht, seine Pflicht getan zu haben, und wollte wieder abziehen. Vermutlich waren sie erleichtert, als das Ersatzkommando endlich erschien. Und dann ...«

Sie sah sich auf dem verlassenen Gelände um. Das letzte Tageslicht erstarb in den Baumkronen. Die Dämmerung schien jetzt förmlich herabzustürzen. Carmen blickte zurück zum Tor, wo die Männer ein Feuer entzündet und die Scheinwerfer der Cherokees eingeschaltet hatten. Sie stellte sich vor, wie sie sich fühlen würde, wenn sie mit ihren Generatoren und dem Proviant nicht da wären.

»Dann«, spann Leigh Carmens Faden fort, »erklärte ihnen das zweite Kommando, daß sie noch ein paar Tage bleiben müßten. Um sicherzugehen, daß sie sich nichts eingefangen hatten. Vielleicht hatten die ersten Soldaten die Leichen berührt. Irgend etwas getan, was sie besser gelassen hätten.«

»Quarantäne.«

»Genau. Ich vermute, daß das zweite Kommando das Tor versperrt, alle Waffen eingesammelt und die weitere Entwicklung abgewartet hat.«

»Das würde den Zustand des Baumes erklären.«

»Ja. Sie brauchten Holz. Sie wollten Feuer anzünden, Wasser kochen, Essen zubereiten. Das Gelände konnten sie nicht verlassen, also haben sie den Baum gefällt.«

»Ein Banyan; für sie ist es ein heiliger Baum. Er beherbergt mächtige Geister. Sie pflanzen sie in Tempelbezirken an. Und in ihren Privatgärten. Ohne Not hätten sie ihn nie gefällt. Und dann sind sie gestorben.«

Leigh schwieg. Er beleuchtete mit seiner Taschenlampe die Erdhügel in der Nähe des Banyanbaums. Es sah aus, als wären es zehn, vielleicht noch mehr Gräber. Carmen stellte sich vor, wie bei den Soldaten die ersten Symptome aufgetreten waren. Die Toten hatten sie bereits gesehen. Sie wußten, was kam. Sie hockten hier in der Hitze und warteten. Zu irgendeinem Zeitpunkt hatten sie versucht zu fliehen. Blinde Panik ließ sie auf das Tor zulaufen, wo die anderen Männer warteten, gleichfalls verängstigt. Ihre Drohung mit den Waffen war nichts im Vergleich zur Seuche. In dieser Situation würde man sich stets für die Waffen entscheiden. Vielleicht hatte sich einer von ihnen eine Waffe geschnappt und einen Burschen erschossen, der eine Gesichtsmaske trug. Aber wenn das so war – wo war die Leiche?

»Was ist mit dem Mann geschehen, dem die Maske gehörte? Er muß doch zum zweiten Trupp gehört haben, oder?«

Leigh scharrte mit seiner Stiefelspitze auf dem Erdboden herum.

»Vermutlich sind die Dinge außer Kontrolle geraten. Auf den Mann mit der Maske wird geschossen. Die anderen denken, sie sind als nächste dran und machen, daß sie davonkommen. Den Verwundeten nehmen sie mit.«

»Den Toten. Bei dem Zustand der Maske muß man annehmen, daß er getötet worden ist.«

»Also nehmen sie den Leichnam mit. Was weiß ich. Jedenfalls verschwinden sie. Vielleicht mit einem anderen Fahrzeug. Vielleicht sind sie aber auch einfach zum Trans-Sumatran Highway zurückmarschiert.«

Leigh lief auf die Gebäude zu.

»Was haben Sie vor?«

Er drehte sich um. Seine Taschenlampe blendete sie fast.

»Keine Angst. Ich will nur kurz einen Blick hineinwerfen.«

»Warum?«

»Was meinen Sie damit?«

»Ich meine, warum warten wir damit nicht bis morgen?«

»Nun, es bringt doch nichts, unnötig Zeit zu verschwenden. Bis zum Abendessen dauert es noch eine Weile. Also kann ich mich ruhig ein wenig umsehen. Dann können wir morgen früh gleich damit beginnen, Proben zu nehmen.«

Carmen fiel kein vernünftiger Grund ein, Leigh an seinem Vorhaben zu hindern, also folgte sie ihm.

»Aber berühren Sie nichts«, sagte sie. »Da drinnen ist es vermutlich höchst ansteckend.«

Schweigend näherten sie sich den Gebäuden. Drei Holzhäuser umstanden eine Rasenfläche, die aussah, als wäre sie seit einem Monat nicht gemäht worden, und in deren Mitte sich ein weiterer Baumstumpf und abgeschlagene Äste befanden. Carmen kämpfte gegen die Vorstellung, daß der Geruch, den Daintith wahrgenommen hatte, hier übermächtig sein könnte, ohne daß sie es bemerkten. Sie empfand den Drang, die Maske abzunehmen.

Leigh lief die Stufen zu der Veranda hinauf, die sich an der Vorderfront des mittleren Hauses entlangzog. In der Dunkelheit schien sein weißer Overall zu leuchten. Er blieb einen Moment lang stehen und leuchtete mit seiner Taschenlampe hin und her. Auf dem Boden waren schwärzliche Flecken, die von getrocknetem Blut stammen konnten. Schweigend zeigte Leigh auf zwei Patronenhülsen auf dem Holzboden. Carmen zögerte eine Sekunde und ging dann hinein.

Sie betrat eine Art Wohnzimmer. Gegenüber einem Fenster hing ein orange-brauner Wandbehang. Der Teppich auf dem Boden war beiseite gestoßen. Sie sah weitere Schmierflecke und Spritzer. Hinter ihr betrat Leigh den Raum.

»Nur wenige Insekten hier«, sagte er. »Hauptsächlich Moskitos. Nachtfalter.«

Er folgte den Dielen mit dem Schein seiner Taschenlampe, bis er die gegenüberliegende Wand erreicht hatte, in der sich ein Durchgang zu einem kleinen Korridor befand.

»Was ist dahinter?« fragte Carmen. Sie verspürte Nervosität in dem geschlossenen Raum, der durch die Flekken und die durcheinandergebrachte Einrichtung noch bedrohlicher wirkte. Leigh blickte sie an, und sie sah, daß seine Augen lächelten.

»Sehen wir nach.«

Carmen folgte ihm durch das Zimmer. Ihre Taschenlampe zeigte auf den Boden. Sie flackerte eine Sekunde, ging aus und wieder an. Carmen schüttelte sie.

»Das ist der Moment, wo eine Leiche aus dem Schrank fällt und die Taschenlampe ausgeht«, gluckste Leigh hinter seiner Maske. Carmen versuchte zu lachen, aber es kam nur ein ängstliches Krächzen heraus.

Links von ihnen war ein Durchgang. Carmen tippte Leigh auf die Schulter.

»Lassen Sie uns die Lampen tauschen«, sagte sie und wollte ihm beweisen, daß auch sie scherzen konnte.

Aber Leigh antwortete nicht. Er war im Durchgang stehengeblieben und blickte in einen Raum, der ein Schlafzimmer sein mußte.

»Was ist?«

»Großer Gott.«

Carmen versuchte, an ihm vorbei in das Zimmer zu sehen, aber er versperrte ihr den Blick.

»Was ist da?«

»Grundgütiger.«

Er trat zur Seite. Carmens Hand fuhr zu ihrem Mund und traf statt dessen ihren Atemfilter. Einen Moment lang schloß sie die Augen.

Es war einer der Soldaten. In seiner steifen linken Hand hielt er eine Schnellfeuerwaffe. Den schwärzlichen Überresten an der Wand nach zu urteilen, hatte er sich selbst das Gehirn weggeschossen. Aber die dunklen Blutspuren, die ihm aus Augen, Ohren und Nase geströmt waren, deuteten auf die agonale Phase eines durch Viren verursachten hämorrhagischen Fiebers hin. Seine Uniformjacke sah steif und schwarz aus. Der Boden um ihn herum war mit einer schwarzen Kruste aus Blut und Exkrementen bedeckt.

Carmen fühlte sich plötzlich sehr nackt und schutzlos in ihrem Polyesteroverall. Sie bemühte sich um Fassung, um logische Überlegung. Außerhalb des lebenden Bluts ihrer Wirte hielten sich die meisten hämorrhagischen Viren nicht lange. In versiegelten Behältern konnten Ebola- und Marburg-Viren bei Zimmertemperatur zwar bis zu zwei Wochen in hohen Konzentrationen überstehen – sie vertrugen jedoch keine Austrocknung. Allerdings konnte sie nicht sicher sein, daß sich das, womit sie hier zu tun hatten, so verhielt wie Ebola oder Marburg. Und wenn sie hier weiter in einem verunreinigten Raum voller infiziertem Blut und Körperflüssigkeit herumstanden, würden sie das kaum herausfinden.

»Ich denke, wir sollten das auf morgen verschieben«, sagte Leigh.

»In einem ordentlichen Anzug mit richtiger ...«

Carmen brach entsetzt ab. Hinter ihr knackte eine Bodendiele. Da war jemand. Langsam und mit angehaltenem Atem drehte sie sich um. Und schrie gellend auf. Leigh drängte sich heftig an ihr vorbei. Der Schein seiner Taschenlampe zuckte wild über Decke und Wände. Dann standen sie wie erstarrt. Ihr Atem unter den Masken ging stoßweise.

Es war eine Frau.

Carmen und Leigh standen da, ihre bebenden Taschenlampen wie Waffen gezückt. Sie war schmutzig, und verfilzte Haarsträhnen fielen ihr über das Gesicht. Auf ihrem T-Shirt waren Blutflecken zu sehen, wo sie sich die Finger abgewischt hatte. Ihre Hände sahen geschwollen aus, die Fingerspitzen schwärzlich. Ihre linke Hand war verletzt, und sie hatte sich einen behelfsmäßigen Verband angelegt, der auch verdreckt war. Unterhalb des T-Shirts war sie splitternackt. Das Dreieck ihrer Scham hob sich dunkel von ihrer bleichen Haut ab. Über ihre Beine liefen Streifen einer braunen Flüssigkeit. Weder Carmen noch Leigh konnten sich regen oder sprechen.

»Bitte«, sagte die Frau und machte einen Schritt auf sie zu. Carmen sah zu Boden, auf ihre schwärzlich verfärbten Füße.

»Helfen Sie mir. Mein Name ist Holly ... Holly Becker. Ich bin eine ...« Aber sie beendete den Satz nicht. Sie verdrehte die Augen, als sie das Bewußtsein verlor, vornüberkippte und Carmen dabei gegen die Wand stieß.

2

COMMUNICABLE DISEASE SURVEILLANCE CENTRE, LONDON, 19. AUGUST

Ken Lyall rieb sich die Augen und wandte sich dem Papierstapel auf seinem Schoß zu. Er bestand aus Kopien von Peter Jarvis' Tagebuch sowie den Notizen, die Lyall sich im Verlauf des Tages gemacht hatte. Jetzt befand er sich in der Kommunikationszentrale des CDSC und wartete darauf, über Washington mit Sumatra verbunden zu werden. Ihm gegenüber saß seine Assistentin Moira Tenniel und lauschte in ihren Kopfhörer – reglos, bis auf das leichte Pochen ihres Zeigefingers.

Lyall war froh, das Original des Tagebuchs nicht mehr zu besitzen. Als er es in den Stunden nach seiner Entdeckung durchgeblättert hatte, war in ihm das gleiche unbehagliche Gefühl aufgekommen wie beim Durchsuchen der Wohnung des Mannes, der Überprüfung seines Kofferinhalts. Er empfand sich als Eindringling. Mit den Kopien fühlte er sich wohler, sie vermittelten ihm ein Gefühl der Distanz. Ihm war bewußt, daß angesichts der Ernsthaftigkeit der Lage derartige Feinfühligkeiten belanglos, ja sogar töricht waren – und bisher hatte er sich ihnen auch noch nie hingegeben –, dennoch hatte er darauf bestanden, das Original so schnell wie möglich Jarvis' Eltern auszuhändigen. Er hoffte, das würde ihnen alles ein wenig erträglicher machen. Nur einmal hatten sie ihren Sohn sehen dürfen, und das auch nur kurz, durch Glas- und Kunststofftrennwände im Krankenhaus für Tropenkrankheiten. Ein paar Stunden später war er gestorben. Mit seinem Tagebuch könnten sie zumindest seine letzten Tage und Wochen nacherleben.

Für die Untersuchungen, die inzwischen unter der Leitung des U.S.-Militärs durchgeführt wurden, konnte sich Jarvis' Tagebuch als noch wertvoller erweisen. Der Insektenforscher hatte seine Gedanken und Taten seit dem Verlassen des Vereinigten Königreiches bemerkenswert ausführlich dokumentiert. Zum Teil, so vermutete Lyall, aus Mangel an anderen abendlichen Beschäftigungen. Zu dem Zeitpunkt, als im British Museum endlich jemand gefunden war, der etwas über Jarvis' Projekt wußte, hatte sich Lyall bereits selbst alles zusammengereimt. Jarvis' Plan war es gewesen, eine Forschungsstation zum Studium der Auswirkungen von Abholzung und Rodung des Regenwaldes auf die Artenvielfalt zu errichten. Die Station sollte als permanente Arbeitsbasis für Botaniker, Entomologen und Zoologen aller Fachrichtungen dienen und über elementare Labortechnik, Lagerkapazität, Kommunikationsmöglichkeiten, Medikamentenvorräte sowie bescheidene Unterkünfte verfügen. Es war ein ehrgeiziges Vorhaben, weniger wegen der Finanzierung und Einrichtung der Station als wegen des hohen Maßes notwendiger Kooperation von seiten der indonesischen Behörden: des Forstministeriums, dem das Land gehörte, der Regionalregierung sowie einer Vielzahl von Behörden in Jakarta, die alle ein Wort mitzureden hatten. Und dennoch hatte es so ausgesehen, als könnte Jarvis seinen Plan tatsächlich verwirklichen. Irgendwie war es ihm gelungen, fast alle zu überzeugen. Er benötigte nur noch ein passendes Gelände, und die letzten beiden Monate seines Lebens hatte er damit verbracht, danach zu suchen. Doch gefunden hatte er – irgendwo – das Muaratebo-Virus.

Muaratebo selbst wurde jedoch nirgendwo in dem Tagebuch erwähnt. Jarvis' Ausgangspunkt war Pekanbaru in der Provinz Riau gewesen, nördlich von Jambi. Von dort aus hatte er sich nach Süden gewandt, in die bergigen Wälder und in Richtung Muaratebo, war aber nie näher als zweihundert Kilometer an die Stadt herangekommen. Durchaus vorstellbar, daß Jarvis auf das eigentliche Zentrum des Virus gestoßen war, den Bereich, wo er natürlich vorkam – welche seltene Spezies Zecke, Milbe oder Stechfliege auch immer er sich als Wirt gewählt hatte. Diese Information hatte Lyall an die Weltgesundheitsorganisation weitergegeben und daraufhin von der USAMRIID-Expedition erfahren. Von der WHO war die Nachricht über den Ausbruch in London nach Fort Detrick weitergeleitet worden, und nun bemühten sie sich, mit den RIID-Leuten vor Ort zu sprechen, doch da gab es offensichtlich Probleme mit der Verbindung.

»Wie spät ist es auf Sumatra?« fragte Lyall.

Moira Tenniel blickte zur großen Uhr auf.

»Fast sechs.«

Lyall runzelte die Stirn.

»Ich kann nur hoffen, daß sie keine Langschläfer sind.«

Die Tür ging auf und Bernard Warner kam herein. Er war der Beauftragte für medizinischen Umweltschutz im Borough of Westminster, in dem das St. Anne's Hospital lag.

»Tut mir leid«, murmelte er. »Habe mich auf dem Rückweg fast verirrt.«

Warner war vor einigen Stunden vorbeigekommen, um die Resultate der Labortests von Colindale durchzugehen und jede mögliche neue Information über das Virus aufzuschnappen. Die Nachricht von Jarvis' Tod hatte ihn ziemlich erschüttert. Lyall nahm einen Stift auf und begann, ein Gitter auf die Ecke seines Notizblocks zu malen.

»Warum zum Teufel dauert das nur so lange?« fragte er. »Das ist doch absurd.«

Plötzlich begann Moira Tenniel zu sprechen. »Ja, so ist es ... Ja, das werde ich, vielen Dank.« Sie sah Lyall an. »Das ist USAMRIID. Sie ... Ja, guten Tag General Bailey. Ich verbinde Sie mit Doktor Kenneth Lyall, dem stellvertretenden Direktor des Communicable Disease Surveillance Centre.«

Sie gab ein paar Zahlen in ihre Computertastatur ein, und das Telefon neben Lyalls rechter Hand piepste einmal.

»Hallo?«

»Doktor Lyall? Hier ist Major General Robert Bailey in Fort Detrick. Ich hoffe, es geht Ihnen gut?«

»Sehr gut, vielen Dank«, hörte sich Lyall zu seiner Verblüffung antworten. »Und wie geht es Ihnen?«

»Wie ich höre, wollen Sie unserem Team auf Sumatra ein paar Informationen übermitteln. Ist das richtig?«

General Baileys Stimme war laut, hart, fast aggressiv. Lyall kam der Gedanke, daß den Amerikanern die Beteiligung der Briten unter Umständen nicht recht war. Immerhin waren sie Militärangehörige. Vielleicht glaubten sie, die ganze Sache allein durchziehen zu können. Aber vielleicht war der Mann auch nur ebensowenig zum Schlafen gekommen wie sie alle und zeigte nun erste Streß-Symptome.

»Wie Sie wissen, hatten wir hier einen Todesfall«, sagte Lyall. »Aber uns liegen überzeugende Informationen darüber vor, wo sich die Infektion ereignet haben könnte. Das könnte die Suche nach der Quelle beträchtlich erleichtern.«

»Das habe ich gehört. Und ich entschuldige mich für die Verzögerung, Sie durchzustellen. Aber da hat es ein paar ... Entwicklungen gegeben. Eine Menge vorrangiger Gespräche.«

Schon das Wort erfüllte Lyall mit bösen Vorahnungen.

»Entwicklungen, General?«

»Ja, ich ... Darf ich Sie einen Moment um Geduld bitten?«

Ein Klicken, und die Leitung war tot. Seufzend fuhr sich Lyall mit den Fingern durchs Haar. Was für Entwicklungen, um Himmels willen? Warner sah ihn besorgt an. Ratlos hob Lyall die Schultern.

Ein weiteres Klicken in der Leitung.

»Sie werden es in ein oder zwei Stunden über Ihre eigenen Kanäle erfahren«, ertönte Baileys Stimme. »Wenn Sie es nicht bereits wissen.«

»*Was* soll ich wissen?«

»Ich fürchte, die diplomatische Situation hat sich beträchtlich verschärft. Aus unseren Quellen haben wir erfahren, daß die Regierung von Singapur damit droht, ihre Hoheitsgewässer und ihren Luftraum für indonesische Schiffe und Flugzeuge zu sperren. Sie verlangen, daß ganz Sumatra unter Quarantäne gestellt wird, anderenfalls schließen sie die Straße von Malakka. Die Regierung von Malaysia könnte ihrem Beispiel folgen.«

»Himmel, ich wette, darüber ist man in Jakarta hoch erfreut.«

»Weit gefehlt, fürchte ich. Sie behaupten, eine solche Sperrung wäre eine Verletzung internationalen Rechts und ein Akt wirtschaftlicher Aggression. Offensichtlich wickeln sie den größten Teil ihres Handels über Singapur und die Meerenge ab.«

»Das scheint mir ein wenig voreilig zu sein. Ich meine ...«

»Das ist aber noch nicht das Schlimmste, fürchte ich. Am ärgsten ist, daß sie uns die Schuld geben.«

»Uns? Wen meinen sie damit?«

»Die Amerikaner, den Westen. Sie bezeichnen uns als Panikmacher und werfen uns vor, das Problem absichtlich hochzuspielen, um ihren Interessen zu schaden – weil sie ein islamisches Land sind. Das zielt natürlich auf Malaysia. Wenn sie als nächstes behaupten, wir hätten das verdammte Virus selbst produziert und ihnen untergejubelt, würde mich das nicht wundern. In den Vereinten Nationen wird es in den nächsten Tagen heiß hergehen.«

»Aber gab es bei ihnen denn einen Ausbruch? In Singapur, meine ich.«

»Darüber liegen uns bisher keine Informationen vor. Aber wir werden Erkundungen anstellen. Der Punkt ist nur, daß das alles unseren Leuten vor Ort die Lage sehr erschweren könnte. Wir hatten vor, ihnen weitere Unterstützung zu schicken, doch das könnte sich nun als kompliziert erweisen. Ich kann nur hoffen, daß es dazu nicht kommt, aber wenn uns die Indonesier ihre Kooperationsbereitschaft aufkündigen, könnten wir uns zum Rückzug gezwungen sehen.«

Jetzt war Baileys Position klar. Er wollte, daß sein Team tat, was es tun konnte, und sich dann zurückzog, bevor es zu Geiseln einer brisanten diplomatischen Krise wurde. Er wollte verhindern, daß die Aufgaben des Teams durch irgend jemanden kompliziert wurden – es sei denn, das war nicht zu vermeiden.

»Ich verstehe«, sagte Lyall. »Wir können nur hoffen, daß sich die Vernunft durchsetzt.«

Bailey lachte kurz und grimmig auf.

»Verlassen Sie sich nicht darauf. Doch nun sollten wir in der Lage sein, Sie zu verbinden. Unser Team steht unter der Leitung von Lieutenant Colonel Carmen Travis. Sie wartet bereits darauf, mit Ihnen sprechen zu können. Vielen Dank, Doktor Lyall.«

3

RAFFLESIA CAMP, 19. AUGUST

Es war so heiß, daß sie kaum geschlafen hatte. Dann erwachte sie beim ersten Tageslicht, weil Leigh sein unrasiertes Kinn in ihr Zelt steckte. Eine Satellitenverbindung via RIID wartete auf sie: Ein Dr. Lyall wollte mit dem Leiter des Teams sprechen.

Drei Stunden später saß Carmen im Schatten, drückte sich eine kalte Wasserflasche gegen die Stirn und versuchte nachzudenken. Das Virus hatte London erreicht. Eingeschleppt von Peter Jarvis, einem Entomologen, der nördlich des Rafflesia Camp gearbeitet hatte, nur rund neunzig Kilometer entfernt.

Kein Grund zu besonderer Überraschung, sagte sich Carmen. Sumatra war nur einen Tagesflug von den menschenwimmelnden Metropolen der Welt entfernt. Sie versuchte, sich London vorzustellen, aber alles, was vor ihr inneres Auge trat, war Buckingham Palace und ein Soldat mit Bärenfellmütze. Die Londoner würden ihren Geschäften nachgehen, ihre Termine einhalten, für ihre Lieben sorgen und darüber nachdenken, was zum Abendessen eingekauft werden mußte – in Unkenntnis des submikroskopischen Passagiers, der in Jarvis' Blutkreislauf den Regenwald von Sumatra verlassen und eine kurze Reise durch die Zeitzonen unternommen hatte. Dr. Lyall hatte versichert, daß der Ausbruch unter Kontrolle war, aber wer wollte wissen, was auf den Reisestationen des Mannes freigesetzt worden war? Vielleicht stellte gerade jetzt irgendwo jemand beim Blick in den Spiegel eine plötzliche Bindehautentzündung fest, jemand mit bohrenden Kopfschmerzen und beginnendem Fieber ...

Lyall hatte etliche Seiten des Tagebuches gefaxt, das von Jarvis in den Monaten vor seinem Tod geführt worden war. Die gleichmäßig schräge Handschrift war zerlegt worden, von Satelliten rund um den Globus aufgefangen und wieder abgegeben worden, um dann im X-Sat-Empfangsgerät wieder zusammengesetzt zu werden, aber sie hatte durch die Digitalisierung nichts von ihrer Unmittelbarkeit verloren. Und es war ein eigentümliches Gefühl, etwas zu lesen, was von jemandem in Abgeschiedenheit und Ruhe geschrieben worden war, der nicht die Absicht gehabt hatte, schon so bald zu sterben.

Carmen versuchte, sich auf die Informationen zu konzentrieren, die das Tagebuch enthielt und von denen sich manche als sehr vielversprechend ausnahmen. In Jarvis' peinlich genau geführten Notizen gab es etliche Bemerkungen über eine Quelle, die er zu finden hoffte, um seine Forschungsstation lebensfähig zu machen. Auf einer Seite fanden sich sogar spezifische Kartenhinweise. Diese Höhlen lagen zwar nicht in unmittelbarer Nähe von Jambi oder dem Rafflesia Camp, doch in der Nachbarprovinz. Das Virus könnte die Entfernung zwischen beiden Gebieten in fliegenden Insekten, Fledermäusen oder Vögeln überwunden haben. Falls das Virus in diesen Höhlen nachgewiesen werden konnte, würde das das Spektrum möglicher Wirtsspezies beträchtlich einengen. Zumindest deutete Dr. Jarvis' Tagebuch auf einen bestimmten Ort hin. Und es könnte sich als durchaus hilfreich erweisen, dort genauer nachzusehen.

Links von Carmen schepperte es. Sie ließ die Flasche sinken und drehte sich um. Corporal Baker montierte die Duschkabine, die sie allabendlich zum Desinfizieren der

Racal-Anzüge nutzen wollten. Sie wirkte unsolide und ihre Farbe protzig neben den gedeckten Grün- und Brauntönen des Dschungels. Baker mußte sich die mitgelieferte Montageanweisung durchlesen, und das war kein besonders beruhigender Anblick, selbst für Carmen nicht, die ein tiefes und – durch ihr bisheriges Leben – unerschüttertes Vertrauen in die Technik hegte.

Ein Schuß ertönte, gefolgt von einem zweiten. Aber sie klangen so gedämpft wie Schüsse aus einer Spielzeugpistole. Leigh und McKinnon waren mit Gewehren und Chauvency-Fallen in den Wald gegangen, um Nagetiere und ein paar Primaten zu fangen. Dr. Lennox, der Parasitologe, und Harold Daintith waren damit beschäftigt, in den Häusern des Rafflesia Camp Fallen für ihre Insektensammlung – *culicidae* und *cimicidae* – zu installieren. Mücken und Moskitos wurden mit Glasröhrchen an ihren Ruheplätzen in den Innenräumen eingefangen. Wanzen wurden von den Bambusrahmen der Betten abgesaugt oder – nach Rütteln – vom Boden. Leicht mit Äther betäubt, wurden sie in Nunc-Röhrchen plaziert und die wiederum in flüssigen Stickstoff. Die mühselige und zeitraubende Tätigkeit wurde durch die dicken Handschuhe und die drückende Schwüle nicht gerade erleichtert, und trotz der klimatisierten Anzüge rannen den beiden Männern immer wieder Schweißtropfen in die Augen.

Aber die Frau war im Augenblick Carmens größte Sorge. Sie war mit Ed Baker und Jim Sarandon im Camp geblieben, weil sie dabeisein wollte, wenn die Frau zu sich kam.

Sie stand auf und ging zu dem Zelt hinüber, in dem sie die Frau isoliert hatten. Es wurde allgemein angenommen, daß sie infiziert war, obwohl es keine sichtbaren Hinweise darauf gab. Zwar bestand eine Chance, daß sie zu einem Zeitpunkt ins Camp gekommen war, als das Virus bereits seine Wirksamkeit verloren hatte, aber ihre Handverletzung und das Fehlen jeder Schutzkleidung ließen nichts Gutes ahnen. Sie litt unter Durchfall und akutem Wasserentzug. Man hatte ihr Beruhigungsmittel gegeben, sie an einen Tropf mit Kochsalzlösung angeschlossen und dann unter Sarandons Obhut ruhen lassen.

Carmen blickte in das schlafende Gesicht. Mit geschlossenen Augen wirkte die Frau älter. Als sie in die Lichtkegel ihrer Taschenlampen gestolpert war, hatten ihre großen dunklen Augen vor Angst gelodert, aber auch vor Farbe und Vitalität. Sie war fraglos eine Schönheit. Sobald sie ihr die Haare gewaschen und das Gesicht gesäubert hatten, würde sie hinreißend aussehen. Carmen dachte an die Gefahr, in der die Frau schwebte. Sie glaubte zwar nicht an ein höheres Wesen, sagte aber dennoch ein kleines Gebet.

Der Klang gemurmelter Worte durchdrang Hollys bleiernen Schlaf. Sie öffnete die Lider und sah freundliche blaue Augen über einer Chirurgenmaske und hörte eine Stimme.

»Guten Morgen«, sagte Carmen und bemühte sich um einen munteren, geschäftsmäßigen Ton. »Ich bin Lieutenant Colonel Carmen Travis vom United States Army Medical Research Institute for Infectious Diseases. Wir haben Sie gestern abend gefunden, und nun stehen Sie unter unserer Obhut. Sie könnten sich unter Umständen ein wenig benommen fühlen. Wir haben Ihnen ein leichtes Beruhigungsmittel gegeben, damit Sie besser schlafen können.«

Holly bewegte sich und spürte den Infusionsschlauch in ihrem Handgelenk sowie eine gewisse Spannung.

»Das ist ein Tropf«, sagte Carmen. »Sie waren ernsthaft dehydriert. Durch die Diarrhöe haben Sie viel Flüssigkeit verloren. Auch dagegen haben wir Ihnen etwas gegeben.«

Holly lächelte schwach. Ihre Erinnerung kehrte langsam wieder, aber verschwommen und durcheinander. Blinzelnd sah sie zum Zeltdach empor. In ihren Augenwinkeln zuckte es zwanghaft. Dann strömten die Ereignisse der vergangenen Tage mit Macht in ihr erwachendes Bewußtsein. Sie schloß die Augen.

Carmen schwieg einen Moment und fragte sich, ob die Frau wieder einschlief. Aus dem Dschungel kam ein weiterer gedämpfter Schuß. Sie wollte die Frau nicht überanstrengen, vor allem wollte sie sie nicht beunruhigen, dennoch hielt sie es für nötig, ihr früher oder später zu erzählen, was sie möglicherweise in sich trug. Sie überlegte kurz und beschloß dann, sich erst einmal danach zu erkundigen, wie die Frau überhaupt ins Camp gekommen war.

»Sie sind sicher sehr erschöpft, dennoch muß ich Ihnen einige Fragen stellen.«

Der Klang der beharrlichen, leicht förmlichen Stimme weckte in Holly Bilder des Dschungels, von sich bewegenden Schatten und rinnendem Wasser. Sie klang beruhigend. Sie schien Hilfe zu versprechen. Holly fragte sich, warum sich die Frau amerikanisch anhörte und ob sie vielleicht träumte.

»Vielleicht sollten Sie mir zunächst einmal Ihren Namen nennen.«

Ohne die Lider zu öffnen, noch immer den Wald, das verlassene Camp in der Morgendämmerung zwischen den Bäumen auftauchen sehend, antwortete sie: »Holly. Holly Becker.«

»Warum sind Sie hergekommen, Holly? Weshalb sind Sie im Camp?«

Die Bilder des Dschungels schienen in sich zusammenzufallen, und Holly verspürte nur noch Angst, die in ihrer Brust anschwoll wie ein Ballon. Sie hob den Kopf, um das Gesicht mit der Maske anzusehen.

Carmen entging das innere Ringen der Frau nicht, um deren Mundwinkel kalkweiße Flecken saßen.

»Was ist mit ihnen geschehen?« fragte Holly.

»Wie bitte?«

»Mit den Menschen im Camp. Was ist passiert?«

Carmen schluckte. Die Frau wußte eindeutig etwas über die Vorgänge. Sie mußte direkt zur Sache kommen.

»Holly, bevor wir darüber reden ...«

»Bitte. Ich muß es wissen.«

Holly wollte sich auf die Ellbogen stützen, hatte aber nicht die Kraft dazu.

»Sie sind tot, Holly. Hier ist es zu einer Epidemie gekommen. Hier und in Muaratebo, einer Stadt etwa sechzig Kilometer flußabwärts.«

»Tot?«

Holly hatte das Gefühl abzustürzen. Schwarze Leere kam auf sie zu wie der Grund eines Fahrstuhlschachtes.

»Wir nehmen es an, Holly. Es ist schwer, da ganz sicher zu sein. Aber diese Seuche – nun, sie scheint niemanden zu verschonen.«

»Tot.«

Carmen sah, wie der Schmerz den Körper der Frau krampfhaft erschütterte. Ein rauher Klagelaut entrang sich ihrer Kehle. Ihr Gesicht verzerrte sich, sie kniff die Augen zusammen, um die Tränen zurückzuhalten. Aber es waren zu viele. Sie strömten ihr über die schmutzigen Schläfen und in die verfilzten Haare. Carmen ließ die

Frau weinen, strich ihr über das Bein, versuchte sie zu trösten. Schließlich trat Baker von hinten auf sie zu.

»Ist alles in Ordnung, Colonel?«

Blinzelnd blickte Carmen zu ihm auf. Er hielt eine Seite der Bedienungsanleitung für die Duschkabine in der Hand. Sie schüttelte den Kopf und forderte ihn schweigend auf, sie allein zu lassen. Das stumme Weinen hielt an. Carmen hörte, wie Baker hinter ihr hantierte. Bald würden Leigh und McKinnon aus dem Wald zurückkommen. Wieder ertönte ein Schuß. Carmen hoffte, daß es nicht zu Unfällen kam.

Schließlich öffnete Holly die Augen. Schweigend starrte sie auf das Zeltdach über sich.

»Habe ich die Krankheit auch?« fragte sie. »Tragen Sie deshalb diese Maske?«

»Es ist nicht auszuschließen«, sagte Carmen. »Deshalb wollte ich von Ihnen wissen, wann und wie Sie hierhergekommen sind. Es ist möglich, daß Sie erst eintrafen, als das Virus seine Wirksamkeit schon verloren hatte. Hämorrhagisches Fieber auslösende Filoviren – die Art von Viren, um die es hier geht – können üblicherweise ohne einen lebenden ... Wirt nicht lange überleben. Wir müssen genau wissen, wann Sie hier eingetroffen sind.«

Holly holte tief Luft und ballte die Hände zu Fäusten.

»Haben Sie sie gefunden?«

Carmen zuckte zusammen.

»Wen?«

»Meine Töchter. Emma und Lucy. Haben Sie sie gefunden?«

Einen Augenblick lang herrschte völlige Stille. Carmen fuhr sich mit den Händen an ihre Gesichtsmaske. Sie wollte nicht glauben, was sie da hörte. Nicht im Traum hätte sie an die Möglichkeit gedacht, daß sich Kinder unter den Toten in den flachen Grabhügeln da draußen befinden könnten. Das Rafflesia Camp war als Forschungsstation bezeichnet worden. Sie hatte die Frau für eine einzelgängerische Journalistin gehalten, die im Dschungel auf Abwege geraten war. Unwillkürlich schüttelte sie sich.

»Holly, wir sind erst gestern abend angekommen. Noch wissen wir nicht genau, was hier vorgefallen ist.«

Holly sah der Frau ins Gesicht. Große Poren gaben ihm ein unnatürlich körniges Aussehen. Die blauen Augen wirkten besorgt.

»Sie sagten, sie wären alle tot.«

»Es gibt da eine Reihe von ... Gräbern. Ich fürchte, es wäre nicht ratsam, sie zu öffnen. Das Infektionsrisiko wäre ...«

Wieder schloß Holly fest die Augen, und einen Moment lang wußte Carmen nicht, was sie sagen sollte.

»Sie können nicht tot sein«, sagte Holly mit zusammengebissenen Zähnen. »Es sind Kinder. Sie gehören ... Sie gehören nicht hierher. Sie ...« Die dunklen Augen flogen auf. »Sie müssen sie suchen.«

Carmen streckte den Arm aus und berührte Hollys Handgelenk. Sie wollte ihr unbedingt etwas sagen, was ihr Hoffnung gab.

»Das werden wir, Holly. Das werden wir. Aber ...« Sie suchte nach einem Ausweg. »Sind Sie ganz sicher, daß Ihre Töchter hier waren?«

Holly sah in die blauen Augen. Die qualvolle Trauer schien einen Moment lang von ihr abzufallen, sie atmen zu lassen.

»Ich habe einen Brief«, sagte sie. »Aber der wurde bereits vor Wochen abgeschickt. Halten Sie es für möglich, daß sie das Camp verlassen haben?«

Die Frau mit der Maske nickte, aber die Augen blieben ernst.

»Das ist durchaus möglich. Jemand könnte sie gerade noch fortgebracht haben, als die Probleme begannen. Aber was haben sie hier eigentlich gemacht?«

Carmen sah, daß sich Holly Beckers Gesichtsausdruck veränderte. Sie hatte einen Anlaß zur Hoffnung gefunden – wie trügerisch auch immer. Die fadenscheinigste Chance, daß ihre Töchter der Katastrophe entgangen sein könnten, war alles, was sie brauchte, um ihren Optimismus aufzubauen. Schon die schlichte, simple Frage bot Hoffnung. Holly erzählte Carmen von Jonathan und den Kindern.

»Ihr früherer Mann ist also Wissenschaftler?«

»Botaniker. Er arbeitete an einem Forschungsprojekt, suchte im Dschungel nach Rohstoffen für neue Medikamente. Das ist sein Spezialgebiet. Er hat immer gesagt, die einzige Möglichkeit, das Big Business zur Erhaltung des Regenwaldes zu bewegen, sei der Nachweis, daß er intakt mehr wert ist als gefällt.«

Carmen nickte. »Und wie sind Sie ins Camp gekommen?«

Hollys Gesicht schien zu ersterben. Sie erinnerte sich. Der Dschungel drang auf sie ein, die endlosen Nächte, ihre Angst. Die Krankheit, die sie geschüttelt hatte, bis sie auf dem Waldboden zusammengebrochen war.

»Welcher Tag ist heute?« wollte sie nach einer Weile wissen.

Carmen sah auf ihre Uhr. »Der Neunzehnte.«

»Von Willis – das war der Mann, der mir half, die Militärsperren zu umgehen – habe ich mich am Dreizehnten verabschiedet, glaube ich. Dann sind wir ein paar Tage durch den Wald gelaufen ...«

»Wir?«

»Einheimische ... Eingeborene, die mir halfen. Kubu.«

»Und wo sind die geblieben?«

»Sie brachten mich bis ein paar Kilometer vor das Camp und wollten dann nicht weiter. Die Kubu wissen, was los ist. Sie wissen, daß im Dschungel etwas Furchtbares geschieht. Sie würden nie herkommen.«

»Und wie haben Sie das Camp gefunden?«

»Sie zeigten mir den Weg. Dann bin ich am Fluß entlang gelaufen, am Hari.«

Carmen kniff die Lippen zusammen. Die Frau war durch die Gegend spaziert, in der sich höchstwahrscheinlich das Zentrum der Epidemie befand.

»Dann habe ich mich verirrt, nehme ich an. Das Wasser ging mir aus. Aber ich hatte Tabletten zur Aufbereitung des Flußwassers, also habe ich meine Feldflasche damit gefüllt. Ich habe ein paar Früchte gegessen. Papayas, glaube ich. Vermutlich habe ich mir damit den Magen verdorben. Ich habe meine Sachen im Fluß gewaschen.« Sie brach kurz ab und warf Carmen einen verlegenen Blick zu. »Als Sie ankamen, habe ich das Zeug gerade trocknen lassen. Deshalb haben Sie mich ...«

Ihre Miene wurde wieder ausdruckslos. Carmen sah, daß sich ihre Gedanken wieder ihren Töchtern zuwandten.

»Wie lange sind Sie durch den Wald geirrt?«

»Das weiß ich nicht genau. Aber ich bin ziemlich sicher, daß ich vor höchstens zwei Tagen hier ankam. Alles ist so unklar.«

Vielleicht gibt es doch Anlaß zur Hoffnung, dachte Carmen. Am wichtigsten war, der Frau Zuversicht zu vermitteln.

»Okay, Holly. Ich denke, es gibt durchaus eine gute

Chance, daß Ihre Kinder, vielleicht auch Ihr Exmann, das Camp verlassen haben, bevor hier das Chaos ausbrach. Vielleicht sind sie zu irgendeinem Krankenhaus gefahren. Es ist schlecht vorstellbar, daß sie hier tatenlos herumgesessen haben. Und da die Dinge hier seit kurzem ziemlich chaotisch sind – das habe ich mit eigenen Augen gesehen –, ist es sehr wahrscheinlich, daß Ihr Exmann einfach keinen Kontakt zu Ihnen aufnehmen konnte.«

Holly sah sie flehend an. Carmen hätte alles dafür gegeben, daß ihre Worte der Wahrheit entsprachen.

»Jetzt sind wir – das RIID meine ich – hier, um herauszufinden, woher diese Epidemie kommt und wie sie begonnen hat. Wir werden feststellen, wer oder was sie überträgt, werden diesen Überträger unschädlich machen oder – sehr viel wahrscheinlicher – Sperrgebiete einrichten, um zu vermeiden, daß Menschen damit in Kontakt kommen. Es besteht ein gewisses Risiko, daß Sie mit diesem Patho... mit diesem Virus bereits in Berührung geraten sind. Sie zeigen jedoch keines der Symptome, obwohl Sie sich hier lange genug aufgehalten haben, um welche zu entwickeln. Also sieht es ganz positiv aus. Aber diese Seuche ist so virulent, so tödlich, daß wir nicht vorsichtig genug sein können. Deshalb muß ich dafür sorgen, daß Sie ausgeflogen werden, sobald Sie kräftig genug sind ...«

»Nein.«

Holly verspannte sich. Sie drückte sich mit den Ellbogen hoch, Schweißperlen liefen unter ihren Haaren hervor.

»Holly, es ist wirklich ...«

»Nein! Ich gehe nicht ...« Sie holte keuchend Luft, erbost über ihre Schwäche, erbost über das maskierte

Gesicht, die gelassene, sachliche Stimme. »Ich gehe nicht ohne meine Kinder!«

Die blauen Augen über der Maske schienen zu brennen.

»Es gibt hier nichts, was Sie tun könnten, Holly.«

»Doch. Ich muß nach ihnen suchen. Ich muß sie finden. Ich gehe hier nicht weg.«

»Holly ...«

»Ich gehe hier nicht weg!«

Sie hatte sich den Infusionsschlauch herausgerissen.

»Gut, gut.« Carmen hob die Hände. Sie glaubte nicht, daß die Frau aufstehen konnte – dafür war sie Gott sei Dank zu schwach –, aber es wäre sinnlos, ihre Qualen zu vergrößern. »Es besteht kein Grund zur Eile. Wir können diese Entscheidung erst einmal aufschieben, okay? Versuchen Sie, sich nicht so aufzuregen.«

Mit tränenschwimmenden Augen sah Holly sie an.

»Carmen? War es nicht so?«

Carmen nickte.

»Zwingen Sie mich nicht dazu, irgendwo auf Nachrichten warten zu müssen, Carmen. Muten Sie mir das nicht zu.«

Carmen nickte zögernd. Sie fragte sich, wie Leigh und die anderen auf einen Zivilisten an Bord des Teams reagieren würden – und noch dazu eine Frau. Das entsprach nicht unbedingt den Vorschriften. Andererseits war Holly Becker die einzige Person, die etwas über Jonathan Rhodes' Arbeit und das Leben im Camp wußte. Ihre Informationen könnten wertvolle Hinweise darauf sein, wie die Bewohner des Camps mit dem Virus in Berührung gekommen waren. Es gab durchaus eine wissenschaftliche Rechtfertigung dafür, Holly Becker einige Tage hierzubehalten.

»Also gut, Holly. Ich schlage Ihnen ein Geschäft vor. Es wird fünf Tage dauern, bis das Ergebnis Ihrer virologischen Untersuchung feststeht. In der Zwischenzeit brauche ich Ihre Hilfe. Bis wir wissen ... hundertprozentig wissen, daß Sie virusfrei sind, werden wir Sie vom Rest des Teams isoliert halten müssen. Wenn es zu irgendeinem Kontakt kommt, gefährden Sie uns alle. Wir verfügen zwar über keine ordentlichen Isolierungsmöglichkeiten, aber dieses Zelt und ein paar einfache Verhaltensregeln müßten ausreichen – wenn wir Ihre volle Kooperation haben. Ist das ein Angebot?«

Die Frau lächelte, aber nur kurz. Dann wurde ihre Miene wieder traurig.

»Wir finden sie, Carmen«, sagte sie. »Ich weiß es.«

4

POWDER MILL, MARYLAND, 20. AUGUST

Als George Arends vom Beltway in den Gewerbepark von Powder Mill einbog, ging die Sonne hinter einem Gewirr von Versorgungsleitungen und Hochspannungsmasten unter. Die Gebäude in Schnellbauweise – getünchte Leichtbetonschuppen mit gewellten Plastikdächern – standen in drei Reihen, jede mit einer knapp zwei Meter hohen Nummer über dem Eingang. Leute waren nicht zu sehen, nur eine Handvoll Autos parkte auf numerierten Stellplätzen, und ein paar Straßenlaternen verbreiteten einen matten grünlichen Schein. Vor einem Jahr hatte das Gelände eröffnet, aber noch immer war das meiste nicht vermietet.

Er hielt vor Schuppen 14. Vor wenigen Monaten war Saul Guthrie mit seinem Softwareunternehmen hierher übergesiedelt – angezogen, wie er sagte, von der billigen Miete und dem besonderen Angebot, das ihm eine der Telefongesellschaften gemacht hatte. Er und seine fünf Mitarbeiter nutzten lediglich ein Drittel des Schuppens, aber die Trennwände waren bislang nicht hochgezogen worden, weil niemand den Rest haben wollte. Guthrie kam Arends vor der Tür entgegen und führte ihn durch eine nackte, unbeleuchtete Betonhalle in sein Büro.

»Nicht besonders anheimelnd«, sagte Guthrie. »Aber der Platz! Keine zehn Pferde bringen mich wieder in diese Mansarde in der Stadt zurück. Nie im Leben!«

Guthrie war ein beleibter Mann Mitte Vierzig, mit hoher Stirn und zurückgekämmtem grauem Haar. Als früherer Nachbar in Frederick hatte er den Kontakt mit

Arends und dessen Frau aufrechterhalten, schickte regelmäßig Weihnachtsgrüße und rief von Zeit zu Zeit an. Arends hielt ihn für zurückhaltend und ein wenig menschenscheu. Die Geselligkeit hatte stets zu den Aufgaben seiner Frau gehört, aber die war vor drei Jahren nach San Francisco zurückgekehrt und hatte Guthrie sich selbst überlassen. Jedenfalls konnte Arends feststellen, daß Guthrie nur zu glücklich war, ihm bei einem kleinen technischen Problem behilflich sein zu können.

»Nun, da wären wir«, sagte Guthrie. Er stieß eine Sperrholztür auf. »Die neue globale Zentrale.«

Das Büro war ein L-förmiges Durcheinander von Unterlagen, Pappkartons, Computergeräten und -zubehör. Selbst nach RIID-Maßstäben war es durchaus funktional. Über allem hing ein schwacher Geruch nach frischer Farbe.

»Möchtest du einen Kaffee oder was anderes?« fragte Guthrie.

»Danke, nein«, erwiderte Arends. »Ich ...«

»Hör mal, ich muß hier irgendwo eine Flasche Jack Daniel's haben. Höchste Zeit, daß ich ... Geschäftszeit ist doch vorbei, oder?«

Arends rührte Bourbon zwar kaum an, aber er wollte nicht unfreundlich erscheinen. Er ließ sich ein Glas eingießen und hob es prostend.

»Schön, dich mal wiederzusehen, George«, sagte Guthrie. »Und wie stehen die Dinge im Institut?«

Arends trank einen Schluck Bourbon. Er hätte Eis nötig, eine Menge Eis.

»Viel zu tun, um ganz ehrlich zu sein. Verdammt viel zu tun. Der Zeitdruck, weißt du.«

»Klar, das kenne ich«, erwiderte Guthrie. »Heutzutage geht es nur noch um Termine. Wie in der Schule. Keine

Zeit für das Unvorhergesehene, ob das nun Probleme oder Chancen sind. Heute heißt es: Ich will das und das von dir, aber den Zeitpunkt bestimme ich, sonst ... Routinemäßig. Ich frage mich oft, wie weit es Leonardo da Vinci mit solchen Auftraggebern gebracht hätte. Der hätte doch nach sechs Monaten sein Atelier schließen müssen.«

Arends nickte beifällig.

»Davon bin ich überzeugt.« Arends beendete das Geplänkel und wechselte das Thema. »Konntest du dir die Diskette schon ansehen, die ich dir geschickt habe?«

Guthrie nahm gerade einen großen Schluck Bourbon. Er stellte das Glas ab.

»Hm, natürlich. Entschuldige.«

Er stand auf und ging zu einem der Computer hinüber.

»Sie muß hier irgendwo sein. Ich habe sie mir vor ein paar Tagen angesehen.«

Arends zog sich einen Stuhl heran und setzte sich neben Guthrie. Die Diskette hatte er per Kurier vor zwei Tagen aus Fort Detrick geschickt, nachdem er sie mit Chlorgas und einer intensiven UV-Strahlung desinfiziert hatte. Keine dieser Maßnahmen dürfte dem magnetischen Material geschadet haben. Zuvor hatte er die Plastikhülle sorgfältig mit in destilliertes Wasser getauchten Wattetupfern abgewischt und diese einem Wachstumsmedium ausgesetzt, um zu sehen, ob noch irgendeine Form von schädlichen Mikroorganismen vorhanden war. Doch die Kulturen hatten lediglich eine winzige Anzahl harmloser Pilze entwickelt – mehr nicht. Erst als das alles erledigt war, hatte er die Diskette in seinen Computer eingeschoben, um hinter ihren Inhalt zu kommen. Völlig problemlos hatte das Verzeichnis fünf Dateien aufgeführt:

05GNTY4.TXT
06GNTY4.TXT
01GNTY5.TXT
PGSY90.SIM
ANTLOG12.TXT

Aber weiter war er nicht gekommen. Bei den Dateien mit der Endung »TXT« handelte es sich mit Sicherheit um Text – es war eine übliche Bezeichnung, die von einer Vielzahl von Wortprozessoren benutzt wurde –, aber obwohl er sie durch jeden Übersetzer seines Rechners laufen ließ, bekam er immer wieder nur einen Bildschirm voller für ihn sinnloser Daten: Zeilen über Zeilen voller Zahlen und Symbole. Da hatte er sich entschlossen, Saul Guthrie um Hilfe zu bitten.

Guthrie durchstöberte die Schublade seines Schreibtisches. Arends sah ein Röhrchen mit Mikrochips, stapelweise Papier und ein paar schmutzige Plastiklöffel.

»Du sagtest, du hättest sie dir angesehen«, sagte Arends hoffnungsvoll. »Hast du auch etwas Sinnvolles entdecken können?«

»Ich bin ganz sicher, daß ich sie hier ... Die Sache ist nur, sie ist nicht beschriftet und ... Egal, ich habe alles in meinem Rechner. Habe zur Sicherheit eine Kopie gezogen. Ich könnte mir vorstellen, daß du die Originaldiskette zurückgeben mußt.«

»Vergiß sie erst einmal. Was hast du festgestellt?«

Guthrie schloß die Schublade.

»Okay«, sagte er und legte die Hände flach auf die Oberschenkel. »Laß uns die Kopie aufrufen.«

Er drückte auf ein paar Tasten, und einen Moment später erschienen die fünf Dateien auf dem Monitor.

»Ich hatte angenommen, daß die Diskette irgendwie

verhunzt ist«, sagte er. »Aber als ich nach schadhaften Sektoren suchte, kam sie recht klar. Ist sogar eine völlig intakte Diskette.«

»Also konntest du in die Dateien gelangen?«

Guthrie lächelte. Es machte ihm sichtliches Vergnügen, Beruf und Spaß zu vermengen.

»Nun, hinein kam ich einfach genug, allerdings konnte ich mir keinen Reim darauf machen, was ich da las. Oder präziser ausgedrückt: Mein Computer konnte es nicht. Ich würde zu gern wissen, woher du das Ding hast.«

Guthrie grinste, als wäre das ganze Unternehmen nichts weiter als ein Test seiner Fähigkeiten. Vermutlich nahm er das auch felsenfest an. Im Hinblick auf Einzelheiten hatte sich Arends recht zugeknöpft gezeigt.

»Irgend jemand hat sie irgendwo herumliegen lassen. Ich weiß auch nicht recht. Das Ganze ist ziemlich geheimnisvoll.«

»Das kann man wohl sagen. Zunächst war ich mit meiner Weisheit ziemlich am Ende, kann ich dir verraten.«

»Also was ist es? Eine Art Code?«

Guthrie lachte.

»Keineswegs. Die Daten waren nur nicht da, wo sie sein sollten – zumindest nicht da, wo sie mein Computer vermutete. Ich würde sagen, wenn du diese Diskette in den Rechner schiebst, für den sie bestimmt war, könntest du sie auch problemlos lesen – vorausgesetzt, du rufst das richtige Betriebssystem auf. Ich schätze, du würdest mehr als eines darauf finden.«

Arends runzelte die Stirn. Mit Betriebssystemen kannte er sich nicht besonders gut aus.

»Was willst du eigentlich damit sagen? Daß sie auf irgendeinem ungewöhnlichen Computer geschrieben wurde? Ich habe den Rechner gesehen, auf dem diese Diskette hergestellt wurde. Für mich sah er recht gewöhnlich aus.«

»Nicht das Gerät ist ungewöhnlich, sondern das Disketten-Betriebssystem – das DOS. Irgendein hinterlistiger Hund hat sich sein eigenes zusammengebastelt. Hat wahrscheinlich mit dem FAT-File herumgepfuscht.«

»Fett-File?«

»File Allocation Table – FAT. Das ist eine Art Diagramm, das dem Computer sagt, wo er auf der Diskette nach anschließenden Informationsteilen suchen muß – wo jede Information beginnt und endet. Sonst ergibt sich nur eine Kette von Zahlen. Kein Anfang, keine Mitte, kein Ende. Das ist so, als würde man versuchen, einen Satz zusammenzustellen, bei dem alle Wörter miteinander verbunden, in kleine Stücke zerhackt und auf eine bestimmte Weise neu zusammengefügt wurden.«

Arends dachte an die Bücher, die er in Fort Willard gefunden hatte, die Hunderte – vermutlich Tausende – von Elektrophorese-Aufnahmen. Mit ihrer Hilfe waren einzelne Gene isoliert worden: individuelle, funktionale Informationsbrocken. Sie waren wie Teile einer Kartographie, wie Guthrie sie gerade beschrieb. Er erkannte, daß jemand, der sich mit Genetik befaßte, sich von dieser Art Datenschutz angezogen fühlen konnte. Ein bißchen war es so, als würde man seinen eigenen genetischen Code entwickeln.

»Wenn«, fuhr Guthrie fort, »du das FAT-File auf einem Rechner frisierst, kannst du alle Daten auf eine Weise anordnen, die nur dieser bestimmte Computer versteht. Wir können die Dateinamen nur lesen, weil sie in einem besonderen Sektor gespeichert sind, der vom FAT-File nicht erfaßt ist.«

»Aber wenn man Daten woanders herbekommt, von anderen Rechnern, könnte man sie doch nicht lesen, oder? Du kommst lediglich an die Dateinamen.«

Guthrie nickte. »Deshalb vermute ich ja, daß das Gerät über mehr als ein DOS verfügt. Eine herkömmliche für eintreffende Daten und eine frisierte für die Daten, die du für dich behalten willst.«

Arends spürte, wie Enttäuschung in ihm aufstieg. Er sah die Dateien vor sich auf dem Bildschirm. Er konnte die Hand ausstrecken und sie berühren, und doch blieb ihm ihr Inhalt wegen eines Tricks, den er nur halb verstand, wegen einer unerwünschten Einmischung verborgen.

»Bei dieser Art von Manipulation geht es vor allem darum, Daten auf der Festplatte zu schützen«, sagte Guthrie. »Jeder andere aus dem Netzwerk, der sich deine Dateien ansehen möchte, würde nicht einmal aus den Startlöchern kommen. Disketten abzusichern – völlig abzusichern – ist extrem aufwendig. Dazu braucht man eine anständige Chiffrierung und das alles.«

Arends blickte auf.

»Du meinst, diese Diskette sei nicht hundertprozentig geschützt?«

Guthrie sah ihn an, als wäre er ein Einfaltspinsel.

»Nun, du kannst dir die einzelnen Bereiche ansehen – die Rohdaten. Aber es ist unmöglich, sie zusammenzufügen. Das würde Wochen dauern. Wie bei einem Puzzle von zwanzigtausend Teilen.«

»Kannst du mir das mal zeigen?«

»Was? Einen Sektor? Sicher, ich habe mir über PC Shell bereits einige angesehen. Aber ohne zu wissen, wonach ich eigentlich suche, ergibt das nicht viel Sinn. Du siehst nur Reihen über Reihen von Hexadezimalzahlen und, wenn du Glück hast, ein paar Wörter.«

»Was für Wörter?«

Guthrie hob die Hände.

»Okay, okay. Ich werde es dir zeigen.«

Er rief ein kompliziert wirkendes Programm mit Dutzenden von Optionen und Menüs auf. Inzwischen war es draußen dunkel geworden, und das Leuchten des Bildschirms war kräftig genug, Schatten an die Wand hinter ihnen zu werfen.

»Okay«, sagte Guthrie. »Wenn du dir einen Sektor ansiehst, bekommst du links die Hexadezimalzahlen und rechts eine automatische ASCII-Übersetzung. Sobald du irgendwelchen Text in deinem Programm oder in deiner Datei hast, tauchen die Wörter auf.«

»Und diese Sektoren kannst du von der Diskette abrufen, die ich dir gegeben habe?«

»Sicher. Und von der Kopie, die ich gezogen habe. Du mußt mir nur die Nummer eines Sektors nennen – wie eine Planquadratangabe – oder etwas anderes, wonach der Computer suchen kann. Vielleicht ein bestimmtes Wort oder etwas Ähnliches.«

Arends richtete sich auf.

»Okay, du willst also ein Wort, stimmt's? Ein Wort, nach dem gesucht werden kann.«

»Stimmt. Und wenn das Wort auftaucht, dann kannst du dir diesen Sektor ansehen. Aber ohne das richtige FAT-File wirst du den folgenden Sektor ebensowenig finden wie den vorhergehenden.«

Arends dachte angestrengt nach. Wie sollte er mit einem einzigen Wort zum Kern des Disketteninhalts vordringen, zum Kern des Geheimnisses von Fort Willard? Mit mehr Zeit könnte er einen Sektor nach dem anderen von der Diskette abrufen – zwanzigtausend Bildschirme voller Teilinformationen in zufälliger Anordnung –, doch diese Zeit hatte er nicht. Abgesehen davon war nicht auszuschließen, daß die Diskette nichts Wichtigeres enthielt als einen Wäschezettel. Allerdings wiesen selbst Wäschezettel Namen auf.

»Also gut, Saul«, sagte er. »Ich habe ein Wort für dich. Laß deinen Rechner nach ›Virus‹ suchen.«

Ein Hauch von Skepsis überflog Guthries Gesicht.

»Virus? Okay.«

»Er tippte die Buchstaben auf seiner kleinen grauen Tastatur.

»Den Fall nicht berücksichtigen?«

»Was? Oh, yeah. Ja.«

Guthrie hieb auf die »Return-Taste«, und sie warteten, daß der Computer die Millionen Binärschaltungen aufrief, die den Inhalt der Diskette ausmachten. Nach weniger als einer Minute hielt das Gerät inne, und der Bildschirm meldete: »Found.« Guthrie ging in das Menü »Edit«, und dann füllte sich der Bildschirm mit Zahlen, Symbolen und Buchstaben.

```
                                                   Unzoom PrvFle NxtFle

     Advanced Mode              PCShell                        19:47
 File  Disk  Options  View  Special  Tree  Help
   σA    σB    μC    μD    μE

                              Binary, BIT.
                      Hexadecimal Offset                     ASCII Equiv
     0  1  2  3  4  5  6  7    8  9  A  B  C  D  E  F   Alle Typen virusbe-
  0 6F 66 20 76 69 72 61 6C - 20 6F 6E 63 6F 67 65 6E   dingter Onkogene so-
 10 65 20 69 6E 20 62 6F 74 - 68 20 53 75 62 6A 65 63   wohl in Objekt RB1
 20 74 73 20 52 42 31 20 61 - 6E 64 20 52 42 32 2E 20   als auch RB2.
 30 20 4E 65 65 64 20 6F 72 - 69 67 69 6E 61 6C 20 64   Benötigte Original-
 40 61 74 61 20 66 69 6C 65 - 73 20 6F 6E 20 72 6F 75   dateien über Rous sar-
 50 73 20 73 61 72 63 6F 6D - 61 20 76 69 72 75 73 2E   coma-Virus. Betr.
 60 20 20 20 20 52 2F 45 20 - 70 72 6F 74 65 69 6E 20   Protein-Bewegungs-
 70 6B 69 6E 61 73 65 20 66 - 75 6E 63 74 69 6F 6E 2C   funktion  Treffen mit
 80 20 73 65 74 74 69 6E 67 - 20 75 70 20 6D 65 65 74   Dr. Hillier verein-
 90 69 6E 67 20 77 69 74 68 - 20 44 72 20 48 69 6C 6C   baren. Möglichst
 A0 69 65 72 2E 20 20 53 68 - 6F 75 6C 64 20 62 65 20   nächste Woche. Hoffe
 B0 61 76 61 69 6C 61 62 6C - 65 20 74 6F 20 63 6F 6D   auf weitere Ideen  zur
 C0 65 20 64 6F 77 6E 20 6E - 65 78 74 20 77 65 65 6B   Nachbesserung von
 D0 2E 20 20 48 6F 70 65 20 - 74 6F 20 67 65 74 20 73
 E0 6F 6D 65 20 6D 6F 72 65 - 20 69 64 65 61 73 20 6F
 F0 6E 20 69 6D 70 72 6F 76 - 69 6E 67 20 74 68 65 0D

Help   Info   Exit   Launch || GoTo
                              Viewer Search
```

Guthrie verschränkte die Arme.

»Wie ich schon sagte, links die Hexadezimalzahlen und ... He, das ist aber eine gute Trefferquote. Einige Dutzend Wörter. Das ist die ASCII-Übersetzung. Und da hast du auch dein Virus.«

Arends beugte sich nahe an den Bildschirm und las, worauf Guthrie deutete. Und da stand es: Rous-sarcoma-Virus.

»Bringt dir das irgend etwas?« sagte Guthrie.

Arends empfand akute Frustration. Das Rous-sarcoma-Virus war ein gängiger Erreger und etwas, womit jeder Student der Biochemie früher oder später in Berührung kam. Es verursachte bei Hühnern zwar ernsthafte Probleme, war jedoch für fast alle anderen Arten, einschließlich Menschen, völlig ungefährlich. Man konnte knietief in Rous-sarcoma-Viren waten, ohne daß das Maßnahmen wie in Fort Willard rechtfertigen würde – es sei denn, man befand sich direkt neben einer großen Hühnerfarm. Er las den Rest des kurzen Absatzes und hoffte auf etwas – irgend etwas –, was ihn weiterbringen würde. Immerhin trugen selbst Wäschezettel Namen.

Und da war auch ein Name, beinahe in der Textmitte: Hillier.

5

RAFFLESIA CAMP, 20. AUGUST

Carmen wartete bis vier Uhr nachmittags, bevor sie zu den Gräbern ging. Major McKinnon und Dr. Lennox folgten ihr. Alle drei trugen Schutzanzüge und Spaten. Sergeant Sarandon blieb zurück, um sowohl Holly Bekker als auch Sergeant Kaoy im Auge zu behalten.

Sie arbeiteten langsam, fast drei Stunden lang, und gingen beim Ausheben der Erde sehr sorgfältig vor. Sie war rot und fast sandig. Es kam Carmen fast unglaublich vor, daß ein solcher Boden diese üppige Vegetation ernähren konnte. Sobald jemand etwas gefunden hatte, hielten auch die anderen inne. Die Körper waren schwärzlich verfärbt und bereits im Stadium der Verwesung – ein Prozeß, der durch den extremen biochemischen Kollaps infolge der Seuche ebenso gefördert wurde wie durch die Hitze und die bakterienreiche Umgebung. Aasfressende Insekten und Würmer drangen aus ihren Schlupflöchern in kaum noch erkennbarem Körpergewebe und Kleidungsresten. Während sie die Erde aushob, betete Carmen, daß keines dieser Tiere dazu fähig war, das Virus zu übertragen.

Trotz der isolierenden Schutzeigenschaft der Anzüge war es eine der fürchterlichsten Tätigkeiten, die Carmen jemals ausüben mußte. Doch es dauerte nicht allzulange, bis nur noch zwei Hügel übrig waren, ohne daß sie bisher Hinweise auf Kinderleichen gefunden hätten. Die Vorstellung, daß Holly Beckers Kinder beim Ausbruch der Epidemie doch nicht hier gewesen, daß sie der Katastrophe irgendwie entronnen waren, gab ihr neue

Kraft. Konzentriert und vorsichtig grub sie die rote Erde um.

Und dann fand sie es.

Der Körper war so weit verwest, daß im Gewirr von entstelltem Fleisch und verfärbter Kleidung bereits nackte Knochen zu sehen waren. Wie erstarrt und unter ihrem teilweise beschlagenen Schutzhelm laut und schwer atmend, blickte Carmen auf die Gestalt eines Kindes. Sie rief nach Lennox. Auch McKinnon hörte auf zu arbeiten und trat näher. Schweigend drehte er die sterblichen Überreste mit seiner Schaufel um. Reglos und stumm starrten sie auf ein Paar Hausschuhe, die aussahen wie Mäuse. Ohren und Schnurrbart waren verklebt mit Schmutz und getrocknetem Blut.

6

RAFFLESIA CAMP, 21. AUGUST

Carmen träumte von zu Hause, als sich ihr Wecker meldete. Im Traum hatte sie mit Joeys Baseballhandschuh den Ball gefangen und in hohem Bogen zurückgeworfen. Doch nun fand sie sich im kalten Morgenlicht in ihrem stickigen Zelt wieder und lauschte auf die Geräusche des Dschungels. Eigentlich war es unglaublich, daß inmitten des schreienden, zirpenden und zwitschernden Morgenchores, der um sie herum anschwoll, ausgerechnet das vertraute Piep-piep-piep ihres Weckers sie aus ihren Träumen riß. Unglaublich, daß der Dschungelchorus sie nicht schon eine halbe Stunde früher geweckt hatte. Ihre Energien ließen nach. Das lag an der Hitze und der unzulänglichen Verpflegung. Die Mission begann sie zu zermürben, und die Tatsache, daß sie es inzwischen mit einer von der Tragödie direkt Betroffenen zu tun hatte, forderte ihren Tribut. Nach einem Gespräch mit Paul Lennox und Adam McKinnon hatte sie beschlossen, Holly Becker zunächst nichts davon zu sagen, daß sie einen Kinderkörper in einem der Gräber gefunden hatten. Solange die Quarantänemaßnahmen anhielten, konnte sie nicht das Risiko eingehen, daß Holly verzweifelte. Der Mission wegen war Carmen zur Lüge verpflichtet. Sie hoffte, daß es zum letztenmal war.

Sie blieb eine Weile liegen, blickte auf den Digitalwecker und genoß förmlich das vertraute Piepen – ein Geräusch, das sie für gewöhnlich unerträglich fand. Sie machte sich bewußt, daß der Grund, weshalb dem Wecker gelungen war, was der Dschungel nicht geschafft hatte, vielleicht darin lag, daß sie den Dschungel nicht hören wollte. Sie verdrängte ihn, schaltete ihn aus, während das Piepen ihres Weckers wie ein Gruß von zu Hause war. Ihre Erschöpfung war weniger physisch als psychisch. Sie lauschte den Männern, die sich vor ihrem Zelt bewegten. Wahrscheinlich litten sie unter ähnlichem Heimweh. Carmen kroch aus ihrem baumwollenen Schlafsack. Es war ihre Aufgabe, sie anzuführen, also würde sie das auch tun. Je schneller sie ihre Arbeiten bewältigten, desto schneller konnten sie alle wieder zu ihren Familien zurückkehren.

Jim Sarandon saß neben Holly Beckers Zelt und trank einen Becher Kaffee.

»Wie geht es ihr?«

Sarandon blickte auf. Wieder hatte er kaum geschlafen, sondern Wache gehalten.

»Schläft wie ein Baby. Vermutlich ist es im Moment so am besten für sie. Es wäre eine Schande, sie zu wecken.«

Carmen nickte. Der Verlust ihrer Kinder würde jede Erleichterung überwiegen, die Holly über die stetige Besserung ihres Gesundheitszustandes empfinden mochte – und das unglaubliche Glück, das dies bedeutete.

»Es wird ein sehr schwerer Tag für sie werden«, sagte Carmen mit bewußt gedämpfter Stimme. »Lassen Sie sie von allein aufwachen.« Schon der Gedanke an ein Frühstück war für Carmen zuviel. Sie setzte sich zu Lennox und McKinnon hinten in den Cherokee und trank nur einen Kaffee. Seit sie den Boden von Sumatra betreten hatte, schien ihr Appetit wie verflogen. Langsam begann sie sich Sorgen darüber zu machen, ob sie auch genügend aß. Unzureichende Ernährung zog unzureichende Leistungen nach sich. Doch sosehr sie sich auch bemühte – das einzige, wonach es sie verlangte, das einzige, was sie ihrem Körper zumuten wollte, war Kaffee.

Sie hatten noch gar nicht mit der Arbeit begonnen und schwitzten doch bereits ausgiebig. Carmen überprüfte den Tagesplan. Auf dem Programm standen weiterhin Proben und Analysen, obwohl sie sich langsam dem Punkt näherten, an dem kaum noch etwas zu überprüfen war. Bisher hatte sich alles, was sie mit ihren verschiedenen Methoden getestet hatten, als virusfrei erwiesen. Keines der Insekten, Säugetiere und Reptilien kam als Überträger des Virus in Betracht, das noch vor kurzem eine kleine Ansiedlung vollständig ausgelöscht hatte. Was den hier lebenden Menschen auch immer den Tod gebracht hatte, schien weitergezogen zu sein.

»Es überrascht mich eigentlich nicht, daß wir bisher nur Nieten gezogen haben«, meinte Lennox und blickte in seinen Plastikbecher.

»Sie denken an den einzigen Primärkontakt, der aus Muaratebo berichtet wurde?« fragte McKinnon.

Carmen sah zu Sarandon neben Holly Beckers Zelt hinüber.

»Richtig«, sagte Lennox. »Wenn es lediglich eine Primärinfektion gab, dann können wir Insekten als Hauptüberträger vermutlich ausschließen.«

»Aber wenn Primaten die einzigen Überträger sind, warum haben wir das Virus nicht in den Affen nachweisen können, die Leigh gefangen hat?«

Lennox dachte einen Moment lang nach. Carmen wandte den Kopf wieder um und sah McKinnon ins glänzende Gesicht. Im Gegensatz zu den anderen legte er noch immer sehr viel Wert auf sein Äußeres, aber das war ein Kampf, den er nicht gewinnen konnte. Sein rotes Haar und der blasse Teint wiesen ihn als nicht besonders tropentauglich aus, und trotz des Sonnenschutzmittels Faktor 20, das er alle paar Stunden auftrug, sah er mittlerweile aus wie ein gekochter Krebs. Als er die Hand nach der Kaffeekanne ausstreckte, stieg Carmen ein schwacher Kokosduft in die Nase, der sie an Ferien am Strand erinnerte.

»Affen sind gesellig und ortsgebunden«, sagte Lennox. »Es gibt keinen Grund, weshalb eine Herde mit einer anderen in Kontakt kommen sollte – es sei denn, eine Konfrontation ist absolut unvermeidlich. Falls sich eine Herde tatsächlich infiziert hat, so könnte sie durchaus weitergezogen sein, ohne das Virus weitergegeben zu haben.«

»Sie glauben also, daß der Affenfänger das Virus aus dem Wald mitgebracht hat?« fragte McKinnon.

Carmen griff zu ihrem Kaffeebecher und trank einen Schluck.

»Es sieht so aus. Doch das kann noch nicht die ganze Erklärung sein, weil sich Jarvis das Virus weit außerhalb des Territoriums dieses Jägers eingefangen hat und nie in Muaratebo war. Es würde mich nicht überraschen, wenn Leigh und Daintith irgend etwas in diesen Höhlen finden, die Jarvis in seinem Tagebuch erwähnt. Und wenn das so ist, müssen wir die Verbindung zwischen den beiden Ausbrüchen suchen.«

»Und zu dem Ausbruch hier«, sagte Lennox. »Vergessen Sie nicht, was sich im Camp abgespielt hat.«

Carmen blickte zu den stillen, verlassenen Gebäuden hinüber. Was war hier geschehen? Irgend etwas hatte sich im Dschungel verändert. Irgend etwas in den Tiefen der Biochemie war für einen Augenblick zu einem Scheinleben erwacht, dann wieder verschwunden und hatte ein Dutzend Menschen mit sich genommen. Carmen sah Lennox an und schüttelte den Kopf.

»Irgendwo gibt es eine Verbindung«, sagte sie. »Wir haben sie nur noch nicht entdeckt.«

Um vier Uhr nachmittags meldete sich das X-Band. Es war Arends. Aus tiefem Schlaf hochgeschreckt, nahm Sarandon den Anruf entgegen und sagte Carmen Bescheid, als sie kurz vor Sonnenuntergang zurückkehrte. Sie rief sofort zurück, doch zu diesem Zeitpunkt arbeitete Arends gerade in Level Four und konnte nicht an den Apparat kommen. Carmen zwang sich dazu, eine Schale Reis zu essen, und dachte nach. Arends hatte Sarandon erklärt, er wolle ihr ein paar Neuigkeiten mitteilen, und sie war neugierig, um was es sich handeln könnte. Seit ihrer Ankunft auf Sumatra hatte sie den ihr anonym zugeschickten Umschlag völlig vergessen. Zum einen gab es zu viele andere Dinge zu bedenken, und dann war kaum zu erkennen, welche Bedeutung der mysteriöse Inhalt für die Vorgänge in Indonesien haben sollte.

Als Arends sich erneut meldete, nahm sie den Anruf im Cherokee entgegen – verblüfft wie immer über die Qualität der digitalen Übermittlung. Es hörte sich an, als hielte sich Arends in einem Nachbarort auf.

»Ich dachte, Sie würden vielleicht gern erfahren, wie weit meine Nachforschungen gediehen sind.«

Carmen spürte, wie zufrieden Arends mit sich war, auch wenn es seinem Typ nicht entsprach, sich zu brüsten.

»Haben Sie denn irgend etwas Sachdienliches herausbekommen?«

»Ich bin nicht sicher. Noch nicht. Aber ich habe eine Spur. In wenigen Tagen weiß ich vielleicht schon mehr.«

»Also, worum geht es bei der ganzen Sache?«

Arends setzte zu einer längeren Schilderung der Umstände an, wie er Fort Willard entdeckt hatte, dort eingedrungen war und die Diskette gefunden hatte. Carmen schloß die Tür des Cherokee.

»Moment, George. Sie sind da doch nicht etwa eingebrochen?«

»Nein, nicht direkt. Nun ja ... Ist die Leitung sicher?«

»Absolut.«

»Dann ja. Aber das Gelände wird schon länger nicht mehr genutzt. Niemand war in der Nähe, und ich hatte so ein Gefühl ...«

»Dieses Gefühl, unbedingt einbrechen zu müssen«, sagte Carmen.

Arends schwieg einen Augenblick lang.

»Ich hatte das Gefühl, daß es sich lohnen würde. Schließlich wurde eindeutig darauf hingewiesen. In dem anonymen Brief mit den Dokumenten, meine ich. Als ich dorthin aufbrach, habe ich eigentlich nicht viel erwartet. Ich meine, ich rechnete nicht damit, irgend etwas zu finden, doch dann war da dieses verlassene Labor. Überall ›Biotoxisch‹-Aufkleber und die entsprechenden Abdichtungen. Sie haben den Laden desinfiziert, ausgeräuchert und aufgegeben.«

»Und was haben Sie nun entdeckt?«

»Das ganze Labor wurde dekontaminiert, Carmen. Noch weiß ich zwar nicht genau, was da passiert ist, aber ich wette darauf, daß es etwas höchst Unangenehmes war. Ich habe versucht herauszubekommen, womit sie sich beschäftigt haben, aber das ist gar nicht so leicht. Ich weiß noch nicht einmal, wer sie eigentlich waren. Aber ich habe eine Computerdiskette mitgenommen, und das könnte ein Anfang sein.«

»Sie haben sie einfach mitgenommen?« Carmen lehnte sich gegen die Tür des Cherokee. Es war unvorstellbar heiß und stickig, aber sie war froh, daß niemand mithören konnte. »Nun, da Sie schon einmal eingebrochen waren, konnten Sie vermutlich auch etwas mitnehmen.«

»Was hätte ich denn Ihrer Meinung nach tun sollen?«

Carmen antwortete nicht. Als sie Arends den Umschlag gegeben hatte, war sie sich der möglichen Folgen nicht bewußt gewesen. Aber diese ganze Heimlichtuerei vermittelte ihr ein höchst unbehagliches Gefühl. Arends hatte sich eines Vergehens schuldig gemacht, und sie war seine Komplizin. Nein, sogar seine Anstifterin, denn sie hatte ihn erst auf die Fährte gesetzt. Sie konnte nur hoffen, daß sie das Ganze nicht irgendwann General Bailey erklären mußte.

Arends schilderte seine Bemühungen zur »Dechiffrierung« der Diskette. »Immerhin taucht in dem Text der Hinweis auf einen Doktor Hillier auf. Sagt Ihnen der Name irgend etwas?«

Carmen dachte kurz nach. Erfolglos.

»Leider nicht«, sagte sie. »Ihnen?«

»Nein. Aber ich werde ein paar weitere Nachforschungen anstellen, und mein Freund kämpft sich noch immer durch die Diskette. Das meiste ist bedauerlicherweise rätselhaft, aber vielleicht stoßen wir doch noch auf einen weiteren Namen.«

»Tun Sie das. Aber gehen Sie möglichst diskret vor, okay? Hört sich ganz so an, als hätten wir bereits allzu eigenmächtig gehandelt.«

»In Ordnung. Oh, Carmen?«

»Ja?«

»Da ist noch etwas. Es stand am Anfang des Textes, ein Hinweis auf gewisse Objekte RB-Eins und RB-Zwei.«

»Welche Art von Objekten?«

»Wird nicht erwähnt. Könnte buchstäblich alles sein. Ich dachte schon, R könnte für *Rattus* stehen, als wären es Laborratten, aber ich finde keine Spezies, deren zweiter Name mit einem B beginnt. Und dann kam mir der Gedanke ...«

»Rhesus?«

»Richtig. *Macaca mulatta.*«

Die Möglichkeit, daß man in Fort Willard Primaten aus der Familie der Makaken eingesetzt hatte, war die erste greifbare Verbindung zum Ausbruch der Seuche auf Sumatra. Es klang durchaus vielversprechend.

»Allerdings gibt es da ein Problem«, sagte Carmen. »Rhesusaffen sind in Nordindien heimisch, hier unten trifft man sie nicht an.«

»Vielleicht wußte unser Absender das nicht. Vielleicht hat er zwischen Willard und Sumatra eine unzulässige Verbindung hergestellt. Vielleicht gibt es gar keine Verbindung.«

Carmen blickte auf die mit Kisten und Kartons vollgestellte Ladefläche des Cherokee. Das Puzzle hatte bereits mehr Teile als genug. Sie wollte nicht, daß noch weitere hinzukamen.

»Wie dem auch sei«, fuhr Arends fort. »Ich habe vor, diesen Doktor Hillier aufzuspüren. Vielleicht kennt er ein paar der Antworten.«

»Okay, George. Aber brechen Sie bloß nicht wieder irgendwo ein.«

7

PROVINZ RIAU, 21. AUGUST

Alles deutete auf die Höhlen als Ground Zero hin. Zunächst war Mark Leigh nicht allzu begeistert von der Vorstellung gewesen, das RIID-Team auseinanderzureißen, zumal inzwischen von einer Aufgabe der gesamten Mission gemunkelt wurde, doch da hatte er das Fax von Jarvis' Tagebuch noch nicht gelesen. Inzwischen war er wie Harold Daintith davon überzeugt, daß die darin enthaltenen Informationen zu präzise und möglicherweise zu bedeutsam waren, um unbeachtet zu bleiben. Wenn sich Dr. Jarvis mit dem Muaratebo-Virus tatsächlich am Primärvorkommen angesteckt hatte und nicht durch einen nicht verzeichneten Kontakt mit einem infizierten Menschen, dann in diesen Höhlen. Und die lagen nicht allzuweit entfernt.

Der überzeugendste Beweis war für Leigh der Zeitrahmen. Dem Ausbruch in Marshallton und WHO-Berichten aus Indonesien zufolge verfügte das Muaratebo-Virus über eine relativ vorhersehbare Pathogenese – zumindest was Menschen anbetraf. In allen Fällen hatte es von der Infektion bis zum Tod neun Tage gedauert, wobei die ersten Symptome etwa in der Mitte dieser Frist aufgetreten waren. Bei dem Virus handelte es sich, um Sergeant Sarandons Worte zu gebrauchen, um ein Neun-Tage-Wunder.

Und genau neun Tage vor seinem Tod hatte Jarvis dreißig Kilometer nordwestlich des Ortes Muaralembu am Fuß der Barisan-Berge nach einer Wasserquelle gesucht. Jarvis' Eintragungen waren überaus präzise, da er eindeutig vorhatte, dorthin zurückzukehren. In mehreren der Höhlen hatte er zwar Wasser gefunden, doch einige von ihnen waren von Fledermäusen bewohnt, und das bedeutete ein hohes Risiko der Verunreinigung. Seine Schilderungen hatte Jarvis mit peinlich genauen Ortsangaben untermauert.

Wie Daintith bestätigte, waren die Fledermäuse ein weiterer Indikator. Bei früheren Ausbrüchen von hämorrhagischem Fieber war dann und wann auf einen Zusammenhang mit unterschiedlichen Fledermausarten hingewiesen worden. Bei einem typischen Fall 1977 im südlichen Sudan hatten sich unter dem Dach einer Baumwollfabrik Fledermäuse der Spezies *Tadarida trevori* eingenistet, und ihre Fäkalien verunreinigten die Arbeitsgeräte der späteren Seuchenopfer. Falls sich die Fledermäuse – wie im Sudan-Fall – von Insekten ernährten, die das Virus übertrugen, dann war es wahrscheinlich in ihren Ausscheidungen nachzuweisen. Oder aber die Fledermäuse fungierten als Wirte einer virusübertragenden Zecken- oder Milbenart. In beiden Fällen wäre das Lebensumfeld der Fledermäuse tödlich gefährlich. Jede kleine Schnittverletzung oder Hautabschürfung reichte aus, damit sich ein Mensch – oder ein Affe – infizierte.

Allerdings gab es keine Affen in der Umgebung dieses Steilhangs, zumindest keine *Macaca nemestrina.* In diesem Punkt war Jarvis ebenso eindeutig gewesen wie in allem anderen auch. Statt dessen gab es eine Kolonie lärmender Paviane. Paviane wachten eifersüchtig über ihr Territorium. Und genau darin bestand das Problem. Ähnlich wie Menschen waren sie kaum zu friedlicher Koexistenz fähig und hätten erbarmungslos jeden anderen Primaten davongejagt, der es wagte, in ihren Bereich des Waldes einzudringen – mit Sicherheit kleinere Exemplare wie *Macaca nemestrina.*

Und das hatte immerhin einige Bedeutung, da es sich bei der einzigen Spezies neben dem Menschen, die das Muaratebo-Virus bisher übertragen hatte, um Schweinsaffen handelte. Es waren Makaken gewesen, die das Virus nach Marshallton eingeschleppt hatten. Eine unbestreitbare Tatsache. Und mit Makaken war in der Stadt Muaratebo gehandelt worden, deren Einwohner die Seuche überfallen hatte wie eine Vernichtungsarmee – ausgehend von einem einzigen Punkt, vermutlich sogar einer einzigen Primärinfektion. All das bedeutete: Wenn Makaken diese Höhlen nie aufsuchten, mußten diese als Epizentrum der Epidemie ausgeschlossen werden. Daß es zwei solcher Zentren im selben Gebiet geben könnte, die ganz unabhängig voneinander zum selben Zeitpunkt wirksam wurden, war eine recht unwahrscheinliche Hypothese.

Immer wieder hatte Leigh die Passagen des Tagebuchs gelesen, die sich auf die Paviane bezogen. Ihm fiel auf, daß Jarvis nirgendwo behauptete, sie tatsächlich gesehen zu haben: Er hatte sie lediglich gehört. Jarvis war Entomologe gewesen. Konnte man nicht annehmen, daß seine Kenntnisse über Primaten doch nicht so solide waren, wie er selbst glaubte? Falls die Schreie, die er gehört hatte, nicht von Pavianen, sondern von Makaken stammten, könnte sich die Entdeckung der Höhlen als wirklicher Durchbruch erweisen. Sie würden vielleicht die Chance erhalten, die Büchse der Pandora wieder zu schließen.

Knapp fünfundzwanzig Kilometer lang folgten sie dem Trans-Sumatran Highway und fuhren dann in nordöstlicher Richtung in die Provinz Riau hinein. Die Straßen waren fast leer, und am nächsten Tag, eine Stunde nach Sonnenaufgang, erreichten sie den östlichen Rand des

Steilhangs in der Nähe von Muaralembu. Leigh verstand auf Anhieb, warum sich Jarvis für dieses Gebiet als Standort seiner Forschungsstation entschieden hatte: Obwohl es in den vergangenen Jahrzehnten sporadische Abholzungen gegeben hatte, war das Gelände für die landwirtschaftliche Nutzung zu uneben, und menschliche Ansiedlungen hatten nie längere Zeiten überdauert. Vor sich erblickten sie die nackten, zerklüfteten Kalksteinfelsen, die aus dem dichten Blätterdach des Regenwaldes ragten und in der Morgensonne golden aufleuchteten. Sie wirkten einladend, wunderschön.

Es gelang ihnen, weiter die Schlucht hinaufzufahren als Jarvis, weil der Boden inzwischen fester war und der Cherokee keinen gebrochenen Stoßdämpfer hatte wie der Landrover des Briten. Unter dem breitesten, nach Osten gerichteten Vorsprung des Steilhangs schlugen sie ein Zelt auf und luden die Ausrüstung ab. Das Unternehmen sollte in drei Phasen vor sich gehen: Erstens wollten Leigh und Daintith das Höhlensystem erkunden, um sich einen Überblick über die hier heimische Fauna zu verschaffen, zweitens wollten sie in den Höhlen Duftfallen aufstellen, um möglichst viele unterschiedliche Insekten zu fangen, und drittens wollten sie in unmittelbarer Nähe der Höhlen so viele Säugetiere wie möglich erbeuten, um sie später zu sezieren und ihr Gewebe nach Beweisen für eine Infektion mit dem Muaratebo-Virus zu untersuchen. Als bestem Schützen unter ihnen kam Baker die Arbeit am Gewehr zu. Falls einer der Tests positiv ausfiel, würden sie später mit einem größeren Team zurückkommen – vorausgesetzt, die nötige Verstärkung traf auch ein.

Für ihren Erkundungsgang schlüpften Leigh und Daintith in die orangefarbenen Racal-Anzüge, die sie aus

Fort Detrick mitgebracht hatten. Neben den batteriebetriebenen Luftpump- und Filtersystemen, die auf dem Rücken getragen wurden, waren die Anzüge auch mit Gegensprechfunkgeräten ausgerüstet, deren Funktion die Männer überprüften, bevor sie ihre Schutzhelme verschlossen.

»Alles in Ordnung, Major?«

Auch Baker war angeschlossen, obwohl er mit seinem Gerät nur wenige Meter entfernt stand. Seine Stimme hörte sich so klar und deutlich an, daß Leigh das Gefühl hatte, sie käme aus seiner eigenen Kehle. Er reckte den Daumen und erinnerte sich dann, daß er sich auch verbal verständlich machen konnte. Es war erstaunlich, daß sie sich im RIID bisher nicht zu dem Einsatz dieser Apparate durchringen konnten.

»Es wäre schön, wenn Sie Ihre Lautstärke herunterdrehen könnten, Baker«, sagte er. »Sonst werde ich noch taub.«

»Entschuldigung, Major. Wie ist's jetzt?«

»Besser. Okay, los geht's.«

Ausgerüstet mit Seilen und Taschenlampen, kletterten sie einen steilen und steinigen Pfad hinauf. Er sah so aus, als wäre er von in die Sohle der Schlucht stürzendem Wasser geschaffen worden. Ihr Ziel war eine tiefe Felsfurche links von ihnen, neben der die Vegetation besonders üppig zu sein schien – genau wie es von Jarvis in seinem Tagebuch beschrieben worden war. Dort hatte er den ersten Zugang entdeckt. Durch die Gegensprechanlage hörte Leigh Daintith' Atem. Er mischte sich mit seinem eigenen auf eine komisch kontrapunktische Weise – allerdings atmete Daintith ungleichmäßiger, schwerer.

»Wird es Ihnen da drinnen langsam zu heiß, Harold?« fragte er.

»Ein wenig. Aber sobald wir aus der Sonne sind, wird es sicher besser.«

Leigh blieb stehen und blickte nach oben. Der Steilhang schob sich fast drohend weit über sie hinweg, Schlinggewächse schickten ihre Ranken bis zu ihnen herunter. Gegen den Schatten sah er Insekten, vermutlich war es ein Schwarm Moskitos. Es war eine fast düstere Atmosphäre, aber Leigh war klar, daß das lediglich an dem lag, was er wußte, oder besser gesagt, vermutete: daß der letzte Mensch, der das hier gesehen hatte, inzwischen tot war.

»Mist!«

Leigh drehte sich um. Daintith hatte den Halt verloren und stolperte rückwärts.

»Vorsicht!«

Daintith fiel und stützte sich mit dem Knie ab.

»Ich kann einfach meine Füße nicht sehen«, sagte er. Er rappelte sich mühsam hoch. »Und in diesen Stiefeln habe ich keinen richtigen Halt.«

»Wir haben es fast geschafft«, sagte Leigh. »Überprüfen Sie lieber Ihren Anzug.«

Daintith wischte sich den Schmutz vom Knie und drückte an seiner Schutzkleidung herum, um zu sehen, ob es zu irgendeinem Druckabfall kam.

»Alles in Ordnung, Major«, sagte er.

Wenige Minuten später fanden sie den Eingang. Er war groß genug, aber innen fiel der Boden zu einer Seite knapp anderthalb Meter ab. Als Leigh mit seiner Taschenlampe ins Innere leuchtete, entdeckte er etwas Glänzendes auf dem Boden. Es war eine Münze.

»Hören Sie mich, Baker?«

»Klar und deutlich, Sir. Bis vor einer Minute konnte ich Sie sogar noch sehen.«

»Gut. Ich denke, wir sind an dem schmalen Zugang, den Jarvis beschrieben hat. Da ist eine Art Vorzimmer und dann ... führt eine ziemlich eng wirkende Öffnung weiter nach unten.«

»Okay.«

»Hier sind Tierexkremente. Keine Ahnung, von welcher Art. Vielleicht von Vögeln.«

»Gehen Sie hinein, Sir?«

Leigh leuchtete mit seiner Taschenlampe, um sich besser orientieren zu können.

»Nein. Noch nicht. Sieht ganz so aus, als könnte man hier nur kriechen. Ich glaube nicht, daß der Anzug das überstehen würde. Wir werden hier später Fallen aufstellen.«

»Okay. Weiter oben müßte es noch einen anderen Eingang geben, rechts von Ihnen.«

Diesmal gab es keinen Pfad. Sie hielten sich eng an die Felswand, nutzten jeden noch so schmalen Felsvorsprung und drängten sich an Rankengestrüpp und den kleinwüchsigen Bäumen vorbei, die ihre Wurzeln in jede Bodenspalte schoben. Aus Furcht, daß sich ihre Anzüge in Ästen und Zweigen verfingen, gingen sie sehr langsam. Die Sonne stand bereits hoch am Himmel, und Leigh spürte, wie ihre Hitze seinen orangefarbenen Anzug durchdrang.

Nach fünfzehn Minuten erreichten sie den höchsten Punkt des Steilhangs. Über sich konnten sie bereits sehen, wie der Dschungel wieder seinen Baldachin über die Landschaft breitete wie auf der anderen Seite der Schlucht. Tief unter ihnen konnten sie gerade noch die Ecke des Zeltes erkennen, in dem Baker wartete. Die Höhle lag im Schatten und zurückgesetzt von der Steilwand, war aber leicht zu erkennen: Jarvis und seine Führer hatten mit Parangs Pflanzen und Gestrüpp vom Zugang entfernt.

Der Eingang war wie ein geöffneter Mund geformt und groß genug, daß Leigh eintreten konnte, ohne sich bücken zu müssen. Nach dem blendenden Sonnenlicht wirkte der Schein der Taschenlampen fast düster. Sie richteten sie nach oben und suchten nach den Fledermäusen, denen Jarvis begegnet war, konnten aber keine entdecken. Langsam bewegten sie sich vorwärts.

»Baker?«

»Ja, Sir.«

Die Stimme klang schwächer und eigenartig verschwommen. Über dem ständigen Zischen des Belüftungssystems war sie schwer zu verstehen.

»Wir befinden uns jetzt in der ersten Höhlenkammer. Können Sie uns noch immer hören?«

Stille. Leigh blieb stehen.

»Ja, Sir, aber Sie werden schwächer. Das liegt an dem Felsgestein überall.«

»Okay. Hier gibt es jede Menge fliegender Insekten, also werden wir auch hier Duftfallen deponieren. Bisher noch keine Fledermäuse, aber einiges an Guano. Was sagt das Tagebuch über die Höhlenstruktur? Der Boden müßte bald abfallen, stimmt's? Zu einem kleinen Teich hin.«

Wieder entstand eine Pause. Leigh hatte das alles zwar selbst gelesen, wollte es aber noch einmal hören.

»Die Höhle verengt sich und öffnet sich dann zu einer großen Galerie. Er ist rund fünfzehn Meter hinabgeklettert und fand dann einen Bach, der in einen kleinen Teich mündete. Sie brauchen also nur dem Geräusch plätschernden Wassers zu folgen.«

»Ich kann überhaupt nichts hören«, sagte Daintith leicht gereizt. »Nur meinen Atem und Sie, Baker.«

»Was war das, Sir?«

»Kümmern Sie sich nicht darum«, sagte Leigh. Dann fiel ihm etwas ein. »He, Baker?«

»Ja, Sir?«

»Können Sie da draußen etwas hören?«

»Sie meinen Wasser, Sir?«

»Nein. Ich meine Affen, Paviane – was auch immer. Es sollte hier eigentlich welche geben. Ich hoffe nur, wir haben sie nicht verscheucht.«

Das Funkgerät surrte.

»Ich erhöhe unsere Sendestärke, Sir«, verkündete Baker. »Nur eine Sekunde. Ja ... okay.«

»Haben Sie gehört, was ich sagte?«

»Ja, Sir. Affen. Ich werde die Ohren aufsperren.«

Daintith' Lampenschein war am anderen Ende der Höhlenkammer zur Ruhe gekommen und zeigte einen Wirrwarr aus scharfkantigen Felsbrocken und hellgrauen Tropfsteinsäulen. Es sah so aus, als ginge es dort weiter.

»Wir werden versuchen, diese Galerie zu finden«, sagte Leigh. »Vermutlich verlieren wir den Funkkontakt, also rechnen Sie nicht damit, in der nächsten Viertelstunde von uns zu hören.«

»Sonst ziehen Sie sich Schutzkleidung an und holen Sie uns«, sagte Daintith.

»Verstanden«, sagte Baker. »Fünfzehn Minuten.«

Sie befestigten ein Seil in der Nähe der Höhlenöffnung und bewegten sich dann langsam vorwärts. Die Felsbrokken mit ihren scharfen Kanten machten den Eindruck, als wären Bereiche der Höhle eingestürzt. Vorsichtig kletterten die beiden über sie hinweg und entdeckten einen breiten, von zwei weiteren Stalagmiten gebildeten Torbogen, mit größeren Säulen als vorhin und glatt wie Marmor. Hinter ihnen fiel der Boden steil ab. Leigh machte die Vorhut und behielt das Seil fest im Griff, um nicht auszurutschen. Daintith versuchte mit seiner Taschenlampe in die Dunkelheit hinter dem Abfall zu leuchten, sah aber nur den glatten Höhlenboden.

»Können Sie erkennen, was da unten ist?«

Leigh fand einen sicheren Halt für seinen Fuß und drehte sich langsam um. Die Taschenlampe warf lange vertikale Schatten über eine Fläche von Felsgeröll. Kleine Insekten tanzten im Lichtschein.

»Moment mal. Hören Sie das auch?«

»Was?« fragte Daintith zurück.

»Da. Wasser. Hören Sie?«

Daintith' Atem verstummte.

»Ich glaube ja. Scheint genau so zu sein, wie es Jarvis geschildert hat.«

»Baker?«

Keine Antwort.

»Baker, sind Sie da?« rief Daintith, aber inzwischen waren sie zu weit von der Höhlenöffnung entfernt.

»Egal«, sagte Leigh. »Lassen Sie uns weitergehen, bis wir den kleinen Teich gefunden haben.«

Rund acht Meter tiefer wurde der Höhlenboden wieder ebener. Hier gab es noch mehr Insekten. Immer wieder prallten sie von Leighs Sichtplatte ab, als versuchten sie, in seinen Helm einzudringen. Von irgend etwas mußten sie sich ernähren. Vermutlich von Tierexkrementen. Aber wo waren die Tiere?

Die beiden benutzten das zweite Seil, um tiefer zu gelangen, und ließen sich in geduckter Haltung zwischen den Felsspalten hinunter. Über ihnen waren die Wände glatt, glänzend und tiefrosa getönt, wie in der Farbe lebenden Gewebes. Die Decke der Höhle, jetzt etwa zehn Meter über ihnen, bedeckte ein Wald weißer Stalaktiten. Leigh zuckte zusammen, als ein grauer Schatten lautlos den Lichtkegel seiner Taschenlampe durchschnitt.

»Fledermäuse«, sagte Daintith. »Ich nehme an, sie haben ihren eigenen Eingang.«

Ein weiteres Tier strich vorbei, dann ein drittes. Ihre Schwänze waren lang und ihre Bäuche hellgrau. Sie wirkten größer als die Fledermäuse zu Hause. Leigh verspürte den Drang, sich zu ducken.

»Lust darauf, die Art zu raten?« meinte er.

»Vermutlich *Molossus*. Sehen Sie die Schwänze? Rattenähnliche Geschöpfe, huschen auf allen vieren herum. Unangenehme Burschen.«

»Na prächtig!«

»Insektenfresser mit großem Appetit.«

Sie waren vielleicht fünfundzwanzig Meter hinuntergeklettert, als Leigh bemerkte, daß die Reflexion seiner Taschenlampe gegen die Felswände geworfen wurde. Vor ihnen lag eine schwarze Wasserfläche, die an einem Ende von einem kleinen Bach gespeist wurde. Wenig später sah er sein eigenes Spiegelbild: eine plumpe, aufgeblähte Figur, grell orangefarben wie ein Kinderspielzeug. Rund um den Teich ragten scharfe Kristalle aus den Felsen. Im Schein seiner Taschenlampe glitzerten sie wie Schnee im Spätwinter.

»Sehen Sie sich das an.«

Hinter ihm starrte Daintith auf eine Anhäufung von Steinen knapp über und neben ihnen.

»Ich glaube, das sind die Überreste einer Mauer oder so etwas. Sehen Sie?«

Er leuchtete daran entlang. Die Regelmäßigkeit der Steine war eindeutig, der Zweck der Konstruktion weniger.

»Menschliche Siedlung. Wie alt das sein mag? Tausende von Jahren, könnte ich wetten.«

»Eine Siedlung hier unten?« fragte Leigh. »Hier ist kein Licht.«

»Sie hätten Feuer entzünden können. An Holz hat es nicht gemangelt. Vielleicht diente es auch nur zeremoniellen Zwecken.«

»Oder als Grabkammer. Der Felshaufen da könnte durchaus ein Grabhügel sein.«

Daintith blickte sich um. Plötzlich meldete sich das Funkgerät. Ein kreischendes Geräusch, dann ein Klicken. Es war Ed Baker. Eine oder zwei Sekunden lang konnte Leigh ihn verstehen: »... ziemlich viele ... überall an der Felswand ...« Seine Stimme klang erregt, besorgt. Schon war sie nicht mehr zu hören.

»Wir müssen in der Nähe eines weiteren Zugangs sein«, sagte Leigh. »Des ersten vielleicht.«

Beide richteten den Schein ihrer Taschenlampen nach links und dorthin, wo sich der Eingang befinden mußte. Knapp über ihnen zog sich eine lange dunkle Spalte durch die Felswand, aber es war nicht festzustellen, ob sie irgendwohin führte.

Wieder meldete sich Bakers Stimme, diesmal noch erregter: »... in die Höhlen, Sir ... Dutzende vielleicht ... wenn Sie können ...«

»Was will er denn?« fragte Daintith. »Die Viertelstunde ist noch nicht um. Er muß doch wissen, daß wir ihn nicht verstehen können.«

Leigh antwortete nicht. Seine Taschenlampe beleuchtete ein hellbraunes Fellbündel, das wenige Meter entfernt auf einem Felsvorsprung lag. Er trat näher.

»Da haben wir doch etwas. Sieht aus wie ein Primat.«

Daintith folgte ihm. Das Tier lag auf der Seite, leblos, mit abgewandtem Kopf.

»Einer von Jarvis' Pavianen?«

Leigh kletterte ein paar Schritte höher, um besser sehen zu können. Wolken winziger Fliegen schwärmten ihm entgegen.

»Nein«, sagte er und konnte seine Genugtuung nicht verbergen. »*Macacus nemestrinus*, ein Schweinsaffe.«

Inzwischen war Leigh auf gleicher Höhe und nahe genug, um das Tier mit der ausgestreckten Hand berühren zu können.

»Hier sehen Sie seinen ›Schweineschwanz‹, genau wie in Marshall... Himmel!«

Das Fell des Tieres war mit geronnenem Blut befleckt. Deutlich sah Leigh die Vielzahl von Bißwunden, eine besonders große unter einem Ohr. Der Affe war ungemein heftig angegriffen worden. Daintith kletterte mühsam auf den Felsvorsprung und kniete sich nieder, um den Kadaver zu untersuchen.

»Sieht so aus, als wäre er hier hereingekrochen, um zu sterben«, sagte Leigh.

Daintith richtete seine Taschenlampe auf das Gesicht des Tieres. Die Lippen waren von den gelblichen Zähnen zurückgezogen, die Augäpfel milchig-purpurn verfärbt.

»So wie er aussieht, dürfte er rund drei Wochen tot sein.«

Leigh trat einen Schritt zurück. Wenn seine Theorie stimmte, konnte von dem Affen noch immer eine tödliche Gefahr ausgehen, sein Kadaver vor Viren wimmeln. Und das gleiche galt für die Fliegen, die sich von ihm ernährt hatten, sowie – höchstwahrscheinlich – für die Tiere, die den Schweinsaffen angegriffen hatten und mit seinem Blut in Berührung gekommen waren.

»Wir sammeln ihn ein, wenn wir zurückgehen, okay? Bloß kein Risiko eingehen.«

»Einen Moment«, sagte Daintith. »Sehen Sie sich das an. Da.«

Er richtete seine Lampe auf den linken Hinterschenkel des Affen: Auf sein Fell war mit grellroter Farbe ein Kreis gemalt.

»Sie sagten, dieses Tier ähnele denen in Marshallton. Hatten nicht auch sie diese Markierung?«

Bevor Leigh antworten konnte, schaltete sich das Funkgerät wieder ein.

»... von Pavianen in die Höhlen, Sir. Sie sehen aus ...«

»Paviane«, sagte Daintith. »Sie haben unseren Schweinsaffen getötet. Er ist in ihr Territorium eingedrungen.«

Die beiden Männer sahen sich einen Moment lang an.

»Wie wir auch«, sagte Leigh.

Von seiner Position unterhalb des Steilhangs sah Baker sie in den ersten Höhleneingang strömen. Es waren vielleicht fünfzehn, und sie waren groß genug, um Probleme zu verursachen. Jetzt liefen zehn weitere in die gleiche Richtung. Baker gab den Versuch auf, Leigh und Daintith über Funk zu erreichen. Er griff zum Gewehr und schob hastig eine Patrone ein.

»Haut endlich ab, verdammt noch mal!« schrie er und feuerte einen Schuß ab.

In der Nähe flog ein Schwarm Vögel auf. Am Höhleneingang stellte sich ein großes Pavianmännchen auf die Hinterbeine, um zu erkunden, was los war, und verschwand dann. Nicht weit von Baker rumorte es zwischen den Baumstämmen. Der Lautstärke nach war es so groß wie ein Büffel. Baker schob eine weitere Patrone nach, brachte das Gewehr in Anschlag und verfluchte insgeheim die Entscheidung seines kommandierenden Offiziers, keine regulären Angriffswaffen mitzunehmen. Sie mochten ja in friedlicher Mission unterwegs sein, aber der Dschungel war nun einmal ein Feind. Man brauchte sich doch nur das Rafflesia Camp anzusehen, um das zu spüren.

Er gab einen weiteren Schuß in die Baumkronen ab.

Getöse dröhnte in der Höhle auf. Überall waren Paviane: so eng aneinandergedrängt zwischen den Felswänden, daß die Dunkelheit nur aus funkelnden Augen und entblößten Zähnen zu bestehen schien.

»Gott im Himmel!«

Daintith sprang hoch, prallte gegen Leigh, ließ ihn stolpern und vom Felsvorsprung rutschen. Leigh kam ungeschickt auf, ein bohrender Schmerz durchzuckte seinen linken Knöchel. Seine Taschenlampe fiel zu Boden und rollte auf das Wasser zu. Er wollte aufstehen, knickte aber wieder zusammen.

»Harold? Verdammt, wo ...?«

Dann war Daintith neben ihm, zog ihn hoch und krallte sich so fest um seinen Arm, daß die Luft den Anzug um sein Handgelenk herum anschwellen ließ. Sie stießen frontal mit den Helmen zusammen. Daintith' Augen waren sehr groß und sehr starr.

»Kommen Sie! Bloß raus hier. Wir müssen ... Großer Gott!«

Instinktiv fuhr Leigh herum. Da stand ein männlicher Pavian, ein sehr großer. Er war kaum einen Meter entfernt. Der Schein von Leighs Taschenlampe zeigte das verzerrte Gesicht, die starrenden Augen, die gefletschten gelben Zähne. Bellend zuckte er hin und her. Dann sprang er. Leigh holte mit der Faust aus, traf aber ins Leere. Dann schrie Daintith gellend auf.

»Leigh, tun Sie was! Helfen Sie mir! Leigh!«

In dem Durcheinander von Licht und Schatten sah Leigh, daß Daintith rückwärts taumelte, als das Gewicht des Tieres ihn aus dem Gleichgewicht warf. Leigh kämpfte sich auf die Füße.

»Helfen Sie mir doch!«

Daintith schrie vor Schmerzen. Leigh holte wieder mit aller Kraft aus. Sein Handschuh streifte irgend etwas, dann sah er zu Daintith hinüber, der an dem Felsvorsprung lehnte und seinen rechten Unterarm umklammerte. Das Tier war verschwunden.

»Mein Anzug! Mein Anzug! Er hat ihn durchbissen. O Gott! O Gott!«

»Kommen Sie! Wir müssen hier weg!«

Daintith rührte sich nicht.

»Er hat durch die Haut gebissen. Das spüre ich. Sehen Sie es sich an, gottverdammt!«

Der rechte Ärmel des Anzugs klebte luftleer an seinem Arm. Wenn das Virus von dem toten Schweinsaffen in die Pavianherde übertragen worden war und dort überlebt hatte, dann wäre der Biß so tödlich wie eine Arterieninjektion. Virenpartikel aus dem Speichel des Pavians würden bereits durch Daintith' Blutgefäße treiben, in Lungen, Milz, Leber und Gehirn gelangen. Das Virus würde sich von ihm ernähren, wie es sich von Watts, Jarvis und Dr. Marcus Gaunt ernährt hatte – Wissenschaftler wie er, die geglaubt hatten, durch ihr Wissen, ihre Erfahrung und ihre Technologie geschützt zu sein. Leigh hob seine Taschenlampe auf und leuchtete in Richtung Höhleneingang.

»Wir müssen hier raus, Harold.«

»Blutkontakt, Leigh! Blutkontakt. Wenn er infiziert war ...«

»Wir wissen nicht ...«

»Das Virus hat sie aggressiv gemacht. In Marshallton sind sie auch aggressiv geworden. Das sind die Hirnblutungen, die machen sie ...«

»Kommen Sie endlich!«

»Wenn der Biß durch die Haut ... O Gott, nein. Nein!«

Daintith begann an seinem Reißverschluß zu zerren, bemühte sich verzweifelt, aus seinem Anzug zu kommen, um nachzusehen, ob die Pavianzähne Wunden verursacht hatten – gleich hier in der Höhle, mit einem verseuchten Kadaver in der Nähe und umschwirrt von blutfressenden Insekten.

Leigh packte ihn bei den Schultern.

»Nicht hier, Harold. Wir müssen ...«

»Lassen Sie mich los!«

Daintith riß sich los und griff erneut zum Reißverschluß.

»Harold ...«

»Ich muß unbedingt ...«

»Nein! Zunächst müssen wir hier raus. Sie kennen die Regeln.«

Leigh drückte Daintith mit dem Rücken fest an die Felswand. Er spürte, daß sich der kleinere Mann langsam ein wenig beruhigte.

»Die Regeln, Harold. Denken Sie an die Vorschriften.«

Daintith schluckte und nickte. Wegen des Druckabfalls begann der Sichtschutz seines Helms mit einem weißen Dunst zu beschlagen. Er sah aus, als wäre er dem Ertrinken nahe. Leigh leuchtete mit seiner Taschenlampe um sich. Ein dunkler Schatten wurde von dem Strahl aufgescheucht und schwebte lautlos davon.

»In Ordnung«, sagte Daintith. »Ich komme mit.«

Sie hasteten den schmalen Höhlenweg entlang, stolperten über Gesteinsbrocken, krochen auf allen vieren weiter. Daintith sprach mit sich selbst, redete sich gut zu, nicht wieder die Beherrschung zu verlieren. Hin und wieder rief er Leigh zu, etwas langsamer zu laufen, da er nichts mehr sehen könne. Hoch über sich sahen sie, wie Licht durch den Höhleneingang eindrang. Dann ertönte das Funkgerät wieder, gleich darauf Bakers Stimme. Er klang näher als zuvor.

»Hören Sie mich? Over.«

»Es gibt ein Problem, Baker«, sagte Leigh. »Harold wurde von einem Pavian gebissen. Möglicherweise haben wir es mit einem Viruskontakt zu tun.«

Stille am anderen Ende.

»Baker?«

»Ja, Sir. Verstanden.«

8

JAMBI, 23. AUGUST

Die Müllhalde lag auf der Westseite der Stadt, am Fluß, in der Nähe der Floßhäuser von Solok Sipin mit ihren brüchigen Veranden und spitzen Dächern. Vor zwei Jahren war sie von den Behörden geschlossen worden, aber noch immer luden Lastwagenfahrer nachts Unrat ab, statt Gebühren für die Nutzung der städtischen Kippe knapp fünf Kilometer außerhalb zu bezahlen, und noch immer kamen bei Sonnenaufgang die Kinder aus den Baracken, um den zurückgelassenen Müll zu durchwühlen. Seit kurzem fiel ihre Beute spärlicher aus, denn wegen der vielen Soldaten, die in der Stadt aufgetaucht waren, kamen die Fahrer seltener. Sie befürchteten, gesehen zu werden. Doch irgend etwas war immer zu finden.

Vor allem suchten die Kinder nach Flaschen. Ein Posten von sechs Coca-Cola-Flaschen konnte zweihundert Rupien einbringen, und sogar die aus Plastik waren bei den Männern begehrt, die an der Straße zum Flughafen selbstgebraute Getränke verkauften. Und gelegentlich tauchte auch Wertvolleres auf – irgendein Gerät, das weiter ausgeschlachtet werden konnte, alte Kleidung oder Schuhe –, und dann begannen die Streitereien. Die älteren Jungen beobachteten genau, ob die kleineren etwas zutage förderten, und wenn das geschah, nahmen sie es ihnen mit Gewalt ab. Nur sehr selten konnte ein kleineres Kind etwas Gutes für sich behalten, es sei denn, es war im Besitz eines Messers und bereit, das auch einzusetzen – allerdings sollte auch das schon vorgekommen sein. Ein Halbwüchsiger namens Suli trug auf der Wange eine gezackte Narbe, wo ihm ein Zehnjähriger mit einem Rasiermesser die Haut aufgeschlitzt hatte. Den Zehnjährigen hatte seither niemand mehr gesehen, und keiner wußte, ob er sich einfach davongemacht oder ob ihn Suli irgendwo umgebracht hatte.

Zunächst hielten sie es für einen Autoreifen, was da rund hundert Meter flußaufwärts in der Nähe des Ufers auf- und wieder abtauchte. Einige der größeren Jungen rannten am Ufer entlang und rutschten immer wieder auf den Abfallhaufen aus, die überwiegend zu einer schwärzlichen Masse verrottet waren, garniert von Papierüberresten und Plastiktüten. Ein Autoreifen war ein bedeutender Fund, selbst ein alter, denn in der Barackensiedlung gab es Männer, die ihn zusammenflicken konnten, ganz gleich, wie viele Löcher er auch aufwies. Das Problem war nur, daß die Jungen nicht besonders gut schwimmen konnten, der Fluß aber nach den jüngsten Regenfällen stark angeschwollen war und fast reißend dahinschoß. Er bildete riesige Strudel um die Schleppboote und Pfahlbauten, von denen einige bis zu vierzig Meter vom Ufer entfernt im Wasser standen. Selbst ein guter Schwimmer konnte hinausgezogen werden und ertrinken.

Der Reifen verschwand für einen Moment, tauchte dann aber, näher an der Müllhalde, wieder auf. Auch wenn er sich zum größten Teil unter der Wasseroberfläche befand, sah es so aus, als könnte es ein Lastwagenreifen sein. Damit wäre er sogar noch wertvoller. Am Fenster eines der Floßhäuser erschien eine Frau und rief etwas. Eine Bande kleiner Jungen hatte sich mit einer langen Bambusstange auf ihrer schmalen Veranda eingefunden. Einer der Jungen hüpfte auf und ab und reckte triumphierend die Faust. Sie waren die ersten.

Die alte Frau schrie immer noch, sagte den Kindern, sie sollten sich gefälligst davonscheren, aber niemand achtete auf sie. Ein Junge mit schmuddeligem T-Shirt sprang ins Wasser, hielt sich aber krampfhaft an den Pfählen der Veranda fest – aus Angst, fortgerissen zu werden. In der Hoffnung, den Reifen einfangen zu können, bevor er davontrieb, schoben die anderen Kinder ihre Bambusstange so weit wie möglich in den Fluß hinaus. Inzwischen war er nur noch zehn Meter entfernt und drehte sich langsam, als die Strömung den Gegendrall des Ufers zu spüren bekam. Jedermann begann laut zu schreien und Anweisungen zu geben, was zu tun und wie die Stange zu halten sei. Leute traten aus den umliegenden Häusern, neugierig, was die ganze Aufregung eigentlich sollte. Oben auf der Straße hielten die Fahrer eines Motorrollers und eines zerbeulten roten Kleinlasters an, um sich das Schauspiel nicht entgehen zu lassen.

Der Junge im Wasser sah es zuerst. Es tauchte einen Augenblick lang auf und verschwand wieder, rund dreißig Zentimeter von dem glatten schwarzen Bogen entfernt, den alle für Gummi gehalten hatten: das Kinn eines Menschen. Die Vorderzähne des Unterkiefers waren deutlich zu sehen. Bis zur Unkenntlichkeit aufgedunsen, trieb der Körper rücklings dahin, den Kopf zurückgeworfen, die Glieder untergetaucht.

Der Junge schrie gellend auf und zeigte, aber niemand nahm von ihm Notiz. Das Ende der Bambusstange traf auf den schwarzen Bogen und hinterließ eine tiefe Einkerbung. Um sie herum zeigten sich plötzlich Strudel einer dunkelroten Flüssigkeit. Und dann neigte sich der Kopf, langsam, ganz langsam, zur Seite und hob sich ungefähr zehn Zentimeter aus dem Wasser, als wollte er den Grund der Ruhestörung erkunden.

Das schwärzliche Fleisch im Gesicht war fast völlig zerfressen, die zwei Reihen gelber Zähne gefletscht. Ein Auge war geschlossen, das andere eine klaffende Höhlung. Die Haare waren am Hinterkopf mit einem Band zusammengefaßt. Als der Kopf wieder zurückglitt, blitzte einer der Zähne in der Sonne. Er war aus Gold.

Die Kinder und die alte Frau kreischten, die Kinder ließen die Stange fallen und rannten zum anderen Ende der Veranda. Oben auf der Straße reckte sich der Motorrollerfahrer, um nichts zu verpassen. Der Junge im Wasser wollte hastig auf die Veranda klettern, rutschte aber aus und verschwand im Fluß. Die Leiche drehte sich auf die Seite und ließ im Vorbeitreiben eine dunkle purpurfarbene Spur hinter sich zurück. Eine Knochenhand tauchte aus dem Wasser auf und blieb auf der Hüfte des Leichnams liegen.

Die Kinder rannten die Uferböschung hinauf und berichteten laut schreiend von der Leiche im Fluß und der Seuche, die sich durch die Luft verbreitete. Jeder hatte von der Epidemie in Muaratebo gehört – nicht aus den Zeitungen oder dem Radio, denn dort war nahezu nichts zu erfahren, sondern von den Schiffern der Kähne, die die geschlagenen Stämme zu den Sägemühlen am anderen Ende der Stadt schleppten. Von überall her eilten Menschen herbei. Manche von ihnen hatten die Arme voller Habseligkeiten, andere trugen hastig in Tücher gewickelte Kleinkinder. Der Mann auf dem Motorroller kickstartete seine Maschine und knatterte in Richtung Stadt davon. Der Fahrer des Kleinlasters gab so heftig Gas, daß die Räder auf der sandigen Fahrbahn durchdrehten. Zwei Kindern gelang es, hinten aufzuspringen, ein drittes rutschte ab und blieb wie ein Kleiderbündel auf der Straße liegen. Der Laster stieß um ein Haar mit einem Transporter voller Soldaten zusammen, der aus der anderen Richtung kam.

Unten im Fluß kämpfte der Junge im weißen T-Shirt darum, wieder an Land zu kommen. Doch er wurde wie der Tote flußabwärts getrieben. Über die Schulter hinweg konnte er sehen, wie sich die Leiche in der Strömung drehte. Es kam ihm vor, als würde sie ihn verfolgen, als wollte sie ihn mit ihren Skelettarmen fangen. Verzweifelt strampelte er weiter auf die Müllhalde am Ufer zu und würgte spuckend das übelschmeckende Wasser aus der Kehle, an dem er beinahe erstickte.

Er hatte das Ufer fast erreicht, als ihn etwas am Bein packte. Er schrie und zappelte, wollte nicht in die verwesenden Augen und auf die gefletschten Zähne blicken. Dann hörte er ein Lachen. Es war Suli, der an ihm vorbeischwamm – ein Messer in der einen, den Goldzahn in der anderen Hand.

»Zehntausend Rupien!« rief er und hielt den Zahn hoch, damit der Junge ihn sehen konnte. »Zwanzigtausend! Dreißigtausend!«

9

PROVINZ JAMBI, 24. AUGUST

Major Leigh meldete sich mit fünfzehnminütiger Verspätung und hörte sich erschöpft an. Trotz der Verzerrung durch die Funkverbindung war die Anspannung in seiner Stimme unüberhörbar.

»Einer der Elisa-Tests ist positiv. Aber nur einer. Er betrifft den Schweinsaffen, den wir in der Höhle gefunden haben. Doch das hat nicht viel zu sagen. Ich nehme an, daß sich die Moleküle seit dem Tod des Tieres im wesentlichen zersetzt haben. Over.«

Erstmals hatten sie Spuren des Virus vor Ort nachgewiesen, aber dennoch fühlte Carmen sich keinen Schritt näher am Ziel. Es war nichts Neues, daß Ahmads Schweinsaffen sich früher oder später infiziert hatten. Abgesehen davon gab es drängendere Sorgen.

»Was ist mit den Pavianen? Over.«

»Bisher glücklicherweise negativ. Keins der Exemplare, die wir gefangen haben, zeigt Anzeichen einer Infektion, und auch über Elisa-Tests ist nichts nachzuweisen. Wenn die Paviane durch den Makaken, den wir gefunden haben, mit dem Virus in Berührung gekommen sind, dann blieb das folgenlos, denke ich. Mit ein wenig Glück ist Harold aus dem Schneider. Over.«

Carmen spürte, daß ihre Anspannung nachließ.

»Das hoffe ich. Wie geht es ihm? Over.«

»Er ist ein bißchen nervös, aber ansonsten okay. Over.«

Nervös! Carmen erinnerte sich an George Arends' Worte, als er ihr auf die Beine geholfen hatte: Das ist nur die Angst. Sie alle hatten Grund, nervös zu sein.

»Und wie geht es mit den anderen Proben voran? Over.«

»Langsam. Es sind diese verfluchten Anzüge. Mit der Hitze werden sie ganz gut fertig, aber die Feuchtigkeit verstopft offenbar die Filter. Entweder das, oder die Batterien sind im Eimer. Nach einer halben Stunde beginnt man zu kochen. Heute vormittag ist mir Harold fast umgekippt. Over.«

Auch im Cherokee war es heiß, trotz der offenstehenden Ladefläche.

»Das gefällt mir nicht«, sagte Carmen. »Ich möchte nicht, daß es bei Ihnen zu Wasserentzug kommt. Kleiden Sie sich notfalls aus, und trinken Sie etwas. Over.«

»Wird gemacht. Wir sind hier ohnehin fast fertig. Heute früh hat uns Baker ein paar Nagetiere erlegt, und vorhin haben wir ein paar Proben von den Tierexkrementen in der Höhle genommen. Morgen müssen wir nur noch die Duftfallen überprüfen. Sobald alles gesichert und verpackt ist, verschwinden wir hier. Ohne jedes Bedauern, kann ich Ihnen versichern. Over.«

»Was ist mit den Fledermäusen? Können Sie mir von denen auch einige fangen? Over.«

Es entstand eine Pause. Die Sonne versank hinter den Baumkronen, und Insekten sammelten sich bereits um die Lichter im Camp. Sergeant Sarandon steckte sich eine Zigarette an und lehnte sich gegen den Cherokee. Der Tabakduft war vertraut, tröstlich.

»Unmöglich, Colonel. Wir haben ihren Schlafplatz nicht gefunden. Er muß sich ganz tief im Höhlensystem befinden. Und so weit können wir nicht vordringen. Abgesehen davon glaube ich nicht, daß die Fledermäuse unsere Überträger sind. Ich halte sie für irrelevant. Over.«

In seiner Stimme war eine fast grimmige Entschlossenheit, die Carmen noch nie bei ihm gehört hatte. Offenbar hatte ihm die ganztägige Arbeit im Raumanzug den Sinn fürs Scherzen vergehen lassen – zumindest im Moment.

»Haben Sie Lust, mir Ihre Überlegungen mitzuteilen? Over.«

Eine große fliegende Schabe prallte gegen die Seitenscheibe des Cherokee. Angezogen vom Licht im Wageninnern blieb sie am Glas kleben. Ihre Fühler bewegten sich so emsig hin und her, als versuchte sie, das Gespräch zu belauschen.

»Ich glaube, mit unseren Makaken sind wir auf der richtigen Spur – ganz so, wie wir von Anfang an vermutet haben. Ich bin davon überzeugt, daß das tote Tier, das wir in der Höhle gefunden haben, das Virus hier eingeschleppt hat. Over.«

»Okay«, sagte Carmen. »Und wie lautet nun Ihre Hypothese? Over.«

»Dieser Schweinsaffe wurde gefangen – das beweist seine rote Farbmarkierung –, und das sehr wahrscheinlich von demselben Jäger, der die anderen infizierten Tiere nach Muaratebo gebracht hat. Allerdings konnte dieser Affe irgendwie entkommen. Vielleicht hat ihn der Jäger auch laufenlassen, weil er bereits krank wirkte. Beide Möglichkeiten würden seine Desorientierung erklären. Er wurde aus seinem Lebensbereich entfernt und fand den Weg nicht wieder zurück. Er irrte tagelang umher und geriet schließlich auf das Territorium der Paviane. Der Rest ist einfach. Der Schweinsaffe wurde getötet. Sein Blut gelangte in den Höhlenteich, infizierte möglicherweise auch die dort lebende Insektenpopulation – obwohl ich vermute, daß die Insektentests ebenso negativ ausfallen wie die bei den Pavianen. Jarvis hatte Pech, ausgerechnet zu einem

Zeitpunkt die Höhle zu betreten, als die noch vor Viren wimmelte. Vielleicht hat er von dem Wasser getrunken oder sich in dessen Nähe irgendwie verletzt. Ende der Geschichte. Was halten Sie davon? Over.«

Carmens Blick fiel auf Sergeant Kaoy in der Nähe des Zelts, in dem Holly Becker noch immer isoliert war. Ihr Schatten bewegte sich; wahrscheinlich dachte sie an ihre Kinder, an deren Schicksal, und hoffte – glaubte vielleicht sogar –, daß sie noch lebten. Es war eine Hoffnung, die Carmen nicht zu zerstören wagte. Vermutlich war sie das einzige, was die Frau vor dem Wahnsinn bewahrte. Carmen fürchtete sich vor dem Zeitpunkt, an dem die Wahrheit nicht mehr zurückgehalten werden konnte. Sie hatte an ihre eigenen Kinder Oliver und Joey gedacht und sich gefragt, ob sie die Kraft aufbringen würde, ohne sie zu leben. Bevor sie Holly kennengelernt hatte, war es die Vorstellung ihres eigenen Todes gewesen, die sie peinigte.

»Sie hören sich sehr überzeugt an«, sagte sie. »Aber im Grunde basiert alles nur auf einem roten Farbklecks, oder? Und auf der Annahme, daß der Schweinsaffe, den Sie gefunden haben, eins von Ahmads Tieren war. Over.«

»Es paßt alles zusammen. An drei Orten ist es zu Primärinfektionen gekommen: in Muaratebo, hier – Jarvis – und dann in Marshallton. In allen Fällen waren *Macaca nemestrina* beteiligt. Ganz gleich, wie die genauen Permutationen auch aussehen mögen, sollten wir uns auf diese Spezies konzentrieren. Daher schlage ich vor, die Fanggründe des verstorbenen Herrn Ahmad ein wenig genauer unter die Lupe zu nehmen. Von dort ist das Zeug gekommen. Davon bin ich überzeugt. Irgendwo dort ist Ground Zero zu finden. Over.«

Carmen dachte kurz nach. Nichts an Leighs Worten war neu für sie. Der Schweinsaffe in der Höhle stellte eine einleuchtende Erklärung für Jarvis' Infektion dar.

»Im Grunde bin ich zum gleichen Schluß gekommen«, sagte sie. »Ahmad war am Hari River tätig. Also sollten wir als nächstes dorthin gehen, wenn das möglich ist. Dennoch gibt es da ein paar Punkte, die mir Unbehagen bereiten. Sie sprachen von drei Primärinfektionen. Doch dabei vergessen Sie die Fälle hier im Camp – die sehr wahrscheinlich die ersten gewesen sind. Wir halten uns jetzt seit einer Woche hier auf, haben aber noch keinen einzigen Schweinsaffen zu Gesicht bekommen. Das ist doch seltsam, finden Sie nicht auch? Over.«

»Dafür gibt es durchaus eine Erklärung. Immerhin könnte die Unruhe sie verscheucht haben. Doch da fällt mir etwas ein: Wann erfahren wir eigentlich die Resultate des EPD-Programms aus Fort Detrick? Over.«

»Müßten jeden Tag eintreffen. Over.«

»Je eher, desto besser. In zwei Tagen sollten wir wieder bei Ihnen sein. Wären Sie bereit, dann sofort aufzubrechen? Over.«

»Vielleicht. Ich muß mich noch zu einer Entscheidung durchringen – ob wir weitermachen, meine ich –, unter der Voraussetzung, daß General Bailey sie mir nicht abnimmt. Over.«

Jim Sarandon warf seine Kippe fort, lief nach hinten und trat an die Ladefläche des Cherokee. Er bemühte sich um eine gleichgültige Miene, aber Carmen wußte, daß er diesen Teil des Gesprächs mitbekommen wollte.

»Das begreife ich nicht«, sagte Leigh. »Warum sollten wir denn nicht weitermachen? Wir haben doch gerade erst angefangen, ein wenig Licht in das Dunkel zu bringen. Over.«

»In Jambi gibt es Probleme. Sie haben den Flughafen geschlossen, und gerüchteweise verlautet, daß die Epidemie die Stadt erreicht hat. Noch ist nichts bestätigt, aber es sieht nicht gut aus. Sutami und seine Leute fangen an, ausgesprochen kribbelig zu werden. Over.«

»Wie steht es mit unseren Vorräten? Over.«

»Bisher zufriedenstellend. Aber wenn wir mehr brauchen, müssen wir bis nach Pekanbaru, um sie zu holen. Südlich davon sind alle Flughäfen geschlossen. Und vielleicht ist es nur eine Frage der Zeit, daß auch Pekanbaru dichtgemacht wird. Over.«

Leigh fluchte leise vor sich hin.

»Wir sollten weitermachen, so lange wir können, finde ich. Im Auge des Hurrikans ist es ohnehin am sichersten. Over.«

»Nun, lassen Sie uns diese Entscheidung vertagen, bis Sie wieder hier sind. Bevor wir nicht Genaueres über Holly Becker wissen, können wir ohnehin nicht aufbrechen. Over.«

»Wie geht es ihr? Over.«

Kaoy stand noch immer neben Holly Beckers Zelt. Er bemerkte, daß er beobachtet wurde, suchte in seiner Hemdtasche nach einer Zigarette und schlenderte davon.

»Gut. Sie ist verschont geblieben, denke ich. Zeigt keinerlei Symptome. Over.«

»Gut, gut.« Plötzlich schien Leigh wieder ganz der alte zu sein. »Wenn man bedenkt, was sie so getrieben hat, kann man sie nur als Glückspilz bezeichnen. Over.«

Carmen sah zu dem Schatten hinüber, der sich auf der Zeltwand abzeichnete. Vornübergebeugt und reglos saß Holly auf dem Rand ihres Betts.

»Da bin ich mir nicht so sicher«, sagte sie.

10

JAMBI, 25. AUGUST

Brigadier Utoyo Sutami sah auf die winzige schwarze Flagge, die er zwischen Finger und Daumen seiner rechten Hand zwirbelte. Die grüngraue Landkarte von Sumatra erbebte im Luftstrom des Deckenventilators. Auf ihr markierten weitere schwarze Fähnchen bestätigte Epidemieausbrüche. Sutami blinzelte durch den aufsteigenden Rauch seiner Zigarette und belächelte die Sinnlosigkeit des Ganzen. Die Fähnchen sollten ihm das Gefühl vermitteln, alles sei unter Kontrolle: Als würde jeder winzige Wimpel eine Einheit einer vorrückenden Armee symbolisieren, einer Armee, der er mit seiner Ausrüstung und seinen Männern entgegentreten konnte. Aber dieser Feind war unhörbar, unsichtbar, tödlich. Äußerst unbarmherzig. Unempfindlich gegenüber dem Leid. Diese Armee ernährte sich von der Bevölkerung, die sie unterwarf. Sie hatte es nicht nötig, Höhen zu besetzen oder strategische Flußübergänge. Sie marschierte voran, wo es ihr gerade gefiel, aber stets nach dem Prinzip des geringsten Widerstandes. Sie hatte Padang an der Westküste erreicht, wurde jedoch auch aus so nördlichen Orten wie Medan gemeldet; aber entlang dem Hari River steckten die Fähnchen am dichtesten, in Muaratebo, Muarabungo und Muaratembesi.

Vor zwei Tagen war eine Leiche direkt über dem Hauptdock von Jambi aus dem Wasser gezogen worden. Stinkend, aufgedunsen, schwarz. Als das Kind, das sie entdeckt hatte – einer der einheimischen Jungen, die die Müllhalden plünderten –, den Körper mit seinem Bootshaken an Land ziehen wollte, hatte er zu lecken begonnen wie ein poröser Weinschlauch. Der Tod kam aus dem Dschungel heruntergeflossen und verwandelte den Hari in eine Kloake. Die einzige Genugtuung für Sutami bestand darin, daß die Amerikaner mittendrin steckten. Diese Frau, Lieutenant Colonel Travis, mit ihrer High-Tech-Ausstattung, ihrer Satellitenkommunikation und ihrem fachmännischen Können steckte mittendrin in der Verwesung, und bald – das konnte nur eine Frage der Zeit sein – würde die ihr bis zum Hals reichen, bis hinauf zu ihrem Yankee-Großmaul.

Seit Mitternacht hatte Sutami stetig getrunken, und jetzt war er ein wenig unsicher auf den Beinen. Trotz des Ventilators schwitzte er heftig, Schweißperlen hingen in seinem gestutzten Schnurrbart. Mit ausgestreckter Hand folgte er dem Lauf des Hari nach Südwesten. Bei dem roten Punkt, der Jambi markierte, hielt er inne und drückte das schwarze Fähnchen in die Karte.

Die Nachricht hatte ihn kurz nach elf Uhr erreicht. Ein verängstigter Sergeant war fast über die eigenen Füße gestolpert, als er in sein Büro stürzte. Die Diagnose stand zweifelsfrei fest. Ein zwölfjähriges Mädchen. Im kleinen Zivilkrankenhaus. Kopfschmerzen und Fieber. Bindehautentzündung. Hautausschlag und kleine granuläre Bläschen. Das Kind befand sich im ersten Stadium.

Sutami hatte die unverzügliche Schließung des Krankenhauses angeordnet und eine Ausgangssperre verfügt. Das war nicht ohne Gewaltausübung vonstatten gegangen. Doch nur Gewalt oder zumindest die Androhung von Gewalt konnte Zivilisten dazu bringen, in einem Krankenhaus zu bleiben, in dem der Tod seine Runde machte. Es war etwas, was er schon vor Tagen tun wollte, aber seine Ordern besagten, alles zu vermeiden, was die Bevölkerung in Unruhe versetzen könnte. Die Generale – unter dem Druck der Politiker in Jakarta – zeigten sich über die Art und Weise erbost, wie die Armee in Muaratebo vorgegangen war. Hätte die Armee weniger schnell die Straßen besetzt, so argumentierten sie, weniger schnell mit ihren Waffen herumgefuchtelt, hätte die Situation nicht so eskalieren können, wie es geschehen war. Sutami lachte – ein trockenes, lautloses Lachen. Trotz der Umsicht der Generale war die Bevölkerung von Jambi drauf und dran, sehr beunruhigt zu werden.

Seit Wochen stürzte sie sich begierig auf jedes Gerücht, das aus Muaratebo heraussickerte. Da gab es jene, die sagten, der grauenhafte Tod sei eine Strafe für die Verdorbenheit der Menschen. Da waren jene, die sagten, auch Jambi würde diesem Strafgericht nicht entgehen. Es würde ihn sehr überraschen, wenn ganz Jambi nicht bereits jede Einzelheit über das Mädchen kannte. Mit Sicherheit waren ihre Familie und ihr Zuhause bekannt. Ginge es nach ihnen, hätten sie das Haus längst in Brand gesetzt und mit ihm vermutlich auch die Familie. Aber es würde keine Eskalation geben. Die Armee war präsent. Die Ausfallstraßen waren gesperrt. Die Seuche mag Jambi erreicht haben, dachte Sutami, aber weiter wird sie nicht kommen. Er trank noch einen Schluck Arrak und setzte sich, den Blick unverwandt auf die Landkarte gerichtet.

Er würde bis zum Morgen einfach die Stellung halten. Wenn die Generale etwas zu sagen hätten, dann würden sie es ihm sagen, direkt. Er malte sich aus, wie die Politiker und ausländischen Diplomaten in ihren klimatisierten Räumen in Jakarta schliefen, und hob sein Glas.

»Hol euch alle der Teufel«, sagte er.

»Sie besetzen die Gegend um den Markt«, sagte der Soldat und zeigte auf eine Karte der Stadt. Mit aufgestützten Händen beugte sich Sutami vor und holte tief Luft. Er brauchte Kaffee. Bis zum Morgen dauerte es noch Stunden, und er war ungeheuer müde.

»Wie viele sind es?«

»Nicht mehr als eine Handvoll. Meist junge Männer. Einer von ihnen hat eine Waffe. Eine Handfeuerwaffe, glaube ich.«

»Sonst noch was?«

»Nein. Ich nehme an, sie glaubten, unbemerkt verschwinden zu können. Sie wurden auf der Straße nach Norden aufgehalten, und dann liefen sie zum Markt – um dort Unterschlupf zu finden, vermute ich.«

»Nein, ich wollte wissen, ob es weitere Zwischenfälle gegeben hat.«

»Einen Brand. Im südlichen Bezirk. Und ein paar Plünderungen, aber ich denke, die gepanzerten Fahrzeuge und die Truppen werden sie zur Vernunft bringen.«

Sutami richtete sich auf. In seinem Kopf drehte sich alles. Er ging zu seinem Metallschreibtisch hinüber und schnappte sich seinen Waffengürtel. Er nahm seine Schnellfeuerwaffe aus dem Holster und überprüfte den Ladestreifen. Als er sich den Gürtel umschnallte, fing er den Blick des Soldaten auf. »Was gibt's?«

Der Soldat schüttelte heftig den Kopf. »Ich habe mich nur gefragt ...«

»Was haben Sie sich gefragt?«

»Ob es vielleicht Neuigkeiten aus Jakarta gibt.«

Lächelnd setzte Sutami seine Schirmmütze auf. Sein Gesicht glänzte vor Schweiß. Er sehnte sich nach einer Zigarette, aber dafür war es zu spät. Jetzt war es Zeit zum Handeln.

»Sie schlafen alle, Corporal. Sie werden uns ihre Meinung schon rechtzeitig mitteilen.«

»Und was tun wir jetzt?«

Sutami nahm militärische Grundstellung ein und salutierte spöttisch.

»Wir werden das Kommando übernehmen«, sagte er.

TEIL FÜNF

Überträger

1

RAFFLESIA CAMP, 25. AUGUST

Als sie mit einem Karton unbenutzter Nunc-Röhrchen aus dem verlassenen Camp zurückkehrte, blieb Carmen beim Anblick Holly Beckers unwillkürlich stehen: Sie stand neben Jim Sarandon und kümmerte sich um das Mittagessen. Carmen mußte sich ins Gedächtnis rufen, daß es keinen Grund zur Besorgnis gab. Holly ging es gut – zumindest körperlich. Und auch psychisch hatte sie sich als überraschend widerstandsfähig erwiesen. Als sie ihr am frühen Morgen gesagt hatten, daß der Elisa-Immunofluoreszenztest negativ verlaufen und ihre Zeit der Quarantäne vorüber war, hatte Holly darauf bestanden, ihren Teil zum Gemeinwohl beizutragen, und vorgeschlagen, Sarandon beim Kochen zu helfen.

Dagegen hatte Carmen nichts einzuwenden gehabt. Die Beschäftigung würde Holly vom Grübeln ablenken. Und es schien auch zu funktionieren, obwohl Holly dann und wann zum Camp hinüberblickte und deutlich zu sehen war, wie sehr sie mit ihren Emotionen kämpfte. Trauer ist das noch nicht, dachte Carmen, denn Holly akzeptiert nicht, daß ihre Kinder tot sind. Es ist mehr die Qual der Ungewißheit.

Carmen trat unter die Markise, die an der Rückseite des Cherokee aufgespannt worden war.

»Hi!«

»Wie wär's mit einem kleinen Lunch?« erkundigte sich Sergeant Sarandon. In seinem grauen T-Shirt, die Ärmel über die kräftigen Bizepse gerollt und mit der um seinen Hals baumelnden Hundemarke, sah er ausgesprochen unternehmungslustig aus. Es war nicht zu übersehen, daß ihn Holly nicht unbeeindruckt ließ. Carmen unterdrückte den Impuls, ihn wegen seiner ersten Rasur nach vier Tagen aufzuziehen. Sie setzte sich auf einen der unbequemen Faltstühle und lächelte Holly an.

»Sicher.«

»Hier.« Mit jungenhaftem Lächeln überließ Sarandon Holly seinen dampfenden Holzlöffel. »Ich werde den anderen Bescheid sagen.«

Carmen sah sich auf dem Gelände um. Sergeant Kaoy rauchte eine seiner unvermeidlichen nelkenparfümierten Zigaretten und blickte mürrisch zu Boden. Lennox und McKinnon sammelten im Wald Fallen ein, spülten sie gründlich mit Clorox und bereiteten sie auf die Verpakkung vor. Sobald Leigh und Daintith wieder da waren, würden sie zu dem Gelände am Hari weiterfahren, in dem Ahmad seine Tiere gefangen hatte – in ein Gebiet, dessen Zusammenhang mit den frühesten Ausbrüchen der Epidemie am sinnfälligsten zu sein schien.

Obwohl sie mit niemandem darüber gesprochen hatte, fürchtete sich Carmen vor dieser Weiterfahrt. Die ständige Angst vor der Ansteckung war wie eine Art Hintergrundgeräusch, eine Unruhe, die sie in der Magengrube verspürte und die zum Teil ihren nicht vorhandenen Appetit erklärte. Die zunehmende Gewißheit, daß das Virus vom Rafflesia Camp ausgegangen war, hatte eine kurze Ruhepause gewährt, doch nun erfüllte die Vorstellung, neu zu beginnen, in das Herz der Epidemie vorzustoßen, Carmen mit düsteren Vorahnungen. Sie spürte, daß sie dem Virus näher kamen, aber das Verlangen, diesen Job zu Ende zu bringen – ein Verlangen, das in Carmens Fall fast zwanghaft war –, wurde von tiefer sitzenden Instinkten übertönt. Sie dachte an den Arzt, der sich geweigert hatte, nach dem Ebola-Ausbruch nach Zaire zu fliegen. Jetzt verstand sie, was er damals empfunden haben mußte. Ihre Intuition riet ihr fortzugehen, solange sie noch konnte. Heimzukehren zu ihrer Familie und soviel Entfernung zwischen sich und das Virus zu legen, wie es dieser Globus erlaubte. Hollys leises Summen unterbrach Carmens Gedanken. Sie betrachtete die andere Frau einen Moment lang.

»Hat Ihnen Sarandon von Richard Meyers erzählt?«

Es war zu einer Reihe von Fax-Mitteilungen des RIID gekommen, daß ein Richard Meyers die U.S.-Botschaft in Jakarta offenbar mit telefonischen Anfragen bezüglich Holly Beckers Verbleib bombardierte. Dabei erwähnte er, daß Mrs. Beckers Ziel das Rafflesia Camp gewesen sei, und so waren die Nachfragen kreuz und quer über den Atlantik geeilt und schließlich an Carmens Ohren gedrungen. Sofort hatte sie zurückgerufen und mitgeteilt, daß Holly Becker gefunden und wohlauf war. Sicherheitsbedenken verboten es, mehr über die Situation im Camp zu sagen.

»Wie bitte?«

»Ich fragte, ob Ihnen Sarandon von Mister Meyers berichtet hat.«

»Oh. O ja.«

Holly rührte weiter im Topf und dachte stirnrunzelnd über Richard nach. Sobald sie heute früh aus ihrem Zelt gekommen war, hatte ihr Sarandon von Richard erzählt, aber sie hatte einen Moment lang gar nicht begriffen, wovon er eigentlich redete. Richard schien so weit weg zu sein, nicht nur geographisch, sondern auch emotional. In den vergangenen Tagen hatte sie ausschließlich an Emma und Lucy gedacht, auch an Jonathan, und sich an die Jahre erinnert, die sie gemeinsam verbracht, die außerordentlichen Dinge, die sie erlebt hatten. In der langen Kette der Erinnerungen schien so wenig von den schlechten Zeiten geblieben zu sein, daß es schwer für sie war, sich ins Gedächtnis zu rufen, warum sie sich schließlich dazu entschlossen hatte, Jonathan zu verlassen. Sie fragte sich jetzt, ob sie ihre Gefühle jemals wirklich verstanden, ob sie je aufgehört hatte, Jonathan zu lieben, und stellte erschrocken fest, daß sie die Antwort darauf nicht wußte. Als sie Richards Namen hörte, als Sarandon ihn nannte, kam es ihr so vor, als würde sie aus tiefem Wasser ans Licht gezogen. Es war eine unangenehme Empfindung. Sosehr sie sich wünschte, wieder ans Licht zu kommen, wußte sie doch auch, daß sie, solange ihre Kinder *und* Jonathan – ihre Familie – vermißt wurden, ganz tief in dem steckenbleiben würde, was sich anfühlte wie ihre wahre Identität.

»Kennen Sie ihn schon lange?«

Holly sah in Carmens sympathisches Gesicht und spürte die Forderung hinter ihrer höflichen Frage. Sie gab sich einen Ruck.

»Ich glaube, jetzt sind es zwei Jahre. Obwohl ich das Gefühl habe, es kann noch nicht so lange her sein.« Sie runzelte die Stirn. »Die Mädchen mögen ihn sehr.«

»Was macht er?« fragte Carmen.

»Er ist Investmentbanker.«

Carmen verneigte sich lächelnd.

»Nicht schlecht. Meine Mutter hat mir immer geraten, mir einen Mann zu suchen, der entweder selbst Geld hat oder mit dem anderer Leute umgeht.«

Jetzt lächelte Holly.

»Also ist Ihr Mann auch Banker?«

»Nein. Bedauerlicherweise habe ich nie auf meine liebe Mom gehört. Wie sonst hätte ihre Tochter bei der

Armee landen können? Das ist nicht gerade das, was meiner Mutter für mich vorschwebte.«

Ein kleines verlegenes Schweigen breitete sich aus.

»Und... Und weshalb sind Sie eingetreten?« fragte Holly. Sie beobachtete, wie Carmen über die Antwort nachdachte. Als sie sie zum erstenmal mit ihrer Maske gesehen, zum erstenmal ihre Stimme gehört hatte, war sie ihr wie die typische Soldatin vorgekommen, doch nun merkte sie, daß ihr diese Rolle nicht ganz so leicht fiel.

»Nun, wie Sie das sagen, klingt es ...« Carmen hob die Schultern und blickte zum Dschungel hinüber. »Klingt es, als wäre es eine außergewöhnliche Berufswahl. Es gibt viele Frauen in der Armee.«

»Ich meinte es nicht so. Ich war nur neugierig. Ich fragte mich, wie Sie darauf gekommen sind. Ich meine, was eine Frau dazu bringt, eine Uniform anzuziehen und eine Waffe zu tragen.«

Carmen lachte.

»Ich bin nicht bei den Marines, Holly. Nein, ich ... Ich habe Naturwissenschaften studiert, und die Armee bot eine Vielzahl von Chancen auf Gebieten, die mich interessierten.« Carmen entging nicht, daß Holly noch immer verwundert war. »Es ist eigentlich nicht anders als in irgendeinem Unternehmen. Und was die Uniform anbelangt ...« Sie blickte an ihrem T-Shirt und den ausgebeulten Uniformhosen herab. »In einem privaten Labor würde ich einen weißen Kittel tragen und im Büro ein Kostüm. Wo liegt der Unterschied?«

Holly betrachtete sie kurz, dann fragte sie: »Haben Sie Kinder?«

Carmen nickte. »Sicher. Zwei Jungen. Fünf und acht Jahre alt.«

»Wie heißen sie?«

»Joey – er ist der jüngere der beiden – und Oliver.«

»Kann nicht leicht sein, sich so lange von ihnen trennen zu müssen.«

Carmen spürte, daß jetzt ihre Gefühle als Soldatin und Mutter auf den Prüfstand kamen. Es war nicht ungewöhnlich, daß andere Frauen sie als eine Art Monstrosität empfanden: Hatte sie in Uniform gestillt? Stets mußten sie ein wenig sondieren und nachforschen.

»Mitunter ist es nicht leicht.«

»Emma und Lucy hatten immer etwas dagegen, wenn Jonathan – mein Exmann – unterwegs war. Und er war häufig unterwegs.«

»Ich bin selten von zu Hause fort«, sagte Carmen eine Spur zu schnell.

»Dennoch ist es schwierig«, beharrte Holly, »sich neben einem spannenden Beruf für die Erziehung von Kindern zu interessieren.«

Carmen schwieg – während die andere Frau sie unverwandt anstarrte. Zu diesem Punkt hatte sie eine Menge zu sagen, aber eine derartige Freimütigkeit war sie nicht gewohnt. Holly Becker war offensichtlich eine sehr direkte Frau, und die Umstände hatten ihr wahrscheinlich auch die letzte Scheu genommen, sich Fremden gegenüber anzuvertrauen. Holly spürte Carmens Zögern, senkte den Blick und widmete sich dem Öffnen weiterer Konservendosen.

»Bei mir war das anders«, sagte sie. »Ich neigte, ich meine, ich neige dazu, sie zu verwöhnen. Ich war einfach so glücklich, daß sie gesund und kräftig waren. Als sie geboren wurden, meine ich. Das habe ich wohl nie vergessen.«

»Das ist doch auch wundervoll.«

Holly leerte eine Dose, sah Carmen aber dabei an.

»Ich meine nicht nur die Geburt – obwohl allein das schon ein Wunder ist.«

»Was meinen Sie dann?«

Holly rührte eine Weile, dachte nach. Es schien, als hätten sie sehr persönliches Terrain betreten. Das lag an der Situation, aber es lag auch an der Frau. Holly entschied, daß sie ihr gefiel. Sie nickte bekräftigend.

»Nun, ich brauchte ein wenig Nachhilfe«, sagte sie.

»Oh?«

»Es bestand da die Sorge, daß ich etwas an meine Kinder weitergeben könnte. Ich habe diese Erbveranlagung, die bei meinem ... Nachwuchs wie eine Krankheit aufflammen kann – ich finde immer, daß das so klingt, als wären sie Hundewelpen oder so was –, jedenfalls etwas, worunter meine Kinder leiden könnten, obwohl ich es nicht bekomme. Ein defektes Gen.«

»Ich verstehe«, sagte Carmen. Sie schwieg einen Moment.

»Waren Sie in Behandlung?«

»Ja. Es gelang ihnen, meine Eizellen zu überprüfen, aber das bedeutete jede Menge Tests und Therapien. Manchmal wollte ich schon aufgeben.«

»Das kann ich mir gut vorstellen. Eine Freundin von mir mußte jahrelang eine schwangerschaftsfördernde Behandlung über sich ergehen lassen. Sie hat schließlich aufgegeben. Inzwischen ist sie sogar geschieden.« Carmen schüttelte leicht den Kopf. »Aber in Ihrem Fall ist es ja gut ausgegangen.«

»Ja. Sie kamen einfach ...« Holly brach kurz ab und rührte emsig. »Einfach perfekt auf die Welt. Wie ich schon sagte, habe ich nie wirklich vergessen, wie glücklich ich war.« Sie kniff die Lippen zusammen und begann heftiger zu rühren. »Dieses Zeug sieht ja schauderhaft aus.«

Carmen spürte, daß sie das Thema wechseln wollte.

»Anfangs waren wir bemüht, es mit frischen Zutaten anzureichern, aber inzwischen ist allen irgendwie die Lust vergangen.«

»Vermutlich möchten Sie alle endlich wieder nach Hause.«

»Nein.« Carmen zuckte mit den Schultern. »Ich meine ... Ja, sicher. Aber sicher. Aber schließlich wollen wir dieses Virus dingfest machen und einen großen Zaun darum errichten, damit niemand mehr zu Schaden kommen kann.«

Holly sah von ihrem Topf auf. Sie hatte eine felsenfeste Entschlossenheit in Carmens Stimme gehört, die nicht immer dort gewesen war. Carmen bemerkte ihren Blick und senkte die Augen.

»Die Erschöpfung ist nicht zu vermeiden«, sagte sie. »Tag für Tag die gleichen simplen Handhabungen, bei denen einem jedoch kein Fehler unterlaufen darf. Fehler können wir uns nicht erlauben. Das ist unausweichlich ermüdend. Und das Essen steht auf der Prioritätenliste ganz unten.«

»Ich habe festgestellt, daß Sie nur sehr wenig essen.«

Carmen schlug sich mit der flachen Hand auf die Hüfte.

»Ich bemühe mich, ein paar Pfunde loszuwerden«, sagte sie, obwohl sie sich sicher war, bereits neun oder zehn Pfund abgenommen zu haben, vielleicht sogar noch mehr. Ihre Gürtelschnalle saß inzwischen auf dem letzten Loch – etwas, was ihr noch nie gelungen war, seit sie die Uniform angezogen hatte.

Holly lächelte und öffnete noch eine Dose.

»Und wie nahe sind Sie Ihrem Ziel? Das Virus zu finden? Es ist doch hier, oder? Im Camp, meine ich.«

Seufzend sah Carmen zum Rafflesia Camp hinüber.

»Inzwischen nicht mehr, denke ich. Alle unsere Tests haben sich als negativ erwiesen. Aber es war hier, davon bin ich überzeugt, auch wenn es hier nicht seinen Ursprung hat.«

»Und warum sind Sie dann noch hier?«

»Wir müssen unsere Studie über das Camp fertigstellen, bevor wir weiterfahren. Zwei Mitglieder der Expedition werden erst morgen wieder zu uns stoßen. Wenn wir alle versammelt sind, werde ich darüber entscheiden, wohin wir als nächstes gehen.«

Holly blickte zu Sarandon hinüber, der Teller und Bestecke austeilte.

»Also sind Sie verantwortlich?«

»Ja.«

»Wie halten Sie sie bei der Stange? Eine Bande von Jungs hier draußen im Dschungel?«

»Das ist nicht nötig. Die Armee hält sie bei der Stange. Man nennt es Disziplin. Sie sind meinem Rang Respekt schuldig.«

»Aber sie respektieren Sie doch auch persönlich, oder?«

»Ja. Aber es geht sehr kollegial zu, wissen Sie. Wir sind auf Teamarbeit angewiesen – vor allem, weil wir so spezialisiert sind. Jeder von uns braucht das Gefühl, seinen eigenen Beitrag zum Gelingen des Ganzen zu leisten. Und wir halten mit unserer Meinung nicht hinter dem Berg.«

Holly holte eine Wasserflasche aus dem Cherokee und trat dann unter der Markise hervor. Sie trank und strich sich die schwarzen Locken aus der Stirn. Carmen gefiel ihre Haltung. Sie hatte etwas sehr Gerades, Direktes an sich. Und die Art, wie sie »Bande von Jungs« gesagt hatte, gab ihr ein fast heimeliges Gefühl. Dann drehte Holly sich um und sah Carmen an. Ihr Gesicht war eine Maske des Schmerzes. Carmen kam es so vor, als hätte das Wetter umgeschlagen.

»Noch immer habe ich das Gefühl, daß sie am Leben sind.«

Es ging so schnell, daß es Carmen verblüffte. Hollys Augen schwammen in Tränen. Carmen stand auf und ging zu ihr. Sie hielt die Wasserflasche wie ein Baby an sich gedrückt. Carmen legte ihr eine Hand auf den Arm.

»Holly«, sagte sie, brach dann aber hilflos ab. »So ist es, wenn man jemanden verliert. Ich weiß noch, als meine ...« Wieder brach sie ab, dachte daran, über ihre tote Tochter zu sprechen, besann sich dann aber anders. »Als meine Eltern starben, zunächst mein Vater und ein Jahr später meine Mutter, gab es eine Zeit, in der ich ihren Tod einfach nicht akzeptieren konnte. Es kam mir unbegreiflich vor, daß ihre Dinge – ein Armsessel etwa oder ein Nähkasten, den meine Mutter jahrelang benutzte –, daß es diese Dinge weiterhin gab, aber sie nicht mehr.«

Holly fuhr sich mit dem Handrücken über das Gesicht. Sie runzelte die Stirn. Ihr ganzes Gesicht zuckte vor Anstrengung, nicht zu weinen.

»Aber Sie hatten wenigstens Gewißheit.«

Carmen drückte leicht Hollys Arm, wollte der anderen Frau ein wenig Kraft übermitteln. Sie fragte sich, ob der Augenblick gekommen war, Holly Gewißheit zu geben.

»Diese Epidemie ist ein Mörder, Holly. Jeder, der infiziert wird, stirbt daran.«

2

RAFFLESIA CAMP, 26. AUGUST

Kurz nach zwölf Uhr bahnte sich ein Cherokee auf dem sandigen Pfad, zwischen den riesigen Farnen und überhängenden Zweigen, seinen Weg herauf. Carmen sah das lange Gesicht von Mark Leigh, der durch die staubverschmierte Windschutzscheibe spähte. Sie hätte nie gedacht, daß sie so froh sein würde, jemanden wiederzusehen, den sie erst seit einem Monat kannte.

Sowohl Leigh als auch Daintith sahen erschöpft aus. Leighs Hals wirkte erschreckend faltig, ganz so, als hätte er Gewicht verloren. Seine Augen schienen tiefer in ihre Höhlen gesunken zu sein. Baker rauchte grimmig hinter dem Lenkrad.

Leigh sprang als erster aus dem Wagen, und er trug ein Sturmgewehr.

»Haben wir etwa den Lunch verpaßt?« fragte er mit gezwungenem Lächeln. Seine Augen musterten Holly und die Überreste des Essens. »Ich hatte fest damit gerechnet, mit Sarandons Hausmannskost verwöhnt zu werden.«

Trotz seines verfallenen Aussehens klang seine Stimme energiegeladen und humorvoll. Carmen und die anderen standen auf und musterten Daintith, das erste und bisher einzige Mitglied der Expedition, das in ernsthaft gefährlichen Kontakt mit dem Erreger gekommen war.

»Was ist denn das?« fragte Carmen. Sie nahm Leigh das Gewehr ab.

»Ein AK-Siebenundvierzig. Geladen. Wir haben es auf der Straße eingesammelt. Da liegt jeder mögliche Schrott herum. Das Militär scheint die rechte Einstellung zu seiner Ausrüstung verloren zu haben.«

»Was ist los?«

»Haben Sie von Jambi gehört?«

Carmen nickte. Sie hatten den ganzen Vormittag vor dem Radio verbracht, um Nachrichtenfetzen über »Umstände« in Jambi zu erhaschen, das ein zweites Muaratebo zu werden schien.

»Nun, es sieht so aus, als hätten sie die Kontrolle über die Situation verloren«, sagte Leigh. »Ich glaube, sie haben versucht, einen *Cordon sanitaire* zu errichten. Bei jedem neuen Ausbruch ziehen sie sich zurück und zeichnen eine neue Grenzlinie in den Sand. Wir befinden uns innerhalb dieser Linie. Unseren epidemiologischen Vermutungen zufolge sogar nahe dem Zentrum des Sturms, Ground Zero. Es sind Flüchtlinge auf den Straßen, manche von ihnen bewaffnet, aber kein Militär.«

»Nun, da können wir ja nur dankbar sein«, sagte Lennox. Carmen sah in sein verängstigtes Gesicht. Es dauerte einen Moment, bis sie begriff, daß er scherzte.

Völlig erschlafft durch die Hitze, befragte Carmen Leigh und Daintith über ihre Funde in den Höhlen. Mitten in der Nacht war ein Fax aus den RIID-Labors eingetroffen. Das Primaten-EPD-Programm hatte einen Zyklus von der Infektion bis zum Tod oder zur Gesundung von zwölf bis dreizehn Tagen bei Makaken nachgewiesen, mit einem extremen Anschwellen der Viruspopulation am neunten Tag, an dem das Objekt infektiös wurde. Der Zyklus dauerte bei Makaken vier oder fünf Tage länger als bei Menschen, eine Erkenntnis, die mit der niedrigeren Sterblichkeitsrate übereinstimmte. Das Virus konnte sich in Affen vervielfältigen, bevorzugte aber Menschen. Sie waren seine Lieblingsnahrung.

Es entging Carmen nicht, daß sich sowohl Leigh als auch Daintith trotz der allgemeinen Situation ihrer Mission und der latenten Gefahr für sie alle in einem Zustand der Euphorie befanden.

Bei Leigh war die Erregung intellektuell. Seine Entdekkungen in den Höhlen hatten alle möglichen Fragen im Zusammenhang mit den epidemiologischen Annahmen aufgeworfen, an denen sie arbeiteten, und nun wollte er seine eigenen Vorstellungen überprüfen, um die Mission zu einem erfolgreichen Abschluß zu bringen. Die Entdeckung des Zyklus von der Infektion bis zum Tod würde dabei eine große Hilfe sein. Daintith' Erregung hatte eine andere Qualität. Er war wie ein Zoologe, der eine neue Großkatzenart entdeckt hatte. Vielleicht fühlte er sich nach seinem knappen Entkommen in der Höhle sicherer vor dem Virus als sie alle. Vielleicht hatte er sich davon überzeugt, daß es ihm nicht bestimmt war, der Seuche zum Opfer zu fallen.

Beide Männer wollten, daß die Mission fortgeführt wird.

»Unser nächstes Ziel müssen Ahmads Jagdgründe sein«, erklärte Leight zum vielleicht zwanzigstenmal. »Dieser Affenfänger ist der Schlüssel zu allem. Sehen Sie sich Jarvis' Krankheitsverlauf an, und Sie werden erkennen, daß er sich höchstwahrscheinlich in den Höhlen infiziert hat. Woran? Wir haben dort keinerlei Viren gefunden. Säugetiere, Gliederfüßer, Primaten, Moskitos – alle absolut sauber. Genauso wie hier. Aber wir haben die Überreste eines Affen entdeckt, dessen Farbmarkierung, so müssen wir annehmen, von Ahmad stammt. Nach allem, was wir über Ahmads Tätigkeit wissen, hat er den

Affen vermutlich in der Nähe des Flusses gefangen, wo er gewöhnlich jagte. Und damit haben wir zwei Ausbrüche mit Ahmad selbst und seiner Arbeit als gemeinsamem Nenner.«

»Aber wir wissen nicht, wie lange der Affe in der Höhle war und wie er überhaupt dorthin gekommen ist«, wandte Carmen ein und äußerte damit die Überlegungen, die ihr schon hundertmal durch den Kopf gegangen waren. »Warum gehen wir eigentlich davon aus, daß er zu dem Kontingent Affen gehört, das Muaratebo infiziert hat?«

»Das muß einfach so sein«, entgegnete Leigh, obwohl deutlich war, daß auch er Grund zur Skepsis sah. »Wie oft ist Ahmad den Fluß heruntergekommen? Ich meine, wie lange hielt er sich im Dschungel auf, bevor er nach Muaratebo fuhr, um seinen Fang zu verkaufen?«

»Das variierte, sagte Habibie. Aber er war nie weniger als drei Wochen im Wald.«

Leigh sah Daintith an.

»Was meinen Sie, Harold?«

»Ich denke nicht, daß der Affe allzulange dort gewesen ist. Ich glaube, wir haben Grund zu der Annahme, daß sich Jarvis entweder von dem Kadaver selbst oder von etwas angesteckt hat, was von dem Kadaver infiziert wurde. Der Affe kommt in die Höhle, vielleicht durch den Geruch frischen Wassers angelockt, wird angegriffen und fast in Stücke gerissen. Sein Blut und seine Körperflüssigkeiten wurden in der Höhle wahrscheinlich in einem recht großen Umkreis verbreitet. Unter Umständen haben sich auch einige der Paviane angesteckt und sind verendet.«

»Aber die Tests bei den Pavianen, die Sie gefangen haben, verliefen negativ.«

»Richtig, aber es ist vorstellbar, daß ich von einem Überlebenden gebissen wurde, der die Seuche entweder überwunden hatte oder nie mit ihr in Kontakt kam.«

»Vielleicht haben die erkrankten Tiere auch die Herde verlassen«, gab Leigh zu bedenken. »Das wäre nicht ungewöhnlich.«

»Aber wie ist der infizierte Affe überhaupt in die Höhle gelangt?« bohrte Carmen unerbittlich nach.

»Er ist geflüchtet«, sagte Leigh. »Oder Ahmad hat ihn freigelassen. Vielleicht sind ihm Krankheitssymptome aufgefallen. Nasenbluten etwa, oder der Affe ist apathisch geworden. Ahmad erkannte, daß er für ihn keinen guten Preis erzielen konnte und ließ ihn laufen. An seiner Stelle hatte er nun Platz für ein gesundes Tier.«

»Das Problem ist nur«, sagte Carmen, »daß die Affen, die Ahmad nach Muaratebo gebracht hat, erst in den Vereinigten Staaten infektiös wurden, am zweiten oder dritten August, als Martin Watts mit ihnen in Berührung kam. In Anbetracht der Tatsache, daß das Virus in Makaken neun Tage lang reift, bevor es sich extrem vermehrt, wäre das früheste Infektionsdatum der fünfundzwanzigste Juli gewesen. Anderenfalls könnte Habibie nicht mehr unter uns weilen. Immerhin wurde er gebissen, und das von einem Affen, der auch Ahmad verletzt hat. In Muaratebo waren seine Affen noch nicht infektiös, erst später.«

»So muß es aber nicht gewesen sein«, sagte Leigh. »Nehmen wir an, Ahmad hat eine Anzahl gesunder Affen gefangen und entschließt sich zum Heimweg. Da stößt er zufällig auf ein krankes Tier. Vielleicht war es bereits zu krank, um rechtzeitig entkommen zu können. Sobald Ahmad seinen Zustand erkannte, ließ er den Affen natürlich frei, aber da hatte er die anderen Tiere –

oder einige von ihnen – bereits angesteckt. Der infizierte Affe verirrte sich auf Paviangebiet und zahlte den Preis dafür.«

Doch auch diese Hypothese hatte ihren Haken, das war Leigh sehr wohl bewußt. Er blickte auf seine staubigen Stiefel und suchte nach einer Antwort.

»Bei dieser Theorie ergibt sich ein neues, noch schwierigeres Problem«, erklärte Carmen prompt. »Wenn Ahmad den Affen freiließ, weil er wußte, daß er krank war, und wenn dieses Tier die anderen ansteckte, dann muß seine Infektion neun Tage zurückgelegen haben, sonst hätte es keine Symptome gezeigt und wäre nicht infektiös gewesen. Die Entfernung zwischen dem Fluß und den Höhlen beträgt mindestens hundertvierzig Kilometer. Wie soll ein Affe die Strecke in diesem Zeitraum schaffen – noch dazu, wenn er krank ist?«

»Angenommen, es war ein Überlebender«, schlug Leigh vor. »Angenommen, er hat die Seuche überwunden wie einige der Makaken in Marshallton?«

»In diesem Fall wäre er bei der Ankunft in der Höhle nicht mehr infektiös gewesen – ganz gleich, wie lange er für den Weg brauchte. Fünf Tage nach den ersten Symptomen wäre er wieder virusfrei gewesen, und Peter Jarvis würde noch leben.«

»Dann bleibt uns nur noch eine Erklärung«, sagte Daintith. »Das Tier hat sich zum gleichen Zeitpunkt wie die anderen infiziert und ist einfach geflüchtet. Es legte den Weg in relativ gesundem Zustand zurück und erkrankte erst in der Nähe der Höhlen.«

»Was uns wieder zu Ahmads Jagdgründen zurückbringt«, erklärte Leigh.

»Mehr als das«, sagte Daintith. »Es bringt uns zu Ahmads Jagdgründen um den fünfundzwanzigsten Juli herum. Und das ist ... Carmen, wann soll Ahmad erkrankt sein? Wann setzte die Kette der Ansteckungen in Muaratebo ein?«

Carmen runzelte die Stirn. Worauf wollte Daintith hinaus?

»Habibie sagte, Ahmad sei am sechsundzwanzigsten oder siebenundzwanzigsten Juli in die Stadt gekommen. Nach den WHO-Unterlagen ist er am zweiten oder dritten August gestorben.«

»Das heißt, daß er sich ungefähr zum gleichen Zeitpunkt angesteckt haben muß wie die Affen«, sagte Daintith. »Verstehen Sie? Bisher haben wir immer angenommen, daß die Makaken hier die Überträger waren, so wie in Marshallton. Daß das Virus in die Affen eingedrungen ist und die Affen die Menschen infiziert haben. Es kann auch genau andersherum gewesen sein. Affen können das Virus auf Menschen übertragen, aber genauso können Menschen die Überträger für Affen sein. Es ist eine Zweibahnstraße. In Ahmads Fall scheint keines von beidem wahrscheinlich zu sein. Die Affe und der Jäger haben sich das Virus mehr oder weniger gleichzeitig eingefangen. Von etwas anderem. Von etwas, dem sie am Ufer des Hari begegnet sind.«

»Etwas, was zunächst hier war«, spann Leigh den Faden fort, »und dann weitergezogen ist. Mit ein bißchen Glück ist es noch nicht schon wieder weitergezogen. Es könnte darauf warten, daß wir es nachweisen. Wir müssen uns dort genauer umsehen.«

Carmen scharrte mit der Stiefelspitze im Sand. Sie brachte es nicht über sich, das Virus mit »Glück« in Zusammenhang zu bringen. Es war machtvoll, erbarmungslos, ein perfekt abgeschliffener Überlebender seit wer weiß wie vielen Tausenden von Jahren. Vielleicht war es so alt wie das Leben selbst, ein bösartiger Wildwuchs am jungen Baum der Schöpfung. Und doch glaubten Leigh und Daintith, sie könnten es in seinem Versteck aufspüren und erschlagen wie ein lästiges Insekt.

»Wir werden abwarten, was Bailey heute abend zu sagen hat«, meinte Carmen.

Daintith und Leigh setzten sich kerzengerade auf. Sie sahen Carmen an, die inzwischen aufgestanden war und zum verlassenen Camp hinüberblickte. Sie drehte sich wieder um.

»Es könnte sein, daß er uns abziehen möchte. Gestern abend haben wir über diese Möglichkeit gesprochen. Wenn sich die Lage zuspitzt, wenn in Jambi irgend etwas Schlimmes geschehen ist, wird ihm keine andere Wahl bleiben.«

Leigh stand auf.

»Er kann uns nicht abziehen. Wir sind unserem Ziel zu nahe.«

»Ohne ordentlichen militärischen Schutz aus Jambi sind wir hier draußen auf uns gestellt«, sagte Carmen. »Das wäre riskant.«

»Aber das ist eine einmalige Chance«, sagte Daintith mit erhobener Stimme. Und dann, unter ihren erstaunten Blicken, fügte er unbehaglich hinzu: »Wenn wir das Virus hier nicht unter Kontrolle bekommen, hier auf dieser Insel, erhalten wir vielleicht keine Möglichkeit mehr dazu.«

Um neun Uhr abends warteten sie alle auf den Anruf. General Baileys Stimme kam laut und deutlich vom X-Band und vermittelte etwas von der Ruhe und Behaglichkeit in den klimatisierten Büros von Fort Detrick. Beobachtet von Daintith und Leigh nahm Carmen Sarandon den Hörer ab.

Zunächst äußerte der General Sympathie und Mitgefühl für das, was er »rauhe« Bedingungen nannte. Dann fragte er: »Wie sieht die Lage bei den Vorräten aus, Colonel?«

Carmen spürte, daß er auf irgend etwas zusteuerte. Sie stellte sich ihn vor, wie er in seinem Büro saß, und vor ihrem inneren Auge blitzte ein Bild von Oliver und Joey im Garten auf.

»Sie reichen mit Sicherheit noch eine Woche. Mit dem Wasser gibt es keinerlei Probleme. Wir filtern das einheimische Gebräu.« Bailey antwortete nicht. »Verfügen Sie über weitere Erläuterungen von den Indonesiern, Sir? Im Hinblick auf Jambi?«

Erneut Schweigen. Carmen spürte, daß etwas in der Luft lag.

»Unsere Leute haben den Ausbruch in Jambi bestätigt«, sagte Bailey. Mehr nicht.

Carmen warf einen Blick auf Leighs Gesicht. Er hörte mit gerunzelter Stirn konzentriert zu. »Es scheint zu einer Reduzierung der militärischen Aktivitäten in diesem Gebiet gekommen zu sein, Sir«, sagte sie. »Major Leigh war mit einem Nebenauftrag unterwegs und berichtete von zahlreichen Ausrüstungsgegenständen, die auf den Straßen zurückgelassen wurden. Die indonesische Armee scheint aus der Gegend abgezogen worden zu sein.«

»Ich fürchte, dazu kann ich Ihnen nicht viel Neues sagen, Colonel. Die Absichten des indonesischen Militärs sind ein weites Feld für Vermutungen. Ich sehe CNN wie alle anderen auch. Malaysia und Singapur haben gefordert, die Straße von Malakka für den indonesischen Schiffsverkehr zu schließen. Ich nehme an, daß die Vereinten Nationen heute ein Votum abgeben werden. Alle

Flughäfen auf Sumatra sind geschlossen, und KLM, Singapore Airlines und British Airways haben ihre Flüge nach Jakarta gestrichen.«

»Herr im Himmel!«

Das war Baker, aber als sich Carmen umblickte, sah sie, daß auch alle anderen tief beunruhigt waren. In ihrer Konzentration auf den Dschungel hatten sie die Welt vergessen. Es schien unglaublich, daß das Virus eine derart verheerende Wirkung haben sollte. In Carmen verstärkten die Neuigkeiten das Gefühl, sich im Auge des Hurrikans zu befinden.

»Wie ist die Situation in London?« erkundigte sie sich flau.

»Es sieht so aus, als hätten sie eine Weiterverbreitung verhindert, allerdings gibt es Opfer unter dem Krankenhauspersonal, das Jarvis behandelt hat. Wir müssen die weiteren Entwicklungen abwarten.«

»Was sagt die Politik?« fragte Leigh. »Was hört man aus Jakarta?«

»Die Indonesier sind nicht unbedingt glücklich, wie Sie sich vorstellen können. Und Iran versucht, die Sache zu einer Kampagne des Westen gegen den Islam hochzustilisieren.«

Carmen sah Leigh an und stellte dann die nächstliegende Frage.

»Und was bedeutet das für uns, Sir?«

»Ich glaube nicht, daß Sie in irgendeiner Weise gefährdet sind, Colonel. Wenn es einen Ort gibt, an dem man Sie in Ruhe lassen wird, dann den, wo Sie sich gerade befinden.«

Carmen fragte sich, ob die Sicherheit des Teams Baileys primäre Sorge war. Sie konnte es sich nicht verkneifen, ein wenig nachzuhaken.

»Die Lage wird langsam etwas brenzlig, Sir. Wie sollen wir zum Beispiel im Notfall hier herauskommen?«

Es entstand eine Pause.

»Im Hinblick auf Unterstützung können Sie sich weiterhin auf das indonesische Militär verlassen. Ich glaube nicht, daß Jambi irgend etwas an dieser Verpflichtung geändert hat.«

Carmen dachte an Brigadier Sutamis »Verpflichtung« und kniff die Lippen zusammen. Sutami würde es genausogut gefallen, wenn sie alle krepierten und dabei Blut pinkelten.

»Außerdem ...«

Carmen hörte Bailey seufzen.

»Ja, Sir?«

»Nun, offen gestanden, sorgt sich die Regierung darum, der Welt ein falsches Signal zu geben. Wir sind bemüht, die Wogen in den Vereinten Nationen zu glätten. An einem offenen Konflikt da unten sind wir nicht interessiert. Im Hinblick auf die Indonesier sind die Dinge – nun, sagen wir: in einer heiklen Schwebe. Wenn wir eine Fregatte aus dem Indischen Ozean abziehen, um Sie zu holen, während wir gleichzeitig allen versichern, alles sei unter Kontrolle, verwickeln wir uns eindeutig in Widersprüche.«

Leigh erhob sich aus der Hocke und schlenderte auf das Camp zu. Bailey redete eine Weile weiter.

»Das soll keineswegs heißen, daß wir Ihre Tätigkeit da unten nicht zu schätzen wüßten, Colonel. Sie leisten gute Arbeit, und ich glaube, Ihre Anwesenheit dort ist – nützlich. Und wir behalten die Lage ständig im Auge. Aber unter keinen Umständen möchte ich, daß Sie unnötige Risiken eingehen, Colonel. Und was die Anzüge anbelangt, so werde ich mich sofort darum kümmern und zusehen, daß wir Ihnen mit Hilfe der Indonesier welche schicken können. Das wird aber vielleicht einen oder zwei Tage dauern.«

Bailey hatte noch mehr zu sagen. Über Marshallton, über die Lage in London. Aber Carmen hörte nicht mehr zu. Sie dachte an Tom, Oliver und an Joey mit seiner Kochmütze und wünschte sich, sie wäre zu Hause.

3

ST. PETERSBURG, FLORIDA, 26. AUGUST

Am anderen Ende des achtzehnten Fairway tauchten zwei kleine weiße Gestalten auf und liefen auf das Clubhaus zu. George Arends stellte sein Glas ab, ging zur Verandabrüstung und beschattete seine Augen mit der Hand. Er hoffte, daß sich eine der Gestalten als Dr. Alfred Hillier entpuppte. Sie hatten sich für zwölf Uhr mittags verabredet, aber es war bereits eine Viertelstunde später. Er begann sich zu sorgen, daß der Mann nicht kam.

»Wünschen Sie eine Speisekarte, Sir?«

Einer der Barkellner stand mit einer Serviette über dem Arm in der Tür. Er war ein Hispanic mit ebenmäßigem braunem Gesicht, seine schneeweiße Jacke betonte seinen Teint.

»Vielen Dank, nein.«

Der Kellner nickte und drehte sich um. Das Personal hier war ausgezeichnet geschult. Als Arends vor dem Clubhaus geparkt hatte, war aus dem Nichts ein Bediensteter erschienen, um ihm die Wagentür zu öffnen. Er hatte ihm die Hand entgegengestreckt, und es gab einen kleinen peinlichen Moment, während Arends in seinen Taschen nach einer Dollarnote kramte, um dann festzustellen, daß der hilfreiche Geist nur die Autoschlüssel wollte. Das Trinkgeld war selbstverständlich bei der Abfahrt fällig.

»Nur eins ...«

»Ja, Sir?«

»Kennen Sie vielleicht zufällig Doktor Hillier? Vom Sehen, meine ich.«

»Ja, Sir.«

Arends deutete in Richtung Fairway.

»Ist er vielleicht einer von den beiden?«

Der Kellner trat ein paar Schritte vor, kniff die Augen zusammen und blinzelte in die Ferne.

»Ich glaube schon, Sir, ja. Der Gentleman rechts. Er spielt fast jeden Morgen neun Löcher. An den Wochenenden achtzehn.«

»Ein wahrer Überzeugungstäter, was?«

Der Kellner lächelte nichtssagend.

»Noch einen Drink, Sir?«

»Okay, gern. Ein Clubsoda, bitte.«

Der Kellner verschwand. Arends setzte sich wieder. Er war kein großer Freund von Golfplätzen. Sie nahmen sich ein Stück Landschaft oder Wildnis und verwandelten es in eine Art Vorstadt ohne Häuser. Golf war ein Landschaftssport für Leute, denen an Landschaft nichts lag.

In seiner Armeeuniform fühlte sich Arends fehl am Platz, aber er hatte sie absichtlich angezogen. Sein erster Instinkt hatte zu Zivilkleidung geraten – für den Fall, daß die Dinge in eine negative Richtung liefen und Hillier unangenehm wurde. Ohne Uniform hätte er seine Beziehung zum RIID jederzeit verbergen können, um sich aus allen Schwierigkeiten herauszuhalten. Aber die letzten Informationen aus Sumatra hatten seine Meinung geändert: Die Lage dort sah recht heikel aus, und wenn Hillier irgend etwas Sachdienliches wußte – und sei es auch noch so wenig –, dann war es Zeit, darüber zu sprechen. Falls es nötig werden sollte, ihn mit Nachdruck zum Reden zu bringen, dann war Arends dazu bereit. Und dabei könnte ihm die Uniform vielleicht helfen.

Ihn zu finden war leichter gewesen, als Arends befürchtet hatte –, dank der Diskette und seines Freundes Saul Guthrie. Mit Hilfe einer Reihe von Suchworten, die sich Arends ausgedacht hatte, war es Guthrie gelungen, mehr als hundert Sektoren der Diskette aufzurufen. Offenbar war die Diskette zu mehr als fünfundneunzig Prozent leer, aber die kurzen Textstellen hatten zwei Namen enthalten: den eines Unternehmens mit der Bezeichnung Gensystems Inc. und den von Dr. Alfred Hillier.

Die beiden weißen Gestalten waren inzwischen näher, nur fünfzig oder sechzig Meter vor dem achtzehnten Grün, und zogen ihre Golfkarren hinter sich her. Hillier war der größere und schlankere von beiden und lief mit schnellen, regelmäßigen Schritten. Der andere Mann war dick. Er watschelte und hatte Mühe, Schritt zu halten. Hillier trug dunkle Gläser, und sein Sonnenschirm warf einen grünen Schatten auf sein Gesicht. Für einen Mann seines Alters war er gut in Form.

Über Gensystems Inc. hatte Arends in den öffentlich zugänglichen Quellen nicht allzuviel in Erfahrung bringen können. Die Firma war zwar ins Handelsregister von Palo Alto eingetragen, aber bereits vor neun Jahren wieder liquidiert worden. Arends hatte gehofft, daß Gensystems – wie viele andere biotechnologische Unternehmen seinerzeit – bemüht war, das Betriebskapital durch Beteiligungen aufzubringen, denn das hätte einen detaillierten Rechenschaftsbericht der aktuellen und geplanten Geschäftsvorhaben gewährleistet. Bedauerlicherweise stellte sich heraus, daß Gensystems diesen Weg nicht eingeschlagen hatte; das Geld war von einer großen Muttergesellschaft zur Verfügung gestellt worden: Westway Pharmaceuticals. Er erinnerte sich daran, daß es für Gesellschaften wie Westway früher zur Firmenpolitik gehörte, bestimmte Forschungs- und Entwicklungsaufgaben auf Tochterunternehmen zu verlagern, um das Risiko der Haftung zu reduzieren. Dabei ging es vor allem um mögliche Verstöße gegen das Patentrecht. Denn ganz gleich, wie brillant die firmeneigenen Forscher auch sein mochten: Man konnte nie hundertprozentig sicher sein, daß nicht einiges von dieser Brillanz geklaut war – bis es zu spät war und das Produkt auf den Markt kam. Andererseits hieß es die Sache dann doch auf die Spitze treiben, wenn man seine Wissenschaftler in einem alten Army-Camp im Hochland von New Mexico arbeiten ließ. Armeslänge war eins, Verbannung etwas anderes.

Arends verzichtete darauf, sich bei seinen Nachforschungen offiziell an Westway zu wenden. Auf diese Weise würde er die von ihm erwünschten Informationen nie erhalten, ohne zunächst erklären zu müssen, warum und in wessen Auftrag er das wissen wolle und was das alles eigentlich solle. Und selbst wenn er sich so auskunftsfreudig zeigte, müßte er etliche Wochen auf eine Antwort warten. Und so hatte er bei seinem Anruf bei Westway direkt nach Dr. Hillier gefragt. Er wurde einigemal weiterverbunden, landete dann aber bei einer hilfreichen Dame, die ihm erklärte, Dr. Hillier sei letztes Weihnachten in den Ruhestand getreten. Wie sich herausstellte, war die Dame siebzehn Jahre lang Dr. Hilliers Sekretärin gewesen und bereitete sich nun ihrerseits auf den Ruhestand vor. Offenbar hatte Dr. Hillier die Position eines Forschungsdirektors bei Westway innegehabt. Arends log, er sei von der Biologischen Fakultät des Amherst College und wolle Dr. Hillier darum bitten, bei einer Tagung einen Vortrag zu halten. Am Ende des Gesprächs hatte er alle Informationen, die er brauchte, um an ihn heranzutreten.

Am Telefon war Hillier durchaus zugänglich, fast

freundlich gewesen. Diesmal hielt sich Arends im großen und ganzen an die Wahrheit: Das RIID sei mit einem bestimmten Forschungsvorhaben beschäftigt und glaube, daß Dr. Hillier ihm helfen könne. Leider sei das alles zu kompliziert, um am Telefon besprochen werden zu können, und außerdem wäre das – bedauerlicherweise – ein Verstoß gegen die Militärbestimmungen. Hillier schien angetan davon, daß sein Name in Regierungskreisen erwähnt wurde, und stimmte einem Treffen zu. Warum er dafür einen Golfclub wählte, blieb unerfindlich. Vielleicht sah er in der Verabredung eine Möglichkeit, sich vor seinen Freunden zu brüsten.

Jetzt fragte Arends sich erneut, ob er auch richtig – das hieß klug – handelte. Er hatte mit der Idee gespielt, einen harmlosen Bluff abzuziehen, das Thema Fort Willard völlig aus dem Spiel zu lassen und wieder zu verschwinden, bevor Hillier der Verdacht kam, daß irgend etwas nicht stimmte. Arends hatte von Willard aus einem eindeutig als geheim ausgewiesenen Schriftstück erfahren. Er war in Fort Willard eingebrochen. Er kannte Hilliers Namen von einer gestohlenen Diskette. Seine Betätigungen der letzten paar Wochen reichten für ein Militärgerichtsverfahren mit anschließender Gefängnisstrafe. Und nun war er auch noch dabei, jemanden auf sich aufmerksam zu machen, jemanden, der möglicherweise Freunde an allen möglichen hohen Stellen hatte.

Warum ging er das Risiko ein? Diese Frage beschäftigte ihn seit Tagen, aber erst jetzt kam er auf die Antwort. Es war dieser Golfplatz, dieses sonnige, saubere, idyllische Paradies, das ihm die Erkenntnis brachte, diese Zuflucht vor dem Schmutz und der Verwahrlosung der nichtexklusiven Welt. Warum? Weil er, George Arends, nicht hierhergehörte. Seine Welt war die nichtexklusive

Welt, und sie würde es stets bleiben, weil er – mit Uniform oder ohne – noch immer Arzt war. Und in der nichtexklusiven Welt starben Menschen an einer unbekannten furchterregenden Seuche – Menschen, die er nicht kannte, Menschen, die er noch nie gesehen hatte, aber immerhin Menschen. Das war ein Grund, weshalb er sich von Anfang an zu Carmen Travis hingezogen gefühlt hatte. Trotz der langen Jahre militärischer Disziplin war ihre erste Loyalität seit dem Anfangssemester an der Veterinärmedizinischen Fakultät unverändert geblieben. Und die galt nicht der Fahne, nicht der Verfassung, nicht einmal dem Institut. Es war eine noblere Loyalität.

Mit der Sonne hatte Hillier keine Probleme. Seine Haut wies eine gleichmäßige Bräune auf, und es war ihm gelungen, die Krebsröte zu vermeiden, über die manche Florida-Ruheständler nie hinauskommen. Sein kurzgeschnittenes Haar war fast grau, dennoch hätte er für fünfzig durchgehen können. Als er auf der Veranda erschien, hatte er die Sonnenbrille gegen Bifokalgläser mit schmalem Goldrahmen vertauscht.

»Ich bedauere, Sie in Uniform zu sehen, Colonel Arends«, sagte er, als sie Platz nahmen. Er sprach langsam, artikulierte seine Worte fast zu bedacht. »Ich hoffe, das heißt nicht, daß Sie es ablehnen, mir bei einem Drink Gesellschaft zu leisten.«

»Im Prinzip kein Problem«, entgegnete Arends. »Aber für mich ist es noch ein wenig zu früh.«

Hillier lachte. Der Kellner erschien mit einem Tablett, auf dem etwas stand, was nach Whisky und Soda aussah. Hillier ließ sich Zeit mit der Wahrnehmung.

»Wollen Sie nicht doch etwas trinken? Oder vielleicht einen Appetizer?«

Erneut lehnte Arends ab. Der Kellner verschwand.

»So, Sie sind also Leiter der Veterinärmedizinischen Abteilung. Ich bin fasziniert. Aber das klingt gar nicht nach meinem Fachgebiet.«

Arends ließ Hillier einen Schluck trinken.

»Was genau ist Ihr Spezialgebiet?«

Hillier wirkte verunsichert.

»Nun, hauptsächlich Zellbiologie. Ich dachte, das wüßten Sie. Ich hatte angenommen, das wäre der Anlaß ...«

»Verzeihen Sie mir meine Unwissenheit, Doktor«, sagte Arends. »Es ist nur so, daß sich mein Interesse an einem Gespräch mit Ihnen auf ein sehr enges Gebiet beschränkt und ich keine Zeit hatte, mich über Ihre Qualifikationen umfassend zu informieren.«

»Verstehe«, sagte Hillier und trank wieder einen Schluck. »Glaube ich. Und welches Interesse haben Sie an mir, wenn ich fragen darf? Oder werden Sie jetzt sagen, daß Sie mir das aus Gründen der Geheimhaltung nicht verraten dürfen?«

»Haben Sie von der Epidemie auf Sumatra gehört?«

Hillier wirkte verblüfft.

»Ja, ich habe die Zeitungsberichte gelesen. Was ist damit?«

»Ein Team von uns arbeitet da unten daran, dem Virus auf die Spur zu kommen. Inzwischen sind wir hier in den Vereinigten Staaten darum bemüht, alle relevanten Informationen zu sammeln, die unter Umständen von Wichtigkeit sein könnten.«

Zwei Männer kamen aus dem Barraum, einer von ihnen war Hilliers Golfpartner. Er balancierte ein Glas Weißwein und einen Teller mit Appetithäppchen.

»Na, bekommst du gerade Strategietips aus dem

Pentagon?« rief der Mann herüber, als er sich an einen Tisch in der Nähe setzte.

Hillier erwiderte sein Lächeln. »Aber klar, Don. Hallo, Pete.«

Dann wandte er sich – leiser – wieder an Arends.

»Offen gestanden, ich glaube nicht, daß ich der richtige Mann für Sie bin, Colonel Arends, auch wenn mir die Vorstellung durchaus schmeichelt, Ihnen behilflich sein zu können. Aber ich bin nun einmal kein Epidemiologe. Ich bin nur Biochemiker und dazu noch ein Biochemiker im Ruhestand. Ich würde doch zu gern wissen, wie Sie auf die Idee kommen, ich könnte ...«

»Auf Sumatra geht es um ein Filovirus, ein Filovirus, das durch Tröpfcheninfektion übertragen wird«, unterbrach Arends. Dieses Terrain wollte er nicht betreten, noch nicht. Noch bestand eine gute Chance, daß Hillier ihnen bereitwillig half, sobald er wußte, welchen Problemen sich das RIID gegenübersah. »Bei Menschen verursacht es ein heftiges hämorrhagisches Fieber. Nach fünf Tagen tritt der Tod ein. Uns liegen keine Informationen über einen Fall der Gesundung vor. Nicht einen.«

Er hoffte auf eine Reaktion. Hillier nickte langsam und hob die Brauen, als wolle er sagen: Und?

»Das Vorgehen des Virus ist einmalig. Zunächst greift es das Atmungssystem an, besonders die Lungeninnenwände und die Bronchien. Das Opfer beginnt zu husten, wodurch das Virus weiterverbreitet wird. Dann greift es auf die anderen inneren Organe und das Gehirn über. Wir kennen keine virusverursachte Epidemie, deren Symptome sich mit diesen vergleichen ließen. Es handelt sich um ein Virus, mit dem wir es noch nie zu tun hatten.«

Hillier blickte auf seinen Drink und setzte die Eiswürfel in seinem Glas in Bewegung.

»Ich hörte, daß es sehr unangenehm sein soll«, sagte er nach einer Weile. »Aber wollen Sie wirklich nichts trinken? Ihr Sodawasser sieht schon reichlich lau aus.«

»Nein, vielen Dank. Aber ich würde von Ihnen gern wissen, ob Sie während Ihrer Tätigkeit bei Westway irgendwann auf derartige Symptome gestoßen sind.«

»Colonel Arends, wie ich Ihnen schon ...«

»Oder bei Gensystems, um präziser zu sein.«

Hillier schwieg. Vom Nebentisch blickte Don herüber. Eine Gabelladung Kartoffelsalat hing zwei Zentimeter vor seinem geöffneten Mund. Hillier lehnte sich auf seinem Stuhl zurück. Er lächelte kurz, dann veränderte sich sein Gesichtsausdruck.

»Wovon reden Sie? Ich habe nie bei Gensystems gearbeitet. Das müssen Sie doch wissen. Ich war ausschließlich für Westway tätig, und das nie auf medizinischem Gebiet. Gensystems war ein unabhängiges Unternehmen und wurde vor Jahren geschlossen.«

Arends empfand einen akuten Drang zum Rückzug. In Hilliers Stimme war eine Entschlossenheit, die an Bedrohung grenzte. Daran, daß in Fort Willard eine Dekontaminierungsaktion im großen Stil stattgefunden hatte, bestand kein Zweifel, aber Arends war sich auch schmerzhaft bewußt, daß ihn seine Entdeckung zu einer Vielzahl von Hypothesen geführt hatte, denen das Entscheidende fehlte: die Beweise. Er bastelte bereits an einer Entschuldigung, aber Hillier war noch nicht fertig.

»Wenn Sie etwas über Gensystems erfahren wollen, dann sollten Sie mit den Leuten sprechen, die das Unternehmen geleitet haben. Ich hatte mit ihnen nichts zu schaffen, fast gar nichts. Warum bohren Ihre Leute eigentlich wieder darin herum?«

Ihre Leute? Was meinte Hillier damit? Einen Moment lang konnte Arends es spüren, wenn auch nur einen Hauch: Furcht. Wie Westway selbst war Dr. Alfred Hillier bemüht, soviel Abstand wie möglich zwischen sich und Gensystems zu legen, auch noch fast zehn Jahre später. Arends hielt nur eine Trumpfkarte. Er war entschlossen, sie auszuspielen.

»Doktor Hillier ...« Er beugte sich vor und dämpfte seine Stimme. »Sie wurden vom Gensystems-Forschungsteam zu Rate gezogen. Vor neun Jahren, in Fort Willard, New Mexico, wenige Wochen bevor das Unternehmen geschlossen wurde. Dafür liegen uns dokumentarische Beweise vor. Wir wissen auch, daß die Arbeit dort eingestellt wurde, weil es zu einer Art von Verseuchung gekommen ist. Uns geht es nur darum zu erfahren, was sich dort ereignet hat – nicht um eine Suche nach den Schuldigen. Das möchte ich unmißverständlich deutlich machen. Wenn Sie es vorziehen, eine Mitarbeit an diesen Nachforschungen zu verweigern, so steht Ihnen das frei. Ich kann aber nicht verhehlen, daß Sie vielleicht Schwierigkeiten haben würden, diesen Standpunkt zu erklären – im Hinblick auf das, was auf dem Spiel stehen könnte, und auf das öffentliche Interesse.«

Hillier starrte vor sich auf den Tisch. Er schien angestrengt nachzudenken. Als er wieder aufblickte, zuckte sein Adamsapfel.

»Es stimmt, ich ... Ich wurde ganz zum Schluß als Berater hinzugezogen, aber das war auch alles. Ich meine, ich war noch unterwegs, als ... als es zu Problemen kam. Wenn Sie die Unterlagen haben, dann müssen Sie das wissen. Aber ich kann beim besten Willen nicht erkennen, was das alles mit der Epidemie auf Sumatra zu tun hat. Inzwischen sind fast zehn Jahre vergangen.«

»Dennoch würde ich gern mehr darüber erfahren. Alles.«

Hillier blickte über die Schulter hinweg auf Don und den anderen Mann. Keiner von ihnen sprach.

»Hätten Sie etwas dagegen, wenn wir irgendwohin gehen, wo wir ungestört sind?«

Arends verneinte und folgte Hillier ins Clubhaus. Drinnen war es hell und luftig, die Wände hatten einen cremefarbenen Anstrich mit dunkelgrünen Streifen. Ein paar Männer im besten Alter saßen am Tresen, aber sonst war der Raum leer. Sie suchten sich einen Tisch in einer Ecke, unter einer Ansammlung von Schwarzweißfotos, die Profis beim Abschlag zeigten. Arends glaubte, Gary Player zu erkennen.

»Die ersten beiden befanden sich schon im Krankenhaus, als ich eintraf«, sagte Hillier. »Die Labors waren bereits versiegelt. Vermutlich hatte ich Glück.«

»Wie meinen Sie das?«

»Nun, wenn ich früher dort gewesen wäre, hätte ich mich ebenfalls infizieren können. Vermutlich ging es nur um wenige Stunden.«

»Verstehe. Und wie viele Menschen haben sich infiziert?«

Hillier runzelte die Stirn.

»Drei, glaube ich. Es gab gewisse Befürchtungen um einen vierten – einen Labortechniker, er hieß Lucas –, aber dessen Erkrankung stellte sich als Bronchitis heraus. Ja, so war es. Es gab nur drei letale Fälle.«

Letale Fälle. Arends kämpfte mit seiner Überraschung. Drei Todesfälle, aber kein Wort in den medizinischen Fachzeitschriften. Was hatten sie verbergen wollen? Dahinter mußte mehr stecken als eine Laborschlamperei.

»Ich blieb dort – im Grunde eine Art selbstauferlegte

Quarantäne – und half dabei, die Gegenmaßnahmen zu überwachen. Viel mehr konnte ich zu diesem Zeitpunkt nicht tun. Niemand konnte viel tun.«

Arends nickte. Er durfte Hillier nicht merken lassen, wieviel er wußte und wieviel nicht.

»Also waren Sie es, der die Säuberungsaktion beaufsichtigte?«

»Im Anfangsstadium. Die Quarantänemaßnahmen, die Überprüfung der Wasseranlagen und so weiter. Die endgültige Dekontaminierung wurde natürlich weiter oben veranlaßt. Darüber weiß ich nichts, aber ich gehe davon aus, daß das Gelände entseucht wurde.«

Der Kellner kam auf sie zu. Mit einer Handbewegung veranlaßte Hillier ihn zur Umkehr.

»Aber Sie wurden doch wegen der Kontaminierung hinzugezogen, oder?«

»Nein, keineswegs. Zu diesem Zeitpunkt war sich niemand der späteren Probleme bewußt.«

Arends hob die Brauen.

»Aber ich dachte ...«

»Das ergab sich erst kurz danach. Im nachhinein mag es so aussehen, als bestünde da ein Zusammenhang. Aber ich wurde gebeten, ihnen bei einem gänzlich anders gearteten Problem zu helfen.«

»Welcher Art?«

Hillier mauerte.

»Ich würde Ihnen wirklich gern behilflich sein, aber ... Ich kann nicht begreifen, was das mit dem indonesischen Virus zu tun hat. Ich meine ...«

»Wenn wir alle Fakten kennen, Doktor Hillier«, unterbrach Arends, »dann können wir entscheiden, ob da ein Zusammenhang besteht. Wir dürfen uns nicht auf Vermutungen verlassen.«

Hillier wich Arends' Blick aus.

»Das ist aber nicht für die Öffentlichkeit bestimmt, sonst ... sonst kann ich gar nichts sagen. Es handelte sich um Forschung unter dem Eigentumsrecht. Um geistigen Besitz. Ich habe mich schriftlich verpflichtet und darf ...«

»In Ordnung. Es gelangt nicht an die Öffentlichkeit. Ich bin auf Antworten aus, nicht auf den Pulitzer-Preis.«

Hillier nickte zögernd.

»Die Leute in Willard hatten in ihren Kulturen etwas entdeckt, was sie sich nicht erklären konnten. Ich glaube, es waren meine Arbeiten über zellulare Onkogene, die sie interessierten. Wenn ich mich recht erinnere, hat sich Doktor Irwin entsprechend geäußert. Natürlich hatte ich nie die Möglichkeit, mit ihm ausführlich darüber zu sprechen.«

Arends entnahm Hilliers Tonfall, daß Dr. Irwin einer der drei letalen Fälle war.

»Lassen Sie uns chronologisch ein wenig zurückgehen«, sagte er. »Was wollte Gensystems in Willard? Womit hat sich die Forschungsabteilung beschäftigt? Wonach suchten Sie?«

Hillier verschränkte die Arme.

»Nun, soweit ich weiß, wurde das Unternehmen als Folge von Fortschritten gegründet, die Irwin und anderen in Berkeley gelungen sind. Sie identifizierten die defekten Gene, die für eine Reihe von Erbkrankheiten verantwortlich sind. Sie haben vom Methusalem-Syndrom gehört?«

»Verursacht Drüsenverformungen und beschleunigt den Alterungsprozeß.«

»Richtig. Nun, Irwin und seinem Team gelang es, den möglichen Missetäter zu entdecken. Irgendwo im zwölften Chromosom, glaube ich. Aber es handelt sich um ein ungemein seltenes Leiden. Mit seiner Behandlung ist nicht allzuviel Geld zu verdienen. Aber Westway war am Krankheitsverlauf interessiert, weil man glaubte, er könnte ein Licht auf den Alterungsprozeß im allgemeinen werfen, zumindest auf dessen genetische Komponenten. Vom kommerziellen Standpunkt aus nicht ohne Reiz.«

»Also gründete Westway ein Tochterunternehmen und stellte Irwin und seinen Kumpeln Mittel zur Verfügung.«

»Genau.«

»Und verfrachteten sie buchstäblich in die Wüste. Wovor hatten sie Angst? Vor Wirtschaftsspionage?«

Hillier machte einen Moment lang ganz schmale Augen. Arends bekam den Eindruck, daß von ihm mehr Kenntnisse erwartet wurden, als er besaß. Vielleicht funktionierte sein Bluff ein bißchen zu gut.

»Also, das interessiert Sie?«

Arends bemühte sich um Beschwichtigung.

»Eigentlich nicht, aber ...«

»Nun, ich hatte damit nichts zu tun. Ich war an keiner dieser Entscheidungen beteiligt. Zum damaligen Zeitpunkt reichten meine Befugnisse nicht so weit. Ich wußte ja nicht einmal, um was es ging, bevor es zu den Problemen kam.«

»Okay, ich verstehe. Und dann?«

Lautes Lachen kam von der Veranda. Hillier zuckte zusammen, als hätte ihm jemand ein Glas kaltes Wasser in den Rücken geschüttet.

»Nun, im Anfangsstadium gab es eine Menge Begeisterung. Aber auch Sorgen.«

»Sorgen? In welcher Hinsicht?«

»Daß die Forschungsergebnisse von Gensystems von anderen früher realisiert werden könnten oder im Ausland. Das Unternehmen, vor allem Gensystems, empfand die ethischen Restriktionen, die in den Vereinigten Staaten auferlegt werden, als Benachteiligung gegenüber anderen Ländern und befürchtete, daß unsere pharmazeutische Industrie als Folge davon ins Hintertreffen geraten könnte. Also traten sie an die Regierung heran. Wer das war, weiß ich nicht genau, aber mit Sicherheit hat Westway eine Rolle gespielt.«

»Welche ethischen Restriktionen meinen Sie?«

»Das Verbot von Experimenten mit menschlichen Embryonen. Irwin wollte einfach mehr Spielraum. Damit sie sich ein klareres Bild über die Wirkung der Gentherapie machen konnten, an der sie arbeiteten. Mitunter kommt man mit Ratten und Meerschweinchen nicht allzuweit.«

»Und die Regierung war bereit, die Bestimmungen aufzuheben?«

»Sie verfügten Richtlinien, neue Richtlinien, für einen begrenzten Zeitraum.«

»Die vermutlich nie veröffentlicht wurden.«

Hillier zuckte hilflos die Schultern. Niemand konnte ihn für die Doppelzüngigkeit von Politikern verantwortlich machen.

»Es gab eine Bedingung: Gensystems mußte auf bundeseigenem Gelände arbeiten, wo es von der Regierung überwacht werden konnte. So lautete die Voraussetzung. Fort Willard war eine Forschungsstätte für biologische Waffen gewesen. Das Pentagon hatte keine Verwendung mehr dafür. Es war gut ausgestattet und lag sehr abgelegen. Perfekt.«

Arends versuchte Hilliers Schilderungen dem anzugleichen, was er selbst herausgefunden hatte, und es paßte. Das Vertuschungsmanöver und die Einsetzung von Militär bei der Dekontaminierung ergaben jetzt einen Sinn. Und das war etwas gewesen, was ihn von Anfang an irritiert hatte. Dennoch spürte er, daß Hillier noch immer sehr vorsichtig war, auf der Hut. Vielleicht hatte er doch eine größere Rolle gespielt, als er bereit war zuzugeben.

»Und warum ist alles so schiefgelaufen? Ihrer Meinung nach?«

Hillier schob sein Glas beiseite und faltete die Hände auf der Tischplatte. Auch er war ein Mann der Medizin gewesen. Äußerlich ähnelte er dem klassischen, vertraueneinflößenden Hausarzt. Und doch war da auch noch etwas anderes: eine Doppelzüngigkeit, der Mann von Welt. Es lage nahe anzunehmen, daß er durch Geld so geworden war, aber vielleicht war es doch ein wenig komplizierter als das. Möglicherweise war der Mann einfach zu lange nicht mehr bei den Kranken und Krüppeln in der nichtexklusiven Welt gewesen. Möglicherweise hatte er sich zu lange in Vorstandsetagen aufgehalten.

»Das weiß ich wirklich nicht. Gensystems präsentierte nie ein Produkt, aber das wurde in den ersten Jahren auch gar nicht erwartet. Sie waren kurz davor, eine Gentherapie gegen das Methusalem-Syndrom zu entwickeln, aber bevor das Unternehmen sie allgemein zugänglich machen konnte, tauchte das Virus auf und tötete die Hälfte des Teams.«

»Ein Filovirus.«

»Ja. Ja, und die Symptome ähnelten denen, die Sie vorhin beschrieben haben. Das gebe ich zu.«

»Ähnlich? Wie ähnlich?«

»Sehr ähnlich, wenn ich mich an Ihre Schilderungen recht erinnere. Aber alles geschah so schnell, daß über die Frühstadien keine rechte Klarheit bestand. Ich glaube aber, daß von Bronchialinfektionen gesprochen wurde.«

Arends zwang sich, leise zu sprechen.

»Aber Sie hatten keine Ahnung, woher das Virus kam?«

Hillier schob zwei Finger hinter die Brille und massierte sich die Nasenwurzel.

»Ahnungen hatten wir schon, aber keine Möglichkeit, sie zu überprüfen. Irwin war tot, alle Laboratorien versiegelt – wie sollten wir da herausfinden, was sich abgespielt hatte?«

»Aber alle anderen bekannten Filoviren kommen aus den Tropen. Hat Gensystems mit Affen gearbeitet?«

Hillier schüttelte den Kopf.

»In den Unterlagen wird irgendwo auf die Objekte RB-Eins und RB-Zwei verwiesen. Könnten das nicht Affen gewesen sein, Rhesusaffen?«

»Nein.«

»Was ist mit irgendwelchen Nagetieren ...?«

»Nein.«

»Dann muß es sich um einen Menschen gehandelt haben. Jemand muß aus den Tropen zurückgekehrt sein. Wir hatten gerade einen solchen Fall in London, wo ...«

»Niemand. Das haben wir alles überprüft. Irwins Assistent war in Mexiko gewesen, in Cancún, glaube ich, drei oder vier Monate vor den Ereignissen. Das war alles. Wir haben sogar die Symptome von Guanarito und eines halben Dutzends anderer Pathogene unter verschiedenen Gesichtspunkten überprüft, aber keins von ihnen kam in Frage.«

»Was ist mit dem Laborzubehör? Ist es möglich, daß Ihnen verunreinigte Nährlösungen geliefert worden sind?«

»Möglich, aber äußerst unwahrscheinlich. Alle Nährlösungen wurden vor der Benutzung bestrahlt und außerdem Monate im voraus im Kühlraum gelagert. Es ist kaum vorstellbar, daß ein Virus das überlebt. Dennoch haben wir bei den Lieferanten nachgefragt, und sie betonten, nie solche Probleme gehabt zu haben.«

»Dann ist es ganz einfach: Es muß ein lokales Virusreservoir oder einen Überträger gegeben haben. Stechfliegen vielleicht oder Mücken.«

»In Fort Willard? Da gibt es keine Stechfliegen und Mücken auch nicht. Es gibt kein Grundwasser, keine Fauna und überhaupt keine Anzeichen für eine Verseuchung. Wir haben jedes verdammte Insekt unter die Lupe genommen, das wir finden konnten – viele waren es allerdings nicht, aber alle erwiesen sich als virusfrei. Ich glaube nicht, daß es sich um eine lokale Verseuchung gehandelt hat.«

Arends spürte, daß ihm das Blut ins Gesicht stieg. Drei Menschen waren an Infektionen mit einem bisher unbekannten Virus gestorben, doch anstatt diese Tatsache zu veröffentlichen, hatte man einfach alles unter den Teppich gekehrt. Er fragte sich, wessen Angst größer gewesen war: die des Unternehmens vor Gerichtsverfahren oder die der Regierung vor den Wählern. Die Entscheidung zur Vertuschung konnte keinem von beiden leichtgefallen sein.

»Also, woher zum Teufel ist es gekommen? Irgendwoher mußte es doch stammen.«

Hillier seufzte.

»Wir haben genetische Verformung in Erwägung gezogen. Es handelt sich natürlich lediglich um Spekulationen, aber es kann nicht ausgeschlossen werden, daß die von den Leuten dort vorgenommenen Veränderungen am zwölften Chromosom in irgendeiner Weise verantwortlich waren.«

Arends starrte ihn an. »Was meinen Sie damit?«

»Die Möglichkeit, daß das Virus in den Zellkulturen selbst entstanden ist.«

»Menschlichen Zellkulturen?«

»Ja. Wie ich schon sagte, standen sie kurz davor, eine Gentherapie gegen das Methusalem-Syndrom zu entwikkeln. Sie mußten die Auswirkungen der Therapie auf menschliche Zellen dahingehend überwachen, daß es nicht zu unerwünschten Nebenwirkungen kam. Obwohl wir uns damals der Interdependenz der Gene nicht so bewußt waren wie heute, hätte Irwin auf Kulturentests bestanden, bevor er ein genetisch verändertes Baby auf die Welt losließ.«

»Sie schließen also nicht aus, daß im Verlauf dieses Prozesses das Virus – was? – hergestellt wurde?«

Hillier hob einen Finger. »Nicht hergestellt – exprimiert.«

Arends verschränkte die Arme. Der Begriff »virale Expression« war ihm zwar in einschlägigen Publikationen begegnet, jedoch nie in seinem Arbeitsalltag im RIID. Er hatte angenommen, daß es sich dabei um ein Phänomen handelte, das auf den Bereich der Theorie beschränkt blieb. Was war Hilliers Absicht? Glaubte er, wenn er das Problem in Fort Willard noch unerklärlicher machte, würde das die darauf folgenden Aktionen des Unternehmens – oder besser: deren Unterlassung – entschuldbarer aussehen lassen? Eine derartige Taktik kam ihm unwahrscheinlich vor.

»Was bringt Sie darauf, Doktor Hillier?«

»Im Grunde ein Punkt. Irwin hatte zwei Serien von Kulturen, die eine mit veränderten, die andere mit unveränderten Genen. Bei den erstgenannten bemerkten er und sein Team ein abnormes Defizit in der Produktion eines bestimmten Enzyms, einer Proteinkinase. Die Funktion des Enzyms hängt wohl mit der interzellularen Signalgebung zusammen, auch wenn bisher niemand genau weiß, wie. Vielleicht verhindert es als eine Art Pannenstopp, daß bestimmte schädliche Signale in die Gene im Zellkern eindringen. Wie auch immer – Irwin hielt das Enzymdefizit für eine direkte Folge der genetischen Veränderung, die er vorgenommen hatte, um dem Methusalem-Syndrom zu Leibe zu rücken. Und das war keine abwegige Hypothese. Gene sind so kompliziert: Sobald man eine Winzigkeit von ihnen abspaltet und durch etwas anderes ersetzt, ist immer damit zu rechnen, daß man mehr verändert als beabsichtigt.«

»Und daraufhin hat Irwin sich an Sie gewandt. Weshalb?«

»Nun, wie bereits gesagt, habe ich mich ausführlich mit zellularen Onkogenen befaßt. Diese Gene sind häufig für die Produktion von Proteinkinase verantwortlich. Deshalb wollte Irwin mich hinzuziehen. Er glaubte, er könnte unter Umständen ganz unabsichtlich ein Onkogen verändert haben, das für die Codierung seines fehlenden Enzyms sorgen sollte.«

Wieder kam Lachen von der Veranda, gefolgt von Don und seinem Freund. Arends warf ihnen einen unfreundlichen Blick zu. Wenn Hillier jetzt abgelenkt wurde, brachte er ihn vielleicht nicht mehr zum Thema zurück.

»Sie meinen, Irwin wußte nicht, ob sein Methusalem-Gen ein Onkogen war?«

Hillier warf hilflos die Hände hoch.

»Gene überschneiden sich. Sie sind multifunktional. Sie interagieren. Und abgesehen davon waren die Methoden der Genspaltung, die Irwin damals anwandte, vermutlich nicht optimal.«

»Ich begreife noch immer nicht ...«

»Für jedes zellulare Onkogen gibt es ein Virus-Onkogen. Auf diese Weise wurde das allererste Onkogen überhaupt entdeckt: weder in einem Menschen noch in einem Tier, sondern in einem Virus. Im Rous-sarcoma-Virus, präzise gesagt.«

»Rous-sarcoma-Virus«, wiederholte Arends. „Das ist in den Unterlagen erwähnt.«

»Aber es gibt noch andere. Identische Gene sind sowohl in lebenden Zellen als auch in Viren zu finden. In manchen Fällen ist nicht nur ein Virus-Gen im Zellkern vorhanden, sondern eine ganze Kollektion: die genetische Blaupause für ein komplettes Virus. Im Lauf der Zeit finden wir immer mehr davon. Es scheint, als wäre die Evolution von Viren und Tieren enger miteinander verbunden, als wir angenommen haben.«

»Und alles, was es braucht«, Arends hatte Schwierigkeiten mit der Formulierung, »ist das richtige Signal ...«

»Oder das falsche – um die Gene als Viren zu exprimieren. Exakt. Und genau diese Signale sind es, mit denen es Irwin versucht haben dürfte. Vermutlich wollte er herausfinden, welche Konsequenzen der Enzymmangel für die Zellen hat. Vermutlich hat er jedes mögliche Antigen probiert, jedes chemische Signal, das er finden konnte, nur um zu sehen, für welche besondere urzeitliche Eventualität dieses Enzym vorgesehen war. Es ist durchaus möglich, daß er gefunden hat, wonach er suchte. Das falsche Signal drang in den Zellkern vor, weil das Enzym nicht da war, um es zu filtern. Und die Folge war eine virale Expression.«

Arends versuchte, sich Irwin und sein Team im Moment der Entdeckung vorzustellen. Zunächst war ihnen das Vorhandensein des Virus wahrscheinlich völlig entgangen. Alles, was sie sahen, war ein plötzlicher Wirbel biochemischer Aktivität um den Zellkern, als die Übertragungsfaktoren zu agieren begannen. Das Team mußte erregt gewesen sein, begeistert. Für sie mußte es ausgesehen haben wie ein Durchbruch, wie das Öffnen einer Tür, die jahrhundertelang verschlossen gewesen war.

»Die individuellen Viren wurden vermutlich von den Zellen in die flüssigen Wachstumshormone abgesondert«, sagte er. »Und dann ...«

»Sehr wahrscheinlich inhaliert. Die Benutzung von Pipetten wäre besonders riskant gewesen. Jede Menge winziger Flüssigkeitspartikel. Und so haben sich Irwin und die anderen infiziert – falls das Virus tatsächlich aus den Zellkulturen stammte.«

»Genau wie der Virologe in Marshallton.«

Hillier hob die Brauen. »Wer bitte?«

»Er hieß Marcus Gaunt. Sie kennen ihn nicht.«

Hillier schwieg. Don watschelte auf den Tisch zu, in jeder Hand ein volles Weinglas. Er konnte seine Neugierde nicht mehr beherrschen.

»Ah, die Verschwörer«, sagte er. »Wirbst du deinen Freund als neues Mitglied, Alfred?«

Arends ignorierte ihn.

»Im Moment habe ich nur noch eine Frage, Doktor Hillier.«

Hillier blickte über die Schulter auf Don. Plötzlich wirkte er gehemmt.

»Sind Sie ganz sicher, daß nie eine veränderte Eizelle reimplantiert wurde? Daß Gensystems diese Art Gentherapie nie der Allgemeinheit zugänglich machte? Ich meine, vielleicht könnte das eine Erklärung ...«

»Der Allgemeinheit?« unterbrach ihn Hillier. »Selbstverständlich nicht. Bis dahin war noch ein langer Weg. Ein sehr langer Weg.«

4

PROVINZ JAMBI, 27. AUGUST

Nach Baileys Anruf änderte sich die Situation. Die Mission änderte sich. Was als sorgsam geplante Forschungsaufgabe mit Thesen, Zielen und Ergebnissen – und spezifischen Aufgaben für jedes Teammitglied – begonnen hatte, wurde nun unkonzentrierter und irgendwie brüchiger, anfälliger für ein Scheitern. Baileys Erinnerung an die Welt da draußen mit ihren politischen Winkelzügen und Taschenspielereien brachte sie alle zu einer anderen Bewertung dessen, was sie taten, und vermittelte ihnen das vage Gefühl, auf undefinierbare Weise kompromittiert worden zu sein. Die Vielzahl übergeordneter Bedenken schien die Mission zu belasten und ihre Schwäche zu offenbaren.

Ein anderer Faktor war der Mangel an Resultaten. Tagtäglich fütterten sie den Analysecomputer mit Daten, aber tagtäglich gab er nur leere Ausdrucke von sich. Es war, als hätten sie sich die falsche Insel ausgesucht. Anhand detaillierter Theorien versuchte Daintith nachzuweisen, warum das Muaratebo-Virus nirgendwo in einer Gegend zu finden war, in der es nach den Gesetzen der Logik seinen Ursprung, seinen Ground Zero haben mußte, während es sich in der schrumpfenden Bevölkerung von Sumatra so offenkundig aktiv gebärdete. Doch mit seinem überlegenen virologischen Fachwissen zerpflückte Adam McKinnon immer wieder Daintith' Argumente. Die Auseinandersetzungen griffen auch auf ihren zunehmend trostloseren Alltag über. Es brach Streit darüber aus, wer an der Reihe war, die Laborgeräte oder die

Schutzkleidung zu sterilisieren oder daß dieser oder jener angeblich zuviel Waschpulver zum Reinigen seiner übelriechenden Sachen verwendet hatte.

Corporal Baker, der aus seinem Wunsch, endlich nach Hause zurückzukehren, keinen Hehl machte, überließ Sergeant Sarandon und Holly Becker immer mehr von seinem Küchendienst, während er den Kopf unter die Kühlerhaube eines Cherokee steckte und behauptete, Reparatur- und Pflegearbeiten seien wichtiger, als Geschirr zu spülen. Carmen bemühte sich unermüdlich um eine Verbesserung der Stimmung, ärgerte sich aber insgeheim, daß ihr Leigh dabei so gar nicht half. Leigh war nicht weniger verantwortungsbewußt, nicht weniger konzentriert, sprach aber bei seinen diversen Tätigkeiten kaum noch ein Wort. Es war, als wäre er überhaupt nicht da.

Zänkisch und mürrisch machten sie sich auf den Weg in Ahmads Jagd- und Fanggebiet.

Auch der Dschungel hatte sich verändert. Jetzt, da ihrem ursprünglichen Vorhaben der Glanz genommen worden war, wirkte er abweisender, ein größeres Hindernis denn je. Nur im Kriechgang kamen sie auf den überwachsenen Routen voran, mußten immer wieder das Gewirr der Vegetation beiseite schieben, das sich sofort wieder hinter ihnen schloß. Wenn einer der Cherokees steckenblieb, kletterten sie alle in die feuchte Hitze hinaus und beobachteten, wie Baker das Stahlkabel der Winde an einem nahe stehenden Baum befestigte. Das ständige Anhalten, die ständige Notwendigkeit, das schwere Fahrzeug buchstäblich weiterzuzerren, verschlechterte ihre Stimmung noch mehr.

Sie kamen Muaratebo näher, dem Hari näher, und mit ihm dem Zusammenfluß all ihrer Theorien darüber, wie das Virus aus dem Dschungel herausgelangt war. Sie hatten sich an das Gebiet um das Rafflesia Camp gewöhnt und fühlten sich in dem dichteren, dunkleren Dschungel, der an den Hari grenzte, angreifbarer und verletzlicher. Trotz der Holperei auf den schlechten Wegen machten sich Leigh, Lennox und McKinnon an den Filtern der Racal-Anzüge zu schaffen und tauschten die Mikroporenkassetten aus, die von einem winzigen blauen Pilz befallen waren. Der Zeitpunkt kam näher, an dem sie Schutz benötigen könnten. Die Möglichkeit, daß eine örtlich beschränkte Insektenart mit dem Virus verseucht sein könnte, war ihre große, unausgesprochene Angst.

Kurz nach vier Uhr nachmittags am 27. August schlugen sie knapp einen Kilometer östlich des Hari River ein Lager auf. Carmen und Daintith widmeten sich der aufwendigen Aufgabe, die Laborgeräte abzuladen und zu überprüfen, während sich Leigh um die Gewehre kümmerte. Noch immer standen Primaten auf ihrer Verdächtigenliste ganz oben, und Leigh hatte die Absicht, unverzüglich mit den Überprüfungen zu beginnen. Gegen fünf, eine Stunde vor Einbruch der Dunkelheit, begaben sich Leigh und McKinnon in den Wald.

Sie hatten die Cherokees an einem Hang geparkt, wo der lichtere Pflanzenbewuchs die Errichtung eines Lagers gestattete, dennoch mußten sie Unterholz wegschlagen, bevor sie die Zelte aufstellen konnten. Holly Becker sah zu, wie sich Baker murrend und mit auf dem Rücken klatschnassen T-Shirt über den Hang quälte. Sarandon packte umsichtig die X-Sat-Ausrüstung aus und öffnete den Schirm der Satellitenschüssel. Holly beobachtete, wie er die verschiedenen Geräte prüfte, Anweisungen eingab, die Tonhöhen regulierte und die Richtung der Antenne bestimmte. Er arbeitete noch sorgfältiger, als er es im

Rafflesia Camp getan hatte. Ihre einzige Verbindung mit zu Hause schien wertvoller geworden zu sein.

Nur widerstrebend hatte Holly das Rafflesia Camp verlassen. Der Aufbruch vermittelte ihr ein Gefühl der Aufgabe, eine Empfindung des Eingeständnisses, daß die Mädchen tot waren. Kurz bevor sie losfuhren, mußte sie sich dazu zwingen, nicht auf das verlassene Gelände des Camps zurückzulaufen. Und dann, als sie das bekannte Territorium verließen, wurde sie von einer Angst überwältigt, die an Panik grenzte. Nun würden die Mädchen sie nicht mehr finden können. Das war der Gedanke, der ihr durch den Kopf schoß. Aber sie hatte nichts gesagt, da sie die Absurdität ihrer Sorgen erkannte. Die Kinder waren längst fort. Selbst wenn sie noch lebten – diese Chance wollte sie noch immer nicht aufgeben –, wären sie irgendwohin gegangen. Sie versuchte, sie sich irgendwo vorzustellen, in irgendeiner Stadt, versuchte, ihre Gesichter herbeizurufen. Aber es war ihr unmöglich, sie woanders zu erblicken als innerhalb der Grenzen des Rafflesia Camp, und vor ihrem inneren Auge sah sie nur ihre erdbeschmutzten Gesichter, ihre Augen geschlossen. Als sie jetzt beobachtete, wie der Mann ein Loch in den Hang schlug, empfand sie ein Gefühl von Leere, das so stechend war wie der erste Anflug der Trauer, die sie verspürt hatte, als Carmen ihr sagte, daß im Rafflesia Camp keiner überlebt hätte. Dennoch war es anders. Seit der Nachricht, daß Richard versuchte, ihren Aufenthaltsort ausfindig zu machen, hatten sich die Dinge für sie verändert. Die Tatsache, daß er physisch nicht bei ihr war, aber an sie dachte, sie liebte, die gleiche Frustration und Verzweiflung empfand wie sie, brachte ihn ihr irgendwie näher. Es kam ihr vor, als wäre er in die Tiefen gezogen worden, die sie neuerdings bewohnte.

»Machen Sie sich Sorgen um Richard?«

Verblüfft über diese Hellsichtigkeit drehte sich Holly um und sah in Carmen Travis' sympathische blaue Augen.

»Ich hoffe nur, daß es ihm gutgeht.«

»Bestimmt. Die Jungs von der Botschaft halten ihn sicher soweit wie möglich auf dem laufenden.«

Carmen lächelte, und fast wider Willen fühlte sich Holly beruhigt. In den letzten Tagen hatte sie Carmen beobachtet. Hatte mit angesehen, wie sie unverdrossen die Fassung wahrte, während die Mission an den Rändern vergilbt war wie das welke Laub des Dschungels. Holly erkannte, daß das RIID-Forschungsunternehmen von den Ereignissen überrollt worden war. Männer und Material zeigten unübersehbare Anzeichen von Erschöpfung, und es war nur eine Frage der Zeit, daß sie sich mit einem Hilfeersuchen an das indonesische Militär wenden müßten. Und dennoch stand Carmen da vor ihr, einen Schmutzfleck am Kinn, so funktional wie immer und bemüht, *ihr* Mut zuzusprechen. Plötzlich kam Holly alles ungeheuer lächerlich vor. Sie betrachtete die unerschöpfliche Vegetation um sie herum. Sie befanden sich in einer brodelnden Masse von Leben, in einem grünen Kessel, zu langsam simmernd für ihre menschlichen Augen, sich verwandelnd, verschmelzend, in einem superkomplexen Ökosystem, das ihrer eigenen Version von Leben Jahrmillionen voraus hatte – der Dschungel hier reichte mindestens hundert Millionen Jahre zurück –, und Carmen war dabei, ihre Pinzette wieder hervorzuholen und ihre Proben zu nehmen.

»Was ist denn so komisch?«

Holly zögerte, mußte es dann aber einfach sagen.

»Es ist alles so ... Es ist alles so zwecklos«, sagte sie und lief dann lachend den Hang hinunter auf den Hari zu.

Ohne sich zu rühren, rief Carmen ihr nach.

»Das glauben Sie doch nicht wirklich, Holly.« Ihre Stimme klang fast bitter.

Holly hielt inne und blickte zurück zum Hang. Baker hatte seine Arbeit kurz niedergelegt und säuberte seine Machete an einem Stein. Holly sah Carmen prüfend ins Gesicht und bedauerte, was sie gesagt hatte. Sie konnte erkennen, daß Carmen hinter ihrer harten professionellen Haltung zu kämpfen hatte, sich ausgesetzt fühlte.

»Ach nein?«

»Sie meinten doch unsere Forschungen, oder?«

»Selbstverständlich. Alles.«

Carmen ging ihr nach.

»Es ist ein Versuch, Holly. Ohne Erfolgsgarantie. Wenn es ein Reservoir für das Virus gibt, eine Quelle irgendwo auf dieser Insel, dann muß es hier in der Gegend sein.«

Sie war Holly jetzt nahe gekommen. Holly lächelte.

»Entschuldigung«, sagte sie und berührte Carmens Arm. Sie zeigte um sich. »Das alles hier ... Ich habe das dringende Bedürfnis, ihn zu sehen«, sagte sie mit ganz kleiner, verunsicherter Stimme. »Ich muß mit Richard sprechen.«

Carmen legte die Arme um sie, und einen Moment lang hielten sie einander fest. Holly stellte überrascht fest, daß Carmen beträchtlich kleiner war als sie, kleiner und zierlicher.

»Und ich muß mit Tom sprechen«, sagte Carmen, »mit Joey und Oliver. Ich habe das dringende Bedürfnis, mit meiner Familie im Garten zu sitzen.«

Sie sahen einander an.

Holly wollte gerade etwas sagen, als sie von Sergeant

Sarandon unterbrochen wurde, der Carmen zu sich und den Cherokees heraufrief.

Es war ein Anruf über eine der abhörsicheren RIID-Leitungen. Carmen nahm ihn hinten in einem Cherokee entgegen, über Kopfhörer. Sie wollte verhindern, daß ein erneuter Anruf von Bailey über Lautsprecher die Truppe weiter demoralisierte.

Aber es war nicht Bailey, es war George Arends. Trotz seiner ruhigen spröden Stimme merkte sie seine Erregung.

»Es ist anders, als wir dachten, Carmen. Ganz anders. Ich habe mit Hillier gesprochen, dem Mann, der auf der Diskette erwähnt wurde. Erinnern Sie sich?«

»Sicher. Arends, wie spät ist es? Bei Ihnen, meine ich.«

»Warten Sie ... Es ist ... Was macht das für einen Unterschied? Fast sechs Uhr. Ich wollte, daß Sie es so schnell wie möglich erfahren. Ich habe die ganze Nacht darüber nachgedacht. Es ist so ... Ich weiß nicht. Ich kann mir einfach keinen Reim darauf machen.«

»Was hat Hillier gesagt?«

»Er sagte, er sei kurz vor Schließung der Anlage in Fort Willard als Berater hinzugezogen worden. Er sagte, daß sich bei seinem Eintreffen bereits zwei Mitarbeiter des Projekts im Krankenhaus befunden hätten und daß die Labors versiegelt gewesen seien. Carmen, drei Menschen sind gestorben.«

»Und wie ...?«

»Einen Augenblick bitte. Die Symptome ähnelten jenen, die wir in Marshallton vorgefunden haben – Entzündung der Atemwege und so weiter. Also fragte ich ihn, woher das Virus seiner Ansicht nach stammte. Er meinte, er hätte die Möglichkeit einer Art genetischer Verformung in Betracht gezogen.«

Carmen streckte die Beine aus und lehnte sich gegen die Seitenwand des Cherokee. Sie wußte nicht, was sie davon halten sollte.

»Sie beschäftigten sich mit Genen, die für eine Reihe von Erbkrankheiten verantwortlich sind«, fuhr Arends fort. »Doktor Irwin, der Leiter der Forschungsarbeiten, war der Meinung, ein Gen isoliert zu haben, das etwas mit dem Methusalem-Syndrom zu tun haben könnte.«

»Wie schön für ihn.«

»Die Muttergesellschaft – Westway – war zwar nicht gerade erpicht darauf, Geld in Forschungen zu stecken, die sich kommerziell nicht auszahlten, erhoffte sich jedoch Aufschlüsse über den Alterungsprozeß ganz allgemein. Und sie sind ganz groß eingestiegen, Carmen. Sie haben eine Vereinbarung mit der Regierung getroffen. Es wurden besondere Ausnahmeregeln erlassen, damit Gensystems mit menschlichen Embryonen arbeiten durfte.«

»Allmächtiger.«

»Kann man wohl sagen. Jedenfalls hält es Hillier für möglich, daß Veränderungen am zwölften Chromosom ein auslösender Faktor gewesen sein könnten.«

»Veränderungen? Reden Sie von Gentherapie?«

»Ja. Hillier erzählte, daß Irwin zwei unterschiedliche Kulturen für die Arbeit am zwölften Chromosom angesetzt hatte – Objekt und Überwachung. Bei den veränderten Kulturen stellten sie eine Anomalie fest, ein Absinken in der Produktion eines Enzyms, einer Proteinkinase. Irwin vermutete, daß er unter Umständen ein Onkogen verändert hatte, das die Proteinkinase codierte. Das schließt Hillier nicht aus, glaubt aber, daß die Manipulation des Onkogens in den Objektkulturen mehr verändert hat als den Enzymspiegel. Ich weiß ja nicht, wieviel Sie aus Ihren Histologiekursen oder auch Ihren Genetikvorlesungen in Erinnerung haben, aber Tatsache ist, daß es für jedes Zellen-Onkogen ein virales Onkogen gibt. Das erste Onkogen wurde sogar in einem Virus entdeckt. Merken Sie auf: In lebenden Zellen wie in Viren sind identische Gene zu finden.«

Arends' Erregung entging Carmen keineswegs. Das war eine Untersuchungsebene, die niemand im RIID auch nur in Erwägung gezogen hatte.

»In einigen Fällen, in einigen Zellen gibt es nicht nur ein virales Gen, sondern eine ganze Reihe davon – all das, was für ein komplettes Virus nötig ist. Ich habe ein bißchen nachgedacht und glaube, daß es durchaus einen Sinn ergibt. Stellen Sie sich vor, daß sich irgendwann, vielleicht in den Anfangsphasen der Evolution irgendein Virus in der DNS eines urzeitlichen Vorfahren von uns eingenistet hat. Unter Umständen war das Virus zuerst da, die Zelle entwickelte sich und nutzte die Fähigkeit des Virus zur Vervielfältigung für eigene Zwecke.«

»Zellen beuten Viren aus? Das ist ein ganz neues Konzept.«

»In Anbetracht der Interdependenz der beiden so neu auch wieder nicht.«

»Okay. Und weiter?«

»Nun, wie die Situation auch entstanden sein mag: Die Zelle ist daran interessiert, daß sich das Virus nicht exprimiert oder vervielfältigt – es sei denn, auf eine Weise, die die Zelle kontrollieren kann. Sonst würde das Virus die Macht übernehmen. Einschlußkörperchen lassen die Zellenwand platzen und so weiter. Also entwickelt die Zelle einen Mechanismus zur Abwehr des biochemischen Signals, das normalerweise dafür sorgen würde, daß sich die Virus-DNS exprimiert. In unserem Fall ist dieser Mechanismus ein Enzym. Stellen Sie sich das vor wie einen kleinen nachbarschaftlichen Streit zwischen zwei DNS-Strängen, der vor einer halben Milliarde Jahren mit dem Sieg des zellularen Onkogens endete.«

»Damit wollen Sie also sagen, daß Irwins Arbeit das Virus in die Lage versetzte, hervorzukommen, sich zu exprimieren.«

»Exakt. Sie wußten, daß das Enzym eine Funktion hatte. Also setzten sie die Kulturen verschiedenen Antigenen aus, um zu sehen, was geschieht. Irgendwann müssen sie die Zelle mit etwas konfrontiert haben, womit sie durch das Enzymdefizit nicht fertig wurde. Das falsche Signal drang in den Zellkern ein und – rums! Plötzlich hatten sie eine Petrischale voller Viren, mit einem Virus, das im zwölften Chromosom latent vorhanden war, seit ... nun, seit Anbeginn der Zeit, wie man so schön sagt.«

»Das ist ...«

»Gespenstisch, ich weiß.«

»Aber ich kann noch immer nicht erkennen, was dieser ... Unfall bei Gensystems vor zehn Jahren mit den hiesigen Vorgängen zu tun haben soll.«

»Ich weiß. Und genau das hat mich die ganze Nacht wach gehalten. Derjenige, der uns auf Fort Willard hingewiesen hat, muß von einer Verbindung überzeugt sein. Aber es gibt keinen Beweis, daß er damit recht hat.«

Arends schwieg einen Moment lang. Carmen hörte Leighs Stimme. Während ihres Gesprächs mit Arends war es Nacht geworden. Sie saß im Dunkeln.

»Ich komme von dem Gedanken nicht los, daß sie mit menschlichen Embryonen gearbeitet haben. Stellen Sie sich doch einmal vor, Carmen, daß sie am zwölften Chromosom herumgepfuscht und dann eine Eizelle befruchtet haben, sie implantierten, ein Kind produzierten.«

Carmen zog die Knie ganz eng an ihren Körper. Sie spürte, wie sich ihr die Nackenhaare sträubten.

»Das Kind würde vermutlich nicht einmal wissen, daß irgend etwas nicht stimmt. Alles wäre ganz hervorragend: keine Erbkrankheit. Dem Kind würden vielleicht ein paar Millionen Einheiten dieser Proteinkinase fehlen, die jedoch beim normalen Verlauf der Dinge keine besondere Funktion hat. Unter Umständen gibt es ein paar obskure Nebenwirkungen. Eine kleine Deformation der Epidermis, wer weiß? Oder auch gar nichts. Doch dann schlägt das Antigen zu. Floristen in Chicago bieten vielleicht einen neuen südamerikanischen Kaktus an. Er blüht nur einmal im Jahr. Das Kind kommt an dem Blumengeschäft vorbei, atmet einen Hauch Kaktuspollen ein. Ein chemisches Signal auf der Pollenoberfläche wird erkannt. Plötzlich werden die für die Codierung des Virus zuständigen Gene aktiv und die halbe Bevölkerung von Chicago stirbt an viralem hämorrhagischem Fieber.«

»Aber Gensystems ...«

»Glücklicherweise nicht. Ich habe Hillier ausdrücklich danach gefragt, ob die Gentherapie jemals angewendet wurde. Er erklärte, von Versuchen am Menschen seien sie noch Lichtjahre entfernt gewesen.«

»Gott sei Dank.«

Längeres Schweigen breitete sich aus. Carmen hörte McKinnon und Leigh zu, die draußen darüber diskutierten, ob sie den von ihnen gefangenen Makaken jetzt gleich bei elektrischem Licht sezieren oder lieber bis morgen warten sollten.

»Die ganze Sache ist so ... Es ist ein Mysterium«, sagte Arends. »Und es bringt mich noch um den Verstand.«

In dieser Nacht lag Carmen noch wach, als alle anderen längst schliefen. Sie hatte sich noch einmal das Band mit ihrer Unterhaltung mit Bacelius Habibie angehört und nach irgendwelchen Hinweisen gesucht, die ihr bisher unter Umständen entgangen sein könnten. Aber das ganze düstere Mysterium wirkte noch immer so undurchdringlich wie zuvor. Wieder mußte sie an die Zelle denken, die Zelle, die sich am Beginn der Zeiten ihren Weg in die Welt gesucht hatte, an die Proteinkinase, die das Signal blockierte, das das Virus für seine Vervielfältigung brauchte. Sie stellte sich vor, wie die Meere damals ausgesehen hatten, mit einer Art von düsterem Licht über allem. Dann dachte sie an zu Hause und an die Avocadostaude, die am Küchenfenster wuchs, gezogen aus dem Kern, der für Joey abgefallen war, als sie Guacamole zubereitet hatte.

Draußen lief jemand mit einer Taschenlampe vorbei und riß sie aus ihrer Schläfrigkeit. Sie hörte, daß ein Reißverschluß geöffnet wurde, dann pinkelte jemand. Sie knipste ihre eigene Taschenlampe an und griff wieder zum Kassettenrecorder.

Sie setzte den Kopfhörer auf, um niemanden zu stören. Habibies Stimme erklang, und sie spürte, daß sie wieder einzudösen begann und nur dann und wann hochschreckte, wenn sie sich eine Frage stellen hörte ... »Diese erschreckend gelben Augen und seine braunen Zähne. Er sah schauderhaft aus, aber eigentlich nicht schlimmer als sonst auch ...« Sie fragte sich, ob Habibie das Glück treu geblieben war, jetzt, da in Jambi alles drunter und drüber ging. Doch Habibie hätte bestimmt die Bestechungsgelder gezahlt, die nötig waren, um die Stadt verlassen zu können ... »Er hoffte, in Muaratebo irgendein Geschäft abwickeln zu können ... handelte mit allen möglichen Dingen. Nicht nur mit Affen. Ich glaube, als er diesmal nach Muaratebo kam, wollte er mir etwas verkaufen. Etwas Besonderes ...« Carmen öffnete die Augen und sah zum Zeltdach hoch. Sie schaltete die Taschenlampe aus und starrte in die Dunkelheit. Es war drückend heiß und das T-Shirt unter ihrem Kopf bereits klatschnaß. Was war so besonders?

Carmen spulte das Band zurück und hörte aufmerksamer zu. Aber da war nichts Neues. Sie ließ es weiterlaufen ... »Leute halten die Waldmenschen für edel und gut. Aber das stimmt nicht. Auch sie brennen den Wald nieder, um etwas anzubauen. Auch sie verschmutzen die Umwelt. Auch sie trinken. Sie betrinken sich sinnlos. Werden unbesonnen. Wenn der Preis stimmt, würden sie Ihnen alles verkaufen ...« Hatte Ahmad etwas von den Eingeborenen mitgebracht, etwas Besonderes? Wieder spulte sie das Band zurück ... »Manchmal brachte Ahmad Freunde aus dem Wald mit ...« Welche Freunde? Wozu brauchte Ahmad Freunde? In ihrem Kopf verwirrte sich alles.

Carmen spulte das Band ganz zum Anfang zurück. Dann ließ sie es durchlaufen. Hinter Habibies Worten war die vage Andeutung von etwas, irgend etwas, dessen er sich schämte ... »Für einen Außenstehenden ist das schwer zu begreifen ... Wie es zu derartigen Dingen kommen kann ...« Ahmad war mit einem besonderen Angebot aus dem Dschungel gekommen – mit etwas Illegalem, wie es den Anschein hatte –, was er den Eingeborenen abgekauft hatte ... »Manche halten das, was in Muaratebo geschieht, für eine Strafe Gottes. Aber wie wäre das möglich? Es sei denn, ich wäre aus irgendeinem Grund verschont worden ...« War das nicht ein Schuldeingeständnis?

Das Rauschen des leeren Bandes weckte Carmen. Sie nahm den Kopfhörer ab und legte sich auf die Seite. Sie lauschte auf die Geräusche des Dschungels, der fast so alt war wie die Meere, die sie sich vorhin vorgestellt hatte. Fast genauso alt, entstanden in der gleichen düsteren Vorgeschichte. Der Dschungel hatte sich weiterentwickelt und sein unaufhörliches Mantra psalmodiert, für ein paar Jahrmillionen unterbrochen von bewaffneten und gepanzerten Giganten, um dann, nach ihrem Durchzug, seinen Gesang wieder aufzunehmen, als hätte es sie nie gegeben. Sie dachte daran, wie das dichte Gestrüpp die Cherokees durchgelassen, sich dann aber hinter ihnen wieder geschlossen hatte – Wasser ähnlicher als Laubwerk. Sie dachte an die kleine Fläche nackter Erde, die ihr vorübergehendes Lager im Rafflesia Camp hinterlassen hatte, und daran, daß sich die Gräser jetzt bereits wieder aus der niedergetrampelten Erde schieben würden, so daß die Spuren, die sie hinterlassen hatten, Carmen in ihrer schläfrigen Vorstellung so vorkamen wie warmer Atem auf einer Glasscheibe – schrumpfend, zurückweichend, um dann ganz zu verschwinden.

5

JAMBI, 28. AUGUST

Brigadier Sutami fluchte durch die zusammengebissenen Zähne und drückte den Telefonhörer mit beiden Händen an sein Ohr. Draußen vor dem Fenster hob ein weiterer Puma ab. Seine gewaltigen Rotorblätter verursachten einen Sturm, der das leichte Terminalgebäude erbeben ließ. Am anderen Ende der Leitung kreischte General Rana – er schrie nicht, er kreischte –, und seine Stimme steigerte sich zu einem beängstigenden Falsett. Es hörte sich an, als hätte jemand ihm beide Hände um den Hals gelegt und würde fest zudrücken, was der Wahrheit recht nahe kam. Wenn sich die Lage nicht bald besserte, würden Köpfe rollen, soviel war sicher.

Dank der Satellitenschüssel, die die Techniker auf dem Terminaldach installiert hatten, waren Sutami die Neuigkeiten nicht mehr ganz fremd. CNN zufolge hatte sich die Isolierung Indonesiens mit der Nachricht, daß sich die Seuche vom Inneren Sumatras zu den Küstenstädten ausbreitete, weiter verstärkt. Die meisten Länder, unter ihnen Malaysia und die Philippinen, hatten ihren Luftraum für Flüge aus allen Teilen Indonesiens geschlossen, und überall auf der Welt wurde indonesischen Schiffen die Einfahrt in Häfen verweigert, so daß ihre Fracht in internationalen Gewässern verrottete. Nach fünfstündigem freiem Fall, in dessen Verlauf die Aktien vierzig Milliarden Dollar an Wert verloren hatten und drei Angestellte von einem hysterischen Investor erschossen worden waren, hatte die Börse in Jakarta ihre Pforten geschlossen. Die Nachrichtensendung wurde durch ein Interview mit einem gut rasierten Westler in maßgeschneidertem Anzug bereichert, der die Ansicht äußerte, Indonesien könne etwa drei Wochen internationaler Isolation überstehen, bevor es zum totalen wirtschaftlichen Zusammenbruch käme.

Am Abend war der Präsident vor die nationalen Fernsehkameras getreten und hatte seinem Volk versichert, daß die Sumatra-Krise bald beendet sein würde. Als Sondermaßnahme kündigte er die unverzügliche Entsendung von drei Bataillonen der Präsidentengarde auf die Insel an. Für Sutami war das keine erfreuliche Nachricht. Mit der Präsidentengarde würde vermutlich auch Lieutenant General Iskandar erscheinen und als ranghöherer Offizier das Kommando übernehmen. Und damit hätte Sutami keine Chance mehr, die Situation auf Sumatra zu verbessern und mit ihr sein Ansehen.

Sutami hatte Einwände erhoben. Weit mehr als Soldaten würden Schutzkleidung und medizinische Versorgungsgüter gebraucht. Mehr als die Hälfte der Männer unter seinem Kommando hatten kaum etwas, um sich vor einer Infektion zu schützen. Es gab nicht einmal genügend Gummihandschuhe, von Schutzbrillen und Atemfiltern ganz zu schweigen. Aber Rana war nicht in der Stimmung zuzuhören. In sechsunddreißig Stunden würde die Vorhut der Präsidentengarde eintreffen. Falls sie Jakarta keine Verbesserung der Situation melden könnten, würde Iskandar formell den Oberbefehl übernehmen. Das ließ an Eindeutigkeit nichts zu wünschen übrig: Sutamis Chance war dahin, bevor sie richtig gekommen war.

Nebenan, in der ehemaligen Cafeteria, wurde noch immer die Einsatzzentrale eingerichtet. Angesichts der Aufstände in Jambi hatte man sich gezwungen gesehen, das Hauptquartier zum etliche Kilometer entfernten Flughafen zu verlagern. Vom Kontrollturm aus waren die Rauchwolken über der Stadt noch immer deutlich zu sehen. Eine große Landkarte war auf Tischen in der Mitte des Raums ausgebreitet, um sie herum waren Funkgeräte positioniert. Laut hallten die Stimmen der Funker in dem Raum wider, als sie mit den verschiedenen Außenposten sprachen. Leere Cola-Flaschen und Plastikbecher lagen verstreut auf dem Fußboden. Zwischen ihnen summten träge Fliegen. Zum Saubermachen war keine Zeit gewesen.

Als Sutami den Raum betrat, schoß Major Tanjung, einer der Stabsoffiziere, auf ihn zu.

»Die südliche Stadtgrenze ist abgesichert, Sir«, sagte er mit mehr Hoffnung als Gewißheit in der Stimme. »Panzer sperren die Straßen.«

Mürrisch beugte Sutami sich über die Karte. Zwei Wochen zuvor hatten die schwarzen Fähnchen, die die Ausbreitung der Epidemie markierten, sich im schmalen Bogen um ein knapp achtzig Kilometer großes Gebiet am Hari River gezogen. Jetzt erstreckten sie sich in alle Richtungen: Im Norden und Süden zu Ortschaften am Trans-Sumatran Highway, im Westen zur Minang-Hochebene und im Osten bis nach Jambi. Manchmal symbolisierten die Flaggen lediglich vereinzelte Fälle, manchmal eine Handvoll, manchmal waren die Fälle wahrscheinlich gar keine Fälle, sondern Ängste. Aber ob nun Furcht oder nicht: Jeder Ausbruch löste eine neue Welle von Flüchtlingen aus. Wenn die Straßen gesperrt waren, hielten sie sich an die Flüsse, waren die Flüsse unpassierbar, packten sie ihre Habseligkeiten und machten sich zu Fuß auf den Weg in den Dschungel. Die Hubschrauber-Patrouillen berichteten von großen Gruppen, die sich durch die Plantagen nördlich und westlich von Jambi bewegten. Jedesmal, wenn er – wie von General Rana befohlen – eine neue Begrenzungslinie aufbaute, kam es dahinter zu einer Flut neuer Fälle. Allein schon der Anblick der Kordons konnte eine Panik auslösen, da die Menschen die andere Seite erreichen wollten, bevor es zu spät war. Und so wurde das Gebiet, das er unter Quarantäne stellen sollte, immer größer, wurden die Absperrungen immer schwieriger zu halten, seine Soldaten immer ängstlicher und demoralisierter. Von Anfang an war die Strategie defensiv gewesen – mit einem Forschungsteam ausländischer Wissenschaftler innerhalb des Kordons war das unvermeidlich –, aber diese Strategie funktionierte nicht. Und da inzwischen die Zukunft des Landes auf dem Spiel stand, war es höchste Zeit, sie zu ändern.

Einer der Funker, ein Corporal, redete noch lauter als die anderen. Sutami nahm an, daß er mit einem der abgelegenen Posten im Westen kommunizierte, wo die Berge das Funksignal störten. Unvermittelt riß der Funker seinen Kopfhörer ab und stand auf. Er schwitzte heftig, das Hemd klebte ihm am Körper. Er schluckte krampfhaft.

»Padang, Sir«, rief er. »Colonel Azwars Kommando meldet einen Ausbruch in Padang.«

Einen Moment lang herrschte Stille im Raum. Einer der anderen Offiziere sah Sutami an, streckte langsam die Hand nach einem der schwarzen Fähnchen aus und steckte es auf die Karte. Es war das erste Fähnchen westlich der Minang-Hochebene und das erste in einer Küstenstadt.

Sutami spürte, daß ihm das Blut aus dem Gesicht wich. Er hatte Verwandte in Padang: eine Schwester, einen Schwager, zwei Neffen. Er hatte bereits daran gedacht, sie da irgendwie herauszuholen, aber nur als Vorsichtsmaßnahme, später, wenn die Dinge wirklich außer Kontrolle gerieten. Abgesehen davon hätte er das über Colonel Azwar in die Wege leiten müssen, und das wären die falschen Signale zur falschen Zeit gewesen. Er hatte geglaubt, die Minang-Hochebene würde als Barriere fungieren. Man konnte sie nur auf den Straßen überqueren, und die Straßen waren gesperrt. Er hatte sich geirrt.

»Wie viele Fälle?« fragte er. »Erwiesene Fälle?«

Der Funker blickte auf seinen Block.

»Drei, vielleicht vier. Sie sagten, sie hätten gehört ...«

»Erwiesene Fälle, verdammt noch mal! Keine Gerüchte.«

»Ich ... Ich weiß es nicht, Sir. Zumindest gab es einen Todesfall. Sie sind sehr beunruhigt. Es ist zu Schießereien gekommen. Und einige Männer werden vermißt, heißt es.«

»Abgehauen, meinen Sie wohl. Verdammt! Verbinden Sie mich sofort mit Colonel Azwar.«

»Sir, Colonel Azwar ist noch immer erkrankt. An Dysenterie. Er ...«

»Ich sagte, Sie sollen mich mit ihm verbinden, Corporal.«

Der Funker setzte sich hastig den Kopfhörer auf.

»Ja, Sir!«

Sutami wandte sich an Major Tanjung.

»Welche Kampfflugzeuge haben wir in Medan?«

»Eine Hawks-Staffel, Sir. Und eine weitere in Palembang im Süden. Sie verfügen auch über einige F-Vierzehn.«

»Alle ausgerüstet für Bodeneinsätze?«

»Ich denke schon, Sir, aber ...«

»Gut. Ich möchte, daß sie mit Brandbomben ausgestattet werden und sich für einen Einsatz mit dreißigminütiger Anlaufzeit bereit halten.«

»Sir, bei allem schuldigen Respekt ...«

»Fordern Sie alle ausländischen Wissenschaftler und Mediziner auf, das Sperrgebiet zu verlassen. Wir haben ihren egoistischen Wünschen lange genug nachgegeben. Jetzt werden wir zu einer aktiveren Strategie übergehen.«

»Sir?«

Sutami blickte auf die Karte. Jedes schwarze Fähnchen war ein Zeichen für Rückständigkeit und Versagen, eine Schande für die Ehre seines Landes und seine eigene. Am liebsten hätte er sie herausgerissen und weggeschleudert.

»Diese Sache breitet sich nicht von allein aus. Sie wird von Menschen verbreitet. Verängstigten Menschen. Und ist es ein Wunder, daß sie verängstigt sind, wenn ihrer Armee nicht gestattet wird, ihre Pflicht zu tun?«

6

PROVINZ JAMBI, 29. AUGUST

Das Problem war, daß sie nicht wußten, wo sie suchen sollten. Ahmad hatte in einem Gebiet von rund hundertachtzig Quadratkilometer Ausdehnung östlich des Hari gejagt, wo es mehrere Primatenarten gab, einschließlich Makaken und Gibbons. Ihrer Militärkarte entnahmen sie, daß drei Kilometer östlich des Hari und rund dreißig Kilometer nördlich von Muaratebo ein erratisches Quellenband dem Flußverlauf folgte und sich alle paar Kilometer in Form von Wasserläufen in den Dschungel entlud. An einer Stelle entsprang sogar einem Höhlensystem ein größeres Flüßchen.

»Schutz und Wasser«, sagte Major Leigh und tippte mit einem schmutzigen Zeigefinger auf die Karte, als sie in der Morgendämmerung um die Cherokees herumstanden.

»Wenn er sich wochenlang hier aufgehalten hat, muß er auch über eine Art Camp verfügt haben«, sagte Carmen.

So wurden die Höhlen und der kleine Fluß zum Zentrum der zweiten Phase ihrer Suche nach dem Virus. Falls Ahmad in den Höhlen Schutz gesucht hatte, bestand durchaus die Möglichkeit, daß er dort angesteckt worden war. Mit ihrer warmblütigen symbiotischen Fauna waren Höhlen hervorragende Orte sowohl für die Verseuchung mit Pathogenen als auch für deren Übertragung.

Die Annäherung an die Höhlen würde sich durch das zerklüftete Terrain schwierig gestalten, das zudem von überaus dichter Vegetation bedeckt war. Von ihrem Basislager aus würden sie bis auf fünf Kilometer an die Höhlen heranfahren können, aber nicht weiter. Sie beschlossen, ein weiteres Lager bei den Höhlen zu errichten, wo zwei Teammitglieder das Gelände sondieren würden. Das war zwar nicht die bestmögliche Nutzung ihrer Ressourcen, aber in logistischer Hinsicht die einzige Option. Fünf Mann wären durchaus in der Lage, genügend Arbeitsgeräte und Proviant zu tragen, um dem Zwei-Mann-Lager ein siebentägiges Überleben ohne Nachversorgung zu garantieren. Aber es bedeutete auch, sich in dieser feuchten Hitze mit Gewehren, Fallen, verschiedenen Gerätschaften und Proviant abzuschleppen – eine Aufgabe, die keiner von ihnen besonders schätzte. Das Zwei-Mann-Team – erneut waren dafür Leigh und Daintith ausgewählt worden – sollte über Funk mit dem Basislager in Kontakt bleiben. Sie würden zwei der besseren Racal-Anzüge mitnehmen – wegen des unvorhergesehenen Pilzbefalls war Filterersatz für sieben Tage nur für zwei Anzüge möglich –, sie aber nur im Notfall anziehen.

Carmen, Leigh, Daintith, McKinnon, Lennox und Baker wollten kurz nach acht Uhr auf einer matschigen Straße Richtung Westen aufbrechen. Kaoy und Sarandon sollten im Basislager zurückbleiben, um die X-Band- und Funkverbindungen zu überwachen. Gegen ihren Willen würde Holly Becker ihnen Gesellschaft leisten.

Holly war das Nichtstun leid und glaubte, sich durchaus mit einfacheren Aufgaben des Einsammelns und Fallenstellens nützlich machen zu können. Obwohl Carmen dafür Verständnis hatte und wußte, daß Holly vor allem vom Nachdenken über das Schicksal ihrer Kinder abgelenkt werden mußte, beharrte sie darauf, daß sie im Basislager zurückblieb, und erinnerte sie an die Gefahren, die mit der Suche nach BL-4-Pathogenen auf offenem Terrain verbunden waren.

»Das Virus befindet sich nun einmal nicht in einem Reagenzglas«, sagte sie, als sie einen der Cherokees für die Abfahrt vorbereiteten. »Sondern in einem Käfer oder einem Tier, dem es vielleicht gar nicht gefällt, aufgestört zu werden. Und wenn es Sie erwischt, Holly, dann wär's das.«

Schon bald wurde aus der verschlammten schmalen Straße ein dicht überwachsener Pfad. Falls überhaupt möglich, wurde die Atmosphäre noch drückender, und es war unangenehm heiß und stickig. Durch gelegentliche Durchbrüche im Laubdach über ihnen sahen sie, daß von der Ebene im Osten dunkle Wolken herantrieben. Nach zwei Stunden sehr sporadischen Vorankommens, mit ständigen Unterbrechungen, um herabgefallene Äste aus dem Weg zu räumen, kamen sie zu einem umgestürzten Ketapangbaum, dessen Wurzeln aus dem Stamm ragten wie die Seitenflossen aus einer Rakete. Alle stiegen aus.

»Daraus haben die Europäer früher die Ruder für ihre großen Schiffe gemacht«, sagte Leigh mit in die Hüften gestemmten Händen und betrachtete den umgestürzten Baum nachdenklich.

Trotz der Klimaanlage im Cherokee waren sie alle schweißgebadet.

»Wir müssen zu Fuß weiter«, erklärte Baker und kam von der anderen Seite des kolossalen Stamms zu ihnen herum. »Dieses Ding können wir nie im Leben bewegen.«

»Wie weit ist es noch bis zu den Höhlen?« fragte Lennox.

»Der Kilometerzähler gab achtzehn Kilometer vom Ausgangspunkt aus an, also rechne ich, daß wir noch weitere sechs laufen müssen«, erwiderte Baker.

Sie sprühten ihre Stiefel mit Insektiziden ein, um Blutegel abzuschrecken, und schulterten dann ihre Lasten – Leigh trug neben seinem Rucksack noch die beiden Gewehre und Baker das Funkgerät. Im Gänsemarsch bewegten sie sich weiter, Leigh als Vorhut.

Ausgetrocknete Wasserrinnsale durchschnitten den Pfad, der schon bald kein Pfad mehr war, sondern nur noch ein kaum wahrnehmbarer Einschnitt in der Vegetation. Von Zeit zu Zeit hörten sie Donnergrollen aus dem Osten, aber um sie herum blieb die Luft ruhig und heiß, als befänden sie sich in einem geschlossenen Raum. Dem Kompaß folgend, bewegten sie sich weiter nach Nordwesten, kletterten über dichtes Wurzelgewirr und rutschten Abhänge hinunter, um Halt auf der harten roten Erde bemüht, die zu kärglich wirkte, um eine derartige Üppigkeit überhaupt ernähren zu können. McKinnon schnitt Kerben in die Stämme der Bäume, an denen sie vorbeikamen, und markierte so eine Fährte. Es war ein mühsames Vorankommen, und zweimal stürzte Daintith, als sich seine Stiefel zwischen den Wurzeln verfingen. Als Daintith zum zweitenmal strauchelte, ließ Carmen eine Pause einlegen.

»Wir sollten kurz anhalten«, sagte sie. »Schließlich wollen wir keinen Rekord aufstellen.«

Ihr war aufgefallen, wie Baker nach Soldatenmanier das Tempo forciert hatte, da Leigh inzwischen zurückgeblieben war, weil ihm sein Knöchel nach dem Sturz in der Höhle vor wenigen Tagen noch immer Beschwerden verursachte. Daintith sank gegen einen Erdhügel und schüttelte seinen Rucksack von den Schultern. Sein Gesicht war von der Hitze geschwollen, und der Schweiß lief ihm in Strömen über den Körper.

»Gegen Mittag müssen wir dort sein«, sagte McKinnon.

»Wenn wir uns zu sehr erschöpfen, wird sich noch jemand ein Bein brechen«, wandte Carmen ein. Sie trank einen Schluck aus ihrer Wasserflasche und bot sie dann Daintith an. »Und wir müssen denjenigen dann zurücktragen, und das wird wirklich hart – ganz abgesehen von dem Zeitverlust.«

Leigh wischte sich mit dem behaarten Unterarm über den Mund.

»Tut mir leid, alle aufzuhalten«, sagte er und blickte verärgert zu Daintith hinüber. »Dieser verdammte Knöchel bringt mich noch um. Ich dachte schon, er wäre längst in Ordnung, aber ...«

»Wir können nicht weiter als anderthalb Kilometer entfernt sein«, sagte McKinnon.

Wieder holte Baker die Karte hervor, breitete sie an einem Baumstamm aus und folgte einer Höhenlinie mit dem Zeigefinger. Im Osten zuckte ein Blitz auf, dann grollte Donner.

»Ich denke, wir sollten bei der nächsten Gelegenheit hangabwärts laufen«, sagte er.

McKinnon trat neben ihn, und Baker zeigte ihm, wo sie sich seiner Ansicht nach befanden. Einen Moment lang erwogen beide Männer die Möglichkeiten, die in Frage kamen. Dann blickte McKinnon über die Schulter hinweg zu Carmen, die neben Leigh saß und erneut einen Schluck trank.

»Was meinen Sie, Colonel?«

»Ich verlasse mich darauf, daß ihr schon das Richtige tut. Den nächsten Wasserlauf werden wir uns zunutze machen, wie Baker gesagt hat. Zumindest ist es einfacher, abwärts zu rutschen.«

Plötzlich schnellte Daintith' Arm in die Höhe. Er zeigte gen Himmel.

»Was ist das?«

Alle blickten hoch. Carmen verspürte ein Kribbeln auf der Kopfhaut, als sie Daintith' zitterndem Finger mit den Augen folgte.

»Ich sehe es«, sagte Baker.

Alle sahen zum Laubdach des Waldes hinauf, das sich rund zwölf Meter über ihnen ausbreitete. Für Carmen war es nur eine grüne Masse. Doch dann fing ihr Blick eine leichte Bewegung ein, und sie sah in das blasse Gesicht eines Makaken. Das Tier beobachtete sie einen Moment lang, dann verschwand es und ließ einen schwankenden Ast zurück.

»Einer von Ahmads Freunden«, sagte Daintith.

Sie liefen zwanzig Minuten weiter und an einem Hang entlang, der völlig mit Baumwurzeln und Farnen bedeckt war. Rechts von ihnen rann Wasser den Hang hinunter und machte die rote Erde zwischen den Wurzeln glatt und schlüpfrig. Ständig mußten sie darauf achten, wohin sie die Füße setzten, obwohl die Versuchung groß war, den Blick nach oben zu richten, ob da nicht wieder neugierige Gesichter herabschauten. In der Hoffnung, ihr Tempo ein wenig zu verlangsamen, hatte Carmen die Führung übernommen, doch trotzdem blieb Leigh zurück. Alle paar Minuten mußten sie stehenbleiben und auf ihn warten.

Als sie die Höhe des Hangs erreicht hatten, befanden sie sich plötzlich inmitten einer Wolke von fliegenden Insekten. Vor ihnen fiel das Gelände steil ab, und durch Lücken zwischen den Bäumen sah Carmen das silberne

Band eines Flusses, der von rechts auf den Hari zufloß. Die Fliegen surrten durch die Luft, ballten sich zu Wolken zusammen, schwärmten wieder einzeln aus. Sie schienen begeistert, auf ein paar riesige Primaten ohne Fell zu treffen, über die sie sich hermachen konnten. Immer mehr Insekten stoben heran, schienen sich zu einem Schwarm zu verdichten. Carmen hob die Hand und verscheuchte sie von ihrem Gesicht.

»Wir sollten hier hinunter laufen«, sagte McKinnon und ging an ihr vorbei. »So müßten wir direkt zu den Höhlen kommen.« Und schon bewegte er sich behende hangabwärts durch das Dickicht, von ein paar Fliegen verfolgt. Mit heftig wedelnden Händen folgte ihm Baker. Carmen wischte sich mit einem durchnäßten Stirnband über das Gesicht und wehrte mit der rechten Hand die Insekten ab. Hinter ihr atmete Daintith schwer.

»Ich frage mich, wovon sich diese Fliegen ernähren«, stieß er keuchend hervor. Wenn man stillstand, war es noch heißer. Ein Insekt ließ sich auf Carmens Lippen nieder, und sie wischte es fort.

»Immerhin geht es jetzt nur noch abwärts«, sagte sie und setzte sich wieder in Bewegung.

Leigh konnte die anderen nicht mehr sehen. Er lehnte sich gegen einen Baumstamm und blickte zur Hanghöhe hinauf. Der Schmerz in seinem Knöchel verschlimmerte sich, und er merkte, daß sein Fuß in seinem Stiefel anschwoll. Er schnallte den Rucksack von der Schulter und holte seine Wasserflasche heraus. Ohne die Geräusche der anderen war die Melodie des Dschungels deutlicher hörbar, ein unablässiges Knistern, Rauschen und Rufen. Wieder blickte er den Hang hinauf und versuchte, gleichmäßiger zu atmen, blinzelte sich den Schweiß aus den

Augen. Ihm fiel ein, daß seine Leute auf der anderen Hangseite vermutlich auf ihn warteten. Er nahm einen tiefen Schluck, steckte die Flasche zurück und machte sich wieder auf den Weg.

Als er drei Schritte gegangen war, hörte er das Geräusch. Ein schwaches Summen, so schwach, daß er zunächst annahm, es käme aus seinem eigenen Kopf: Sein Biosystem riet ihm, ein wenig kürzerzutreten. Aber als er da so stand, schien das Summen zuzunehmen.

»Fliegen«, sagte er zu den Bäumen um sich herum.

Das Geräusch kam von rechts. Und da war noch etwas, ein Geruch. Ein leichter Verwesungsgeruch waberte in der feuchten Luft. Doch das dichte Laubwerk machte es unmöglich, irgend etwas zu sehen. Vorsichtig suchte er sich seinen Weg über das Wurzelgewirr. Er fragte sich, ob er sich vielleicht in der Nähe irgendeiner Brutstätte befand. In seiner Vorstellung berichtete er bereits einem Auditorium, wie er den Ursprungsort des Muaratebo-Virus gefunden hatte. Er schob einen großen Farn beiseite und streckte die Hand aus, um über eine riesige Baumwurzel zu klettern.

„Wo bleibt Leigh?« fragte McKinnon, als Carmen und Daintith die Sohle des kleinen ausgetrockneten Wasserlaufs erreicht hatten. Alle drehten sich um und sahen den Hang hinauf. Sie warteten etwa eine Minute, dann schüttelte McKinnon seinen Rucksack ab.

»Ich werde ihm entgegengehen. Wahrscheinlich hat er Probleme mit seinem Knöchel.«

Es gab einen Moment hilfloser, armfuchtelnder Panik, dann blickte Leigh zu zerklüfteten Baumwurzeln hinauf. In seinem Kopf summte und brummte es. Leigh versuchte, die Arme zu bewegen, aber seine Schultern schienen zwischen dem Erdboden und etwas Härterem eingeklemmt zu sein, einem Stein vielleicht oder einer Wurzel. Das Loch konnte nicht tiefer als anderthalb oder zwei Meter sein, aus dem Erdreich gerissen von einem stürzenden Baum, und Leigh war kopfüber hineingefallen. Er wollte den rechten Arm bewegen, nach etwas greifen, um sich aus dem Loch zu hieven. Aber seine Hand war unter ihm verklemmt. Er ballte sie zur Faust und spürte sie irgendwo im unteren Bereich seines Rückens. Er fühlte keinen Schmerz, hatte sich offenbar nicht verletzt, aber er steckte fest. Das Summen nahm zu. Jetzt war es ganz eindeutig. Er mußte sehr nahe sein. Zunächst waren es nur zwei oder drei Fliegen. Sie stießen gegen seine Lider, seine Nase. Dann versuchten sie, sich auf sein Gesicht zu setzen. Er kniff die Lippen zusammen und wollte sie abschütteln, aber er konnte den Kopf nicht bewegen. Schon bald waren sie überall auf seinem Gesicht, saugten begierig Schweiß und Fett auf, stießen gegen die zitternden Lider seiner geschlossenen Augen. Leigh preßte den Mund fest zusammen und versuchte, durch die Nase zu atmen. Dann krochen sie in seine Nasenlöcher, seine Ohren. Er begann zu würgen. Panik stieg in ihm auf, und er hatte das Gefühl, daß das Klopfen seines Herzens seinen eingeklemmten Torso fast zerriß.

Er schrie, als McKinnon ihn aus dem Loch zog, schrie mit starren Augen und nach Atem ringend weiter, bis ihn McKinnon im Matsch auf den Rücken legte, sich rittlings auf ihn setzte und beruhigend auf ihn einredete. Keuchend sah Leigh in McKinnons sonnenverbranntes Gesicht.

»Mein Gott, ich ...«

»Es ist alles okay. Sie sind ...«

McKinnon wandte den Blick ab, sah auf etwas, was sich außerhalb von Leighs Gesichtsfeld befand. Langsam erhob er sich und stand mit seinen schlammbespritzten Stiefeln über Leigh.

»Was ist da?« fragte Leigh.

Aber McKinnon hörte ihn nicht.

»Grundgütiger«, sagte er.

Er trat über Leigh hinweg und streckte abwesend eine Hand aus, um ihn hochzuziehen. Leigh kämpfte sich auf die Füße und drehte sich nach dem um, was McKinnons Aufmerksamkeit fesselte.

Sie befanden sich in einer Art Mulde: Links von ihnen ein kleiner Wall aus verflochtenem Wurzelwerk und Gebüsch, rechts der gestürzte Baum. Die Luft war reglos, heiß und voller Fliegen. Über ihren Köpfen neigte sich ein riesiger Baum in gefährlichem Winkel. Ein Feigenbaum hatte sich um den Stamm gewunden und schickte seine Wurzeln wie einen Vorhang aus faserigen Seilen herab. Einen Augenblick lang sagte keiner von ihnen ein Wort. Dann machte Leigh einen Schritt vorwärts, um genauer zu betrachten, was zunächst wie eine Art Nest ausgesehen hatte.

Aber es war kein Nest. Bedeckt von einer wimmelnden Masse Fliegen lagen fünf tote Makaken zusammengekrümmt auf der Erde. Sie sahen aus, als wären sie nicht länger als einen oder zwei Tage tot. Die Köpfe von zwei Makaken waren zum Himmel gereckt, die offenen Augäpfel noch unversehrt, die hellbraunen Pupillen zwischen den geplatzten Adern kaum erkennbar. Um Nasen und Schnauzen war getrocknetes Blut.

Nach ihrem Mittagsimbiß regnete es kurz. Sie hatten rund hundert Meter von den Höhlen entfernt an einer geschützten Stelle ein Lager aufgeschlagen. Nach Leighs zufälliger Entdeckung waren sie im Wald auf eine Anzahl kranker Tiere und zwei weitere Kadaver gestoßen. Noch gab es keine Möglichkeit, festzustellen, ob die toten Tiere mit dem Muaratebo-Virus infiziert waren, aber für Carmen und Leigh wiesen ihre Symptome starke Ähnlichkeiten mit jenen auf, die sie im Primatenzentrum in Marshallton gesehen hatten. Die Mission hatte wieder Tritt gefaßt, aber niemand jubelte.

Gegen vier Uhr nachmittags kehrten sie zurück: Baker voran, gefolgt von Carmen, Lennox und – ein paar Meter hinter ihnen – Daintith. Carmen hatte beschlossen, McKinnon mit Leigh im Camp zurückzulassen. Leighs Knöchel brauchte Ruhe, und es war nicht auszuschließen, daß er sich durch das Verschlucken von Fliegen etwas eingefangen hatte. Nach seinem Sturz hatte Leigh sich die Finger in den Hals gesteckt und sich zum Erbrechen gezwungen, um alle Insekten wieder herauszubringen, bevor sie in seinen Eingeweiden Schaden anrichten konnten. Carmen und McKinnon betonten, sie hielten es für unwahrscheinlich, daß das Virus in den Kadavern noch aktiv sein konnte, falls es überhaupt je in ihnen vorhanden gewesen war. Und Leigh war nicht gebissen worden.

Sie hatten allen toten Makaken Gewebe entnommen, von zwei der besser erhaltenen Affen sogar Proben von Leber und Milz. Baker erschoß ein weiteres Tier, das sie auf dem Boden sitzend angetroffen hatten, hin und her schwankend, blind und mit Blutspuren auf den zitternden Vorderpfoten. Auch ihm entnahmen sie Gewebeproben. Es war ihnen gleichfalls gelungen, eine Reihe von Fliegen lebend zu fangen. Im Basislager sollte alles auf das Muaratebo-Virus hin untersucht werden.

Ohne Vorräte und Ausrüstung kamen sie leichter und schneller voran. Sie hielten sich an die von McKinnon markierte Fährte und erreichten kurz vor sechs Uhr den Cherokee. Das Licht begann schnell zu schwinden. Von einem kurzen Schauer abgesehen, hatte sich das Wetter den ganzen Tag über gehalten, obwohl es über der östlichen Ebene weiterhin donnerte. Fluchend wischte Baker Tierexkremente von Wagendach und Kühlerhaube. Carmen sah, wie sehr ihn der Dschungel überforderte. Sie warfen ihre Rucksäcke hinten hinein und stiegen ein.

»Wir müssen wenden«, sagte Carmen und blickte zum Fenster hinaus.

Baker lehnte sich auf seinem Sitz zurück.

»Na, was ist?« fragte Carmen.

Er wandte sich ihr zu und sah sie einen Moment lang an.

»Wir sind verrückt«, sagte er und drehte sich nach Daintith um, der zusammengesunken auf einem der Rücksitze hockte. »Wir sind völlig verrückt. Wir ...« Er schlug mit der flachen Hand auf das Lenkrad und starrte auf den umgestürzten Baum, der am Morgen ihre Weiterfahrt blockiert hatte. »Wir bewegen uns hier ohne ordentlichen Schutz durch die Wildnis. Die Anzüge funktionieren nicht. Und jetzt ... fangen die Dinge an schiefzugehen. Wir ... Ich meine, was wollen wir eigentlich machen, wenn einer von uns ...«

Er brach ab und blickte im Rückspiegel auf Daintith.

»Major Leigh wird nichts geschehen«, sagte Carmen. Dann drehte sie sich zu Baker und fügte mit härterer Stimme hinzu: »Starten Sie jetzt endlich dieses Fahrzeug, oder muß ich Ihnen erst mit einem Militärgerichtsverfahren drohen?«

Eine Sekunde lang erwiderte Baker Carmens Blick, und sie befürchtete, er könnte etwas sagen, was er bereuen würde. Ein eklatanter Verstoß gegen die Disziplin wäre das letzte, was sie jetzt brauchten. Er wäre katastrophal. Die Zeit schien im Zeitlupentempo dahinzukriechen, das Zirpen und Summen der Insekten zuzunehmen. Dann richtete Baker den Blick nach vorn und steckte den Schlüssel ins Zündschloß.

7

PROVINZ JAMBI, 30. AUGUST

Die drei Kerzen oben an der weißgekalkten Wand flakkerten im Windzug. Im Kloster herrschte nächtliche Ruhe, und als sie den Raum durchquerte, erinnerte sich Carmen daran, daß sie vergessen hatte, die Läden zu schließen. Sie konnte sie im heraufziehenden Sturm klappern hören. Bald würden die Kerzen verlöschen, und dann wäre sie der Dunkelheit überlassen. Sie lief zur Tür zurück, und da sah sie ihn, zusammengekauert in einer Ecke. Es war Habibie, der Händler aus Muaratebo. An der Wand über ihm hing ein schlichtes eisernes Kruzifix. Sie ging auf ihn zu. Er war mit etwas beschäftigt, murmelte vor sich hin. Zunächst dachte Carmen, er würde beten ... »Manche halten das, was in Muaratebo geschehen ist, für eine Strafe Gottes. Aber wie wäre das möglich? Es sei denn, ich wäre aus irgendeinem Grund verschont worden ...« Dann sah sie, daß er nicht betete, sondern schrieb. Er schrieb in eines der Journale, in die sie die Ergebnisse ihrer Forschungsarbeiten eintrugen. Er blickte sie über die Schulter hinweg an und lächelte ... »Wie wäre das möglich?«

Es kam ihm nicht zu, etwas in dieses Journal zu schreiben. Es war eine Verschlußsache. Sie wollte es ihm wegnehmen, aber irgend etwas hielt sie davon ab. Er könnte infiziert sein. Die Epidemie hatte Jambi erreicht. Vielleicht hatte sie auch ihn erreicht. Habibie streckte ihr das Journal entgegen. Sie konnte nicht lesen, was er geschrieben hatte, aber sie wußte, daß es Namen waren, Namen und Daten. Der Wind erfaßte die Seiten und schlug sie nacheinander um. Es waren Hunderte von Namen, Tausende. Die Toten. Sie konnte den Wind draußen in den Bäumen hören. Sie mußte die Läden schließen. Sie hatte es Tom versprochen. Das Unwetter könnte Oliver und Joey wecken, und dann würden sie nie wieder einschlafen. Als sie aus dem Raum eilte, sah sie am anderen Ende des Korridors Joey in seinem übergroßen Schlafanzug verschlafen auf die Küche zutapern. Sie rief ihn, aber er lief unsicher weiter, seine nackten Füße patschten auf den Steinfußboden. Sie streckte den Arm aus, legte die Hand auf seine Schulter und bemerkte, daß sich unter dem Stoff ein dunkler Fleck ausbreitete, von seinem Arm zu seinem Nacken und dann den ganzen Rücken hinunter. Blut ... »Muaratebo ist eine Strafe Gottes ...« Sie drehte ihn zu sich herum, rief nach Tom. Joeys Gesicht war totenblaß und durchsichtig wie das einer Porzellanpuppe. Joey! Sie rief seinen Namen – einmal, zweimal, dreimal.

Und dann öffnete sie die Augen.

Nur langsam kam Carmen zu Bewußtsein. Sie saß aufrecht im Feldbett, am ganzen Körper schweißgebadet. Von fern grollte Donner. Sie holte einigemal tief Luft, versuchte, ihren Herzschlag zu beruhigen, öffnete dann die Zeltklappe und trat hinaus.

»Können Sie sie hören?«

Carmen fuhr zusammen. Es war Holly. Sie saß etwas entfernt auf einer der Kisten. Ihr Profil hob sich schemenhaft vom schwachen Licht des Himmels ab.

»Großer Gott, Holly, haben Sie mich erschreckt.«

»Da. Hören Sie sie?«

Carmen lauschte. Erneut leichtes Donnergrollen, gefolgt von einem langgezogenen Schrei irgendwo über ihnen im Laubdach.

»Das ist nur ein Affe«, sagte sie. »Vielleicht ein Gibbon. Hier in der Gegend soll es welche geben. Kein Grund zur Beunruhigung.«

Wieder erklang der Schrei, weiter entfernt diesmal. Es war ein einsamer, klagender Laut. Erneut holte Carmen tief Atem. Der Alptraum saß ihr noch immer in den Gliedern.

»Ich höre ihnen schon die ganze Nacht zu«, sagte Holly. »Diesen Rufen ... Ich glaube, sie suchen.«

Carmen sah sich auf der kleinen Lichtung um, auf der sich die Cherokees und die Zelte zusammendrängten. Alles war dunkel und still. Ihr Herz wollte sich nicht beruhigen. Vielleicht lag es am Alptraum, vielleicht am Gewitter, aber in ihr regte sich ein unbehagliches Gefühl. Sie holte sich ihre Taschenlampe und knipste sie an.

»Was suchen sie?« fragte sie.

»Ihre Toten«, sagte Holly mit eigenartig flacher, emotionsloser Stimme. »Die, die wir heute getötet haben.«

Carmen ließ den Schein ihrer Taschenlampe über das Durcheinander von Kisten und Säcken wandern, die an einer Seite ihres Zeltes gestapelt waren. Im reflektierten Licht sah sie, daß Hollys Augen sie beobachteten.

»Vermutlich haben sie nur Hunger«, sagte sie beruhigend. »Sie riechen unsere Lebensmittel. Oder die Gewitterstimmung macht sie unruhig.«

»Die Kubu sagen, daß ein Mensch sterben muß, wenn ein *bilou* getötet wird. Sonst kommt Unheil über den Stamm. Das hat mir Willis erzählt.«

»Ein *bilou*?«

»Ein Gibbon.«

»Nun, den Kubu bleibt ihre Meinung natürlich unbenommen. Aber wir haben auch gar keinen *bilou* getötet. Das ist das erste Mal, daß wir auf sie stoßen.«

»Aber Sie werden sie morgen töten, wenn Sie sie aufspüren.«

Seufzend strich sich Carmen die Haare aus der Stirn.

»Vielleicht. Wir müssen Gewebeproben nehmen. Das ist die einzige Möglichkeit, diesem Virus auf die Spur zu kommen. Es tut mir leid, wenn Sie das so mitnimmt.«

Zum erstenmal sah Carmen, daß Holly geweint hatte. Einen Augenblick dachte sie, daß Holly kurz vor einem Zusammenbruch stehen könnte. Sie war ja selbst nahe genug daran.

»Wir gehören nicht hierher«, sagte Holly, und es hörte sich an, als würde sich etwas, was sich seit langem in ihr angestaut hatte, plötzlich Bahn brechen. »Wir hätten nie hierher kommen dürfen«, fuhr sie fort, leiser jetzt und so monoton, als läse sie aus einem Buch vor. »Wir sind hier die Seuche. Wir sind das Virus. Der Dschungel weiß das. Und er will uns vernichten. Wenn wir nicht hergekommen wären, wenn wir nicht ...« Sie schloß die Augen. »Meine Kinder könnten noch leben.« Carmen sah, wie Hollys Kopf nach vorn fiel, ihre Schultern vor Schluchzen erbebten. »Wenn wir nicht ...«

Carmen legte die Hand auf ihre Schulter. Also wußte Holly es jetzt. Die Zuversicht, die sie in den letzten zehn Tagen aufrechterhalten hatte, war fort – vernichtet durch das, was sie mit eigenen Augen sah, mit eigenen Ohren hörte. Es gab keine Informationen der indonesischen Behörden, daß Kinder aus dem Rafflesia Camp aufgegriffen worden wären, und die Hoffnung, daß sie auf irgendeine Weise im Dschungel überlebt haben könnten, war nicht länger haltbar. Sie waren tot. Hollys Verzweiflung machte Carmen hilflos.

Sie ging in die Hocke, griff nach Hollys Händen und kämpfte mit den Tränen. Sie sah in Hollys schönes Gesicht und überlegte krampfhaft, was sie ihr sagen konnte, um ihr wieder ein wenig Hoffnung zu geben, einen Grund zum Weitermachen, einen Anlaß, den Dschungel zu verlassen und zurückzukehren. Mit dem Handrücken wischte sie sich die Tränen aus den Augen.

»Holly, ich ... Ich weiß, wie ... Ich weiß, was Sie durchmachen.«

Holly entzog Carmen ihre Hände und wischte sich unendlich langsam über das Gesicht. Sie versuchte, es zu säubern, versuchte, den Strom ihrer Tränen zu stoppen. Doch das Leid war zu groß. Wieder erschütterte Schluchzen ihren Körper, aber trotz ihrer Qual blieben ihre Augen auf Carmen gerichtet.

»Wirklich?«, fragte sie. »Wie können Sie das?«

Carmen schloß die Augen und zwang sich dazu, sich zu erinnern. In den ersten Jahren hatte die Erinnerung sie oft überfallen, wie eine Wunde, die sich nie schließen konnte. Nur mit Entschlossenheit und Konzentration auf die anderen Dinge in ihrem Leben war es ihr dann irgendwie gelungen, das Leid zu verdrängen. Sie hatte nie wieder darüber gesprochen, nicht einmal mit Tom, obwohl sie ihn einmal zusammengekauert und schluchzend unter der Dusche angetroffen hatte. Damals war es eine Überraschung für sie gewesen, daß er auch zwei Jahre nach dem Ereignis den Schmerz noch ebenso intensiv empfand wie sie selbst.

»Vor langer Zeit habe ich ... mein ...« Sie hatte das Gefühl, etwas aus sich herauszuziehen, etwas, was physisch fest mit ihr verbunden war. »Meine Tochter. Unser ... mein erstes Kind. Es wurde nur achtzehn Monate alt.«

Holly fuhr sich mit der Hand an die Lippen.

»Es war weder vorherzusehen, noch war es zu verhindern«, fuhr Carmen fort. »Eine Embolie, ein Blutgerinnsel im Gehirn. Sie ist eines Abends eingeschlafen wie immer, und am nächsten Morgen ... Tom hat sie gefunden. Das war das einzige, was mir erspart blieb. Aber als ich ihren kleinen Körper in meinen Armen hielt, als ich wußte, daß sie tot war, dachte ich, mein Leben sei zu Ende. Ich sah keinen Ausweg aus meiner ... Nun, ich nehme an, es war Verzweiflung. Ich hatte jede Hoffnung verloren.«

Hilflos schüttelte Holly den Kopf. »Carmen«, sagte sie, »es tut mir unendlich leid. Ich wußte nicht ...«

Carmen wischte sich die Tränen von den Wangen. Sie holte tief Atem und ließ ihn qualvoll langsam wieder entweichen.

»Sie dürfen aber nicht vergessen ...« Sie mußte abbrechen, ein paarmal tief durchatmen, um es ganz direkt und unmißverständlich zu formulieren. »Sie wissen nicht, ob Ihre Mädchen ... tot sind. Ich weiß, daß nicht viel Hoffnung besteht, aber bevor Sie ... Bevor Sie sich nicht mit eigenen Augen überzeugen, können Sie es nicht wissen. Und vorher dürfen Sie auch nicht aufgeben.«

Holly sah sie an. Sie schwieg längere Zeit, nahm Carmens rundes Gesicht in sich auf, die großen, vom Weinen geröteten Augen.

»Aber Sie halten sie für tot«, sagte sie. »Und Ihre Männer auch. Das erkenne ich an der Art und Weise, wie sie mich ansehen. Warum machen Sie mir etwas vor?«

»Ich mache Ihnen nichts vor. Ich will lediglich ...«

Carmen suchte nach den richtigen Worten. War es barmherziger, Holly trauern zu lassen? Ihre Kinder waren tot. Mit Sicherheit. Wie sonst wären die im Rafflesia Camp gefundenen sterblichen Überreste zu erklären? Selbst wenn sich herausstellen sollte, daß es sich dabei um ein anderes Kind gehandelt hatte, war die Wahrscheinlichkeit, daß Hollys Kinder dem Virus rechtzeitig entkommen waren, so gering, daß sie unlogisch erschien. Aber was hatten die Liebe und Hoffnung einer Mutter mit Wahrscheinlichkeit und Logik zu tun?

»Holly, damit will ich nur sagen ... Ihr Leid ... Sie quälen sich, weil Sie zwischen Hoffnung und Trauer gefangen sind. Die Trauer, das Sichabfinden ist leichter als die Ungewißheit, glauben Sie mir. Aber Sie können noch nicht trauern, sich noch nicht abfinden. Daß wir bislang nichts von den Indonesiern gehört haben, hat nichts zu bedeuten. Wir wissen nicht, was in diesem Camp vorgefallen ist, nicht einmal nach der Ankunft der Soldaten. Das Militär hat in dieser Sache von Anfang an nur gepfuscht. Und jetzt sind große Bereiche der Insel von Flüchtlingen überschwemmt, vermutlich herrscht völlige Anarchie. Sutami wird die Suche nach Ihren Kindern kaum als seine vorrangige Aufgabe ansehen. Sie könnten nach Medan, Padang oder sogar nach Jakarta gebracht worden sein. Es kann Wochen dauern, bis jemand herausfindet, wer sie sind.«

Holly schloß die Augen. Die Hoffnung war fast so schmerzhaft wie die Verzweiflung.

»Sobald wir hier raus sind«, sagte Carmen und beugte sich leicht vor, »werde ich in allen Krankenhäusern, Flüchtlingslagern und Waisenhäusern dieses Landes nach ihnen suchen lassen. Und wir werden auch noch einmal die Umgebung des Rafflesia Camp gründlich durchkämmen. Das verspreche ich Ihnen. Irgendwie werden wir herausfinden, was sich ereignet hat.«

Holly nickte zustimmend, aber es war ihre innere Stimme, die sie hörte.

»Wenn ich sie verliere, kann ich nicht weiterleben«, sagte sie leise.

»Das sagen Sie jetzt. Ich habe genauso empfunden. Aber Sie sind jung. Ich weiß, wie unvorstellbar das im Moment ist, aber Sie könnten ... andere Kinder bekommen.«

Holly schüttelte heftig den Kopf und preßte die Lippen zusammen.

»Nein«, sagte sie. »Sie verstehen nicht. Sie vergessen, was ich Ihnen erzählt habe. Das *kann* ich nicht. Da ist diese ... Krankheit in meiner Familie. Beim erstenmal mußte ich diese ganze Behandlung über mich ergehen lassen, damit ich sie nicht vererbe. Das könnte ich nicht noch einmal ertragen, und ohnehin glaube ich nicht, daß die Therapie überhaupt erhältlich ist.«

Carmen runzelte die Stirn. Die Luft war still und schwer. Es fühlte sich an, als sinke der Luftdruck.

»Womit genau wurden Sie behandelt?«

»Mit Gentherapie. Einer Art von Gentherapie.«

»Aber wenn sie vor so vielen Jahren praktiziert wurde, muß sie doch auch jetzt erhältlich sein. Seither hat die Forschung große Fortschritte gemacht. Wahrscheinlich ist sie jetzt sogar noch effektiver.«

Holly schob ihre Hände zwischen die Knie. Eine Weile saß sie so da und schüttelte nur langsam den Kopf. »Nein. War ein besonderer Fall. Eine Ausnahme. Wenn Jonathan nicht gewesen wäre, hätte ich nie eine Chance erhalten. Die Therapie wurde nicht offiziell praktiziert. Jonathan hat alles in die Wege geleitet.«

»Jonathan? Auf welche Weise? Ist er denn nicht Botaniker? Pharmazeut?«

»Ist er auch, aber das Unternehmen, sein Unternehmen, beschränkt sich nicht auf Pharmazeutika. Es ist ein großer Medizinkonzern. Riesig. Auch heute noch. Um ganz ehrlich zu sein ...« Wieder schüttelte sie den Kopf.

»Um ganz ehrlich zu sein, ich war nicht besonders begierig darauf. Wirklich nicht. Es wirkte alles so ...« Sie sah Carmen einen Augenblick lang an. »Ich hatte Angst, Carmen. Wenn Jonathan mich nicht dazu gedrängt hätte, glaube ich kaum, daß ... Es war mir zu ... experimentell. Aber Jonathan war fest davon überzeugt, das Richtige zu tun. Er war so ... überzeugt. Begeistert. Er sagte zwar, die Entscheidung läge bei mir und er wäre mit allem einverstanden, aber mir war klar, wie sehr ihn die Vorstellung entsetzte, möglicherweise ein behindertes Kind zu bekommen. Und als ich zögerte, weil ich so wenig über diese Therapie, über die Risiken wußte, sprach er von unserer Verantwortung, dem Kind die bestmögliche Chance zu geben. Ich wußte, wenn ich die Behandlung verweigern und ein behindertes Kind zur Welt bringen würde, wäre das das Ende unserer Ehe. Er hätte mir ewig Vorwürfe gemacht.«

»Und so machten Sie mit.«

»Ja, und es ging gut aus. Ich habe meine ... meine wundervollen Mädchen. Aber ich hatte auch recht mit meiner Skepsis gegenüber ihrer Arbeit, gegenüber den Methoden, die sie entwickelt hatten.«

»Was meinen Sie damit?«

»Nun, sie haben sie nie fortgesetzt.«

»Woher wissen Sie das?«

»Weil ich vor einigen Jahren, nachdem ich Richard kennengelernt hatte, ein paar Leute gefragt habe ... Leute, die ich durch Jonathan kannte. Sie sagten, es wäre nicht mehr möglich.«

Schwache Blitze flackerten über die kleine Lichtung. Das Gewitter rückte näher. Carmen spürte Bewegung in der drückenden Luft.

»Wer war das? Wer hat gesagt, es wäre unmöglich?«

Ein Zelt wurde geöffnet. Daintith und Baker machten sich draußen zu schaffen. Sarandon rief, sie sollten die Geräte abdecken.

»Wer, Holly? Wer sagte, man könne Sie nicht behandeln?«

»Wie ich schon sagte – Leute, die Jonathan kannte. Vermutlich hätte ich Jonathan bitten sollen, die Therapie wieder für mich zu arrangieren. Aber das wollte ich nicht. Ich wollte nicht, daß er erfuhr, daß ich daran dachte, weitere Kinder zu bekommen. Ich wußte nicht, wie er darüber denken würde, und ohnehin kannte ich Richard noch nicht sehr lange. Also trat ich selbst an sie heran oder versuchte es zumindest. Kaum einer von denen, die ich kannte, war noch da. Eigentlich nur ein einziger.«

Überall flammten Taschenlampen auf. Lennox rief etwas. Es ging um die Fallen. Carmen sah, wie Baker an ihnen vorbeihastete, auf dem unebenen Boden stolperte, und hörte, wie er zu fluchen begann. Plötzlich gingen die Scheinwerfer eines Cherokee an.

»Colonel?« rief Sarandon.

Carmen blinzelte in den Lichtschein.

»Colonel, wir sollten besser soviel wie möglich in die Fahrzeuge schaffen. Das Gewitter kann jeden Moment losbrechen.«

»Bin gleich bei Ihnen«, rief sie zurück. Ein Gedanke schoß ihr durch den Kopf, eine Möglichkeit, noch nicht ganz zu Ende gedacht. Sie sah Holly an.

»Mit wem haben Sie gesprochen, Holly? Von wem reden Sie?«

Holly erwiderte ihren Blick und versuchte zu begreifen, warum das so wichtig sein sollte.

»Er hieß Hillier. Doktor Alfred Hillier. Er war als einziger noch in dem Unternehmen tätig. Alle anderen waren fort.«

Sarandon lief mit einem der großen X-Sat-Koffer vorbei. Er blieb kurz stehen und rief etwas, aber Carmen hörte nicht auf ihn. Gänsehaut überlief sie, als ihr ein schrecklicher Gedanke kam. Wie Harold Daintith ausgeführt hatte, konnten sich Makaken ebenso leicht bei Menschen mit dem Virus infizieren wie umgekehrt. Und wenn das Reservoir, die Quelle des Virus nun ein Mensch war? Oder zwei Menschen, RB1 und RB2? Und dann begriff sie: Rhodes/Becker1 und Rhodes/Becker2.

Sie stand auf, wußte aber nicht, wie. Erst das Camp, dann Ahmads Jagdgebiet, dann Muaratebo. Von Versuchen an Menschen wären sie noch weit entfernt gewesen, hatte Hillier gesagt. Aber Hillier könnte gelogen haben.

»Was ist?« fragte Holly.

Carmen sah zu ihr hinunter.

»Das Unternehmen Ihres Exmannes, das Unternehmen, das Ihnen geholfen hat – wie heißt es?«

Holly verschränkte die Arme, schützte sich vor dem aufkommenden Wind.

»Westway«, sagte sie. »Westway Pharmaceuticals.«

8

PROVINZ JAMBI, 30. AUGUST

Welche andere Erklärung sollte es sonst geben, fragte sich Carmen, starrte in die frühmorgendliche Dunkelheit und lauschte auf die letzten Tropfen des Regens, der die ganze Nacht hindurch herabgeströmt war. Ihr ganzer Körper schmerzte von dem Mangel an Schlaf. Nachdem ihr Holly von Westway und Dr. Hillier erzählt hatte, war sie in ihr Zelt mit dem klammen Bettzeug und den verstreuten Notizbüchern zurückgegangen, hatte aber nicht einschlafen können. Immer wieder hatte sie sich die Reihenfolge der Ereignisse vor Augen geführt, beginnend mit den Dingen, deren sie sicher war – den Symptomen, den Zeitabläufen, dem unerklärlichen Umschlag mit den Geheimdokumenten –, um dann die vergangenen Wochen Revue passieren zu lassen in der Hoffnung, auf ein Szenario zu kommen, dessen düsteres Zentrum nicht Holly Beckers tote Kinder waren.

Aber das war ihr nicht gelungen. Es war die einzige Erklärung, bei der alle Elemente zusammenpaßten. Der Schlüssel waren die Dokumente. Wenn sie ihr Auftauchen nicht als rein zufällig abtat, mußte sie davon ausgehen, daß jemand Zeuge der Ereignisse geworden war, die Vorkommnisse in Marshallton miterlebt hatte und sich zum Handeln veranlaßt sah. Jemand, der die Seuche gut genug kannte, um die Parallelen zu den Geschehnissen in Fort Willard zu erkennen. Vielleicht jemand – und bei diesem Gedanken sträubten sich Carmen die Haare –, der wußte, daß die Kinder zum Zeitpunkt des Ausbruchs in Muaratebo Jonathan Rhodes besuchten; jemand, der mit Rhodes nach dessen Ausscheiden bei Westway in Kontakt geblieben war; jemand, der die Folgen unter Umständen befürchtet hatte. Es mußte jemand sein, der Zugang zu militärischen Geheimdokumenten im Zusammenhang mit den Vorfällen in Fort Willard hatte; jemand, der im Hintergrund bleiben wollte – vielleicht wegen seiner Beteiligung am Gensystems-Projekt –, jemand, der dem RIID nahe genug stand, um zu wissen, daß sie den Fall Marshallton bearbeitete und den Fall vermutlich aufnehmen würde. General Bailey? Carmen kannte ihn nicht lange genug, um ihn ausschließen zu können. Sein namenlos gebliebener Kontakt im Pentagon? Der Mann, der wollte, daß die Einrichtung in Marshallton platt gemacht, daß keine Fragen gestellt wurden?

Die letzten Regentropfen klatschten auf das Zeltdach, dann hörten sie ganz auf. Carmen legte einen Arm über das Gesicht, und sofort wurde die Dunkelheit durch ein Bild von Holly Beckers tränenerfüllten Augen ersetzt, als sie über ihre Unfähigkeit sprach, weitere Kinder bekommen zu können.

»Herr im Himmel«, flüsterte Carmen. Wie würde Holly das aufnehmen? Sie wagte nicht, sich das vorzustellen. Dann dachte sie darüber nach, daß sie es nicht für sich behalten durfte. Sie setzte sich so abrupt auf, daß sie mit dem Kopf gegen die Zeltwand stieß. In wenigen Stunden würde ihr Tag beginnen, und es war ihre Pflicht, dem Rest des Teams ihr Wissen mitzuteilen. Gab es eine Möglichkeit, es vor Holly geheimzuhalten? Carmen sank wieder zurück und schloß die Augen. Das Geräusch des Regens war durch ein beständiges Tropfen aus den Baumkronen ersetzt worden. Holly, Ihre Kinder sind der Ursprung dieser Epidemie. Holly, sie waren nicht die Opfer, sie waren die Ursache.

Wenn das stimmte, schien es nur logisch, daß die Seuche zunächst im Rafflesia Camp ausgebrochen war. Genau wie Arends vermutet hatte, mußten die Träger der veränderten Gene mit einem Antigen in Kontakt gekommen sein, das die Produktion eines Virus auslöste, das bis zu diesem Moment in ihrer DNS geschlummert hatte. Selbst jetzt, da sie alle Puzzleteile zusammengesetzt hatte, konnte Carmen es kaum glauben. Es war zu furchtbar, zu grausam. An den Leiden der Kinder änderte es nichts: Sie waren vermutlich sofort zusammengebrochen und hatten vor ihrem Tod das Virus an die anderen weitergegeben. Holly war diejenige, die leiden würde. Sie würde es als ihre Schuld betrachten, als direkte Folge ihres Verlangens nach gesunden Kindern. All dieses Leid, diese Qualen, dieses Verfaulen bei lebendigem Leib – alles aus ihrem Körper.

Plötzlich hielt Carmen es im Zelt nicht mehr aus. Sie zog den Reißverschluß auf und stolperte ins Freie. Die Wärme überraschte sie. Ganz so, als hätte es nie ein Gewitter gegeben. Gedankenverloren entfernte sie sich von den Zelten und lief auf die Lücke zu, die die Cherokees im Gebüsch hinterlassen hatten.

Jetzt, da sie das Rafflesia Camp als Ausgangspunkt der Seuche kannte, war es schwierig, Ahmad in den Verlauf der Ereignisse einzuordnen. Wie hatte er sich infiziert? Vielleicht traf Daintith' Vermutung zu. Vielleicht hatten sich Makaken zu dem Zeitpunkt in der Umgebung des Camps aufgehalten, als das Virus aktiv wurde. Wenn das zutraf, brauchte Ahmad nur an die infizierten Affen zu geraten. Das war zwar eine Hypothese, aber glaubhaft. Das Rafflesia Camp lag nur fünfundvierzig Kilometer von Ahmads Jagdgebiet entfernt. Sobald Ahmad die infizierten Makaken gefangen und sich selbst angesteckt hatte, war die Ausbreitung nach Muaratebo so unausweichlich wie seine Routinefahrten flußabwärts zu Habibie.

Am Rand des Lagers blieb Carmen stehen und blickte auf ihre Uhr. Es war erst kurz nach fünf Uhr, eine Stunde vor Sonnenaufgang. Und dann erinnerte sich Carmen an Habibie, erinnerte sich an das, was er ihr im Kloster erzählt hatte, und ihr kam es vor, als dränge die Dunkelheit von allen Seiten auf sie ein.

Sie fand den Kassettenrecorder neben ihrer Wasserflasche. Sie ergriff ihn, stöpselte den Kopfhörer ein und spulte das Band vor, wieder zurück, konzentriert auf der Suche nach den Sätzen, die sie hören wollte. Dann richtete sie sich auf, ließ es weiterlaufen und nahm kaum wahr, daß der Morgen über den Bäumen erwachte ... »Handelte mit allen möglichen Dingen. Nicht nur mit Affen. Ich glaube, als er diesmal nach Muaratebo kam, wollte er mir etwas verkaufen. Etwas Besonderes ...« Sie spielte es einmal, zweimal, dreimal ab, ganz so, als könnten Habibies Worte etwas Neues ergeben, etwas, was darauf hinwies, daß sie sich irrte. Dann nahm sie den Kopfhörer ab und schaltete das Gerät aus.

Vor ihr tauchte eine Gestalt aus der Dunkelheit auf und ließ sie zusammenzucken. Es war Daintith in T-Shirt und Shorts, in den Händen eine kleine Taschenlampe. Er legte die Finger an die Lippen und murmelte eine Entschuldigung.

»Ich habe Sie gehört«, sagte er mit gedämpfter Stimme. »Ich konnte auch nicht schlafen.«

Dem Strahl von Daintith' Taschenlampe folgend, bewegten sie sich von den Zelten fort.

»Wie geht es Ihnen, Harold?«

»Gut. Weshalb schleichen Sie hier herum?«

Carmen sah in Daintith' im ersten Schein der Dämmerung blasses Gesicht. Es war keine Zeit zum Überlegen, keine Zeit, die nächsten Schritte zu bedenken. Es stand zuviel auf dem Spiel, als daß sie ihre Informationen für sich behalten konnte. Sie mußte ihm ihre ärgsten Befürchtungen mitteilen. Wie und ob Holly es erfahren mußte, war etwas, was sie später klären konnte.

»Harold ...«

Hilflos brach Carmen wieder ab, wußte kaum, wie sie beginnen sollte. Aber dann erzählte sie ihm die ganze Geschichte, begann mit der Ankunft der geheimen Papiere, berichtete von Arends' Nachforschungen und endete mit Hollys Mitteilung, daß ihr im Rahmen des Gensystems-Projekts eine genetisch veränderte Eizelle implantiert worden war.

Daintith starrte sie nur an. Von Zeit zu Zeit schüttelte er den Kopf. Als Carmen aufhörte zu sprechen, senkte er den Blick und sah, daß seine Taschenlampe noch immer brannte. Er knipste sie aus.

»Wie lange wissen Sie das schon?« erkundigte er sich schließlich.

»Vor ein paar Tagen hat mir Arends von dem Projekt bei Gensystems berichtet.« Carmen sah hinüber zu Hollys Zelt. »Und Holly hat mir vor wenigen Stunden von ihrer Verbindung zu Gensystems erzählt.«

Daintith spitzte die Lippen und ließ einen leisen Pfiff hören. Dann blickte er stirnrunzelnd in Carmens erschöpftes Gesicht. Über ihnen färbte sich der Himmel leicht grün. Um sie herum fingen die Insekten zu Beginn des neuen Tageslaufs an, zu summen und zu zirpen.

»Das würde das Rafflesia Camp erklären«, sagte Daintith. »Seine Vorreiterrolle.«

Fast verblüfft machte sich Carmen bewußt, daß für

Daintith das Problem eher ein wissenschaftliches als ein menschliches war. Holly Beckers Tragödie kam in seinem Denken nicht vor. Wieder sah sie zu Hollys Zelt hinüber, befürchtete, sie jeden Moment auftauchen zu sehen.

»Aber da bleibt noch immer die Frage, wie das Virus vom Rafflesia Camp ...« Er sah sich um. »... hierher und zu Ahmad gelangt ist.«

»Eins von Hollys Kindern hat es mitgebracht«, erwiderte Carmen monoton.

Sie schwiegen einen Moment lang, als hätte sie der Geräuschschleier des Dschungels erstickt.

Dann fuhr Carmen ebenso monoton fort: »Als ich in Jambi mit Habibie sprach, hat er so gut wie zugegeben, daß Ahmad von Zeit zu Zeit Kinder aus dem Dschungel brachte, um sie Madam Kim zu verkaufen. Er erzählte mir, daß Ahmad ihm beim letztenmal etwas Besonderes anbieten wollte. Harold, ich glaube, daß er Habibie eins von Holly Beckers Kinder verkaufen wollte. Warum hätte Habibie sonst von etwas Besonderem gesprochen? Was wäre an einem Kubu-Kind besonders gewesen? Habibie berichtete, daß Ahmad sie gelegentlich mit nach Muaratebo brachte. Ein Kubu-Kind wäre ungewöhnlich gewesen, aber etwas Besonderes? Aber ein zwölfjähriges weißes Mädchen wäre etwas Besonderes gewesen. Das war eine Ware, für die Habibie oder Madam Kim, die Besitzerin des Bordells, eine Menge Geld bezahlt hätten.«

»Zwillinge«, sagte Daintith. »Das wäre noch mehr als ›besonders‹ gewesen.«

»Darüber habe ich auch nachgedacht«, sagte Carmen. »Aber wenn die Kinder die Ursache der Seuche waren, wäre es ihnen unmöglich gewesen, im Rafflesia Camp infektiös zu werden, mit Ahmad in Kontakt zu kommen und dann noch die Fahrt nach Muaratebo zu machen.«

»Also glauben Sie, daß nur eins von ihnen Ahmad begegnet ist?«

»Ich glaube, daß möglicherweise nur ein Kind mit dem Antigen in Berührung kam, die Symptome entwikkelte und dann die anderen im Camp ansteckte. Die Schwester könnte rechtzeitig aus dem Camp geflohen oder von jemandem fortgebracht worden sein, der sie retten wollte. Dann wurde sie von Ahmad aufgegriffen – vielleicht hat er sie am Hari gefunden. Das Camp und Ahmads Jagdgebiet sind durch den Fluß miteinander verbunden, und das Kind hätte ein Boot benutzen können.«

»Aber natürlich brauchte das Kind nur Ahmad zu infizieren«, wandte Daintith ein. »Es muß nicht unbedingt selbst nach Muaratebo gelangt sein.«

»Sie haben recht«, sagte Carmen. »Aber ich habe das Gefühl, daß Habibie ...«

Sie beendete den Satz nicht. Es war leichter, weniger belastend, anzunehmen, daß das Kind Ahmad in der Endphase der Krankheit getroffen hatte. Das Trauma, alle um sich herum im Camp unter so furchtbaren Umständen sterben zu sehen und dann selbst zu erkranken, war grauenhaft genug – auch ohne die anschließende Flußfahrt mit dem Affenfänger und Händler vorpubertärer Mädchen und dann die Ankunft im Bordell selbst, die grabschenden Hände und lüsternen Blicke.

Carmen erschauerte bei dem Gedanken, daß vielleicht Habibie selbst ... Doch dann machte sie sich bewußt, daß er kaum in engen Kontakt gekommen sein konnte, mit Sicherheit nicht in einen sexuellen. Denn sonst hätte er sich unweigerlich infiziert. Vielleicht waren die Mädchen schließlich doch im Dschungel gestorben.

»Ich kann das alles noch immer nicht fassen«, sagte Carmen. Und dann, ohne auf Daintith zu achten, der sich seinen Überlegungen hingab, ging sie noch einmal alle Faktoren von Anfang an durch, als wären sie die Perlen eines Rosenkranzes. Als hoffte sie, wenn sie sie nur oft genug wiederholte, müßte ein Gott sich erbarmen und alles weniger schrecklich machen. Vielleicht irrte sie sich ja doch. Schließlich war die Vorstellung, daß die Kinder die Ursache sein könnten, sehr weit hergeholt, zu ... fast undenkbar. Sie verkrampfte die Hände, rang sie – halb betend, daß sie sich irrte.

Und dann war da Holly. Sie stand mit dem Rücken zu ihnen im Morgenlicht vor ihrem Zelt, streckte sich und strich sich das Haar aus dem Gesicht. Sie drehte sich um, sah sie beieinanderstehen und wirkte offensichtlich ein wenig verblüfft.

»Oh, hallo.«

Sie kam auf sie zu, blieb dann aber stehen. Es war Carmen, der etwas einfiel: »Haben Sie ein wenig schlafen können?«

»Sicher. Aber ich glaube nicht, daß das Gewitter etwas gebessert hat. Die Luft, meine ich. Ich glaube, ich sehne mich direkt nach dem Smog von Manhattan.«

»Wenigstens sehen Sie da, was Sie einatmen«, sagte Daintith, und der Moment, der Moment, in dem Carmen geglaubt hatte, Holly alles sagen zu können, war vorüber.

Ed Baker sprach beim Frühstück kaum ein Wort. Carmen versuchte über die Aufgaben des vor ihnen liegenden Tages und die Chancen zu reden, an ihrem neuen Standort möglicherweise ein Reservoir ausfindig zu machen. Sie mied jeden Blick von Daintith.

»Vermutlich können wir heute das Fallenaufstellen beenden. Vielleicht sogar ein paar unzugänglichere Gebiete erkunden.«

»Muß ich hier wieder tatenlos herumsitzen?« fragte Holly. Carmen brachte es nicht über sich, ihr ins Gesicht zu blicken.

»Wie darf ich das verstehen?« erkundigte sich Sarandon. »Gefällt Ihnen etwa meine Gesellschaft nicht?«

»Ich würde mich nur gern etwas nützlich machen. Dabei helfen, ein paar neue Exemplare einzusammeln, vielleicht.«

Carmen wandte sich an Daintith, der sich gerade den letzten Kaffee eingoß.

»Harold, hätten Sie etwas dagegen, wenn Holly an Ihrer Stelle mitkommt? Ich würde es sehr schätzen, wenn Sie sich hier zusammen mit Doktor Lennox mit den Präparaten beschäftigen – schon etwas für unseren Abzug vorbereiten.«

Unbehagliches Schweigen breitete sich aus. Jedermann wußte, daß Carmen den Kontakt der Gruppe mit Daintith wegen dessen Bißverletzung einschränken wollte, auch wenn er bislang kein Anzeichen einer Erkrankung zeigte. Ihn im Basislager zu beschäftigen war der bequemste Weg, das zu erreichen.

»Wir ziehen ab?« erkundigte sich Baker mürrisch.

»Wir können schließlich nicht für immer hier bleiben«, erwiderte Carmen und bemühte sich um einen munteren Tonfall. »Es sind Proben zu präparieren und zu beschriften. Gewebeproben müssen eingefroren werden.«

»Kein Problem«, meinte Daintith schulterzuckend. »Irgend etwas ist hier immer zu tun.«

»Großartig«, sagte Carmen. »Und Sergeant Kaoy kann Ihnen zur Hand gehen.«

Holly stand auf. Carmen sah ihr nach, wie sie zu ihrem Zelt zurückging. Sie wirkte jetzt beherrschter, noch immer trauernd, aber um Gelassenheit bemüht. Carmen überlegte, daß Holly von der Rolle ihrer Kinder möglicherweise nichts zu erfahren brauchte. Im Moment jedenfalls noch nicht. Wenn sie wieder in den Vereinigten Staaten waren, sähen die Dinge allerdings anders aus. Sie konnte sich kaum vorstellen, daß Daintith Forschungsergebnisse veröffentlichte und dabei entscheidende Aspekte ausließ. Aber es wäre nicht leicht, die anderen zu informieren, ohne daß Holly Wind davon bekam.

Sie folgten derselben Route westwärts wie am Tag zuvor. Zweige peitschten die schlammbespritzte Windschutzscheibe, aber Carmen achtete kaum darauf. In ihrem Kopf überschlugen sich die epidemiologischen Überlegungen. Sie fragte sich nach den Konsequenzen für ihre Mission, wenn sie mit den Kindern recht hätte. Vielleicht würden sie infizierte Tiere in Ahmads Jagdgebiet finden, aber mit Sicherheit keinen Ground Zero, keine Population von Tieren oder Insekten, die das Virus unterhalten konnte, ohne ihm selbst zu erliegen. Wenn das Muaratebo-Virus durch das zufällige Aufeinandertreffen eines Antigens und eines veränderten Gens entstanden war, dann durfte gehofft werden, daß es sich innerhalb der Bevölkerung von Sumatra selbst verzehrte. Für Viren, die so schnell töteten, gab es bald keine Wirte mehr. Das Muaratebo-Virus brauchte Nahrung, es brauchte Menschen oder Primaten, um sich vervielfältigen zu können. In London hatte ein Glückszufall einen Ausbruch verhindert. Wenn der indonesische *Cordon sanitaire* funktionierte, mußten dem Virus schließlich die Wirte ausgehen. Und ohne Reservoir würde auch das Virus selbst schnell verschwinden.

Wenn das so war, wäre die RIID-Mission beendet. Dann war es Carmens Priorität, für einen gesicherten Abzug ihres Teams zu sorgen.

»Da ist er«, sagte Baker. Es waren die ersten Worte, die er seit ihrem Aufbruch gesprochen hatte.

Der Baum schien sich über Nacht verschoben zu haben, war in die durch die heftigen Regenfälle weicher gewordene Erde gesunken. In seiner Massivität wirkte er unbeweglich – war unbeweglich für ihre armseligen Kräfte –, und doch hatte er sich in der lebenden Materie des Dschungels verschoben, verändert und innerhalb von Stunden fast einen Meter bewegt. Aber noch immer kam der Cherokee nicht an ihm vorbei. Sie verließen das klimatisierte Fahrzeug und traten in die feuchte Hitze.

»Von hier aus gehen wir zu Fuß weiter«, antwortete Carmen auf Hollys fragende Miene.

Baker ging voran, folgte dem Pfad und hielt sich im Zweifel an die Kerben, die McKinnon in Baumstämme und überragende Äste geschnitten hatte. Zwei Stunden später erreichten sie das Außenlager.

Leigh und McKinnon hatten ihr Zelt auf einem Steilhang aufgeschlagen, der sich auf einer Länge von rund drei Kilometern über das Flußbett des Hari hinausschob. Richtung Osten zeigte der Hang einen so spärlichen Pflanzenbewuchs, daß er aus der Ferne nahezu nackt wirkte. Leigh und McKinnon beschäftigten sich konzentriert mit Objekten, die sie am Morgen den Fallen entnommen hatten, und bemerkten die Ankunft der anderen erst, als sie fast vor ihnen standen.

»Wir haben über Funk mit Harold gesprochen«, sagte Leigh und nickte Holly Becker zum Gruß zu. »Sagte, seine Temperatur sei normal.«

Carmen löste die Träger ihres Rucksacks und stellte

ihn auf den Boden. Trotz der leichten Bewölkung war es hier noch heißer als im Wald.

»Es scheint ihm gutzugehen. Er arbeitet im Basislager mit Lennox ein paar Präparate auf, daher wird Holly uns heute helfen.«

Carmen entging nicht, daß es Leigh unbehaglich war, mit einer Zivilistin zusammenarbeiten zu müssen. Aber er entspannte sich ein wenig, als Carmen bei der Planung der Tagesarbeit Holly mit der Beschriftung und Stapelung von Proben betraute, die bereits sicher verpackt waren. Das war eine Tätigkeit, die Holly bereits übernommen hatte – wenn es auch langweilig und ermüdend war – und die sie davon abhielt, mit infiziertem Material in Berührung zu kommen. Holly zeigte sich nicht unbedingt begeistert, akzeptierte ihre Aufgabe jedoch mit einem Schulterzucken.

McKinnon ging mit Baker in den Dschungel unterhalb des Felsvorsprungs, um nach den Fallen zu sehen, die sie am vergangenen Abend für Säugetiere aufgestellt hatten, während sich Carmen und Leigh auf den Weg zu dem Wasserlauf machten, der den nahe gelegenen Höhlen entsprang, um dann in den Hari zu münden. Sie hofften, dort Spuren von Ahmad zu finden, die ihnen als Anregungen für die Aufstellung ihrer Fallen dienen konnten.

Unter dem Blätterdach war es merklich kühler. Mit einem Gewehr über der Schulter folgte Carmen Leigh zwischen den Bäumen hindurch. Leigh hatte sich ein Tuch um den Kopf geschlungen, um zu verhindern, daß ihm Schweiß in die Augen lief. Er sah damit richtig verwegen aus, und Carmen fragte sich, ob er die Strapazen des Dschungels nicht insgeheim genoß. Er war stiller geworden, fast verschlossen. Nach ihrem Aufenthalt im Rafflesia Camp war auch der Rest seiner Neigung zur Witzelei verschwunden, und Carmen fragte sich, ob das, was sie zunächst für Anzeichen von Unbehagen gehalten hatte, in Wahrheit nicht das Gegenteil war.

»Mark.«

Er blieb stehen und drehte sich um. Carmen lehnte ihre Waffe gegen einen Baum und wischte sich mit ihrer blauen Bandanna über das Gesicht.

»Was ist?«

»Wir müssen miteinander reden. Ich habe Ihnen etwas mitzuteilen.«

Mit leicht geneigtem Kopf kam Leigh die paar Schritte zu ihr zurück. Und zum zweitenmal an diesem Tag schilderte Carmen die Gensystems-Geschichte.

Wie Daintith fand Leigh zunächst keine Worte.

»Ich habe damit gewartet, bis wir unter uns sind, weil ich es für besser halte, daß Holly es nicht hört. Harold weiß zwar auch davon, so daß sie es früher oder später erfahren wird – wenn er es veröffentlicht, meine ich. Aber ich denke, wir haben eine bessere Chance, hier ungefährdet herauszukommen, wenn Holly in Unwissenheit gehalten wird.«

Leigh starrte sie noch immer sprachlos an. Er schien es nicht fassen zu können.

»Sind Sie ganz sicher?« fragte er schließlich. »Im Hinblick auf die virale Expression?«

»Ich habe es mir immer wieder durch den Kopf gehen lassen. Es muß so sein. Genau werden wir es natürlich erst nach einer gründlichen Untersuchung der Ereignisse bei Gensystems und des Schicksals von Irwin und seiner Kollegen wissen.«

Leigh lächelte. Es war ein zynisches, unfrohes Lächeln.

»Nun, darauf würde ich nicht allzuviel Hoffnung setzen«, sagte er.

»Was wollen Sie damit sagen?«

Leigh nahm sein Gewehr von der Schulter und stellte es neben Carmens Waffe.

»Ich schätze, daß es eines Geheimnisverrats zehn Jahre nach den Ereignissen in Fort Willard bedurfte, um diese Dinge ans Licht zu bringen, weil Gensystems, Westway, die Regierung – wer auch immer – nicht besonders erpicht darauf sind, sie in der Öffentlichkeit auszubreiten.«

»Aber jetzt, mit all dem ...«, mit einer Geste umfaßte Carmen den Dschungel, die Insel, die leidende Bevölkerung, »... ist der Druck einfach zu groß.«

Erneut lächelte Leigh. Er schwieg einen Moment und überließ es Carmen, noch einmal gründlich nachzudenken. Ein Sonnenstrahl durchbohrte wie eine Nadel das Blätterdach und berührte Leighs Schulter. Nach einer Weile ergriff er wieder das Wort.

»Der Druck, den Deckel auf Fort Willard zu halten, wird größer werden. Und es werden nicht die Leute von Gensystems sein, die es vertuschen, sondern Uncle Sam selbst.«

Plötzlich war Carmen ganz übel. Sie sah, worauf Leigh hinauswollte, war aber nicht bereit, es zu akzeptieren. Wenn er recht hatte, würden sie alle Sumatra kompromittiert, besudelt und beschmutzt verlassen. Einen Moment lang hörte sie nur die Geräusche des Dschungels. Aber es war nicht der Dschungel, es war das System. Carmen betrachtete einen Wassertropfen auf einem Blatt, der von irgendwoher Licht kondensierte und eine kleine Zunge prismatischer Farben ausstreckte. Das Leben ist zu komplex, schoß es ihr durch den Kopf. Bei aller Glückskeks-Schlichtheit schien dieser Satz unanfechtbar, unbeweglich wie der umgestürzte Baum auf ihrem Weg. Das Leben war zu komplex für sie, die Wissenschaftler.

Leigh begann wieder zu sprechen.

»Die Veröffentlichung der ganzen Geschichte wäre ein Zugeständnis, daß die Vorgänge hier die Schuld der Vereinigten Staaten von Amerika sind, ihrer Regierung, die Experimente mit menschlichen Embryonen zugelassen hat.«

»Das Muaratebo-Virus wurde in den Vereinigten Staaten fabriziert«, sagte Carmen.

»Genau. Und die Indonesier werden Reparationen verlangen.«

»Damit hätten sie recht.«

»Vielleicht«, sagte Leigh, »aber Sie sollten auch noch etwas anderes bedenken.« Er blickte einen Moment auf seine schlammbespritzten Stiefel, bevor er fortfuhr. »Wir sind noch hier. Die Mission, meine ich. Wir. Wenn das zutrifft, was Sie sagen, ist unsere Suche nach Ground Zero sinnlos. Es hat nie ein Reservoir gegeben – der Ursprung des Muaratebo-Virus ist mit den Kindern gestorben. Also ist unser nächster logischer Schritt die Rückkehr. Um das tun zu können, müssen wir Bailey erklären, warum wir die Mission für beendet halten. Und ungeachtet der Tatsache, daß die Indonesier im Moment vor allem damit beschäftigt sind, ihr Volk vor dem Sterben zu bewahren, würde ich doch sagen, daß sie sehr neugierig darauf sein werden, was genau wir hier herausgefunden haben.«

»Höchstwahrscheinlich.«

»Vor allem, da wir vermutlich auf die Hilfe der Indonesier angewiesen sein werden, vielleicht sogar auf diesen Hundesohn Sutami höchstpersönlich, um unsere traurigen Ärsche zu retten. Wenn das so ist, sollten wir vor allem bedenken, welche Wirkung unsere möglichen Erklärungen auf die Einheimischen haben könnte.«

»Richtig.«

»Es kann nicht in unserem Interesse liegen, als Tauschobjekte in irgendeiner politischen Sackgasse zu enden, die sich aus unserer Wahrheitsliebe ergeben könnte.«

»Wollen Sie damit sagen, wir sollten Bailey und Sutami belügen?«

»Wenn uns Sutami danach fragt, was wir hier herausgefunden haben – ja. Mit Bailey ist es eine andere Sache, aber ich denke, angesichts Ihrer Quelle und des Interesses maßgeblicher Kreise in den Staaten könnte es ganz klug sein, die ganze Angelegenheit zunächst für uns zu behalten, vielleicht für immer.«

»Großer Gott.«

»Sie haben bisher nur Harold davon erzählt, richtig?«

»Ja, aber ich habe nicht auf die politischen Implikationen hingewiesen, und inzwischen könnte Harold es durchaus Sarandon, Lennox und – Gott behüte ...«

»Sergeant Kaoy gesagt haben.«

Carmen war schweißgebadet, dennoch überlief sie ein kalter Schauer. »O mein Gott.«

Leigh spuckte aus und verwischte die Spur mit seiner Stiefelspitze. »Nun, vielleicht auch nicht. Er könnte mit Lennox gesprochen haben, von Wissenschaftler zu Wissenschaftler. Aber ich kann mir kaum vorstellen, daß er unüberlegt losplappert.«

Leigh wandte Carmen den Rücken zu und lief ein paar Schritte den Pfad hinunter. »Sorgen mache ich mir um Sutami«, sagte er. Als er sich wieder umdrehte, war sein Gesicht so ernst, wie Carmen es noch nie gesehen hatte. »Wenn wir in einem Schadenersatzstreit zum Druckmittel werden, hier auf Sumatra ...«

Er brauchte den Satz nicht zu beenden.

»Sie glauben doch nicht, daß Sutami ...«

»Vielleicht nicht mit Vorbedacht, aber lassen Sie mich Ihnen eine Frage stellen. Wie würde es Ihnen gefallen, den nächsten Monat beispielsweise in Jambi zu verbringen oder in Padang? Ich glaube nämlich nicht, daß sie uns nach Jakarta bringen würden. Das würden sie für zu riskant halten.«

Carmen erschauerte. Leigh hatte natürlich recht. Wenn sich das U.S.-Team in Jambi oder einer der anderen Städte auf Sumatra infizierte, würde das der amerikanischen Öffentlichkeit das ganze Ausmaß von Uncle Sams ungeheuerlichem Verhalten deutlich machen. Und es würde den Indonesiern Aufmerksamkeit zur besten TV-Sendezeit garantieren. Es war ihr jetzt klar: Sie mußten sich ihren Rückweg aus Sumatra erlügen. Eine andere Wahl gab es nicht.

»Okay«, sagte Leigh, zog sein Stirnband herunter und wrang es aus. »Die schlechte Nachricht ist, daß vielleicht ein paar tausend Menschen einen schrecklichen Tod gestorben sind, aber die gute ist, daß es irgendwann aufhören wird.«

»Das hoffen wir.«

»Es wird aufhören. Dieses Virus tötet die Menschen zu schnell. Holly Becker ist mit einer verletzten Hand im Rafflesia Camp herumgewandert und hat sich nicht angesteckt. Und ich wette, daß auch Harold davonkommt. Außerhalb des Körpers, nach dem Tod des Wirts, kann dieses Zeug nicht überleben. Das ist genau wie bei den anderen Filoviren.« Leigh nickte, als wollte er seine Aussage bekräftigen. »Okay, okay. Es gibt also kein Reservoir. Dessen können wir ziemlich sicher sein. Wir brauchen General Bailey nur zu sagen, daß wir keinen Ground

Zero gefunden haben. Ähnlich wie beim Marburg-Ausbruch in den achtziger Jahren. Sie waren da am Mount Elgon in dieser Höhle ...«

»Kitum.«

»Richtig. Sie haben Kitum auf den Kopf gestellt, wochenlang alles gefangen, was sich bewegt, aber nichts entdeckt. Okay, bei dieser Mission hier war es genauso.«

Sie sahen einander lange an. Vor der Abreise hatte sich Carmen intensiv mit den Ergebnissen von Kitum befaßt. Das RIID hatte rund um die Höhle Käfige mit Meerschweinchen, Pavianen und Meerkatzen aufgestellt und damit gerechnet, daß sie dieselbe Krankheit bekamen, der 1980 ein französischer Ingenieur und sieben Jahre später ein dänischer Junge, der dort seinen Urlaub verbrachte, zum Opfer fielen. Aber die Tiere waren gesund geblieben. Dann hatten sie alles gefangen, was ihnen in die Hände kam – Nager, Fledermäuse, Insekten. Aber sie hatten nichts gefunden. Wie Leigh gesagt hatte: Was einmal geschehen war, konnte erneut passieren. Carmen hatte das Gefühl, an der Hitze, den Geräuschen und dem Betrug fast zu ersticken. Sie griff zu ihrem Gewehr.

»Aber wir müssen unsere Tagesarbeit beenden«, sagte sie. »Wir können den anderen nicht einfach sagen, es ist vorbei, es gibt keinen Ground Zero. Immerhin haben wir infizierte Tiere entdeckt.«

»Sicher«, sagte Leigh. »Sie haben recht. Ich denke, wir sollten noch ein paar Tage die Gegend sondieren und dann unsere Rückkehr vorbereiten.« Carmen sah ihm nach, wie er bereits wieder hügelabwärts lief. »Wir können nur hoffen, daß Daintith den Mund hält«, sagte er.

Sie waren vielleicht hundert Meter weit gekommen, als sich Carmens Walkie-talkie meldete. Es war Baker. Er klang aufgeregt.

»Colonel, da gibt es etwas, was Sie sich ansehen sollten. Over.«

»Was ist es? Over.«

»Wir befinden uns direkt unter dem Camp, nicht weit vom Fluß. Major McKinnon hat es zuerst entdeckt.«

Carmen hörte im Hintergrund McKinnons Stimme, dann kam er selbst ans Gerät.

»Carmen, wir glauben, es könnte sich um Ahmads Camp handeln. Da liegen Konservendosen, anderes Zeug und ein paar Drahtfallen. Aber jemand war da. Vielleicht Flüchtlinge. Baker meint, es könnte sich auch um Plünderer gehandelt haben. Over.«

Carmen sah Leigh an.

»Lennox ist einigen von ihnen vor ein paar Tagen auf der Straße begegnet. Sie waren bewaffnet«, sagte er.

»Ich kann mir nicht vorstellen, warum da unten Plünderer gewesen sein sollten, McKinnon«, sagte Carmen. »Vielleicht waren es nur Einheimische. Over.«

»Wer es auch war – ich denke, wir haben sie verscheucht. Sie wollten sich etwas kochen – es war der Rauch, der meine Aufmerksamkeit erregt hat –, und wir haben sie gestört. Als wir die Schutzhütte erreichten, waren sie fort. Sie versuchten zwar, das Feuer auszutreten, aber das Zeug ist noch immer warm. Over.«

»Wo finden wir Sie? Over.«

»Gehen Sie zum Camp und folgen Sie dann den Kerben, die ich in die Bäume geschnitten habe. Major Leigh kennt den Weg hier herunter. Wir werden nach Ihnen Ausschau halten. Over und out.«

»Wir werden rund eine halbe Stunde brauchen«, sagte Leigh und machte sich auf den Rückweg. Als er Carmens Gesichtsausdruck sah, blieb er stehen. »Was gibt's?«

»Holly«, sagte Carmen. »Sie ist da oben ganz allein.«

Als sie das Camp wieder erreicht hatten, waren sie beide schweißüberströmt. Holly starrte ihnen mit offenem Mund entgegen, als sie sie mit ihren Gewehren im Anschlag aus dem Gebüsch brechen sah.

Leigh trat an den Rand des Steilhangs und blickte in das Gebiet hinunter, in dem McKinnon und er am Tag zuvor die Fallen aufgestellt hatten.

»Baker hat sich bei uns gemeldet, Holly. Er meinte, er hätte da unten im Dschungel irgend jemanden überrascht. Es braucht nichts zu bedeuten, aber mir wäre es lieber, wenn Sie eine Weile bei uns blieben. Wir gehen jetzt hinunter zu McKinnon und Baker.«

Holly stand auf, einen schwarzen Marker und eine zerknüllte Checkliste in der linken Hand. Sie hatte gerade eine Reihe kälteresistenter Violen beschriftet, die sich in der Isolierkiste neben ihren Füßen befanden.

Leigh kam zu ihnen zurück.

»Es gefällt mir gar nicht, dieses ganze Zeug hier unbeaufsichtigt zu lassen, aber vermutlich bleibt uns keine andere Wahl. Ich werde zumindest das Funkgerät mitnehmen.«

Er setzte seinen Rucksack ab und schnallte sich die Tragegurte für das große Funkgerät um.

Der Pfad zum Fluß hinunter war wesentlich abschüssiger als der zu den Höhlen. Leigh ging ihnen voran und wies sie auf trittsichere Stellen im Gewirr von Wurzeln und Schlamm hin. Sie liefen schweigend und leise, um mögliche Plünderer nicht auf sich aufmerksam zu machen. Nach fünfzehn Minuten wurde das Gelände eben. Sie hörten den Fluß, dessen fernes Rauschen das beständige Zirpen und Surren der Insekten unterlegte.

Plötzlich tauchte Baker auf.

»Ich bin ganz sicher, daß niemand mehr in der Gegend ist«, sagte er. Seine Stimme schien einen Bann zu brechen. »Wir haben uns gründlich umgesehen, aber nichts entdecken können.«

Wortlos folgten sie ihm weiter durch die dichte Vegetation und stolperten immer wieder über Buckel und Vertiefungen auf ihrem Weg.

Es war nicht viel mehr als ein Dach aus Palmblättern und Gräsern, das vorn auf zwei dicken Bambusstangen ruhte und sich hinten an einen Felsen lehnte, der das stumpfbraune Aussehen von Bauxit hatte. Durch die nächtlichen Regenfälle waren Teile des Daches durchgesackt, und es sah so aus, als könnte der nächste Windstoß der gesamten Konstruktion den Garaus machen.

»Viel Schutz bietet das nicht«, sagte Carmen und ging in die Hocke, um die Fallen zu betrachten, die McKinnon in der Nähe gefunden hatte. In einer Felsnische waren Konservendosen gestapelt, aber nirgendwo gab es eine Spur von einem Öffner. Auf der festgetretenen Erde lag ein zerbeulter Blechbecher. Carmen versuchte sich vorzustellen, wie der Affenjäger hier gelebt hatte, aber es war nicht leicht. Was hatte er an den langen dunklen Abenden getan? Herumgesessen und geträumt?

»Die Feuerreste sind da draußen«, sagte McKinnon. Carmen erhob sich und trat unter dem Dach hervor ins Freie. In der Luft lag ein unangenehmer Geruch wie nach ranziger Butter. Leigh und Holly Becker betrachteten den kleinen Stapel halbverbrannter Zweige, über die teilweise rote Erde geschoben worden war. Der Rauchgeruch vermischte sich mit dem Gestank.

»Was stinkt hier so?« fragte Carmen. Rund zwei Meter von der Feuerstelle entfernt lagen ein paar Mangokerne verstreut.

»Ich glaube nicht, daß es Plünderer waren«, sagte Leigh und blickte in das tote Feuer. »Sonst läge hier mehr Abfall herum.«

»Plünderer würden sowieso nicht so weit kommen«, revidierte Baker seine ursprüngliche Meinung. Er stand ein paar Meter von ihnen entfernt und blickte in den Dschungel. »Zu weit von der Straße entfernt.«

»Vielleicht jemand, der der Seuche entkommen wollte«, meinte McKinnon.

»Warum haben sie ein Feuer gemacht?« fragte Leigh und hockte sich nieder, um einen der halbverbrannten Zweige umzudrehen. Er bemerkte Carmens nachdenkliches Gesicht. »Was hatten sie vor? Vielleicht wollten sie etwas braten. Aber ich kann nirgendwo einen Spieß oder etwas Ähnliches entdecken.«

Carmen blickte sich auf der festgetretenen Erde um. Dann sah sie es. Sie stand auf und ging zu den verstreuten flachen Mangokernen hinüber. Einen halben Meter von ihnen entfernt, halb verborgen von einem kleinen Strauch, lag eine Frucht, die sie noch nie gesehen hatte. Es sah aus, als wäre die Frucht mit einem Messer durchtrennt worden, einem zu kleinen Messer. Die Frucht hatte eine dicke, schwielige Schale, und ihr Fleisch, an dem jemand genagt hatte, war von einem cremigen Weiß.

»Das ist es, was so stinkt«, sagte Carmen und schob die Frucht mit dem Fuß unter dem Strauch hervor.

»Das ist eine Durian«, sagte Holly mit einer Stimme, die Carmen aufmerken ließ. Sie sah zu, wie sich Holly bückte und die Frucht aufhob. »In Singapur ist es verboten, sie in öffentliche Verkehrsmittel oder Gebäude mitzunehmen, wegen ... wegen des Gestanks.«

Holly hielt die Frucht knapp einen halben Meter von Carmen entfernt. Ganz deutlich sah sie, daß an dem

Fruchtfleisch geknabbert worden war, an einer Stelle sah sie Bißspuren – zu klein für einen Mann. Das Fruchtfleisch war kaum oxidiert. Wer das gegessen hatte, mußte es weggeworfen haben, als McKinnon und Baker auftauchten. Carmen blickte von der Frucht auf Holly, sah die Hoffnung, die Überzeugung und die Tränen in ihren Augen.

»Sie sind hier«, hauchte sie. »Ich spüre es.« Sie zitterte am ganzen Körper. Die Männer drehten sich um. Carmen schüttelte langsam den Kopf, obwohl ihr Herz schneller schlug. Sie nahm Holly die Frucht ab und warf sie ins Gebüsch.

»Nein, Holly. Das ist unmöglich.«

Sie wollte gerade erklären, daß die Kinder der Seuche nicht entkommen sein konnten, daß sie ihre Ursache waren, als sich irgendwo in ihr ein Gedanke formte und immer schneller Gestalt annahm: Sie sind immun.

»Was ist?«

Holly hatte die Veränderung in Carmens Gesicht gesehen. Etwas gesehen, was mehr war als ein Wechsel im Gesichtsausdruck. Plötzlich stand sie vor Carmen und trommelte mit ihren Fäusten auf sie ein. Leigh und McKinnon versuchten, sie wegzuziehen. »Was ist?« schrie Holly wieder. »Was wissen Sie?«

Carmen wich zurück und sah zu, wie sich Holly gegen die zupackenden Hände wehrte.

»Nichts«, sagte Carmen. Und damit log sie nicht. Sie wußte nichts, nicht sicher. Es war das Erschrecken über ihren Gedanken, das sie erschüttert hatte, nicht seine Glaubwürdigkeit, seine Wahrheit. »Nichts«, wiederholte sie. Aber erschüttert war sie. Die Vorstellung, daß die Kinder das Virus produzierten, ohne ihm selbst zu erliegen, war zu fürchterlich. Die Vorstellung, daß sie durch

Städte und Dörfer gingen wie Todesengel und erleben mußten, daß es in jedem Ort, den sie betraten, zur Katastrophe kam ... Instinktiv blickte Carmen über die Schulter in den Dschungel.

»Sagen Sie es mir! Sie müssen es mir sagen!« schrie Holly, allen Beruhigungsversuchen unzugänglich.

Der Dschungel schien zurückzustarren. Nicht bösartig. So hatte es Carmen nie empfunden, aber gleichgültig. Das Surren der Insekten hörte sich an wie das Geräusch einer Maschine, die pausenlos Versionen von sich selbst produzierte, so unablässig und stumpfsinnig wahnwitzige Repliken von sich anfertigte wie das Virus auch. Mit Hollys panischen Schreien im Ohr betete Carmen, daß die Kinder nicht da waren, betete, daß sie tatsächlich im Rafflesia Camp unter der Erde lagen. Denn wenn sie da waren, da draußen im Wald, verängstigt, halb verhungert, wenn sie sie vielleicht gerade jetzt durch das Laubwerk beobachteten, dann müßte die Frage nach ihrer Immunität und der Gefahr, die sie darstellten, beantwortet werden.

Dann schoß Bakers Arm nach vorn und Carmen spürte, wie ihr Herz einen Schlag aussetzte.

»Dort!« rief er.

Sie blickten in Richtung Fluß. Und dort, aus einem Dickicht in nur knapp zwanzig Meter Entfernung, kamen zwei Kinder. Ihre Kleider hingen in Fetzen, ihre Körper und Gesichter waren schmutzverkrustet. Aber es waren ihre Augen, die Carmen so tief in die Seele zu dringen schienen, daß sie sie nie wieder vergessen konnte: diese Augen, Höhlungen, die sich in unvorstellbare Dunkelheit bohrten, ihre Schwärze, das Entsetzen, und die Sehnsucht, mit der sie in der Gruppe von Soldaten nach ihrer Mutter suchten.

Einen Moment lang herrschte absolute Stille, als hielte sogar der Dschungel den Atem an. Dann stolperte Holly aufschluchzend vorwärts.

»Meine ... Lucy, Emma ... meine Kleinen! Ich ...« Ihre Stimme klang gebrochen, selig, wie im Wahn.

Carmen konnte sich nicht rühren. Sie fühlte sich wie gebannt, wie versteinert. Schreckensstarr beobachtete sie, wie Holly über das unebene Gelände hastete, über Wurzeln stolperte, Büsche und Äste beiseite schob. Die Kinder rührten sich nicht, hatten sich inzwischen an den Händen gefaßt und sahen ihrer Mutter entgegen. Da löste sich der Bann.

»Halt!«

Carmen stürmte vorwärts und packte Holly am Arm. Verdutzt griff Holly nach Carmens Hand und wollte sie von ihrem Ärmel schieben. Einen Augenblick lang rangen die beiden Frauen verbissen und keuchend miteinander.

»Holly, Holly! Sie müssen mir zuhören!«

Dann war Leigh da, zog Holly beiseite, geriet aber ins Straucheln, stürzte und riß sie mit sich zu Boden. Sie kämpfte sich schnell wieder auf die Beine und trat nach Leighs erneut zupackender Hand. Carmen bekam ihr T-Shirt zu fassen, aber es zerriß unter ihrem Griff.

»Holly!« schrie Carmen in höchster Verzweiflung. »Ihre Kinder ... Sie haben die Seuche! Sie kommt von ihnen! Sie sind die Ursache!«

Es war, als hätte Holly einen Schlag ins Gesicht erhalten. Es herrschte atemlose Stille. Leigh stand auf. Holly blinzelte krampfhaft, ihr Mund öffnete sich, ihre Zunge fuhr über ihre Lippen. Carmen packte fester zu.

»Es ist bei Gensystems passiert. Die Therapie, die Sie erhalten haben. Sie hat das Virus produziert.«

Holly verdrehte die Augen, und einen Moment lang glaubte Carmen, sie würde das Bewußtsein verlieren. Dann schien namenlose Wut ihren Körper zu erschüttern. Sie zuckte, wand sich, krallte mit beiden Händen nach Carmens Gesicht.

»Lügen! Alles Lügen!« kreischte sie.

Leigh legte ihr einen Arm um den Hals, aber sie biß zu. Er fuhr mit einem Aufschrei zurück und umklammerte seinen Arm, der plötzlich rot vor Blut war.

Erst in diesem Moment rührten sich die anderen. Alle schrien durcheinander und rannten los, aber es war zu spät. Mit einem letzten Ruck befreite sich Holly aus Carmens Griff und rannte zwischen den Bäumen auf die Stelle zu, wo ihre Kinder gestanden hatten.

9

PROVINZ JAMBI, 30. AUGUST

Dr. Lennox sah, daß Sergeant Sarandons Augen ganz groß wurden. Er hörte nicht länger auf Daintith' Ausführungen über Viren, sondern trat in den Schatten des Cherokee. Als er ihn kommen sah, drückte Sarandon auf die Lautsprechertaste, damit alle hören konnten, was über Funk mitgeteilt wurde. In der Nähe stand Sergeant Kaoy, eine Zigarette zwischen den Lippen. Er blinzelte durch den Rauch.

»Sie leben«, sagte eine atemlose Männerstimme. »Die Kinder, sie sind am Leben.«

Daintith stand so abrupt auf, daß der kleine Feldtisch umkippte und mit ihm die Reste ihres Lunchs. Die hastige Männerstimme fuhr fort.

»Wir möchten, daß Sie sich mit dem Hauptquartier in Jambi in Verbindung setzen. Rufen Sie Sutami an, und lassen Sie sofort einen Puma herschicken. Over.«

»Major McKinnon, können Sie das wiederholen? Wir haben nicht ganz verstanden. Ich meine, warum bringen Sie sie nicht einfach mit? Over.«

»Hören Sie, Sarandon, wir haben keine Zeit, das lange zu diskutieren. Colonel Travis glaubt, die Kinder könnten infiziert sein. Sie müssen unverzüglich in ein Krankenhaus gebracht werden.« Daintith nahm Sarandon den Kopfhörer ab. »Wir bitten außerdem, daß Sie zusammen mit Daintith herunterkommen und uns bei der Suche nach ihnen helfen«, fuhr McKinnon fort. »Over.«

»McKinnon, hier Harold Daintith. Bei der Suche nach wem? Over.«

»Harold.« Jetzt war Carmen am Gerät. Sie hörte sich erregt an, kaum dazu fähig, ihre Stimme zu beherrschen. »Wir haben die Kinder entdeckt, und Holly ist ihnen nachgelaufen. Jetzt sind sie alle ... Wir müssen sie finden, Harold. Over.«

»Okay. Sollen wir Unterstützung anfordern? Sollen wir Sutami anrufen? Over.«

»Ja. Sagen Sie ihm ... Sagen Sie ihm, wir hätten hier amerikanische Staatsbürger, die möglicherweise das Virus in sich tragen. Rufen Sie auch Bailey an – es ist mir gleichgültig, ob Sie ihn aus dem Bett holen –, rufen Sie ihn an, und erkundigen Sie sich, ob wir Unterstützung von unseren Leuten erhalten können, zumindest ein bißchen Druck. Over.«

»Sollen wir zu Ihnen stoßen?«

»Ja. Ich meine ... Könnten Sie nicht vielleicht mit Lennox herunterkommen? Mir wäre es lieber, wenn Kaoy da oben bliebe, Harold. Und ich möchte, daß sich Sarandon um die Satellitenverbindung kümmert. Over.«

Lennox nickte Daintith zu und formte mit den Lippen das Wort »Wo«.

»Wo ist der Treffpunkt? Over.«

»Im Außenlager. McKinnon wird mit dem Funkgerät auf Sie warten. Over und out.«

Daintith setzte den Kopfhörer ab.

»Grundgütiger.«

Mit dem Ärmel wischte er sich den Schweiß vom Gesicht. Die Kinder lebten. Er konnte es kaum glauben. Sie lebten, und doch nahm Carmen an, daß sie das Virus in sich trugen. Meinte sie damit, daß sie Überträger waren? Und selbst nicht erkrankten? Aber zum Nachdenken war keine Zeit. Daintith stand auf.

»Rufen Sie Jambi.«

Sarandon benötigte zwei Versuche, um eine Verbindung auf der Frequenz zu bekommen, die man ihm genannt hatte, doch dann meldete sich Sutami direkt. Sarandon wies sich aus und nannte Längen- und Breitengrad seiner Position.

»In Muaratebo?« fauchte Sutami. Ein heftiger Ausbruch in der Landessprache, dann bellte Sutami: »Over.«

»Etwa dreißig Kilometer oberhalb von Muaratebo, am Ostufer des Hari. Wir benötigen Unterstützung, Brigadier. Wir haben zwei U.S.-Bürger aufgegriffen, Kinder, von denen wir glauben, daß sie das Virus in sich tragen. Sie müssen mit Ihrer Hilfe sofort in ein Krankenhaus gebracht werden.«

»Sagen Sie ihm, wir hätten bereits mit Washington gesprochen«, riet Daintith.

»Washington hat uns versichert, daß wir uns auf Ihre Unterstützung verlassen können, Sir. Over.«

Es entstand eine lange Pause. Daintith beugte sich vor und lauschte angestrengt. Ein hastiger Wortschwall in Bahasa-Indonesisch. Sergeant Kaoy trat ein paar Schritte näher. Dann war Sutami wieder am Mikrophon. Er klang ruhiger.

»Tut mir leid, Sergeant, aber wir haben hier ebenfalls eine Krisensituation. Täglich sterben Hunderte von Menschen, und wir sind bereits jetzt mehr als ... ausgelastet. Ohne offizielle Bestätigung der Anforderung aus Washington ist es unmöglich, die Ressourcen umzudirigieren. Ich habe bereits alle ausländischen Teams aufgefordert, sich aus diesem Gebiet zurückzuziehen. Sie sollten längst auf dem Weg sein. Over.«

Daintith schnappte Sarandon den Kopfhörer fort.

»Diese Kinder sind die Überträger, verdammt! Es

könnte durchaus sein, daß sie sich als Ursache dieser ganzen verfluchten Seuche herausstellen.« Daintith blickte in die verblüfften Mienen der anderen. Dann riß er sich zusammen und gab Kaoy den Kopfhörer. »Erklären Sie es, Sergeant Kaoy. Erklären Sie die Situation. Wir müssen sie isolieren, in einem ordentlichen Krankenhaus.«

Kaoy beugte sich vor und begann, in das Mikrophon zu sprechen. Es schien eine Ewigkeit zu dauern. Am anderen Ende waren Aufschreie zu hören. Dann reichte Kaoy den Kopfhörer an Daintith zurück.

»Sie wollen die Koordinaten des Aufnahmeortes wissen«, sagte er. Auf seinen Lippen lag ein leises Lächeln.

Daintith griff nach der Karten und Lennox legte seine Hand auf Daintith' nackten Arm.

»Was haben Sie ihnen gesagt?« fragte er Kaoy.

»Ich kann es nicht fassen, daß Sie uns das nicht mitgeteilt haben«, sagte Ed Baker. Er griff nach dem Gewehr, als wäre er bereit, es auch zu benutzen. Carmen blickte von Major Leighs Arm hoch. Sie hatte sich einen Streifen von ihrem T-Shirt gerissen, um die Bißwunde notdürftig zu verbinden. Im Außenlager hatten sie ordentliche Verbände, aber es war keine Zeit, sie zu holen.

»Es war keine Zeit«, sagte sie. »Und wir wußten nicht ... daß sie noch leben, meine ich.«

»Sind Sie sicher, daß sie das Virus übertragen?« fragte McKinnon.

»Es muß so sein. Sie sind die einzige Verbindung zum Rafflesia Camp, zu Ahmad, zu Gensystems. Sie müssen es sein.«

»Und wie kommt es dann, daß sie nicht tot sind?« fragte Baker.

Carmen erhob sich und wischte sich welke Blätter und Schmutz von den Knien. Wenn sie jetzt in Bakers Gesicht sah, wäre sie verloren. Das wußte sie. Ihm gegenüber war sie mit ihrem Latein am Ende.

»Ich weiß es nicht«, sagte sie. Und dann zu Leigh: »Ist es auch nicht zu fest?«

Leigh schloß und öffnete seine Faust. Er zuckte mit den Schultern. Dann sah er zu Baker hinüber.

»Hauptsache ist, daß sie am Leben sind, Corporal. Gerade noch. Und wenn wir uns nicht sofort auf die Suche nach ihnen machen, haben wir keine Chance, sie noch vor Einbruch der Dunkelheit zu finden.«

»Okay«, sagte Carmen. »Und genau das werden wir tun. Jetzt, da Unterstützung auf dem Weg ist. Aber wie Major Leigh schon sagte, können wir ihnen keinen zu großen Vorsprung lassen, sonst finden wir sie nie. Ich möchte, daß Sie, Baker und Major Leigh Walkie-talkies mitnehmen ...«

Baker wich zurück, umklammerte das Gewehr.

»Ich bin doch nicht so verrückt, ihnen nahe zu kommen ...«

Carmen trat zu ihm und nahm ihm das Gewehr ab.

»Verdammt! Verdammt, das ist ein Befehl, Baker. Und Sie brauchen ihnen auch nicht nahe zu kommen. Sie brauchen Sie nur aufzuspüren.« Sie warf ihm die Waffe wieder zu. »McKinnon, ich möchte, daß Sie zum Außencamp hinausgehen und die Anzüge holen.«

»Es ist zu heiß«, sagte McKinnon. »Hier draußen taugen sie nichts. Es ist sehr viel sicherer, nur die Augen offenzuhalten.«

»Holen Sie die verdammten Anzüge! Ich verlange von Ihnen nicht, in ihnen herumzuspazieren. Wir müssen die Kinder erst einmal finden. Mit ihnen reden. Ihnen erklären, daß wir diese Anzüge tragen, um uns zu schützen. Diese Kinder können von Viren wimmeln.«

»Was ist mit Holly Becker?« fragte Leigh. Carmen drehte sich um und sah ihn an.

»Wir können nur beten, daß sie die Kinder nicht vor uns erreicht.«

Utoyo Sutami fühlte sich berauscht. Mit schwimmendem Kopf starrte er auf die Koordinaten in seiner Hand. Seit zwei Tagen hatte er keine ordentliche Mahlzeit mehr zu sich genommen, sich nur von Eiern, Reis, javanischem Kaffee und Zigaretten ernährt. Es war halb fünf. In einer Stunde würde der Befehlshaber aus Jakarta eintreffen, um das Kommando zu übernehmen, und Sutamis Laufbahn bei der Armee fände ein abruptes Ende. Er betrachtete den Zettel, auf den er die Zahlen gekritzelt hatte. Die Worte des Amerikaners gingen ihm nicht aus dem Kopf. Es war ein schicksalhafter Moment. Sie waren ihm ausgeliefert worden – die Verantwortlichen. Er blinzelte und fuhr sich mit dem Handrücken über den Mund. Es war ein entscheidender Punkt in seinem Leben, ein Punkt, an dem sein Schicksal diese oder jene Wendung nehmen konnte – je nachdem, welche Wahl er traf.

Er rief die Garnison an, die östlich von Muaratebo stationiert worden war, um dem Flüchtlingsstrom Einhalt zu gebieten. Zwei kurze Wortwechsel, und er sprach mit dem Leiter der Luftwaffeneinheit, die die Straßen überwachen sollte. Der Offizier, Lieutenant Sumendap, klang jung und ehrgeizig. Sutami hörte das Rascheln der militärischen Landkarte, als der junge Soldat die Koordinaten überprüfte.

»Zwanzig Minuten von hier, Sir. Oberhalb achtzig

Meter herrscht leichter Westwind, aber ansonsten sind die Bedingungen ideal.«

»Gut. Und nun hören Sie genau zu. Ein amerikanisches Wissenschaftler-Team hat zwei U.S.-Bürger aufgegriffen, zwei Kinder, die erwiesenermaßen die Überträger der Epidemie sind. Das hat unser Mann vor Ort bestätigt.« Sutami hörte scharfes Atemholen und fuhr fort: »Ja, Lieutenant. Nach langem Ringen ist es uns endlich gelungen, die Oberhand zu gewinnen. Diese Kinder sind der Grund, die Ursache für das, was in Muaratebo geschehen ist, in Jambi. Amerikaner. Kinder. Diese Wissenschaftler verlangen, daß wir sie abholen und in ein Krankenhaus bringen. Aber sie dürfen ...« Sutamis zornige Erregung schnürte ihm fast die Kehle zu. »Sie dürfen das Gebiet nicht verlassen. Das ist zu gefährlich. Haben Sie verstanden? Die nationale Sicherheit steht auf dem Spiel.« Sutami hielt kurz inne und blickte auf den Sekundenzeiger seiner Armbanduhr, der über das Zifferblatt zu hasten schien. »Noch heute werden wir diesem Elend ein Ende bereiten, Lieutenant Sumendap. Sie werden dort mit einer Einheit landen. Sie werden die Kinder finden. Ich möchte, daß diese ... diese Überträger getötet werden. Haben Sie verstanden?«

»Ja, Brigadier.«

»Ich möchte, daß Sie mir Bericht erstatten. Ich möchte, daß Sie mir sagen, Sie hätten ihre Körper brennen sehen.«

Eine Zeitlang war sie wie von Sinnen. Rasend. Sie hastete blindlings vorwärts, versuchte zu rennen, verfing sich in Ästen und Zweigen, strauchelte, weinte ununterbrochen, ihr Körper wurde von anfallartigen Schluchzern geschüttelt, ihre Augen brannten. Blätter und Zweige schlugen gegen ihr Gesicht, schnitten in ihre Haut. Dann konnte sie nicht mehr rennen. Nach Luft ringend, fiel sie gegen einen Baumstamm. Die Rinde war glatt, makellos wie etwas maschinell Hergestelltes. Sie blinzelte sich den Schweiß aus den brennenden Augen, holte in langen, schmerzenden Schüben Atem. Dann verließ alle Kraft ihren Körper, und sie glitt langsam am Stamm hinunter. Die glatte Rinde fühlte sich kühl auf ihrer Haut an.

Lange Zeit lag sie auf dem Boden und lauschte den pulsierenden Geräuschen des Dschungels. Nur dreißig Zentimeter von ihrem Gesicht entfernt folgten Ameisen einer unsichtbaren Fährte, schenkten ihr keinerlei Beachtung. Sie glaubte, Rufe zu hören, aber da war nichts – nur der Dschungel. Sie raffte sich auf, bis sie saß, den Rücken gegen den Stamm gelehnt. Etwas Glitzerndes kam in ihr Gesichtsfeld, licht und silbern zwischen dem dunklen Blätterwerk.

Sie hatte den Hari River erreicht. Als sie zu dem hellen Band des Flusses hinüberblickte, trieben ihre Gedanken in die Vergangenheit zurück, und sie erinnerte sich an die Geburt ihrer Kinder, erinnerte sich an die Ängste, die Schmerzen und die unendliche Erleichterung, das unsagbare Glück, sie gesund in den Armen zu halten – warme Bündel von Leben. Sie erinnerte sich an Jonathan, daran, wie ein Lächeln sein sorgenvolles Gesicht überzogen hatte. Wie jung er damals gewesen war. Das alles schien in einem anderen Leben gewesen zu sein, in einer anderen Zeit. Es schien unmöglich, daß jene Zeit mit dem furchtbaren Heute verbunden war, daß dieselben Herzen in den dazwischenliegenden Jahren weitergeschlagen hatten. Wieder stiegen Tränen in ihr hoch, aber sie hatte keine Kraft mehr zum Weinen. Sie erinnerte sich an ihren Abschied auf dem JFK-Airport um acht Uhr morgens.

An Emmas wattierte Jacke mit dem Pfauenmotiv. An ihre besorgten Augen. »Mach dir keine Sorgen, Emma.« Und Emma hatte geantwortet, sie könne es nicht ändern. »Was wirst du in den sechs Wochen anfangen?« hatte sie gefragt, und Holly erkannte, daß Emma sich nicht vor dem Flug fürchtete, sondern davor, ihre Mutter allein zu Hause zurückzulassen. Es war ein eigenartiger Moment gewesen, ein Moment, in dem sie merkte, wie schnell ihre Kinder erwachsen wurden.

Sie sah auf ihre schmutzigen Hände, die Armeehosen, die man ihr gegeben hatte und die nun zerrissen und fleckig waren. Sie sah, daß sich ihre Hände zu Fäusten ballten. Und es war, als würden sich auch ihr Kopf, ihr Verstand schließen, sich gegen Carmen und ihre Erklärungen verschließen. Wie konnte eine Therapie, der sie sich vor mehr als zwölf Jahren in den Vereinigten Staaten unterzogen hatte, Viren produzieren – hier? Und jetzt? Und wenn ihre Kinder tatsächlich dieses Virus auf irgendeine Weise in sich trugen, warum hatte es sie nicht getötet? Das war doch absurd. Carmen irrte sich. Aber – Hollys Hände öffneten sich wieder, als sie darüber nachdachte – wenn das RIID-Team sie in eine der schmutzigen Städte brachte, in eines der erbärmlichen Krankenhäuser, könnten sie sich anstecken, würden es vermutlich. Sie ein zweites Mal sterben zu lassen, das würde Holly nicht überleben. Dann konnte man sie gleich in dasselbe Grab legen.

Unsicher kam sie auf die Füße. Sie mußte die Kinder finden, bevor es den anderen gelang. Auf sich gestellt, würden sich die Kinder nicht wehren können. Sie waren erschöpft, verängstigt. Es waren nur Kinder. Sie mußte sie beschützen, Carmen beweisen, daß sie sich irrte. Dann hörte Holly sich auflachen. Sie lebten! Lebten! Sie schlug sich mit der Hand gegen den Mund, kniff die Augen zu und wartete darauf, daß das Gefühl unbändiger Freude abebbte. Es war zu groß, zuviel nach den langen Wochen der Qual. Sie fühlte sich nicht stark genug dafür, fürchtete, wahnsinnig zu werden. Doch dann sehnte sie sich plötzlich nach ihnen – so sehr, daß ihr schwindlig wurde –, sie mußte sie mit ihren Augen sehen, in ihren Armen halten, ihren Duft riechen, ihre Stimmen hören.

Plötzlich vernahm sie die Geräusche eines Walkie-talkies. Irgendwo links von ihr. Holly erstarrte.

»Ich bin fast am Fluß«, sagte ein Mann, und Holly erkannte Bakers Stimme. »Noch immer nicht die geringste Spur.«

Das Walkie-talkie krächzte eine Antwort, aber Holly konnte sie nicht verstehen. Sie verhielt sich völlig ruhig, während Baker offenbar weiterging. Er lief sehr leise, pirschte sich an ihre Kinder heran. Hinter dem Stamm versteckt, spähte sie durch das Laubwerk, konnte ihn aber nicht sehen. Dann bewegte sich etwas, und sie sah einen Stiefel, vielleicht zehn Meter entfernt. Baker blieb stehen, lauschte. Dann hörte Holly es auch: ein fernes, regelmäßiges Puckern, das sehr schnell zum Knattern eines Hubschraubers anschwoll. Der Dschungel schien zu explodieren, als er über ihnen rotierte, auf den Steilhang zuknatterte und die Laubkronen in Bewegung brachte. Affen kreischten, Vögel flatterten durch das Geäst. Holly sah, wie sich Bakers Stiefel bewegte, als er sich umdrehte und dem Helikopter mit den Blicken folgte. Einen Augenblick lang war nur der Hubschrauber zu hören, dann, als er leiser wurde, Bakers wütende Stimme:

»... und zurückziehen und den ganzen verfluchten Dschungel mit Napalm eindecken.«

Holly drückte sich gegen den Baumstamm und betete,

daß er ihr nicht näher kam. Nie wäre sie auf den Gedanken gekommen, daß sie die Absicht haben könnten, ihren Kindern tatsächlich Schaden zuzufügen. War er bewaffnet? Sie bemühte sich, einen besseren Blick auf Baker werfen zu können, als eine Bewegung hinter ihr ihre Aufmerksamkeit erregte.

Sie drehte sich um.

Emmas dunkle Augen starrten aus dem Dschungelschatten, und ihre Lippen verzogen sich zum Anflug eines Lächelns.

Daintith wurde von Kopf bis Fuß durchgeschüttelt, als sich der Cherokee seinen Weg über das unebene Gelände suchte. Er mußte die Beine fest unter der gegenüberliegenden Bank verklemmen, um auf seinem Sitz zu bleiben. Auf dem Boden neben ihm rutschte die Maschinenpistole, die er und Leigh vor wenigen Tagen an der Straße gefunden hatten, in ihrem grünen Leinenfutteral hin und her. Er tippte Paul Lennox auf die Schulter.

»Warum haben Sie das Gewehr mitgenommen?« Er mußte schreien, um sich über das Motorengeräusch hinweg verständlich zu machen. Lennox blickte ihn im Rückspiegel an. Seine Hände umkrallten das Lenkrad.

»Haben Sie Kaoys Gesichtsausdruck gesehen? Nachdem er seine kleine Rede beendet hatte? Mir hat das gar nicht gefallen.«

»Er hat Unterstützung angefordert«, sagte Daintith und betrachtete die Waffe nachdenklich. »Sie glauben doch nicht ...«

»He, Harold, eine Waffe bei sich zu haben heißt doch nicht, sie auch zu benutzen.«

Der Boden wurde ebener, irgend etwas schlug gegen die Unterseite des Cherokee, und eine Zeitlang kamen sie besser voran. Daintith wollte gerade etwas sagen, als Lennox aufschrie. Die Reifen trafen auf nasses Laub, und das Fahrzeug drehte sich um die eigene Achse. Einen Moment lang herrschte ein Zustand von Schwerelosigkeit, dann knallte es ohrenbetäubend. Glas splitterte.

Daintith rappelte sich mühsam vom Boden hoch. Der Cherokee saß unter dem umgestürzten Ketapangbaum fest.

»Netter Parkplatz«, sagte er.

Lennox stieß die eingedrückte Tür mit dem Fuß auf.

Adam McKinnon blinzelte in aufgewirbelten Sand und welke Blätter, als der Hubschrauber über dem Steilhang einschwebte. Ein Seil wurde herabgelassen, und sechs bewaffnete Soldaten glitten an ihm herunter. Es war ein Bild wie aus dem Lehrbuch. McKinnon stand neben dem Funkgerät und sah zu, wie einer nach dem anderen auf dem Boden auftraf. Ihr Anblick verursachte in ihm ein unbehagliches Gefühl. Fast sofort schoß der Hubschrauber in südöstlicher Richtung davon, nach Muaratebo. Als der Rotorenlärm abgeklungen war, kam einer der Soldaten auf McKinnon zu. Ein kräftig gebauter Mann mit pockennarbigem Gesicht.

»Lieutenant Sumendap. Achtzigste Luftwaffeneinheit«, sagte er und salutierte zackig. Dann sah er sich um. »Wo sind die Kinder?«

McKinnon blickte an ihm vorbei auf die anderen Soldaten, die ihre Tornister und Gewehre überprüften. Einer der Männer trug auf dem Rücken einen Kanister, der aussah wie eine Sauerstoffflasche, ein Verbindungskabel führte zu einem seltsam aussehenden Gewehr. Sie legten alle Atemschutzmasken an. Irgendwelche Isolierungstragen sah McKinnon nicht.

Es schien eine Ewigkeit zu dauern, bis sich Baker fortbewegte. Er ging rechts an ihnen vorbei und weiter hinunter zum Ufer des Hari. Holly betrachtete die Gesichter ihrer Kinder. Lucys Haare waren verfilzt und mit einem Stoffetzen zusammengebunden. Auf ihrer Stirn sah sie eine halb verheilte Wunde. Ihre Fingernägel waren schmutzverkrustet. Schließlich, als sie es nicht mehr ertragen konnte, stand Holly auf und breitete die Arme aus. Sie machte einen Schritt auf sie zu.

»Nicht näher kommen, Mommy.«

Emma sprach mit leiser Stimme und wich leicht zurück. Dann sagte Lucy einfach und sachlich: »Jeder, der uns berührt, stirbt.«

Es stimmte also. Holly wußte nicht, was sie sagen sollte. Sie stand da und starrte die beiden Mädchen an, die so aussahen, als hätten sie nichts auf der Welt nötiger als eine Umarmung. Das ist das Ende, dachte sie.

»Was ...« Einen Augenblick lang fehlten ihr die Worte, dann: »Was ist geschehen, Emma?«

Emma legte ihren Arm um Lucy und schüttelte leicht den Kopf.

»Wir möchten nicht darüber reden«, sagte sie.

Lucy fuhr sich mit ihrer schmutzigen Hand über die Augen, ihre Schultern bebten. Das war zuviel. Holly stürzte vorwärts und riß sie an sich. Sie begannen alle drei zu weinen, verzweifelte, fast hysterische Tränen. »Wirst du auch sterben, Mommy?« fragte Lucy schluchzend.

Holly drückte sie fest an sich, küßte ihr verfilztes Haar. Sie küßte Emmas verängstigtes Gesicht, küßte ihre Augen, ihre Nase, ihren Mund.

»Nein, Liebling. Nein, ich werde nicht sterben. Ich verlasse euch nicht. Wir bleiben zusammen.«

Sie waren nur noch Haut und Knochen. Holly hielt sie kurz von sich weg, mußte sie ansehen. Lucys dünne Schultern bohrten sich durch den Stoff, der von ihrem Kleid noch übrig war.

»Sie war krank«, beantwortete Emma die unausgesprochene Frage ihrer Mutter. »Sie hat die ganze Zeit gehustet. Jetzt ist es nicht mehr so schlimm. Aber sie kann nicht schnell laufen.«

»Es fängt da in meiner Brust an zu kitzeln«, sagte Lucy und zeigte ihr die Stelle. »Dann muß ich husten und husten und kann gar nicht mehr aufhören.«

Holly sah ihre Tochter an und versuchte, sich das ins Gedächtnis zu rufen, was sie gehört hatte. Aber das war nicht möglich. Sie sah nur, daß ihre Kinder halb verhungert waren, daß sie sie aufpäppeln mußte. Sie blickte zum Himmel hoch. In wenigen Stunden würde es dunkel sein.

»Er kommt zurück«, flüsterte Emma und deutete durch die Bäume zum Fluß hinunter.

»Sie sind bis an die Zähne bewaffnet, Carmen. Sie tragen Atemmasken, und einer der Burschen hatte etwas dabei, was verdammt nach einem Flammenwerfer aussah. Stank jedenfalls nach Kerosin. Ich fragte, wo denn die Zelttragen wären, aber sie haben mich ignoriert. Sie wollten nur wissen, wo die Kinder sind. Over.«

»Was habe Sie ihnen gesagt? Over.«

»Daß ich das nicht weiß. Aber ich glaube, er hat etwas geahnt. Ich meine den Anführer. Als sie eintrafen, habe ich unwillkürlich in die Richtung von Ahmads Schutzhütte geblickt. Das muß er mitbekommen haben. Vor fünf Minuten sind sie den Steilhang hinuntergelaufen, und ich hörte sie schreien. Ich glaube, sie haben die Fährte gefunden, die ich in die Bäume gekerbt habe. Over.«

»Okay, Adam. Das hört sich ...« Einen Moment wußte Carmen nicht, was sie sagen sollte. Sie konnte nicht glauben, daß Sutami Henker geschickt hatte. Sie holte tief Luft. »Ich möchte, daß Sie sich mit Sarandon in Verbindung setzen. Sagen Sie ihm, er soll Fort Detrick von den Vorgängen hier informieren. Sobald Lennox und Daintith auftauchen, schicken Sie sie sofort hier herunter. Wenn wir hier genügend Uniformen versammeln, überlegen sie es sich vielleicht noch einmal, ob sie wirklich grob werden sollen. Over und out.«

Es klang wie ein Husten. Baker erstarrte, lauschte und bemühte sich, das Insektenzirpen zu überhören. Dann wieder ein Husten, es hörte sich an wie ein Kind. Er drehte sich um, versuchte das Geräusch zu lokalisieren. Aus dem Augenwinkel sah er etwas Rosafarbenes aufblitzen. Das Husten hielt an, und dann sah er sie alle drei. Sie rannten von ihm fort, stolperten vorwärts, stießen gegen Büsche und Bäume.

»Mrs. Becker! Mrs. Becker! Sie dürfen nicht zu ...«

Sie waren nicht mehr zu sehen. Baker setzte sich in Bewegung, drückte das Walkie-talkie ans Ohr und schrie ins Mikrophon. Leigh meldete sich sofort.

»Ich habe sie gefunden«, schrie Baker. »Sie sind rund fünfzig Meter von mir entfernt und laufen in Ihre Richtung. Holly Becker ist bei ihnen. Over.«

»Was?« Leigh fluchte, und eine Sekunde lang dachte Baker, er hätte das Walkie-talkie von sich geschleudert, doch er war sofort wieder am Gerät. Jetzt schrie auch er. »Großer Gott. Haben Sie versucht, mit ihnen zu reden? Over.«

»Sie sind davongerannt, sobald ich den Mund aufmachte. Sie sind zu Tode verängstigt. Over.«

»Okay. Folgen Sie ihnen. Das eben war ein indonesischer Militärhubschrauber, also müssen wir sie hier in der Gegend halten, bis die Unterstützung da ist. Wie weit sind Sie von mir entfernt? Over.«

»Keine Ahnung, Sir. Bei all diesen Bäumen ... Ich könnte versuchen zu schreien, vielleicht würden Sie mich hören. Over.«

»Geben Sie einen Schuß ab. Den werde ich hören.«

Der Schuß ließ Lieutenant Sumendaps Kopf herumfahren. Einen Moment lang lauschte er angespannt. Unter der Maske hörte sich sein Atem hohl an. Der Knall kam von weiter vorn, vom Fluß. Er hatte nicht gewußt, daß sie bewaffnet waren. Er drehte sich zu den Männern um, die hinter ihm stehengeblieben waren. Auch sie hatten es gehört. Er hob die Hand und deutete in die Richtung des Schusses. Er wollte sich gerade weiter durchs Gebüsch bewegen, als plötzlich eine Frau vor ihm auftauchte und sich mit in die Hüften gestemmten Händen vor ihn stellte. Sie sah nicht aus wie eine Soldatin, aber auch nicht unbedingt wie eine Wissenschaftlerin. Sie salutierte und trat einen Schritt vor, um seine Hand zu schütteln.

»Lieutenant Colonel Carmen Travis, RIID-Expedition. Freut mich, Sie kennenzulernen, Sir.«

Verdutzt über die unerwartete Höflichkeit, ging Sumendap in Habachtstellung. Er schob die Maske hoch, salutierte und stellte sich vor.

»Darf ich fragen, weshalb Sie gekommen sind?«

Die Frau wirkte beunruhigt. Ihr Gesicht war schweißüberströmt.

»Das Hauptquartier Jambi wurde um Unterstützung gebeten.«

»Aber wir hatten um medizinische Unterstützung ersucht«, sagte Carmen und wußte nicht recht, was sie mit diesem Geplänkel eigentlich erreichen konnte – aber vielleicht gab es wenigstens Leigh genügend Zeit, zu den Kindern zu gelangen. »Ich sehe weder Ärzte noch Sanitäter und auch keine medizinische Ausrüstung.«

Sumendap lächelte. »Wir haben unsere Befehle, Colonel.«

»Was meinen Sie damit?«

»Wenden Sie sich an Jambi«, sagte der Mann und zog die Maske wieder herunter. Er drehte sich um und bedeutete seinen Männern, ihm zu folgen. Carmen vertrat ihm den Weg und konnte einen Moment lang das verzerrte Spiegelbild ihres Gesichts in seiner Schutzmaske sehen.

»Lieutenant Sumendap, wenn die amerikanischen Staatsbürger zu Schaden kommen, wird das ...« Weiter kam sie nicht. Der Soldat stieß sie so hart gegen die Brust, daß sie rückwärts ins Gebüsch stürzte. Dann waren sie fort. Sie rannte zur Schutzhütte, wo sie das Walkie-talkie zurückgelassen hatte. Sie wollte gerade Leigh rufen, als sich das Gerät unvermittelt selbst in Betrieb setzte.

»Carmen? Hier Leigh. Hören Sie mich? Over.«

»Sprechen Sie, Mark. Over.«

»Baker hat sie unten am Fluß entdeckt, aber sie sind davongerannt. Er bleibt ihnen auf den Fersen. Holly Bekker ist bei ihnen. Er treibt sie in meine Richtung, und wenn ich mich nicht in den Entfernungen täusche, müßten sie in wenigen Minuten hier auftauchen. Wie soll ich mich verhalten? Over.«

»Mark, die Armee ist gerade hier gewesen. Diese Kerle sind gekommen, um die Kinder zu töten. Ich versuchte sie zu stoppen, aber sie haben mich im wahrsten Sinne des Wortes beiseite gestoßen. Ich glaube, wenn Sie sich ihnen entgegenstellen, werden sie Sie glatt über den Haufen schießen. Das ist die Situation. Over.«

»Was? Machen sie etwa ... Diese verfluchten, unmenschlichen ... Moment. Ich höre sie kommen. Allmächtiger, eins der Kinder hustet sich ja die Seele aus dem Leib. Hören Sie, Carmen. Es scheint uns keine andere Wahl zu bleiben, als uns zwischen die Kinder und die Soldaten zu stellen. Wenn wir den Einsatz erhöhen, ziehen sie sich vielleicht zurück. Over und out.«

Carmen starrte das Walkie-talkie an und blinzelte sich den Schweiß aus den Augen. Sie waren hilflos. Leigh würde sich ihnen in den Weg stellen. Aber wenn er das Gewehr hob, würden sie ihn erschießen. Sie rief McKinnon.

»Schon was von Lennox gehört? Over.«

»Nichts. Ich habe mit Sarandon gesprochen. Er setzte das X-Sat in Betrieb. Haben Sie schon etwas von unserer Unterstützung gesehen? Over.«

»Sie haben sich ihren Durchmarsch zu den Kindern erzwungen. Das ist für unseren Bericht, McKinnon. Sie haben Gewalt angewendet. Ich glaube, mit den Kindern haben sie Schlimmeres vor. Major Leigh will versuchen, sie aufzuhalten. Ich gehe ihnen jetzt auch nach.«

Holly sah Leigh erst in letzter Minute. Sie kamen aus einem Bambusgestrüpp, und da stand er, keine sechs Meter entfernt, direkt in ihrem Weg und unter einem leuchtendroten Helikonierfalter, der von einem Ast herabschwebte wie ein Lüster. Sie blieb stehen und legte die Arme schützend um ihre Kinder. Lucy begann wieder krampfhaft zu husten, rang nach Luft und sank in die Knie. Den Blick auf Leigh gerichtet, hob Holly sie hoch und nahm sie auf den Arm. Noch vor einem Monat wäre sie zu schwer gewesen. Jetzt war sie leicht wie ein Vogel. Emma drängte sich wimmernd an ihre Mutter.

»Holly, wir werden ihnen nichts tun.«

Leigh machte einen Schritt vorwärts, aber Holly sah, daß er nicht nach ihnen greifen würde. Er hatte Angst. Angst vor dem Virus.

»Und warum haben Sie dann auf uns geschossen?«

Leigh schüttelte den Kopf.

»Das war Baker. Er hat in die Luft geschossen, damit ich wußte, wo er sich befand.«

»Er sagte, er wolle den Dschungel mit Napalm vernichten.«

Leigh trat einen weiteren Schritt vor, noch immer den Kopf schüttelnd, noch immer alles ableugnend.

»Holly, davon weiß ich nichts. Holly, hören Sie mir zu.«

Lucy wand sich in Hollys Arm, hustete wieder, holte keuchend Luft. Holly drückte sie fester an sich, flüsterte ihr beruhigend zu.

»Es ist ja gut, Schätzchen, du mußt versuchen, ruhiger zu atmen ... ganz ruhig. Niemand wird dir etwas tun.«

Emma drängte sich an sie und verbarg ihr Gesicht. Plötzlich tauchte Baker aus dem Gebüsch rechts von ihnen auf. Mit verschreckten Augen blieb er einen guten Meter vor ihr stehen, umklammerte sein Gewehr.

»Sie hat das Virus, Baker. Meine kleine Tochter hustet, und die ganze Luft ist voll davon. Wenn Sie sterben wollen, brauchen Sie nur näher zu kommen.«

Baker sah zu Leigh hinüber und bewegte sich dann im großen Bogen um Holly und die Kinder herum auf ihn zu. Leigh konnte die Augen nicht von der Frau und ihren beiden Kindern losreißen. Es war das Traurigste, was er je gesehen hatte und je sehen würde.

»Um Himmels willen, Holly, wir wollen doch nur helfen«, sagte er. Lucy atmete jetzt ein wenig leichter. Aufstöhnend verbarg sie das Gesicht an Hollys Hals. »Haben Sie den Hubschrauber vorhin gehört? Das war die indonesische Armee. Sie haben eine Einheit geschickt, um die Kinder zu töten.«

»Was?« Baker legte neue Patronen in das Gewehr ein und blickte sich sichernd um – bereit für die neue Bedrohung.

»So ist es. Schätze, sie haben beschlossen, der Sache endlich ein Ende zu bereiten.«

»Sie lügen«, sagte Holly. »Das ist ein Trick. Sie wollen nur, daß wir mit Ihnen gehen, damit Sie meine Kinder in ein indonesisches Flüchtlingslager stecken können.«

»Holly, Carmen hat gerade über Funk mit mir gesprochen. Als sie die Männer aufhalten wollte, wurde sie aus dem Weg gestoßen.«

»Lügner! Wenn die Soldaten hier sind ...«

Sie brach ab und sah verblüfft zu, wie Leigh unter einem Hagel von Splittern zu Boden ging. Gleichzeitig ratterte Maschinengewehrfeuer los. Mit Lucy in den Armen ließ sich Holly fallen und riß Emma mit sich zu Boden. Baker schrie etwas, schrie gegen das Getöse der MG an und verstummte. Holly sah, daß er sich steil aufrichtete, wie von einer Schnur hochgezerrt. Er hielt sein Gewehr vor sich, als wollte er zurückfeuern. Plötzlich war es vollkommen ruhig. Selbst die Insekten waren verstummt. Baker wollte etwas sagen, bewegte die Lippen, aber kein Ton kam heraus. Dann sah Holly das Blut in seinem Haar. Es begann ihm über die Stirn zu rinnen, dann zu strömen, über das verblüffte Gesicht, auf die nackten, zitternden Arme. Er stürzte vornüber.

McKinnon rannte auf den Rand des Steilhangs zu. Den kurzen Feuerstößen war totale Stille gefolgt. Der Dschungel wirkte unverändert, sein grüner Laubbaldachin unberührt. Ein einsamer Reiher flog dicht über die Baumkronen und ging tief in die Kurve, als würde er in Wasser eintauchen. McKinnon starrte eine Sekunde lang ins Leere, wußte nicht, was er tun sollte. Dann ging er zum Funkgerät zurück. Er mußte Sarandon rufen, ihm mitteilen, was vor sich ging.

»Mac!«

McKinnon blickte hoch. Daintith und Lennox taumelten ins Camp, Lennox mit einem Schnellfeuergewehr. McKinnon drückte Lennox eine Wasserflasche in die Hand, und kurze Zeit sprach keiner der beiden Männer ein Wort. Sie ließen sich nur das warme Wasser in die Kehle rinnen und versuchten, wieder zu Atem zu kommen.

»Wir müssen da hinunter«, sagte McKinnon und blickte in die Richtung, aus der er die Schüsse gehört hatte. »Wir müssen zu den Kindern.«

»Was liegt an?«

»Die Indonesier haben militärische Unterstützung geschickt. Aber sie sind nicht gekommen, um zu helfen. Es ist ein verdammtes Tötungskommando.«

Lennox griff zum Gewehr.

»Mist. Ich wußte es. Dann waren sie es, die geschossen haben?«

»Nun, wir haben schließlich keine automatischen Waffen.«

»Jetzt schon«, erwiderte Lennox und schlug mit der flachen Hand auf den Lauf der Maschinenpistole.

McKinnon blickte in Lennox' schweißnasses Gesicht, und zum erstenmal empfand er wirkliche Angst. Er hatte das Gefühl, einen Mann anzusehen, der drauf und dran war, erschossen zu werden.

»Immer mit der Ruhe, Mann. Sie waren wohl zu lange im Dschungel. Auf gar keinen Fall werden wir das Ding da mit hinunternehmen. Colonel Travis erwartet von uns eine Beruhigung der Lage. Sie hofft, daß sie nicht auf den Abzug drücken, wenn wir zusehen. Aber wenn Sie auftreten wie Rambo, könnten sie vielleicht doch abdrükken.«

»Hört sich ganz so an, als hätten sie das bereits getan«, sagte Daintith.

»Kommen Sie nun oder nicht?« fragte Lennox erregt.

Sie stürmten bereits los, ohne überhaupt zu wissen, wo der Pfad begann. McKinnon wollte ausspucken, merkte aber, daß sein Mund ganz trocken war. Er lief ihnen nach und zeigte auf eine Öffnung im Gebüsch, wo seine Fährte einsetzte.

Bakers Augen unter den reglosen Lidern blickten starr. Leigh wollte das Blut von seinem Gesicht wischen, aber es war bereits geronnen. Er löste Bakers noch warme Finger von der Jagdflinte und holte die restliche Munition aus der Brusttasche. Es waren vier Patronen, dazu die eine im Gewehrlauf. Leigh spähte konzentriert nach vorn in den Dschungel und robbte in die Deckung eines kleinen Baumes. Er vermutete, daß die Soldaten weitergezogen waren, als sie Holly Becker davonrennen sahen. Er lauschte noch einen Moment länger. Dann warf er einen letzten Blick auf Bakers Leichnam und kroch in das Gewirr aus Lianen und Zweigen, in dem Holly Becker und ihre Kinder verschwunden waren.

Fast sofort fiel der Boden nach links steil ab, und Leigh fand sich bis zu den Ellbogen in welkem Laub wieder. Unter den Blättern fühlte er faulig riechenden Mulch, und er vermutete, daß er in einem durch das Laub erstickten Wasserlauf gelandet war. Er kroch noch rund zwanzig Meter weiter, bis er aufzustehen wagte. Selbst für Dschungelbedingungen war das Bachbett erdrückend heiß. Sein Kopf fühlte sich an, als würde er gekocht werden. Wenn Holly und die Kinder in dem Wasserlauf geblieben waren, würde er sie direkt zum Steilhang zurückführen.

Zunächst hielt er es für Insektengeräusche. Aber als er stehenblieb, bis zu den Knöcheln im Laub, hörte er ein Husten. Es war das Mädchen, Lucy. Sie konnten nur wenige Meter vor ihm sein. Er stellte sich vor, wie die Mutter verzweifelt bemüht war, den Husten des Mädchens zu stillen, wohl wissend, daß er die Soldaten auf sie aufmerksam machen mußte. Er lauschte. Das Husten war verstummt. Jetzt hörte er nur noch das Surren und Zirpen der Insekten. Und dann etwas anderes. Rechts von ihm. Er ging in die Hocke. Sein Herz begann heftig zu klopfen.

Sie hatten ihn nicht gesehen. Es waren zwei, und beide trugen Maschinenpistolen. Vor den getarnten Waffen sahen ihre verschwitzten Arme und Schultern aus wie polierte Bronze, und ihre Köpfe waren von Zweigen verdeckt. Sie bewegten sich in gebückter Haltung vorwärts und beschleunigten ihr Tempo. Es machte ihnen nichts mehr aus, gehört zu werden – jetzt, da sie ihr Ziel vor sich sahen, die Entfernung abschätzten und nur noch zu feuern brauchten. Leigh hob das Gewehr und nahm den vorderen Mann ins Visier, zielte auf die Achselhöhle. Er drückte ab.

Plötzlich schwirrten Geschosse durch die Luft, wirbelten Blätter und Schlamm hoch. Ein Ast zerplatzte wie ein

Knallbonbon und ließ gelbe Holzspäne niederrieseln. Leigh warf sich zu Boden.

»Rennen Sie, Holly! Los!«

Er rollte sich auf die Seite und zwang seine flatternden Finger dazu, eine weitere Patrone in den Lauf zu schieben.

»Laufen Sie zurück, nach oben!«

Ein neuer Feuerstoß. Über seinem Kopf verwandelten sich Blätter in grünes Konfetti und erfüllten die Luft mit durchdringendem Geruch. Leigh versuchte zu denken. Sie waren rechts von ihm, pirschten sich vermutlich an ihn heran, warteten auf die Gelegenheit zum sicheren Treffer. Vielleicht hatte er sie mit seinem Schuß auf sich aufmerksam gemacht. Es war nur ein Frage der Zeit, bis sie begriffen, daß er eine Einzelschußwaffe besaß. Und dann würden sie aufhören, so respektvoll mit ihm umzugehen.

Er robbte hastig weiter, stieß sich mit Ellbogen und Knien ab. Wieder entleerten sie ihre Magazine in das Laubwerk über seinem Kopf, und es kam Leigh so vor, als hofften sie auf Zufallstreffer. Mit absurder Häme erkannte er, daß sie das Terrain nicht optimal erkundet hatten. Um ihn erledigen zu können, mußten sie erst einmal das Bachbett finden.

Bei der ersten Salve ließ sich Daintith fallen und riß Lennox mit sich. Es hatte sehr nahe geklungen. Aber als er hörte, wie Leigh Hollys Namen rief, erkannte er, daß sie mindestens fünfzig Meter von der Stelle entfernt waren, an der geschossen worden war. Er rappelte sich hoch.

»Ich bin ausgerutscht«, sagte er.

Hinter ihnen meldete sich McKinnon. »Das klang nach Major Leighs Stimme. Offenbar will er sie dazu bringen, ihre Munition zu verschwenden«, sagte er und kam auf sie zu. »Haben Sie gehört? Er hat einen Schuß mit der Jagdflinte abgefeuert, bevor die Kalaschnikows antworteten.« Er blickte auf Lennox' Waffe. »Funktioniert das Ding da?«

»Ich nehme es an.«

»Feuern Sie eine Runde ab.«

»Was?«

»Feuern Sie eine Runde ab. Bringen Sie diese Kerle ins Stutzen.«

Lennox blickte sich um.

»Wohin?«

»In die Luft!«

Lennox kniff die Augen zu und zog durch. Ohrenbetäubendes Krachen erfüllte die Luft. McKinnon legte ihm die Hand auf den Arm.

»Okay, okay. Das verdammte Ding hat nur dreißig Schuß. Mal sehen, was jetzt passiert.«

Stille, eine angespannte Stille, als hätte sich der Dschungel auf die Zehenspitzen gereckt. Sie machten sich plötzlich bewußt, daß alle Soldaten da draußen jetzt in ihre Richtung blickten. Ein einzelner Gewehrschuß durchschnitt das Schweigen, gefolgt von weiteren Feuerstößen aus den Kalaschnikows.

»Wir sollten uns auf die Socken machen«, sagte McKinnon und setzte sich vor ihnen in Bewegung. »Keine Lust, ihnen als Schießscheibe zu dienen.«

Sie kamen zu einer Hangstelle, die so abschüssig war, daß sie die verflochtenen Baumwurzeln als Stufen nutzen mußten. Einer nach dem anderen kletterte abwärts. Am Fuß des Hangs führte die Fährte weiter nach links und ins Dickicht. McKinnon kroch unter den Zweigen eines Gebüschs hindurch und starrte verdutzt in Carmens Augen. Sie trug das zweite Jagdgewehr und legte den Finger an die Lippen. Als sie Lennox mit der Maschinenpistole erblickte, nickte sie grimmig.

Holly schob die Kinder vor sich her und rannte gebückt im Schutz dichter Äste und Zweige weiter. »Laufen Sie zurück, nach oben«, hatte Leigh gerufen. Damit mußte er das Außenlager gemeint haben. Vor ihnen schien der Pfad anzusteigen. Plötzlich versagten Lucy die Beine, sie fiel hinüber und holte keuchend Luft. In panischer Angst kniete Holly sich neben ihre Tochter und schüttelte sie leicht. Lucy sah so totenblaß aus, als könnte sie jeden Moment ohnmächtig werden.

»Komm weiter, Lucy. Komm hoch, Schätzchen. Wir dürfen keine Zeit verlieren.«

Emma legte ihrer Mutter eine Hand auf den Arm.

»Laß ihr eine Minute Zeit. In diesem Zustand ist es das einzige, was hilft.«

Holly zwang sich zur Geduld. Um sie herum schien der Dschungel voller verstohlener Geräusche zu sein, schleichender Schritte, geflüsterter Worte. Die Strähnen ihres schweißnassen Haars erzitterten im Rhythmus ihres wild klopfenden Herzens. Sie sah, daß Lucy sich langsam erholte. Wieder mußte sie husten und begann vor Anstrengung zu weinen. Aber sie mußten weiter, es war ihre einzige Chance.

»Lucy, komm weiter, Schätzchen. Du mußt es versuchen.«

Hinter ihnen bewegte sich etwas. Emma und Holly drehten sich um.

Es war Leigh, etwa zehn Meter von ihnen entfernt. Beide sahen zur selben Zeit, wie er sich Zentimeter für Zentimeter auf dem Bauch kriechend vorwärts schob, die hellen Augen fest auf sie gerichtet. Die Luft schien dicker zu werden, die Zeit stillzustehen. Holly sah, wie der maskierte Soldat, der hinter Leigh im Bachbett auftauchte, Ewigkeiten zum Näherkommen brauchte. Zunächst bemerkte er sie nicht, hatte den Blick dem Fluß zugewandt, und Holly sah den Kanister auf seinem Rükken. Dann ließ Lucys Husten seinen Kopf herumfahren, und sie blickte in seine Augen hinter dem Visier der Gasmaske. Im selben Moment und mit der gleichen Langsamkeit rollte sich Leigh herum, schoß, traf den Soldaten und hinterließ ein kleines schwarzes Loch in seiner Brust. Sein Kopf neigte sich seitwärts, und der Lauf seiner Waffe beschrieb eine kleine Ellipse, als er versuchte, auf Leigh zu zielen, der wild strampelnd und immer wieder wegrutschend auf die Füße kam. Mit den Armen fuchtelnd und schreiend kam er auf sie zu.

»Weg hier, Holly, weg! Um Himmels willen, rennen Sie doch!«

Die Hitze überfiel sie, als hätte sich plötzlich die Tür eines Hochofens geöffnet. Über ihnen standen die Äste in Flammen, und auch die Erde brannte. Schreiend riß Holly Lucy hoch und rannte los, die andere Faust in Emmas Kleid gekrallt. Hinter sich hörte sie Leighs erstickenden Aufschrei, hörte seine schweren, unsicheren Schritte und den dumpfen Aufschlag, als er zu Boden ging. Schreiend rannte sie weiter – überzeugt davon, daß sie als nächste brennen würden.

Lennox sah den Feuerball und hörte Hollys Schreie – nicht mehr als zwanzig Meter rechts von ihnen. Laut rufend stürzte er sich ins Gebüsch, schoß mit der Kalaschnikow in die Luft, strauchelte, stolperte, rutschte aus und landete in dem ausgetrockneten Wasserlauf. Bevor er sich wieder hochrappeln konnte, kletterte McKinnon über ihn hinweg und rannte auf Leigh zu, der noch immer brannte und sich schreiend am Boden wälzte. Mit einem Satz warf sich McKinnon auf ihn und schlug die Flammen mit seinen nackten Händen aus.

Lennox kämpfte sich auf die Füße und blickte den Hang hinauf.

»Holly!«

Aber sie hörte ihn nicht. Sie hastete weiter und schob Emma vor sich her. Lennox begann zu rennen.

»Holly!«

Jetzt hatte sie ihn gehört. Sie blieb stehen und wandte sich um. Doch statt Erleichterung sah er Entsetzen in ihren Augen. Er drehte sich um. Hinter McKinnon rannten vier maskierte Männer durch die Bachrinne. Sie warfen sich hinter den toten Soldaten und hoben ihre Waffen.

»Hinlegen!« schrie Lennox, und als die Soldaten zielten, eröffnete er selbst das Feuer, die rüttelnde Kalaschnikow fest gegen seine Rippen gepreßt. Kugeln schlugen in den Boden, trafen seine Beine, warfen ihn nach hinten, aber er schoß weiter und sah, wie seine eigenen Kugeln das Bachbett aufrissen, den Körper des toten Soldaten, ihn in Beine und Rücken trafen. Dann hörte er ein hartes metallisches Klacken, und plötzlich war die Luft eine zischende, lodernde Feuerwolke, die ihn blendete und rückwärts auf den Boden schleuderte.

Flackernde, knisternde Stille und der Geruch nach Benzin. Lennox öffnete die Augen und blickte zum Himmel hoch, aus dem brennende Blätter und Zweige regneten. In Nase und Mund saß ihm Benzingestank. Er versuchte aufzustehen, aber seine Beine wollten sich nicht bewegen.

Carmen stolperte über den schlammigen Erdwall ins Bachbett, hinter ihr Daintith. Als erstes sah sie die verrenkten, brennenden Körper der indonesischen Soldaten. Lennox hatte den Tank des Flammenwerfers getroffen.

»Sehen Sie nach McKinnon und Leigh«, sagte sie und hastete auf Lennox zu, der kurz davor war, das Bewußtsein zu verlieren. Aus zwei Wunden unter seinem rechten Knie strömte Blut. Carmen zerfetzte sein Hosenbein und riß Stoffstreifen für einen Preßverband ab. Plötzlich sah er sie an, seine Finger griffen nach ihrer Hand.

»Ich bin okay«, sagte er. »Kümmern Sie sich um Holly und die Kinder.«

Carmen drehte sich suchend um. Daintith lief an ihr vorbei.

»Vorsicht, Harold. Vergessen Sie nicht, daß die Kinder gefährlich sind.«

Daintith kam zu dem Bündel von Körpern, blickte auf sie hinab und zögerte, sie zu berühren. Holly Becker lag auf dem Rücken, das Gesicht von frischen Blutspritzern gesprenkelt. Sie hatte Lucy fest an sich gezogen, um sie vor den Kugeln zu schützen, wahrscheinlich, nachdem Lucy getroffen worden war. An der linken Schulter war eine Einschußwunde zu sehen, die einzige Verletzung, die Daintith an ihnen entdecken konnte. Emma lag mit dem Gesicht nach unten ein paar Schritte weiter hangaufwärts.

Carmen kam zu Daintith und stellte sich neben ihn.

»Sie leben«, sagte er.

10

PROVINZ JAMBI, 4. SEPTEMBER

Carmen hatte keinen Befehl dazu erteilt, aber dennoch erschien das gesamte Team, als der Sarg in die Chinook verladen wurde – alle, bis auf Lennox und Leigh, die noch immer zu schwer verletzt waren, um das Feldlazarett verlassen zu können. Der Wind hatte aufgefrischt, und Regentropfen fielen auf das Rollfeld, als sie sich an der Rampe aufreihten und zusahen, wie der Militärlastwagen sich langsam vom Frachthangar aus näherte. Niemand sprach ein Wort, das Kreischen der riesigen Flugzeugturbinen verschleierte ihr hilfloses Schweigen.

Die Nachricht von Corporal Edward Bakers Tod war seinen nächsten Angehörigen bereits von General Bailey mitgeteilt worden, aber als kommandierendem Offizier der Expedition kam es Carmen zu, das persönliche Kondolenzschreiben zu verfassen. Es war etwas, was sie noch nie getan hatte, und sie fürchtete sich davor. Sie wollte etwas aufrichtig Empfundenes, Tröstendes schreiben, nicht nur die abgegriffenen Beileidsfloskeln, die einem so leicht auf die Lippen kamen. Aber es war nicht einfach, die passenden Worte zu finden. Erst Bakers Tod hatte ihr deutlich gemacht, wie wenig sie von ihm wußte. Er hatte in Memphis eine Frau, die Kristie hieß. Das war aber auch schon alles. Carmen stellte sich eine kleine Einfahrt vor, ein frisch gemähtes Rasenrechteck, ein adrettes Vorstadthaus, nicht viel anders als ihr eigenes, und dann das Telefon, das klingelte und klingelte, bis Mrs. Baker den Hörer abnahm. Sie stellte sich die höfliche Stimme des Fremden am anderen Ende der Leitung vor, des Fremden aus Fort Detrick.

Carmen sah in die Gesichter ihrer Männer. Ihre Mienen waren ernst, besorgt. Seit sie den Dschungel hinter sich gelassen hatten, waren sie gedrückter Stimmung. Ihre Erleichterung, mit dem Leben davongekommen zu sein, wurde von einem Gefühl der Sinnlosigkeit überlagert, sogar von Verrat. Baker war tot. Ebenso wie sechs indonesische Soldaten. Major Leighs Brandverletzungen – vor allem an seinem rechten Arm, seiner rechten Hand – würden ihn für immer entstellen. Und dennoch wußte niemand so recht, warum und wofür. Noch immer gab es zu viele Fragen, die sie im Interesse der nationalen Sicherheit nicht einmal stellen durften. Carmen war verpflichtet gewesen, alle daran zu erinnern, daß alle Aspekte der RIID-Arbeit auf Sumatra Verschlußsache waren. In achtundvierzig Stunden würden sie nach – offiziell – erfolglos beendeter Mission nach Hause fliegen. Was als offene und ehrliche wissenschaftliche Forschungsarbeit begonnen hatte, endete mit Geheimnissen und Lügen. In dieser Hinsicht spiegelte die Mission durchaus die Geschichte des Muaratebo-Virus wider.

Major McKinnon salutierte, und der Sarg wurde in den Frachtraum des Flugzeugs gehoben. Wenige Minuten später sah Carmen zu, wie es langsam zu den grauen Wolken aufstieg.

Als sie sich zum Feldlazarett umwandte, das im Haupthangar am Rand des Flugplatzes untergebracht war, sah Carmen, daß Lieutnant General Iskandar mit einem seiner Adjutanten auf sie zueilte. Als Sutamis Nachfolger hatte Iskandar das Kommando über die Militäroperationen auf Sumatra übernommen. Er war mindestens zehn Jahre älter als Sutami, mit silbergrauem Haar und großen braunen Augen, die ihm etwas Feminines gaben. Auch wenn einige Fragen ungelöst waren, hatte seine Ankunft mit einer Vorhut der Präsidentengarde den Amerikanern vermutlich das Leben gerettet. Entsetzt über Sutamis Aktionen am 30. August hatte er Rettungsteams an den Ort des Feuergefechts geschickt. Auf seine Anweisung hin kümmerten sich indonesische Armeeärzte in Überdruckanzügen dann unverzüglich in dem hastig eingerichteten Feldlazarett um die Verwundeten. Trotz ihrer emotionalen und körperlichen Erschöpfung hatte Carmen darauf bestanden, bei den Operationen dabeizusein, die für die Ärzte ebenso riskant waren wie für die Patienten. Glücklicherweise gab es keinerlei Zwischenfälle, die Ärzte der Präsidentengarde waren die besten der indonesischen Armee.

Seither lagen Paul Lennox, Mark Leigh, Holly Becker und ihre Töchter auf einer Isolierstation und wurden von Krankenschwestern in Tyvek-Anzügen und Atemschutzmasken betreut. Fünf Tage waren vergangen, aber keiner von ihnen zeigte bisher irgendwelche Symptome der Epidemie. In Lucys Blut war das Muaratebo-Virus in Quantitäten gefunden worden, die der ersten Phase des Infektionszyklus entsprachen, aber das stimmte nicht mit ihren Schilderungen darüber überein, was sich nach ihrem Verlassen des Rafflesia Camp am 24. Juli ereignet hatte. Lucy und Emma zufolge trug Lucy das Virus seit sechs Wochen in sich.

Carmen hatte mit den beiden Mädchen ausführlich gesprochen: erst mit Emma und dann, als sie sich ein wenig erholt hatte, auch mit Lucy selbst. Es war nicht leicht gewesen. Eindeutig verstanden beide noch immer nicht ganz, was mit ihnen geschehen war. Sie schienen auch nicht zu begreifen, warum die seltsame Frau in der Soldatenuniform so viele Fragen stellte. Sie reagierten nervös, widerwillig, mitunter fast abwesend. Aber mit äußerster Geduld und immer wieder nachfragend, war Carmen darum bemüht, sich ein Bild davon zu verschaffen, was sich vor ihrer Entdeckung in der Nähe von Ahmads Schutzhütte ereignet hatte.

Sie hatten das Camp verlassen, nachdem ihr Vater losgefahren war, um Hilfe zu holen. Er sei sehr krank gewesen, sagte Emma, und wie Lucy habe er ständig gehustet; die Adern in seinen Augen seien blutrot gewesen. Sie hätten ihm von der Veranda aus nachgesehen und beobachtet, wie er mit dem Auto gegen den Zaun prallte. Dann stieg er aus, lief, ohne sich noch einmal umzusehen, in den Dschungel und ließ die Kinder bei »den anderen« zurück, wie sie sagte. Als Carmen Emma nach diesen Leuten fragte, wurde das Mädchen sehr still, begann vor sich hin zu summen und schaukelte auf seinem Stuhl hin und her. Es brach Carmen fast das Herz, beobachten zu müssen, wie in den Augen des Kindes die Erinnerung an diese schrecklichen Erlebnisse auftauchte. Es war nahezu unglaublich, daß diese unschuldigen, schönen Augen – dunkel wie die ihrer Mutter und umgeben von dichten Wimpern – soviel Qual und Leid gesehen hatten. Doch trotz Emmas offensichtlicher Erschütterung blieben ihre Augen trocken. »Du kannst ruhig weinen«, sagte Carmen in der Hoffnung, daß das dem Mädchen vielleicht Erleichterung bringen würde. Aber Emma blickte sie nur kurz an und sagte: »Das habe ich schon getan.«

Diese Momente überwältigender Erinnerungen, in denen Emma nur summen, nur auf ihrem Stuhl hin und her schaukeln konnte, als wolle sie ihr Gedächtnis in den Schlaf wiegen, gab es immer wieder, während sich Carmen mit behutsamen Fragen weiter vorantastete. Lucy – noch immer krank im Bett – starrte wiederum in solchen

Pausen nur mit in die Bettdecke gekrampften Fingern stumm an die Decke. Aber irgendwie erfuhr Carmen dann doch, daß die Mädchen nach dem Aufbruch von Dr. Rhodes – vermutlich bereits von Sinnen, weil das Virus in sein Gehirn vorgedrungen war – ebenfalls das Camp verlassen hatten und zum Hari River gelaufen waren, wo Rhodes ein paar Boote liegen hatte. Die beiden waren ungefähr einen Tag lang den Fluß hinuntergepaddelt und dann zufällig auf Ahmads Unterstand gestoßen. Die Rufe der Affen hatten ihre Aufmerksamkeit erregt, besonders das Geschrei eines Tieres, das Emma als »unheimlich« beschrieb. Carmen nahm an, daß es sich um einen Gibbon gehandelt hatte. Nach einer schlaflosen Nacht am Fluß, in der Lucy von schrecklichem Husten gequält wurde, verspürten sie bohrenden Hunger. Er machte sie mutig. In Ahmads Lager fanden sie Konservendosen, Früchte, Wasserflaschen und – natürlich – die Affen in ihren Käfigen. Lucy erinnerte sich daran, wie traurig sie aussahen. Am liebsten hätte sie alle freigelassen, aber nur einer sei dreist genug gewesen, an ihr vorbei in den Dschungel zu rennen. Dabei hätte er sie gebissen. Sorgfältig notierte Carmen sich Orte und Zeiten. Sie glaubte jetzt zu wissen, wie der Schweinsaffe, der dann Peter Jarvis infiziert hatte, mit dem Virus in Berührung gekommen war.

Ahmad hatte sie dabei ertappt, wie sie seine mühsam gefangenen Tiere wieder in die Freiheit entlassen wollten. Emma zufolge war der Affenjäger sehr wütend geworden, hatte dann aber mit wilden, kaum verständlichen Gesten versichert, ihnen nichts tun zu wollen, und ihnen aus seinen Vorräten etwas zu essen gegeben. Er habe sich besorgt über Lucys krampfhafte Hustenanfälle gezeigt und sie an sich gedrückt wie sein eigenes Kind.

Danach kam es wieder zu einer von Emmas beredten Pausen. Carmen fragte, ob Ahmad noch etwas anderes getan, ob er auch Emma an sich gedrückt habe. Emma schüttelte den Kopf und blickte zu Boden. Carmen nahm an, daß die Fragen eines Menschen, der in diesen Dingen erfahrener war als sie, weitere Qualen enthüllen würde. Doch dazu war jetzt keine Zeit, und Carmen erkannte, daß weiteres Nachbohren von ihr mehr schaden als nutzen konnte. Für den Moment blieben die düsteren Ecken von Emmas und Lucys Erinnerungen besser unausgeleuchtet.

Was für zweifelhafte, unverständliche Dinge bei Ahmad auch geschehen sein mochten, die Mädchen waren offenbar froh, jemanden gefunden zu haben, der sich um sie kümmerte. Er war häßlich, roch unangenehm, er wollte sie an sich ziehen, aber er war immerhin ein Erwachsener. Und er hatte keine Angst vor dem Dschungel. Sie fuhren mit ihm und seinen possierlichen, traurigen Affen den Fluß hinunter. Ahmad ließ abwechselnd Emma und Lucy steuern, und als der launische Außenbordmotor streikte, zeigte er ihnen auch, wie man ihn wieder in Gang brachte. Eine so lange Zeit relativ engen Kontakts hätte bei Lucys ständigem Husten mehr als ausgereicht, um Ahmad zu infizieren.

Was während ihres Aufenthalts bei Madam Kim geschehen war, blieb das größte Geheimnis. Keines der Mädchen wollte darüber sprechen, was Carmens schlimmste Befürchtungen über Habibies Geschichte zu bestätigen schien. Durch geduldiges Fragen, immer wieder ihren Mut lobend, erfuhr Carmen schließlich, daß sie eine Weile dort gefangengehalten worden waren, um dann mit der Hilfe eines der Mädchen zu entkommen, die für Madam Kim arbeiteten. Das Mädchen, selbst krank und hustend, hatte sie mitten in der Nacht auf einer Straße außerhalb der Stadt zurückgelassen. Hungrig und verängstigt – Lucys Zustand hatte sich noch verschlimmert – waren sie zum Flußufer zurückgegangen, wo Ahmad sein Boot festgemacht hatte.

Auf Emmas Vorschlag hin beschlossen sie, flußaufwärts zu fahren und zu versuchen, Ahmads Hütte wiederzufinden. Das verwunderte Carmen. Sie verstand, daß die Mädchen das Boot genommen hatten, aber warum waren sie den Fluß nicht weiter hinuntergefahren, warum zurück in das Zentrum des Grauens? »Ich wußte, wo die Hütte zu finden war«, erwiderte Emma einfach. »Dort gab es zu essen. Dort war niemand, der uns weh tun konnte.« Carmen fragte, ob man ihnen denn bei Madam Kim weh getan habe. Emma senkte den Kopf.

Was folgte, war einfach genug, wenn auch in gewisser Hinsicht am schwersten zu begreifen. Emma hatte Ahmads Hütte ohne viel Mühe gefunden, und sie waren dreieinhalb Wochen lang dort geblieben und hatten sich von Ahmads Vorräten und Früchten ernährt, darunter auch Lucys Lieblingsobst, der übelriechenden Durian. Beide Mädchen äußerten sich so ruhig und sachlich über diese Zeit, als wäre es nicht mehr als ein Abenteuer gewesen. Carmen versuchte sich vorzustellen, was sie empfunden haben mußten, als sie in Ahmads Behausung saßen, mit keiner Ablenkung, nur mit der Erinnerung an den Tod ihres Vaters, der anderen Bewohner des Camps, der Menschen in Muaratebo. Sie sah sie vor sich: durch das Leiden und Sterben, das sie gesehen hatten, wie betäubt, in sich verkrochen wie Tiere im Winterschlaf, bis die Stimme ihrer Mutter, verzweifelt und doch voller Hoffnung, sie dazu brachte, wieder ins Leben zu treten.

Die Widerstandskraft der Mädchen angesichts des erlebten Grauens war etwas, was Carmen fast unglaublich fand. Sie waren nicht unversehrt geblieben, und nur die Zeit konnte zeigen, wie tief ihre psychischen Verletzungen tatsächlich waren, dennoch kämpften sie um ihr Überleben, aßen, sprachen und schliefen regelmäßig. Die Anwesenheit ihrer Mutter ist das Entscheidende, dachte Carmen. Wie sie auf Fremde reagiert hätten, war vermutlich eine ganz andere Frage. Hollys Nähe – berühren durften sie einander in den ersten Tagen aus Furcht vor Gegenansteckung nicht – und der Anblick ihres Lächelns waren höchstwahrscheinlich sehr viel mehr wert als alle Beruhigungsmittel oder Therapie durch Experten.

Und war schon ihre Widerstandsfähigkeit kaum zu fassen, so gestaltete sich die Sache vom biochemischen Standpunkt aus als völlig mysteriös. Die Tatsache, daß Lucy eine beträchtliche Virenpopulation ernähren konnte, ohne ihr zu erliegen, die Tatsache, daß die Krankheit bei Emma nie ausgebrochen war, daß Holly trotz des stundenlangen sehr engen Kontakts mit ihrer Tochter gesund geblieben zu sein schien – das alles überstieg Carmens Fassungsvermögen. Selbstverständlich war die Versuchung zur Spekulation übermächtig, und in den Tagen der Erholung und Gesundung entwickelten sie alle Theorien darüber, warum Holly Becker und ihre Töchter nicht gestorben waren. Eine These tauchte in jeder Diskussion auf: Vielleicht hatte die Existenz des Paläovirus in seinem latenten Stadium in Lucys Genen den Muaratebo-Typ davon abgehalten, sich in ausreichender Zahl zu vervielfältigen, um tödlich zu wirken. Vielleicht waren die notwendigen Plätze in ihrem genetischen Code bereits besetzt.

Und damit war Holly in der Lage, dem epidemiologischen Puzzle ein entscheidendes Stück hinzuzufügen. In seinem letzten Brief hatte ihr Jonathan von Lucys Erkrankung berichtet. Carmen war überzeugt, daß das die Phase der viralen Expression war, die dem Kontakt mit dem tropischen Antigen gefolgt sein mußte, durch das die Reaktion ausgelöst worden war. Durchaus vorstellbar, daß das Immunsystem des Kindes auf die unbekannten Partikel mit einer Erkältung reagiert hatte. Der Prozeß der Expression hatte sich fortgesetzt, bis sich das Antigen auflöste oder zusammenbrach – offensichtlich lange genug, damit Lucy die Viren an Dr. Rhodes, dessen Freundin und alle anderen im Rafflesia Camp weitergeben konnte, darunter auch an die Tochter der Haushälterin, ein Mädchen namens Indah, dessen Leiche Carmen in einem der Gräber gefunden hatte. Schlimmer: Sie war noch immer infektiös gewesen, als sie mit Ahmad und seinen Tieren zusammentraf, die das Virus nach Muaratebo und darüber hinaus verbreiteten. Danach war das Virus – ohne die Möglichkeit, sich in Lucys Körper zu reproduzieren – abgeklungen. Lucy konnte das Virus produzieren und eine Zeitlang übertragen. Da ihre Schwester und ihre Mutter das gleiche latente Virus in ihrer DNS aufwiesen, teilten sie ihre Immunität.

Diese letzte Tatsache war für das RIID-Team ein Anlaß zum Feiern. Eine Viertelstunde nachdem die letzten negativen Testergebnisse eingetroffen waren, versammelten sich Carmen, Adam McKinnon, Jim Sarandon und zwei der indonesischen Armeeärzte im Neonlicht des Lazarettlabors und stießen mit lauwarmer Cola auf das Ereignis an. Doch sobald die Indonesier gegangen waren, machten sie sich die Implikation der neuen Situation bewußt. Für das Leben der Kinder bestand zwar keine Gefahr mehr, doch es blieb das Risiko, daß das Virus eines Tages wiederauftauchen konnte. Emma hatte es nie produziert, weil sie mit dem Antigen nicht in Berührung gekommen war. Aber falls sie ...

McKinnon zufolge war das für das Problem verantwortliche Antigen unbekannt und würde es höchstwahrscheinlich auch bleiben, wenn man Dr. Irwins Arbeit für Gensystems nicht einer intensiven Überprüfung unterzog. Die unausweichliche Folgerung – die die Behörden zu Hause ziehen würden – bestand darin, daß die Zwillinge ein ernsthaftes, wenn auch unbestimmbares Gesundheitsrisiko darstellten. Die Zukunft von Emma und Lucy Rhodes würde sich innerhalb der vier Wände einer sterilen, strikt abgesicherten Isolierstation abspielen. Auch das war etwas, was Carmen geheimhalten mußte, nicht nur vor den Indonesiern, sondern auch vor Holly Becker und ihren Kindern.

General Iskandar stand vor ihr. Er salutierte und streckte Carmen die Hand entgegen.

»Nochmals mein tiefempfundenes Beileid, Colonel«, sagte er. »Ich hoffe, Sie werden nicht zögern, es zu sagen, falls ich noch irgend etwas für Sie tun kann.«

»Vielen Dank, General«, sagte Carmen. »Ich denke, für den Moment haben wir getan, was wir konnten – zumindest was Corporal Baker betrifft.«

Iskandar nickte ernst. Gemeinsam liefen sie auf den Hangar zu, in dem das Feldlazarett eingerichtet worden war.

»Ich möchte Sie persönlich davon informieren, daß Jakarta eine umfangreiche Untersuchung der Umstände angeordnet hat, die Corporal Baker das Leben gekostet haben. Brigadier Sutami wird sich morgen in der Hauptstadt verantworten müssen.«

Carmen reagierte nicht. Sie hörte mit Genugtuung, daß Sutamis Laufbahn so gut wie beendet war, aber sie konnte es sich nicht leisten, irgendwelche Befriedigung über Iskandars Worte zu zeigen. Ihre Priorität war, Holly und ihre Kinder sicher in die Vereinigten Staaten zurückzubekommen, bevor irgendwelche Informationen über den Ursprung des Virus durchsickerten, und dafür brauchte sie alle Druckmittel, deren sie habhaft werden konnte. Die indonesische Verlegenheit über Sutamis Handlungen, verstärkt durch eine unerwartete Unterstützung Indonesiens durch Washington vor den Vereinten Nationen und eine Katastrophenhilfe-Zusage, war ein Pfund, mit dem sie wuchern konnte.

»An dem Ergebnis bin ich sehr interessiert, General«, sagte sie. »Inzwischen wäre ich Ihnen sehr verbunden, wenn Sie Ihren medizinischen Stab dahingehend informieren, daß wir Mrs. Becker und die anderen so bald wie möglich in die Vereinigten Staaten ausfliegen werden.«

Iskandar blieb abrupt stehen.

»Meine Ärzte haben mir erklärt, daß es voreilig wäre, einen unserer Patienten zu entlassen, solange der Verdacht ihrer Infizierung nicht endgültig ausgeräumt ist. Und dieses Mädchen – Lucy – ist eindeutig infiziert, auch wenn sie keinerlei Symptome einer Erkrankung zeigt. Sie stellt das bisher einzige Beispiel für ein Immunsystem dar, das dem Virus widersteht. Unsere Ärzte wären für die Chance sehr dankbar, sie weiter beobachten zu können.«

»Diese Menschen sind jetzt seit fünf Tagen in Quarantäne, General, und keiner von ihnen zeigt irgendwelche Anzeichen von Verschlechterung. In Anbetracht ihrer Erlebnisse haben Sie sicherlich Verständnis für ihren Wunsch, so schnell wie möglich in ihre Heimat zurückzukehren. Und was Lucy Rhodes betrifft, so verstehe ich

Ihr Interesse an ihrem Fall durchaus, aber ich kann Ihnen versichern, daß wir ebenso begierig wie Sie sind, soviel wie möglich über diese Epidemie in Erfahrung zu bringen. Das Mädchen wird mit den neuesten Methoden untersucht, die dem USAMRIID zur Verfügung stehen. Und die Ergebnisse werden Ihnen zugeleitet. Wenn uns dieser Ausbruch eins gelehrt hat, dann die Tatsache, daß das Muaratebo-Virus keine nationalen Grenzen kennt. Und das sollte übrigens auch für Wissenschaftler und Mediziner gelten.«

Iskandar schien einen Moment lang zu überlegen. Er nickte.

Ein bewaffneter Wachsoldat salutierte am Eingang zum Feldlazarett und öffnete ihnen die Tür. Das Innere war ein Wabensystem aus Isolierzellen und schweren Plastikvorhängen und strotzte vor moderner Medizintechnik.

»Unsere Ärzte werden sehr enttäuscht sein«, versuchte es Iskandar noch einmal, aber Carmen spürte, daß er bereits aufgegeben hatte. Schließlich waren ihre Argumente überzeugend. Das RIID hatte eine sehr viel größere Chance, herauszufinden, was Lucy Rhodes vor dem Sterben bewahrt hatte. Daß sie das Ergebnis den Indonesiern nie mitteilen würden, war eine Tatsache, die Iskandar nicht vermuten konnte.

»Das nehme ich bedauernd zur Kenntnis, General«, sagte Carmen, obwohl sie sich schwer vorstellen konnte, daß die Ärzte in den kommenden Wochen Zeit für reine Forschungsarbeiten finden würden. Die Krise auf Sumatra war noch längst nicht vorüber. »Aber ich glaube, unter diesen Umständen sollten Mrs. Beckers Wünsche respektiert werden. Und sie möchte mit ihren Kindern nach Hause zurückkehren.«

Plötzlich blieb Iskandar stehen. Vor ihm lag der Zugang zur Quarantänestation mit dem gleichen leuchtendroten »Biotoxisch«-Symbol, das sie auch in Fort Detrick benutzten. Es waren noch drei Türen zu der Sonderabteilung zu durchqueren, in der Holly und ihre Kinder lagen, aber sein Zögern war nicht zu übersehen.

Er räusperte sich.

»Ich sollte Ihnen vielleicht mitteilen, daß Brigadier Sutami auch weiterhin behauptet, die Kinder wären von Ihnen – Ihrem Team – als Quelle der Epidemie und als Überträger des Virus bezeichnet worden. Wie ...«

Carmen fiel ihm mit einer Lüge ins Wort, die sie schon so oft wiederholt hatte, daß sie ihr verblüffend leicht über die Lippen kam.

»Das beruht auf einem Mißverständnis des Brigadiers und seines Beobachters in unserem Team, General. Wir hatten Grund zu der Annahme, daß die Kinder dem Virus über einen längeren Zeitraum ausgesetzt waren, ohne ihm zu erliegen. Selbstverständlich wollten wir sie in ein Krankenhaus bringen, um weitere Untersuchungen zu gewährleisten. Aber die Vorstellung, sie könnten die Quelle sein, ist einfach absurd. Wie wäre das möglich?«

Iskandar nickte nachdenklich. Carmen spürte, daß er ihr ungeachtet ihres sicheren Auftretens nicht glaubte. Aber sie spürte auch, daß es nicht mehr wichtig war, ob er es tat oder nicht. Politische Erwägungen verlangten eine Demonstration der Kooperation, und politische Überlegungen waren das einzige, was zählte.

EPILOG

ASPEN HILL, EIN JAHR SPÄTER

Der Swingball war ein voller Erfolg. Tom hatte ihn gestern abend mitgebracht und in der Hoffnung mitten im Rasen installiert, Oliver und Joey damit von dem Junior-Tennis abzubringen, dem bereits zwei Fensterscheiben im Obergeschoß zum Opfer gefallen waren. Jetzt waren die Jungen mitten in ihrem siebten Satz und schlugen den pinkfarbenen Ball mit aller Macht hin und her – stöhnend und ächzend wie Jimmy Connors.

Carmen stellte ihren Kaffeebecher ab und beobachtete sie eine Weile lang. Obwohl er kleiner war, hielt sich Joey hervorragend. Sein Lieblingsschlag war ein über Kopf geschlagener Slamdunk, wobei er dem Ball mit beiden Händen und aller Kraft einen solchen Drall nach unten gab, daß ihn die Gummischnur zurückpeitschte – genau über Olivers Kopf hinweg. Viele von Olivers hohen Schlägen wurden auf diese Weise pariert, und er sah sich gezwungen, den Ball in Schulterhöhe zu halten, um Joey nicht vorzeitig zum Gewinner zu machen. Für den Moment hatte Joey eine Antwort auf sein Größenhandikap gefunden und schien sich als moralischer Sieger zu empfinden. Tom, der aus sicherer Entfernung den Schiedsrichter mimte, sah sich lächelnd zu Carmen um.

»Dreißig-vierzig, Breakpoint«, sagte er mit salbungsvoller Kommentatorenstimme. »Und die Menge der Zuschauer beginnt zu raunen.«

Lächelnd griff Carmen nach der Samstagszeitung. Auf dem Titelblatt der Wochenendfarbbeilage war das Bild eines Mannes im Druckanzug zu sehen, der mit einer

Greifzange einen Glaskolben in die Höhe hielt. Auf seinem Plastiksichtschutz spielte ein fahler rötlicher Schein. »Rußlands Geheimarsenale« lautete die Schlagzeile. Sie wollte gerade zu den Inhaltsangaben umblättern, als ein grauer Briefumschlag herausrutschte und auf dem Patio-Boden landete.

Zunächst dachte sie, es sei eine Rechnung oder ein weiteres Kreditkartenangebot von der Bank, aber als sie den Umschlag umdrehte, sah sie, daß die Anschrift handgeschrieben war, mit blauer Tinte. Auf dem Poststempel stand Wisconsin. Carmen kannte niemanden in diesem Staat. Auch die Handschrift kam ihr fremd vor, recht schwungvoll, aber bei einigen Buchstaben ein bißchen unsicher. Sie riß das Kuvert auf.

3. September

Liebe Carmen,
hoffentlich sind Sie nicht allzu überrascht, nach so langer Zeit von mir zu hören. Seit unserer Abreise wollte ich mich schon mit Ihnen in Verbindung setzen, aber das war nicht leicht, und ich hatte Richard versprochen, keine Risiken einzugehen. Er befürchtete, daß uns jemand aufspüren und uns die Kinder wegnehmen könnte. Ich hoffe, Sie verstehen, warum wir das nicht zulassen konnten. Ein paar Tage nachdem wir das Taylor Trust Hospital verlassen hatten, habe ich bei Ihnen angerufen, aber als sich eine Männerstimme meldete, legte ich wieder auf. Vermutlich war das nur Ihr Mann, aber ich hatte Angst, jemand vom RIID könnte sich bei Ihnen aufhalten und versuchen, den Anruf zurückzuverfolgen.

Ich mache mir Sorgen, daß Sie denken könnten, wir hätten Ihr Vertrauen mißbraucht, weil wir Emma und

Lucy aus dem Krankenhaus geholt haben. Ich möchte gern glauben, daß Sie wußten, was geschehen würde, und daß Sie deshalb die Verlegung aus Fort Detrick angeordnet haben. Es ist nur so ein Gefühl. Richard meint, das sei Wunschdenken, aber er hatte nie die Chance, Sie so kennenzulernen wie ich. Ich hoffe, Sie haben deswegen keine Schwierigkeiten bekommen. Falls doch, so tut es mir aufrichtig leid.

Mir ist bewußt, daß uns viele Leute für verantwortungslos halten werden, da es noch keinen Impfstoff gibt und das Virus eines Tages wieder auftauchen könnte. Aber diesen Leuten sind meine Kinder gleichgültig. Ihnen würde es nichts ausmachen, wenn Emma und Lucy die nächsten zehn Jahre ihres Lebens – vielleicht ihr ganzes Leben – in einem Glaskäfig verbringen, nur mit Menschen in Raumanzügen oder hinter Plastikwänden sprechen und nie etwas von der Welt da draußen sehen. Ich weiß, daß einige Ihrer Kollegen im RIID das gern so hätten. Als ich sie fragte, wie lange es dauern würde, bis ich meine Kinder zurückbekäme, sprachen sie nur von den Gefahren, die damit verbunden wären, weil das Antigen, das das Virus aktiviert hat, noch nicht gefunden wurde. Manche von ihnen zündeten sich sogar Zigaretten an, während sie von der Notwendigkeit sprachen, das Gesundheitsrisiko zu reduzieren.

Wie haben einmal über die Risiken gesprochen – erinnern Sie sich? Es war das letzte Mal, daß ich mich mit Ihnen unterhalten habe. Sie erklärten, das Antigen wäre fast sicher tropischer Herkunft, Pollen einer Dschungelpflanze oder irgendein Insekt, und das Virus würde höchstwahrscheinlich außerhalb der Tropen nicht wieder auftauchen. Als Sie das sagten, beschloß ich, die Kin-

der zu entführen. Wußten Sie, daß Ihre Worte diese Folge haben würden? Ich habe es mich oft gefragt.

Wir leben jetzt auf einer Farm in einer herrlichen Umgebung, mit Bergen und Wäldern, und zweihundert Meter von unserem Haus gibt es einen Bergbach, in dem Richard manchmal angelt. Jetzt, da Lucys Schulter völlig verheilt ist, werden die Mädchen bald mit Reitstunden beginnen. Sie sind schon ganz aufgeregt. In der Nähe ist eine kleine Schule, nichts Großartiges, aber die Lehrer sind sehr nett und engagiert. Es gibt keine Drogenprobleme, und die Schüler tragen keine Messer bei sich. Anfangs befürchtete ich, es sei Richard kaum zuzumuten, New York City zu verlassen, aber es scheint ihm hier wirklich sehr zu gefallen. Die Wall Street hätte ihn aufgefressen, sagt er immer wieder. Er und die Kinder sind einander hier sehr viel nähergekommen.

Carmen, Sie können sich vermutlich vorstellen, daß es für die Mädchen nicht einfach gewesen ist, und ich weiß nicht, ob sie jemals darüber hinwegkommen werden. Lucy scheint am meisten zu leiden. Noch immer hat sie diese Alpträume, trotz der Bemühungen der Leute vom RIID, und wenn es ihr besonders schlecht geht, weiß ich nicht, wie ich ihr helfen soll. Andererseits weiß ich, daß ihr nicht allzuviel geschehen kann, solange sie Emma hat. Sie haben alles gemeinsam durchlebt. Und das heißt, daß sie die Last auch gemeinsam tragen können. Manchmal finde ich Lucy morgens in Emmas Bett, und die beiden halten sich so umschlungen, als wären sie wieder draußen im Dschungel.

Was ich oben über Richard geschrieben habe, stimmt tatsächlich. Die Kinder scheinen ihn akzeptiert zu haben. Endlich habe ich das Gefühl, daß wir wirklich eine Familie sind. Auch wir sind uns näher, Richard und ich. Das kommt Ihnen vielleicht eigentümlich vor. Aber wenn ich an die Zeit zurückdenke, als wir uns erstmals im Rafflesia Camp unterhalten haben – wenn Sie mich damals gefragt hätten, ob ich Jonathan wiederhaben möchte, wäre meine Antwort wahrscheinlich »Ja« gewesen. Überrascht Sie das? Im Grunde hatte ich nie wirklich mit Jonathan Schluß gemacht, und als ich nach Sumatra flog, habe ich mir wohl irgend etwas erhofft. Für uns beide vermutlich – ich weiß wirklich nicht, wie ich das ausdrücken soll –, daß wir da fortfahren könnten, wo wir aufgehört hatten, vielleicht. Ich wußte, daß er inzwischen mit einer anderen, jüngeren Frau zusammenlebte, aber ich habe mir vorgemacht, daß sein Gerede darüber, wie gut die Reise für die Kinder sei, eigentlich ein Vorwand war, um mich zurückzugewinnen.

Aber als Sie mir dann erzählten, daß meine Gensystems-Therapie schuld an allem war, wurde ich ungeheuer zornig. Zunächst auf Sie, wie Sie sich wahrscheinlich erinnern. Doch dann auf Jonathan und mich selbst. Ich erinnerte mich an die Diskussionen, die wir damals hatten, als er mir diese Therapie vorschlug und ich mich trotz meiner Vorbehalte dazu überreden ließ. Weil ich ihm vertraute. Nicht nur als Mensch, sondern auch als Wissenschaftler. Ich dachte darüber nach, zu welchem Risiko ich bereit war, welches Risiko ich einging, nur weil er es für richtig hielt. Und als Sie mir sagten, daß alles mit Gensystems begonnen hatte, war es, als würde irgend etwas in mir zerbrechen. Und plötzlich war da Raum für Richard. Alles wurde ganz einfach. Ich weiß zwar nicht, ob das alles für Sie überhaupt einen Sinn ergibt, aber ich habe noch eine Neuigkeit für Sie: In der letzten Woche waren wir bei einem Pfarrer und haben uns trauen lassen. Es war keine große Sache, aber es hätte mich sehr gefreut, wenn Sie dabeigewesen wären.

Natürlich sind wir im Hinblick auf die Kinder sehr vorsichtig. Wenn eins von ihnen auch nur ein bißchen zu husten beginnt, verbanne ich Richard aus dem Haus und sorge dafür, daß niemand mit ihnen in Kontakt kommt. Bisher hat es nur einen einzigen falschen Alarm gegeben, aber Richard hat längst auf dem Dachboden der Scheune eine Art Isolierstation eingerichtet. Wir sind hier zwar Tausende von Kilometern von den Tropen entfernt, aber falls das Virus je wiederkehren sollte, weiß ich, wie ich Sie erreichen kann. Unsere nächsten Nachbarn wohnen mehr als drei Kilometer entfernt.

Neuerdings interessiere ich mich sehr für Virologie und gehe in regelmäßigen Abständen in die nächste öffentliche Bibliothek – nur um zu sehen, ob in den medizinischen Fachzeitschriften irgendwelche neuen Informationen über das Muaratebo-Virus zu finden sind. Ich hoffe, daß es bald einen Durchbruch mit einem Impfstoff oder einer neuen Behandlungsmethode gibt, aber ich befürchte, das wird noch lange Jahre dauern – wenn man sich überhaupt weiter mit dem Problem beschäftigt. Ohne neue Fälle dürfte es kaum wissenschaftliche Priorität bekommen.

Ich habe Harold Daintith' Abhandlung in Science *gelesen. Er befaßte sich darin ausführlich mit der Funktion des Virus und seiner Verbreitung, aber ich war überrascht, wie wenig über seine Ursprünge berichtet wurde. Warum hat er weder Gensystems noch Fort Willard erwähnt? Beim Lesen des Artikels kam mir der Verdacht, ob diese Theorie vielleicht inzwischen verworfen wurde, aber dann dachte ich daran, was geschehen würde, falls jemand herausfand, was wirklich vorgegangen ist.*

Ich wünschte mir, ich würde irgendwann von Ihnen hören – nur um zu erfahren, daß es Ihnen und Ihrer Familie gutgeht. Vielleicht können wir uns wiedersehen, wenn ein Impfstoff gefunden oder das Muaratebo-Virus vergessen ist. Ich bin sicher, Ihnen noch gar nicht genug für alles gedankt zu haben: nicht nur dafür, daß Sie Emma und Lucy gefunden haben, sondern auch dafür, daß wir Sumatra lebend verlassen konnten. Ohne Sie hätte ich meine Kinder für immer verloren – davon bin ich überzeugt.

In tiefer Dankbarkeit und Zuneigung,

Holly Meyers

Dem Brief war ein Foto von Holly und ihren Töchtern beigefügt. Sie standen vor einer Scheune, neben einem sympathischen Mann, von dem Carmen annahm, daß es sich um Richard handelte. Sie blinzelten in die Sonne, aber hinter ihnen, hinter der Scheune, zogen sich Gewitterwolken zusammen. Carmen legte das Foto nieder und blickte hinaus auf den Rasen. Einer der Nachbarn hatte ein Laubfeuer entzündet, der Rauch trieb an dem riesigen Ahorn vorbei und fing ein paar verstreute Sonnenstrahlen ein. Sie stand auf und ging in die Küche. Die Autoschlüssel lagen in der leeren Obstschale auf dem Kühlschrank.

Eine halbe Stunde lang fuhr Carmen durch Aspen Hill, dann bog sie auf den Turnpike ein. Sie wußte nicht, wohin sie wollte. Sie wußte nur, daß sie nicht zu Hause sitzen und ihrer Familie beim Ballspielen zusehen konnte. Holly Becker – jetzt Holly Meyers – lebte, es ging ihr gut, und sie wohnte irgendwo in Wisconsin, vielleicht auch in einem der Nachbarstaaten, gleich hinter der Grenze. Das klang nach einer folgenschweren Nachricht. Sie hatte das Gefühl, etwas unternehmen zu müssen, aber während sie der niedrig stehenden Septembersonne entgegenfuhr, machte sie sich bewußt, daß sie gar nichts tun wollte. Alles war zu kompliziert geworden, zu kompromittiert.

Nach dem Verschwinden der Kinder aus dem Taylor Trust Hospital hatte ziemlich große Aufregung geherrscht. Aber dann hatte General Bailey ihr gegenüber betont, die Administration sei darauf bedacht, »diese Sache unter Verschluß zu halten«, doch Carmen war sich nie ganz sicher gewesen, ob er damit das Virus oder die dahintersteckende Wahrheit meinte. Wenn das Virus auf Sumatra nicht im Abklingen gewesen wäre, hätte das RIID vermutlich irgendeine Suchaktion eingeleitet.

Wie die epidemiologischen Untersuchungen zeigten, war die ursprüngliche Variante des Muaratebo-Virus ein wenig zu heftig gewesen: Die Infizierten erkrankten nach fünf und starben nach neun Tagen, so daß lediglich vier Tage blieben, innerhalb deren es leicht übertragen werden konnte. Vier Tage zudem, in denen die meisten der bedauernswerten Opfer nahezu bewegungsunfähig waren. Bei dem Bevölkerungsreichtum und unter den unhygienischen Bedingungen einer tropischen Ortschaft hatten diese vier Tage ausgereicht, eine Epidemie auszulösen. Blutkontakt mit den Erkrankten und den Toten war in der Anfangsphase ebenso häufig gewesen wie Tröpfcheninfektion durch die Luft. Doch wo adäquate medizinische Versorgung und Isoliermöglichkeiten zur Verfügung standen, konnte das Virus eingedämmt werden. Wäre der Überträger Peter Jarvis nicht schon Stunden nach Ausbruch seiner Ansteckungsphase in ein Krankenhaus gekommen, hätte es in London mit seiner enormen Bevölkerungsdichte zu einer Katastrophe kommen können. Der Unfall, der zu seiner Einlieferung führte, war vermutlich auch durch den Beginn der Krankheit verursacht worden.

Mehr als ein Jahr nach dem Ausbruch der Epidemie stand die genaue Zahl der Todesopfer auf Sumatra noch immer nicht fest. Die letzte Volkszählung war hoffnungslos veraltet, und noch immer lebten viele Tausende von Flüchtlingen in Barackensiedlungen an der Küste oder bei Verwandten in anderen Städten. Die Regierung hatte die Zahl der Toten mit rund sechzehntausend angegeben, doch das glaubte niemand. Ein noch unveröffentlichter WHO-Bericht kam auf knapp vierzigtausend Opfer. Das Papier enthielt auch höchst kritische Äußerungen über die Art und Weise, wie die indonesischen Behörden die Situation zu bewältigen suchten, und nannte sie ebenso überheblich wie unbeholfen. Wären sie mehr und schneller um eine effektive medizinische Versorgung bemüht und weniger um ihr internationales Ansehen besorgt gewesen, hätten viele Menschenleben gerettet werden können.

In den Monaten nach dem ersten Ausbruch hatte die größte Sorge auf Sumatra darin bestanden, daß Insekten – Moskitos vor allem – das Blut der Sterbenden auf neue Wirte übertragen könnten. Im Hinblick auf das Überleben mußte die hohe Vervielfältigungsrate des Virus nicht unbedingt ein Nachteil sein, wenn die Zahl der Übertragungen auf neue Wirte die Todeszahlen der alten Wirte überstieg. Diese Infektionsvariante kam jedoch kaum vor; zum Glück für die gesamte Region schien das Virus mit dem Namen Muaratebo im Körper von Insekten nicht zu gedeihen. In der Abhandlung, die Daintith kurz nach seiner Rückkehr verfaßte, kam er zu dem Schluß, daß die hohe Ansteckungskraft des Virus angesichts seiner begrenzten Übertragungsmöglichkeiten als entscheidende Beschränkung seiner Fortpflanzungsfähigkeit betrachtet werden mußte – als Existenzkampfnachteil.

Daintith' Thesen wurden bereits im November bestätigt, als die ersten Fälle nichttödlicher Infektionen bekannt wurden. Eine weniger gefährliche Spielart des Virus begann die erste abzulösen – der erste Schritt zu einer allmählichen Evolution, die zu einer gutartigen Koexistenz führen konnte. In der Endphase einer derartigen Evolution könnte sich eine Variante des Virus in den genetischen Code seiner Wirte einfügen und so von Generation zu Generation für seine Reproduktion sorgen. Immerhin war so etwas bei Hollys Vorfahren geschehen. Viele Tausende von Jahren hatten Eltern das Virus ohne Schaden an ihren Nachwuchs weitergegeben. Alle Zweifel, die Carmen daran noch gehabt haben mochte, wurden durch die Immunität zerstört, die Holly, ebenso wie ihre Kinder, gegen eine Infektion aufwies. Bei ihr konnten neue Viruspartikel die Reproduktionsmaschinerie ihrer Zellen nicht wie bei anderen Menschen in Gang setzen, weil der dafür vorgesehene Platz bereits von dessen gutartigem Verwandten besetzt war. Das – oder etwas sehr Ähnliches – war die einzige überzeugende Erklärung für Hollys und Emmas Überleben.

Diese letzten Punkte fehlten in Daintith' Ausführungen, genau wie Holly geschrieben hatte. Es gab keinerlei Erwähnung von George Arends' Entdeckungen, keinen Hinweis auf die Vorgänge in Fort Willard. Sofort nach ihrer Ankunft in den Vereinigten Staaten hatte man Carmen in unmißverständlicher Form darauf hingewiesen, daß alle ihre Forschungsergebnisse unter dem Aspekt militärischer Sicherheit zu betrachten seien und daher der Geheimhaltung unterlagen. Es wurde ihr verboten, mit der Presse zu sprechen, sie durfte ihre Entdeckungen nicht einmal anderen Offizieren gegenüber erwähnen. Damals hatte sie angenommen, es handele sich um die übliche Pentagon-Paranoia, war aber davon ausgegangen, daß zum gegebenen Zeitpunkt und im Interesse der Medizin alles offengelegt werden würde. Als ihr dann Monate später ein Entwurf von Daintith' Abhandlung zur Begutachtung vorgelegt wurde, empfand sie tiefes Unbehagen. Corporal Baker hatte sein Leben verloren, Major Leigh schwere Brandverletzungen erlitten, Millionen Dollar waren ausgegeben worden, um dem Ursprung des Virus auf die Spur zu kommen, um mehr über seine Funktionsweise zu erfahren, um Erkenntnisse zu gewinnen und die Risiken bewerten zu können. Und doch wurde die wichtigste Erkenntnis als zu gefährlich für eine Veröffentlichung erachtet. Die Frage war nur: gefährlich für wen?

An dem Tag, an dem sie Daintith' Abhandlung las, hatte sich Carmen gefragt, wie viele andere Geheimnisse wohl noch in Hochsicherheitsbereichen von Regierungslaboratorien überall auf der Welt unter Verschluß lagen, wie viele andere Projekte zu heikel waren, als daß jemand von ihnen erfuhr. Sie hatte Harold Daintith anrufen wollen, aber seine Sekretärin meinte, er wäre unabkömmlich. Er hatte sie nie zurückgerufen. Am nächsten Morgen hatte sie die Verlegung von Hollys Kindern in das Taylor Trust Hospital in Baltimore verfügt: ein relativ kleines Risiko im Vergleich zu dem, das ihre Vorgesetzten einzugehen bereit waren. Ein paar Tage später hatte sie um ihre Ablösung von der BL-4-Arbeit ersucht. General Bailey zeigte Verständnis. Sie hätte immerhin an vorderster Front ihren Mann gestanden, meinte er. Und nachdem sie sich zwei Monate lang mit einem neuen medikamentenresistenten Tbc-Bakterium beschäftigt hatte, das irgendwo in Lateinamerika aufgetaucht war, nahm sie ihren endgültigen Abschied von der Armee.

Inzwischen war sie überzeugt davon, daß ihr Bailey die Dokumente über die Ereignisse in Fort Willard zugespielt hatte. Er war praktisch der einzige Offizier im RIID, der wegen seiner damaligen Position von der Entseuchungsmaßnahme und dem Grund dafür erfahren haben konnte. Carmen vermutete, daß er als Berater zu der Operation hinzugezogen worden war, die dann von einem Ad-hoc-Team der Special Forces und Agenten aus dem Pentagon oder aus Langley durchgeführt wurde. Selbstverständlich hatte er nicht wissen können, ob die Vorfälle in Fort Willard für die Epidemie auf Sumatra von Belang waren, aber durch die Weitergabe der Geheimpapiere schützte er sich selbst: Falls die Vertuschungsmanöver bekanntwerden sollten, könnte er seine Aktion zu seiner Verteidigung vor den Untersuchungsausschüssen des Kongresses und zur Reinwaschung in Medizinerkreisen nutzen. Und falls nicht, könnte niemand je nachweisen, daß er die Papiere weitergegeben hatte. Zunächst hatte sie das Bedürfnis gehabt, mit Bailey über die ganze Sache zu sprechen. Er war erfahren, er wußte, was auf dem Spiel stand. Aber sie hatte sich längst eines Besseren besonnen.

Sie arbeitete inzwischen in Toms kleiner Tierarztpraxis in Bethesda mit. Anfangs hatte diese Tätigkeit sie voll befriedigt, es war ein herrliches Gefühl, wieder mehr mit ihrem Mann und den Kindern zusammensein zu können. Aber es hatte nicht lange gedauert, bis sie ihre Arbeit recht anspruchslos und ziemlich eintönig fand. Dennoch: Trotz der Monotonie und trotz der bohrenden Empfindung, die einfache Lösung gewählt und ihre eigentliche Berufung verfehlt zu haben, fühlte sie sich ausgeglichener, mehr im Einklang mit sich selbst.

Carmen verließ den Turnpike und hielt den Wagen an. Ihr war nach einer Zigarette. Die Sonne begann zu sinken und färbte die Wolken am Horizont blutrot. Im stacheldrahtgekrönten Maschenzaun neben der Straße hatten sich Papierfetzen verfangen. Sie sah an ihrem geblümten Kleid hinunter und spürte, daß sich ihre Niedergeschlagenheit verstärkte wie ein nahendes Tiefdruckgebiet.

Sie wollte nach Hause. Sie brauchte ihre Familie mehr als je zuvor in ihrem Leben. Und sie brauchten sie. Das war die einzige Wahrheit, die von der ganzen schmutzigen Angelegenheit geblieben war. Und wenn es sich bei diesem Empfinden auch um etwas Genetisches handelte – etwas in ihren Chromosomen, was sie dazu brachte, die Nähe ihrer Nachkommen zu suchen –, war da noch etwas anderes. Und was das auch sein mochte – es war etwas Menschliches, etwas, was sie fühlte, etwas, wodurch sie mehr war als eine lebende, reproduzierende Maschine, mehr als ein Virus.

Sie startete den Wagen, wendete und fuhr zum Turnpike zurück. Tom und die Jungen hatten ihr Ballspiel sicher längst beendet. Sie würden sich fragen, wo sie abgeblieben war.

Danksagung

Für ihre unschätzbare Hilfe bei den naturwissenschaftlichen und medizinischen Aspekten dieses Buches danke ich Dr. Rupert Negus, Dr. Helena Scott, Dr. Marcus Matthews und Peter Sington. Ein besonderer Dank gilt auch Robert Winder und David Rosenthal.

Die Originalausgabe erschien 1995 unter dem Titel
Carriers bei William Heinemann Ltd., London

2 3 4 5 99 98 97 96

Satz: Mitterweger Satz GmbH, Plankstadt
Druck und Bindung: Ebner Ulm

ISBN 3-8090-2400-7